Dawn O'Porter

COWS

Folge nicht der Herde!

Roman Aus dem Englischen
von Christine Strüh

S. FISCHER

MIX
Papier aus verantwortungsvollen Quellen
FSC® C083411
www.fsc.org

Erschienen bei S. FISCHER
2. Auflage Februar 2019

Die Originalausgabe erschien 2017 unter dem Titel
›The Cows‹ bei HarperCollins, London

Satz: Dörlemann Satz, Lemförde
Druck und Bindung: CPI books GmbH, Leck
Printed in Germany
ISBN 978-3-10-397342-6

Für Chris und Art

Kuh, die [*ku:*]: ein ausgewachsenes weibliches Tier einer domestizierten Rinderrasse, das der Gewinnung von Milch oder Fleisch dient.

Als Kuh bezeichnet man offiziell ein weibliches Hausrind, das schon einmal gekalbt hat.

Legt man Wert auf ein gutes Stück Fleisch, sollte man das Fleisch eines weiblichen Rinds, das noch nicht gekalbt hat – einer Färse – bevorzugen, denn eine von Schwangerschaft und Geburt lädierte Kuh liefert kein gutes Steak. Kühe sind höchst komplexe Tiere; sie schließen Freundschaften und verlieben sich sogar, sie fühlen Angst, Wut und können gelegentlich nachtragend sein.

Die Bestimmung einer Kuh ist es, sich konstant entweder im hormonellen Status der Schwangerschaft oder der Milchproduktion zu befinden. Eine Färse dagegen ist einfach nur ein Stück Fleisch, beziehungsweise ein landwirtschaftliches Erzeugnis. Darüber hinaus hat sie anscheinend nicht viel zu bieten.

Manch einer würde behaupten, dass sich dies in der menschlichen Gesellschaft und ihrer Sicht auf Frauen widerspiegelt.

Andere würden dieser Meinung vermutlich widersprechen.

Es gibt viele Arten von Frauen, und eine Frau muss sich tierisch anstrengen, um nicht entweder nur als Färse oder nur als Kuh betrachtet zu werden. Frauen müssen nicht in ein Rollenklischee verfallen.

Kühe *müssen* der Herde nicht unbedingt folgen.

1

An einem Freitag im Mai 2016

Tara

Ich sehe, wie sich auf seiner Stirn ein Schweißtropfen bildet und langsam sein Gesicht hinunterfluppt wie ein schmelzendes Slinky. Gleich ist er soweit, das merke ich, nur noch ein paar sanfte Schubser meinerseits, dann explodiert der Typ, und ich habe alles, was ich brauche. Er schnieft und schlägt sich mit der geballten Faust seitlich auf die Nase. Vermutlich ein Abwischversuch, der aber eher als Boxhieb ins eigene Gesicht endet. Der Schweiß läuft ihm übers Kinn, den Hals runter und siedelt sich auf seinem weißen Kragen an. Dort breitet er sich blitzschnell aus, erst ist es nur ein kleiner nasser Fleck, aber wie auf dem Fließband entspringt auch schon der nächste Tropfen und tritt die gleiche Reise an. Jeden Moment wird er die Grätsche machen, ich weiß es.

Schon seit über drei Stunden sind wir allein in einem kleinen Zimmer im Holiday Inn direkt an der M4. Ich habe absichtlich ein Zimmer zur Straße ausgesucht, damit ich darauf bestehen konnte, dass die Fenster wegen des Verkehrslärms geschlossen bleiben. Inzwischen herrscht eine Bruthitze hier drin; es ist der heißeste Tag des Jahres, und ich musste die Klimaanlage abstellen, weil die Kamera das Geräusch aufgezeichnet hat, er wird das nicht mehr lange aushalten. Und ich? Ich halte alles aus, um den Soundbite zu kriegen, den ich will.

Dem Interview hat er einzig unter der Bedingung zugestimmt, dass nur ich und meine Kamera mit ihm im Zimmer sind. Anscheinend hat der schmierige Scheißer völlig vergessen, dass die grundlegende Funktion von Aufnahmegeräten darin besteht, einen Augenblick einzufangen, der später einem Millionenpublikum zugänglich gemacht werden kann.

Ich arbeite seit Monaten an einer Doku über sexuelle Belästigung am Arbeitsplatz. Shane Bower ist der Geschäftsführer von Bower Beds, und ich habe mehrere seiner weiblichen Angestellten interviewt, die mir alle davon erzählt haben, dass er seine Finger nicht bei sich behalten kann. Gestern habe ich ihn um neun Uhr früh abgepasst, als er gerade das Haus verließ und zur Arbeit gehen wollte. Ich habe ihm von den Vorwürfen berichtet und ihn gefragt, was er dazu zu sagen hat. Natürlich hat er alles vehement abgestritten und ist in sein Auto gestiegen. Ich hab ihm eine Visitenkarte nachgeworfen und wusste instinktiv, dass er sich mit mir in Verbindung setzen würde. Und ich hatte recht; zwei Stunden später klingelte mein Telefon, und er fragte mich, worum es in meiner Sendung ging und was ich wollte. Ich antwortete, dass ich für einen neuen Digitalsender einen Kurzfilm über sexuelle Belästigung machte und wissen wollte, ob die Vorwürfe der Wahrheit entsprachen. Am Telefon bestritt er alles, aber ich erklärte ihm, dass sich die Beweise gegen ihn mehrten und dass es für ihn klug wäre zu versuchen, die Zuschauer von seiner Unschuld zu überzeugen, denn das Filmmaterial würde ausgestrahlt, ob er mitmachte oder nicht. Daraufhin erklärte er sich bereit zu einem Interview. Allein mit mir. In einem Hotelzimmer. Sobald er das Zimmer betrat, lief die Kamera, dafür sorgte ich.

»Ich bezweifle nicht, dass Sie die Wahrheit sagen, Shane«, sage ich hinter meiner Kamera. Eine glatte Lüge. Ihm quillt die Schuld aus allen Poren, er stinkt förmlich danach.

»Aber ich denke, die Zuschauer könnte es irritieren, wenn so viele weibliche Angestellte Ihrer Firma die gleiche Geschichte erzählen – dass sie von Ihnen aufgefordert worden sind, auf die Betten zu hüpfen und dann auf Ihren ...«

»Okay, okay, bitte sprechen Sie es nicht aus«, sagt er. Inzwischen spuckt und spritzt er aus allen Drüsen, und der nasse Fleck auf seinem Kragen kriecht langsam Richtung Schulter. »Ich liebe meine Frau«, fährt Bower fort, und ich sehe echte Angst in seinen Augen. Er ist in Schockstarre wie die Spinne, die versteinert, wenn man bei Nacht das Licht anmacht. Aber wenn man das Licht lange genug anlässt, bewegt sie sich wieder. Sie kann nicht anders.

Ich lasse die Kamera laufen, er bittet mich nicht, sie auszumachen, und ich staune mal wieder, dass die Menschen der Wahrheit so lange Widerstand leisten, aber dann explosionsartig mit ihr herausplatzen, fast so, als wäre es eine Erleichterung, sie endlich loszuwerden. Bower könnte das alles abbrechen und aus dem Zimmer laufen, ohne mir einen konkreten Beweis zu liefern, dann hätte er die Möglichkeit, sich irgendwie aus der Sache herauszuwinden. Aber so reagieren schuldige Menschen nur sehr selten. Ich gebe ihnen einen Strick, und sie hängen sich fast immer daran auf.

»Meine Kinder bedeuten mir alles«, sagt er, und die Flüssigkeit quillt so schnell aus seinem Gesicht, dass ich wünschte, ich könnte ihm ein Lätzchen reichen.

»Wenn Sie jetzt ehrlich sind, renkt sich vielleicht alles wieder ein«, sage ich, wohl wissend, dass ich so gut wie alles, was ich sage, herausschneiden und das Ganze so bearbeiten werde, dass es aussieht, als hätte er seinen Niedergang eigenhändig herbeigeführt. Und dann liefert er mir den herrlichsten Satz, den ich mir hätte vorstellen können.

»Diese dämlichen Schlampen haben sich benommen, als wären sie ganz scharf darauf. Wie soll ein Kerl denn da ahnen, dass sie es eigentlich nicht wollen?«

Ahhhhh, wundervoll!

Ich senke die Kamera, lasse sie aber auf Aufnahme, für den Fall, dass er mir noch mehr solcher Körnchen reinsten TV-Golds anbietet, aber was jetzt noch passiert, spielt eigentlich überhaupt keine Rolle mehr. Ich habe alles, was ich brauche. Ein Geständnis. Einen Schluss für meine Szene. Von jetzt an kümmert sich die Polizei um den Fall; dort werde ich bei Bedarf nachhaken.

Und ich habe alles rechtzeitig zum Lunch unter Dach und Fach. Verdammt, bin ich gut in meinem Job!

»Geschafft«, sage ich und werfe meinem Chef die Speicherkarten der Kamera auf den Schreibtisch.

»Was – er hat gestanden?«, erwidert Adam in seinem üblichen nöligen Ton – hocherfreut über das Material, aber voller Sorge, dass er mich womöglich loben muss.

»Jepp. Das perfekte Geständnis. Ich hab ihn drangekriegt, ich hab's dir ja gesagt.«

»Okay, Tara, hör auf, dich zu benehmen wie in einem schlechten Fernsehkrimi. Er war ein leichtes Ziel.«

»Ein leichtes Ziel? Ich war stundenlang allein mit ihm in einem winzigen Zimmer eingepfercht, um das hier von ihm zu kriegen. Von wegen leicht.«

Adam steht vom Schreibtisch auf, greift sich die Speicherkarten und geht damit ins Hauptbüro, schwenkt sie triumphierend durch die Luft und verkündet: »Wir haben ihn.« Eine Runde Applaus ertönt, als allen klar wird, dass sich die monatelange Plackerei für dieses Projekt gelohnt hat. Ich stehe hinter Adam, schaue zu, wie er die Lorbeeren einheimst, und wünsche mir, ich hätte den Mumm, ihn anzubrüllen: »ES GIBT ÜBERHAUPT KEIN VERFLUCHTES ›WIR‹! ICH HAB DAS ALLES ALLEIN GEMACHT!« Aber im Team gibt es natürlich kein »Ich«.

»Okay, Tara, Andrew, Samuel – können wir uns kurz im Nebenraum zusammensetzen?«, sagt Adam, und treibt uns drei in ein kleines Zimmerchen mit quietschbunten Wänden, Sitzsäcken, Zeitschriften, einem Fernseher und einem großen runden IKEA-Teppich. Das Zimmerchen soll unsere Kreativität anregen, hier trifft sich das Entwicklungsteam und tut so, als würde es arbeiten. Da sitzen sie dann und glotzen stundenlang fern, lesen Bücher oder Zeitschriften und studieren die *MailOnline*, um sich auf Ideen für neue Projekte zu bringen. Das Team besteht aus drei Leuten, angeführt von Samuel, und in den letzten zwei Jahren hat es nur eine einzige ihrer Ideen tatsächlich auf den Bildschirm geschafft. Nicht dass das eine Rolle spielt, aber ich arbeite gerade an meiner fünften.

Mir sind diese Meetings zutiefst verhasst, denn ich muss mit drei sehr derben männlichen Egos umgehen, die zwar alle wissen, dass ich super bin in meinem Job, es aber nicht über sich bringen, das zuzugeben. Zum einen ist da Andrew – Head of Production. Dann Samuel – Head of Development. Und Adam – der Boss. Es heißt, das Fernsehen sei eine männerdominierte Branche, und genau so ist es auch. Allerdings ist das seltsam, denn beim Fernsehen arbeiten jede Menge Frauen, und viele von ihnen in hochrangigen Jobs. Das Problem ist nur, wenn es um Zuschauerzahlen geht, herrscht allgemein die Überzeugung, dass Frauen sich auch für männerzentrische Sendungen interessieren, während Männer sich grundsätzlich nichts ansehen, was ihnen zu weiblich erscheint. Wenn sich die Programmgestaltung mehr an den Männern und weniger an den Frauen orientiert, muss der Sender also nicht befürchten, sein Fußballpublikum zu verlieren. Bevor auch nur eine einzige Sendung produziert wird, steht demzufolge fest, dass das, was Frauen sehen wollen, weniger wichtig ist als das, was Männer sehen wollen. Dieser Sexismus zieht sich durch die ganze Branche bis hinauf zu den Leuten, die das Programm bestimmen, und man begegnet ihm in seiner ganzen Pracht auch hier in den Büros von Great Big Productions.

Als wir uns auf den knallbunten Plastiksitzsäcken niederlassen, produziert meine Kunstlederhose ein gewaltiges Pupsgeräusch. Selbstverständlich wissen alle, wie der Laut entstanden ist, aber ich erahne eine Spur von Zweifel und möglicherweise auch die Hoffnung, dass ich mich gerade mit einem echten Furz blamiert habe. Alle halten kurz inne, wittern verstohlen, und erst, als jeder für sich festgestellt hat, dass die Luft rein ist, beginnt Adam das Meeting.

»Okay, also … oh, nein – wartet, wir brauchen einen Kaffee«, sagt er und ruft seine persönliche Assistentin Bev herein. Mir war klar, dass er das tun würde, denn er lässt keine Gelegenheit aus, mir zu zeigen, dass er der Boss ist, und das ist eine seiner klassischen Methoden. »Können wir bitte viermal Kaffee haben und Wasser dazu?«, sagt er, als Bev in das Zimmerchen kommt. Sie trägt einen Rock, der für die Arbeit ein bisschen kurz ist, dazu eine weiße Bluse, durch die man ihren rosa BH sieht. »Hopp hopp«, fügt er hinzu, damit er schnell seine Agenda abarbeiten kann, die darin besteht, ihr auf den Hintern zu starren und seltsame Grunzlaute von sich zu geben, während Bev wieder geht. Ein »Boah, ey« und ein leises »Mann, wie soll man sich denn da konzentrieren?«, noch ein paar weitere Schnaubgeräusche und natürlich der kurze Blick zu mir, um sich zu vergewissern, dass ich auch alles mitkriege. Ich schaue ihm direkt ins Gesicht und lasse keinen Zweifel daran, dass ich seine simulierten sexuellen Absichten zur Kenntnis genommen habe.

Seit ich Adam vor zwei Jahren zufällig dabei erwischt habe, wie er sich im Internet einen ausschließlich männlichen Dreier angesehen hat, versucht er auf diese Weise, seine Homosexualität vor mir zu kaschieren. Als er bemerkte, dass ich in der Fensterscheibe hinter ihm die Reflexion seines Bildschirms sehen konnte, wurde er panisch und behauptete, er mache Recherche für eine Sendung, die er entwickelte.

»Über schwule Orgien an Swimmingpools?«, fragte ich.

»Ja«, antwortete er und klappte den Laptop zu, stand aber nicht auf.

Wir haben nie wieder darüber gesprochen, natürlich habe ich nie ein Exposé für eine Show über Schwulenorgien zu Gesicht gekriegt, aber seit diesem Tag lässt Adam keine Gelegenheit aus, mir vorzuführen, dass er auf Frauen steht. Seine Sekretärin Bev zum Objekt zu degradieren ist sein persönliches Markenzeichen. Ich weiß nicht sicher, was genau ihn daran hindert, ehrlich zu sein, aber aus irgendeinem Grund möchte er lieber der große Zampano sein als ein schwuler Mann. Im Grunde tut er mir leid, denn dieses ständige Theater ist bestimmt anstrengend.

»Wollen wir über die Arbeit reden?«, schlage ich vor, um das Meeting in Gang zu bringen.

Kurz gesagt sind wir eine Fernsehproduktionsgesellschaft, die begriffen hat, dass die Zukunft im Onlinegeschäft liegt. Deshalb arbeiten wir daran, digitale Inhalte und mehrteilige Serien zu entwickeln, um uns eine Onlinepräsenz aufzubauen, damit *wir*, wenn das Fernsehen irrelevant wird, relevant bleiben. Wir werden weiterhin Sendungen über reale Menschen in realen Situationen machen, und ich soll das Projekt leiten, weil ich in der Vergangenheit über alle möglichen gesellschaftlichen Schichten brillante Fernsehsendungen gemacht habe, von denen mein Chef glaubt, dass sie hervorragend als fünfzehnminütige Webisodes funktionieren würden. Natürlich hat er recht, denn obwohl er so unglaublich primitiv und nervig sein kann, ist er trotzdem ziemlich clever. Für mich ist das eine große Sache, denn ich arbeite seit Jahren an Langzeit- und Low-Budget-Produktionen und habe jetzt endlich die Chance, wesentlich bissigere (scheußliches TV-Wort!) Sendungen zu machen, mit weniger Medienaufsicht im Nacken und mehr Gefluche. Meine Doku über sexuelle Belästigung ist der Startschuss. Sie wird toll und ist für mich eine Art Traumprojekt. Allerdings hat es den

Nachteil, dass ich so viel Zeit mit den drei Obengenannten verbringen muss.

»Nur weil wir jetzt an Online-Inhalten arbeiten, heißt das nicht, dass wir auch finanziell alles ganz locker sehen können. Die Budgets sind klein. Das ist dir doch klar, oder?«, sagt Andrew herablassend und schaut mich an, als hätte ich keine Ahnung von Sparsamkeit. Andrew ist nicht besonders gut, und das weiß er auch. Seine Angst davor, gefeuert zu werden, maskiert er gern mit Unhöflichkeit.

»Keine Sorge, Andrew, ich werde das Budget nicht für Tampons und Schuhe verschwenden, das hab ich alles unter Kontrolle, denke ich.« *Ich* bin unhöflich, um für mich einzutreten.

»Und wir werden Überstunden machen müssen. Kleines Budget heißt immer auch lange Tage«, fährt er klugscheißerisch fort.

Und es geht los! An dieser Stelle muss ich meine Situation noch einmal erklären, auch wenn die drei sie schon sehr gut kennen.

»Ich muss um fünf Schluss machen und Annie von der Betreuung abholen«, sage ich. Wie immer achte ich darauf, »von der Betreuung« zu sagen und nicht »von meiner Mum«. Wenn sie meinen, ich bezahle dafür, nehmen sie es sofort wesentlich ernster.

Auf mein Geständnis, dass ich, wie Andrew es einmal ausdrückte, »unengagiert« bin, folgt erwartungsgemäß ein Augenrollen von Adam, ein übellauniges Schnauben von Andrew und ein Wechsel des Beinüberschlags von Samuel. Sie wissen genau, was sie tun, und sie wissen auch, dass alles gut wird.

»Nach halb sechs gibt es an Wochentagen keine Betreuung mehr«, fahre ich deshalb unbeeindruckt fort. »Das wisst ihr genau.«

»Kannst du deine Tochter nicht zu deiner Mutter bringen, wenn es viel zu tun gibt?«, schlägt Adam vor und fordert sein Glück heraus.

»Nein, kann ich nicht«, erwidere ich, absolut kompromisslos.

Natürlich könnte meine Mum Annie ein bisschen länger nehmen, aber darum geht es hier nicht. Ich möchte Zeit für meine Tochter haben. Um fünf habe ich Feierabend, das war die Abmachung, die ich unterschrieben habe, als ich vor vier Jahren bei Great Big Productions eingestiegen bin, und Adam hat von Anfang an versucht, diese Klausel aufzuweichen.

»Na gut«, sagt Andrew, schnaubt und verschränkt die Arme wie ein bockiges Kind. Auch Samuel bekundet leise schmatzend sein Missfallen und schlägt die Beine wieder andersherum übereinander. Wie absurd es ist, dass sie die Zeit mit diesem unsinnigen Austausch verschwenden, entgeht ihnen völlig.

»Aber es ist einfach nicht fair, oder? Den anderen gegenüber?«, sagt Adam. Eigentlich hat er kein Problem damit, dass ich um fünf gehe, das weiß ich, denn es beeinflusst meine Arbeit nicht im Geringsten. Jetzt ergreift er lediglich die Gelegenheit, sich Geltung zu verschaffen.

»Ich bin alleinerziehende Mutter, Adam. Bitte komm mir jetzt nicht mit ›fair‹. Ich arbeite Vollzeit und bitte nur darum, um fünf gehen zu können. Morgens bin ich zwei Stunden vor allen anderen hier, und ich war seit drei Jahren keinen einzigen Tag krank. Ich mache meinen Job.«

Adam lässt sich ein paar Minuten Zeit, damit ich von der Anspannung Kopfschmerzen kriegen kann, dann sagt er: »Deinen ›Job zu machen‹ hat dir das Ganze ja eingebrockt.« Dreckiges Lachen, Wiehern, Schnauben. Und so weiter und so fort.

»Der war gut«, sage ich, lehne mich auf meinem Sitzsack zurück und erzeuge einen weiteren geräuschvollen Pups. »Sorry, riesen Lunch.«

Das bringt sie endlich zum Weitermachen.

Cam

Camilla Stacey – www.HowItIs.com

Ich bin eins fünfundachtzig, unechte Blondine, und wenn ich nicht auf meine Augenbrauen aufpasse, treffen sie sich in der Mitte. Außerdem sollte ich noch erwähnen, dass ich irre große Hände und Füße und ungewöhnlich lange Gliedmaßen habe. Vermutlich klingt das jetzt ein bisschen, als wäre ich das uneheliche Kind von Herrn Killekille und Vetter Itt, aber eigentlich bin ich ganz okay.

Ich sehe aus, als wäre ich am Amazonas geboren, aber in Wirklichkeit komme ich geradewegs aus Nordlondon – mein Dad stammt aus Woking, meine Mum aus Barnet. Ich bin einfach nur lang mit großen Händen, was soll man machen?

Trotz meiner Unvollkommenheiten hatte ich nie Probleme mit meinem Aussehen. Die Angst, im Bikini rumzulaufen oder vor einem Typen mein Top auszuziehen, kenne ich nicht. Über mein Gewicht mache ich mir keine Gedanken, weil ich nie zunehme, ganz egal, was ich esse. Ich trage Größe 36, obwohl mir wahrscheinlich auch 34 passen würde, wenn meine ausufernden Extremitäten nicht wären.

Mein Gesicht ist auch ganz hübsch. Ich sehe ein bisschen aus wie Emma Stone mit einer kräftigeren Nase und dunklerer Haut. Meine Augen sind groß und braun, ich habe irre lange Wimpern und von Natur aus eine gesunde Gesichtsfarbe. Zwar sind meine Zähne nicht gerade, aber nachdem Kate Moss dafür gesorgt hat, dass ein bisschen schief schön ist, habe ich nie an eine Zahnspange gedacht. Ich habe mir viel Zeit genommen, mich mit meinem Aussehen zu beschäftigen, nicht auf eitle, sondern eher auf wissenschaftliche Art. Ich habe mich oft nackt betrachtet, denn schließlich ist es ja mein Körper, und ich sollte ihn besser kennen als alle anderen. Um zu sehen, was die Männer sehen, habe ich mich vor den Spiegel gekauert, habe mein Gesicht im

Vergrößerungsspiegel inspiziert und meine Falten gezählt. Ich kenne mich richtig gut, weil ich mir die Zeit dafür genommen habe. Jetzt bin ich sechsunddreißig und glücklich mit mir selbst.

Vermutlich werden manche Leute, die das lesen, sauer auf mich, weil ich so ein positives Selbstbild habe, denn das darf man eigentlich nicht, richtig? Wir leben in einer Welt, die das Dünnsein zelebriert, die große Brüste oder einen knackigen Po feiert. Von der Gesellschaft werden wir alle ermuntert, uns schön zu machen und zu fühlen. Aber sobald eine Frau zugibt, dass sie ihr Äußeres mag, finden wir, das geht zu weit. Aber seid nicht sauer auf mich, weil ich sage, dass ich mein Aussehen mag. Schließlich behaupte ich ja nicht, perfekt zu sein, besser als alle anderen oder begehrenswert für die ganze Menschheit, ich meine nur, dass mein Äußeres nicht zu den Dingen gehört, die mich deprimieren. Ich habe jede Menge Probleme, aber mein Aussehen gehört nicht dazu.

Eigentlich kann ich doch nicht die Einzige sein, der es so geht. Also los, was seht ihr, wenn ihr in den Spiegel schaut?

Cam x

Stella

Was sehe ich, wenn ich in den Spiegel schaue?, überlege ich, während ich den letzten Bissen meines Buttercroissants verdrücke und dabei Camilla Staceys Blog lese. Ich liebe Cam, Alice und ich haben uns immer gegenseitig aus ihrem Blog vorgelesen. Es kam uns vor, als würde sie über Dinge nachdenken, über die wir uns noch nie Gedanken gemacht hatten. *Was ich im Spiegel sehe, Cam?* Na ja, meine Selbstbeschreibung würde nicht so positiv ausfallen wie deine, so viel ist sicher. Nicht weil ich mich selbst nicht attraktiv finde, ich habe kein Problem mit meinem Aussehen. Aber wenn ich in den

Spiegel schaue, trauere ich entweder der Vergangenheit nach, oder ich kriege Angst vor der Zukunft. Wahrscheinlich würde ich es nicht so hassen, in den Spiegel zu schauen, wenn ich ausschließlich mich sehen würde. Aber stattdessen starren mich die Geister meiner Mum und meiner Schwester an.

Ich scrolle meine Facebooknachrichten runter. Wie nicht anders zu erwarten, ist die Seite komplett überschwemmt.

Ich denk an dich xx

Hoffe, du schaffst heute ein Lächeln. Wo immer Alice sein mag, sie wird ein paar Gläser Sekt schlürfen, das weiß ich. x

Kann mir gar nicht vorstellen, wie du dich heute fühlst. Ich werde euch beide und eure wilden Geburtstagspartys niemals vergessen. Ich vermisse Alice so sehr. Alles Liebe x

Es fühlt sich immer noch unwirklich an. Hoffe, der heutige Tag ist nicht zu schmerzhaft für dich. Ich werde stolz mein pinkfarbenes Band tragen xx

Insgesamt sind es sicher fünfundzwanzig Nachrichten, in denen alles Mögliche steht, nur nicht »Happy Birthday«. Die meisten dieser Leute habe ich seit Alices Beerdigung vor fünf Jahren nicht mehr gesehen, aber sie schreiben immer noch jedes Jahr diese hohlen Nachrichten auf meine Seite. Ohne die Erinnerung, die sie von Facebook kriegen, würden sie es vermutlich vergessen.

Ich finde zahllose Status-Updates – Leute, die meinen, eine Beziehung zu Alice gehabt zu haben und ihrer Traurigkeit Ausdruck verleihen zu müssen. Leute, die – in der Hoffnung, selbst ein bisschen Mitleid und Beachtung abzukriegen – kummervolle Nachrichten posten, wie sehr sie Alice vermissen. Das ist alles so leicht zu durchschauen. Ich habe Alice hier kein einziges Mal erwähnt; ich hasse Posts, die nur um Aufmerksamkeit betteln. Diese Beiträge, in denen die Leute entweder offen oder in Rätseln über die schlimmen Dinge in ihrem Leben schreiben, damit ihre »Freunde« mit mitfühlenden Botschaften antworten. Eine davon, verfasst von Melissa Tucker, einem Mädchen, das mit uns auf der Schule war und mit Alice Basketball gespielt hat, lautet:

Heute ist der Geburtstag einer der besten Freundinnen, die ich jemals hatte. Sie war lustig und schön, freundlich und großzügig. Ich habe nie einen Menschen wie sie getroffen. RIP Alice Davies, ohne dich ist die Welt ein dunklerer Ort.

Sie hat nie einen Menschen wie Alice getroffen? Alice und ich waren eineiige Zwillinge. Keine Ahnung, ob Melissa grausam oder dumm ist, aber ich muss mich zusammenreißen, sie auf ihrer Seite nicht mit Beleidigungen zu bombardieren. Wer sagt denn so was?

Ich schaue auf den kleinen grünen Punkt links unten auf dem Bildschirm – »Alice Davies – online« – und stelle mir vor, wie sie in unserer Wohnung auf dem Bett liegt und verrücktes Zeug auf ihrer Facebookseite postet. Das hat sie immer gemacht.

Ich habe allen gesagt, dass ich ihr Profil gelöscht habe, als sie gestorben ist, aber das hab ich nicht. Stattdessen habe ich alle ihre Freunde gelöscht und ihren Account auf privat gesetzt. Jetzt bin ich ihr einziger »Freund«. Für die anderen ist ihre Seite nicht mehr da, aber ich kann sie anschauen, wann immer mir danach ist, und alle ihre alten Posts lesen. Zum Beispiel den darüber, dass sie das Würstchen-Gericht, das sie kochen wollte, leider nicht machen kann, weil im lokalen Sainsbury die Kirschtomaten ausverkauft sind. Die alltäglichen, total profanen Posts mag ich am liebsten. Einfach nur Alice, die vor sich hin dümpelt und ihr Leben lebt.

Jeden Morgen, wenn ich zur Arbeit komme, logge ich mich auf dem Smartphone mit ihrem Account ein, damit es, wenn ich an meinem Computer bin, so aussieht, als wäre sie online. Der kleine grüne Punkt gibt mir das Gefühl, dass sie ganz nah bei mir ist, auf ihrem Bett sitzt und jeden Moment Hallo sagen könnte.

»Hi«, sagt Jason, der gerade aus seinem Büro kommt, und ich falle fast vom Stuhl. »Sorry, ich wollte dich nicht erschrecken.«

Hastig schließe ich Facebook und öffne die Firmenwebsite, obwohl es echt seltsam wäre, wenn ich einfach hier sitzen und sie anstarren würde. Aber wahrscheinlich sieht Jason sowieso nicht hin, die Art Chef ist er nicht.

»Ich muss los. Mir graut davor!«, sagt er und baut sich mit verschränkten Armen vor mir auf. Das ist Jasons Standardkörperhaltung, die aber nichts Defensives oder Unhöfliches an sich hat. Wenn er seine Kamera nicht festhält, bewegen sich seine Hände automatisch in diese Position.

»Ach, du solltest keine Angst haben. Es ist alles in Ordnung, sie möchte einfach nur wissen, wie du zurechtkommst. Du musst ihr noch nichts zeigen«, versuche ich ihn zu beruhigen.

»Na ja, ich hätte den ersten Entwurf letzte Woche abgeben sollen, also muss ich wohl erklären, warum ich es nicht getan habe.«

»Sag ihr, dass alles gut läuft und du gut in der Zeit liegst. Darf ich einen Vorschlag machen? Du musst eine Weile offline gehen – komplette Internetsperre. Und natürlich auch kein Fernsehen. Bis das Buch fertig ist.«

»Das klingt ja schrecklich. Aber vielleicht hast du recht«, sagt er und holt einen Arm aus der Verschränkung, um sich das Gesicht zu reiben. Er sieht mitgenommen aus, aber das steht ihm. Jason hat ziemlich viele Falten, und selbst wenn er behauptet, gut geschlafen zu haben, sieht er nicht danach aus. Normalerweise trägt er locker sitzende Hemden und Jeans. Er ist groß und schlank und so energiegeladen, dass es an Hibbeligkeit grenzt. Sein Hirn springt von einem Gedanken zum anderen, es lässt ihm keine Zeit, darüber nachzudenken, was er sagt, deshalb macht er oft unpassende Bemerkungen, aber das Funkeln in seinen Augen bringt seine Mitmenschen dazu, ihm nahezu jeden Fauxpas nachzusehen. Ein Teil seines Charmes besteht darin, dass er offen und umgänglich ist. Deshalb ist er auch so gut in seinem Job. Jedenfalls was das Fotografieren angeht. Beim Bücherschreiben erweist er sich derzeit leider als nutzlos.

»Ich hab eine App gefunden, die praktisch eine Kindersicherung für den Computer ist – du kannst nichts machen, bis du eine bestimmte Anzahl von Wörtern geschrieben hast. Willst du die mal ausprobieren? Ich kann auch deine Apps für soziale Netzwerke löschen und Sperren für dein Telefon einrichten«, schlage ich vor, weil ich denke, das ist womöglich seine einzige Hoffnung.

Jason zieht seinen Laptop aus seiner Tasche und stellt ihn vor mich auf den Schreibtisch.

»Leg los! Ich muss anscheinend drastische Maßnahmen ergreifen. Lass den Laptop danach einfach auf meinem Schreibtisch stehen, ich arbeite morgen hier. Kannst du mein Smartphone dann am Montag präparieren?«

»Klar, kein Problem.«

Dann schaut er mich einen Moment zu lange an, und ich hebe den Kopf, damit er weitermacht.

»Du kannst dich echt glücklich schätzen, Stella, weißt du das? Dafür, dass nicht dein ganzes Leben ins Stocken gerät, wenn dir nichts mehr zu sagen oder zu schreiben oder zu fotografieren einfällt. Morgens kommst du zur Arbeit, abends gehst du heim zu deinem Freund, in die Wohnung, die dir gehört, und du weißt, dass es am nächsten Tag wieder so sein wird, dass alles perfekt ist. Ich beneide dich.«

Jason beneidet mich? Wie bitte? Ich muss mich zurückhalten, um nicht aufzuspringen und ihn so laut anzubrüllen, dass er vor

Schreck rückwärts auf den Boden knallt. Er ist neidisch auf *mein* Leben? Hat er die geringste Ahnung, wie mein Leben wirklich ist? Nein, hat er nicht. Ich habe ihm nie etwas von mir erzählt. Nichts von meiner Mum, nichts von Alice, nichts von meiner Gesundheit. Er verfügt nur über ein Basiswissen – ich wohne in London, in meiner eigenen Wohnung, mit Phil, meinem Freund. Das ist alles, was mein Chef wissen muss. Andererseits finde ich es schon seltsam ... wir treffen uns fünf Tage die Woche in diesem Studio, sind acht Stunden pro Tag zusammen und reden fast ununterbrochen – na ja, *er* redet. Eigentlich habe ich keine Ahnung, wie es überhaupt möglich ist, so oberflächlich über die Untiefen des realen Lebens hinwegzusegeln und trotzdem so gut miteinander auszukommen, aber offenbar ist es möglich, und wir tun es. Ein gelungenes Arbeitsverhältnis hat alle Qualitäten einer schlechten Beziehung. Wenn es doch bloß so einfach wäre, so viel Zeit mit einem festen Freund zu verbringen.

»Ich weiß wirklich nicht, ob ich mein Leben als perfekt bezeichnen würde«, sage ich, womit ich die äußerst unvollkommene Situation, in der ich existiere, beherzt verharmlose.

»Also für mich sieht dein Leben ziemlich gut aus. Du hast einen Freund. Sicherheit. Du wirst heiraten, Kinder kriegen. Eine richtige Familie haben. Ich dagegen werde wahrscheinlich einsam in meinem Studio sterben, erschlagen von einem Stativ – oder ähnlich erbärmlich.«

Er schaut ziellos im Studio umher, seine blauen Augen funkeln immer noch in seinem alternden, zerfurchten Gesicht. Normalerweise umschiffen wir die persönlichen Details unseres Lebens, aber irgendetwas an diesem Buchprojekt zwingt ihn, seine Umgebung mit neuen Augen zu betrachten. Mich eingeschlossen.

»Eigentlich bin ich neidisch auf *dich*«, erwidere ich leise, denn in meinem Hinterkopf meldet sich ein Stimmchen, das ein großes Bedürfnis hat, gehört zu werden. »Du kannst kreativ sein, und die Menschen freuen sich darüber. Mit deinen Fotos veränderst du ihre Sicht auf die Welt. Schau sie dir an«, sage ich und gestikuliere zur Studiowand, an der riesige Drucke seiner Arbeiten hängen und dafür sorgen, dass mir nie langweilig wird. Porträts, die so detailliert sind, dass man das Gefühl hat, die Gedanken der Betreffenden auf ihren Gesichtern lesen zu können. »Du fängst Momente ein, die uns entgehen würden, wenn du sie uns nicht zeigen würdest. Und jetzt schreibst du ein Buch. Etwas, das noch länger leben wird als du selbst. Ein materieller Beweis, dass du gelebt hast. Vielleicht werden in fünfzig Jahren irgendwelche Leute in einem Hotel sitzen oder in einem Flughafen warten oder das Bücherregal eines Freundes durchstöbern und ein Exemplar deines Buchs entdecken. Dann schauen sie sich deine Bilder an und lesen deine Worte und fragen sich, wer diese brillante Person wohl war. Auf dem Cover finden sie deinen Namen. ›Jason Scott‹ sagen sie dann laut und denken darüber nach, wie klug du warst und wie dankbar sie sind, weil du sie inspirierst und ihnen die Wartezeit verschönst. Irgendwann legen sie das Buch schließlich beiseite, und jemand anderes kommt vorbei und findet es genauso toll. Das ist dein Vermächtnis. Die großartige Arbeit, die du geleistet hast. *Du* bist nämlich der Glückspilz.«

Eine lange Pause tritt ein, in der Jason mich sehr intensiv ansieht. Manchmal muss ich ihn mir auf der Toilette vorstellen, um den Gedanken loszuwerden, wie sexy er ist. »Das klang wie eine Rede, die du seit Wochen einstudiert hast«, sagt er, vermutlich weil er noch nie etwas so Tiefsinniges aus meinem Mund gehört hat. Normalerweise bin ich vermutlich eher die rigorose Assistentin. Deshalb hat er mich eingestellt. Er ist ein schusseliger Künstler, der nichts auf die Reihe kriegt, und ich organisiere gern die Angelegenheiten anderer Menschen, weil es mich von dem Chaos in meinem eigenen Kopf ablenkt.

»Ich denke einfach, du solltest stolz auf das sein, was du erreicht hast, auch wenn es manchmal harte Arbeit ist«, fahre ich fort und klappe seinen Laptop auf, als wäre das Gespräch damit beendet.

»Du hast recht, das sollte ich«, meint er und beobachtet mich einen Augenblick, während ich nach der Sperrsoftware suche und anfange, sie runterzuladen.

»Du kannst gut mit Worten umgehen. Vielleicht könntest du mein Buch schreiben?« Er zwinkert mir zu. Und meint den Vorschlag nur halb im Scherz. »Hast du heute Abend schon was vor?«

»Um ehrlich zu sein – ich habe heute Geburtstag. Nur ein kleines Abendessen mit Phil und ein paar Freunden«, antworte ich und klinge dabei genauso wenig begeistert wie ich bin.

»Verdammt, Stella. Du hättest was sagen sollen, ich hätte dir ein Geschenk besorgt. Wohin geht ihr?«

»Ach, nichts Glamouröses. Ein nettes Tapas-Lokal in der Bermondsey Street. Pizarro. Ganz locker.«

»Ist es ein runder? Wirst du sechzig oder so?«, fragt er und findet sich offenbar ziemlich witzig.

»Ey, Vorsicht! Nein, ich bin einfach bloß neunundzwanzig. Nichts Besonderes, keine große Sache.«

»Okay – na, dann viel Vergnügen. Lass dich ordentlich volllaufen und mach was Verrücktes. Wir sehen uns am Montag.«

»Ja, bis Montag«, wiederhole ich und schaue ihm nach.

Als die Tür ins Schloss fällt, schiebe ich seinen Laptop zur Seite und setze mich wieder an meinen eigenen. Ein paar Momente starre ich auf den kleinen grünen Punkt. Er soll irgendetwas tun, das mir zeigt, dass Alice wirklich da ist. Natürlich ein unerfüllbarer Wunsch. Ich klicke auf ihre Seite und schreibe: *Happy Birthday, Schwesterherz. Ich vermisse dich x*

Dann packe ich meine Sachen zusammen und gehe.

Tara

Ich kann Annie nur ganz selten von der Schule abholen, deshalb bin ich donnerstags, wenn sie zum Tanzkurs geht und um vier Schluss hat, immer zur Stelle. Zwar muss ich dann früher aufhören, aber ich trage die stummen Vorwürfe meiner Kollegen und mein daraus resultierendes schlechtes Gewissen mit Fassung, weil das ein Klacks ist im Vergleich mit den Mutterschuldgefühlen, die mich quälen, wenn ich es nicht tue. Eine alleinerziehende berufstätige Mutter zu sein bedeutet für gewöhnlich, dass immer irgendwo jemand nicht mit mir zufrieden ist. Ganz gleich, ob es die Arbeit ist oder meine Tochter, ich muss mich meistens bei einer von beiden dafür entschuldigen, dass ich ihr nicht genug Zeit gewidmet habe. Dieses Gefühl, nie wirklich zu genügen, macht mir sehr zu schaffen. Würde ich mehr verdienen und wäre ich besser in meinem Job, wenn ich nicht um fünf nach Hause ginge? Wäre meine Tochter glücklicher, wenn ich immer um vier Feierabend hätte? Wer weiß, wie man das alles richtig hinkriegen soll – ich weiß es nicht. Aber ich werde das Gefühl nicht los, dass die anderen Mums, die am Schultor warten, mich grässlich finden.

Ich habe mir erfolgreich eingeredet, dass sie mich wegen der Situation, in der ich lebe, allesamt verurteilen, deshalb tue ich auch nichts dafür, mit ihnen in Kontakt zu kommen. Das wiederum bedeutet, dass sie sich auch nicht bemühen, mit mir in Kontakt zu kommen. Alle stehen herum und plaudern wie alte Freundinnen, während ich beim Warten auf meinem Smartphone Mails beantworte und kaum mal hochschaue, um jemandem Hallo zu sagen. Bestimmt denken sie, ich bin total eingebildet oder unhöflich. Vermutlich benehme ich mich tatsächlich unhöflich, denn ich ignoriere sie ja in voller Absicht, aber wenn sie sich mehr um mich bemühen würden, dann würde ich mich auch mehr um sie bemühen. Denken diese Frauen denn nie: »Hey, sie hat niemanden zum Quatschen. Sie erzieht ihr Kind allein. Gehen wir zu ihr rüber, damit sie sich nicht so ausgeschlossen fühlt«? Nein, nichts dergleichen. Sie quatschen einfach weiter und fällen ganz nebenbei ihr Urteil über mich, weil Annie keinen Vater hat und meine Mutter den größten Teil der Kinderbetreuung übernimmt. Mum meint, ich bin paranoid, und mit ihr reden sie auch ganz normal, also haben sie offensichtlich nur mit mir ein Problem. Aber für wen halten die sich eigentlich? Ist es vielleicht besser, Hausfrau und Mutter zu sein, als so viel zu arbeiten wie ich? Sind diese Frauen etwa glücklicher als ich? Wer weiß, und wen kümmert das überhaupt? Ich konnte mich noch nie allein auf der Grundlage, dass wir beide Kinder haben, mit einer anderen Frau anfreunden. Diese ganzen Kurse für junge Mütter mit ihren Babys, wo wir unsere Gefühle offen mit den anderen teilen, Tipps geben und Hilfe annehmen sollten – ich habe das gehasst. Ich fühlte mich wie ein Signalfeuer der Disharmonie in einem Raum, in dem sich alle anderen einig waren. Schon nach wenigen Wochen stieg ich aus diesen Kursen wieder aus. Annie und meine Mum waren alles, was ich brauchte. Wenn man allein lebt, lernt man rasch, dass es am besten ist, auf möglichst wenige Menschen angewiesen zu sein. Mein Dorf war klein, aber unzerstörbar. In der Geborgenheit meiner eigenen Entscheidungen war ich sehr glücklich.

Fünf Jahre später stehe ich am Schultor und kann mich immer noch nicht in diese Welt einfügen. Es ist schwer, mit jemandem einen gemeinsamen Nenner zu finden, wenn man den Tag damit verbracht hat, aus einem aufdringlichen sexbesessenen Kerl Informationen herauszupressen, während die potentielle Gesprächspartnerin wahrscheinlich damit beschäftigt war, Einzelportionen Lasagne in Ziplockbeutel zu stopfen. Ich finde es schwierig, rumzustehen und mich mit Leuten, die den ganzen Tag mit der Erziehung ihrer Kinder befasst sind, über Kindererziehung zu unterhalten. Diese Menschen sind eine andere Spezies. *Los Annie, beeil dich und komm endlich raus*!

»Tara!«, ruft plötzlich eine freundliche Stimme, auf die ich überhaupt nicht gefasst bin. Als ich mich umdrehe, erkenne ich Vicky Thomson. Ihre Tochter Hannah geht in Annies Klasse. Vicky ist eine gelangweilte Hausfrau, die unbedingt wieder arbeiten gehen möchte und glaubt, sie könnte einen Job beim Fernsehen kriegen, obwohl sie null Berufserfahrung hat. Unermüdlich bombardiert sie mich mit Ideen, als wäre ich Simon Cowell und hätte die Macht, ihr Leben zu verändern. Ärgerlicherweise sind manche ihrer Ideen sehr gut.

»Tara«, ruft sie und kommt eilig auf mich zu. »Ich hatte schon gehofft, dich hier zu treffen, ich habe nämlich die Idee, von der ich dir erzählt habe, noch mal überarbeitet«, fährt sie fort, in der Annahme, dass ich mich noch genau an diese Idee erinnere. »Ich dachte, vielleicht könnte man die schwulen Leute am Ende zusammenbringen?«

»Sorry, aber welche Idee meinst du denn?«, frage ich ein bisschen barsch. Vicky gehört zu den Leuten, die einen nie mehr in Ruhe lassen, wenn man ihnen zu viel Feedback gibt. In meinem Bestreben, nicht aufzufallen, ist sie hier wirklich keine Hilfe.

»Na meine Idee ›Schule gegen Schwule‹. Die Idee für den Film über Schwule, deren Eltern sie nicht schwul sein lassen wollen und sie deshalb in ein Trainingslager nach Amerika schicken, wo sie »entschwult« werden sollen. Du hast gesagt, die Idee gefällt dir, deshalb hab ich weiter daran gearbeitet. Vielleicht kannst du sie deinem Studio anbieten? Ich möchte so gern wieder arbeiten, drei Kinder in sechs Jahren, das reicht, ich muss echt mal an was anderes denken, jetzt, wo sie alle in der Schule sind, weißt du.«

»Die Idee ist großartig«, sage ich höflich.

»Was meinst du, wollen wir sie nicht mal deiner Produktionsfirma pitchen?«, drängelt sie.

»Ich denke, die Idee ist interessant, aber wir entwickeln gerade etwas ganz Ähnliches, deshalb bin ich nicht sicher, ob es passt«, erwidere ich – meine Standardantwort, wenn Leute mir eine Idee verkaufen wollen, die mir irgendwie gefällt. So bin ich nämlich abgesichert, falls ich die Idee klauen möchte.

»Oh. Okay. Und wie ist es mit meiner Idee über die Frauen, die sich einen Penis wünschen, aber nicht wollen, dass die Gesellschaft sie als Männer betrachtet?«, fragt sie und hängt an mir wie ein Hündchen, das Lammfleisch in meiner Tasche riecht.

»Warte, gibt es so was?«, hake ich nach, denn auf einmal will der TV-Hai in mir mehr darüber erfahren.

»Jepp, hab ich im Internet gefunden.«

»Himmel, wonach hast du denn da gesucht?«

»Chicks with Dicks«, antwortet sie, als wäre es das Normalste der Welt.

»Warum?«

»Weiß ich nicht genau. Wahrscheinlich wollte ich nur wissen, wie es wäre, eine Frau mit Penis zu sein.«

»Wünschst du dir einen Penis?«

»Nein.«

»Gut.«

In diesem Moment öffnen sich die Schultore, und die Kinder strömen heraus wie verschüttetes Öl; sobald sie ihre Eltern erreichen, lässt das Tempo nach. Annie ist eine der Letzten, langsamer als sonst. Ich kann sehen, dass sie traurig ist.

»Was ist los, Annie?«, frage ich und knie mich hin, so dass wir auf Augenhöhe sind. »Ich dir schlecht?«

Langsam schüttelt sie den Kopf und senkt den Blick.

»Ist was passiert in der Schule? War jemand gemein zu dir?«

»Nein, nicht gemein. Aber Trudy macht am Samstag eine Party, und ich kann nicht hin, weil ihre Mum gesagt hat, es gibt keinen Platz mehr für mich.

»Warum sagt sie denn so was?«, frage ich, bin aber nicht überrascht, denn wie mir scheint, ist Trudys Mum eine dumme Kuh. Als ich letztes Weihnachten zu spät zum Krippenspiel kam, hat sie mir deutlich ihre Missbilligung gezeigt. Ein waschechtes Tzz-tzz. Dabei musste ich mich mitten in einem Dreh abseilen, worüber Adam sich mächtig aufgeregt hat, aber ich bin trotzdem gegangen, weil ich Annie nicht im Stich lassen wollte – nur um dann von dieser Supermum angeraunzt zu werden, weil ich die Tür ausgerechnet in dem Moment aufmachte, als die Jungfrau Maria (Trudy) gerade nach einer Übernachtungsmöglichkeit sucht. Ich bin ja nicht mitten in eine Vorführung von *Macbeth* im National Theatre reingeplatzt, oder? Ich hab mich nach hinten gestellt und Annie zugewinkt, die auf der Bühne stand und den großartigsten Esel gegeben hat, den ich je gesehen habe. Leider ist ihr ein Ohr abgefallen, als sie mir zurückgewinkt hat, was Trudys Mum ein erneutes Tzz-Tzz entlockte. Damals war mir das vollkommen gleichgültig, denn ich wusste, dass ich Annie eine Riesenfreude gemacht hatte, weil ich da war, verspätet oder nicht.

»Okay«, sage ich und rubble Annie sanft die Arme. »Darum kümmern wir uns am besten gleich, ja?«

Ich nehme ihre Hand und marschiere rüber zu Trudy und ihrer Mum, die gerade einer anderen Mum die Einzelheiten der Party am Samstag erläutert.

»Das Thema ist Disney«, sagt sie. »Und bring ruhig auch deinen Mann mit – je mehr, desto besser!« Gerade als sie den Satz vollendet, sieht sie mich heranstürmen und hustet, als könnte sie damit die Worte übertönen, die soeben aus ihrem Mund gekommen sind.

»Hallo«, sage ich energisch.

»Hallo. Komm, Trudy, Zeit zu gehen.« Damit packt sie Trudys Hand und will sie wegzerren.

»Moment mal«, rufe ich mit etwas mehr Nachdruck. Sie bleibt

stehen und setzt das gestresste Gesicht auf, das andeutet, dass sie keine Szene wünscht. »Annie hat mir gesagt, bei der Party ist kein Platz mehr für sie, aber ich dachte, das ist vielleicht ein Missverständnis, denn Annie ist ja eine sehr gute Freundin.«

»Na ja«, meint Trudys Mum, schaut sich um und hofft offensichtlich, dass jemand sie rettet. »Das Haus ist nicht groß genug für alle. Die Kinder, die Eltern …«, fährt sie fort, während ich mir das Hirn zermartere, weil mir der Name dieser Frau einfach nicht mehr einfällt. Heißt sie vielleicht Verity?

»Vielleicht dachten Sie ja, Annie hat schon was vor?«, sage ich, sehr überzeugend. Ich werde nicht zulassen, dass sie Annie so etwas antut, es ist echt grausam.

»Trudy, möchtest du, dass Annie zu deiner Party kommt?«, frage ich und fahre jetzt die großen Geschütze auf.

»Yay!«, ruft Trudy und strahlt übers ganze Gesicht. Auch Annie sieht schon froher aus. Ich mustere Trudys Mum mit einem harten, entschlossenen Blick, der ihr keine andere Wahl lässt als einzuknicken. Sie beugt sich zu mir, und Trudy und Annie spitzen die Ohren, um zu hören, was sie mir zuraunt.

»Ich glaube, Sie sollten wissen, dass Annie inakzeptable Dinge zu Trudy gesagt hat. Ich weiß nicht, was bei Ihnen zu Hause vor sich geht, aber es gefällt mir nicht, wenn meine Tochter heimkommt und mich fragt, was ein Perverser ist, weil ihre Freundin ihr erzählt hat, dass ihre Mummy einen kennt.«

Auf einmal habe ich einen Kloß im Hals. *Annie wird meinetwegen aus ihrer sozialen Gruppe gedrängt*? Eine ziemlich dicke Mutterschuldpille, die ich da runterwürgen muss.

»Schauen Sie, Annie hat mich offenbar am Telefon über ein Fernsehprogramm sprechen hören, an dem ich gerade arbeite. Es geht um sexuelle Belästigung, ich kann Ihnen versichern, dass in unserem Haus nichts Ungehöriges passiert. Da gibt es keine Perversen. Ich könnte Ihnen nicht mal sagen, wann wir das letzte Mal einen Mann zu Besuch hatten. Jetzt wissen Sie Bescheid über meinen Job und über mein Sexleben. Also, Verity – kann Annie nun zu Trudys Party kommen oder nicht?«

In meinem Job habe ich gelernt, direkte Fragen zu stellen. Man kriegt bei einem Interview nicht viel raus, wenn man nicht danach fragt.

Verity macht ein noch gestressteres Gesicht und hält Trudy schnell die Ohren zu, für den Fall, dass ich noch etwas Schreckliches sage. Dann stößt sie ein lautes, übertriebenes Schnauben aus. Annie, Trudy und ich starren sie an und warten auf eine Antwort.

»Geben Sie sich einen Ruck, Verity«, sage ich. »Ich werde mit Annie über das reden, was sie da gehört hat, und ich werde in Zukunft noch vorsichtiger sein mit meinen telefonischen Arbeitsgesprächen. Aber bitte lassen Sie meine Tochter nicht dafür büßen.«

»Oh, okay«, seufzt sie und gibt endlich nach. »Disney. Von eins bis drei.« Dann schnappt sie sich wieder Trudys Hand und zieht sie mit sich. »Und übrigens heiße ich Amanda, nicht Verity.«

Wow, das ging ja voll daneben. Viel weiter vom Ziel hätte ich kaum entfernt sein können.

»Siehst du«, sage ich und gehe wieder vor Annie in die Knie. »Alles in Ordnung, ihr war nur nicht klar, dass du gerne kommen wolltest. Freust du dich?«

»Ja. Aber ich brauche ein Kostüm«, antwortet meine Süße, und als sie fortfährt: »Darf ich als Prinzessin gehen?«, wird mir mit Schrecken klar, dass ich mir jetzt etwas ausdenken muss.

Ich stehe auf, nehme ihre Hand, und wir gehen zurück zum Auto.

»Was hab ich dir über Mädchen und Prinzessinnen erklärt? Erinnerst du dich?«

»Du hast gesagt, Mädchen müssen nicht unbedingt Prinzessinnen sein.«

»Stimmt genau. Das machen nämlich garantiert alle, und da sollten wir uns doch lieber was anderes ausdenken, oder?«

»Ja!«

»Das ist meine Tochter!«

»Mummy«, sagt sie, als ich sie anschnalle. »Was ist ein Sexleben?«

Ich muss echt besser aufpassen, was ich sage.

Cam

»Okay, Liebes, die Regale stehen alle«, sagt Cams Dad, als er aus ihrem Schlafzimmer kommt. Sie sitzt auf dem Fenstersitz ihrer tollen neuen Wohnung und überlegt, wo sie die Chaiselongue hinstellen soll, die sie bei eBay gefunden hat und die gerade angeliefert wurde. »Brauchst du noch was?«

»Nein danke, Dad. Das war alles.« Liebevoll schaut sie ihn an. »Ich kann so erwachsen werden, wie ich will – meinen Dad werde ich beim Regale Aufbauen immer brauchen, stimmt's?«

»Das hoffe ich doch. Und selbst wenn nicht, musst du bitte trotzdem so tun, als brauchst du mich, okay?«, sagt er, geht zu ihr und nimmt sie in den Arm. Sie wissen beide, dass Cam in puncto Heimwerken genauso gut ist wie ihr Vater. Dass sie ihn um Hilfe bittet, geschieht immer ihm zuliebe, nicht ihretwegen.

»Ich bin so stolz auf dich, Camilla. Ich hab mein Leben lang gearbeitet und bezweifle, dass ich je so viel erreicht habe wie du.«

»Du hast vier Töchter großgezogen, Dad. Das war eine reife Leistung, würde ich sagen.«

»Jepp, mein Leben hat sich definitiv auf euch konzentriert, mit Sicherheit.«

Voller Zuneigung sieht Cam ihn an. Sie war schon immer auf der gleichen Wellenlänge wie ihr Dad, viel mehr als ihre drei Schwestern. Bevor Tanya, die älteste von ihnen, auf die Welt kam, hat er Comedyveranstaltungen organisiert und war viel unterwegs. Das war kein wirklich stabiler Arbeitsplatz, er arbeitete oft bis spät in die Nacht, was mit einem Baby nicht gut funktionierte, also hörte er auf. Da er keine richtige Qualifikation hatte, nahm er in der örtlichen Schule eine Stelle als Hausmeister an und blieb dort, bis er sich vor vier Jahren zur Ruhe setzte. Spaß machte ihm die Arbeit dort nie, sie war unkreativ und anstrengend. Aber er blieb dabei – weil er ein guter Vater ist und weil Leute mit Kindern solche Opfer eben bringen.

»Ich hab euch immer gesagt, Erfolg ist, wenn man glücklich ist, richtig?«, sagt er. »Die meisten Leute legen viel zu viel Wert darauf, möglichst viel Geld zu verdienen. Ich war nie reich, aber ihr wart allesamt gesund und fröhlich, und egal, was ich tagsüber machen musste, sobald ich heimkam, kam ich mir vor wie der reichste Mann der Welt.«

»Jepp, das hast du immer gesagt«, bestätigt Cam. Sie weiß, dass er es nicht wirklich so meint. Wenn es nach ihm gegangen wäre, hätte er weiterhin Comedyveranstaltungen organisiert, und die Familie wäre irgendwie damit zurechtgekommen. Aber Cams Mum wünschte sich Stabilität, und so, wie ihr Dad gestrickt ist, versucht er derartige Argumente nicht wegzudiskutieren. »Aber ich liebe es, richtig verfickt viel Geld zu haben«, fügt Cam hinzu und knufft ihren Vater sanft in die Rippen.

Sie lachen beide.

»Lass das bloß deine Mutter nicht hören«, sagt er, und natürlich würde Cam Ausdrücke wie »verfickt« in Gegenwart ihrer Mutter niemals in den Mund nehmen. Sie und ihr Dad hatten immer die gleiche Art Humor und ein großes gegenseitiges Verständnis. Er ist der einzige Mensch in der Familie, der Cams Entscheidungen nie in Frage stellt, und schon aus diesem Grund liebt sie ihn über alle Maßen.

»Du warst immer anders als die anderen, Camilla. Du bist dir selbst immer treu geblieben und hast nie versucht, den Erwartungen anderer gerecht zu werden. Ich bin stolz auf dich, mein Mädchen.«

»Echt, Dad! Hör bitte auf damit. Ich bin grade erst eingezogen, in dieser Wohnung sind keine Tränen erlaubt, nicht mal Freudentränen.« Noch eine Umarmung. Ehe Cam sich losmacht, flüstert sie ihrem Dad ein »Danke« ins Ohr.

»Wofür dankst du mir? Das hast du alles ganz allein gemacht.«

»Ja, schon. Aber nur, weil du mich immer dazu ermutigt hast, ich selbst zu sein. Ich bin nicht wie meine Schwestern, und du hast mich rausfinden lassen, wie ich auf meine eigene Art glücklich werde.«

»Ich hatte keine andere Wahl. Es gab nie eine Alternative, du konntest einfach nicht anders sein, als du bist«, sagt er, löst sich von seiner Tochter und macht sich auf den Weg zur Tür. »Ruf mich an, wenn ich noch irgendwas erledigen soll. Okay?«

»Mach ich.«

»Und keinen Männerbesuch, hörst du!«

»Ach Dad! Okay, geh ruhig. Mum wird schimpfen, wenn du zu spät zum Abendessen kommst. Ich liebe dich. Bye.«

Cam schiebt ihn aus der Tür. »Vorsicht auf der Treppe«, sagt sie, schließt dann die Tür und lehnt sich dagegen. Langsam lässt sie den Blick umherwandern, und ein breites Lächeln erscheint auf ihrem Gesicht. Eine viktorianische Drei-Zimmer-Küche-Bad-Wohnung in Highgate für eins Komma zwei Millionen, mit einem hinreißenden Blick quer über London. Sie hat Möbel aus der Zeit aufgetrieben, aus der auch das Haus stammt, und sie mit furiosen modernen Gemälden kombiniert. Hell, wunderschön, und alles gehört ihr. Und das Ganze in einer Gegend, von der die meisten Leute nur träumen können. Sie kann es selbst nicht glauben.

Genüsslich lässt sie sich wieder auf die erbsengrüne viktorianische Chaiselongue zurücksinken, greift sich ihren Laptop und platziert ihn auf den Oberschenkeln. Dann öffnet sie *HowItIs.com* und freut sich wieder einmal diebisch darüber, was aus ihrer Seite geworden ist. Nicht nur bringt sie zwanzigtausend Pfund pro Monat an Werbeeinnahmen, sie hat sie berühmt gemacht, ihr ein Publikum verschafft. Cam war mit Menschen im direkten Kontakt nie sonderlich gut, aber sie hatte immer eine Menge zu sagen. In der Schule machte ihr diese eher unglückliche Kombination das Leben schwer; wer den Kopf voller Gedanken, aber kein passendes Ventil dafür hat, sie zu äußern, neigt dazu, zu viel zu denken und zu wenig zu sagen. In Cams Fall zeigte sich das Phänomen als soziale Unbeholfenheit, an der andere Kids wenig Spaß hatten, so dass Cam unweigerlich in eine Außenseiterrolle geriet. Bis das Internet auf der Bildfläche erschien und sie mit Anfang zwanzig plötzlich die Möglichkeit hatte, der Welt zu zeigen, wer sie wirklich war, eine Chance, sich ohne den Stress sozialer Interaktion zu artikulieren. Das veränderte ihr Leben von Grund auf.

An den Wänden sind Kisten gestapelt, der Fernseher steht noch unausgepackt in der Kiste auf dem Boden. Es wird noch ein paar Tage dauern, bis das Internet angeschlossen ist, deshalb benutzt Cam einen Surfstick, was bedeutet, dass sie überall bloggen kann. Dass sie sich so für ihre Arbeit engagiert, hat sie zu dem gemacht, was sie inzwischen ist.

Als eine der ersten Lifestyle-Bloggerinnen hat sie ihren Platz gefunden als Anlaufpunkt Nummer eins für Frauen, die Klartext reden. So jedenfalls hat es *The Times* in ihrer Liste der Dinge formuliert, die »im kommenden Jahr angesagt sind«. »Jede Frau ist scharf darauf, das Cam-Stacey-Gütesiegel zu kriegen …« (*Guardian*, Januar 2016). Mit nahezu zwei Millionen Abonnenten und acht wichtigen Anzeigenkunden scheffelt sie die Pennys und krallt sich die Liebe. Aber das heißt keineswegs, dass sie nicht vorsichtig sein muss. Blogging ist ein gefährliches Geschäft, vor allem, wenn man über Frauen spricht, und das so direkt und provokant wie Cam. Frauen wünschen sich Rollenvorbilder; sie unterstützen prominente Geschlechtsgenossinnen, die den Weg für fortschrittliche Gedanken bahnen, und bejubeln sie als Heldinnen, aber wenn sie Mist bauen, das Falsche sagen oder ein bisschen *zu* kontrovers argumentieren, wirft man sie den Wölfen zum Fraß vor.

Letztes Jahr ist einer Freundin von Cam genau das passiert. Einer großartigen Frau namens Kate Squires. Sie hat über ihr Leben als berufstätige Mutter mit einem hochkarätigen Job in einer PR-Firma geschrieben und wurde eine echte Inspirationsfigur mit fünfzigtausend Followern bei Twitter. Überall hofften berufstätige Mütter darauf, von ihr Tipps zu kriegen, wie sie Beruf und Privatleben besser »jonglieren« und beides in einer guten Balance halten konnten, aber dann vermasselte sie eines Tages alles mit einem kurzen Tweet. Und dieser blöde Tweet veränderte ihr ganzes Leben.

Ihr kinderlosen Frauen versteht einfach nicht, wie schwierig es ist, nach Hause zu kommen und sich um etwas oder jemand anderes zu kümmern als um euch selbst. #NeedMeTime

Sofort ging die unfruchtbare Population des Planeten in Scharen auf die Barrikaden. Kate hatte jede Frau mit Reproduktionsproblemen persönlich beleidigt, nicht nur auf Twitter, sondern weit darüber hinaus. Was sie gesagt hatte, war so verletzend, dass *The Times* einen Artikel über eine Frau veröffentlichte, die drei Fehlgeburten hinter sich hatte und nach der Lektüre von Kates Tweet einen Selbstmordversuch unternahm. »Das hat mich in einem Moment, als ich mich sehr, sehr schlecht gefühlt habe, einfach umgehauen«, erklärte sie. »Ich bekam das Gefühl, die Gesellschaft sagt mir, dass ich als Frau wertlos bin, weil ich keine Kinder bekommen kann.«

Natürlich waren die Frauen zu Recht gekränkt – Kates Äußerung war schlicht unsensibel. Aber verdiente sie eine Online-Hasskampagne und die ganzen furchtbaren Dinge, die anschließend über sie hereinbrachen? Cam verfolgte die Ereignisse mit Anteilnahme für ihre Freundin, aber vor allem mit Blick auf das, was sie daraus lernen konnte. Den gesellschaftlichen Diskurs gleichzeitig anzuführen und ihm zu folgen ist immer eine Gratwanderung, die Konzentration, Planung und große Aufmerksamkeit für Details erfordert, wenn man in einer Welt, in der hundertvierzig Schriftzeichen das ganze Leben ruinieren können, einen Absturz vermeiden will.

Natürlich schrieb Kate den branchenüblichen »ich wollte wirklich niemandem weh tun, ich hatte bloß einen echt harten Tag hinter mir«-Entschuldigungs-Tweet, aber es half nichts. Sie erschien bei *Loose Women*, der Panel Show von ITV, und bat, mit Blümchenkleid und ihrem schönsten Princess-Di-Augenaufschlag in einer aufrichtigen, wenn auch etwas erbärmlichen Rede um Verzeihung. Als sie das Studio verließ, wurde sie von Aktivistinnen mit Plakaten empfangen, auf denen stand: »NICHT-MÜTTER HABEN AUCH GEFÜHLE«. Natürlich wurde in fast jedem Fernsehkanal darüber berichtet, und Kate war ein für alle Male abgestempelt. Von nun an war sie das Symbol für die Probleme, die unsere Gesellschaft mit kinderlosen Frauen hat. Sie bettelte um Verzeihung, aber die sozialen Medien waren unerbittlich. Innerhalb weniger Wochen war sie offline und weg vom Fenster. Ihre PR-Firma feuerte sie mit der Begründung, sie könne sich nicht von jemandem mit diesem Image öffentlich repräsentieren lassen. Heute ist Kate arbeitslos, sucht verzweifelt einen Job, ihr Mann hat sie verlassen, weil sie komplett durchdrehte, und statt in ihrem großen Haus in Penge wohnt sie jetzt in einer kleinen Wohnung in Süd-London. Sie geht kaum ans Telefon, Cam hat seit Monaten nicht mehr mit ihr gesprochen. Wegen eines einzigen müden Tweets ist ihr ganzes Leben in sich zusammengebrochen.

Cam beobachtete und lernte.

So hat sie es geschafft, die heikle Balance zu finden, wie man Grenzen sprengt und mutig ist, aber niemandem allzu schmerzhaft auf die Füße tritt. Natürlich gibt es schon den gelegentlichen Idioten, der sie hasst, aber im Allgemeinen ist sie stark genug, solche Subjekte zu ignorieren. Oft ist sie die Zielscheibe konservativerer Feministinnen, die offensichtlich der Meinung sind, dass Cams Einstellung zu Sex der Grund dafür ist, warum Frauen von so vielen Männern sexuell belästigt werden, aber Cam zielt darauf, so viele Facetten des modernen Feminismus wie möglich zu propagieren, und dazu gehört eben auch, die »Traditionalistinnen« zu ärgern. Nicht mal von den Vergewaltigungsdrohungen, die sie bekam, als sie einen ziemlich schlagkräftigen Artikel über Bill Cosby veröffentlich hatte, ließ sie sich kleinkriegen. Schließlich würde wesentlich mehr dazugehören, an ihrer Türschwelle aufzutauchen und sie tätlich anzugreifen, als zu twittern: »Ich würde dich übers nächstbeste Auto legen, bis du das Zeug bereust, das du abgesondert hast.«

Die meisten Leute labern online eine Menge Scheiße. Will man im digitalen Zeitalter überleben, muss man das begreifen, und damit hat Cam kein Problem. Aber Frauenrechte sind ein heikles Thema. Es gibt nur einen gemeinsamen Kampf – den Feminismus –, aber es gibt viele verschiedene Frauentypen, und es ist unmöglich, es allen recht zu machen.

Gerade als ihr die Augen zufallen, kommt eine SMS.

Ich glaube, der gehört dir, da steht dein Name drauf. Willst du ihn wiederhaben?

Angehängt ist ein Foto des erigierten Penis ihres achtundzwanzigjährigen Liebhabers, um den Schaft hat er mit Filzstift CAM geschrieben. Sie denkt an ihre 600-fädigen Baumwolllaken und hofft, dass die Tinte abwaschbar ist …

Bring Pizza und Penis x

Auf einmal ist sie gar nicht mehr so müde.

Stella

»Ich hätte gern die frittierten Kabeljauhäppchen und das Lamm«, sage ich dem Kellner, der unsere Bestellung aufnimmt. Er steht schon seit einer Ewigkeit an unserem Tisch und wartet darauf, dass ich mich endlich entscheide. Aber ich habe heute Geburtstag, also ist es mein gutes Recht, meinen Mitmenschen auf die Nerven zu gehen. Außerdem versuche ich, Zeit totzuschlagen; Phil ist komisch drauf, Jessica irgendwie gereizt, und ich habe auf alle beide eigentlich keine Lust.

»Aaalso, hört mal – Mike und ich haben Neuigkeiten«, sagt Jessica, meine älteste Freundin, die einzige, die sich nach Alices Tod wirklich um mich bemüht hat, die einzige, die nicht so getan hat, als ginge es um sie. Sie ist einer dieser seltenen und außergewöhnlichen Menschen, die sich selbst aufrichtig mögen und nicht auf die Bestätigung von Pseudofreunden angewiesen sind. Sie ist nett, aber ihr Energielevel ist eine Herausforderung für mich. Phil versteht nicht, warum ich ihr nicht erzählt habe, was ich durchmache, und warum er mit der Belastung, über mein Familienerbe Bescheid zu wissen, ganz allein dasteht. Aber ich kann mit Jessica nicht wirklich offen sein; sie hat in ihrem Leben noch nie etwas wirklich Schlimmes erlebt. Wir sind befreundet, weil sie so loyal ist, aber wenn ich mit ihr über mein Leben rede, komme ich mir vor wie der verkorksteste Mensch aller Zeiten. Wieso sollte man jemandem das Herz ausschütten, der sich sowieso nicht einfühlen kann? Mit Phil bin ich unter anderem deshalb zusammen, weil er mit vierzehn seinen Vater verloren hat. Etwas an seiner Tragödie hat mir geholfen, ihm von meiner eigenen zu erzählen. Außerdem bin ich mit ihm zusammen, also gehört es zu seinem Job, mir bei meinen Problemen zu helfen. Das Einzige, was Jessica und mich wirklich verbindet, liegt in der Vergangenheit, aber weil Phil so oft sagt, dass ich wenigstens *eine* Freundin haben sollte, sitze ich jetzt hier und werde gleich ihre Neuigkeiten hören.

Phil erstarrt und macht Anstalten aufzustehen, aber ich lege schnell die Hand auf sein Knie und zwinge ihn zu bleiben. Ich brauche ihn. Ob wir uns innerlich voneinander entfernen oder nicht, er ist immer noch mein Partner, und ich brauche einen Partner. Einen Menschen an meiner Seite. Allein bin ich nicht genug.

»Ich bin schwanger«, platzt Jessica heraus, als wüssten wir nicht, was es bedeutet, wenn eine frisch verheiratete Frau verkündet, dass sie »Neuigkeiten« hat. Jessica ist so glücklich, dass ihr das Glück aus allen Poren quillt. Ich kann echt fies sein, wenn jemand sich freut, aber das will ich Jessica nicht antun, sie hat es nicht verdient.

»Glückwunsch«, sage ich, beuge mich über den Tisch und ergreife mit einer seltsam majestätischen Geste ihre Hand. »Wann ist es denn soweit?«, frage ich und gebe mir alle Mühe, nicht eifersüchtig zu klingen.

»1. Januar. Ich wette, es kommt an Silvester, das kleine Partymäuschen«, sagt sie und schmiegt sich an Mike, der auch unglaublich nett, aber ziemlich langweilig ist. Er lächelt und sieht aus, als freut er sich wie ein Schneekönig über seine junge Frau und seinen Embryo. Dagegen spielt Phil mit seiner Gabel wie ein Sechsjähriger vor seinem iPad. Auf einmal fühle ich das heftige Bedürfnis, für uns beide zu überkompensieren, stehe auf, gehe um den Tisch herum und umarme Jessica. »Ich freu mich so für dich«, sage ich, wende mich dann Mike zu und umarme ihn ebenfalls. »Ihr werdet tolle Eltern sein.«

»Danke, wir freuen uns sehr. Jetzt macht aber mal voran, ihr zwei, der Winzling braucht einen Spielkameraden«, antwortet sie und strahlt.

»Jepp, wir sind dran«, sage ich, ein bisschen allzu enthusiastisch. Phil legt die Gabel weg und widmet sich stattdessen der Speisekarte, obwohl wir längst bestellt haben. Früher war er so umgänglich, so gut drauf, das war es, was ich so anziehend fand. Diesen Menschen will ich wieder neben mir haben – lebhaft, attraktiv, kontaktfreudig. Wie Alice. Dank ihrer sozialen Fähigkeiten waren wir die populärsten Mädchen der ganzen Schule. Jeder wollte was mit den Davies-Zwillingen zu tun haben. Aber in Wahrheit ging es immer nur um eine davon. Im Gegensatz zu Alice war ich keine gute Freundin. Ich war kratzbürstig und verschlossen, was mir keine Sympathien einbrachte. Ohne meine Zwillingsschwester wäre ich nie im Leben beliebt gewesen. Als Alice starb, war schnell klar, dass sich ohne mein liebenswertes Gegenstück niemand die Mühe machte, mit mir befreundet zu sein. Abgesehen von Jessica, die ich mir hauptsächlich deshalb warmhalte, damit Phil aufhört, mich ständig mit potentiellen Freundinnen verkuppeln zu wollen, weil er meint, ich brauche das.

»Okay, wer von Ihnen ist denn das Geburtstagskind?«, fragt der Kellner, als er zum Tisch zurückkommt. Er hat eine Flasche Champagner und vier Gläser dabei.

»Die da drüben«, sagt Mike und zeigt mit dem Finger auf mich. Jessica grinst ihn an.

»Wow, Champagner? Danke«, sage ich und berühre leicht Phils Bein. Nett von ihm. Früher waren romantische Gesten an der Tagesordnung, inzwischen hat er so etwas seit einer ganzen Weile nicht mehr getan.

»Was?«, fragt er mit betroffenem Gesicht. »Den haben wir nicht bestellt.«

»Nein, nicht Sie. Aber ein gewisser Jason Scott hat vorhin die Bar angerufen und gesagt, wir sollen Ihnen das rüberbringen«, erklärt der Kellner. Ich merke, dass ich rot werde, obwohl ich nicht weiß, warum eigentlich.

»Oooooh, das ist aber nett«, ruft Jessica. »Vielleicht darf ich auch ein winziges Gläschen?«, fährt sie aufgeregt fort und schaut Mike erwartungsvoll an. Als er nickt, fängt der Kellner an einzuschenken. »Ist Jason denn noch so traumhaft wie immer?«, fragt Jessica.

»Oh!«, sage ich aufrichtig gerührt, aber auch ein bisschen erstaunt. »Ja, er ist immer noch traumhaft. Aber nein, irgendwie ist das schräg, ich meine, er ist doch mein Chef. Und ich hab sowieso bloß Augen für Phil. Zum Wohl.«

Ich hebe mein Glas, aber nur zwei von den anderen machen es mir nach. Dafür erfüllt ein ohrenbetäubendes Quietschen das Restaurant: Phil schiebt seinen Stuhl zurück und steht auf.

»Sorry«, sagt er, als er merkt, dass er eine Szene verursacht hat. »Bin gleich wieder da.« Dann marschiert er im Eiltempo zu den Toiletten, während ich mit Jessica und Mike allein sitzen bleibe und versuche, so zu tun, als wäre alles ganz normal.

Tara

»Ich hol dich morgen um zwölf ab«, sage ich zu Annie und gebe ihr einen Abschiedskuss.

»Komm einfach, wann es dir passt, wir gehen morgens mit dem Hund raus und essen Eier mit Speck«, sagt Mum. Sie ist super, und das, obwohl ihr mein Lebensstil so fremd ist, dass sie nicht mal richtig darüber nachdenken mag. Ihr sehnlichster Wunsch ist, dass ich endlich eine Vaterfigur für Annie finde, und deshalb hat sie sich auch ohne weiteres bereiterklärt, Annie jeden Freitag bei sich übernachten zu lassen, damit ich mich verabreden kann. »Erzähl aber deinem Vater nichts davon«, schärft sie mir jede Woche ein, wenn ich das Haus verlasse. »Du weißt ja, dass er den Gedanken nicht erträgt, dass du mit Jungs zusammen bist. Als du damals schwanger wurdest ... also, das hat ihn beinahe umgebracht. Damit hast du genau das getan, wovor alle Väter am meisten Angst haben!«

Sie ist schon ulkig, meine Mutter. Irgendwo zwischen liberal und konservativ, und ich weiß nie hundertprozentig, wohin sie gerade tendiert.

»Ich weiß, Mum. Vielleicht könntest du ihn gelegentlich daran erinnern, dass ich zweiundvierzig bin. Das wäre toll. Und sowieso – schau dir doch mal an, was daraus geworden ist.« Vorsichtig spähen wir beide durch die Korridortür ins Wohnzimmer. Annie ist dabei, mit Mums iPhone Selfies zu machen.

»Aber sie braucht einen Vater«, beharrt Mum.

»Nein, den *braucht* sie nicht, Mum, uns geht es gut so, wie es ist. Aber es wäre sicher schön für sie, einen zu haben. Und für mich wäre es auch schön, nicht allein sterben zu müssen.«

»Hast du heute Abend ein Date?«, fragt sie mich.

»Ja. Er sieht okay aus, arbeitet in den Medien und ist nett. Hoffentlich kein Mörder.«

»Tara, bitte mach nicht solche Witze. Ich hab erst neulich wieder von einem Mädchen gelesen, das bei einem Date ermordet worden ist. Ich finde das nicht lustig.«

»Mum, Dates gibt es schon ganz schön lange. Aber okay, ich werde versuchen, mich nicht ermorden zu lassen.« Ich öffne die Haustür. »Sag Dad bitte einen lieben Gruß.« Kurz bevor die Tür einrastet, mache ich sie noch mal auf. »Was denkt er eigentlich, wohin ich freitagabends immer gehe?«

Ich möchte zu gern wissen, was Mum sich ausgedacht hat, denn sie hat vollkommen recht – beim Gedanken, dass ich mit einem Mann zusammen bin, kriegt Dad Krämpfe.

»Ich hab ihm gesagt, du hast eine Strickgruppe gegründet.«

»Wie bitte? Mum, das ist ja grauenhaft.«

»Wahrscheinlich musst du ihm zum Geburtstag was von eBay kaufen und so tun, als hättest du es selbst gemacht. Tut mir leid, aber ich hatte Panik, und die Strickgruppe war das Erste, was mir in den Kopf kam.«

Ich nehme sie in den Arm, dann gehe ich los. Aber ein paar Sekunden später reißt Mum die Tür noch mal auf und ruft »Du musst aber nicht mit allen schlafen, Tara!«, so laut, dass es die ganze Straße hört.

War das jetzt liberal oder konservativ? Ich weiß es ehrlich nicht.

Wieder zu Hause, dusche ich schnell, kombiniere meine Kunstlederhose mit einem hübschen Seidenshirt, schminke mich ein bisschen, style mir die Haare, und fertig bin ich. Ich brezle mich für ein Date schon lange nicht mehr auf, denn ich hab mich schon immer gefragt, wie es auf Männer, die zu einem Date ihre normalen Arbeitsklamotten anlassen, wohl wirken muss, wenn eine Frau aufgedonnert und dick geschminkt erscheint. So was schafft gleich zu Anfang Bedingungen, die ich nicht unterstützen möchte, und deshalb belasse ich es bei einer geringfügig schickeren Version meines üblichen Kleidungsstils. Das kommt mir angemessen vor. Obwohl es womöglich auch seine Gründe hat, dass ich immer noch Single bin.

Single mit Kind zu sein ist irgendwie komisch. Nicht nur, weil jeder, den man trifft, entweder ein Urteil über einen fällt oder Mitleid hat, sondern weil man nicht einfach scharf auf jemanden sein kann. Man muss über so viel mehr nachdenken, das nennt man wohl Verantwortung. Einen Fickfreund kann ich nicht einfach zu mir nach Hause mitnehmen und mit meiner Tochter bekanntmachen, weil das verwirrend für sie wäre, deshalb habe ich meistens keinen. Für Annie ist das gut, aber für mich eher blöd.

Annie hat noch nie erlebt, dass ich in einer Beziehung bin, also muss ich mich der Situation behutsam annähern. Letztes Jahr habe ich ihr einen Typ vorgestellt, der so super war, dass ich das Gefühl hatte, alle meine Sorgen um Annie einfach in den Wind schlagen zu können. Ich lud ihn in unser Leben ein. Leider stellte sich heraus, dass er nicht nur super, sondern auch verheiratet war. Denn offensichtlich sind exzellente Männer über vierzig niemals ledig. Warum sollten sie auch? Diese Scheißkerle.

Er war einen ganzen Samstagnachmittag bei uns und brachte Annie so zum Lachen, dass sie beim Zubettgehen vor Freude ganz außer sich war. Als sie dann eingeschlafen war, wollten wir Sex haben, aber mittendrin fing sein Handy an zu klingeln und hörte einfach nicht mehr auf. Als er, weil es echt die Stimmung ruinierte, schließlich dranging, brach er plötzlich in Tränen aus. Es war seine Frau, die ihm mitteilte, dass sein Vater einen Herzinfarkt gehabt hatte und gestorben war. Der Typ war buchstäblich in mir, als er den Anruf entgegennahm. Ich meine, das war vielleicht das Schlimmste, was einem beim Sex passieren kann – mal abgesehen von den beiden Leuten in China, die an einem raumhohen Fenster im Stehen vögelten, als die Scheibe rausbrach.

Mein supertoller Bekannter jedenfalls war fix und alle, ich brachte es nicht mal übers Herz, ihn dafür zu beschimpfen, dass er mir seinen ehelichen Status verschwiegen hatte. Im Gegenteil – ich musste ihn trösten, während ich ihm am liebsten den Penis mit meiner Nagelschere abgeschnitten und auf die Straße geschmissen hätte. Außerdem war ich richtig bitter enttäuscht.

Ein paar Minuten später ging er, und ich hörte nie wieder etwas von ihm. Manchmal fragt Annie immer noch nach ihm, sie nennt ihn »Mister Kicher«. Irgendwann werde ich ihr erzählen, dass Mister Kicher am Ende so lustig war wie eine Ladung Tripperbakterien. Die hat mir der Typ nämlich zusammen mit der unangenehmen Erinnerung an diesen scheußlichen Abend ebenfalls hinterlassen.

Sich für eine STD behandeln zu lassen, wenn man eine kleine Tochter hat, ist keine schöne Sache. Ich fühlte mich verseucht und ansteckend und wollte die Antibiotikabehandlung nur so schnell wie möglich hinter mich bringen. Als es endlich soweit war, schwor ich mir, Annie niemals wieder mit jemandem bekanntzumachen, es sei denn, ich war a) hundertprozentig sicher, dass er nicht verheiratet war, und hatte b) keinen STD-Test gebraucht, nachdem ich mit ihm geschlafen hatte.

Jetzt investiere ich eine Menge Hoffnung in meine Freitagabenddates. Ich möchte einen richtig guten Mann kennenlernen, einen, der ehrlich, zuverlässig und lustig ist. Aber zuerst treffe ich mich noch zu einem schnellen Drink mit meiner besten Freundin Sophie.

»Sorry, ich bin zu spät«, ruft Sophie, kommt gemächlich näher und stellt sich zu mir an die Bar. »Erst hat meine Friseurin ewig gebraucht, dann hab ich gemerkt, dass mir die Farbe nicht gefällt, und sie musste noch mal von vorn anfangen … na egal, trotzdem Hallöchen!«

Sophie kommt immer zu spät, deshalb hatte ich mein Kindle dabei.

Sophie und ich sind beide Einzelkinder und haben eine Art Schwesterbeziehung. Als wir so ungefähr zehn Jahre alt waren, haben wir gemeinsam beschlossen, dass wir füreinander diese Rolle spielen würden. Ich habe das sehr oft infrage gestellt, weil Sophie mich die Hälfte der Zeit total irre machte. Doch dann erklärte mir eine andere Freundin in der Schule, dass sie und ihre Schwester nie im Leben befreundet wären, wenn sie nicht zur gleichen Familie gehören würden, aber dass sie sich trotzdem liebten, weil Schwestern das eben taten. Mir leuchtete das unmittelbar ein, denn ich begriff plötzlich, dass es, wenn Sophie die Schwester sein sollte, die ich nie hatte, völlig okay und normal für uns war, dass wir nicht immer einer Meinung waren. Meine Aufgabe war lediglich, sie zu lieben. Was ich auch tat und immer noch tue, denn wir haben eine gemeinsame Vergangenheit, und die kann man nicht einfach auslöschen, ganz egal, wie oft es dem anderen wichtiger ist, die Haare richtig geföhnt zu kriegen, als Zeit zusammen zu verbringen.

»Hübsch, die Haare«, sage ich, was hundertprozentig der Wahrheit entspricht. Wie immer. Sophie sieht toll aus. Schlank, blond, makellose Haut. Was nervt, aber größtenteils angeboren ist. Abgesehen von der Haarfarbe.

»Danke. Okay, können wir einen Champagner trinken? Ich glaube, ich brauche was Spritziges.«

Ich bestelle zwei Gläser, aber Sophie verlangt sofort eine ganze Flasche. So sitzen wir dann an einem Freitag um zwanzig vor sieben in einer Bar und trinken Champagner, ohne guten Grund.

»Ich hab bloß zwanzig Minuten. Um sieben treffe ich mich mit einem Typen namens Al.« Ich lächle verhalten und spüre das leichte, hoffnungsvolle Prickeln vor einem Date … vielleicht wird es gut. Aber wahrscheinlich nicht.

»Gott, ich kann gar nicht glauben, dass du so was immer noch machst. Ist mir inzwischen absolut unvorstellbar«, sagt sie. »Natürlich hatte ich ja auch nie so richtige Dates wie du. Carl war der Einzige, mit dem ich je eine förmliche Verabredung hatte, und den hab ich am Ende geheiratet, da haben wir den besten Beweis, dass es funktioniert. Prost!«

Ich kann mich immer noch nicht ganz damit abfinden, dass Sophie verheiratet ist, sie war so wild, ein Raubtier, könnte man sagen. Ich glaube, ich habe nie jemanden mit einem dermaßen ausgeprägten Sex- und Partyappetit kennengelernt wie Sophie. Ihre Kondition in diesem Bereich hat mich immer fasziniert.

»Und wie geht es Carl?«

»Ganz gut, ja. Du weißt schon, wie immer. Verheiratet zu sein ist voll in Ordnung – jedenfalls solange ich meine Vergangenheit nicht erwähne.«

»Immer noch? Echt?«

»Jepp, den großen sexy Elefanten im Raum ignorieren wir gezielt. Ich meine, Carl weiß natürlich nichts, und ich würde ihm auch nie was erzählen. Aber er vermutet alles Mögliche – über mich und was ich so alles angestellt haben könnte. Ärgerlicherweise sind seine Vermutungen oft ganz schön realistisch.«

»Aber wie kommt er denn auf solche Ideen?«, frage ich.

»Er sagt, er kann sich einfach nicht vorstellen, dass eine Frau, die aussieht wie ich, nicht jede Menge Sex hatte, solange sie allein war.«

»Okay, du weißt aber schon, dass das ziemlich beleidigend ist, oder?«, erwidere ich, als mir das klar wird. Aber natürlich liegt Carl absolut richtig. Sophie hatte jede Menge Sex. *Jede Menge.*

»Gestern hat Beth Taylor – aus unserer Schule, erinnerst du dich an sie? – mich auf einem alten Foto bei Facebook getaggt. Es sind so ungefähr siebzehn Leute auf dem Bild, und im Hintergrund knutsche ich mit einem von den Jungs rum. Beth hat mich also getaggt und dazu geschrieben: ›Genauso hab ich dich in Erinnerung, Sophie. Hoffe, es geht dir gut.‹ Was für eine blöde Kuh, warum schreibt die denn so was?«

»Ich hab's gesehen und fand das ganz lustig. Und vermutlich sind die wenigsten Vierzigjährigen mit jemandem verheiratet, der ihnen die Hölle heißmacht, weil sie mit siebzehn rumgeknutscht haben, oder?«

»Stimmt. Vielleicht. Trotzdem. Ich muss tierisch aufpassen. Carl ist dermaßen altmodisch, und ich will unbedingt, dass es zwischen uns funktioniert. Es ist alles viel einfacher, wenn ich meine Vergangenheit ein bisschen schöne, aber wegen des blöden Internets muss ich ständig auf der Hut sein. Theoretisch kann jederzeit jemand über mich twittern oder ein Foto von früher posten. Erinnerst du dich, wie wir nach Ibiza gefahren sind? Die Schaumparty? Gott sei Dank gab es damals noch keine Handykameras, aber was, wenn jemand eine von diesen Einwegkameras dabei hatte, auf die wir alle so scharf waren, und mich jetzt zufällig auf Facebook entdeckt? Wahrscheinlich gibt es Fotos von mir in allen möglichen und unmöglichen Lebenslagen. Himmel, ich hab Carl gesagt, ich hätte noch nie Drogen genommen. Er würde komplett austicken, wenn er wüsste, was wir uns alles reingezogen haben. Jedes Mal, wenn auf Facebook jemand in Erinnerungen schwelgt, bricht mir der kalte Schweiß aus!«

Ich trinke ein paar Schlucke von meinem Champagner. »Hey, aber wir hatten 'ne Menge Spaß, oder etwa nicht?«, sage ich und zwinkere ihr zu.

»Darauf trink ich!«

Ich weiß nicht, wie Sophie es aushält, mit einem Mann verheiratet zu sein, der sie überhaupt nicht so akzeptiert, wie sie ist. Für den sie eine Rolle spielen und eine neue Vergangenheit erfinden muss. Zu beobachten, wie Sophie ihr Leben darauf abstimmt, vor ihrem Ehemann zu verstecken, wer sie war – oder ist? –, hat mich dazu motiviert, mir sehr gut zu überlegen, was ich eigentlich will. Für mich kommt es gar nicht in Frage, mit jemandem zusammen zu sein, der mich nicht so nimmt, wie ich bin. Ich möchte weder lügen noch etwas verstecken oder leugnen müssen. Natürlich würde Sophie das niemals zugeben, aber sie hat Carl geheiratet, weil sie ihr Leben lang Party gemacht und keine Qualifikation für irgendetwas hat, was ihr gefallen würde. Deshalb war ein reicher Citytyp die einzige Möglichkeit für sie, an ein hübsches Haus und das nötige Kleingeld ranzukommen, um sich flaschenweise Champagner leisten und in zwanzig Minuten runterkippen zu können, ohne dass es das Geringste zu feiern gibt. Da bin ich doch lieber arm und einsam.

»Okay, ich geh jetzt lieber, ich will ja nicht zu spät bei meinem heißen Date aufkreuzen«, sage ich und steige vom Barhocker. »Hier ist mein Beitrag zum Champagner.«

»Ach, lass stecken, wozu hab ich denn die hier«, entgegnet sie und wedelt mit Carls Kreditkarte. »Oh, und wenn er fragt, sagst du ihm dann bitte, dass wir mit mehreren Leuten hier waren? Das wäre einfacher für mich.«

»Sophie, wir sind seit der Grundschule beste Freundinnen – hat er sich immer noch nicht damit angefreundet, dass wir zusammen was trinken gehen?«

»Nein. Wenn wir zwei alleine unterwegs sind, geht er davon aus, dass wir schlimme Dinge tun, weil du ein schlechter Einfluss bist. Jetzt schau mich nicht so an! Bitte, sag einfach, dass wir mit ein paar alten Bekannten aus der Schule hier waren. Er denkt, je mehr Leute mich beobachten, desto besser benehme ich mich, okay?«

Ich setze mich wieder hin.

»Das ist ganz übles Kontrollverhalten, Sophie. Ich mach mir Sorgen«, sage ich und zwinge sie, mir in die Augen zu sehen. Sie lächelt mich kurz an, dann schaut sie hastig weg.

»Vielleicht brauche ich ja ein bisschen Kontrolle?«, entgegnet sie und nippt an ihrem Champagner. »Man kann mich nicht mir selbst überlassen, weil man nie weiß, wohin das führt.« Sie wirft mir einen prüfenden Blick zu, und ich weiß, was sie meint. Wir haben beide viel Lebenszeit damit verbracht, es krachen zu lassen, aber als ich Annie bekam, musste ich aufhören, und umgehend zeigte sich, dass ich zwar ebenfalls ziemlich wild war, aber im Vergleich zu Sophie ein Waisenkind. Irgendwie hatte ich sie bisher vor dem totalen Absturz bewahrt, ohne dass ich es selbst richtig merkte.

Wenn Sophie zu viel getrunken hatte, brachte ich sie nach Hause, ich schleifte sie aus Schlafzimmern, in denen sie nicht hätte sein sollen, ich zog die Notbremse, wenn sie es mit dem Koks übertrieb, ich nahm ihr rechtzeitig das Schnapsglas aus der Hand. Als ich schwanger wurde, war niemand da, der diese Aufgabe übernahm, und umgehend zeigte sich, dass das gefährlich war. Im sechsten Monat rief mich in einer Freitagnacht um zwei Uhr früh die Notaufnahme an, weil Sophie in einer Gasse gefunden worden war, den Rock um die Taille gewickelt, so zugeknallt, dass sie kaum noch ihren Namen rausbrachte. Natürlich fuhr ich auf der Stelle in die Klinik und fand sie weinend im Krankenhausbett. Ein Barmann in einem Club hatte ihr etwas ins Getränk gemischt. Zwar gab es keine Anzeichen, dass er sie sexuell belästigt hatte, aber die Beule auf ihrer Stirn und der Zustand ihrer Klamotten wiesen darauf hin, dass er es zumindest versucht hatte.

»Ich kann einfach nicht auf mich aufpassen«, jammerte sie und sah mitleidheischend von ihrem Kissen zu mir empor. »Und weil du auch nicht mehr auf mich aufpassen kannst, weiß ich gar nicht mehr, was ich tun soll.«

Ich nahm sie mit zu mir nach Hause und kümmerte mich um sie, eine ganze Woche lang. Aber dann zog sie wieder in ihre eigene Wohnung, um »ganz neu anzufangen«. Sie war fest entschlossen, sich zu ändern und endlich erwachsen zu werden. Es gab noch ein paar »Ausrutscher«, dann lernte sie Carl kennen. Innerhalb eines Jahres waren die beiden verheiratet. Jetzt wird auf sie aufgepasst, wie sie es sich gewünscht hat, und so unangenehm es sich für mich anfühlt, weiß ich doch, dass es ihr damit wahrscheinlich bessergeht. Und sie liebt Carl wirklich. Weil er reich ist.

»Mach dir keine Sorgen, er ist eben auf eine andere Art gut zu mir«, sagt sie und wedelt wieder mit der Karte. »Ich bin glücklich, ehrlich. Ich hab dich lieb.«

»Ich dich auch«, antworte ich treu. »Aber ich muss jetzt gehen.«

Sie schenkt sich das Glas noch einmal voll, und ich rufe mir in Erinnerung, dass das nicht mehr mein Problem ist.

Ich betrete das Sanderson Hotel in der Berners Street und schaue mich an der Bar um. So ein nobles Lokal hätte ich nicht ausgesucht, ich bin eher der Pub-Typ, aber hey, wenn der Gentleman es so möchte, sage ich bestimmt nicht nein zu ein paar schicken Drinks in angenehmer Umgebung. Ich bin hier, um mich mit Al zu treffen; auf dem Foto sah er nett aus, er arbeitet in den Medien, und er hatte heute Abend Zeit. Was mich betrifft, sind das drei sehr gute Gründe, zu einem Date zu gehen. Vor allem der, dass er auf dem Foto nett aussieht.

Ein kurzer Scan der Bar genügt, um ihn ausfindig zu machen. Echt süßer Typ, allerdings war das Foto wohl nicht mehr ganz neu. Seine Haare sind viel länger, das Gesicht wesentlich faltiger. Aber das ist in Ordnung. Ich erlaube mir kein Urteil über jemanden, weil er beim Online-Dating das schmeichelhafteste Foto verwendet, meiner Meinung nach ist das selbstverständlich. Deshalb rechne ich auch immer mit einer gewissen Enttäuschung, wenn ich mit der Wirklichkeit konfrontiert werde, und hoffe, dass die Persönlichkeit diesen potentiellen Mangel aufwiegt. Zweifellos sieht Al älter aus als auf dem Foto, aber als ich näher komme, erkenne ich, dass er richtig umwerfend ist. Echt.

»Hi«, sage ich und setze mich auf den Hocker neben ihm. »Schickes Ambiente – bist du öfter hier?«

Ich mache Witze. Offensichtlich. Niemand fragt wirklich: »Bist du öfter hier?« Anscheinend überrascht es ihn ein bisschen, dass ich mich so einfach zu ihm setze. Hätte ich ihn um Erlaubnis fragen sollen?

»Nein. Genau genommen war ich noch nie hier. Ehrlich gesagt bin ich sonst nicht der Typ, der solche Etablissements frequentiert.«

»Okay«, antworte ich und überlege, warum er das Lokal dann

vorgeschlagen hat. Von allein würde ich mich auch nie in so eine schicke Hotelbar verirren, ich stehe nicht auf dieses Flair schwüler Affären.

»Was trinkst du?«, fahre ich fort. Wahrscheinlich ist er bloß ein bisschen nervös.

»Einen Pisco Sour.«

»Prima. Ich nehme dasselbe.« Ich winke dem Barmann, mir einen zu bringen.

»Aber nur einen Drink, okay? Auf mehr hab ich keine Lust«, sagt er streng.

Ich bin so von den Socken, dass mir keine bessere Antwort einfällt, als Mund und Nase aufzusperren.

»Sorry«, lenkt er ein. »Das sollte nicht so unfreundlich klingen. Aber ich mache Leuten nicht gern was vor.«

»Ich bin grade erst zur Tür reingekommen. Vielleicht bin ich auch gar nicht so besonders scharf auf dich. Ist dir was Derartiges vielleicht schon mal in den Sinn gekommen?«, erwidere ich und steige von meinem Hocker.

»Na ja, wenn bei dir alles gut läuft und du es dir leisten kannst, wählerisch zu sein, fände ich es jedenfalls einleuchtend.«

»Wenn es bei mir gut läuft? Wie bitte? Dass ich dein blödes Foto nach rechts gewischt habe, heißt noch lange nicht, dass ich total auf dich abfahre, wir wollten eigentlich nur zusammen was essen.« Vielleicht sollte ich lieber verschwinden, aber ich musste mich schon mit Shane Bower und mit meinem Chef auseinandersetzen, und jetzt habe ich die Nase voll davon, mich von einem arroganten Frauenhasser, der meint, es ist sein gottgegebenes Recht, von oben herab behandeln zu lassen. Der Typ kann mich mal.

»Ich wette, du bist verheiratet, hast Kinder und bist auf der Suche nach einem kleinen Sexhäschen, das du vögeln kannst, ehe du wieder nach Hause gehst, richtig?«, lege ich nach, selbst ein bisschen überrascht von dem Gift, das ich verspritze.

»Moment mal. Erstens, nein, ich bin nicht verheiratet und hab auch keine Kinder. Zweitens, was zur Hölle soll das heißen, du hast mein Foto ›rechts gewischt‹?«

»Was ist denn das für eine dämliche Frage? Rechts wischen. Tinder. Du weißt doch genau, was ich meine.«

»Tinder? Ich war noch nie im Leben auf Tinder«, antwortet er und sieht dabei aus, als wäre er aufrichtig verblüfft.

Ich schaue ihn mir genauer an.

»Du bist gar nicht Al, oder?«

»Nein, ich bin nicht Al. Und du bist wahrscheinlich auch keine Nutte, was?«

»Nein! Nein, ich bin definitiv keine Nutte.«

Er folgt meinem Blick zum anderen Ende der Bar, wo ein Typ mit kürzeren braunen Haaren und einem grauen Hemd ärgerlich auf sein Smartphone eintippt und immer wieder zur Tür schaut. Ich hole mein Handy aus der Tasche. Fünf Nachrichten von Al, in jeder beschreibt er sich detaillierter und fragt: »Wo sitzt du denn?«

»Ich bin Jason«, sagt mein Gegenüber plötzlich und streckt mir die Hand hin.

»Und ich bin Tara«, antworte ich und merke, dass ich ihn extrem anziehend finde.

Der Barmann stellt mir meinen Drink vor die Nase.

Eine Stunde später haben Jason und ich drei Pisco Sour getrunken, zwei Schalen Chips und eine Schale Oliven gegessen und drei protzige Bierdeckel zerfetzt. Wir haben über Politik geredet, über die Hunde, die wir als Kinder hatten, wie sehr wir sie vermissen. Es gab sogar eine hitzige, aber gutgelaunte Auseinandersetzung darüber, was die richtige Methode ist, eine leckere Bolognese zuzubereiten.

Während wir ganz unerwartet einen so phantastischen Draht zueinander haben, dass ich mich fühle wie bei einem richtig guten

Date, sehe ich den echten Al irgendwann mit einer Frau in einem hautengen Kleid weggehen.

»Siehst du«, lautet Jasons Kommentar. »Am Ende hat Al doch gar nicht so schlecht abgeschnitten. Er gibt hundert Pfund aus, und danach ist alles vergeben und vergessen.«

»Und ich bin zum Glück noch mal davongekommen«, füge ich hinzu, trinke mein Glas aus und lasse meine Augen für mich flirten. »Und du bist also ungebunden, hast keine Kinder, schläfst nicht mit Nutten und bist nicht bei Tinder. Außerdem warst du an einem Freitagabend allein in einer Bar und hast auf niemanden gewartet. Jetzt verrat mir bitte mal, was mit dir nicht stimmt?«, frage ich ihn frech.

»Hey, ich liebe Nutten. Ich war einfach nicht scharf auf dich.«

Ich verpasse ihm einen freundlichen Klaps aufs Bein.

»Vermutlich bin ich altmodisch. Und optimistisch. Ich benutze Tinder nicht, weil mir die Vorstellung unangenehm ist. Ich glaube, ich bin Single, weil ich wählerisch bin und weil ich immer an die falschen Frauen gerate. Und ich sitze hier allein rum, weil meine Verlegerin ein Treffen anberaumt hat, um zu überprüfen, ob es mit meinem Buch vorwärtsgeht. Nach ihrer Strafpredigt habe ich zwei Stunden hier rumgesessen und mir einzureden versucht, es wäre alles in Ordnung.«

»Deine Verlegerin? Du schreibst?«, frage ich und finde diese Vorstellung geradezu unerträglich sexy.

»Eigentlich nicht, ich bin Fotograf. Aber zurzeit arbeite ich an meinem ersten Buch und habe mich dummerweise bereiterklärt, dafür nicht nur Bilder, sondern auch eine ganze Menge Worte zu produzieren. Die Deadline ist in drei Wochen, meine Assistentin hat mir strengste Internetabsistenz verordnet, und ich bin kurz davor, mich in der nächstbesten Höhle zu verkriechen, um endlich fertig zu werden.«

»Worum geht es in dem Buch?«

»Na ja, gewöhnlich dreht sich meine Arbeit um Menschen, und meistens um Menschen, die anders sind, als sie zu sein scheinen. Für *Times Magazine* habe ich eine große Geschichte über Multimillionäre gemacht, die ein Leben führen wie auf Sozialhilfe, das kam als Buch raus. Es ist toll, aber der Artikel hatte tausend Wörter, und jetzt geht es um etwa vierzigtausend, und ich schreibe alle siebzehn Stunden ungefähr zehn.«

»Wow. Den Artikel habe ich gelesen, er war faszinierend. Überhaupt eine grandiose Arbeit. Wieso beschließt jemand, dieses ganze Geld einfach nicht auszugeben? Ist doch bizarr«, sage ich. »Ich habe so viele Fragen, dass ich gar nicht weiß, wo ich anfangen soll.«

»Gut. Dann lass es lieber. Ich will nicht unhöflich erscheinen, aber bis morgen früh möchte ich so tun, als gäbe es die ganze Buchgeschichte nicht. Können wir uns bitte über irgendwas anderes unterhalten als die Arbeit?«

»Na klar. Ist mir auch recht«, antworte ich, denn der Vorschlag gefällt mir. Mein Leben besteht auch nur aus Arbeit und aus Annie, und so sehr ich die beiden liebe, eine Nacht ohne sie wäre nett.

»Aber entschuldige bitte – ich muss dich doch auch fragen, was du machst, richtig?«, meint er, als ihm klar wird, dass das womöglich doch zum guten Ton gehört.

»Jepp, das wäre sicher gut. Ich arbeite beim Fernsehen. Dokumentationen. Ich mag meine Arbeit, sie ist anspruchsvoll und abwechslungsreich, aber in die Details müssen wir jetzt nicht gehen. Schließlich hast du vollkommen recht, es ist Freitagabend, und wir haben andere Dinge zu besprechen, oder?«

»Ach ja?«

»Allerdings. Du hast gesagt, du suchst dir immer die falschen Frauen aus. Wie sind diese ›falschen Frauen‹?«, frage ich, in der Hoffnung, dass er jetzt keine Beschreibung liefert, die auf mich passt.

»Eigentlich nur das. Falsch für mich. Ich finde Ehrgeiz und Erfolg extrem anziehend, deshalb stehe ich auf Frauen, die viel erreicht haben, aber der Nachteil ist, dass sie anscheinend nie Kinder wollen. Und ich gehöre zu den Menschen, die sich dringend eine Familie wünschen. Ich möchte mich verlieben und Babys haben. Aber allmählich drängt sich mir der Gedanke auf, dass das ungefähr das Abtörnendste ist, was ein Mann überhaupt sagen kann. Denn jedes Mal, wenn ich diesen Wunsch erwähne, kriege ich sofort den Laufpass.«

»Oh«, sage ich und fühle mich auf einmal wie ein Stück altes Fleisch, das sein Verfallsdatum überschritten hat.

»Siehst du? Genau so passiert das nämlich. Ich sage einer Frau, dass ich gerne Kinder möchte, und schon macht sie dieses Gesicht. Dieses Risiko geht man als altmodischer Mann in der Welt moderner Frauen wohl ein.«

»Nein, ich finde es schön, dass du Kinder haben möchtest, und zwar mit allem Drum und Dran. Und dass du findest, wir leben in einer Frauenwelt«, stelle ich richtig und schiebe mein leeres Glas unauffällig über den Tresen. »Ich habe übrigens ein Kind. Ein Mädchen, Annie, sie ist sechs. Ich meine, ich will um keinen Preis noch ein Baby, echt nicht, aber sie ist mein Ein und Alles.«

»Wer ist ihr Vater?«, fragt er unumwunden.

»Wow, du kommst direkt zum Punkt, was?«, antworte ich einigermaßen perplex über seinen Nerv, aber auch froh, dass das Thema gleich aus dem Weg geräumt wird. Ich denke an Sophie in dieser grässlichen Ehe, in der ihr ganzes Leben eine Lüge ist. So etwas wird mir nicht passieren. Wenn die Sache hier irgendwohin führen soll, dann muss er mich so nehmen, wie ich bin.

»Annies Vater ist ein Typ namens Nick. Seinen Nachnamen weiß ich nicht.« Ich mache große Augen und ziehe die Augenbrauen hoch, als wollte ich sagen: »Na los, du brauchst deine Meinung nicht für dich zu behalten.«

»Okay, das ist … war es ein One-Night-Stand oder etwas Schlimmeres?«

»O nein, nichts Schlimmes. Es war ein One-Night-Stand. Ein sehr schneller, sehr netter One-Night-Stand, bei dem eine meiner Eizellen mit seinem Sperma einen draufgemacht hat. Und bevor du fragst, wie der Betreffende reagiert hat – er weiß nichts davon. Ich hab es ihm nie erzählt.«

Ich sehe ihn nicht an. Scheiß drauf. Ich bin zweiundvierzig. Ich bin Mutter. Ich suche ganz spezifisch jemanden, der Teil von meinem und Annies Leben werden möchte, und wenn er die Wahrheit über mich nicht erträgt, wozu sollen wir dann noch was zusammen trinken? Also mache ich mich lieber gleich auf Ablehnung gefasst.

Jason ruft den Kellner.

»Können Sie uns bitte eine Flasche Champagner bringen?«

»Wofür ist der denn?«, frage ich ein bisschen verwirrt.

»Wenn das hier funktioniert, hab ich grade einfach so ein Kind gekriegt.« Jetzt knufft er mich ins Bein und lacht.

Dieser Kerl ist verflucht phantastisch.

Stella

Ich starre auf mein Spiegelbild im Badezimmerspiegel und zwinge mich, nicht wegzuschauen. Warum ich das nicht sehr oft tue, hat einen guten Grund, es ist unmöglich, jemanden zu vergessen, dessen Gesicht man jedes Mal sieht, wenn man das eigene betrachtet. Manchmal erscheint mir das grausam, aber gelegentlich dachte ich auch schon, ich bin ein Glückspilz, denn ich kann Alice sehen, so oft ich will.

Ich ziehe die Nase kraus und den Mund in die Breite, aber ich kriege es nicht genauso hin, wie sie es immer gemacht hat. Das war das Einzige, woran man uns auseinanderhalten konnte – unser Lächeln. Das gehörte ihr ganz allein, nicht einmal ich konnte es nachmachen.

Unsere Mum hat immer gesagt, dass Alice die Rose war und ich die Dornen. Teile der gleichen Blume, aber mit einer ganz anderen Wirkung auf die Welt. Mein stachliges Wesen versteckte sich hinter ihrer Anziehungskraft. Aber jetzt, wo ich mich nicht mehr hinter den Blütenblättern ihrer Persönlichkeit verstecken kann, bin ich entblößt. Tag für Tag muss ich mich bemühen, niemanden zu stechen, der in meine Nähe kommt.

»Warum hast du das denn schon wieder an?«, fragt Phil und tritt so unerwartet ins Bad, dass ich vor Schreck zusammenzucke.

»Ich hab dich gar nicht nach Hause kommen gehört«, sage ich und reiße mich aus meiner Alice-Stimmung. Er stellt eine Tube Zahncreme in den kleinen Becher neben dem Waschbecken und beginnt, einen neuen Rasierer auszupacken.

»Hast du schon gegessen? Ich wollte Thunfisch-Auflauf machen«, füge ich schnell hinzu, denn offensichtlich war er im Supermarkt, und ich möchte ihn von seiner Frage ablenken.

»Ich hab Hähnchen mitgebracht. Warum hast du das angezogen, Stella?«

Er meint meinen Rock. Ein lila-blauer Vintage-Tellerrock mit Vogelmuster. Er hat Alice gehört, ihr liebstes Kleidungsstück. Ich bringe es einfach nicht übers Herz, ihn auszusortieren, und trage ihn dauernd, obwohl Phil sich darüber ärgert.

»Es ist doch bloß ein Rock, Phil«, sage ich und marschiere beleidigt ins Schlafzimmer. *Komm schon, Stella, sei nicht zickig*, denke ich. *Wie würde Alice reagieren*? Ich versuche nämlich, mehr zu sein wie sie. Vernünftiger, freundlicher. Glücklicher. Obwohl ich Phil vor Wut am liebsten beißen würde, und zwar richtig. In mir ist eine Bombe, bereit zu explodieren. Aber ich bin nicht sicher, ob jemand überlebt, wenn sie losgeht. Also schlucke ich schwer, beschwöre Alices Geist und versuche, die brennende Zündschnur schnell wieder zu löschen.

»Ist es nicht an der Zeit, dass du dich endlich von ihren Klamotten trennst«, beharrt er, obwohl er genau weiß, dass er sich auf dünnem Eis befindet.

»Na klar«, antworte ich ruhig. »Und warum rasiere ich mir dann nicht gleich mein Gesicht ab? Wenn ich schon mal dabei bin?«

»Okay, Stella. Sei doch nicht so. Du musst Alice gehen lassen. Es wird Zeit.«

Wortlos lasse ich ihn stehen und gehe in die Küche.

»Wie hättest du das Hähnchen gern?«, frage ich ihn von dort. Er folgt mir.

»Ich glaube einfach nicht, dass es gut für dich ist, immer noch in Alices Sachen rumzulaufen, okay?«

»Soll ich es panieren? Oder lieber kurz anbraten?« Ich hole den Wok aus dem Schrank.

»Verdammt, Stella, kannst du mir bitte zuhören? Zieh den Rock aus!«

»Na gut!«, schreie ich ihn an, knalle den Wok auf die Arbeitsplatte, öffne den Rockbund und lasse den Rock auf den Boden rutschen, steige heraus, hebe ihn auf, knülle ihn zusammen und stopfe ihn in den Mülleimer. »Hier, bitteschön. Bist du jetzt zufrieden?«

Phil sieht mich mitleidig an und schüttelt stumm den Kopf.

»Also, was ist dir lieber – paniert oder kurz angebraten?«, frage ich ihn noch einmal. Vollkommen ruhig stehe ich in Unterhose vor ihm, in der Hand den Pfannenwender.

»Du brauchst Hilfe, Stella. Du braucht wirklich Hilfe.«

Damit stürmt er aus der Wohnung und knallt die Tür hinter sich zu. Als ich sicher bin, dass er weg ist, klaube ich den Rock aus dem Müll und ziehe ihn wieder an.

Ich glaube, ich mache das Stir fry.

Cam

Cam liegt auf dem Bett und beobachtet Mark beim Schlafen. Auf seinem haarlosen Körper glänzt noch der postkoitale Schweiß, seine Muskeln ähneln einer bergigen Wüste mit sanften, geschwungenen Tälern, orange vom Licht der ins Zimmer scheinenden Straßenlaternen. Er ist der perfekte Liebhaber. Solche Liebhaber kriegen in schmutzigen Romanen immer die verschmähten Hausfrauen. Er ist perfekt für das, was Cam momentan braucht.

Sie überlegt, ihn im Schlaf sanft zu küssen, aber dann ruft sie sich die Grenzen dieser Art von Beziehung in Erinnerung. Sex sollte mit Hingebung und Leidenschaft, Zuneigung jedoch mit größter Vorsicht genossen werden.

Also greift sie stattdessen zu ihrem Laptop. Ein jüngerer Liebhaber ist die Art von Blogmaterial, das sie sich unmöglich vorenthalten kann.

Mitte bis Ende zwanzig – das ist ein erstklassiges Alter für einen Mann, findet ihr nicht auch? Das Desaster der Pubertät liegt hinter ihnen, noch ist der Wunsch, den eigenen Samen auszubringen und Kinder zu zeugen, nicht akut. Oft befinden sich Männer dieses Alters auf dem Höhepunkt ihrer körperlichen Leistungsfähigkeit, suchen sich ihren Weg in der Berufswelt und sind in ihrem sexuellen Verlangen so geradlinig wie ein Schneepflug mit Penis.

Ich liebe diese Männer, und ich behaupte noch einmal, dass sie für Frauen wie mich – sechsunddreißig, alleinstehend, glücklich – ein großes Geschenk sind. Ich habe einen von ihnen für mich entdeckt, als ich neulich bei Whole Foods Schlange stand. In meinem Einkaufswagen lag Bio-Gefrierpizza, er kaufte Proteinshakes. Unsere Blicke begegneten sich, wir plauderten ein bisschen über allgemeine Themen, und eineinhalb Stunden später waren wir im Bett. Natürlich war es nicht unsere hochgeistige Konversation, die uns zusammenbrachte, sondern unsere Lust aufeinander. Einfach nur die Lust. Wenn ihr mich deshalb verurteilen wollt, glaube ich, dass ihr nicht versteht, wie eine Beziehung zwischen zwei gleichermaßen erwachsenen Menschen funktioniert. Sie ist gesund und einvernehmlich; im Grunde gibt es also gar nichts, worüber man sich eine Meinung bilden müsste.

Aber wir lieben das, stimmt's? Wir geben nur zu gern ein Urteil über die sexuellen Vorlieben unserer Mitmenschen ab, vor allem, wenn sie uns kontrovers erscheinen. Wir lachen, wir stellen in Frage, wir setzen unseren Heiligenschein auf und erzählen allen, die etwas tun, was wir selbst nicht tun, dass sie verkehrt oder sonderbar sind. Aber mal im Ernst – wenn es sich gut anfühlt und alle dabei glücklich sind (und nicht gegen das Gesetz verstoßen), wer hat dann das Recht zu behaupten, dass es nicht richtig ist?

Wie kann es sein, dass eine so private und intime Sache wie Sex so viel soziale Sprengkraft besitzt? Das Thema erregt Menschen im körperlichen Sinn, aber es erregt sie noch mehr, wenn sie über das abweichende Verhalten ihrer Mitmenschen tratschen können. In unserer vielgestaltigen Gesellschaft ist es absurd, dass sich manche Leute noch immer unwohl fühlen, wenn andere sich nicht so benehmen, wie sie es für »normal« halten.

Aber man hat uns doch nur beigebracht, was normal ist, richtig? Bevor wir geboren wurden, behauptete man, dass Monogamie der einzig richtige Weg sei und dass wir »den Richtigen« finden, ihn heiraten und Kinder bekommen müssen. Aber vielleicht ist Monogamie nicht für alle gleichermaßen richtig. Vielleicht haben manche Menschen, wie ich zum Beispiel, keine Angst davor, allein zu sein. Eigentlich ist Alleinsein ja sogar das Endziel.

Ich bin sehr glücklich, nicht normal zu sein. Mit meinen sechsunddreißig habe ich auch keine Ambitionen, mich in der sogenannten Normalität niederzulassen. Manche Leute in meinem Leben finden das unerträglich. Aber ich kann nicht aus meiner Haut.

Es gibt mehr Frauen in den Dreißigern und Vierzigern als irgendwann zuvor in der Geschichte der Menschheit, wir sind die am schnellsten wachsende demographische Gruppe, aber unverheiratet zu sein heißt nicht, dass man weniger Sex möchte oder braucht. Damit ich die körperliche Zuwendung bekomme, die meinen Wünschen entspricht, aber auch die emotionale Freiheit, auf die ich nicht verzichten kann, entscheide ich mich für einen jüngeren Liebhaber. Das ist meine Wahl, und während ich hier sitze und diese wunderschöne Kreatur betrachte, die schlafend in meinem Bett liegt, diesen Mann, der da ist, wenn ich ihn brauche, und mich in Ruhe lässt, wenn ich alleine sein möchte, bin ich stolz darauf, nicht normal zu sein. Mehr noch – ich kann es jedem Menschen nur von Herzen empfehlen.
Süße Träume!
Cam x

Tara

Um 23 Uhr 36 stehen wir vor dem Sanderson und knutschen, als wären wir nicht auf einer Londoner Straße und jeder, der vorbeikommt, könnte uns zuschauen. »Lass uns zu mir gehen«, sagt Jason schließlich leise. »Wir können zusammen fernsehen. Ich leih dir einen Pyjama. Vielleicht können wir uns auch über unsere Gefühle unterhalten?« Dann presst er sich noch dichter an mich und nimmt mein Gesicht in beide Hände. »Oder wir können einfach hier in diesem Hauseingang vögeln und uns damit befassen, wie scharf ich auf dich bin.«

Er küsst mich. Unsere Münder schmecken genau gleich und passen zusammen wie Puzzleteile. Als hätte man eine Ewigkeit versucht, eine Tür mit dem falschen Schlüssel zu öffnen, und wenn man endlich den richtigen in der Hand hat, lässt er sich so einfach reinschieben, dass einem erst in diesem Moment richtig klar wird, wie falsch der Dampfer war, auf dem man so lange geschippert ist. Meine Lust auf ihn fühlt sich in meinen Slip so heiß und heftig an wie die grellen Scheinwerfer und die knallige Musik auf dem Set einer Gameshow im Fernsehen. Mein Schritt zieht mich zu diesem Mann mit einer Macht, die sich so gut anfühlt wie Sex als solcher. Das ist genau das, wonach ich mich jede Samstagnacht gesehnt habe, die ich, nachdem Annie ins Bett gegangen war, allein verbracht habe. Kalt, leer, abgelehnt und auch noch selbst schuld an allem, weil ich es ja war, die das beschissene Date am Vorabend eingefädelt hatte. Ich wollte endlich mal wieder richtig scharf auf jemanden sein, ich habe mir dieses ehrliche, kompromisslose, hundertprozentig reale Verlangen gewünscht, mit jemandem bis zur Besinnungslosigkeit zu vögeln, und nicht nur angetrieben von der schwachen Hoffnung, dass der Sex den Kontakt herstellt, den ich suche.

Ich mache mich los. »Altmodisch«, »Frau und Familie«, »ein Kind, einfach so«. Jasons Worte hallen in meinem Kopf. *Wenn das hier wirklich passiert, dann haben wir Zeit.*

»Stopp«, sage ich und trete auf die Straße, weg von ihm und dem Hauseingang. »Lass uns aufhören. Lass uns das heute nicht machen. Lass uns warten.«

»Oh Gott, bist du verrückt?«, antwortet er, und sein Mund glänzt im Licht der Straßenlaternen.

»Nein, ich bin nicht verrückt. Lass es uns verschieben. Und uns verabreden. Vielleicht für nächsten Freitag? Ein Date vereinbaren. Von der ›altmodischen‹ Sorte?«

Selbst wenn ich ihn nie wiedersehe, kann ich nach diesem erstaunlichen Abend ohne sexuelle Scham nach Hause gehen.

»Ich möchte dich wiedersehen«, sage ich noch. »Ich denke nur, dass es okay ist, manchmal vernünftig zu sein.«

»Du weißt aber schon, dass die Leute in alten Zeiten auch Sex hatten?«, erwidert er, ruckelt seine Leistengegend zurecht, lächelt mich aber auf eine Art an, die mir zeigt, dass er mich genau versteht. »Kann ich dir wenigstens ein Taxi spendieren?«

»Nein, ich nehme die Bahn, ehrlich – ein Taxi braucht eine Ewigkeit, und ich wohne nicht weit von der U-Bahnstation.«

»Wo wohnst du überhaupt?«

»Walthamstow«, erkläre ich.

»Walthamstow, da war ich noch nie. Vielleicht könnte ich die Victoria Line nächsten Freitag bis zur Endhaltestelle nehmen.«

»Vielleicht«, sage ich. »Die Strecke ist ziemlich sexy.«

Ich hake mich bei ihm unter, und wir gehen zusammen zur Station.

»Ich geb dir meine Nummer«, sage ich, als wir bei der Station Tottenham Court ankommen. »Ich verspreche dir, dass ich nicht versuchen werde, höfliche Ausreden zu finden, um zu kneifen. Ich möchte dich wirklich wiedersehen. Weil ich das hier noch mal tun will.« Ich küsse ihn und lasse dabei keinen Zweifel aufkommen, dass ich extrem scharf auf ihn bin. Nach ein paar Sekunden löst er sich und kramt sein Handy aus der Tasche. Ich diktiere ihm meine Nummer, er tippt sie ein.

»Ist SMS-Sex erlaubt?«, fragt er. Ich lache und nicke.

»Alle Sorten SMS sind erlaubt. Hauptsache, du schickst mir welche.«

»Das werde ich«, verspricht er. »Bitte antworte mir.«

»Das werde ich.«

Er küsst mich noch einmal, und um ein Haar bringen mich meine Zweifel dazu, im letzten Moment einzuknicken und zu sagen: »ICH KOMM LIEBER DOCH MIT ZU DIR UND VÖGLE DICH DIE GANZE NACHT.« Aber dann denke ich an meine Gefühle, und ich denke an Annie, und schließlich schaffe ich es, meine Impulse irgendwie unter Kontrolle zu kriegen. Als ich weggehe, fühle ich mich so gut – so angetörnt, dass ich jeden Moment kehrtmachen, diesem Mann die Kleider vom Leib reißen und ihm mitten auf der Oxford Street das Gehirn rausvögeln könnte –, aber vor allem gehe ich mit einem verdammt guten Gefühl mir selbst gegenüber.

Als ich am Fuß der Rolltreppe ankomme, bekomme ich eine SMS.

Heute Abend war perfekt. Kann das nächste Mal gar nicht abwarten.
Jx

Ich bleibe stehen. Noch habe ich einen Balken in der Anzeige, und ich möchte eine Antwort senden, ehe ich mich weiter in den Untergrund begebe. Ich habe meinen Standpunkt klargemacht, jetzt muss ich mich nicht mehr zurücknehmen, schließlich möchte ich nicht, dass sich in seinem Kopf Zweifel an meinen Gefühlen einnisten. Also nichts wie ran.

Nächstes Mal bin ich nicht mehr so höflich. Ich will mehr von dem, was wir im Hauseingang gemacht haben, und wüsste auch gern, ob du vielleicht spezielle Wünsche hast.

Dann drücke ich auf Senden. Sofort geht eine Sprechblase auf, aber jetzt ist mein Netz weg. Wenn ich wieder an die Erdoberfläche komme, habe ich bestimmt was Nettes zu lesen.

Jason

Jason steht immer noch am Eingang der U-Bahnstation und hofft, dass Tara es sich vielleicht doch anders überlegt und zurückkommt. Aber da sie sich nicht in einem Richard-Curtis-Film befinden, wird ihm bald klar, dass sie wirklich weg ist. Er ist enttäuscht, aber dann trudelt Taras SMS ein.

»Spezielle Wünsche?«

Wie unglaublich erotisch. Jason kann sein Glück nicht fassen. Tara ist so clever, so witzig und so höllisch sexy. Er ist so scharf auf sie, wie er es seit einer Ewigkeit nicht mehr erlebt hat, aber er möchte keinen Fehler machen.

»Spezielle Wünsche?« Hmmmm. Vielleicht ist es noch ein bisschen zu früh, ihr zu erzählen, dass er die Vorstellung liebt, dass sie ihn am ganzen Körper mit ihren Haaren peitscht. Das ist sein Ding, er kann nicht erklären, warum. Nichts Halbseidenes, nichts Sonderbares. Er hat einfach ein Faible für Frauen mit langen Haaren. Und die hat Tara reichlich. Lange, dichte braune Locken. Das war das Erste, was ihm aufgefallen ist, aber zum Glück hat die Vernunft rechtzeitig die Oberhand gewonnen und er hat den Gedanken nicht laut geäußert. Aber er könnte echt ein bisschen guten Sex brauchen, es ist eine Weile her, dass sich etwas einigermaßen Relevantes ergeben hat. Er schreibt zurück.

Ich glaube, wir werden …

Und genau in diesem Augenblick nietet ihn ein Radfahrer um. Der Typ stürzt, kommt aber schnell wieder hoch, tritt in die Pedale und rast davon. War ihm der Vorfall peinlich? Ist er auf der Flucht? Jason ist es scheißegal, für ihn ist nur eines wichtig, und zwar, dass ihm sein Handy aus der Hand geflogen und in einem Gully verschwunden ist.

Tara, ihre Nummer. Beides weg.

SCHEISSE.

Tara

Als die Bahn bei Seven Sisters durchfährt, schaue ich mich um. Der Wagen ist leer. Ich fühle mich seltsam schwer. Das dumpfe Pochen meiner Libido fühlt sich an wie ein Herz, das in meiner Unterwäsche pocht. Natürlich könnte ich warten, bis ich zu Hause bin, bis ich ihr verschaffe, wonach sie verlangt, aber nun sitze ich hier. Allein in der U-Bahn. Leise betrunken, schwindlig von dieser elektrisierenden Begegnung. Es ist so lange her, dass ich dieses Flattern, diese Erregung gespürt habe. Warum soll ich warten?

Auf dem Sitz neben mir liegt ein Exemplar der *Metro*, ich greife es mir, lege es mir auf den Schoß, stecke die Hand darunter in meine Hose und lasse sie dann in meinen Slip gleiten. Mein Kopf sinkt an die Bahnwand, und ich denke an Jasons Körper, der sich an meinen presst. Ich sehe uns in dem Hauseingang, jetzt sind wir nackt. Er drückt mich gegen die Tür, ich schlinge die Beine um seine Mitte, kein Gedanke daran, dass uns jemand sehen könnte. Völlig in meine Phantasie versunken, reibe ich mich, kräftig, es fühlt sich so gut an. Meine Knie öffnen sich, und ich spüre die kühle Luft durch meine Schamhaare, die Zeitung rutscht auf den Boden. Die Zeit wird knapp, aber ich kann und will nicht aufhören. Ich reibe intensiver, denke intensiver, atme intensiver, bis ich schließlich intensiver komme, als ich es lange, lange erlebt habe. Die Bahn bremst. Ich weiß, gleich muss ich mich bewegen. Nur noch eine Sekunde in diesem Moment.

Da höre ich ein Schnaufen.

Und als ich die Augen aufreiße, sehe ich vor mir einen Typen – jung, weiß, blond, Jogginganzug. In der Hand hält er ein Smartphone. Fotografiert er mich? Lieber Gott, *filmt* er mich womöglich?

»Verdammt, was machst du da?«, brülle ich und will mich auf

ihn stürzen. Aber im gleichen Moment kommt der Zug mit einem Ruck zum Stehen, ich werde nach vorn geworfen. Mit dem Gesicht nach unten lande ich auf dem Boden des Mittelgangs, gefesselt von meiner Hose, und sehe nur noch die Füße des Kerls verschwinden, der so schnell er kann aus dem Zug rennt.

»PERVERSES SCHWEIN!«, schreie ich die sich schließende Tür an.

Was zur Hölle hab ich getan?

2

Cam

Bei einem Frühstück aus schwarzem Kaffee und Rührei auf Toast mit einem Riesenklacks Ketchup sitzt Cam in T-Shirt und Slip an ihrem Küchentisch und gibt der Kolumne, die sie geschrieben hat, als Mark um neun ins Fitnessstudio aufgebrochen ist, den letzten Schliff. Während sie das Ganze noch einmal durchliest und auf Fehler in Zeichensetzung und Orthographie durchforstet, klingelt es an der Tür, so aggressiv, dass sie denkt, es gibt irgendwo einen Großbrand. So schnell sie kann, rennt sie in ihr Schlafzimmer, zieht sich eine Leggings über, saust zum Haustelefon und brüllt: »Was? Was?« hinein. Aber von dort kommt nur die Stimme ihrer Schwester, die sagt: »Cam, ich bin's, Mel. Wir waren unterwegs zur Hampstead Heath und wollten kurz Hallo sagen.«

Cam drückt auf den Summer und hört augenblicklich die Stampede von Mels drei Kindern, die die Treppe heraufgaloppieren. Als sie ihre Wohnungstür aufmacht, rauscht als Erster Max – elf Jahre – herein, gefolgt von Tamzin – neun – und Jake – vier. Ohne Zwischenstopp rennen sie zum Fenster und fangen an, sämtliche Londoner Landmarken zu identifizieren, die man von hier aus sehen kann.

»Morgen«, ruft sie, als die Kids an ihr vorbeisausen. »MORGEN, TANTE CAM«, kommt als Antwort.

Hinter ihnen schleppt Mel sich langsam die Treppe hinauf, schwerbeladen mit mehreren Strandtaschen und einer Kühlbox. »Komm, ich helfe dir«, sagt Cam und beeilt sich, ihr etwas von dem Zeug abzunehmen.

»Das ist die kinderunfreundlichste Wohnung, die ich jemals betreten habe. Wie viele Stufen sind das denn? Oh, Cam, du hast keinen BH an!«, stellt Mel missbilligend fest.

»Es sind sechsundvierzig steile Stufen, das Gebäude ist alt, und ich habe keine Kinder, also ist das alles für mich voll in Ordnung. Und ich trage keinen BH, weil ich zu Hause bin. Allein. Jedenfalls bis vor kurzem.«

»Ich weiß. Aber trotzdem. Du hättest einen anziehen können, ehe du die Tür aufmachst.«

»Mel, du bist meine Schwester ...«

»Ja, aber die Kids ... ach, egal.«

Cam schließt die Tür hinter ihr und sagt leise und sarkastisch: »Willkommen.«

Mel lässt ihre Taschen auf den Boden fallen. Dann legt sie die Hände auf den unteren Rücken, krümmt sich nach hinten und stöhnt laut, übertönt damit aber nicht das Knacken ihrer Knochen. Sie sieht völlig ausgepumpt aus.

»Schöne Wohnung«, sagt sie und schaut sich um. »Ziemlich groß. Meinst du nicht, du wirst dich einsam fühlen?«

»Ganz bestimmt nicht«, entgegnet Cam. »Tee?«

»Lieber nicht. Sonst muss ich im Park pinkeln.«

»Na gut«, sagt Cam und stellt den Wasserkocher trotzdem an. Sie hat Lust auf noch einen Kaffee und ist dankbar, dass ihre Blase das erlaubt. »Alles gut?«

»Eher nicht. Mum macht sich furchtbar Sorgen. Sie findet deine Website anstößig und schämt sich so, dass sie sich nicht in ihren Frauenclub traut, weil sie denkt, alle anderen dort halten dich für eine BH-verbrennende Emanzen-Lesbe!«

»Na, das würde jedenfalls erklären, warum ich keinen BH trage.« Cam wirft Mel einen triumphierenden Blick zu und denkt an den Post, den sie heute Nacht über ihren jungen Liebhaber geschrieben hat. Ihre Mutter wird ihn natürlich hassen, aber wenigstens hilft er gegen die Lesbenangst.

»Mel, ich kann nichts tun, damit Mum sich besser fühlt, ich bin, wie ich bin. Ich hab ihr schon tausendmal gesagt, sie soll meinen Blog nicht lesen, aber sie kann es einfach nicht lassen. Wenn er sie so fertigmacht, soll sie doch einfach aufhören.«

Mel watschelt zum Fenster. »Okay, Kinder, noch fünf Minuten. Ich möchte im Park sein, bevor es voll wird und jemand unseren Baum klaut.« Sie wendet sich wieder Cam zu. »Ich muss im Schatten sitzen, sonst wird mir zu warm, und dann quellen meine Venen auf.«

Cam schaut ihre Schwester an und weiß nicht, was sie sagen soll. Mel sieht furchtbar aus, sie ist nie richtig damit zurechtgekommen, dass sie Kinder hat, weder körperlich noch emotional. Früher war sie sportlich und hatte einen tollen Körper, aber nach jedem Baby wurde sie dicker und ist inzwischen bei einer stolzen Größe 44 angekommen. Unglücklicherweise schleppt sie das meiste Gewicht am Hintern und an den Oberschenkeln mit sich rum, deshalb scheuert sie sich im Sommer oft wund, und heiße Tage sind für sie extrem unangenehm. Sie ist sehr hübsch, man könnte sie wahrscheinlich schön nennen, aber der Stress und der bei drei Kindern unvermeidliche Schlafmangel haben das Lächeln, das in der Schule so viele Jungs fasziniert hat, nahezu vollständig zum Verschwinden gebracht. Nach jedem Baby litt sie unter postnatalen Depressionen, ihre Ehe hängt am seidenen Faden. Cam ist sicher, dass Mels Ehemann Dave eine Affäre hat, und kann es ihm nicht mal übelnehmen, denn aus Mel ist eine echt komplizierte Person mit jeder Menge Aggressionspotential geworden. Was man ihr, wenn man bedenkt, wie ihr Leben sich entwickelt hat, ebenfalls nicht verdenken kann. In Cams Augen ist sie die beste Werbung dafür, kinderlos zu bleiben.

In Wahrheit sind Mel und Cam sich nämlich wesentlich ähnlicher, als Mel zugeben möchte. Sie war nie sonderlich mütterlich, sie brauchte für ihr Glück nie eine feste Beziehung. Aber als es darum ging, sich gegen herrschende gesellschaftliche Konventionen zu behaupten, ist sie schneller eingeknickt. Ihre Mutter konnte sich für ihre vier Töchter keine andere Zukunft vorstellen als Heiraten und Kinderkriegen. Die beiden ältesten, Tanya und Angela, waren ganz zufrieden damit, sich anzupassen. Beide haben einen Mann geheiratet, den sie von der Uni kennen, und inzwischen zusammengenommen sieben Kinder. Tanya ist Yogalehrerin, Angela leitet eine Kita. In Cams Augen läuft bei ihnen alles unerträglich glatt. Als würden sie *House and Garden* nicht nur lesen, sondern versuchen, in einem der Hochglanzfotos zu leben. Aber für diese Art Leben war Mel genauso wenig designt wie Cam. Sie war klug, akademisch und immer Klassenbeste gewesen. Eigentlich wollte sie Jura studieren und in der City arbeiten. Als Hausfrau und Mutter zu enden war nicht der Plan, sie wollte hoch hinaus. Aber dann lernte sie Dave kennen und wurde schwanger mit Max. Dummerweise und obwohl Cam sie davor gewarnt hat, erzählte sie ihrer Mutter davon und schaffte es nicht, sich gegen die Masse von Schuldgefühlen zu wehren, die diese ihr einflößte, weil sie eine Abtreibung auch nur in Erwägung zog. Also bekam sie mit sechsundzwanzig das erste Kind, das sie nicht wollte. Und seither lebt sie ein Leben, das nicht für sie gemacht ist.

»Na Kinder, freut ihr euch auf den Park?«, fragt Cam und geht zum Fenster, um den dreien Gesellschaft zu leisten. Sofort drehen sich alle um, wie Affen im Gehege, die wissen, dass sie beobachtet werden.

»Warum hast du keinen Freund?«, fragt Tamzin, eine Miniausgabe von Cam, bis hin zu den großen, kräftigen Händen.

»Vielleicht hab ich ja einen«, erwidert Cam, nicht bereit, sich von einem Äffchen blöd kommen zu lassen.

»Nein, hast du nicht. Mum sagt, wahrscheinlich magst du Mädchen«, erklärt Max beiläufig.

»Max, das war eine private Unterhaltung zwischen mir und Granny«, fährt Mel ihn an und versucht, ihn mit Blicken zum Schweigen zu bringen.

»Warum hast du es dann gesagt, als wir alle am Esstisch saßen?«, wendet Max ein, und damit ist das Gesprächsthema beendet. Für Cam ist es keine große Überraschung, dass ihre Mutter und ihre Schwester über sie reden, wenn sie nicht in der Nähe ist. Selbst wenn sie sich im gleichen Raum befindet, haben die beiden meist kein anderes Thema, warum sollten sie dann ausgerechnet damit aufhören, wenn sie nicht da ist?

»Leute, eines Tages werdet ihr erwachsen sein, und dann werdet ihr sehen, dass es im Leben sehr viel Interessanteres gibt, als ob man einen festen Freund oder eine feste Freundin hat. Beispielsweise eine schöne Wohnung zu haben und einen Job, der einem Spaß macht«, erklärt Cam und breitet die Arme aus, um auf ihr tolles neues Apartment hinzuweisen. Aber die drei Äffchen wenden sich wortlos wieder zum Fenster. »Gefällt es euch?« Niemand antwortet. Kinder haben anscheinend keine gute Beobachtungsgabe.

Nach einer kurzen Pause verkündet Tamzin stolz: »Ich möchte heiraten und drei Kinder haben«, und wirft Cam über die Schulter einen vielsagenden Blick zu.

»Vielleicht aber auch nicht, vielleicht änderst du deine Meinung, vielleicht lernst du niemanden kennen, den du liebst, und dann bleibst du allein und verbringst deine Zeit glücklich und zufrieden in deiner hübschen Wohnung, umgeben von wertvollen Gemälden, ohne Angst davor haben zu müssen, dass irgendein kleines Monster mit einem Textmarker darauf losgeht.«

Mel verdreht die Augen. »Sie gehört nicht zu deiner ›Frauen brauchen keine Männer‹-Truppe, Cam, jedes kleine Mädchen hat doch diesen Traum.« Ihr Sohn setzt noch eins drauf.

»Ich hasse Kunst«, verkündet Max und geht zu Cams Laptop. Auf den letzten ist er draufgesprungen, weil Cams Internetverbindung zu schwach war und sich deshalb *Kung Fu Panda* nicht illegal runterladen ließ. Danach war das Ding kaputt.

»Weg da!«, ruft sie, schnappt sich den Computer und bringt ihn in Sicherheit. »Davon lässt du gefälligst die Finger.«

»Warum? Hast du Pornos drauf?«, fragt Max dreist.

»Max! Woher weißt du überhaupt, was Pornos sind?«, schaltet Mel sich ein.

»Von Tante Cams Blog. Da steht, dass Pornos gut für einen sind.«

Schuldbewusst schaut Cam ins wütende Gesicht ihrer großen Schwester. »Was denn?«, verteidigt sie sich. »Also komm, ich poste ja keine Bilder! Außerdem hab nicht ich ihm meinen Blog gezeigt.«

»Nein, aber er liest ihn jedes Mal, wenn er online geht. Der Blog ist im Netz, den kann sich jeder angucken. Warum schreibst du nicht über was anderes? Es gibt doch wirklich genug Themen, von denen meine Kinder keine psychischen Störungen kriegen, oder?«

»Ach beruhige dich, Max ist doch nicht gestört. Und vielleicht solltest du mal eure Jugendschutzeinstellung auf Vordermann bringen.« Beide drehen sich um und sehen zu Max, der an Cams Fenster steht und seinen nackten Hintern zeigt, während Tamzin an die Scheibe klopft, um die Aufmerksamkeit der Passanten auf ihn zu lenken. Jake schaut sich das Ganze an und zieht vermutlich Schlüsse für sein weiteres Leben daraus.

»Zieh dich lieber wieder an, Max«, sagt Cam. »Ich hab nämlich gehört, in der Gegend hier kommen kleine Jungs ins Gefängnis, wenn sie so was veranstalten.«

Tatsächlich zieht Max die Hose wieder hoch. Zwar ist er ein

vorlauter kleiner Bengel, aber momentan sieht man ihm an, dass er auf versunken kindliche Art überlegt, ob Cams Drohung der Wahrheit entspricht – und allem Anschein nach ist ihm das Risiko zu hoch.

»Okay, gut, dann gehen wir jetzt vielleicht lieber«, meint Mel, streift sich ihre Taschen wieder übers Handgelenk und stöhnt laut, als sie in die Knie geht, um die Last hochzuhieven. »Wundervoll, dass du jetzt direkt am Park wohnst, du Glückspilz. Ich hasse die U-Bahn, es ist immer so heiß da drin, das machen meine Venen nicht mit. Kommt, Kinder. In den Park, auf geht's!«

»Hör mal, ich muss noch ein bisschen arbeiten, aber danach könnte ich mich mit euch im Park treffen, wie wär's?«, schlägt Cam vor, denn sie möchte gern noch ein bisschen mit ihnen allen zusammen sein – nur nicht in ihrer schönen neuen Wohnung.

»Gern«, sagt Mel und scheucht die Kinder aus der Tür. Sie brettern die Treppe runter und überlassen Mel den Kampf mit den Taschen. »Aber zieh bitte einen BH an!«, ruft sie noch, dann folgt sie der Meute.

Wie immer nach einem Besuch ihrer Familienangehörigen ist Cam voller Energie und hochmotiviert, als sie wieder am Küchentisch sitzt. Viele Leute ziehen sich in ihr Schneckenhaus zurück, reagieren verunsichert und igeln sich ein, wenn sie sich von den Menschen, die ihnen am nächsten stehen, missverstanden fühlen. Aber für Cam waren solche Situationen immer eine große Inspiration, für nahezu alles, was sie je auf die Beine gestellt hat. Fast ihr ganzes Leben lang tippt sie ihrer Mutter und ihren Schwestern auf die Schulter und sagt: *akzeptiert mich, ich bin anders als ihr, aber ich bin glücklich*. Aus irgendeinem Grund waren sie dazu nie in der Lage. Cam weiß, dass es ihrer Mutter schwerfällt, ihren Blog zu lesen, und hat ihr schon oft gesagt, sie soll damit aufhören. Aber irgendwie freut Cam sich auch, dass sie es trotzdem tut, schließlich ist *HowItIs.com* der Ort, an dem sie all das sagt, was sie sagen will und muss. Hier tut sie laut und deutlich ihre Meinung kund, ohne sich von dem, was die Gesellschaft oder ihre Mutter für normal erachtet, einschränken zu lassen. Cam ist stolz auf sich. Nicht angepasst zu sein war der Katalysator ihres Erfolgs. Es ist Zeit, einen Blogeintrag zu schreiben für alle, die glücklich darüber sind, dass sie sich in der Masse allein fühlen.

Möchte jemand eine Liebesgeschichte hören? Eine, die man noch nicht hundertmal gehört hat? Sie hat den Titel: »Cam Stacey und ihre große Liebe, das Internet.« Ich beginne am Anfang …

Es war einmal ein Mädchen, das hieß Cammie. Sie war im Allgemeinen gut in der Schule, arbeitete fleißig und legte großen Wert darauf, ihre Sache gut zu machen. Eine rebellische Ader hatte sie auch – sie rauchte Zigaretten, küsste Jungs und trank zu viel Cider, aber im Großen und Ganzen war sie ein ziemlich braves Mädchen.

Sie gehörte nicht zu den Leuten, die unbedingt cool sein wollten, aber gerade weil sie nicht versuchte, cool zu sein, wirkte sie wahrscheinlich trotzdem ein bisschen, als versuchte sie cool zu sein. Sie zog hautenge Hosen und Band-T-Shirts an, wenn die anderen Mädels kurze Röcke und ausgeschnittene Tops trugen. Sie hatte nicht viele enge Freundschaften. Sie saß lieber herum und unterhielt sich mit den Jungs über Musik, statt mit den Mädels Klatschgeschichten auszutauschen. Alles in allem überstand sie die Teenagerzeit ohne allzu große Probleme; die anderen Mädchen fanden sie ein bisschen arrogant, die Jungs vermutlich auch. Aber ihr ging es hauptsächlich darum, ihre Ruhe zu haben. Zu Hause waren ihre drei großen Schwestern, und wenn sie wegging, kam sie sich vor, als hätte sie Ferien. Weil sie diese kostbare Zeit nicht mit zu vielen Menschen füllen wollte, blieb sie meistens für sich.

Ja, ihr habt es erraten, Cammie, das bin ich. So geht die Geschichte weiter …

Ich verließ die Schule, ging zur Uni und studierte Englisch. Ich war eine von denen, die alles lasen, was es in den Kursmodulen zu lesen gab. Ich hatte immer ein Buch dabei, und ich hatte die sonderbare Neigung, am Tag mehrere Zeitungen von vorn bis hinten durchzulesen. Warum? Weil ich wusste, dass ich selbst auch schreiben wollte. Ich wusste, dass ich Worte absorbieren musste, um darin gut zu sein. Das war die einzige Möglichkeit, wie ich die Milliarden von Gedanken und Meinungen, die in meinem Kopf herumschwirrten, äußern konnte. Und zwar auf eine Art, die jeder verstand. Denn in sozialer Hinsicht war ich eine echte Niete.

Ich tat, was alle aufstrebenden Autoren damals taten: ich schrieb Artikel, Seite um Seite, druckte sie aus und schickte sie in gelben Umschlägen an alle möglichen Redaktionen und Verlage. Aber ich bekam nie eine Antwort. Doch dann tauchte etwas Wunderbares auf … man nannte es **E-Mail**. Plötzlich konnte ich meine Arbeit als Anhang zu einer E-Mail verschicken, und das tat ich, aber ich bekam auch weiterhin keine Antwort. Kurz darauf stieß ich auf einen Artikel über ein wenig bekanntes Hobby, das »Blogging«. Die Verfasserin bloggte über ihre Familie. Ihr Mann war Fotograf, sie war hübsch, ihre Kinder waren süß, ihr Hund war kuschelweich und fluffig. Jeden Tag ließ sie ihren Mann ein bezauberndes Foto machen, und das postete sie zusammen mit einem Text darüber, was sie an diesem Tag gemacht hatten. Ehrlich gesagt fand ich das Zeug unerträglich, es war überhaupt nicht mein Ding. Aber dann las ich, dass jeden Tag dreißigtausend Leute diese Seite aufriefen, um zu lesen, was die Frau zu sagen hatte. Da wusste ich, dass es die Antwort für mich war.

Also, liebe Leserinnen und Leser, also habe ich es geheiratet. **Das Internet** meine ich. Und »geheiratet« bedeutet, dass ich mir eine Website gebaut habe. Dann haben wir angefangen, **Babys** zu produzieren. (Mittlerweile habt ihr bestimmt kapiert, worauf ich hinaus will. Die »Babys« sind meine Blogeinträge.)

Online fand ich meine Stimme, und das half mir, auch die Stimme in meinem Inneren zu finden. Ich schrieb und schrieb, jeden Tag, wirklich jeden, postete ich etwas. Egal, ob es etwas war, was ich fühlte, oder eine Reaktion auf etwas, was ich in den Nachrichten gehört hatte. Und dann brachte ich sämtliche Bekannten dazu, es zu lesen. Ich ließ Flyer drucken, die ich geparkten Autos unter die Scheibenwischer klemmte und in Briefkästen steckte. Ich mailte den Link an jede Zeitungs- und Zeitschriftenredaktion und postete ihn bei Tausenden MySpace-Seiten. Es wurde mein Leben; ich wurde regelrecht süchtig danach. Wenn ich gerade nicht schrieb, machte ich Werbung dafür. Es war nicht mehr nötig, dass die Zeitungen auf mich aufmerksam wurden, ich schuf mir mein eigenes Publikum. Und schaut mich jetzt mal an. Mein Blog ist einer der am längsten bestehenden Lifestyle-Blogs in Großbritannien. Nächste Woche ist es sechzehn Jahre her, dass *HowItIs.com* online gegangen ist, und der Blog ist immer noch erfolgreich. Jeden Tag lesen ihn über eine halbe Million Menschen; das können die meisten Printpublikationen nicht von sich behaupten.

Ich erzähle diese Geschichte für alle, die eine Stimme haben, aber nicht wissen, wie sie sich Gehör verschaffen können. Man muss kein kontaktfreudiger Partymensch sein, man muss nicht charmant, megaselbstbewusst, superschön oder dünn sein. Man muss nur etwas zu sagen haben.

Das Internet ist die Liebe meines Lebens, denn es gestattet mir, der Mensch zu sein, der ich sein will. Worte, die mir im Hals stecken bleiben würden, strömen leicht und ungezwungen aus meinen Fingerspitzen. Keine Ahnung, was aus mir geworden wäre, wenn ich dieses Ventil nicht gefunden hätte. Und wisst ihr, was das Beste ist? Ich kann jeden Tag mit Tausenden Menschen in Verbindung treten, ohne ein Wort sprechen zu müssen. Also macht euch auf die Socken, postet eure Gefühle online. Selbst wenn niemand sie liest, ist ein kleines Stückchen von euch da draußen und bleibt für immer bestehen – ist das nicht wie Magie?

Cam x

Tara

»Mum, die Watte fällt immer ab«, sagt Annie, als wir auf Trudys Haustür zugehen. An der Klinke sind zwei geburtstägliche Heliumballons befestigt, außerdem ein Post-it mit der Aufschrift: »TÜR IST OFFEN – KOMMT EINFACH REIN, IHR PRINZESSINNEN.«

Mein Kopf dröhnt von zu viel Alkohol, außerdem habe ich kaum geschlafen. Mir geht das demütigende Bild des Kerls, der seine Kamera wie eine geladene Pistole auf mich richtet, einfach nicht mehr aus dem Kopf. Und Jason hat mir immer noch keine SMS geschickt – die letzte kam, bevor ich in die U-Bahn gestiegen bin. Wie kann es sein, dass ich mich dermaßen geirrt habe?

»Mum?«, drängelt Annie. »Ich komm mir blöd vor.«

Um halb zwölf heute Vormittag bin ich im Haus meiner Mutter aufgetaucht, bewaffnet mit einer leeren Pappschachtel, einem Prittstift, einem Bogen orangefarbenem Karton, einem Stück Gummiband, einem weißen Hut, einer weißen Strumpfhose und sechs Tüten Wattebällchen. Erstaunlich, was man bei Tesco alles einsammeln kann, wenn man ein schickes Kostüm für eine Sechsjährige entwerfen muss. In die Pappschachtel habe ich ein Loch für Annies Kopf geschnitten und das ganze Ding mit Wattebällchen beklebt. Aus dem orangen Bastelbogen und dem Gummiband wurde eine Karottennase, und mit dem Hut und der Strumpfhose dazu sieht Annie super aus. Okay, vielleicht nicht super, aber es war das Beste, was ich zustande brachte.

»Schneemänner sind aber doch rund, nicht viereckig, Mummy.«

»Annie, das ist okay. Du siehst sehr schneeig aus.«

»Aber warum bin ich denn ein Schneemann? Es ist doch Sommer.«

»In der *Eiskönigin* gab es auch einen Schneemann, oder etwa nicht?«, argumentiere ich, aber das hilft auch nicht.

Wir gehen rein. Offensichtlich findet die Party im Garten statt, das Kreischen aufgeregter Kinder hallt von dort durchs Haus. Ich hätte noch eine Tablette nehmen sollen.

Das Haus ist hübsch. Ein sehr großes viktorianisches Reihenhaus mit ordentlichen Bücherregalen, einem riesigen Fernseher und einem schicken dunkelblauen Sofa neben einem großen Puppenhaus vor dem Erkerfenster. Es überrascht mich, dass Amanda so einen guten Geschmack hat. Offenbar verdient ihr Ehemann ganz gut, denn abgesehen von zwei Kommoden mit praktischen Schubladen, an denen auf sauber geschriebenen Etiketten die darin enthaltenen Spielsachen vermerkt sind, ist die Einrichtung beeindruckend wenig IKEAmäßig.

»Annie, Annie«, ruft Trudy und kommt ins Wohnzimmer gerannt, gefolgt von drei weiteren Prinzessinnen in schicken, im Laden gekauften Prinzessinnen-Kleidchen. Sofort tut Annie mir bitter leid, denn im Vergleich dazu sieht sie wirklich lächerlich aus.

Aber die anderen Mädchen nehmen sie an der Hand und ziehen sie hinaus in den Garten, wo eine Schar von ungefähr fünfzehn extrem aufgedrehten sechsjährigen Mädchen eine kleine Hüpfburg strapaziert. Links von der Burg steht ein langer Tisch mit einer blauen Tischdecke und einer Reihe von Tellern mit blauen und weißen Speisen. Ich möchte alles aufessen.

Am fernen Ende sitzen ungefähr zwanzig Erwachsene, Männer und Frauen. Mütter und Väter. Warum machen mich solche Situationen so nervös? Dank meiner Katerparanoia bin ich überzeugt, dass ich bis zu diesem Augenblick das Gesprächsthema dieser Runde war.

»Hallo«, sage ich und nähere mich dem Tisch.

»Tara«, sagt Amanda sehr freundlich, als hätte es den unbehaglichen Moment am Schultor nie gegeben. Was mich nervt. »Weißwein?«, fragt sie und hält mir ein gefülltes Glas entgegen. Das Gespräch ist verstummt, alle lächeln mich verlegen an. Eine typische Partysituation, in der jeder nur darauf wartet, dass ein Neuankömmling Blickkontakt aufnimmt und man ihn begrüßen kann. Also schaue ich kurz in die Runde und murmle ein »Hallo«, damit die Unterhaltungen weitergehen können. »Ja?«, drängt Amanda auch schon und schwenkt den Wein unter meiner Nase. Ich denke eine Sekunde nach, aber mein Gesicht muss wohl leicht zu interpretieren sein, denn sie macht hastig einen Rückzieher und sagt: »Zu früh für Alkohol?«

»Oh nein, dafür ist es nie zu früh. Aber ich hatte gestern eine lange Nacht und fühle mich ein bisschen zittrig.«

»Ach kommen Sie, ein bisschen Gegengift kann nicht schaden«, mischt sich ein Mann in einem blauen Hemd ein und kommt auf uns zu.

»Das ist Pete, mein Mann«, stellt Amanda ihn vor. Etwas in ihrem Gesicht verrät mir, dass sie sauer auf ihn ist.

»Hi«, sage ich und strecke ihm die Hand hin. Er ist groß, mit einem Mund, der viel Platz in seinem Gesicht einnimmt, und flirtbereiten Augen.

»Ich könnte Ihnen schnell eine Bloody Mary holen«, sagt er. »Ich war heute Morgen auch ein bisschen zittrig, deshalb steht sie schon fertig im Kühlschrank.«

»Wenn ich es mir recht überlege, wäre das genau das Richtige. Danke«, sage ich, und er verschwindet im Haus.

»Annies Kostüm ist … ganz schön mutig.«

»Danke, Amanda«, antworte ich, nehme es als Kompliment und beweise vor allem, dass ich jetzt ihren richtigen Namen weiß. »Ich ermutige sie immer, einfach sie selbst zu sein und nicht auf Teufel komm raus das Gleiche zu tun wie die anderen.« Wir schauen beide zu Annie hinüber, die gerade den Karton abwirft und in ein geliehenes Prinzessinnenoutfit schlüpft. »Aber es funktioniert nicht immer.«

»Klar.«

Dann stehen wir nebeneinander, tun so, als wären wir komplett fasziniert von dem, was unsere Kinder machen, überlegen, worüber wir reden könnten, aber die Atmosphäre zwischen uns bleibt negativ, und ich habe nicht die Energie, es zu ändern.

»Bitteschön«, unterbricht Pete das Schweigen und überreicht mir meine Bloody Mary.

»Wow, Sellerie und alle Schikanen. Cheers.« Wir stoßen an, und ich trinke einen großen Schluck. Köstlich.

»Okay, dann mal viel Vergnügen«, sagt Amanda und lässt uns stehen, als wäre das Zeitlimit überschritten, in dem sie meine Gesellschaft erträgt. »Pete!«, fügt sie im Befehlston hinzu, und er trollt sich gehorsam. Allerdings kann ich nicht umhin zu bemerken, dass er im Weggehen einen Blick auf meine Brüste wirft.

»Hallo, hi, hey, hi, hallo«, begrüße ich nun doch die am Tisch versammelten Gäste und nähere mich den ausgestellten Speisen. »Mmmmm, knallblaue Cupcakes, lecker«, sage ich, greife mir einen Papierteller und belade ihn mit einer Auswahl des Angebots. Alle glotzen mich so erstaunt an, als käme ich von einem anderen Stern. Es sind genau gleich viele Väter wie Mütter anwesend, und auf einmal komme ich mir sehr auffällig vor. Sehr solo. Wie ist es bloß möglich, dass ich bei der Arbeit so selbstbewusst bin, und sobald man mich in eine Elterngruppe steckt, am liebsten den Kopf im Geburtstagskuchen vergraben möchte?

»Eine Bloody Mary und Kohlehydrate, das kann nur eines bedeuten«, meint Tracey, Gabby Fletchers Mum, und geht auf mich zu. Wir haben uns ein paarmal unterhalten, sie ist im Grunde ganz nett, hat aber auch diese tugendhafte Ausstrahlung, die viele Frauen anzunehmen scheinen, wenn sie heiraten und Kinder kriegen. Selbst die wildesten, wie Sophie, die nicht mal Kinder hat. Früher haben sie gesoffen, Drogen genommen und sich wie Schlampen aufgeführt, jetzt sind sie stinklangweilig, ungefährlich und mit

Männern verheiratet, die zusammenbrechen würden, wenn sie wüssten, was ihre Ehefrauen in ihrem Vorleben so alles getrieben haben. Jedenfalls habe ich auch bei Tracey den Eindruck, dass sie eine Vergangenheit hat, zu der sie nicht stehen kann. Wenn man sie etwas fragt, zögert sie immer eine Sekunde, als müsste sie sich überlegen, wie die richtige Antwort lautet. Vielleicht bilde ich mir das nur ein. Vielleicht aber auch nicht.

»Jepp, Mörderkater. Auf diesem Tisch steht alles, was ich für ihn brauche.«

Pause.

»Ich hatte schon seit Jahren keinen richtigen Kater mehr, mit den beiden Kleinen kann ich mir so was einfach nicht mehr leisten«, sagt Tracey, und vom Rest der Anwesenden ist ein zustimmendes Murmeln zu hören.

»Oh, das kenne ich. Aber seit einiger Zeit übernachtet Annie freitags immer bei meiner Mum, deshalb kann ich da ausgehen und samstags länger schlafen. Sonst würde ich das wahrscheinlich auch nicht hinkriegen.«

Tracey schaut zu der Gruppe, und ich frage mich, ob man sie womöglich ausgeschickt hat, damit sie mir Informationen entlockt.

»Vermutlich können Sie sich ja manchmal mit Annies Dad abwechseln, stimmt's? Ich meine, Gott behüte, dass mit mir und James je was passiert, aber ein bisschen Kinder-Sharing ist doch bestimmt nett, oder nicht?«

Leute gehen öfter davon aus, dass Annies Dad und ich uns getrennt haben. Aber es ist höchst ungewöhnlich, dass ich vor Elternpublikum bei einer Geburtstagsparty mit Disney-Thema danach gefragt werde. Schon wenn es mir gutgeht, macht mir dieser Fragenkomplex zu schaffen. Mit Katerparanoia gemixt, bricht mir der kalte Schweiß aus allen Poren.

»Oh, Annie hat eigentlich keinen Dad«, sage ich, stopfe mir

einen halben blauen Cupcake in den Mund und hoffe, dass sie das Thema wechselt.

»Oh. Ja, ein paar von den Mädels und ich haben gerade darüber gesprochen, dass wir kaum etwas von Ihnen wissen, und wir würden Sie gern ein bisschen besser kennenlernen.«

Mädels, denke ich. Warum bezeichnen erwachsene Frauen sich als *Mädels*? Das ist doch absurd.

»Oh. Klar«, erwidere ich und kaue weiter.

»War es eine schlimme Trennung?«, fragt sie, nachdem sie beobachtet hat, wie ich kaue und schlucke.

»Nein. Überhaupt nicht. Wir waren nie wirklich zusammen.«

Inzwischen sind die anderen Mums näher gerückt. Ich überlege, wie viele Cupcakes ich mir gleichzeitig in den Mund stopfen kann, um nicht mehr reden zu müssen.

»Oh, sorry, ich sollte nicht so neugierig sein!« Pause. »Also war es bloß ein Seitensprung?«

Ich könnte einfach ja sagen, aber weil die Bloody Mary anfängt zu wirken und sich mit dem Alkohol von letzter Nacht zusammentut, überkommt mich eine Welle von ungewohntem Draufgängertum.

»Nein. Kein Seitensprung, ein One-Night-Stand. Na ja, natürlich haben wir nicht nur rum*gestanden*, immerhin ist sein Sperma ja durch meine Vagina bis in meine Gebärmutter gehüpft.« Ich lache und finde mich ziemlich geistreich. Aber als ich in die Gesichter meines Publikums schaue, wird mir klar, dass niemand meine Meinung teilt.

»Ziemlich anschaulich«, meint Tracey und nimmt sich ein Cupcake, obwohl sie definitiv nicht die Absicht hat, es zu essen. »Er wollte also nicht einbezogen werden?«, fragt sie, ein menschlicher Lügendetektor, den ich nicht überlisten kann.

»Nein, er hat nie etwas davon erfahren. Ich hab es ihm nicht erzählt.«

Schweigen. Gefühlt ein sehr langes Schweigen. Irgendwann wird mir klar, dass es nicht eine ihrer sonderbaren Pausen ist, nein, Tracey weiß tatsächlich nicht, was sie darauf sagen soll. Aber meine Nerven quasseln weiter.

»Aber egal, jetzt gehe ich zu Dates und suche Liebe, kein Sperma. Tatsächlich Liebe. Also macht euch keine Sorgen, eure Ehemänner sind vor mir in Sicherheit, Ladys!« Ich stoße ein heiseres, irres Lachen aus. *Was tu ich denn da? Wer bin ich? Warum zur Hölle habe ich diese Ehemännerbemerkung gemacht*?

»Pete«, ruft Amanda in diesem Moment durch den Garten. »Pete, lass uns den Kuchen holen!« Ich hatte gar nicht bemerkt, dass er schon wieder direkt hinter mir steht.

Die Elternmenge zerstreut sich und verteilt sich in kleinen Grüppchen über den Garten. Jede Ehefrau nimmt auf irgendeine Weise Körperkontakt mit ihrem Ehemann auf, ich bleibe allein am Tisch stehen. Ich und blauer Nachtisch im Wert von etwa vierzigtausend Kalorien. Und ich fühle mich wie eine zerquetschte Wurstpastete, die niemand essen möchte.

Nach ein, zwei Minuten gewinnen meine Nerven die Oberhand.

»Annie! Annie, komm, wir müssen gehen«, rufe ich, laufe zur Hüpfburg und bahne mir mit ausgefahrenen Ellbogen einen Weg durch die Eltern, um zu meiner Tochter zu gelangen.

»Aber Mummy, wir hatten noch gar keinen Kuchen«, wendet sie ein, verlegen und besorgt, dass ich es ernst meinen könnte.

»Wir essen zu Hause Kuchen. Komm, nimm den Karton mit.«

»Aber …«

»ANNIE, los jetzt, es reicht!«

Sie gehorcht, zutiefst gekränkt, weil ich sie vor ihren Freundinnen angebrüllt habe. Mir ist es egal, ich geniere mich selbst viel zu sehr, um mich mit der Meinung anderer Leute zu befassen. Außerdem fürchte ich, dass mir gleich schlecht wird.

Also packe ich Annies Hand und durchquere im Laufschritt das

Haus, als müssten wir uns vor einer Lawine in Sicherheit bringen. Als ich die Haustür aufmache, steht dort Vicky Thomson, die Faust zum Klopfen erhoben, und ich springe vor Schreck einen Meter in die Luft.

»Tara«, sagt sie, »geht ihr schon? Gott, ich bin so spät dran. Ist die Party schon vorbei? Und warum hast du so einen blauen Mund?«

So viele Fragen. Ich dränge mich an ihr vorbei, Annie gnadenlos hinter mir herzerrend.

»Okay, na dann mal tschüs. Und wir müssen wirklich bald mal einen Kaffee zusammen trinken, ich hab noch ein paar Ideen aufgeschrieben, ich glaube wirklich, eine könnte …

Aber ich habe Annie schon angeschnallt und bin losgefahren, ehe sie fertig ist. Als ich um die Ecke biege, werde ich langsam ein bisschen ruhiger. Dann schaue ich in den Rückspiegel und sehe Annies Gesicht.

Meine kleine Prinzessin weint sich die Augen aus dem Kopf.

Cam

»Hallo, ja, ich warte schon seit über einer Stunde auf meine Pizza … Ja, der Name ist Stacey … Was? Mit *Ihnen* hab ich vorhin gesprochen? … Ach, vergessen Sie's, ich rufe bei Domino's an.«

Damit legt sie auf.

»So ein Mist«, sagt Cam zu Mark, der auch sehr hungrig ist, aber nicht der Typ, der sich über solche Lappalien ärgert. »Jetzt wird es eine Ewigkeit dauern, bis wir was kriegen.«

Sie stürmt in die Küche, reißt aggressiv sämtliche Schranktüren und den Kühlschrank auf, knallt aber alles gleich wieder zu, denn überall herrscht gähnende Leere.

»Babe, du hast ja richtig Verhungerlaune«, sagt Mark, und sein jugendlicher Slang ärgert Cam nur noch mehr.

»Ich sehne mich schon den ganzen Tag nach einer Pizza«, grollt sie.

»Na, dann lass uns rausgehen und welche holen«, schlägt Mark schnoddrig vor.

»Was, und hierherschleppen?«

»Nein, lass uns doch irgendwo was essen. Es ist Samstagabend. Date Night!«

Cam bekommt eine Gänsehaut. *Lass uns irgendwo was essen*? Heißt das, sie werden einander gegenübersitzen? In einem Restaurant? Klamotten anhaben? Smalltalk machen? Ist das möglich?

Ehe Cam Gelegenheit hat, den Vorschlag in Frage zu stellen, steht Mark schon abmarschbereit an der Tür. »Jetzt komm schon, ich bin auch am Verhungern«, drängt er.

Sie packt ihren Schlüssel, schlüpft in ein Paar Flipflops und folgt ihm nach draußen. Es passiert also wirklich.

Während Mark die Speisekarte liest, starrt Cam ihn an. Es ist ein paar Monate her, dass sie sich in der Schlange bei Whole Foods begegnet sind. Seither hatten sie Sex in jeder erdenklichen Stellung, aber sie hat keine Ahnung, ob er beispielsweise einen zweiten Vornamen hat. Und jetzt, wo sie ihm gegenübersitzt, fällt ihr absolut nichts zu sagen ein.

»Ich nehme die mit dem vielen Fleisch, keine Ahnung, warum ich mir überhaupt die Mühe mache, die Speisekarte anzuschauen. Was ist mit dir?«, fragt Mark, legt die Karte weg und nickt einem Kellner zu.

»Mit mir? Was soll mit mir sein?«, fragt Cam, voller Angst, dass sie irgendwelche Gefühle äußern soll.

»Äh, welche Pizza möchtest du?«

»Oh. Hawaii, die esse ich immer.«

»Nee, Obst auf Pizza, ich finde, das geht gar nicht«, entgegnet Mark.

»Oh, richtig«, antwortet Cam und macht ein Gesicht, das hoffentlich ausdrückt, dass es ihr gefällt, solche kleinen Details seiner Persönlichkeit kennenzulernen – obwohl ihr diese ganze Situation schrecklich unbehaglich ist.

Es ist nicht so, dass sie Mark nicht mag oder nicht gern Zeit mit ihm verbringt. Aber sie hat den größten Teil ihres Erwachsenenlebens klassisches Dating vermieden, Dates sind überhaupt nicht ihre Stärke. Aus freien Stücken würde sie kaum auf die Idee kommen, sich für eine Mahlzeit einem anderen Menschen gegenüberzusetzen, es sei denn, sie kennt ihn richtig gut. Ein Drink geht ja noch. Ein Kaffee ist auch in Ordnung. Aber eine ganze Mahlzeit? Ein richtiges Date? Nein, das ist nichts für sie. Cam ist gern zu Hause, in der Unterhose, und macht unverfängliche Konversation zwischen zwei Sexsessions, das kann sie gut. In dieser Umgebung hat sie Requisiten, sie kann sich ablenken, wenn die Interaktion für ihren Geschmack zu emotional wird. Aber jetzt sitzt sie hier mit einem jungen Mann, mit dem sie seit ein paar Monaten vögelt, und zum ersten Mal wird ihr klar, dass der Altersunterschied vielleicht doch nicht ganz unwichtig ist. Sie hat das Gefühl aufzufallen. Auf die gleiche Art wie ein älterer Mann mit einer jungen sexy Blondine. Außerhalb des Betts fühlt sich das irgendwie albern an.

Sie bestellen ihre Pizza.

»Und was hast du heute so gemacht?«, fragt Mark, während sie warten.

»Oh, äh, ich war mit meiner Schwester, meiner Nichte und meinen zwei Neffen im Park. Wir sind im See geschwommen, das war schön«, antwortet Cam und schiebt sich zwei Oliven in den Mund.

»Ah, wie nett. Ich hab auch zwei Neffen, Jacob und Jonah. Beide wollen, dass man sie Jayjay nennt, deshalb nenne ich sie immer Jayjayjayjay, das finden sie zum Schieflachen.«

»Echt witzig«, sagt Cam und versteckt ihre Gefühle hinter den Olivenkernen, die sie in die Hand spuckt.

»Sie lieben mich, die zwei. Ich kann beide zusammen hochheben, deshalb nennen sie mich Onkel Hulk«, erzählt Mark unbeirrt weiter, beugt den Ellbogen und lässt seinen Bizeps spielen.

Cam lächelt. Er ist so nett, sie möchte nicht unhöflich oder gemein zu ihm sein, aber …

»Wie alt sind deine?«, fragt er. Er benimmt sich vollkommen akzeptabel, wie sich jeder normale Mensch in dieser Situation benehmen würde. Aber für Cam ist es zu viel. Sie ist nicht sicher, warum sie die Situation so unerträglich findet, aber sie kommt nicht dagegen an. Sie kann nicht. Sie kann einfach nicht.

»Mark, es tut mir leid. Ich fühl mich nicht so toll. Vielleicht ein Sonnenstich oder was. Können wir uns die Pizza einpacken lassen und mit nach Hause nehmen?«

Mark reagiert vollkommen gelassen. Er kriegt seine Pizza, er kriegt Cam, also ist für ihn alles gut.

»Klar«, antwortet er, ruft einen Kellner her und bittet ihn, die Pizza zum Mitnehmen fertig zu machen. Sofort entspannt sich Cam und füllt den Rest der Zeit damit, ihr Portemonnaie aus der Tasche zu fischen und das Geld herauszuholen. »Ich übernehme das«, sagt sie, und Mark akzeptiert die Einladung dankbar.

Aber als sie sich auf den Weg machen, überlegt Cam es sich noch einmal anders.

»Weißt du, vielleicht gehe ich jetzt doch lieber allein nach Hause. Tut mir leid, aber die Hitze heute hat mir echt zugesetzt, außerdem hab ich nichts gegessen und bin den ganzen Nachmittag hinter den Kids hergerannt. Ist das okay für dich?«

»Natürlich, Babe«, sagt Mark verständnisvoll. Dann klappt er eine der Pizzaschachteln auf, um sich zu vergewissern, dass Cam die richtige mitnimmt. »Soll ich dich nach Hause bringen?«

»Nein, ich komm schon klar. Aber danke«, antwortet sie und ist froh darüber, dass er so nett und locker ist. Aber sie fragt sich auch, warum sie es nicht fertigbringt, mit ihm zusammen eine Mahlzeit einzunehmen.

»Gehst du heute Abend noch aus?«, fragt sie ihn.

»Wahrscheinlich. Ich hab Lust zu tanzen«, antwortet er und veranschaulicht damit einmal mehr den großen Kontrast ihrer Lebensstile. Cam fragt sich, ob er später wohl jemanden abschleppt. Ein Mädchen in seinem Alter, eine, die auch im Fitnessstudio arbeitet und sich gern über solche Dinge unterhält. Aber sie weiß, dass solche Gedanken verboten sind.

»Viel Spaß«, sagt sie, als er davongeht.

»Danke, Babe«, ruft er zurück. Langsam schlendert Cam nach Hause.

Wieder an ihrem Küchentisch, vor sich den Laptop, rechts eine halbe Pizza, links eine Tasse Tee, überlegt sie, worüber sie jetzt schreiben möchte. Sie weiß, dass ihre Onlinebeziehung zur Welt besser ist als die persönliche, aber ist das wichtig? Warum muss sie offline unbedingt toll sein, wenn sie doch online alles sein kann, was sie will? Es ist ja nicht so, dass sie keinen Kontakt mit anderen Menschen hat; sie hat ihre Familie, sie hat Mark und natürlich hat sie auch Freunde. Klar, sie pflegt ihre meisten Kontakte per E-Mail, aber sie ist ja nicht wirklich allein, sie ist kein alter Mensch im Pflegeheim, den niemand besucht. Wenn sie wollte, könnte sie jederzeit ausgehen. Sie will nur nicht.

Eine Minute lang sitzt sie still da und denkt darüber nach.

Möchte sie vielleicht doch ausgehen? Oder hat ihr Onlineprofil sie so weit aufgefressen, dass sie nicht mehr weiß, wie man von Angesicht zu Angesicht kommuniziert? Sie schüttelt den Kopf. Nein … nein, das ist es nicht. Das Internet hat ihr geholfen, alles zu werden, was sie sein wollte. Sie ist glücklich damit, durch die Fingerspitzen zu leben. In ihrer virtuellen Welt ist sie kühn, mutig und kraftvoll. In der realen Welt ist sie irgendwie luschig. Aber ihre Beziehung mit dem Internet ist nichts, wofür sie sich schämen müsste.

Da, jetzt hat sie etwas zum Bloggen. Cam macht sich an die Arbeit.

Wenn ich allein bin, heißt das nicht, dass ich einsam bin.
Ich kann mich nicht mal mehr daran erinnern, wann ich mich das letzte Mal einsam gefühlt habe, aber allein bin ich die ganze Zeit. Ich glaube, das kommt daher, dass ich in einem ziemlich hektischen Haushalt aufgewachsen bin und die meiste Zeit meines Lebens in meinem Kopf gelebt habe. Ich glaube, meine Angst davor, eingekesselt zu werden, ist ungefähr gleich groß wie die Angst der meisten Leute vor der Einsamkeit. Allein zu sein macht mir keine Angst. Im Gegenteil, es macht mich echt glücklich.
Einsam zu sein ist eigentlich ziemlich schwer, wenn man das Leben mit Dingen ausfüllt, die man liebt. Für die Dinge, die ich liebe, muss ich nicht in die Ferne schweifen. Ich gehe gern spazieren, ich mag Filme, ich bin gern mit meiner Familie zusammen und lauter solche Sachen. Aber in der restlichen Zeit, also, wenn ich allein zu Hause bin, bin ich mit meinen Gedanken und meiner Arbeit mehr als ausgelastet.
Wenn ich allein bin, erledige ich alles Mögliche, von irgendwelchen Eitelkeitsprozeduren bis hin zum Schreiben. Während ich an einem Samstagabend hier in meiner Küche sitze und mit Letzterem beschäftigt bin, fällt mir ein, dass ich euch vielleicht ein paar von den anderen Dingen, die ich so tue, wenn sonst niemand in meiner Nähe ist, erzählen könnte.
Manchmal sitze ich beispielsweise am Küchentisch und enthaare meine Bikinizone mit der Pinzette. Oder ich stelle einen kleinen Handspiegel auf einen Tisch am Fenster und nutze das helle Tageslicht, um meine Poren zu betrachten, drücke kleine Mitesser aus und entferne dunkle Härchen, die in meinem Gesicht an Stellen aufgetaucht sind, wo sie nichts verloren haben. Danach sehe ich total fleckig und unap-

petitlich aus, deshalb würde ich es wahrscheinlich nicht tun, wenn ich Gesellschaft hätte. Meistens beende ich das Ganze mit einer Gesichtsmaske, die ich zehn Minuten einwirken lasse, während ich Mails an meine Freunde schreibe.
Ich bin ein Mail-Genie. Würde ich davon nicht Handgelenkskrämpfe kriegen, würde ich auch Briefe von Hand schreiben – Brieffreundschaften alter Schule finde ich großartig. Meinen Schulfreundinnen schreibe ich ewig lange Erzählmails, auf die sie meistens nur ein paar Zeilen antworten, aber ich bin sehr stolz auf mich, weil ich so gut darin bin, Kontakt zu halten, auch wenn ich mich niemals auf den Weg machen und sie besuchen würde. Außerdem verbringe ich Ewigkeiten damit, die Mails zu lesen, die ich von euch allen bekomme, und ein großer Teil meiner Zeit geht dafür drauf, sie zu beantworten.
Ich koche meine Mahlzeiten, und manchmal lege ich mich richtig ins Zeug, um genau das Richtige zu finden. Vor ein paar Tagen habe ich mir ein Chicken Thai Green Curry gemacht, von Null an, einschließlich der Paste. Dann habe ich mich zum Essen auf meinen Fenstersitz gesetzt, dabei meinen Blick über London schweifen lassen und Tapestry von Carole King gehört. Als ich fertig gegessen hatte, habe ich fast die Hälfte eines Romans über einen nordkoreanischen Flüchtling gelesen, ehe ich ins Bett gegangen bin und bei einer Tasse Pfefferminztee einen Blogeintrag verfasst habe. Am nächsten Morgen bin ich um zehn aufgewacht und habe das Curry aufgegessen. Kalt. Niemand war da, der das hätte blöd finden können, also hatte ich auch keine Bedenken, und es war das perfekte Frühstück. Den Rest des Tages habe ich mit Heimwerken verbracht, zusammen mit meinem Dad.
So läuft mein Leben zurzeit, und so läuft es schon seit ziemlich langer Zeit. Ich bin allein, aber nie einsam. Ich weiß nicht, ob ich jemals einsam werden könnte, denn ich bin sehr gern allein. Ich glaube, wenn man die Fähigkeit entwickelt hat, die eigene Gesellschaft zu genießen, kommt das Glück von selbst, einfach so.
Cam x

Sie lädt den Text hoch und reißt ein großes Stück Pizza ab. Normalerweise durchströmt sie ein Gefühl von Ruhe, wenn sie einen guten Artikel geschrieben hat, aber heute kann sie das Bibbern von vorhin einfach nicht abschütteln. Diese Schwäche, die sie überfällt, wenn sie in der großen weiten Welt ist. Wie kann ihr virtuelles Selbst so anders sein als ihr Selbst in der realen Welt? Sie nimmt ihre Pizza mit ins Schlafzimmer, schlüpft zwischen die Laken und isst sich satt. Dabei schaut sie sich im Zimmer um und denkt, wie hübsch es wäre, in der Ecke einen kleinen Sessel zu haben, am besten einen mit witzigem Muster, nur zur Zierde. Vielleicht zieht sie morgen einfach mal los und schaut sich ein bisschen um, das wäre eine gute Sonntagsbeschäftigung. Immer noch kauend, lässt sie einen nach Pizza riechenden Furz fahren, macht das Licht aus und schläft tief und fest ein.

Sonntag

Tara

Annie und ich sitzen aneinandergekuschelt auf dem Sofa und schauen uns einen Film an, wie immer an verregneten Sonntagnachmittagen. Als mein Handy piept, fahre ich hoch, als wäre eine Wespe auf meinem Bein gelandet, und Annie kriegt einen Riesenschreck. Plötzlich sind wir beide aufgesprungen und stehen mitten im Zimmer.

»Was ist denn, Mummy? Wer ist das?«, fragt sie ein bisschen ängstlich.

»Es ist bloß Sophie«, antworte ich niedergeschlagen und setze mich wieder hin.

Hat er geschrieben?

Nein.

Brauchst du ein bisschen Aufmunterung? Hast du Lust rüberzukommen? Bring Annie ruhig mit. Carl ist da, aber das ist okay.

Vielleicht später. Momentan bin ich zu sehr damit beschäftigt, vor Scham zu sterben x

Okay. Komm einfach, wann du magst. Es gefällt mir, wenn Carl mich mit Kindern sieht xx

Ich überlege, ob ich ihr von dem Typen erzählen soll, der mich in der Bahn gefilmt hat, aber ich weiß nicht, wie ich es ihr erklären soll. Und es macht mir solche Angst, dass ich lieber versuche, es zu verdrängen. Aber so sehr ich mich anstrenge, ich sehe ihn immer wieder vor mir, wie er jetzt in seinem Wohnzimmer sitzt, mich anglotzt und sich dabei einen runterholt. Oder noch schlimmer, wie er das Video auf Facebook postet, so dass alle seine pickligen kleinen Freunde sich dabei einen runterholen können. Der Gedanke, dass irgendjemand da draußen ein Filmchen von mir besitzt und ich keine Ahnung habe, wer dieser Kerl ist, ist dermaßen abartig. Oh Gott, ich beim Orgasmus, vor laufender Kamera. Das ist echt das Schlimmste, was ich mir vorstellen kann.

Vielleicht hat er doch nur ein Foto gemacht? Die Zeitung ist mir erst ziemlich gegen Ende vom Schoß gerutscht. Möglicherweise ist es ja gar nicht so schlimm, wie ich befürchte. Ich muss es einfach vergessen, so tun, als wäre es nicht passiert, sonst wird es mich mein Leben lang peinigen. Jetzt kann ich sowieso nichts mehr machen, also sollte ich mich auf andere Dinge konzentrieren, zum Beispiel auf die Tatsache, dass es komplette Einbildung war, dass Jason mich mag. Scheiße. Heute ist kein guter Tag. Annie will Action, und ich fühle mich so mies, dass ich das Sofa nicht verlassen kann. Eine vollkommen ausweglose Situation.

Annie war total aufgelöst, weil wir so früh von der Party weggegangen sind, und ist gestern den ganzen Nachmittag nicht mehr aus ihrem Zimmer gekommen. Ich hab mich so schlecht gefühlt, dass ich mich nach ein paar erfolglosen Versuchen, sie rauszulocken, aufs Sofa geknallt und Pringles gefuttert habe wie ein Teenager mit Liebeskummer. Irgendwann hab ich Annie dann Abendessen gemacht und ihr aufs Zimmer gebracht. Warum finden Kinder es eigentlich so erstrebenswert, nicht am Tisch zu essen? Danach kam sie jedenfalls zu mir runter, und wir haben Schnipp Schnapp gespielt, bis es Zeit war, ins Bett zu gehen. Als sie eingeschlafen war, habe ich mich wieder den Kohlenhydraten gewidmet und eine Flasche Wein aufgemacht. Deshalb fühle ich mich jetzt vermutlich noch grässlicher.

»Du hast gesagt, wir gehen heute in den Park«, sagt Annie, ohne mich eines Blickes zu würdigen, die Arme verschränkt, den Blick starr auf den Fernseher gerichtet. Es läuft *Chitty Chitty Bang Bang*, was wir schon hundertmal gesehen haben.

»Ich weiß. Tut mir leid, Annie. Mummy geht es nicht so gut. Komm schon, was willst du sehen, such dir was aus, ich mach alles mit.«

»Ich will aber nicht fernsehen, ich will raus.«

Ich schaue noch mal auf mein Handy, obwohl es keinen Ton von sich gegeben hat. *Warum schreibt Jason mir nicht*? Vielleicht dachte er, er hätte die Nachricht geschickt? Aber dann würde er auf eine Antwort von mir warten und nachschauen und sehen, dass keine da ist. Nein, er hat beschlossen, mir nicht mehr zu schreiben. Aber warum? Ich möchte ihm eine SMS schicken. Vielleicht irgendwas Cooles, Lockeres, Lustiges? Aber ich schaffe es nicht. Wenigstens einen Rest Würde muss ich mir bewahren, ich darf nicht noch etwas Demütigendes von mir geben. Annie schnaubt laut und ungehalten.

»Ich langweile mich hier drin, und es regnet auch nicht mehr«, verkündet sie und starrt auf mein Handy, als wäre es ein anderes Kind, eine Konkurrentin, die mich ihr wegnimmt.

»Okay, tut mir leid, aber mir geht's echt nicht gut«, sage ich.

Ein paar Minuten sitzen wir schweigend nebeneinander. Ich weiß, der Film ist ihr egal, wir sehen ihn nicht, obwohl wir beide auf den Bildschirm starren.

»Ich hab Hunger«, sagt Annie schließlich. »Ich will in den Park und ein Eis essen.«

»Können wir nicht wenigstens einen Tag lang nur rumsitzen und nichts tun?« Mir ist klar, dass ich mich anhöre wie ein Kind, und ich befehle mir, erwachsen zu werden. Ich bin Mutter, kein liebeskranker Teenager. Ich muss für mein Kind sorgen und aufhören, Trübsal zu blasen. Langsam schleiche ich in die Küche. Im Kühlschrank steht ein Teller mit Hähnchenfleisch, ich glaube, das war am Donnerstag unser Abendessen, es müsste also noch genießbar sein. Ich klatsche einen Riesenklacks Mayonnaise darauf, verteile ihn notdürftig und quetsche das Ganze zwischen zwei Brotscheiben. Daneben krümle ich noch den Rest Pringles auf den Teller und schenke meiner Tochter ein Glas Wasser ein.

»Hier«, sage ich und halte ihr beides hin. »Ich hab dir ein Sandwich gemacht. Chicken Mayonnaise, superlecker. Iss auf, dann gehen wir raus.«

Annie isst ein paar Bissen und schluckt schwer. »Das schmeckt komisch, Mummy.«

»Ach Annie, jetzt mecker hier nicht rum, iss einfach auf!«, fauche ich sie an und bereue es sofort. Aber ich bin so müde, so durcheinander, und ich muss mich in diesen Gefühlen suhlen, bis sie irgendwann weggehen. Aber dann schaue ich Annie an, und sie sieht völlig fertig aus. »Oh Baby, es tut mir leid, ich …«

»Du bist SO gemein!«, kreischt sie und wirft den Teller auf den Boden, dass die Mayo nur so spritzt. Dann stürmt sie aus dem Wohnzimmer und die Treppe hinauf. Kurz darauf knallt ihre Zimmertür, dass das ganze Haus wackelt. Es ist das erste Mal, dass sie so etwas tut, und ich fühle mich grässlicher denn je. Hastig werfe ich ein Geschirrtuch über die Mayonnaise, damit ich sie nicht mehr sehe und so tun kann, als wäre sie nicht da, schlage die Hände vors Gesicht und versuche, mir gut zuzureden. Ich muss stark sein, Annie ist nicht schuld an meiner Misere, unsere Wochenenden sind kostbar, ich darf sie nicht vergeuden, nur weil ich so ein totaler Loser bin. Wir werden zu Sophie gehen, alles wird wieder gut. Ich muss nur stark sein.

Als ich die Treppe hinauftrotte, schaue ich schnell noch mal auf mein Handy.

Immer noch nichts. Warum schreibt er nicht?

Stella

Gestern Abend war scheiße. Mitten in meinem Stir fry kam Phil zurück, setzte sich ins Wohnzimmer und stellte den Fernseher so laut, dass ich kaum noch denken konnte. Ich stand eine Ewigkeit in der Küche herum, um mich zu beruhigen. Am liebsten wäre ich ins Wohnzimmer gelaufen, hätte den Fernseher aus der Steckdose gezogen und ihn Phil über die Rübe geknallt. Welchen Grund hat er denn, sich so zu ärgern? Hat *er* etwa seine ganze Familie verloren? Ist *sein* Körper in Gefahr? Von der Küchentür her starrte ich auf seinen Hinterkopf und formte lautlos all die Worte, die ich ihm an den Kopf werfen wollte. Er soll gefälligst der Starke sein. Er soll sich um mich kümmern, damit es mir bessergeht. So war der Mann, den ich damals kennengelernt habe. Ich dachte, dieser

Mann wäre bei mir eingezogen. Schließlich war er derjenige, der mich überredet hat, den Test zu machen, mit seinem ständigen »Ich bin für dich da, Baby« und »Es ist besser, Bescheid zu wissen.« Und jetzt, wo wir das Ergebnis haben, ist er nicht Manns genug, damit umzugehen.

Aber ich habe mich zurückgehalten. Und ich habe darüber nachgedacht, was ich selbst will. Ich möchte nicht allein sein, und ich möchte ein Baby. Deshalb habe ich wie so oft meinen Schmerz runtergeschluckt, habe Alices schönen Rock ausgezogen, mich neben Phil gesetzt, meine Hand auf sein Bein gelegt und ihm gesagt, dass es mir leidtut. Was mir eigentlich leidtun soll, weiß ich auch nicht so genau, aber jedenfalls hat Phil die Lautstärke runtergedreht und einen Teller Stir fry angenommen. Dann saßen wir da und haben Seite an Seite einen Film angeschaut.

Jetzt, einen Tag später, sitzen wir am Küchentisch und essen das Roastbeef, das ich gerade gemacht habe – noch ein Versuch zu verhindern, dass er mich verlässt. Mir fällt nichts mehr zu sagen ein, keine Freunde, von denen ich ihm das Neueste erzählen kann, kein Arbeitstratsch, und die Wörter mit B und K vermeide ich tunlichst.

»Wusstest du, dass sich die ersten vier Ergebnisse, wenn du bei Google eingibst ›Was passiert, wenn ich ohne Vermächtnis sterbe‹, damit befassen, was mit deinem Facebookaccount passiert, wenn du tot bist?«, sage ich mit einem kleinen Häppchen Fleisch in meiner linken Backentasche.

»Wusste ich nicht, nein«, antwortet Phil und trinkt einen Schluck Rotwein.

»Anscheinend kann man jetzt jemanden als ›Vermächtniskontakt‹ einsetzen, der sich um den Account kümmert, wenn man nicht mehr da ist. Ich würde dir meine Login-Daten geben, dann könntest du meine Bilder ändern und Freundschaftsanfragen akzeptieren und solches Zeug.«

»Warum würdest du die Seite nicht einfach schließen?«

»Wer?«

»Du?«

»Na ja, ich wäre doch tot.«

»Okay, warum würde dann der Vermächtniskontakt die Seite nicht einfach schließen? Du kannst ja nicht viel mit einem Facebookkonto anfangen, wenn du tot bist, oder?«, fragt Phil ziemlich unverblümt.

Ich denke einen Moment nach.

»Was, wenn das alles ist, was man hinterlässt?«

»Also, das wäre ziemlich deprimierend, oder nicht?«, erwidert Phil. Ich glaube, er hofft, dass ich endlich das Thema wechsle.

»Vielleicht wird es alles sein, was ich hinterlasse«, fahre ich fort. Irgendwann muss er doch reagieren.

»Na gut, Stella. Musst du wirklich unbedingt darüber reden?«, platzt Phil heraus, steht auf und trägt seinen Teller zur Spüle. Dann lässt er den Kopf sinken und fügt hinzu: »Ich halte diese beiläufigen Gespräche über den Tod nicht mehr aus, mir platzt der Schädel.«

»Sorry«, sage ich, obwohl es mir kein bisschen leidtut. Dann schleiche ich mich hinter ihn und schlinge die Arme um seine Taille. So stehen wir ein, zwei Minuten da, Phils Körper ist starr und abweisend. Ich öffne seinen Gürtel.

»Ich will dich«, sage ich leise, nehme seinen schlaffen Penis sanft in die Hand und versuche, ihn zum Funktionieren zu bringen. Am Anfang unserer Beziehung war das nie notwendig, soweit ich mich erinnern kann. Aber jetzt ist es normal.

Nach einer langen Stille ist er endlich steif. »Komm ins Bett«, sage ich, nehme seine Hand und führe ihn ins Schlafzimmer.

Während ich meine Jeans und meinen Slip ausziehe, legt Phil sich hin, zieht seine Hose ein Stück runter, lässt aber die Unterhose an. Ich setze mich auf ihn. »Könnte sein, dass ich ein bisschen Hilfe brauche«, sage ich und lasse meine Finger verführerisch in seinen

Mund gleiten. Tatsächlich lutscht er an ihnen, wendet den Kopf aber zur Seite. Ich streiche mit meinen nassen Fingern um meinen Scheideneingang herum, was Phil mir beigebracht hat, weil es ihm gefiel, mir dabei zuzuschauen. Langsam gehe ich über ihm in Stellung und lasse mich auf ihn herabsinken, bis er in mir ist. Sein Kopf ist immer noch zur Seite gedreht, während ich mich langsam auf und ab bewege, ohne sein Gesicht dabei aus den Augen zu lassen. Ich lege mich richtig ins Zeug, gebe all die Laute von mir, die ihn früher erregt haben, beuge mich vor, küsse seinen Hals, seine Wange, seinen Mundwinkel, ich stöhne und bewege mich schneller, aber er weigert sich standhaft, mich anzusehen. Zwar gelingt es ihm irgendwie, seine Erektion aufrechtzuerhalten, aber er rührt sich nicht und bleibt vollkommen passiv. Ich mache weiter, intensiviere meine Bemühungen noch ein wenig, aber nichts kommt zurück.

»Komm schon, Phil«, blaffe ich frustriert. »Jetzt fick mich doch einfach, ja?«

Doch Phil schiebt mich von sich herunter, aufs Bett. Ich rolle weg, wende mich ab und schlage die Hände vors Gesicht. Diese Peinlichkeit ertrage ich nicht.

»Tut mir leid, Stella«, sagt er, und ich glaube, er meint es ehrlich. »Ich bin einfach zu voll.« Das ist gelogen.

Er steht auf, zieht die Jeans hoch und geht ins Wohnzimmer. Ich höre, wie er den Fernseher anstellt.

Tara

Früher haben Sophie und ich für eine Agentur gearbeitet, die Bedienpersonal für Schickeriapartys vermittelte. Wir servierten schnieken Menschen minikleine Yorkshire Puddings mit Sahnemeerrettich oder andere affige Winzhäppchen. Wir hatten es mit einer Menge pompöser Arschlöcher zu tun, aber wir bekamen immerhin auch die Gelegenheit, in ihren Häusern herumzuschnüffeln. Riesige Stadthäuser in Notting Hill und gewaltige Wohnungen am Sloane Square. Es war eine andere Welt als unser gewohntes Walthamstow. Nach dortigen Maßstäben schlugen unsere Familien sich wacker, im Viertel gehörten wir zur Oberklasse, aber natürlich war das nichts im Vergleich zu den Leuten, die diese Partys veranstalteten. Bei denen kam man sich vor wie im Kino, sie lebten in einem London, in dem wir unser eigenes nicht wiedererkannten. Zum Spaß stellten wir uns dieses Leben manchmal vor, malten uns aus, wie wir in abgefahrenen Morgenmänteln und auf Marabu-Pantoffeln durch unsere Villen schweben würden, in der Hand stets ein Glas Champagner. Eine lächerliche Phantasie, aber jedes Mal, wenn ich zu Sophie und Carl komme, wird mir klar, dass der Traum für sie mittlerweile Wirklichkeit geworden ist.

Ich hebe Annie hoch, damit sie an die Klingel kommt, die original viktorianisch und deshalb ziemlich schwergängig ist. Weil sie es mit ihren kleinen Fingern kaum schafft, lege ich meine mit darauf, zähle »Eins, zwei, drei«, und schon hören wir die perfekt abgestimmten, wohlklingenden Glocken von Big Ben, die jedes Mal aus der 400-Pfund-Klingelanlage belfern, wenn jemand zu Besuch kommt. Dann ertönt Sophies Stimme aus dem Lautsprecher: »Moment, bin grade oben«, aber noch während sie das sagt, nähern sich bereits schwere Schritte der Tür. Annie klammert sich ein bisschen fester an mich, ein verdammt gutes Gefühl. Den ganzen Tag war sie wütend auf mich, aber sobald von außen die geringste Bedrohung wahrgenommen wird, weiß sie, dass ihre Mummy für Sicherheit sorgt. Ich drücke sie ebenfalls, glücklich, dass wir wieder im selben Team sind. Langsam öffnet sich die Tür.

Und Carl steht vor uns. Mit seinen gesamten eins achtzig, die dunklen Haare gut geschnitten und ordentlich seitengescheitelt.

Sein einundfünfzigjähriger gepflegter Körper unter einem cremefarbenen Pulli mit V-Ausschnitt versteckt, unter dem ein kariertes Hemd hervorlugt. Ich bin nicht sicher, wie man die Hose nennt, die er trägt – eine legere Chino vielleicht? Das ist sein entspanntes Freizeitoutfit, in dem er eleganter aussieht als die meisten mir bekannten Männer bei der Arbeit.

»Hallo, Carl, schön, dich zu sehen«, begrüße ich ihn, gehe ins Haus und küsse ihn auf beide Wangen. Ich fühle mich unter Beobachtung, als könnte ich jederzeit etwas Verfängliches von mir geben, das ihn verärgert. Zwar rufe ich mir in Erinnerung, dass ich Mutter bin, dass er nicht mit mir verheiratet ist und dass es eigentlich überhaupt keine Rolle spielt, ob er mich mag oder nicht. Trotzdem habe ich immer das Gefühl, er beurteilt mich.

»Hallo Tara, hallo Annie, freut mich, euch zu sehen. Sophie ist bestimmt auch irgendwo, kommt doch rein«, sagt er sehr freundlich. Was mich sofort daran erinnert, dass meine Meinung von Carl größtenteils Sophies Paranoia entstammt.

»Hiiiiii«, ertönt in diesem Moment Sophies Stimme. Wie sie da, hübsch wie immer, die große Treppe herunterschwebt, passt sie hervorragend ins Bild. Leger und ganz in Schwarz gekleidet, aber makellos gestylt.

»Tante Sophie!«, jubelt Annie, lässt meine Hand los und rennt zu Sophie. Die beiden sind von Anfang an großartig miteinander ausgekommen. Sophie ist von Natur aus kindlich, es fällt ihr deshalb nicht schwer, Kontakt zu Kindern aufzunehmen. Allerdings bin ich ziemlich sicher, dass es, wenn sie selbst welche hätte, anders aussehen würde. Auch deshalb hat ihr die Ehe mit Carl gut in den Kram gepasst. Er hat drei Jungs aus erster Ehe und kein Interesse, weitere Kinder großzuziehen.

»Hallo Süße«, sagt Sophie, hebt Annie hoch und gibt ihr einen dicken Kuss. Ich sehe, wie sie Carl einen Blick zuwirft, um sich zu vergewissern, dass er ihr zuschaut. Vermutlich glaubt sie, dass sie irgendwie verantwortungsbewusst wirkt, wenn er sie im Umgang mit Kindern erlebt. »Wollen wir in die Küche gehen?«, fragt sie.

In der Küche, einem riesigen weißen Kubus, der sich auf einer Seite in einen weitläufigen und formvollendet aufgeputzten Garten öffnet, geht Carl zu einem Weinkühlschrank, der viermal so groß ist wie mein normaler Kühlschrank, und fragt, an Sophie gewandt: »Einen 2008er vielleicht?«

»Wundervoll«, antwortet sie.

Während er die Flasche öffnet, öffnet sie die Türen zum Garten, so dass Annie in die frische Luft hinausstürmen und um die Blumenbeete herumrennen kann. So etwas gibt es für sie zu Hause nicht, mein Garten ist im Grunde ein Schuppen ohne Dach. Ich genieße es sehr, sie so ausgelassen spielen zu sehen, denn es ist ja auch ein Hinweis darauf, dass ich als Mutter möglicherweise doch einigermaßen in Ordnung bin.

»Und – hat er inzwischen geschrieben?«, fragt Sophie, während Carl drei bauchige Gigantogläser vor uns aufbaut. Erst gießt er in meines drei Fingerbreit Wein, dann in seines, aber als er Sophie einschenkt, hebt sie mittendrin die Hand, als wollte sie verhindern, dass er ihr zu viel gibt. So etwas habe ich von ihr noch nie in meinem ganzen Leben gesehen, und auch Carl wirkt schwer beeindruckt. Sophie wirft mir einen Blick zu und zwinkert.

»Nein, er schweigt immer noch«, beantworte ich ihre Frage und probiere den Wein. Er ist extrem lecker, der weichste, samtigste, perfekteste gekühlte Wein, den ich jemals konsumiert habe. Jede Wette, dass er mindestens fünfzig Pfund pro Flasche gekostet hat. Ich trinke ihn ganz langsam, obwohl ich ihn am liebsten runterkippen würde. »Anscheinend lag ich vollkommen falsch. Er hat mich das ganze Wochenende ignoriert, ich bin fix und fertig«, füge ich hinzu.

»Ich vermute, du redest von einem jungen Mann?«, fragt Carl und hört sich an wie ein alter Vater.

»Jepp. Tara hatte Freitagabend ein Internet-Date«, erklärt Sophie, und es klingt, als erzählte sie Carl von einem ganz neuen Phänomen, das bei den Kids gerade in ist.

»Genau genommen war es ein bisschen anders. Ich bin zwar hingegangen, weil ich den Typen aus dem Internet treffen wollte, aber letztendlich habe ich den Abend dann mit einem Mann verbracht, den ich an der Bar kennengelernt habe«, berichtige ich sie der Korrektheit halber, bereue es aber sofort, weil es überhaupt nicht gut klingt. Carl sieht verwirrt aus, und ich fühle mich schmutzig.

»Ich glaube, ich könnte mich nie mit jemandem aus dem Internet verabreden, ich hätte dauernd Angst, dass er gleich beim ersten Date was von mir will«, sagt Sophie, das personifizierte Unschuldslamm. Mir fällt die Kinnlade runter, und ich starre sie an. Mit einem Blick, der heißen soll: »Entschuldige, aber was für eine Rolle spielst du hier eigentlich?«

»Ich konnte dem Dating sowieso nie viel abgewinnen«, fährt sie unbeirrt fort, und ich muss mir auf die Zunge beißen, um nicht zu kreischen: »Nein, du bist einfach gleich mit ihnen ins Bett gestiegen!« Wieso glaubt sie, ihren Ehemann unbedingt mit dieser Tatsachenverdrehung bei Laune halten zu müssen? Ich weiß es genau – sie hat Angst, dass er sie verlässt und sie mit leeren Händen zurückbleibt. Aber würde er sie tatsächlich wegen so etwas sitzenlassen? Er ist schon ein ziemlich aufgeblasener Snob, aber ich glaube, ganz so schlimm ist er nicht.

»Also warte mal«, wirft Carl ein. »Du wolltest dich mit jemandem aus dem Internet treffen, und am Ende hast du den Abend mit jemand anderem an der Bar verbracht?« Das klingt eher interessiert als wertend, aber Sophie ist immer noch nervös.

»Ja. Ich hab den Falschen angesprochen. Als mir klar wurde, dass es der Falsche ist, haben wir uns schon so gut verstanden, dass ich einfach bei ihm sitzen geblieben bin.«

»Und was war mit dem anderen?«, fragt Carl.

»Der ist mit einer Frau weggegangen, die aussah wie eine Prostituierte, und damit war er wohl ganz zufrieden«, antworte ich und schaue Sophie an, als wollte ich sagen: »*Du* verdrehst mit deinen Lügen die Realität, aber *ich* bleibe bei der Wahrheit.« Ich kann sehen, dass ich ihr Angst mache – sie überlegt offensichtlich, wie sie sich von meiner Sittenlosigkeit abgrenzen kann.

»Himmel, wir sind echt so unterschiedlich«, lautet ihre Lösung, und ich spucke Wein im Wert von circa zwei Pfund fünfzig quer über den weißen Hochglanzküchentisch, an dem zwölf Personen Platz finden.

»Vorsicht, Tara!«, ruft sie, steht auf und holt einen Lappen, um die Sauerei wegzuwischen. Ich komme mir vor, als ob ich fünfzehn bin und mit den Eltern meiner Freundin am Tisch sitze, die mich für einen schlechten Einfluss halten.

»Sophie, wir sind gar nicht so unterschiedlich. Oder?«, entgegne ich, denn ich bin nicht bereit, dieses Wochenende noch mehr unnötige Demütigung zu schlucken; ich finde Jason und Pussygate reicht. Sophie hört auf zu wischen und schaut mich an. Da sie Carl den Rücken zugewandt hat, blickt sie mir tief und flehend in die Augen, als wollte sie sagen: »Bitte, mach mit!« Aber warum sollte ich? Warum sollte ich hier sitzen und mich als Schlampe hinstellen lassen, wo sie doch zwischen 1998 und 2010 praktisch die Flittchenkönigin von Walthamstow war? Gerade als ich etwas unglaublich Schlaues und Prägnantes von mir geben will, um die Dinge ins rechte Licht zu rücken, kommt Annie in die Küche gerannt.

»Mummy, ich glaube, mir wird schlecht«, stößt sie hervor, im Gesicht so grün wie der Garten hinter ihr. Und dann erbricht sie sich, wie ein Erdbeben, das einen Damm zerschmettert, in hohem Bogen auf Sophies und Carls makellos gewienerten Küchenboden.

3

Cam

Zu Cams großer Freude wurde der Einsamkeitsartikel 42 000-mal geteilt, 18 000-mal retweetet und bei *This Morning* diskutiert. Das alles hilft nicht nur, von ihren Werbekunden höhere Dollarsummen zu erstreiten, sondern bestätigt obendrein, dass sie zwar – im Vergleich zu Mark und seinem wunderschönen Körper – relativ alt ist, HowItIs.com aber immer noch die gleiche Relevanz besitzt wie zu Anfang.

Es ist schwierig, sich jeden Tag etwas Neues für den Blog einfallen zu lassen. Aufreger, Stellungnahme und persönliches Detail müssen gut in Balance gehalten werden. Blogs mit der richtigen Gewichtung dieser drei Zutaten sind immer supererfolgreich, und Cam ist sicher, dass sie schon das Richtige in der Hinterhand hat, um den Höhenflug fortzusetzen. Schon seit einer Ewigkeit will sie über das Thema schreiben, aber sie musste erst genau die richtigen Formulierungen finden. Nach dem Wochenende, das sie mit Zwangsgedanken über den missglückten Restaurantbesuch mit Mark und der Frage, ob ihr Mangel an Sozialkompetenz ein Problem ist oder nicht, verbracht hat, weiß sie, dass die Zeit reif ist. Es geht nicht um ihren Liebhaber, es geht um sie, darum, die Kontrolle über ihr Leben auf die mutigste und ehrlichste Weise in die Hand zu nehmen, die ihr möglich ist. Sie ist wirklich glücklich, und es ist ihr wichtig, dass das jeder versteht. Cam weiß, dass das, was sie jetzt sagen wird, garantiert heftige Reaktionen auslösen wird. Von ihren Lesern natürlich – aber vor allem von ihrer Mutter.

HowItIs.com – Warum ich keine Kinder will

Ich will keine Kinder. Nein, ich bin nicht unglücklich oder egoistisch oder selbstsüchtig oder gemein. Ich bin eine nette, fröhliche Sechsunddreißigjährige, die von ihren Eltern geliebt wurde und Sex in Hülle und Fülle hat. Ich bin attraktiv, fit, gesund, eine exzellente Liebhaberin und gute Freundin. Ich bin nie sexuell missbraucht worden, hatte glückliche Beziehungen, und ich habe mich selbst sehr gern.

Ich möchte einfach keine Kinder. Das heißt nicht, dass ich keine nette Person bin.

Ich hasse Kinder auch nicht, und ehrlich gesagt sind mir Leute unheimlich, die das von sich behaupten. Wenn andere Leute, die keine Kinder wollen, mir so etwas sagen, denke ich: Du warst selbst ein Kind, ich war ein Kind, wir brauchen Kinder. Sie sind bloß kleine Erwachsene. Man kann sie nicht hassen. Ich glaube, dass Leute, die Kinder hassen, eigentlich mehr sich selbst hassen. Ich hasse mich nicht; ich möchte einfach keine Kinder.

Ich bin Tante und liebe meine Nichten und Neffen sehr. Aber der Wunsch, für sie wichtig zu sein, ist bei mir nicht stärker ausgeprägt als bei Tanten mit eigenen Kindern. Sie sind nicht mein Nachwuchsersatz. Sie sind lediglich meine Nichten und Neffen. Ich bin eine Tante, die gern zu Besuch kommt, mit der man Spaß haben und spielen kann, eine Tante, die den Kindern unanständige Wörter beibringt und verschwindet, wenn es Zeit ist, ins Bett zu gehen. Sie mögen mich, ich mag sie, aber ich möchte ihnen nicht das Gefühl vermitteln, dass sie, wenn sie von zu Hause weglaufen würden, zu mir kommen und bei mir in meinem absolut unglaublichen neuen viktorianischen Apartment

unterschlüpfen könnten, das in vielerlei Hinsicht mein persönliches Baby ist.
Es gibt viele Gründe, warum es für mich in Ordnung ist, keine Kinder zu haben. Ich bin Autorin und verbringe, wie bereits mehrfach erwähnt, die meiste Zeit allein. Ich liebe diesen Teil meines Lebens sehr, und ich weiß, wenn ich ein Kind hätte, müsste ich mir dieses Glück erkämpfen. Schreiben ist meine Therapie, meine Art, mit der Welt in Verbindung zu treten. Es erfüllt mich in so vielen Aspekten, dass ich nie das Gefühl hatte, mir könnte etwas fehlen, solange ich einen Gedanken im Kopf und einen Stift oder eine Tastatur habe, um ihn niederzuschreiben. Ich glaube, wenn ich ein Kind hätte und mich abrackern müsste, die Zeit zum Schreiben zu finden, dann hätte ich sehr schnell das Gefühl, dass mir etwas fehlt. Warum sollte ich das wollen?
Selbstverständlich weiß ich, dass ich, wenn ich ein Kind hätte, eine Art von Liebe erfahren würde, die wahrscheinlich alle Lücken füllen und mich von allen Sorgen befreien würde, aber diese Liebe würde mir nicht die Zeit lassen, die anderen Dinge zu tun, die ich am Leben liebe. Also wäre es für mich wirklich kein Zugewinn, ein Kind zu haben, denn ich würde so viele Dinge verlieren, die wichtig für mich sind. Alleinsein, Reisen, lange Aufbleiben, Wochenendfaulenzen, Sex auf der Couch mitten am Tag, um nur ein paar Beispiele zu nennen.
Ich weiß, es gibt Frauen, deren Leben zerbricht, weil sie keinen Mann finden, mit dem sie Kinder haben können. Und andere, die ihr Haus refinanziert haben, während sie erfolglos eine IVF nach der anderen bezahlen. Ich kenne Mütter, die sehr glücklich sind, aber auch solche, deren Karriere und Selbstwertgefühl unter der Mutterschaft stark gelitten haben, und die unausgesprochene Wahrheit ist, dass sie wahrscheinlich beides nie mehr zurückbekommen. Von solchen Problemen ist mein Leben frei. Ich habe es nicht eilig, mich niederzulassen, ich will flexibel bleiben, ich fühle mich nicht leer, ich habe alles, was ich möchte. Vermutlich haltet ihr mich für egoistisch. Aber ich glaube, ich bin eine Offenbarung.

Von meiner Familie werde ich öfter gefragt, ob ich Angst habe, ich könnte mich irgendwann unerfüllt fühlen, weil ich nie Kinder hatte. Dann denke ich: **Gibt es nicht Milliarden von Frauen, die sich unerfüllt fühlen, WEIL sie Kinder bekommen haben?**

Geht es im Feminismus nicht vor allem darum, dass wir die Wahl haben und selbst entscheiden können? Wie können wir auf die letzten fünfhundert Jahre zurückblicken, darauf, dass Frauen immer auf Platz zwei geschubst wurden, weil sie Kinder austragen mussten, ohne zu akzeptieren, dass es eine absolut vernünftige Entscheidung ist, kinderlos zu bleiben?

Unsere Gesellschaft muss aufhören, Frauen danach zu beurteilen, ob sie Kinder haben oder nicht. Meine Entscheidung, keine Familie zu gründen, bedeutet, dass einige Leute immer denken werden, ich hätte versagt, ich wäre irgendwie eine tragische Figur. Aber mein Leben hat nichts Tragisches an sich, denn ich liebe alles daran, und vor allem schaue ich voller Neugier und Zuversicht in die Zukunft.

Ich freue mich schon auf eure Mails.

Cam x

Montagmorgen

Stella

»Stella, dem Himmel sei Dank! Bitte nimm die Sperre aus meinem Computer, ich muss ins Internet«, ruft Jason und stürmt hektisch ins Studio. Es ist neun Uhr morgens, so früh ist er sonst nie dran, es sei denn, wir haben einen Fototermin.

Ich wusste, dass es so kommen würde, aber ich werde ihm den Gefallen nicht tun. Nachdem er am Freitag gegangen ist, hat er mir den Schwur abgenommen, dass ich seinen Computer nicht entsperre, bevor sein Buch fertig ist – ganz egal, wie sehr er bettelt. Er hat mir sämtliche Passwörter für seine Mailkonten und seine Social-Media-Accounts geschickt. »Du hast die Kontrolle«, hat er gesagt. »Du bist der Boss.«

»Kommt nicht in Frage. ›Unter keinen Umständen‹, das waren deine Worte«, erinnere ich ihn. Mein Kopf dröhnt, weil ich mich bis um drei heute früh in den Schlaf geweint habe. Phil hat auf der Couch übernachtet.

»Ja, aber die Dinge haben sich geändert. Ich muss jemanden finden.«

»Jason, du hast selbst prophezeit, dass genau das passieren würde. Es hat keinen Sinn, solche Abmachungen zu treffen, wenn man sie nicht einhält. Du kommst nicht ins Internet, bevor das Buch fertig geschrieben ist. Was ist denn so dringend?«, frage ich neugierig.

»Ich habe Freitagabend eine Frau kennengelernt. Sie war phantastisch. Ich hab ihre Nummer eingespeichert, aber direkt nachdem wir uns verabschiedet hatten, ist dieser Typ auf dem Fahrrad in mich reingerasselt, und mein Handy ist im Gully gelandet.«

»Oh, das ist ja ärgerlich. Hat sie deine Nummer?«

»Ja, wir haben gesimst.«

»Großartig, dann gibt es gar kein Problem. Ich bestelle dir ein neues Handy, und sie wird dir garantiert schreiben. Außerdem – wenn du ihre Nummer gespeichert hast, ist sie wahrscheinlich in der Cloud, und du hast sie sowieso. Jetzt geh zurück an die Arbeit und hab ein bisschen Geduld. Aber es gibt kein Internet, wie wir es besprochen haben«, erkläre ich autoritär. Jasons persönliche Assistentin zu sein ist nicht immer leicht, denn er braucht eine starke Hand. Zum Glück mag ich diesen Teil meines Jobs am liebsten. Schließlich hab ich über mein eigenes Leben keinerlei Kontrolle.

Als er hört, dass die Nummer dieser Frau nicht für alle Zeiten verloren ist, beruhigt er sich etwas.

»Und es könnte ja auch gut sein, wenn du ein bisschen auf cool machst, oder?«, füge ich hinzu. Vielleicht ist das eine unpassende Bemerkung, aber ich habe bei Jason schon mehrere Datingkatastrophen miterlebt, weil er die Sache viel zu hastig angeht und die Frauen damit wahnsinnig macht. Bei dem Frauentyp, den er mag, kommen seine altmodischen romantischen Tricks meistens überhaupt nicht gut an. Zum Beispiel schickt er gerne Blumen, und obwohl das ja an sich eine nette Idee ist, lässt er sie seinen Angebeteten oft an den Arbeitsplatz liefern. Bei einigen der Frauen, die in männerdominierten Büros arbeiten, kam das nicht so gut an.

Eine Frau, mit der er sich anscheinend hervorragend verstanden hat, war ein hohes Tier bei Morgan Stanley. Nach dem ersten Date schickte Jason ihr Rosen an den Arbeitsplatz, woraufhin sie ihn anrief und ihm wütend erklärte, dass sie ihn nach dieser Blamage nie wiedersehen wollte. Jason kapierte überhaupt nicht, wo das Problem lag. Ich musste ihm erklären, dass Frauen, die hauptsächlich mit Männern zusammenarbeiten, es gar nicht mögen, wenn man die Tatsache aufbauscht, dass sie Frauen sind. Ihnen Blumen zu schicken war ungefähr so, als würde er ihr ein großes blinkendes Schild umhängen, auf dem stand: »ICH BIN EINE FRAU, ICH HABE GEFÜHLE, ALSO BEHANDELT MICH BITTE ANDERS ALS MEINE MÄNNLICHEN KOLLEGEN.«

Zwar behauptete er danach, er hätte es verstanden, schickte der nächsten Frau, mit der er sich verabredete, aber trotzdem wieder Blumen. Und bekam eine ähnliche Reaktion. Jason ist, wie er ist. Dass er die Frauen so verehrt, hat etwas sehr Liebenswertes.

Jetzt marschiert er in sein Büro und schleudert seinen Rucksack auf den Boden. Er ist sehr süß, wenn er gestresst ist, vor allem, wenn er sich wegen einer Frau aufregt. Ich fühle mich heute so beschissen, ich bin so wütend auf Phil, aber trotzdem bin ich wehrlos gegen Jasons Charme. Es ist so rührend, wie er nach Liebe schmachtet. Ich sehne mich danach, auf die Art wahrgenommen zu werden, wie er die Frauen wahrnimmt, in die er sich verliebt. Ich könnte direkt vor Phils Nase nackt ein Rad schlagen, und er würde höchstwahrscheinlich irgendeine Bemerkung über das Wetter machen. Von den Funken, die er zu Beginn unserer Bekanntschaft versprüht hat, ist so gut wie nichts mehr zu spüren. Er war so charmant, so positiv, so unbeschwert. Am schlimmsten daran ist, dass ich weiß, es liegt an mir, meinetwegen ist er so ausgelaugt, ich habe ihn überfordert – und ich mache auch keinerlei Anstalten, die Lage zu verbessern. Ich bin freundlich und höflich, ich versuche sexy zu bleiben, aber innerlich bleibe ich unbeteiligt, ich nehme nicht wirklich Kontakt auf.

Ich beobachte Jason, der auf seinem Stuhl sitzt und sich mit der Hand durch die Haare fährt. Seine Falten sind tiefer, weil sein Gesicht so angespannt ist. Ich stehe auf und gehe zur Tür.

»Hey«, sage ich leise. »Danke für den Champagner am Freitag, das war wirklich nett von dir.«

Sein Gesicht wird wieder normal, als hätte er sein geheimnisvolles Date für den Augenblick vergessen.

»Oh, sehr gern geschehen. Hattet ihr Spaß?«

»Ja, es war schön. Gutes Essen. Meine Freundin ist schwanger, deshalb ging es hauptsächlich um ihr Baby.«

»Wirklich? An deinem Geburtstag? So ein egoistisches Biest. Eigentlich hättest du die unumstrittene Hauptperson sein müssen.« Er zwinkert mir mit dem rechten Auge zu. Es hat mehr Fältchen als das linke, weil er es immer zusammenkneift, wenn er durch den Sucher schaut. Das fand ich schon immer irgendwie niedlich.

»Kaffee?«, frage ich.

»Unbedingt.«

Während ich darauf warte, dass das Wasser kocht, schreibe ich Phil eine SMS.

Gestern Abend war seltsam. Hoffe, du kommst nachher trotzdem?

Er antwortet umgehend. Ja, er wird da sein.

Als Jason lautlos hinter mir auftaucht, fahre ich vor Schreck zusammen.

»Stella, du musst meinen Computer entsperren. Ich möchte Tara finden.« Offenbar hat er nicht vor lockerzulassen.

»Nein. Sorry, Jason, aber das kannst du vergessen, echt. Bleib ein paar Tage offline und mach dich an die Arbeit. Wie weit hast du deinen ursprünglichen Termin inzwischen überschritten? Schon mehrere Wochen, richtig? Wenn die Frau wirklich so toll ist, wartet sie so lange. Ich bestell dir ein neues Telefon, dann hast du ihre Nummer und kannst ihr schreiben, okay?«

»Wie lange dauert das?«, fragt er ungeduldig.

»Ich mach es gleich. Morgen, spätestens übermorgen ist es da. Okay?«

»Okay.« Er geht wieder, sieht aber ziemlich verdrossen aus.

»Wer ist sie eigentlich, diese Tara?«, rufe ich ihm nach, denn es interessiert mich, wer ihm diesmal den Verstand geraubt hat.

»Ich hab sie am Freitagabend kennengelernt, und wir haben uns super unterhalten. Also, ich hab ja immer Spaß mit meinen Dates, aber sonst lauert im Hintergrund immer das Gefühl, dass alles von mir abhängt, dass ich mich irgendwie bemühen muss, verstehst du? Mit Tara war das ganz anders. Es hat sich angefühlt, als … als beruht es auf Gegenseitigkeit. Sie hat mir ihre Nummer gegeben, aber dann ist dieser verfluchte Irre in mich reingerasselt, und ich hab mein Handy im Gully verschwinden sehen. Grade als ich dabei war, ihr zu antworten. Das ist so frustrierend.« Er kommt wieder zu mir und nimmt mir den Kaffee aus der Hand. »Ich weiß nicht mal ihren Nachnamen. Wir haben es tatsächlich geschafft, einen ganzen Abend miteinander zu verbringen und kein Wort über die Arbeit oder das Wetter zu reden, wir haben uns so gut verstanden. Versuch, sie zu finden, ja?«, bittet er mich etwas erbärmlich.

»Sie zu finden? Wo denn?«

»Im Internet?«

»Du willst, dass ich für dich im Internet ein Mädchen namens Tara finde?«, hake ich nach. Macht er Witze?

»Nein, nicht irgendein Mädchen namens Tara. *Dieses* Mädchen namens Tara.«

»Na ja – weißt du wenigstens, wo sie arbeitet?«

»Beim Fernsehen.«

»Weißt du sonst noch irgendwas über sie? Irgendwelche Besonderheiten, die sie im Internet von anderen Taras unterscheiden? Da sind nämlich ganz schön viele Leute unterwegs, und ich könnte ein paar Wegweiser gut gebrauchen«, erkläre ich und bin ein bisschen besorgt, dass er tatsächlich denkt, ich kriege das hin.

»Hmm, ich weiß, dass sie zweiundvierzig ist. Knapp eins achtzig, lange braune Locken, wundervolle Sommersprossen, schätzungsweise Kleidergröße 38. Sie arbeitet beim Fernsehen, hat eine sechsjährige Tochter und wohnt in Walthamstow. Das war's. Wenn du mich einfach ins Internet lassen würdest, würde ich sie schon finden!«

»Auf gar keinen Fall, sorry. Du bezahlst mich dafür, dass ich dich kontrolliere, also kontrolliere ich dich.«

Jason legt den Kopf wieder in die Hände und atmet tief aus.

»Schau, ich bestelle dein Handy, und dann rufst du sie an. Okay? Aber jetzt mach erst mal weiter.« Ich schaue ihm nach, während er abzieht wie ein begossener Pudel. Um ein Haar knicke ich ein, reiße mich aber im letzten Moment zusammen. Ich will, dass dieses Buch fertig wird, es ist langweilig hier, wenn ich keine Fototermine zu organisieren habe. Ich verbringe viel zu viel Zeit auf Facebook und ärgere mich darüber, wie blöd alle sind.

Ich logge mich ein. So viele Statusupdates, so viel Sharing. Irgendwer hat einen neuen Job, irgendwer hat abgenommen, irgendwer hat ein Baby gekriegt. Manche sind sauer auf die Regierung, andere machen Witze. Ich wüsste gar nicht, was ich schreiben soll, selbst wenn ich vorhätte, mein Facebookschweigen zu brechen. Was würde ich sagen? »Wünsche mir verzweifelt ein Kind, aber mein Freund schläft nicht mit mir«? Oder: »Meine Zwillingsschwester ist tot, und ich hab keine Ahnung, wie ich weiterleben soll«? Oder: »Wenn ich sterbe, wird sich höchstwahrscheinlich niemand an meine Existenz erinnern, denn ich habe nie etwas getan, was die Welt nachhaltig beeinflusst hat«?

Ich beschließe, dass es das Beste ist, wenn ich gar nichts sage, und klicke stattdessen auf *HowItIs.com*, um zu sehen, was Camilla Stacey zu berichten hat.

Wenn ich allein bin, heißt das nicht, dass ich einsam bin.

Klar, denke ich. *Für manche Leute ist das in Ordnung.*

Auf meinem Bildschirm erscheint eine Terminerinnerung für 17 Uhr.

»MAMMOGRAPHIE«, lautet sie.

Als könnte ich so was vergessen.

Tara

»Entschuldige die Verspätung«, sage ich zu Andrew, als ich am Montagmorgen ins Büro komme. »Annie war die ganze Nacht wach, Magen-Darm-Infekt, deshalb musste ich sie zu meiner Mutter bringen.«

Ich fühle mich schrecklich. Das Wochenende lief echt beschissen, Annie ging es dermaßen schlecht. Das Hähnchenfleisch, das ich ihr aufgezwungen habe, war total verdorben, das habe ich heute Morgen gemerkt, als ich daran gerochen habe. Auf dem Heimweg von Sophie hat sie geweint und gejammert. Sie hat das ganze Auto vollgekotzt, die Treppe im Haus und ihr Bett. Natürlich hab ich bei ihr gewacht, bis sie heute früh um fünf endlich in meinem Bett eingeschlafen ist. Heute Morgen kam dann Mum, hat sie abgeholt, und ich bin zur Arbeit gefahren, obwohl ich den Tag eigentlich hätte freinehmen sollen. Ich hatte ein fürchterlich schlechtes Gewissen, aber das Gefühl, die schlechteste Mutter der Welt zu sein, konnte ich auch keinen Tag länger ertragen. Selbst wenn ich ein wandelnder Zombie bin, muss ich einfach weiterarbeiten und versuchen, dieses Wochenende zu vergessen, das wahrscheinlich das beschissenste aller Zeiten war. Abgesehen davon, dass ich Jason kennengelernt habe, was so großartig war, und ich kann immer noch nicht glauben, dass ich unseren Abend dermaßen falsch eingeschätzt habe. Aber allem Anschein nach war es wohl so. Wenn ich daran denke, möchte *ich* mich in hohem Bogen übergeben. Und dann der Kerl in der Bahn, pfui Teufel! Eigentlich will ich auch nicht bei der Arbeit sein, aber dessen ungeachtet scheint Andrew beschlossen zu haben, mir fürs Zuspätkommen keine Schuldgefühle aufzubürden. Äußerst ungewöhnlich.

»Passiert schon mal«, sagt er. »Nettes Wochenende?«

Dann lehnt er sich zurück und verschränkt mit einem seltsamen, doofen Lächeln die Arme. Falls er vorhat, mit mir zu flirten, soll er sich bloß verpissen.

»War okay, danke. Und bei dir?«, antworte ich, finde es aber ziemlich peinlich, mit jemandem, mit dem ich mich normalerweise streite, höflich Smalltalk zu machen.

»Ach, weißt du, bei mir war es ganz ruhig. Keine Abenteuerreisen oder so was.«

»Na ja, manchmal sind entspannte Wochenenden ja ganz nett«, sage ich und stelle absichtlich keine weiteren Fragen, denn ich hoffe inständig, dass unser Gespräch hiermit beendet ist.

Ich stelle den Laptop auf meinen Schreibtisch und hänge meine

Jacke über die Stuhllehne. Andrew beugt sich vor und starrt mich an.

»Was ist denn?«, frage ich unfreundlich. Jetzt geht er mir richtig auf die Nerven, ich bin nicht in der Stimmung für seine Spielchen.

»Nein, nein, nichts«, wiegelt er sofort ab und tut so, als liest er was auf seinem Laptop. Instinktiv überprüfe ich, ob womöglich ein Furzkissen auf meinem Stuhl liegt. Aber nichts dergleichen.

»Oh, du bist ja hier«, ruft Adam, der gerade hereinkommt. Auch er hat einen sonderbaren Ausdruck im Gesicht. Vielleicht sollte ich unter meinem Schreibtisch nachschauen, ob da womöglich Kameras versteckt sind.

»Ja, tut mir leid, Annie hat …«

Er fällt mir ins Wort. »Ich dachte, du willst vielleicht lieber den Tag in der U-Bahn verbringen, du liebst sie doch so.«

Wie bitte? Spinner. Ich schenke den beiden keine Beachtung, aber da erscheint hinter Adam auch noch Samuel. Alle beobachten mich, während ich mich einlogge.

»Was ist? Warum glotzt ihr mich so an?«, frage ich. Allmählich werde ich bissig. Ich hasse es, wenn sie versuchen, mich einzuschüchtern, das ist echt nervig.

»Sie weiß es nicht, stimmt's?«, meint Samuel. »Sie hat es nicht gesehen. Oh mein Gott, das wird großartig!«

»Was soll ich gesehen haben? Was wird großartig?«, frage ich, ein bisschen aufgeregt, was ich aber zu verbergen versuche, denn offensichtlich geht es um etwas ziemlich Wichtiges.

Andrew kommt an meinen Tisch und beugt sich zu meinem Laptop. Ich ziehe meinen Pulli zurecht, der mir ein Stück von der Schulter gerutscht ist. Er tippt »MailOnline« bei Google ein. Obwohl ich es niemals zugeben würde, frage ich mich, ob eine meiner Sendungen vielleicht für einen Preis nominiert worden ist.

Die Homepage von *MailOnline* erscheint. In riesigen Buchstaben steht darauf: ALLES AN BORD! HIER KOMMT DER LOVE

TRAIN! *Blamage in der U-Bahn – Frau wird in der Victoria Line beim* MASTURBIEREN *erwischt.* Und direkt darunter ist ein Videolink und das Standbild von mir mit der Hose um die Knöchel und der Hand zwischen den Beinen. Meine Hand haben sie verpixelt, mein Gesicht dagegen ist klar und deutlich zu erkennen.

»Oh mein Gott«, stoße ich hervor, und mein Herz beginnt so heftig zu pochen, dass ich krampfhaft schlucken muss, um zu verhindern, dass es mir in den Hals hopst. »Oh mein Gott.«

Ich kann nur stumm auf den Bildschirm starren. Andrew drückt auf Play, aber ich knalle die Hand auf die Maus und stoppe das Video sofort wieder.

»Das bist du, wie du dir in der U-Bahn nach Herzenslust einen runterholst«, erklärt Adam. »Nicht mal ich würde das tun.«

»Oh mein Gott. Annie.« Meine Stimme klingt erbärmlich. »Meine Mum, mein DAD!« Ich schlage die Hände vors Gesicht.

»Jepp, so was möchte man dem eigenen Vater wahrscheinlich lieber nicht zumuten«, sagt Andrew und tätschelt meine Schulter, als wäre ich ein Hund.

Mir ist so heiß, als würde mein Blut tatsächlich kochen. Jeder kann mich sehen! Ich habe das Gefühl zu ersticken, es ist, als hätte mir jemand ein feuchtheißes Handtuch über den Kopf geworfen, und ich kann mich nicht wehren. Mir stockt der Atem, ich kriege keine Luft mehr. Was geschieht mit mir? Bevs Hand erscheint und stellt ein Glas Wasser vor mich auf den Schreibtisch. Ich will es in die Hand nehmen, aber meine Finger wollen sich nicht schließen. Es rutscht mir aus der Hand, und das Wasser spritzt in alle Richtungen. Ich spüre Kälte durch meinen Rock sickern, ich sehe Bev neben mir auf dem Boden knien und das Wasser mit einem Küchentuch aufwischen. Aber ich höre nichts. Bin ich unter Wasser?

»Tara Thomas, die Bahnwichserin«, sagt Andrew. »Klingt nicht schlecht.«

»Nein, warte«, wirft Adam lachend ein. »Tara, die Wichsmaschine!«

Ihr Lachen ist wie ein Bienenschwarm, der um meinen Kopf herumschwirrt. Wie kann ich ihm entkommen? Ich finde keine Worte, ich kann mich nicht verteidigen. Also ergreife ich die Flucht, springe auf, packe meine Tasche, renne zur Tür, die Treppe hinunter, hinaus auf die Straße. Als mir die frische Luft ins Gesicht schlägt, sauge ich sie ein, als hätte ich seit Jahren nicht mehr geatmet. Zusammengekrümmt stehe ich auf dem Gehweg, und da ist es wieder, das Bild von mir in der U-Bahn, die Hand in der Hose, beim Masturbieren. Wie kann ich es loswerden? Gar nicht. Es wird niemals wieder weggehen. Ich kenne die Welt gut genug, um das zu wissen. Ich weiß, wie solche Dinge sich verbreiten, das ist schließlich mein Job. Als ich aufblicke, schmerzt die Helligkeit in meinen Augen, mein Hirn fleht verzweifelt um Dunkelheit, es will nur noch abschalten. Meine Haut beginnt zu brennen, als wäre eine Atombombe explodiert und ich dürfte mich gar nicht an der Erdoberfläche aufhalten. Es ist gefährlich für mich hier draußen, jeder Mensch, dem ich begegne, ist mein Feind, infiziert mit einer potentiell todbringenden Krankheit. Ich muss nach Hause. Mein Arm reckt sich in die Luft, ich winke nach einem Taxi. Als eines hält, klettere ich hinein und lege mich quer über den Rücksitz. Hat der Fahrer das Video gesehen? Hat die ganze Welt es gesehen?

Mein Handy piept. Ich bringe es nicht über mich nachzuschauen, wer es ist.

Der Fahrer mustert mich immer wieder im Rückspiegel.

»Was denn?«, fauche ich ihn an.

»Tut mir leid, Liebes, aber Sie sehen aus, als müssten Sie sich gleich übergeben. Soll ich irgendwo ranfahren?«

Ich setze mich auf.

»Nein, nein, alles okay«, beteure ich und schaue aus dem Fenster. An einer Ampel bleiben wir stehen, und ein Mann, der dabei ist, die Straße zu überqueren, nimmt Blickkontakt zu mir auf. Ich ducke mich wieder. *Was, wenn er das Video kennt?*

»Verstecken Sie sich vor der Polizei, Liebes?«, erkundigt sich der Taxifahrer, scherzhaft, aber auch ein bisschen besorgt.

»Nein, aber bitte bringen Sie mich so schnell wie möglich nach Hause. Ich muss sofort nach Hause.« Zehn Minuten später bin ich da. Ich schließe zweimal ab. Im Haus ist es kalt, ich sollte nicht hier sein, um diese Zeit müsste ich im Büro sein. Das Haus hat mich nicht erwartet. Es fühlt sich klein an, klaustrophobisch, man kann das Erbrochene noch riechen. Ich setze mich auf die Treppe.

Nein. Nein, das ist nicht real. Ich hab das nicht verdient. Warum passiert es mir dann trotzdem?

Vielleicht weil ich in einem verdammten U-Bahnwagen masturbiert habe. WAS hab ich mir bloß dabei gedacht?

Ich gehe in die Küche, stelle die Heizung an, drehe sie voll auf, mir ist so kalt. Dann stelle ich den Wasserkocher an. *Das ist nicht real.* Ich atme tief und langsam, aus und ein, ich versuche, den Lockruf des Laptops in meiner Tasche zu ignorieren. Ich muss warten, ich kann mir das jetzt nicht ansehen. Diese letzten Minuten sind wichtig; ich muss sie auskosten, ehe ich mich dem vollen Ausmaß des Desasters stelle, das noch nicht ganz real geworden ist. Ich warte, bis das Wasser kocht, ich mache Tee. Ich trage die Tasse zum Küchentisch hinüber, hole meinen Computer aus der Tasche und klappe ihn auf. Beobachte ruhig, wie er lädt. Ich atme ein, ich atme aus. Was auch geschehen mag, ich werde es überleben.

Ich gebe mein Passwort ein.

Das Gesicht meiner Tochter erscheint, mein Bildschirmschoner, darüber lauter kleine Ordner mit Schlüsselwörtern, die unterschiedliche Elemente meines Lebens repräsentieren. »Fotos«, »Annie Gesundheit«, »Recherche«, »TV-Material«, »Finanzen«. All die geheimen kleinen Dateien, mit denen ich mein Leben in Ordnung halte. Aber ich weiß, dass dieses Leben gerade über die Grenzen meines Desktops geschwappt ist. Das Internet-Icon starrt mich an wie ein roter Eiterpickel, den ich ausdrücken muss.

Ich klicke darauf.

Ich logge mich bei *MailOnline* ein, und da bin ich auch schon. Klar und deutlich blickt mir von der Homepage das Bild entgegen, auf dem ich mir, wie Adam es so schön ausgedrückt hat, »nach Herzenslust einen runterhole«. Ich klicke mich zu YouTube durch und drücke auf Play.

Und dann sehe ich mich im Rausch erotischer Verzückung. Kopf im Nacken, Zunge lustvoll auf den Lippen. Hand und Leistengegend sind verpixelt, aber man erkennt deutlich das dunkle Dreieck meiner Schamhaare. Neben mir auf dem Boden liegt die *Metro*. Hätte ich sie doch bloß mit der anderen Hand festgehalten!

Das Video dauert nur dreizehn Sekunden, zeigt aber am Schluss, wie ich die Kamera entdecke und aufspringen will, weil ich merke, dass ich gefilmt werde. In diesem Moment sieht man mein Gesicht am deutlichsten. Ich schaue mir in die Augen, in eine enorme Verzweiflung, beobachte meinen vergeblichen Versuch, dem Kerl das Handy zu entreißen. Ich lande flach im Mittelgang des U-Bahnwagens, ein verstörtes Tier, das jemand mit einem Betäubungsgewehr niedergeschossen hat. Da der Typ, der mich gefilmt hat, die Bahn rückwärts verlässt, liege ich auf dem letzten Bild am Boden, gefesselt von meiner Hose. Dann ist das Video zu Ende, und über dem Standbild meines Gesichts erscheinen die Worte »Erneut abspielen?«.

Ich schaue nach rechts unten. Das Video hatte bereits 946 873 Aufrufe.

Und es ist gerade mal halb zwölf.

Ich logge mich bei Twitter ein. Seit der Veröffentlichung des CCTV-Materials, auf dem zu sehen ist, wie ich in Walthamstow aus der Bahn stolpere, rangiert #WalthamstowWankWoman ganz oben in der Rubrik »Weltweit Trends«. Ich schließe die Seite sofort wieder, ich kann mir das nicht mehr anschauen.

Mein Leben ist im Arsch. Total im Arsch. Und ich kann nichts dagegen tun.

Den Kopf in die Hände gestützt, sitze ich in meiner Küche. Die Stille dröhnt in meinen Ohren wie ein Paukenschlag. Was soll ich jetzt machen? Jemanden anrufen? Wen denn? Ich habe nicht die leiseste Ahnung. Schon der Gedanke, mein Haus zu verlassen, ist unerträglich.

WALTHAMSTOW WANK WOMAN? Die Wichserin von Walthamstow?

Eine zweifelhafte Ehre.

Fast eine Million Menschen hat mich masturbieren sehen. Weiß der Geier, wie viele es bis heute Abend sein werden. So einem Impuls gibt man dermaßen selten nach, und dann auch noch dabei gefilmt zu werden – das ist einfach unfair. Und ergibt überhaupt keinen Sinn.

Ich denke an Jason. Diese letzte Sprechblase hat mich das ganze Wochenende in den Wahnsinn getrieben. Wahrscheinlich hat schon meine Frage, ob er spezielle Wünsche hat, bei ihm den Verdacht erweckt, dass ich auf irgendwelche abgefahrene Dinge stehe, und jetzt hat er das Video gesehen und hält mich endgültig für gaga, ein nuttiges Schlampenwesen, das ihm den Sex verweigert, aber an öffentlichen Orten bizarre Dinge abzieht. Ich meine, mein Gott, als Mann hätte ich mich strafbar gemacht. Scheiße, womöglich *habe* ich mich strafbar gemacht? Hastig tippe ich »ist es für eine Frau illegal, in der Öffentlichkeit zu masturbieren?« Ein Artikel aus dem *Guardian* taucht auf, und als Erstes fällt mir der Satz ins Auge, dass man in Indonesien für öffentliche Masturbation enthauptet werden kann. Ich möchte kotzen. Aber ich lese weiter.

Die eigene »Person« auf der Straße oder an einem öffentlichen Platz »vorsätzlich und unsittlich« zu entblößen, wenn Anwohner oder Passan-

ten dadurch behindert, gestört oder gefährdet werden können, ist strafbar (Wohlgemerkt: »Person« bedeutet »Penis«).

Na ja, ich besitze keine »Person«, und ich habe auch niemanden gefährdet oder behindert. Außerdem dachte ich, ich wäre allein! Darüber, was einer Frau passiert, wenn sie beim öffentlichen Masturbieren erwischt wird und kein Pornostar ist, finde ich in dem Artikel keine Infos. Beim Durchforsten von Google stoße ich lediglich auf einen einzigen Beleg dafür, dass eine Frau überhaupt je in der Öffentlichkeit masturbiert hat, und das sind allesamt Artikel über mich. Und zwar *Hunderte.* Fast jeder Nachrichtenkanal berichtet darüber, von *Sky News* bis *Buzzfeed*, und entweder findet man es witzig, oder man stellt meinen Verstand in Frage. In einem Artikel heißt es sogar: »Ist es etwas anderes, weil sie eine Frau ist?« Ich klicke auf den Bericht und sehe jede Menge Kommentare von Online-Nutzern, Dinge wie: »Es ist kein bisschen anders bei einer Frau. Jeder Mensch, der bereit ist, sich auf diese Art zu entblößen, ist eine Gefahr für die Gesellschaft.«

Ich denke an Annie. An ihre Schule. Bisher haben die Lehrer sich wirklich Mühe gegeben, so zu tun, als verurteilen sie mich nicht, aber das wird das Fass garantiert zum Überlaufen bringen. Was, wenn sie mich beim Jugendamt melden? Was, wenn das Jugendamt dieses Video sieht? Ich schaue zu meiner Haustür, ein zweieinhalb Zentimeter dickes Holzbrett schützt mich vor einem Ansturm von Verurteilungen. Ich werde nie mehr rausgehen. Ich kann nicht.

Mein Telefon piept. Es ist Sophie.

Hör mal, stimmt das? Passiert das wirklich, oder ist es bloß ein sonderbarer Fernsehgag?

Es passiert wirklich, bitte hilf mir.

Treffen wir uns heute Abend? Um 6?

Ich antworte nicht. Ich werde das Haus nie mehr verlassen.

Oh Gott. Ich fühle mich, als wäre jemand gestorben. Als wäre ich gestorben. Als müsste ich mein eigenes Begräbnis organisieren. Traurigkeit und kühle Logik kämpfen in meinem Hirn. Das kleine Mädchen in mir möchte sich bloß in die Ecke setzen und weinen. Die anderen Teile – die Mutter, die Produzentin – wissen, dass ich Dinge zu regeln habe. Leuten Bescheid sagen, klar Schiff machen.

Ich stehe auf. *Komm schon, Tara, lass dich nicht so hängen, du kriegst das in den Griff.*

Okay. Nummer eins: Annie. Wie gehe ich das Problem bei ihr an? Erst mal schreibe ich eine SMS an meine Mutter.

Mum, ich bin zu Hause und richtig krank. Kann Annie bitte bis morgen bleiben?

Sie antwortet sofort.

Na klar, Liebes, bestimmt hast du dich bei Annie angesteckt. Gute Besserung.

Sie ist eigentlich nie im Internet. Die *Daily Mail* liest sie zwar, aber nur die Papierversion. Hoffentlich bin ich dafür nicht wichtig genug.

Okay, weiter geht's. Ich setze mich wieder an meinen Computer und öffne Facebook. Dort habe ich hundertfünfundvierzig Benachrichtigungen und dreiundvierzig Nachrichten. Das Video ist mehrmals auf meiner Seite gepostet worden, mit Fragen wie »Ist das eine von deinen Dokus?«, bis zu weniger ernst gemeinten Kommentaren wie »Du bist doch ein Wichser.«

Ich lösche alles, checke meine Privatsphäre-Einstellungen und stelle meine Timeline auf privat, so dass niemand darauf posten kann.

Weiter. Zur Arbeit. Ich schaue auf mein dortiges Mailkonto. Wie erwartet ist da schon eine Nachricht von Adam.

»Hast du vor zurückzukommen? Wir haben jede Menge zu tun. Ich schlage vor, du nimmst dir ein Taxi.«

Mir fällt keine passende Antwort ein. Ich weiß nur, dass ich dieses Büro nie wieder betreten werde. Also antworte ich auch nicht. Allmählich gewinnt die Traurigkeit Oberhand. Nach ein paar Minuten Gefasstheit sickert jetzt die Realität durch. Und ja, immer mehr Traurigkeit. Ich traure um das Leben, das ich hatte und das ich nie mehr haben werde. Wie denn auch? Hier geht es nicht um eine durchgesoffene Nacht, in der ich mich meinen Freunden gegenüber bescheuert benommen habe und mich entschuldigen muss; nein, jetzt urteilen Fremde, Kollegen, die Medien über mich.

Statt mich in der Öffentlichkeit zu entblößen, hätte ich zu Hause sein sollen, zu Hause bei meiner Tochter. Und dabei habe ich mich ausgerechnet an diesem Abend auch noch so angestrengt, das Richtige zu tun. Ich war auf der Heimfahrt, nach einem wundervollen Date, und ich wollte mich auf das nächste Treffen mit Jason freuen. Ich wollte nichts überstürzen, geheimnisvoll bleiben, die Sache langsam angehen lassen. Und jetzt haben er und die halbe übrige Welt mit angesehen, wie ich etwas tue, was nun als der ordinärste sexuelle Akt überhaupt dargestellt wird. Ich kann immer noch nicht glauben, dass ich es bin, um die es hier geht. *Was hab ich mir nur dabei gedacht*?

Eigentlich weiß ich genau, was ich gedacht habe. Ich habe an Jason gedacht, wie phantastisch ich mich seinetwegen fühlte. Und dass ich womöglich gerade einen Mann kennengelernt hatte, in den ich mich verlieben konnte, jemanden, der mich so akzeptiert, wie ich bin. Aber vor allem dachte ich, dass ich allein in der Bahn wäre.

Und jetzt bin ich allein und abgrundtief gedemütigt. Wenn ich anfange zu weinen, höre ich vielleicht nie wieder auf. Und ich habe keine Ahnung, was die Welt auf mich oder – um meine Demütigung perfekt zu machen – auf meine sechsjährige Tochter loslassen wird. Aber ich muss mich zusammenreißen, ich darf jetzt nicht den Kopf verlieren. Erst einmal antworte ich Sophie.

Sophie, komm doch stattdessen zu mir, geht das? Ich kann das Haus nicht verlassen.

Tut mir leid, Babe, ich bin dann schon in der Stadt und dann bei einem Dinner. Komm einfach, du schaffst das schon. Schließlich hat es sich doch bestimmt noch nicht jeder angeschaut, oder?

Warum kann sie sich nicht ein bisschen Mühe geben für mich, nur dieses eine Mal? Aber was soll's, ich muss mit jemandem reden. Und vermutlich hat sie ja recht. *Noch* hat sich nicht *jeder* das Video angeschaut.

Dann sehn wir uns um sechs!

SCHEISSE!

Cam

Nur mit einem schwarzen Baumwollslip und einem BH ohne Bügel bekleidet, blickt Cam auf und sieht Mark nackt in der Badezimmertür stehen, mit einem Handtuch über seiner Erektion. Sie starrt durch ihn hindurch und kaut an ihrem Stift.

»Wie findest du es, wenn Frauen masturbieren?«, fragt sie, obwohl sie darauf eigentlich gar keine Antwort sucht.

»Ich liebe es, wenn du masturbierst, Babe. Genau wie du es bei mir liebst.« Er wirft das Handtuch ab und nimmt seinen Penis in die Hand. Aber Cam wendet den Blick wieder dem Bildschirm zu und tippt bei Google »masturbierende Frauen« ein. Sofort erscheint eine Flut von Hardcore-Pornoseiten.

»Ich meine nicht bei mir«, erklärt sie dann und überlegt laut weiter. »Ich meine im Allgemeinen. Findest du es grundsätzlich okay, wenn Frauen masturbieren?«

Natürlich ist es in Cams Augen vollkommen okay, sie stellt diese Frage an die Gesellschaft. Nur befindet sich die Gesellschaft nicht in ihrem Zimmer, und ihr junger und etwas realitätsferner Liebhaber wirkt etwas verwirrt.

»Soll ich dir dabei zuschauen?«

»Nein, Mark. Nein, ich frage nur, ob es für Frauen okay ist zu masturbieren, in der Öffentlichkeit. Ist es anders als bei Männern?«

»Na ja, ich ...«

»Nein, Mark, du brauchst nicht zu antworten. Es ist eine rhetorische Frage.«

Weil Mark nicht weiß, was rhetorisch bedeutet, geht er zu Cam, stellt sich ans Bett und hofft, das Gespräch damit beenden zu können, dass er seinen Penis sanft auf Cams Unterlippe legt.

»Ich muss arbeiten. Aber ich schreib dir morgen, okay?«

Ohne einen Mucks zieht Mark sich an und geht. Als die Tür hinter ihm ins Schloss fällt, sieht Cam sich noch einmal das Wank-Woman-Video an.

Sie versucht, sich in diese Frau hineinzuversetzen. Würde sie selbst so etwas in der Öffentlichkeit machen? Vor Sexpartnern zu masturbieren, ist zweifellos erotisch, aber wenn man nichtsahnend dabei erwischt wird, ist das ... irgendwie gruselig? Würde sie sich anders fühlen, wenn in dem Video ein Mann zu sehen wäre? Warum reden Frauen nie über Masturbation? Ihr ist echt unbehaglich bei der Sache, und diese Frau tut ihr leid, ob sie will oder nicht. Wank Woman. Im Internet wird sie entweder verurteilt oder ausgelacht, aber Cam spürt in sich eine ganz andere Reaktion.

Sie lässt die Finger auf dem Keypad ruhen und denkt sorgfältig nach. Dann fängt sie an zu schreiben.

Ich habe gerade jemanden sexuell missbraucht. Und aller Wahrscheinlichkeit nach habt ihr das ebenfalls.

Ihr habt doch sicher das Wank-Woman-Video gesehen, oder? Diesen dreizehnsekündigen Clip einer Frau, die in einer U-Bahn masturbiert und dann plötzlich merkt, dass sie gefilmt wird? Den Clip, der zu dem Zeitpunkt, als ich das schreibe, 1 345 876 Aufrufe hat? Der Clip, der ohne jeden Zweifel das Leben einer Frau massiv und unwiderruflich verändert hat?

Wie jeder andere habe ich das Video aus Neugier angeklickt. Wer kann schon einer griffigen Überschrift wie »Walthamstow Wank Woman« widerstehen? Ich habe das Video also angeschaut und musste lachen, aber dann habe ich es noch einmal angesehen und fand es auf einmal gar nicht mehr komisch. Und nach dem dritten Mal war ich sauer auf mich, weil ich mich dazu habe hinreißen lassen.

Es gibt keinen einzigen Nachrichtenkanal in diesem Land, der diese Frau nicht entweder auslacht, als verrückt bezeichnet oder als pervers hinstellt. Aber das ist überhaupt nicht das, was ich sehe. Ich sehe eine Person, die sich allein glaubt und etwas sehr Privates tut, aber ohne ihr Wissen dabei gefilmt und dann öffentlich an den Pranger gestellt und gedemütigt wird. Und wisst ihr, was? Das gefällt mir nicht. Das gefällt mir ganz und gar nicht. Sicher, sie saß in der U-Bahn, aber sie hat es nicht darauf angelegt, beobachtet zu werden, Aufmerksamkeit zu erregen. Der Ausdruck auf ihrem Gesicht, als sie merkt, dass sie gefilmt wird, ist nicht zum Lachen, sondern herzzerreißend. Der Mensch, der sie gefilmt hat, ist nicht nur pervers, er ist ein mieses Arschloch. Ein unmoralischer, unanständiger Mensch hat diese Frau gegen ihren

Willen gefilmt, und wir alle haben uns des Missbrauchs schuldig gemacht, weil wir es uns angeschaut haben.
Ständig tun Menschen alle möglichen widerlichen und sexuell inakzeptablen Dinge, kommen aber straflos davon, weil die meisten nicht das Pech haben, ertappt zu werden. Diese arme Frau hat nichts Verkehrtes getan, sie hat niemandem ihre Vagina präsentiert, sie hat sich nicht auf offener Straße an jemanden rangeschmissen oder ihre Titten entblößt; sie hat sich lediglich am falschen Ort zur falschen Zeit einen Augenblick privater Lust gegönnt. Und jetzt ist sie eine nationale Lachnummer.
Mir tut diese Frau leid, und ich finde, sie hat auch euer Mitgefühl verdient.
Ehe ihr euch dieses Video noch einmal anschaut, ehe ihr es an eure Freunde weiterleitet, stellt euch doch bitte mal vor, wie es dieser Frau jetzt geht. Garantiert versteckt sie sich in ihrem Haus, weil sie sich fürchtet, nach draußen zu gehen. Weinend, einsam, verängstigt. So gedemütigt, dass sie nicht einmal ihren liebsten Menschen begegnen möchte. Natürlich besteht die Möglichkeit, dass sie das alles auch selbst furchtbar lustig findet und sich absichtlich hat erwischen lassen, aber im Grunde ist uns allen klar, dass das nicht stimmt. Man muss sich nur ihr Gesicht am Ende des Videos anschauen, um zu wissen, dass dieses Video für sie schwerwiegende Folgen haben wird.
Ich fordere euch entschieden auf, eure Einstellung zu dieser Sache zu überdenken. Es ist nicht nur der Fall einer Frau, die ertappt worden ist, es ist der Fall einer Frau, die schamlos ausgebeutet wird.
Denkt darüber nach.
Cam x

Tara

Ich renne zu Sophie und umarme sie. »Oh mein Gott, Sophie, bitte hilf mir. Was hab ich da bloß getan?« Ich brauche meine Freundin, ich brauche *irgendeine* Freundin, die mir hilft, diese ganze Geschichte zu entwirren.

»Oh, Tara, ich fass es nicht. Ich meine, dieses Video, das ist echt krass«, sagt sie, nicht im Geringsten hilfreich.

»Ich dachte, er macht vielleicht ein blödes Foto, das er im schlimmsten Fall seinen Kumpels zeigt oder auf Facebook postet, aber gleich wieder löscht, weil seine Mum ihn deswegen ausschimpft. Er war noch total jung, der Typ, vielleicht achtzehn oder so. Wie hat er das bloß hingekriegt? Himmel, normalerweise verbreiten sich doch bloß niedliche Katzenvideos dermaßen schnell, nicht zweiundvierzigjährige Mums«, jammere ich und trinke ein paar Schlucke von dem Champagner, den Sophie vorsorglich für mich bestellt hat.

»Na ja, ich würde mal sagen, deine Muschi hat den Kätzchen die Schau gestohlen«, antwortet sie und lacht in sich hinein.

»Sophie, nein! Das ist ein schlechter Witz.«

»Sorry. Aber wow, der Moment, als dir klar wird, dass du gefilmt wirst. Einfach unbezahlbar.«

»Im Ernst, Sophie. Bitte versuch, irgendwas zu sagen, damit es mir besser geht. Versuch es einfach. Okay?«

»Sorry.«

»Bei der Arbeit war es grässlich. Ich kann da nicht mehr hin. Die Mistkerle haben nicht mal versucht, mir zu helfen.«

»Dir zu helfen? Wie hätten sie dir denn helfen können?«

»Ich weiß nicht, mich unterstützen vielleicht? Vorschläge machen. Irgendwas. Stattdessen haben sie gelacht, sich Spitznamen für mich ausgedacht – es war wie in der Schule. VERDAMMTE

SCHEISSE. Sophie, ich hab eine kleine Tochter, ich hab eine Karriere. Dieses Video muss verschwinden.«

Sophie nippt an ihrem Champagner. Sie sieht aus, als hätte sie mir noch etwas zu sagen.

»Was?«, frage ich. »Oh Gott, was denn noch?«

»Nichts, es ist bloß – ich bin nicht sicher, ob ich mich noch mal mit dir treffen kann, bevor Gras über die Sache gewachsen ist.«

»Warum?«

»Weil Carl das Video heute Mittag gesehen hat. Es hat ihn echt wütend gemacht, er meinte, er hätte schon immer den Eindruck gehabt, dass du solche Neigungen hast, und jetzt spielt seine Phantasie natürlich verrückt. Er denkt sich alles Mögliche aus, was wir früher womöglich zusammen gemacht haben. So in dem Stil ›Wenn sie mit zweiundvierzig in der U-Bahn masturbiert, was zur Hölle habt ihr beiden dann mit zwanzig veranstaltet?‹«

Ich kann nicht glauben, dass das ihr Ernst ist, aber vielleicht ist Carl ja tatsächlich so schlimm. Trotzdem. Sie müsste mir doch den Rücken stärken.

Auf einmal bin ich stinksauer. Ich weiß nicht mehr, warum ich mich mit Sophie und ihrer beschissenen Vorstellung von Freundschaft abgebe.

»Na ja, warum erzählst du ihm dann nicht endlich die Wahrheit? Dass du im Lauf deines vorehelichen Lebens so ziemlich alles gefickt hast, was zwei Augen und zwei Beine hatte, und dass ich meistens alleine rumstand und auf dich warten musste?«

»Oh Tara, jetzt sei doch nicht so.«

»Oder wie ich dich dreimal mit Tatütata ins Krankenhaus begleitet habe, um dir den Magen auspumpen zu lassen?«

»Okay, du musst ja nicht gleich ...«

»Oder wie ich dir bei zwei Abtreibungen mit Rat und Tat zur Seite gestanden habe, oder dass du dir gezielt verheiratete Männer ausgesucht hast, um bloß keine Verpflichtungen eingehen zu müssen außer zum Portemonnaie des von dir Auserwählten?«

»Okay, jetzt bist du einfach nur noch gemein.« Schweigend sitzen wir eine Weile nebeneinander. Dann schaut sie auf die Uhr, als hätte sie einen dringenden Termin. »Tut mir leid, Süße, aber deine Geschichte in der U-Bahn macht alles echt kompliziert für mich. Ich hab jetzt ein anderes Leben, und ich möchte nicht, dass deine Fehler es kaputtmachen. Tut mir wirklich leid.«

»Du bist eine echt beschissene Freundin«, erwidere ich und meine es genau so. Das war sie schon immer. Ich weiß nicht, warum ich ihr die Treue gehalten habe. Jetzt bin ich zu schockiert, um mich betrogen zu fühlen. Aber wenn das Sophies Reaktion ist – ausgerechnet Sophie, die in allen möglichen öffentlichen Verkehrsmitteln weit schlimmere Dinge getan hat als ich auf dem unseligen Video –, dann muss es wirklich übel aussehen.

»Okay, du bist durcheinander. Hoffentlich hast du dich beruhigt, wenn wir zurückkommen.«

»Wenn ihr zurückkommt?«

»Ja, ich hab zwei Wochen in Bora Bora für uns gebucht. Wir brauchen ein bisschen Urlaub, und das schien mir der perfekte Zeitpunkt zu sein, da man dein Gesicht und deine Muschi überall in den Nachrichten sieht. Ich muss Carl so weit wie möglich weglocken. Klassisches Ablenkungsmanöver. In zwei Wochen müssten die Wogen sich ja etwas geglättet haben … hoffe ich.«

Zwei Wochen, das fühlt sich an wie eine Ewigkeit. Was zur Hölle wird mir in den nächsten zwei Wochen alles passieren?

»Ich melde mich, wenn ich zurück bin, ich möchte ja wissen, wie es dir geht«, sagt sie, kippt den Rest ihres Champagners hinunter, und weg ist sie. Ich habe nicht mal mehr die Energie, ihr Beleidigungen hinterherzurufen.

Die Ellbogen auf die Bar gestützt, sitze ich da und lasse den Kopf in die Hände sinken.

»Aaaaaaaaaaaaaahhhhhhh«, stöhne ich leise. »Aaaaahhhhaaaa-hhhhhaaaaa.«

»Entschuldigung«, sagt eine Frauenstimme hinter mir. Ich wende mich zu ihr um, sie schaut mich an, als versucht sie angestrengt dahinterzukommen, woher sie mich kennt. »Ich möchte nicht unhöflich sein, und bitte entschuldigen Sie, wenn ich mich irre. Aber meine Freundin und ich haben uns gefragt – sind Sie das?«

Sie hält ihr Smartphone in die Höhe. Darauf ist ein Standbild von mir mit in den Nacken gelegtem Kopf und der Hand in der Hose zu sehen. Wie reagiert man auf so was? Ich habe keine Ahnung, aber mir fällt nichts Besseres ein, als mir den Mund zuzuhalten, aus der Bar zu laufen und draußen in den Gully zu kotzen.

Zu Hause schaue ich in den Kühlschrank. Abgesehen von einem kleinen Rest Milch, einem Stück Käse und dem verdorbenen Brathähnchen, das ich jetzt entschlossen wegwerfe, ist er leer. In der Gefriertruhe sind zwei Pizzen, ein Beutel Erbsen und eine Gel-Augenmaske. Im Schrank befinden sich zwei Dosen Suppe, ein paar Dosen mit Bohnen, Nudeln, Reis, Cracker und eine Rolle Pringles. Ich kalkuliere, dass ich in etwa drei Tagen das Haus verlassen und Lebensmittel kaufen muss. Vielleicht haben die Dinge sich bis dahin beruhigt. Vielleicht aber auch nicht.

Annie. Mein Baby. *Oh Gott.*

Vielleicht kann Mum sie morgen von der Schule abholen und die beiden können mir was zu essen mitbringen? Ich werde einfach so tun, als wäre ich krank. Nein, das ist albern.

Verdammte Scheiße. Was zur Hölle soll ich bloß tun?

Stella

Ich stehe nackt vor dem Spiegel im Untersuchungszimmer, meine großen Brüste hängen an mir wie Pferdeköpfe, die braunen Nippel erinnern mich an fast unmerklich nach oben gewölbte Schnauzen. Meine schmale Taille verschwindet unter ihnen, meine ausladenden Hüften dagegen bringen sie richtig zur Geltung. Früher haben Alice und ich uns gern nebeneinandergestellt und jedes Detail, jede winzige Abweichung zwischen uns verglichen, als wären es kleine Geheimnisse, in die nur wir beide eingeweiht waren. Wir waren eine superschwierige Version von »Finde den Fehler«, denn für alle außer uns waren wir identisch. Wir haben unseren Körper geliebt, und ich liebe meinen immer noch. Deshalb ist die Aussicht, Teile von ihm zu verlieren, ja so erschreckend. Dann werde ich anders sein als Alice. Ich brauche ihn doch für meine Erinnerungen.

Ich lege die Hände von vorn um meine Brüste und hebe sie ein bisschen an, bis sie ungefähr an der Stelle sind, wo sie früher waren. Eigentlich sind sie seit meiner Teenagerzeit nicht groß abgesackt, aber doch genug, dass ich einen BH tragen muss. Mit meinem hochgepushten Dekolleté drehe ich mich von einer Seite zur anderen und muss grinsen, weil ich an die tief ausgeschnittenen Tops denken muss, die ich in meiner Partyzeit getragen habe. Ein Bild von mir und Alice auf einem Tanzpodest in Ibiza taucht in meinem Kopf auf. Wir waren seit vierundzwanzig Stunden auf den Beinen und hatten uns zwei stinkreiche Brüder angelacht, die uns mit Ecstasy und Tequila abfüllten. Trotzdem tanzten wir so sexy wir konnten, aber dann verlor Alice das Gleichgewicht, und wir landeten beide in einem wirren Haufen auf dem Boden. Alice trug ein blaues Auge davon, ich einen gebrochenen Arm, und wir verbrachten die nächsten acht Stunden in einem spanischen Krankenhaus, umgeben von anderen durchgeknallten und besoffenen

Leuten mit ähnlichen Blessuren. Weil wir immer noch high waren, konnten wir nicht aufhören zu lachen. Diese Art Spaß war damals normal für uns.

Ich betrachte die Narbe auf meinem Unterarm. Eine bleibende Erinnerung an diesen Wahnsinnsurlaub. Aber weil mir das gute Gefühl irgendwie unangenehm ist, krampfe ich die Hände um meine Brüste, zerre sie nach hinten und klemme sie mit den Ellbogen fest, um möglichst viel von ihnen zu verstecken. Dann betrachte ich wieder meinen Körper. Brustlos. Nippellos. Sexlos. So wird es sein. Aus meiner Scheide wird eine Sackgasse.

»Okay, sind Sie bereit?«, fragt die Schwester, die wieder hereingekommen ist und zum Mammographiegerät geht.

Ich hebe die Ellbogen wieder, und meine Brüste floppen nach vorn, schaukeln und schubsen sich dabei ein bisschen, bis sie wieder an Ort und Stelle auf meinem Brustkorb liegen. Wut kocht in mir, als hätte ich Sodbrennen. Warum meine Mum? Warum Alice? Warum ich?

»Okay, heben Sie bitte Ihre Brust hoch und legen Sie sie auf den Teller«, sagt die Schwester. Ich tue, was sie sagt, und denke, was für eine lächerliche Aufforderung das ist – »legen Sie ihre Brust auf den Teller«, also wirklich. Außerdem weiß ich genau, was ich machen muss, es ist schon meine zweite Mammographie. Seit ich das Wort »positiv« gehört habe, stecke ich in einer ununterbrochenen Abfolge von Arztterminen, Abstrichen, Bluttests und gequetschten Brüsten. Das Brustkrebsgen bedeutet, dass der Krebs sehr schnell auftaucht, deshalb werde ich bis zur Operation gewissenhaft überwacht. Nichts ist mehr privat. Es ist mein Körper, aber jemand oder etwas anderes hat die Kontrolle über ihn.

»Okay, ich fahre jetzt die obere Platte herunter, das könnte ein bisschen drücken.«

»Schon okay«, sage ich etwas ungeduldig, »ich weiß ja, wie das funktioniert.«

»Ich möchte nur, dass es für Sie so angenehm wie möglich ist.«

»So angenehm wie möglich? Wenn Sie meine Brust zusammenquetschen, bis sie so flach ist wie ein Pfannkuchen, um rauszufinden, ob ich Krebs habe oder nicht? Das ist nicht gerade eine Wellnessbehandlung, oder?«

»Okay, bringen wir's hinter uns, ja?«, sagt die Schwester.

In Situationen, die ich nicht kontrollieren kann, lasse ich meine miese Stimmung an anderen aus. Ich weiß, das ist nicht nett. Aber ich tue es trotzdem.

Das Gerät macht ein paar Aufnahmen.

»Sie haben so schöne große Brüste«, sagt die Schwester.

»Danke. Ich mag sie.«

»Das ist toll. In meinem Job kriege ich viel zu oft mit, dass Frauen ihre Brüste nicht mögen, und das finde ich traurig.«

»Vermutlich nicht ganz so traurig, wie wenn die, die ihre Brüste eigentlich mögen, sie sich abschneiden lassen müssen, oder?«

Unbehagliche Stille. Noch etwas, was ich gut erzeugen kann. Der Schwester wird klar, dass das, was sie gesagt hat, angesichts meiner Lage vielleicht ein bisschen unsensibel war, also macht sie hastig weiter mit den Aufnahmen, um mich so schnell wie möglich loszuwerden. Vermutlich gehört es nicht zu ihrem Job, sich mit den komplexen psychologischen Folgen solcher Lebensumstände zu beschäftigen.

»Okay, Sie sind fertig. Sie können sich anziehen und noch kurz im Wartezimmer Platz nehmen. Dr Cordon wird gleich bei Ihnen sein, zum Gespräch.«

Im Wartezimmer sitzt Phil und liest in einer Broschüre.

»Du bist da?«, frage ich, überrascht, ihn zu sehen. Wenn ich fair bin, muss ich allerdings zugeben, dass er bisher keinen meiner Termine verpasst hat.

»Natürlich bin ich da. Sorry, dass ich zu spät dran war, du warst schon drin, als ich gekommen bin«, sagt er, freundlich, aber ohne mich richtig anzuschauen.

»Schon okay. Du müsstest sowieso nicht mit da reingehen, du brauchst ja nicht zuzuschauen, wie mich ein Roboter befummelt.« Ich lache, er nicht. »Dr Cordon hat gleich Zeit für uns.«

»Wunderbar.«

»Ja, wunderbar. Was liest du?«

Er hält mir die Broschüre hin.

Der Präventiveingriff hat mir das Leben gerettet.

Darin ein Bild von einer Frau mit ihrem Mann und einem Kind.

»Als ich erfuhr, dass ich das Brustkrebsgen habe, bekam ich Angst um meine Familie. Ich fühlte mich wie eine tickende Zeitbombe. Für mich gab es keinen Zweifel daran, was ich tun musste, und ich vereinbarte sofort einen Operationstermin. Mein Mann war sehr unterstützend; ich wusste, er würde mich auch weiterhin lieben, ganz gleich, was mit meinem Körper passiert. Jetzt kann ich mein Leben leben und brauche keine Angst mehr zu haben, meinen kleinen Jungen ohne Mutter zurückzulassen. Ich bin sehr glücklich, dass die Operation eine Option für mich und meine Familie war.«

»Ich frage mich, wie mein Erfahrungsbericht in so einer Broschüre aussehen würde«, sage ich und versuche, witzig zu klingen. »Vielleicht: *Ich habe mich operieren lassen, weil meine Mutter an Brustkrebs gestorben ist und meine Zwillingsschwester an Eierstockkrebs. Im Grunde hatte ich gar keine andere Wahl, wenn ich nicht ebenfalls sterben wollte. Oh, und ich hatte nie Kinder, daher würde mein Tod aufs große Ganze gesehen ohnehin keine Rolle spielen. Deshalb hätte ich mir vielleicht doch nicht die Mühe machen und meine Brüste lieber behalten sollen, dann wäre ich wenigstens mit einem intakten Körper gestorben, es hätte nicht eine Hälfte von mir gefehlt, und weil ich allein bin …«*

Ups. Dabei hatte ich fest vor, es scherzhaft zu formulieren.

»Himmel, Stella. Wenn du so daherredest, kriege ich echt Gänsehaut«, sagt er und nimmt mir die Broschüre wieder weg.

»Sorry, aber das ist mir irgendwie rausgerutscht. Hätte ich vielleicht hinzufügen sollen, dass ich dich habe, dass du mich sehr glücklich machst – und dass du mich unterstützt hast?« Wir wissen beide, dass ich lüge. Ich bewege mein Gesicht auf ihn zu, und er streckt mir seine Wange hin, damit ich sie küssen kann.

»Stella?«, ertönt in diesem Augenblick Dr Cordons Stimme. Wir sind froh über die Unterbrechung.

Phil und ich gehen in ihr Sprechzimmer und setzen uns nebeneinander auf die beiden Stühle vor ihrem Schreibtisch.

»Und – wie geht es Ihnen beiden?«, fragt die Ärztin.

»Gut, danke«, antwortet Phil.

»Ganz okay«, korrigiere ich.

»Wunderbar. Es wird etwa eine Woche dauern, bis wir die Ergebnisse der Mammographie haben, und ich möchte wirklich, dass es Ihre letzte ist. In Ihrem Alter kann die Prozedur tatsächlich nachteilige Auswirkungen haben, außerdem ist Ihr Brustgewebe zu dicht, um richtig scharfe Bilder zu bekommen. Wenn Sie sich gegen die Operation entscheiden, werden wir stattdessen einmal im Jahr ein MRT machen, okay? Das ist wesentlich genauer.«

Dr Cordon hat mich zur Mammographie geschickt, weil ich beim letzten Mal, als sie versucht hat, ein MRT zu machen, eine schlimme Panikattacke hatte. Der Lärm, die Erinnerung, wie ich Alice in einer dieser Maschinen habe verschwinden sehen, mir war das einfach zu viel. Ich will kein MRT, niemals.

»Ich möchte die Operation«, verkünde ich, und Phil rutscht unruhig auf seinem Stuhl herum. »Obwohl ich große Angst davor habe.«

Als Mum ihre letzte Runde Chemo hatte, ging es ihr total schlecht. Einmal saßen Alice und ich auf dem Bett und haben gehört, wie sie sich im Bad volle fünfzehn Minuten ununterbrochen übergeben hat. Als sie wieder herauskam, nahm sie uns das Versprechen ab, dass wir, wenn wir die Möglichkeit hatten, so etwas unbedingt vermeiden würden. Leider hatte Alice nie die Chance, Entscheidungen zu treffen. Ihr Krebs erschien, und sie verschwand. Es dauerte nicht mal ein ganzes Jahr, dann war alles vorbei.

»Das glaube ich«, sagt Dr Cordon verständnisvoll. »Und was macht Ihnen dabei am meisten Sorgen?«

»Ach, wissen Sie – einfach die Tatsache, dass ich entstellt und unfruchtbar sein werde. Das finde ich ziemlich beängstigend.«

Phil gibt ein Geräusch von sich, das ein Schniefen sein könnte. Dr Cordon und ich sehen ihn beide an, um uns zu vergewissern, dass er nicht weint.

»Ja, klar, natürlich«, sagt Dr Cordon. »Aber weil Alices Eierstockkrebs so aggressiv war und der Brustkrebs Ihrer Mutter ebenfalls, und weil sie beide so jung erkrankt sind und Alice obendrein Ihre Zwillingsschwester war ...« Das Wort »war« hängt in der Luft wie eine dunkle Wolke, die sich nicht auflösen will. »... deshalb mache ich mir um Sie besondere Sorgen. Haben Sie beide eigentlich noch mal darüber nachgedacht, ein Baby zu bekommen? Ich weiß, dass wir bei Ihrem letzten Besuch darüber gesprochen haben.«

Phil und ich suchen nach den richtigen Worten, finden sie aber nicht. Ich werde nicht diejenige sein, die der Ärztin erzählt, dass Phil sich seit Monaten weigert, mit mir Sex zu haben.

Die Ärztin spürt die Spannung und fährt lieber rasch fort.

»Wie ich schon bei unserem letzten Treffen gesagt habe, habe ich keine Bedenken, wenn wir die Operation noch ein Jahr oder so aufschieben, damit Sie die Chance haben, auf natürlichem Wege ein Baby zu bekommen. Ich würde Sie währenddessen selbstverständlich sehr sorgfältig überwachen. Wenn der heutige Test ohne

Befund zurückkommt, spricht nichts dagegen, dass Sie sich diese Zeit nehmen.«

»Sind Sie da sicher?«, frage ich nach. »Alice war mit sechsundzwanzig tot. Woher wollen Sie denn wissen, dass ich Zeit habe?«

»Okay, natürlich kann ich es nicht mit absoluter Sicherheit sagen. Sie wissen selbst, was der positive Gen-Befund bedeutet – die Wahrscheinlichkeit, dass Sie im Laufe ihres Lebens an Brust- oder Eierstockkrebs erkranken, liegt bei fünfundachtzig Prozent. Dass Ihre Mutter und Ihre Schwester zum Zeitpunkt ihres Todes noch so jung waren, deutet darauf hin, dass das Risiko für Sie auch in jungen Jahren sehr hoch ist. Aber wenn Sie sich wirklich ein Baby wünschen, bin ich der Meinung, Sie sollten das in Angriff nehmen. Vielleicht bekommen Sie nie Krebs, immerhin haben Sie eine fünfzehnprozentige Chance, gesund zu bleiben. Wir müssen die Operation nicht unbedingt machen …«

»Nein, nein, ich möchte die Operation«, wiederhole ich kühn.

Aber ich wünsche mir auch ein Baby. Sehr sogar.

»Okay, dann rate ich Ihnen, nach Hause zu gehen, dafür zu sorgen, dass Sie schwanger werden und sich ganz auf die Tatsache zu konzentrieren, dass Sie momentan eine gesunde junge Frau sind. Wenn das Baby auf der Welt ist, können wir die Operation angehen. Was halten Sie davon?«

»Gute Idee«, antworte ich und schaue zu Phil, der nichts sagt, sondern nur sehr halbherzig nickt.

»Und wenn es nicht klappt mit dem Schwangerwerden, gibt es immer noch die Möglichkeit, Ihre Eizellen einzufrieren, dann können Sie sich operieren lassen und das Baby später bekommen. Aber wenn Sie sich dranhalten, schaffen Sie vielleicht alles auf natürlichem Wege, genauso, wie Sie es sich wünschen. Okay?«

»Okay«, sage ich und fühle mich nach ihren aufmunternden Worten fast ein bisschen übermütig. »Wir versuchen es.«

»Und – soll ich heute Abend den Thunfischauflauf machen?«, frage ich Phil, als wir nach Hause kommen. Im Taxi hat er kaum ein Wort gesprochen.

»Ja, gern.«

»Und im Kühlschrank ist Champagner. Der, den deine Eltern mir zum Geburtstag geschickt haben, den könnten wir doch trinken und ein bisschen entspannen.«

»Klar.«

»Wunderbar, dann fang ich mal mit dem Essen an, und du kannst dich ausruhen.«

Gott, er ist dermaßen muffig. War er es etwa, dem man soeben in Erinnerung gerufen hat, dass er eine fünfundachtzigprozentige Chance hat, Krebs zu kriegen?

Ich wasche mir die Hände und kümmere mich dann ums Essen. Aber ich fühle Phil ständig in meiner Nähe, allmählich wird mir das unangenehm.

»Ich kann das nicht mehr, Stella«, sagt er leise hinter mir, als ich gerade dabei bin, drei Dosen Thunfisch aus dem Schrank zu angeln.

»Was kannst du nicht mehr?«, frage ich, als bestünde die Möglichkeit, dass er vergessen hat, wie man die Champagnerflasche öffnet.

»Es ist einfach zu viel Druck. Das Krebsgen, die Operation, das Baby«, fährt er fort, und seine Stimme wird allmählich lauter.

Ich drehe mich um. Er weint. Es passiert also wirklich. Erst weiß ich nicht, was ich sagen soll, aber dann fällt mir ein Tipp meiner Mutter ein. Sie hat immer gesagt, wenn jemand vorhat, dir weh zu tun, dann lass ihn sagen, was er zu sagen hat – und dann lass alles raus, und sag ihm, er soll die Fresse halten, wenn er dich unterbricht.

»Ich wollte dich so sehr unterstützen, wirklich, aber inzwischen haben die Dinge sich grundlegend verändert. Du hast jeglichen

Kontakt zu mir verloren, du siehst nicht mehr, dass es auch für mich schwer ist. Letztes Mal hast du bei Dr Cordon gesessen und ihr erzählt, dass du ein Baby willst und dass wir probieren würden, eines zu kriegen. Aber du hast mich kein einziges Mal auch nur gefragt, ob ich das auch will. Und jetzt habe ich das Gefühl, wenn ich dir dieses Baby nicht gebe, dann bist du für immer unglücklich, und ich glaube, du hast keine Sekunde darüber nachgedacht, wie sich das für mich anfühlt. Ich bin noch nicht bereit, Kinder zu haben, und selbst wenn ich es später einmal sein sollte, möchte ich es nicht auf dieses Weise. Tut mir leid, aber ich glaube, es bringt für keinen von uns irgendwas, wenn ich bei dir bleibe, während du das durchmachst.«

»Okay, Phil, dann kriegen wir eben kein Baby«, sage ich und knalle den Thunfisch auf die Arbeitsplatte. »Dann werde ich eben nicht schwanger, fein.«

»Aber das ist nicht das Problem, oder, Stella?«, entgegnet er etwas forscher. »Das Problem ist, dass du mich nicht lieben kannst, weil du so voller Trauer und Wut bist, dass du für nichts anderes Platz hast.«

Ich lege langsam beide Hände auf die Arbeitsfläche und starre auf das Gewürzregal an der Wand. Das war eine echt schreckliche Einschätzung meines Charakters.

»Ich glaube, wir sollten uns trennen«, sagt er, offensichtlich entschlossen, all das zu sagen, was er zu sagen hat, und nicht zuzulassen, dass ihm irgendwelche Gefühle in die Quere kommen. »Und ich weiß, ich stehe jetzt als der Böse da, der, der dich im Stich lässt, der grausam und egoistisch ist, aber du weißt auch, wenn du nicht die Diagnose mit dem Krebsgen bekommen hättest, würden wir gar nicht auf die Idee kommen, über ein Baby nachzudenken. Dann wären wir wahrscheinlich nicht mal mehr zusammen. Deshalb beende ich unsere Beziehung hiermit, denn ganz egal, wie du dich entscheidest – dass wir so tun, als wären wir ineinander verliebt, nur weil es uns einfacher vorkommt, ist einfach nicht richtig, für uns beide nicht. Tut mir leid.«

Ich möchte ihm ins Gesicht schreien. Diese Beziehung sollte alles bessermachen, sie sollte mich heilen, nicht noch mehr kaputtmachen. Als wir uns kennenlernten, war Phil voller Mitgefühl, ständig hat er beteuert: »Ich helfe dir, ich unterstütze dich, ich sorge für dich.« Was soll jemand wie ich in dieser Situation denn bitte schön tun? Ich hatte die Menschen verloren, die ich am meisten liebte, und da war dieser Mann, der zu mir sagte: »Hey, du musst nicht alleine bleiben.« Ich hab mich ihm an den Hals geworfen, all die richtigen Dinge gesagt, all die netten Dinge getan, ich hab das ganze Zeug gemacht, das man in einer Beziehung machen soll, damit der andere glücklich ist. Ich habe gekocht, ihm im Bett jeden Wunsch von den Augen abgelesen, ich habe ihn zum Lachen gebracht. Was hätte ich denn noch machen sollen?

Ihn tatsächlich lieben.

»Wenn du bei der Arbeit bist, hole ich meine Sachen ab«, sagt er und steht auf, geht zur Tür, bleibt davor aber noch mal stehen. »Du solltest dich einfach operieren lassen, Stella. Du solltest lernen, allein zu sein. Ich weiß, das war alles schrecklich für dich, aber du musst rausfinden, wer Stella ohne Alice ist. Du bist kein Zwilling mehr.«

»RAUS!«, kreische ich. »Was redest du da für einen Blödsinn, verdammte Scheiße?« Dann packe ich eine Vase, die auf dem Tisch steht, und schleudere sie durchs Zimmer. Direkt hinter seinem Kopf knallt sie an die Tür und zerspringt in tausend Scherben. »RAUS!«, schreie ich noch einmal und sehe zu, wie er schnell abhaut, wahrscheinlich aus Angst vor dem, was ich als Nächstes tun könnte. Dabei weiß ich das selbst nicht.

Die Bombe in meinem Inneren ist explodiert.

4

Cam

Zu meiner Zeit waren die Witze besser«, sagt Cams Dad, als sie in die Carlisle Street einbiegen, direkt beim Tucan Pub. »Heute geht es darum, wer am geschmacklosesten ist, wer sich die rassistischsten, aggressivsten oder politisch unkorrektesten Dinge einfallen lässt. Die Zuschauer lachen, weil sie nichts Gescheiteres mit sich anfangen können, und nicht etwa, weil der Scherz so geistreich und pfiffig ist. Comedy verliert immer mehr die Seele. Wie auch immer – das Übliche?«

»Ja bitte«, sagt Cam, die auf einem wie ein großes Guinnessglas geformten Barhocker sitzt. Ihr Vater bestellt ein Stout und ein Pint Lager. Das Lager ist für Cam. Die beiden haben sich eine Comedy-Vorstellung angeschaut, diese Tradition halten sie jeden Dienstagabend seit inzwischen ungefähr zehn Jahren aufrecht. Cams Mum hat Comedy-Clubs schon immer gehasst, was einer der Hauptgründe war, weshalb ihr Dad aufhören musste. Aber Cam fand den Gedanken unerträglich, dass ihr Dad nie mehr in die Clubs gehen würde, deshalb treffen sie sich jeden Dienstag, schauen sich einen Auftritt an und trinken anschließend noch ein oder zwei Pints. Sie liebt diese Abende, denn in Gesellschaft ihres Vaters ist sie mehr sie selbst als mit irgendeinem anderen Menschen. Heute Abend waren sie im Soho Theatre und haben sich einen relativ neuen Komiker angesehen, den die Kritiker bereits als den nächsten Russell Brand bezeichnen. Er hatte eigentlich nur ein einziges Thema, nämlich seine sexuellen Eroberungen, seine juckenden Eier und seine Phantasien über gemischtrassige Orgien. Cams Dad hat absolut recht – es war unappetitlich, billig und einfach schlecht.

»Aber die Millenials lieben so was, Dad. Die wachsen auf in einer gänzlich unzensierten Version der Welt. Sie können alles sehen, was sie wollen, zu jeder Tageszeit, und die Leute in der Unterhaltungsbranche meinen, dass sie sich diesem Standard anpassen müssen. Deshalb gehen sie immer mehr in die Extreme. Im Journalismus begegnet mir das auch ständig. So viele Leute schreiben nur, um Aufmerksamkeit zu erregen, statt über das, was sie tatsächlich fühlen. Die meisten Autoren liefern ein Geschreibsel ab, das aus der Sorge entstanden ist, dass sie sonst keine Arbeit mehr bekommen. Manchmal tue ich das übrigens auch.«

»Wirklich?«

»Irgendwie schon. Ich meine, ich erfinde nichts und verstelle mich auch nicht wie manche andere, aber ich weiß auch, dass ich ein Spiel spielen muss. Ich muss meine Leser ködern und provozieren. Niemand möchte etwas Normales, Nettes, Flauschiges lesen. Harte, dreckige und dramatische Themen sind angesagt. Aber es soll sich natürlich trotzdem spontan anfühlen, aus dem Leben gegriffen.«

»Na ja, für Drama hast du ja durchaus etwas übrig«, sagt Cams Dad, trinkt einen Schluck Bier und zieht die Augenbrauen hoch. Cam weiß genau, was er meint.

»Hat sie es gelesen?«

»Jepp, das kann man wohl sagen.«

Cam wusste, dass die Kolumne über die Kinderlosigkeit bei ihrer Mutter ankommen würde wie ein Schlag ins Gesicht. Ihre Mum wollte davon noch nie etwas hören, ganz egal, wie oft Cam ihr zu erklären versucht hat, was sie fühlt.

»Sie glaubt, mit dir stimmt etwas nicht.«

»Du meinst, sie denkt, ich bin lesbisch?«

»In ihren Augen fällt das tatsächlich in diese Kategorie, fürchte ich.«

Cam sieht ihren Dad an, diesen witzigen, dynamischen, einfühlsamen, liberalen, freundlichen Mann, und sie fragt sich, wie es sein kann, dass er mit einer Frau zusammen ist, die in so vielen Aspekten so anders ist als er. Cam liebt ihre Mum von Herzen, sie bewundert ihre Stärke, ihre Entschlossenheit und ihre Hingabe an die Familie, aber sie kann auch die Wahrheit nicht leugnen, nämlich, dass ihre Mum manchmal ein Arschloch ist.

»Wie hast du das geschafft, Dad? Dreiundvierzig Jahre lang?«

»Ahh, sie ist nicht so schlimm, wenn man mit ihr alleine ist«, erklärt er lächelnd. »Es ist bloß ein Panzer, harte Schale, weicher Kern. Das weißt du doch.«

Cam nickt. Natürlich hat sie im Lauf der Jahre auch die sensiblere Seite ihrer Mutter kennengelernt. Sie existiert, irgendwo.

»Deine Mum ist eine gute Frau, Camilla. Sie liebt dich sehr, das erklärt alles. Sie hatte einen Traum für alle ihre Mädchen, und du willst ihn nicht leben. Daran kann sie sich immer noch nicht ganz gewöhnen.«

»Ich möchte aber, dass sie stolz auf mich ist.«

»Das wird sie irgendwann auch schaffen. Bestimmt«, beruhigt ihr Dad sie, sieht aber aus, als hätte er noch etwas zu sagen.

»Sprich weiter, was hast du auf dem Herzen?«, fragt Cam und hat auch schon eine ziemlich genaue Vorstellung davon, worum es gehen könnte.

»Schau, werde bitte nicht wütend. Sag mir einfach ehrlich, warum du das nicht willst. Eine Familie haben, meine ich.«

»Dad! Um Himmels willen, nicht du auch noch!«

»Ach komm, du weißt, dass es mir egal ist, ob du eine hast oder nicht. Aber ich bin trotzdem neugierig. Liegt es an uns, haben wir irgendwas getan, was dich zu deiner Entscheidung bewogen hat?«

Cam möchte nicht antworten. Aber wenn ihr Dad es wirklich für möglich hält, dass er daran schuld ist, kann sie das nicht so stehenlassen.

»Nein, es liegt nicht an euch, Dad. Also, ich bin sicher, wenn man ganz tief gräbt, würde man herausfinden, dass es irgendwas mit uns als Familie zu tun hat. Mit dem Leben, das du auf Tour vielleicht gehabt hättest, oder damit, dass ich meine gesamte Kindheit von drei absolut dominanten großen Schwestern herumkommandiert worden bin und mich nur als Herrin über mein eigenes Leben fühlen konnte, wenn ich allein war. Oder vielleicht auch damit, dass ich mir manchmal Sorgen mache, ob ich womöglich nicht liebevoll genug bin – wie Mum. Oder dass ich mich als Kind einmal zu oft im Schrank versteckt habe. Oder mit sonst irgendwas. Blabla. Aber vielleicht trifft auch nichts davon zu. Vielleicht bin ich einfach, wie ich bin, und es gibt daran nichts zu deuteln. Muss denn immer alles einen bestimmten Grund haben? Sind manche Dinge nicht einfach so, weil sie so sind?«

Eine Minute sitzen sie stumm da, nippen an ihren Pints und lassen sich die Sache durch den Kopf gehen. Dann breitet sich auf einmal ein strahlendes Lächeln auf dem Gesicht von Cams Vater aus.

»Sie war so schön, als sie mit Tanya schwanger wurde. Ich wollte keine Minute davon verpassen. Klingt reichlich pathetisch, was? Aber es stimmt, ich hab es geliebt, eine Frau und eine Familie zu haben. Mein alter Herr wollte die meiste Zeit meines Lebens nichts mit mir zu tun haben, und dann kam eure Mum und wollte mich überhaupt nicht mehr aus den Augen lassen. Herrgott, sie konnte unglaublich eifersüchtig werden. Aber ich glaube, das habe ich mir mein Leben lang gewünscht. Dann kamen Angela und Mel und schließlich du, und in meinem Leben ging es nur noch um

Familie. Das war harte Arbeit, aber ich war so verdammt stolz auf euch alle, es hat mir nichts ausgemacht, in dieser Schule zu arbeiten. Alles war besser als dieser Mistke-…« Er hält inne, er will sich nicht in Rage bringen.

Cam legt ihrem Vater den Arm um die Schulter. Sie hasst die Geschichten von ihrem Großvater, er war ein brutaler Mensch. Aber natürlich hat ihr Dad recht, unter der spröden Oberfläche ist ihre Mum butterweich. Es macht Cam sehr glücklich zu hören, wie liebevoll ihr Dad über sie spricht. Seit Cam erwachsen ist, muss sie nicht mehr täglich mit ihrer Mum zurechtkommen, er aber schon. Und Cam ruft sich gern ins Gedächtnis, dass ihre Eltern eine glückliche Ehe führen, denn das bedeutet, dass sie ihre Mutter immer lieben wird, komme, was wolle.

»Es tut mir leid, dass dein eigener Vater dich so mies behandelt hat«, sagt sie und lehnt ihre Stirn an seine.

»Ach, was soll man machen? Ich glaube, seinetwegen bin ich ein guter Vater geworden. Ich weiß, was Eltern ihren Kindern alles antun können, und das wollte ich euch Mädchen ersparen.«

»Was zur Hölle redest du denn da?«, sagt Cam und trinkt ihr Pint mit einem riesigen Schluck leer. »Meine Therapeutin sagt immer, du bist der einzige Grund dafür, dass ich so verkorkst bin.« Sie gibt ihm einen Stoß in die Rippen. Er lacht.

»Ich und meine Schwestern haben uns alle Mühe gegeben, uns gegenseitig zu verkorksen. Mann, haben wir uns gestritten!«

»Ja, ihr seid gern aufeinander losgegangen, manchmal musste ich euch buchstäblich auseinanderreißen«, bestätigt ihr Dad und schüttelt bei der Erinnerung den Kopf. »Jungs sind grob, aber Mädels können richtig fies sein.«

»Ich weiß! Angela hat mich mal so fest am Arm gepackt, dass ich geblutet habe, ich hab immer noch eine kleine Narbe davon. Aber ich bin dankbar dafür. Ich glaube, dass ich mich gegen drei übermächtige große Schwestern verteidigen musste, war so eine Art

Fitnesstraining für die Welt, in der ich mich jetzt bewege. Meine Schwestern waren nichts im Vergleich zu manchen Journalistinnen, mit denen ich es im Lauf meiner Karriere zu tun hatte.«

»Da hast du allerdings recht. Erinnerst du dich noch an diese schreckliche Frau von der *Mail*, die mal einen Artikel über dich geschrieben und gemeint hat, du bist eine Schande für den Feminismus, weil du …« – er räuspert sich – »… weil du so über Männer schreibst. Ich weiß nicht, was mit den Frauen los ist, dass sie so aufeinander losgehen. Ihr Mädels habt gestritten, aber letztlich habt ihr immer zusammengehalten. Erinnerst du dich, wie dieses Mädchen in der Schule dich eine Lesbe genannt und Tanya ihr eine Ohrfeige verpasst hat?«

»Ja, daran erinnere ich mich noch gut, aber wenn wir ehrlich sind, hat Tanya es zumindest teilweise deshalb getan, weil sie nicht wusste, ob es stimmt, und deshalb frustriert und wütend auf mich war. Ich liebe dich, Dad«, sagt sie und legt wieder den Arm um ihn. »Du bist meine feministische Ikone.«

»Streitereien hin oder her, ihr Schwestern seid ein Team. Ihr werdet immer füreinander da sein. Das ist doch der Sinn einer Familie – Leute, die füreinander da sind, egal, was passiert.«

»Stimmt! Noch ein Glas zum Abschied?«

»Immer gern.«

Während der Barmann die Pints zapft, legt Cams Dad seine Hand auf die seiner Tochter. »Du gehst nicht wirklich zu einer Therapeutin, oder?«

»Nein, Dad. Nein, in meinem Kopf ist alles okay. Alle anderen sind verrückt, aber ich nicht.«

»Könnte durchaus sein, Liebes. Ich jedenfalls habe keine Einwände.«

Stella

Ich fühle mich wie in der Nacht, als Alice gestorben ist. Damals war ich auch ganz allein und wusste, dass niemand nach Hause kommen würde. Ich saß hier, in dieser Wohnung und starrte zur Eingangstür. Am liebsten wäre ich mit aller Kraft dagegengerannt und bewusstlos umgefallen. Nicht, dass ich sterben wollte, aber ich brauchte einen Schmerz, den ich verstehen konnte. Etwas Körperliches, das behandelt werden konnte, statt dieser emotionalen Qual, die ich nicht zu lindern wusste. Am Ende schnitt ich mir mit einem Messer in den Arm, entlang der Narbe aus Spanien. Als wollte ich meine Erinnerungen zerschneiden, als versuchte ich, sie in etwas anderes zu verwandeln. Es führte nicht zum erhofften Erfolg, aber ich landete in der Notaufnahme und wurde noch einmal genäht. Seither habe ich mich nie mehr geritzt. Aber das heißt nicht, dass ich eine Methode gefunden hätte, mit dem Schmerz umzugehen.

Alleinsein ist einfach nicht mein Ding. Ich kam drei Minuten nach Alice auf die Welt, und bevor wir krabbeln konnten, waren wir nie weiter als einen halben Meter voneinander entfernt. Bis zum Alter von sechsundzwanzig Jahren habe ich mein ganzes Leben mit meiner Schwester verbracht. Selbst als jede ihr eigenes Zimmer hatte, haben wir uns dafür entschieden, im gleichen Zimmer zu schlafen, nur wenn eine von uns einen Freund hatte, schliefen wir getrennt. Und dann ist sie gestorben, ich blieb zurück, in unserer Wohnung, starrte in den Abgrund meines Lebens und wusste nicht, ob ich jemals wieder einem Menschen nahe sein würde.

Dann, ein Jahr später, lernte ich Phil kennen – auf Jessicas Hochzeit, dem ersten gesellschaftlichen Ereignis, an dem ich nach Alices Begräbnis teilnahm. Da die meisten Gäste die gleichen waren wie bei der Trauerfeier, wollten alle, als sie betrunken waren, nur noch über Alice sprechen. Als ich merkte, dass Phil Interesse an mir hatte, hängte ich mich an ihn und wich den ganzen Abend nicht mehr von seiner Seite. Er schien mich zu mögen, trotz meiner Trübseligkeit. Am nächsten Tag trafen wir uns, er versprach mir alles Mögliche, und ich hielt mich daran fest wie eine Klette. Zwar war Phil nicht der Mensch, mit dem ich mir mein Leben vorgestellt hatte – er war ja nicht Alice –, aber immerhin war er ein Weg aus der Einsamkeit, also stürzte ich mich in diese Beziehung, ohne Rücksicht auf Verluste. Und seht mich jetzt an. Ich sitze allein am Küchentisch, vor mir eine halbe Flasche Rotwein, den Rest habe ich intus, und nichts außer Facebook, um mich daran zu erinnern, dass ich mehr zwischenmenschliche Kontakte haben sollte.

Ich schenke mir Wein nach und kippe ihn runter. Eigentlich bin ich keine suchtgefährdete Persönlichkeit, aber ich kann mir nur selten die emotionale Freiheit verwehren, die der Alkohol mir bietet. Ich logge mich in Alices Facebook-Account ein.

Wenn ich so traurig bin, dass ich das Bedürfnis habe zu weinen, ist das der erste Ort, den ich (nach dem Wein) aufsuche. Alices Nachrichten fühlen sich für mich immer noch so lebendig an, ihr Geplänkel mit Freunden. Ausgeh-Abende werden geplant, am nächsten Tag wird darüber gelacht. Aber es gibt eine Nachricht, die beim Lesen richtig weh tut. Alice hat sie an alle ihre Freunde geschickt, um ihnen zu sagen, dass sie stirbt. Ich habe sie erst nach ihrem Tod entdeckt, weil ich nicht auf der Empfängerliste war.

Hallo, all ihr wundervollen Freunde. Ich muss euch etwas sagen. Wie ihr wisst, ging es mir in letzter Zeit nicht gut. Ein paar von euch wissen schon, warum, andere noch nicht. Jetzt ist der Zeitpunkt gekommen, an dem ihr alle erfahren solltet, dass ich Krebs habe. Er geht nicht wieder weg.

Ich weiß, dass ihr das traurig finden werdet, und das ist es auch, es ist ganz furchtbar traurig. Ich hatte nicht mal Zeit, damit klarzukommen, weil es total schnell ging. Ich stehe immer noch unter Schock, ich fühle mich betrogen, wütend, traurig – und alles auf einmal. Aber ich bin auch dankbar. Dankbar, dass ich nicht bei einem Unfall ums Leben gekommen bin und nicht mal die Chance hatte, den Menschen um mich herum zu sagen, was ich für sie empfinde, und mich von ihnen zu verabschieden.
Ich entschuldige mich, dass ich euch diese Rundmail schicke, aber ich will die verdammt kurze Zeit, die mir bleibt, nicht damit verschwenden, das alles mehr als einmal aufzuschreiben. Es gibt nämlich ein paar Dinge, die ihr alle wissen sollt:

1) *Ich sterbe glücklich. Mein Leben war kurz, aber es war ein gutes Leben. Es war das Leben, das ich mir gewünscht habe.*
2) *Selbst mitten in der Trauer um meine Mum haben meine Freunde und meine Schwester mir so viel Freude geschenkt. Alle, die diese Nachricht jetzt lesen, gehören zu denen, die mir etwas von dieser Freude geschenkt haben, und dafür möchte ich mich bedanken.*
3) *Ich habe fünf Jahre lang in einem Tierheim gearbeitet, und so einfältig sich das vielleicht anhören mag – es war alles, was ich je wollte. Bitte sorgt gut für eure Haustiere und spendet mir zu Ehren für den Tierschutz.*
4) *Ich habe keine Angst. Es geht schrecklich schnell, und ich habe Schmerzen, aber ich habe keine Angst. Nur eines macht mir Sorge, nämlich meine Schwester. Ich möchte euch bitten, mir einen Gefallen zu tun, denn ich muss sicher sein, dass sie nicht allein sein wird. Stella kommt mit der Situation nicht gut zurecht, und ich verstehe das auch, denn wenn sie sterben würde, hätte ich damit auch Probleme. Aber ich sterbe, wir können es nicht verhindern. Wenn ich weg bin, wird sie sich in einem Loch verkriechen, euch alle auf Distanz halten und nichts unversucht lassen, um allein zu leiden. Bitte lasst das nicht zu. Bitte besucht sie, redet mit ihr, bringt sie dazu rauszugehen. Sie wird*

drüber wegkommen, wenn sie Leute hat, die ihr helfen. Und darum bitte ich euch, meine Freunde, ich bitte euch, ihr zu helfen. Tut es für mich. Danke.

Das war's. Das ist meine Abschiedsbotschaft – auf Facebook, wie modern! Ich bin sicher, dass ich euch alle noch einmal sehe, bevor ich gehe; am besten, wir verhalten uns dann so, wie wir uns im jeweiligen Moment fühlen. Aber meine Hoffnung ist, dass wir eher über unsere Vergangenheit lachen als über meine Zukunft weinen.
Und seid bitte nicht geschockt. Man sieht mir nämlich an, dass ich sterbe.
Alice x x

Ich wische mir die Tränen vom Gesicht und schenke mir Wein nach. Sie hat mich so geliebt. Und beschützt. Bis zur letzten Minute hat ihr Leben mich umgeben, durch Alice war auch mein Leben in Ordnung. Aber von dem Moment an, als sie gestorben ist, war ich ungeschützt. Schon nach ungefähr einem Jahr hatten Alices Freunde keine Lust mehr, sich mit mir rumzuärgern. Sicher, ich habe jede Einladung ausgeschlagen, ich bin so gut wie nie ans Telefon gegangen – aber hätten sie es nicht trotzdem schaffen müssen, zu mir durchzudringen? Verständnis dafür aufbringen, dass es eine Weile dauern würde, bis ich mich einigermaßen erholt hatte, und einsehen, dass es ihre Aufgabe war, mich aus meinem »Loch« hervorzulocken? Denken sie ernsthaft, sie erfüllen den letzten Wunsch meiner Schwester, wenn sie mir an meinem Geburtstag auf Facebook gratulieren? Das ist doch erbärmlich. Sie nennen sich Alices Freunde, aber ihren Wunsch haben sie nie ernst genommen. Ich hasse diese Leute. Verlogene, seelenlose Arschlöcher, die Alices Tod nutzen, um auf dieser bescheuerten Website Aufmerksamkeit zu kriegen.

Ich gieße den Rest der Flasche in mein Glas und trinke es aus.

Dann klicke ich auf Melissa Tuckers Profil und scrolle auf ihrer Seite nach unten. So viel Mitgefühl hat sie bekommen für ihren Post, den sie an meinem Geburtstag geschrieben hat – darüber, wie sehr sie Alice vermisst.

»Es tut mir so leid, dass du sie verloren hast«, schreibt jemand.

»Wie du dein Leben wieder in die Hand nimmst, zeigt, wie stark du bist«, eine andere.

Ich schaue mir Melissas Fotos an. Zahllose Bilder von ihr und Alice, die sie alle vor kurzem gepostet hat, mit Bildunterschriften wie: »Ich vermisse sie immer noch so sehr«, oder: »Die besten Nächte meines Lebens hab ich mit Alice verbracht.«

Gott, diese Frau ist dermaßen nervtötend. Ich kann die Fotogalerie nicht mehr ansehen und will die Seite verlassen, klicke aber aus Versehen auf den Button ALS FREUND/IN HINZUFÜGEN.

Ich bin als Alice eingeloggt. Hastig öffne ich ein neues Fenster und tippe: »Wie lösche ich eine Freundschaftsanfrage bei Facebook?« Die Verbindung ist langsam. Jetzt beeil dich mal! Okay, da ist es … *Geh auf die Seite, klicke auf »versendete Freundschaftsanfragen anzeigen«, fahre mit der Maus über »Freundschaftsanfrage versendet« neben der zu löschenden Anfrage und wähle »Anfrage abbrechen« aus.*

Gut. Ich gehe zurück zu Facebook. Ich sehe den Button »FREUNDSCHAFTSANFRAGE VERSENDET«, aber gerade als ich darauf klicken will, PING, da erscheint die Benachrichtigung: »Melissa Tucker hat deine Freundschaftsanfrage angenommen.«

Oh Gott!

Sofort springt eine Nachricht auf.

»Was ist das? Ein schlechter Scherz? Wer bist du?«

Ich werde panisch. Wenn sie sich die Seite anschaut, sieht sie, dass ich dort vor ein paar Tagen eine Nachricht hinterlassen und Alice zum Geburtstag gratuliert habe. Das wird mich als irre entlarven oder sie wird wissen, dass ich es bin. Was soll ich bloß machen?

Ich deaktiviere den Account.
Weg ist er.
Kein grünes Pünktchen mehr.

Mittwoch

Tara

Heute Morgen war ich schon vier Minuten wach, bevor mein linkes Auge sich öffnen ließ. Am Ende musste ich mit den Fingern die Lider auseinanderzerren – die vier Tage alte Mascara hatte sie so fest zusammengeschweißt, dass ich in Minute drei schon kurz davor war zu resignieren und mich damit abzufinden, dass ich das Auge nie wieder würde benutzen können. Und das tangierte mich nicht mal sonderlich.

Seit gestern habe ich einmal in meinem Bett geschlafen, die übrige Zeit saß ich auf dem Sofa, habe ferngesehen und mich gegoogelt, beide Tiefkühlpizzen komplett und Käse und Chips größtenteils aufgegessen. Meine Zunge hat einen seltsam gelblichen Farbton angenommen, und meinem Gefühl nach habe ich ein ganzes Glas Salz intus. Immer wieder gehe ich in die Küche, um Wasser zu holen, vergesse aber, was ich wollte, setze mich zurück auf die Couch und wünsche mir, ich wäre nicht so durstig. Die Luft ist heiß und stickig, ungefähr so, als würde ich in einem Teller Deprisuppe herumwaten.

Meiner Mutter gegenüber habe ich mehrfach fälschlicherweise behauptet, ich sei krank, nur damit ich mich nicht der Realität des Lebens stellen muss. Und ich lebe in der Hoffnung, dass am Schultor keiner, der das Video gesehen hat, mit ihr spricht. Hoffentlich bin ich dadurch geschützt, dass es allen zu peinlich ist, laut auszusprechen, was ich getan habe. Aber ich vermisse meine Tochter, ich vermisse sie so, so sehr. Und ich brauche dringend ein bisschen Gemüse, also werde ich dieses Haus wohl oder übel bald verlassen müssen.

Wie es aussieht, ist das ganze Internet komplett besessen von mir. Seit Tagen führe ich bei Twitter die weltweiten Trends an, und fast jede TV-Show und Website für Frauen hat über mich berichtet. Die Leute halten mich für geisteskrank; sie gehen davon aus, dass ich in der U-Bahn masturbiert habe, weil ich verrückt bin. Frauen, die nichts über mich wissen, diskutieren darüber, dass ich wahrscheinlich in jungen Jahren missbraucht worden bin und dass man mich deswegen »nicht verurteilen« darf (obwohl sie es natürlich trotzdem tun), denn »wer weiß, was eine Frau durchgemacht hat, wenn sie sich zu solchen Handlungen hinreißen lässt«. Sie glauben, ich bin einfach total am Ende, und mein Verhalten war ein Hilfeschrei. Oder ich bin abartig und pervers. Ich habe Begründungen für mein Verhalten gelesen, auf die ich nicht in meinen wildesten Träumen gekommen wäre, alles Mögliche wird aufgefahren, nur nicht die Wahrheit: nämlich, dass ich masturbiert habe, weil ich dachte, ich wäre allein, und weil ich geil war. Ich meine, was hindert die Leute eigentlich daran, es so zu sehen, wie es war?

Im ganzen Internet habe ich nur einen einzigen Artikel gefunden, der auf meiner Seite ist, den von Camilla Stacey. Als ich ihn entdeckt habe, bin ich vor Aufregung fast gestorben. Ich bin ein Riesenfan von Cam, und es ist so bizarr, in dem Blog, den ich seit Jahren verfolge, etwas über mich selbst zu lesen. Aber sogar sie wird auf Twitter mit Dreck beschmissen, weil sie mich unterstützt. Alle hassen mich von Herzen.

Inzwischen haben über drei Millionen Menschen das Video gesehen. Ich bin ein Internet-Meme, das über 500 000mal geteilt wurde. Es ist das Foto von mir mit dem Kopf im Nacken und der

Hand im Schritt, zusammen mit den Worten: »WENN DEIN HANDY-AKKU MAL LEER IST«. Ich habe ernsthaft einen Artikel darüber gelesen, warum dieses Meme so »wirkungsvoll« ist, und dass die Menschen heutzutage so abhängig von ihren Smartphones geworden sind, dass sie, wenn der Akku schlappmacht, »panikwichsen«. Erst wenn man Opfer eines saftigen Skandals ist, merkt man, *wie* verflucht irre die Welt geworden ist. Jeder Idiot kann sich mit seinen hohlen Ansichten bei Geschichten wie meiner zum Moralapostel aufschwingen und kriegt es auch noch veröffentlicht. Es ist nur eine Frage der Zeit, bis jemand meinen Namen rausfindet. Und wo ich arbeite. Oder besser gesagt, wo ich gearbeitet *habe*. Denn in dieses Büro gehe ich garantierte nie mehr zurück.

Das Seltsame an den letzten vierundzwanzig Stunden ist, dass ich mit keinem einzigen Menschen Kontakt habe, mir aber komplett umzingelt vorkomme. Ich glaube nicht, dass es auf der Welt noch einen Winkel gibt, in dem man nicht über mich redet. Ich versuche, vernünftig zu bleiben. Schließlich erinnere ich mich noch daran, wie vor einiger Zeit die Pram Push Woman der Hit war, das Video einer Frau, die einen Kinderwagen mitten auf die Autobahn schob, dort stehenließ und sich aus dem Staub machte. Drei Autos krachten aufeinander, weil die Fahrer offenbar dachten, es wäre ein Baby darin, was, wie sich später herausstellte, nicht der Fall war. Die Frau wollte ihre Mitmenschen einfach nur verarschen. Sie konnte selbst nicht erklären, warum sie es gemacht hatte. Als ein Journalist sie vor ihrem Haus danach fragte, schaffte sie es immerhin zu kicksen: »Ich wollte einfach sehen, was passiert.« Mehr nicht.

Zum Glück kostete ihr Experiment niemanden das Leben, deshalb kam sie, soweit ich mich erinnere, ohne eine Anzeige davon, aber wer weiß, was sie jetzt macht? Wer gibt so einer Frau einen Job? Wer verabredet sich zu einem Date mit ihr? Wer würde ein Kind freiwillig ihrer Obhut überlassen? Eine ganze Woche war sie in den sozialen Medien das Gesprächsthema Nummer eins, aber dann verschwand sie wieder in der Versenkung. Inzwischen hört man nichts mehr von der Kinderwagen-Frau, aber das heißt ja nicht unbedingt, dass es ihr gutgeht.

Immer wieder versuche ich mir einzureden, dass auch über meine Geschichte irgendwann Gras wachsen wird, dass die Leute irgendwann das Interesse an mir verlieren werden. Schließlich habe ich ja nicht versucht, jemanden umzubringen. Ich hab nicht mal so getan, als wollte ich. Aber das Problem ist, dass Sex ein Thema ist, das alles andere übertrumpft. Ich glaube, inzwischen ist mir auch klargeworden, dass Männer, egal, was sie tun, wie Individuen behandelt werden. Aber wenn eine Frau so etwas tut, spricht man über sie, als hätte sie das ganze weibliche Geschlecht verraten und den Feminismus persönlich um mehrere große Schritte zurückgeworfen. Bei ihr geht es ausschließlich um das *Warum. Warum hat sie das getan, was hat sie dazu gebracht? Was sagt uns das über die Frauen im Allgemeinen*? Statt einfach zu akzeptieren, dass in meinem Fall aus einem Augenblick reiner Freude und Ekstase ein Augenblick abartigen Irrsinns gemacht worden ist. Mein Video ist die beste Studie weiblicher Sexualität des ganzen letzten Jahres.

Aber vielleicht stimmt mit mir ja tatsächlich irgendwas nicht. Ich frage mich, was ich denken würde, wenn ich einen Clip von einer in der Bahn masturbierenden Frau sehen würde. Welche Mutmaßungen würde ich anstellen? Ganz sicher würde ich auch lachen, ich würde den Clip an Freunde weiterleiten, mich wundern und über die Frau urteilen. Und dann, was würde ich dann tun? Wahrscheinlich zu meinem Alltag zurückkehren, mich nicht weiter um die Geschichte kümmern, mich aber freuen, wenn jemand das Thema anschneidet, damit ich noch einmal lachen und noch mal mein Urteil abgeben könnte.

Aber würde es mich wirklich kümmern? Ich glaube nicht. Warum sollte es irgendwen kümmern?

Aber das tut es. Alle, die mich nicht kennen, halten mich für eine arme Irre. Der Himmel weiß, was die Leute da draußen vor meiner Haustür denken. Aber ich muss raus. Ich muss meine Tochter sehen. Ich kann mich nicht für immer wegschließen und so tun, als wäre nichts passiert.

Ich schreibe eine SMS an meine Mum.

Mum, es geht mir besser. Soll ich nachher vielleicht Annie abholen?

Ich versuche so normal wie möglich zu klingen, denn ich möchte ja nicht, dass sie auf die Idee kommt, es könnte irgendwas nicht stimmen. Die ganze Zeit schon durchleuchte ich ihre Antworten auf Hinweise, dass sie weiß, was passiert ist, aber ich bin ziemlich sicher, dass das nicht der Fall ist. Allerdings bin ich auch sicher, dass es nur eine Frage der Zeit ist.

Das würde sie unglaublich freuen, Schätzchen, sie hat dich sehr vermisst x

Ganz ehrlich – wenn ich nicht die Verantwortung für eine Tochter hätte, würde ich möglicherweise nie wieder einen Fuß vor die Tür setzen. Sicher, ich müsste irgendwie meinen Lebensunterhalt verdienen, aber ich gehe garantiert nie wieder ins Büro. Vermutlich würde ich aus meiner neuen Marke Kapital schlagen und für amerikanische LKW-Fahrer vor einer Webcam wichsen. Wenigstens könnte ich dafür mein ganzes Talent einsetzen.

Adam mailt mir ständig, und ich habe ungefähr vierzig verpasste Anrufe von ihm. Ich kann nicht mal nachschauen oder sie mir anhören.

Die nächste SMS von meiner Mutter trifft ein.

Oh, und wenn ich dich schon mal erreiche: Ich bin grade dabei, die letzten Details für die Geburtstagsparty deines Vaters am Freitag zu organisieren. Hast du noch irgendwelche Vorschläge? Sag Bescheid!

Ach du Scheiße, das hatte ich total vergessen! *Mein Dad. Oh Gott, mein Dad.*

Ich habe nicht den blassesten Schimmer, was ich tun soll. Wie soll ich diese Geschichte aus der Welt schaffen, wenn sich alles gegen mich verschworen hat? Wie kann ich das Blatt zu meinen Gunsten wenden? Mein Blick fällt wieder auf HowItIs.com, und ich lese Cam Staceys Artikel ein zweites Mal.

»Es gibt keinen einzigen Nachrichtenkanal in diesem Land, der diese Frau nicht entweder auslacht, als verrückt bezeichnet oder als pervers hinstellt. Aber das ist überhaupt nicht das, was ich sehe.« Ist sie meine einzige Hoffnung? Ich sehe ihre Mailadresse auf der Kontaktseite und dazu die Aufforderung: »Schreibt mir, ich freu mich drauf, von euch zu hören.«

Und weil ich absolut nichts anderes zu tun habe, als meinen eigenen Namen zu googeln und in einen leeren Pizzakarton zu weinen, schreibe ich ihr.

Cam

Cams Kolumne über die kinderlosen Frauen hat für großes Aufsehen gesorgt. *Sky News, BBC Breakfast* und *This Morning* haben Cam allesamt eingeladen, aber sie hat sich nur zu *Female First* auf BBC Radio London bereiterklärt, denn wenn sie im Fernsehen auftritt, gibt es bei Twitter immer viel Getue um Äußerlichkeiten, und darauf hat sie keine Lust. So viele Menschen lesen ihren Blog, aber abgesehen von ein paar wirklich sorgfältig ausgewählten Fotos, die sie postet, existieren im Internet eigentlich keine Bilder von ihr. Das ist natürlich Absicht. Jedes Mal, wenn Cam im Fernsehen ist, ganz egal, zu welchem Thema, ist alles, worüber man sich bei Twitter auslässt, unweigerlich ihr Aussehen. Das ist so langweilig. Man regt sich auf über ihre Haare, über ihr Gesicht, über ihre großen Hände. Selbst wenn jemand ihr ein Kompliment macht, möchte sie am liebsten zurücktweeten: »HÖRT ENDLICH AUF, DARÜBER ZU LABERN, WIE ICH AUSSEHE, UND KÜMMERT EUCH LIEBER UM DAS, WAS ICH ZU SAGEN HABE.« Cam will, dass man sie wegen ihrer Ansichten kennt, deshalb schreibt sie und macht gelegentlich einen Beitrag im Radio. Außerdem kann sie ihre Nervosität besser verstecken, wenn niemand ihr dabei zuschaut.

Als sie bei der BBC ankommt, wird sie am Empfang von einer Frau mit Klemmbrett abgeholt. Die Frau trägt einen marineblauen, knielangen Rock, eine weiße Bluse und einen blauen Cardigan, ihre schulterlangen Haare sind irgendwie farblos, sie ist ungeschminkt, schätzungsweise fünfunddreißig, hat ihre Lesebrille oben auf den Kopf geschoben und sieht aus, als liebt sie Bibliotheken. Im Vergleich zu ihr kommt Cam sich vor wie eine Riesin und in ihren Skinny Jeans, ihrem braungrauen T-Shirt, der schwarzen Bikerjacke und den klobigen Stiefeln sieht sie wahrscheinlich aus wie jemand, der auf Moshpits steht. Es ist heiß heute, und sie würde gern die Jacke ausziehen, aber da sie fürchtet, üble Schweißflecken zu haben, lässt sie es und ist froh über die Klimaanlage. Sie hat sich heute früh die Haare nicht gewaschen, weil ihr die ganze Föhnerei zu umständlich war. Noch ein Vorteil des Radios.

»Hi, Camilla, ich bin Philippa. Danke, dass Sie zu unserer Sendung kommen, wir freuen uns alle total, dass Sie tatsächlich hier sind. Haben Sie schon Ihren Pass gekriegt?«

»Jepp«, antwortet Cam und hält ihn stolz in die Höhe.

»Wunderbar, dann bringe ich Sie jetzt nach oben.«

Um im Lift das Schweigen zu überspielen, tut Philippa so, als würde sie konzentriert etwas auf ihrem Clipboard lesen. Cam wundert sich über die mangelnde Konversation. Eigentlich würde sie selbst ein Gespräch anfangen, aber sie ist angespannt, weil sie gleich live auf Sendung sein wird. Außerdem befürchtet sie immer, dass man enttäuscht von ihr sein könnte, wenn man sie persönlich kennenlernt. In ihrem Blog ist sie so mutig, cool und witzig, sie erhält dauernd Mails von Fans, dass sie ihre Heldin und ein großes Vorbild ist. Und obwohl Cam im Innern wirklich so cool und witzig ist, braucht sie doch die Hilfe ihrer Tastatur, um das richtig rüberzubringen.

Als sie aus dem Aufzug steigen, müssen sie durch eine Tür, die sich nur mit Schlüsselkarte öffnen lässt. Philippa gibt vor, sich damit abzumühen, aber es ist nur allzu offensichtlich, dass sie Zeit schindet. Schließlich scheint sie den Stimmen in ihrem Kopf nachzugeben.

»Okay, ich sollte das wahrscheinlich nicht sagen«, platzt sie heraus, und plötzlich verwandelt sich die lammfromme Bibliothekarin in eine Frau mit Feuer in den Augen. Cam erschrickt ein bisschen.

»Ihr Artikel darüber, warum Frauen keine Kinder wollen, war großartig. Ich wollte nie Kinder haben, und es war manchmal schwer, das laut auszusprechen, weil die Leute dafür sofort ein Urteil parat haben. Deshalb möchte ich mich dafür bedanken.«

»Oh, gut, freut mich, danke.« Cam ist gespannt, was als Nächstes kommt. Bisher hätte das Gesagte noch nicht die Einleitung »ich sollte das wahrscheinlich nicht sagen« verdient.

»Also, ich finde, Sie sollten wissen, dass Janis Frauen wie uns nicht versteht. Sie macht dieses Feature, weil klar ist, dass es bei den Zuhörern auf großes Echo stoßen wird, aber sie wird Ihnen nicht den Rücken stärken, wenn Leute anrufen und fies werden. Ich wollte Sie einfach warnen, Sie müssen für Frauen wie uns geradestehen. Natürlich, ich weiß, dass Sie das ohnehin tun, aber wo ich Sie jetzt persönlich vor mir habe, wollte ich Ihnen sagen, wie sehr ich es zu schätzen weiß, dass Sie Dinge aussprechen, die andere sich nicht trauen. Ich kann hier meine Meinung nicht offen vertreten, ich würde meinen Job verlieren, wenn Janis wüsste, dass ich lieber für immer allein wäre, als einen Ehemann zu haben, aber Sie können es sich leisten, ehrlich zu sein, Sie haben ja keine Chefin wie Janis, der Sie ständig Rechenschaft ablegen müssen.« Unwillkürlich muss Cam an ihre Mutter denken, und sie überlegt, ob das so stimmt. Unterdessen schaut Philippa hektisch nach rechts und links. »Vielleicht ist das paranoid, aber ich glaube, das Gebäude ist verwanzt.«

»Hm, danke für die Warnung«, sagt Cam. Das hat sie überhaupt nicht erwartet. Philippa hat etwas von Clark Kent an sich. Und apropos Stress, ihre Handflächen sind auf einmal ganz schwitzig.

»Okay, wenn Sie hier warten, hole ich Sie ab, sobald Sie reinkönnen«, sagt Philippa und führt Cam in den Green Room, das eigentlich ein weißes Zimmer ist, ohne Fenster, mit drei Stühlen und einer Schale mit Nüssen.

Cam setzt sich und checkt ihre Twitter-Nachrichten auf dem Handy. Der Artikel, in dem sie sich für die »Walthamstow Wank Woman« starkmacht, ist ein Reinfall.

@CamStacey Ach hör bloß auf… du erzählst uns, wir sollen uns das Video von dieser Frau nicht ansehen, die sich in der U-Bahn einen runterholt? Hör mal, die hatte doch einen Mordsspaß dabei. Die ist ganz scharf drauf, dass wir uns das alle anschauen.

@CamStacey Normalerweise liebe ich deine Artikel, aber da kann ich dir echt nicht folgen, sorry. Soll ich Mitgefühl mit einer Perversen haben oder was? #disappointed

@CamStacey Da muss ich wohl ins Gefängnis, ich kann nämlich gar nicht genug davon kriegen! Das Video ist super HEISS. Ich liebe die MUSCHI.

Cam schaut sich die Statistik für ihre Seite an. Der Artikel hatte die Hälfte der Aufrufe, die ihre Sachen normalerweise bekommen, und kaum einen Retweet. Das ist total ungewöhnlich. Und ernüchternd. Cam hasst es, wenn ihre Posts nicht richtig zünden, aber jetzt mal ernsthaft – sind die Leute wirklich so engstirnig, dass sie nicht verstehen können, was dieser armen Frau passiert ist?

Sie checkt ihre Mails, um zu sehen, ob es dort etwas Interessantes gibt. Eine »Tara Thomas« hat ihr eine Nachricht geschickt, mit dem Betreff »Wank Woman sagt danke.« Cam öffnet sie auf der Stelle.

Liebe Camilla, ich bin gerade nicht sehr gesprächig, aber ich wollte mich für deinen Artikel bedanken. Ich kann dir gar nicht sagen, wie wunderbar es sich angefühlt hat, einen Artikel über mich zu lesen, in dem ich nicht als irre oder pervers hingestellt werde. Ich weiß nicht, ob du meine Mail lesen wirst, aber ich hoffe es sehr. Noch mal danke, Tara (alias Walthamstow Wank Woman) x

Tara hat ihren Blog gelesen, und sie hat sich durch ihn besser gefühlt. Das ist für Cam eine willkommene Erinnerung daran, dass das, was sie sagt, wichtig ist, und auf einmal kann sie sich wieder glauben, dass sie keinen Grund hat, nervös zu sein.

»Wir sind bereit«, sagt Philippa, als sie kurz darauf wieder hereinkommt. »Würden Sie bitte Ihr Handy abschalten und mir folgen?«

Cam folgt der Anordnung, und die Anspannung macht sich wieder bemerkbar. Während sie einen langen Korridor entlang zu einer dicken Tür mit einem roten Licht darüber gehen, denkt

Cam darüber nach, dass Philippa sich ständig beurteilt fühlt, weil sie keine Kinder will.

»Was halten Sie von der Geschichte mit der Wank Woman?«, fragt Cam, um sie zu testen.

»Oh Gott, ich muss mir das Video von ihr ständig anschauen«, antwortet Philippa. »Dieser Gesichtsausdruck am Schluss – einfach unbezahlbar.« Sie öffnet die Tür und geht ins Studio. Kopfschüttelnd folgt ihr Cam. Was für eine Heuchelei. Warum sieht das denn niemand?

Das Studio ist klein und dunkel. Dank der dicken stoffbespannten Wände fühlt man sich wie in einem Luftschutzbunker. *Im Notfall wäre man hier in Sicherheit*, denkt Cam.

Dort, an einem runden Tisch, sitzt Janis, Mitte fünfzig, nicht sonderlich schick, dünne schulterlange Haare. Vor ihr steht ein Mikro mit Popschutz, auf der anderen Tischseite zwei weitere. Sie deutet auf den Stuhl ihr gegenüber und fordert Cam mit einem Lächeln auf, sich zu setzen. Cam setzt sich. Das Mikro fühlt sich an wie tausend Augen, und die Anspannung nimmt weiter zu. Sie zieht die Lederjacke aus und drückt die Arme eng an den Körper.

»Ich bin gleich bei Ihnen«, sagt Janis leise, legt die Hand über ihr Mikro und beugt sich weit nach links, während sie sich mit einer kreisenden Bewegung aus dem Handgelenk über die momentane Anruferin lustigmacht, die gerade Janis' Frage zu der kontroversen Sexszene im gestrigen *Emmerdale* etwas weitschweifig beantwortet. Nach weiteren ungefähr zehn Sekunden hat Janis endgültig genug und würgt die Frau einfach ab.

»Okay, gut, wir müssen leider zum nächsten Thema kommen, sonst ist schon die nächste Folge von *Emmerdale* dran, ohne dass ich Zeit hatte, mit meinem nächsten Gast zu plaudern. Danke, Sandra.« Janis verdreht gutgelaunt die Augen und grinst Cam erneut an.

Sie macht einen netten, sogar witzigen Eindruck. Was hat Philippa denn vorhin gemeint? Janis fährt fort. »Mir gegenüber sitzt jetzt eine junge Frau, die keine Kinder haben möchte. Sie sagt, sie ist nicht traurig und auch nicht egoistisch. Sie hat kein Problem mit Intimität und auch nicht mit Männern. Diese – nebenbei bemerkt sehr attraktive – Frau sagt, sie hat die Entscheidung getroffen, kinderlos zu bleiben, was ihr gutes Recht ist, und unsere Gesellschaft sollte damit kein Problem haben. Bitte begrüßen Sie die Bloggerin und Gründerin von *HowItIs.com* – Camilla Stacey!«

Cam räuspert sich und holt tief Luft. Weil ihr Mund trocken ist, trinkt sie schnell einen Schluck von dem Wasser, das vor ihr steht und von dem sie annimmt, dass es für sie bestimmt ist.

»Hallo, liebe Camilla, wie geht es Ihnen?«, erkundigt Janis sich, freundlich, vielleicht auch ein bisschen herablassend, aber kein bisschen fies.

»Mir geht's gut, danke«, antwortet Cam, und weil sie noch ein bisschen Wasser im Mund hat, läuft ihr ein Rinnsal übers Kinn und tropft auf den mit Filz bespannten Tisch, wo es ein paar dunkle Flecken hinterlässt. Das Risiko, noch einen Schluck zu trinken, geht sie deshalb lieber nicht ein und schluckt erst mal ordentlich. Als sie sich umschaut, sieht sie Philippa im Nebenzimmer, die sie durchs Fenster beobachtet, mit den Argusaugen einer Mutter, die ihrem Kind bei einem Fußballmatch zuschaut. Voller Stolz, aber auch mit der Botschaft: »Du darfst nicht verlieren, auf gar keinen Fall!«

»Dann erzählen Sie mir doch mal, was zu Ihrem Entschluss geführt hat, kinderlos zu bleiben. Können Sie vielleicht in Ihrer eigenen Kindheit einen Moment identifizieren, der die Entscheidung in Ihnen ausgelöst hat?«

»Nein, eigentlich nicht«, sagt Cam. Ihr ist klar, dass an dieser Stelle Details erwünscht sind, aber sie braucht die Orientierungshilfe kontinuierlicher Fragen, um ihre Nervosität ablegen zu können.

»Ein hübsches Mädchen wie Sie hätte sich die Männer doch sicher aussuchen können, richtig?«, hakt Janis nach.

»Na ja, ich bin nicht sicher, ob mein Aussehen etwas damit zu tun hat. Ich bin in einer Umgebung aufgewachsen, in der es für eine Frau normal war, Kinder zu kriegen – meine drei Schwestern haben alle Kinder«, entgegnet Cam, freut sich über ihre methodische Antwort und fühlt sich schon ein wenig selbstbewusster.

»Ja, aber was war das für ein Moment, in dem Sie sich dagegen entschieden haben, Mutter zu werden?«, drängelt Janis.

»So einen Moment gab es nicht, ehrlich. Ich wusste es einfach, schon immer. Vermutlich auf ähnliche Weise, wie manche Menschen wissen, dass sie queer sind; man beschließt nicht, auf wen man steht, man tut es einfach.«

»Sind Sie denn queer, liebe Camilla?«

Oh wow, sie ist eine von denen, denkt Camilla. Genau wie ihre Mum. Aber Janis ist nicht ihre Mum. Es kümmert sie nicht, wenn Janis ihretwegen aus der Fassung gerät. Auf einmal verzieht sich die Anspannung, und die Cam, die ihre Leser lieben, kommt an die Oberfläche. Sie setzt sich aufrecht hin, schaut kurz zu Philippa und nickt ihr fast unmerklich zu.

»Nein, *liebe Janis*, ich bin nicht queer«, antwortet sie frech.

»Okay, wie nicht anders zu erwarten, laufen die Telefondrähte inzwischen heiß, und unsere Anruferinnen wollen mehr über unser Thema erfahren, also denke ich, wir kümmern uns erst mal um sie«, meint Janis. »Mary in Balham, können Sie mich hören.«

»Ja, hallo, Janis. Camilla, machen Sie sich denn keine Sorgen, dass Sie eines Tages in Ruhestand gehen und es bedauern, dass Ihnen die Karriere wichtiger war als Kinder, als eine Familie?« Janis stützt die Ellbogen vor sich auf den Tisch und schaut Cam mit einem leeren Lächeln an, während sie auf Antwort wartet.

»Dass ich keine Kinder möchte, hat nicht nur mit meiner Arbeit zu tun. Einige der erfolgreichsten Frauen in meinem Bekanntenkreis sind Mütter. Einige der erfolgreichsten Frauen der Welt haben Kinder. Frauen können alles haben … nur will ich das gar nicht.«

Janis legt den Kopf ein bisschen schräg und zieht die Augenbrauen hoch.

»Okay, danke, Mary. Dann kommen wir jetzt zu Laura in Hertfortshire. Hallo, Laura?«

»Hallo, Janis, ich liebe Ihre Sendung. Camilla, ich weiß, dass Sie, mal abgesehen von dem Liebhaber, über den Sie schreiben, allein leben. Aber ist Ihr Statement, dass Sie keine Kinder wollen, nicht vielleicht so eine Art Selbstschutz den Leuten gegenüber, die behaupten, Sie kriegen nur deshalb keine, weil Sie nie ›den Richtigen‹ gefunden haben?«

Cam stößt einen unhörbaren Seufzer aus und antwortet: »Nein, wenn ich sage, ich will keine Kinder, sage ich das nicht, um mich zu verteidigen. Wenn ich Kinder haben wollte, aber nicht den richtigen Mann dafür finden könnte, würde ich mich mit künstlicher Befruchtung oder Adoption befassen. Oder einen schwulen Freund bitten, mir etwas von seinem Sperma zu schenken. Viele Wege führen nach Rom, aber ich möchte einfach keine Kinder.« Cam ist stolz auf sich, sie redet, wie sie schreibt. Ihre Leserschaft wird sich freuen.

»Nun, der Vergleich zwischen einer Reise nach Rom und dem Kinderkriegen sagt sicher einiges über Ihre Einstellung zur Mutterschaft. Vielleicht überlegen Sie es sich anders, wenn die biologische Uhr lauter tickt. Ich bin nicht sicher, ob es dazu noch viel zu sagen gibt«, meint Janis, schaut zur Uhr und dann zu Philippa, die Cam einen flehentlichen Blick zuwirft.

Nee, denkt Camilla, *das kann ich so nicht stehenlassen*. Sie ist nicht so früh aufgestanden und im Berufsverkehr über eine Dreiviertelstunde auf dem Rücksitz eines Taxis gesessen, um drei Minuten auf Sendung zu sein und sich sagen zu lassen, dass sie nicht weiß, was sie will. *Scheiß drauf*!

»Wissen Sie«, wendet sie sich an Janis. »Ich versteh das nicht. Eine Frau kommt zu Ihnen in die Sendung und erklärt Ihnen, dass sie nicht das Gefühl hat, ein Kind zu ›brauchen‹, und Sie und Ihr Publikum kommen damit nicht klar. Warum? Wie ist es möglich, dass ich, seit ich mich zu dieser anscheinend unerträglichen Einstellung bekannt habe, auf fast jedes Nachrichtensofa gebeten werde, um darüber zu diskutieren? Ist das wirklich so weltbewegend?«

»Nun«, beginnt Janis und sieht dabei sehr nervös aus – normalerweise widersprechen ihr die Gäste nicht. »Vermutlich ist es einfach ungewöhnlich, dass eine Frau sich entscheidet, keine Kinder zu wollen, obwohl nichts und niemand ihr diese Entscheidung aufzwingt. Sie können wohl kaum behaupten, dass das normal ist, Liebes, oder?«

Bei dem Wort »normal« zuckt Cam innerlich zusammen, fährt dann aber unbeirrt fort.

»Ja, leider sind wir darauf konditioniert, eine Alternative zur Mutterschaft als nicht ›normal‹ anzusehen. Aber Ihnen allen ist doch auch klar, dass einige der brillantesten Frauen der Welt keine Kinder haben, oder nicht? Oprah, Gloria Steinem, Helen Mirren, Dolly Parton – glauben Sie wirklich, dass das Leben dieser Frauen von Tragik gezeichnet ist, weil sie kinderlos sind? Ich für mein Teil glaube das nicht. Ich bin sicher, dass sie allesamt unterschiedliche Gründe hatten, keine Kinder zu bekommen. Vielleicht war es bei einigen aus körperlichen Gründen nicht möglich und andere wollten einfach nicht, aber das Leben dieser Frauen ist deshalb nicht leer. Ich finde es wichtig, dass wir uns an unseren Heldinnen orientieren und dass wir endlich aufhören, Frauen danach zu bewerten, ob sie Mütter sind oder nicht. Die Ironie, dass Sie und Ihre Zuhörerinnen diese Meinung vertreten, besteht darin, dass *Sie* es sind, die Frauen in Schubladen packen, nicht die Männer. Das ist äußerst unfeministisch von Ihnen.«

Cam schaut zu Philippa hinüber, die versucht, ein Lächeln zu unterdrücken.

Ein paar Sekunden Schweigen sind im Radio eine lange Zeit.

»Okay, ein Dankeschön an Camilla Stacey, die Herausgeberin von *HowItIs.com* und überzeugte … Nicht-Mutter«, verkündet Janis abschließend und ohne Cam, die von einer heftig zitternden Philippa aus dem Studio geführt wird, eines Blickes zu würdigen.

»Sie waren toll«, sagt Philippa, ganz aus dem Häuschen vor Begeisterung, als die Studiotür hinter ihnen ins Schloss fällt. »Scheiße, gehen wir lieber schnell nach unten, die Wände hier haben bestimmt Ohren.«

Den Rest des Weges kichert sie in sich hinein und kann ihre Freude nur mit Mühe in Zaum halten. Cam dagegen möchte ihren Frust am liebsten laut in die Gegend brüllen. Als sie die Rezeption durchquert haben und zur Eingangstür kommen, dreht sie sich zu Philippa um und sagt: »Wissen Sie, Sie könnten Janis ruhig selbst mal sagen, dass sie eine blöde Zicke ist.«

»Wie bitte? Nein, das kann ich nicht, ich würde meinen Job verlieren.«

»Na und? Sie wissen, was Sie wollen, Sie wissen, wer Sie sind. Hören Sie auf, sich hinter all dem hier zu verstecken«, sagt Cam, streckt die Hand aus und zupft an Philippas Cardigan. »Hinter dieser ganzen merkwürdigen Tarnung. Seien Sie endlich Sie selbst. Passen Sie sich doch nicht wegen Leuten wie dieser Janis immer nur an! Welchen Sinn soll das denn haben?«

»Der Look funktioniert hier gut. Und ich liebe meinen Job.«

»Wirklich? Sie lieben einen Job, in dem Sie jeden Tag lügen müssen, weil Sie nicht zeigen können, wer Sie sind? Einen Job, in dem Ihre Chefin Ihnen das Gefühl vermittelt, dass Sie absolut unwichtig sind, weil Sie nicht das tun, was die Gesellschaft von Ihnen erwartet, und sie sich davon mundtot machen lassen. Sagen Sie doch, was Sie denken! Welchen Sinn hat es, starke Meinungen zu haben, wenn man sich nicht zu ihnen bekennt?«

»Ja, aber ich …«

»Es gibt kein ›Ja, aber‹. Frauen können sich nicht ständig beklagen, wie sie von der Gesellschaft behandelt werden, wenn sie sich nicht dagegen wehren, dass man ihnen dauernd sagt, sie seien im Unrecht. Sie haben mir gesagt, dass Janis eine blöde Zicke ist, und das ist ja gut und richtig, aber ich bin nicht diejenige, die jeden Tag mit ihr zusammen ist und ihr dieses Benehmen durchgehen lässt. Tun Sie was, machen Sie den Mund auf. Wenn Sie es nicht tun, wird sich nie etwas ändern.«

Philippa blickt zu Boden wie ein gescholtenes Schulmädchen, aber dann hebt sie den Kopf wieder. »Für Sie ist das anders, alle hören auf Ihre Ansichten. Ich hab so viel zu sagen, aber ich hab mir nicht das Recht verdient, es auszusprechen.«

»Ich sage das, was ich sage, um Frauen wie Ihnen Mut zu machen, nicht, um an Ihrer Stelle zu sprechen.« Im Weggehen fügt Cam noch hinzu: »Und hören Sie auf, das Wank-Woman-Video anzuschauen. Sonst haben Sie auch kein Recht, sich als Feministin zu bezeichnen.« Philippa nickt.

Im Taxi holt Cam ihr Smartphone aus der Tasche, sie will unbedingt eine E-Mail schreiben.

Tara, ich bin so froh, dass du mir gemailt hast, und so glücklich, dass du den Artikel gelesen hast, den ich über dich geschrieben habe. Wie hältst du dich?
Cam x

Ehe sie zu Hause ankommt, hat sie schon eine Antwort.

Hey Cam,
du fragst, wie ich mich halte? Hm, mal überlegen. Ich kann nicht schlafen, ganz egal, wie viel Antihistamin oder Schlaftabletten ich einwerfe. Wenn ich mal wegdämmere, schrecke ich auf, weil ich träume, dass jemand mich im Bett filmt, und ich kann mich kaum noch erinnern, wie frische Luft sich anfühlt. Alles in allem könnte man sagen – ich halte mich ziemlich beschissen.
Wie ist dein Tag?
T x

Tara

Es klingelt an der Tür, und ich wache mit einem Ruck auf. Ich habe aufrecht sitzend auf dem Sofa geschlafen, der Fernseher läuft, ich halte die Fernbedienung in der Hand, auf meinem Oberschenkel liegt ein Stück Käse. Ein unangenehmer Geruch steigt mir in die Nase. Vielleicht bin ich es, vielleicht der Käse. Mein linkes Auge hat mal wieder Schwierigkeiten, sich zu öffnen. Mein Zustand ist absolut widerwärtig. Ich müsste mich dringend waschen, aber schon der Gedanke an eine Dusche kommt mir viel zu stressig vor. Es klingelt wieder.

Ich schaue auf mein Handy. Keine SMS von meiner Mutter, und sie würde mir Bescheid geben, wenn sie rüberkäme, da ist sie sehr zuverlässig. Aber wer sonst schneit hier einfach rein? Ehe ich mein Telefon wieder weglege, sehe ich mir noch einmal meinen SMS-Austausch mit Jason an, die Sprechblase hängt noch da wie ein gemeiner Scherz. Warum kümmert mich das? Es war doch nur ein einziger Abend. Ich weiß, dass ich drüber wegkommen muss. Aber ich habe nicht das Gefühl, dass ich das jemals schaffen werde. Es klingelt erneut, diesmal gefolgt von einem dumpfen Schlag. Ich ziehe in Erwägung, einfach nicht zu reagieren, denn wer immer das sein mag, ich habe keine Lust, jemanden zu sehen. Aber nach dem vierten Ding-Dong und noch mehr aggressivem Geklopfe weiß ich, dass die Sache mit Ignorieren nicht aus der Welt geschafft werden kann.

Also schleppe ich mich in den Korridor und beäuge meine Haustür. Durch die schmalen Ritzen an den Seiten strömt Tageslicht herein, und da mir sofort klar ist, dass mein linkes Auge nicht fähig sein wird, das ungefilterte Tageslicht zu verarbeiten, hole ich schnell meine Sonnenbrille aus der Schublade des französischen Tischchens, das auf dem Flur steht. Als ich näher komme, höre ich eine Männerstimme.

»Tara Thomas«, sagt die Stimme. »Wir hören Sie, wir wissen, dass Sie da sind. Können Sie bitte die Tür öffnen?«

Darauf folgt das unverkennbare Knistern eines Walkie-Talkies. Als ich die Tür öffne, stehen zwei Polizisten auf der Schwelle. Ein großer dicker Mann und eine kleine dünne Frau.

»Tara Thomas?«, fragt der Mann.

Ich nicke. Trotz meiner Sonnenbrille muss ich die Augen aggressiv zusammenkneifen. Außerdem kann ich jetzt bestätigen, dass der Geruch von mir ausgeht und nicht vom Käse.

»Wir sind hier, um Sie abzuholen und aufs Polizeirevier mitzunehmen«, fährt der Dicke fort. »Wir müssen Ihnen ein paar Fragen zu dem kleinen Zwischenfall am Freitagabend stellen.«

»Wollen Sie mich deswegen verhaften?«, frage ich, und mir ist klar, dass ich mit meiner Sonnenbrille lachhaft aussehe. Gleichzeitig bin ich sehr froh, sie aufzuhaben.

»Wir müssen Ihnen nur ein paar Fragen stellen, Ms Thomas«, wiederholt die dünne Polizistin besänftigend.

»Kann ich noch schnell meine Sachen holen?«, frage ich, denn ich habe keine Ahnung, wie eine Verhaftung abläuft. Werden sie mir Handschellen anlegen? Mir die Hand auf den Kopf drücken, wenn sie mich ins Auto bugsieren – wie im Film?

Sie warten auf der Türschwelle, während ich meinen Schlüssel, mein Smartphone und eine Jacke hole. Ich stopfe das Zeug nicht mal in eine Tasche, ich habe schon vergessen, was man macht, wenn man das Haus verlässt.

Vom Rücksitz des Streifenwagens (sie haben mir nicht die Hand auf den Kopf gelegt, um mich reinzudrücken) glotze ich auf ihre Hinterköpfe. Wahrscheinlich denken sie, ich kriege das nicht mit, aber ich sehe genau, wie sie immer wieder Blicke wechseln und lachen. Ich bin auch ziemlich sicher, dass die Frau dem dicken Mann immer wieder auf den Schenkel klopft, vermutlich weil er ständig tolle Witze über mich reißt.

Ich fühle mich ein bisschen wie in einem Taxi; der Rücksitz ist mit einer schwarzen Plastikwand abgegrenzt, darauf ein Plexiglasfenster, das unsere Köpfe trennt. Als das Knistern und Knacken des Polizeifunks das Auto erfüllt, lehne ich mich zurück und schaue aus dem Fenster. Leute auf der Straße sehen zu mir herein, eine Nachbarin späht aus dem Fenster, um einen Blick auf die dreckige Kriminelle hinten im Streifenwagen zu werfen. Was werden sie denken, wenn sie mich erkennen? Haben sie das Video gesehen? Auf einmal wird mir klar, wie ernst das alles ist, auf einmal begreife ich die Situation, in der ich mich befinde. Wird man mich ins Gefängnis stecken, weil ich in der Öffentlichkeit masturbiert habe? Unter meiner Sonnenbrille rollen dicke Tränen hervor und strömen mir über die Wangen. Mir ist schlecht vor Angst und Reue. Die beiden Polizisten sind direkt zu mir gekommen. Woher wissen sie, dass ich es war? Jetzt kann ich mich nicht mehr verstecken. Selbst wenn sich der Mediensturm wieder legt, ist mein Name ein für alle Mal beschmutzt. Werde ich vorbestraft sein? Komme ich ins Gefängnis? Selbst der Widerling Shane Bower wird mich auslachen – und ich dachte, ich hätte Macht über ihn! Als ich auf meine Hände schaue, sehe ich, dass sie zittern. So viel Angst hatte ich in meinem ganzen Leben noch nie. Meinem Dad zu gestehen, dass ich schwanger bin, war schrecklich, aber nichts im Vergleich zu dem, was mir jetzt passiert. Ich wollte Annie behalten, und das hat mir Kraft gegeben, ihm klarzumachen, dass ich das Richtige tue. Aber das jetzt will ich überhaupt nicht. Daraus kann nichts Gutes erwachsen. Ich bin einfach nur öffentlich, global gedemütigt. Und ich habe furchtbare Angst.

Dann sitze ich allein im Verhörraum und warte auf was auch immer es sein wird, das mir jetzt bevorsteht.

Die Tür geht auf. Der dicke Polizist und die dünne Polizistin kommen herein, sie setzt sich, er stellt sich hinter ihren Stuhl.

»Okay, Ms Thomas«, beginnt sie, »ich bin Officer Flower, das hier ist Officer Potts. Sie haben das Recht zu schweigen. Alles, was Sie sagen, kann und wird vor Gericht gegen Sie verwendet werden. Sie haben das Recht, zu jeder Vernehmung einen Verteidiger hinzuzuziehen. Wenn Sie sich keinen Verteidiger leisten können, wird Ihnen einer gestellt. Haben Sie die Rechte verstanden, die ich Ihnen soeben vorgelesen habe?«

»Ja«, sage ich wie ein kleines Mädchen im Zimmer der Direktorin.

»Wollen Sie in Anbetracht dieser Rechte mit mir sprechen?«

Ich komme mir vor wie in einem Film. *Wie kann mir das passieren*? Ich will weg, ich möchte es schnell hinter mich bringen. Wenn sie mich verhaften, kann mir kein Anwalt helfen. Was ich getan habe, ist auf Video festgehalten, es ist, wie es ist.

»Ja«, sage ich noch einmal und versuche zu klingen, als wäre ich erwachsen.

»Okay, gut. Also, wollen Sie uns erzählen, was am Freitag passiert ist?«, sagt die dünne Ms Flower, stützt die Ellbogen auf den Tisch, drückt die Fäuste aneinander, verschränkt die Finger.

»Ich bin in einem U-Bahnwagen, in dem ich glaubte, allein zu sein, von jemandem gefilmt worden«, antworte ich. Das ist die Wahrheit.

»Und fürs Tonband – was haben Sie in dem Wagen gemacht?«, hakt Officer Flower nach. Der dicke Mann gibt ein seltsames Grunzen von sich und legt sich die Hand auf den Mund. Entweder unterdrückt er ein Niesen oder ein Lachen, ich bin nicht sicher.

»Ich habe masturbiert«, antworte ich und lasse mich hinabsinken in den reißenden Strom der Scham und Erniedrigung, der in einer gigantischen Flutwelle auch noch das letzte bisschen Selbstrespekt wegschwemmt.

Der fette Polizist macht wieder das Geräusch, diesmal kommt ein bisschen mehr heraus, als er wahrscheinlich beabsichtigt hat, und es wird klar, dass es tatsächlich ein Kichern ist.

»Richtig«, sagt Officer Flower. »Und warum haben Sie das getan?«

Warum habe ich das getan? Diese Frage stelle ich mir auch schon die ganze Zeit.

»Ich weiß es nicht so genau. Weil ich einfach …«

Ich schaue zu Officer Potts. Eigentlich habe ich vor, mich zurückzuhalten, aber wenn ich darüber nachdenke, wo ich mich befinde, komme ich zu dem Schluss, dass das keinen Sinn hat. »Weil ich … geil war.«

Das gibt ihm den Rest. Er bricht in schallendes Gelächter aus, worauf Officer Flower ihren Stuhl zurückschiebt, sich umdreht und ihm einen vernichtenden Blick zuwirft. »Officer Potts!«, sagt sie in einem Ton, als wäre sie seine Mutter und er ein kleiner Junge, der seine Schwester wegen ihrer Brüste ausgelacht hat. »Martin, müssen Sie den Raum verlassen?«

Mit einem Potpourri aus Geschnaube, Gehampel und Gehüstel reißt er sich zusammen. »Nein, nein, auf keinen Fall. Alles gut.«

Officer Flower wendet sich wieder mir zu. »Ms Thomas, Sie waren in einer U-Bahn. Ihnen ist klar, dass das unter unsittliche Entblößung fallen könnte, ja?«

»Ja, inzwischen ist mir das klar. Aber ich dachte, ich bin allein.

Als ich diesen Jungen gesehen habe, der mich gefilmt hat, kam ich mir vor, als würde ich vergewaltigt. Ich wollte nicht gesehen werden, und ich kann gar nicht glauben, dass ich diejenige bin, die verhört wird, und nicht er.«

»Genau, geben Sie dem Jungen die Schuld«, ruft Officer Potts wie ein Bauchredner, rollt die Augen und fixiert die Wand zu seiner Rechten. Officer Flower und ich werfen ihm in einem Moment unausgesprochener Frauensolidarität beide einen Blick zu.

»Ich sag ja nur, wenn sie ein Mann gewesen wäre, wäre es ein klarer Fall. Unsittliche Entblößung, Erregung öffentlichen Ärgernisses, da gibt es kein Vertun«, sagt der fette Blödmann.

Vermutlich hat er recht. Wahrscheinlich müssten für Männer und Frauen die gleichen Regeln gelten. Aber ich hoffe, dass es nicht so ist.

»Ms Thomas«, fährt Officer Flower fort. »Haben Sie das, was Sie getan haben, in der Absicht getan, gesehen zu werden?«

»Nein, ganz bestimmt nicht.«

»Wussten Sie, dass der junge Mann, der Sie gefilmt hat, mit Ihnen in dem Wagen saß?

»Nein, das wusste ich nicht. Ich weiß immer noch nicht, wo er herkam. Als ich eingestiegen bin, war er noch nicht da, das schwöre ich.«

»Haben Sie so etwas schon einmal gemacht?«

»Nein, noch nie.« Das ist eine glatte Lüge. Ich hatte mal in einem Zug Sex mit einem Typen. Und dem gleichen Typen habe ich auch einen geblasen, ganz hinten im Bus. Aber das ist etwas ganz, ganz anderes, es ist Jahre her, außerdem würde es nicht helfen, wenn ich es jetzt erwähne. Also sage ich noch einmal »Nein«, zur Bekräftigung.

»Na gut, dann bin ich froh, den Vorfall als einen Augenblick persönlichen Fehlverhaltens zu vermerken. Wir alle haben solche Momente. Tatsache ist, dass lediglich zwei weitere Personen anwesend waren. Sie haben eindeutig nicht versucht, Aufmerksamkeit zu erregen, und Ihre Reue ist spürbar. Ms Thomas, können Sie mir versichern, dass wir in Zukunft nie wieder Videoaufnahmen erhalten werden, die Sie in ähnlichen Situationen in öffentlichen Verkehrsmitteln zeigen?«

»Ja. Das wird nicht noch einmal passieren. Ganz bestimmt nicht, ehrlich. Ich habe eine Tochter«, beteure ich leise. »Ich möchte sie beschützen.«

»Das glaube ich Ihnen. Okay, dann können wir jetzt Schluss machen.« Officer Flower steht auf.

»Moment mal – war das alles?«, stammelt Officer Potts.

»Jepp, das war alles. Sie können jetzt gehen, Martin. Hier entlang bitte, Ms Thomas.«

Während wir den Korridor entlanggehen, erklärt sie mir: »Er ist neu hier. Takt ist nicht seine Stärke.«

»Sie haben mich abgeholt, das heißt doch wahrscheinlich, dass die Presse inzwischen meine Identität kennt, richtig?«, frage ich, denn durch meinen Job weiß ich einigermaßen Bescheid über die Beziehung zwischen Polizei und Presse.

»Ich fürchte, so ist es wahrscheinlich, ja.«

»Warum passiert mir das?«, frage ich, höre, wie erbärmlich ich klinge, fühle mich aber irgendwie sicher auf diesem kalten, hellen Korridor. Officer Flower stellt sich vor mich und legt die Hände auf meine Ellbogen.

»Hören Sie zu«, sagt sie und schaut mir in die Augen. »Es wird Gras über die Sache wachsen. Sie haben etwas sehr Fragwürdiges getan, die Leute werden sich eine ganze Weile damit beschäftigen, weil es so pikant ist. Aber es geht vorbei, das ist immer so. Ich sehe Menschen hier reinkommen, die wesentlich schlimmere Dinge getan haben, sie sitzen ihre Strafe ab, und dann machen sie weiter mit ihrem Leben.«

»›Sitzen ihre Strafe ab?‹ Heißt das, ich komme ins Gefängnis?«

Mir schießt die Kotze in die Kehle, aber ich schlucke sie hastig runter.

»Nein, auch wenn es sich eine Weile vielleicht so anfühlen wird. Ihre Strafe wird sich öffentlich abspielen, aber ich möchte Ihnen einen Rat geben. Tun Sie, was sich für Sie richtig anfühlt, reagieren sie so, dass Sie mit sich zufrieden sind. Sie können das Heft in die Hand nehmen, und Sie werden es überstehen. Tun Sie, was für Sie richtig ist, für Sie und Ihre Tochter. Und Ms Thomas, darf ich Ihnen noch etwas sagen – von Frau zu Frau?« Ich nicke. Ich mag Officer Flower. Ich lege Wert auf ihren Rat. Mir ist jedes Krümelchen Trost recht. »Gehen Sie unter die Dusche. Okay? Sie riechen gewaltig nach Käse.«

»Oh. Ja. Sorry.«

»Schon okay, ich habe schon Schlimmeres gerochen. Also, wo möchten Sie jetzt hin? Ich kann Sie von jemandem fahren lassen. Haben Sie eine Bleibe, wo Sie nicht alleine sind?«

Ich gebe ihr die Adresse meiner Mum.

Auf dem Rücksitz des Streifenwagens frage ich den Polizisten, der mich fährt, ob es okay ist, wenn ich mein Handy benutze, und er sagt ja. Er sieht jung und neu aus, noch in dem Stadium, in dem er aus reiner Nervosität höflich ist. Für einen Polizisten ein ziemlich lächerlicher Charakterzug.

Zu meiner großen Freude sehe ich, dass Cam Stacey mir wieder eine Mail geschickt hat. Ich habe viel an sie gedacht.

Tara, was andere Menschen tun, hast du nicht unter Kontrolle, aber du kannst selbst bestimmen, wie du damit umgehst. Es wird wieder besser werden, garantiert. Cam x

»Mummy!«, ruft Annie und kommt zu mir gerannt, um mich zu begrüßen, kaum dass ich zur Tür herein bin. Sie wirft sich in meine Arme, und es fühlt sich so gut an, so wahnsinnig gut. Der Geruch ihrer Haare, ihr warmer Körper, diese Umarmung, die nichts anderes bedeutet als pure Liebe. Ich halte sie fest, als müssten wir uns verabschieden, nicht begrüßen. So lange waren wir noch nie getrennt. Mir ist sofort klar, dass das nie wieder passieren darf.

»Mummy, geht es dir wieder besser?«, fragt sie mich sofort und sieht mich mit ihren braunen Augen besorgt an. »Du riechst komisch.«

»Aber es geht mir ganz viel besser«, versichere ich ihr. Wie soll ich einem Kind auch nur ansatzweise die Wahrheit erklären? Eines Tages werde ich es wohl müssen. Aber jetzt halte ich ihre Hand und stehe auf. »Komm, wir suchen Nan.«

»Du bist hier«, ruft Mum, die in diesem Moment aus der Küche auf uns zukommt. Sie streckt die Arme nach mir aus, aber ihr Gesichtsausdruck verändert sich, als sie sieht, in was für einem desolaten Zustand ich bin. Ich schaue ihr in die Augen, und wieder quellen diese riesenhaften Tränen aus meinen Augen. »Mum«, forme ich lautlos mit den Lippen und versuche mich zusammenzureißen, damit Annie nichts merkt.

»Ich bringe Annie nach oben«, sagt Mum und wird sofort aktiv, wie sich das für eine Mutter gehört. Ich setze mich in die Küche, während sie meine Tochter in ihr Zimmer begleitet. Ein paar Minuten später zucke ich vor Schreck zusammen, weil sie mich plötzlich von der Tür her anspricht.

»Und was ist es? Brust? Darm?«

»Was?« frage ich. Warum zählt sie Körperteile auf?

»Welcher Krebs ist es denn? Du hast Krebs, stimmt's? Das ist es doch, oder?«

»Himmel, Mum, nein! Ich hab keinen Krebs.« Dann merke ich, dass sie weint, ich habe ihr anscheinend furchtbare Angst eingejagt. Warum habe ich auf einmal das Gefühl, dass ich ihr gleich etwas erzählen muss, was viel schlimmer ist als Krebs? Dabei weiß ich doch, dass das absoluter Quatsch ist.

»Gott sei Dank«, sagt sie. »Niemand überlebt Krebs, ganz gleich, was die einem einzureden versuchen. Aber was ist denn dann los, Schätzchen? Was hast du …« Sie hält so abrupt inne, als wäre ihr gerade ein Licht aufgegangen. Ihr Gesichtsausdruck wechselt von besorgt zu genervt. »Du hast es schon wieder getan, stimmt's?«

»Was?«

»Du bist wieder schwanger, oder nicht?«

»Nein, Mum. Ich bin nicht schwanger. Bitte lass das Raten, Mum, ich bin bei einer echt schlimmen Sache erwischt worden.«

»Oh Gott, du hast geklaut? Was denn? Klamotten? Oder Kosmetik? Einen Fernseher?«

»Nein, Mum, ich hab nichts gestohlen, bitte hör doch auf zu spekulieren.«

Sie setzt sich neben mich. Immerhin schafft sie es, still zu sein, aber ich weiß, dass ihr Kopf Möglichkeiten durchdekliniert wie ein Zufallsgenerator.

»Mum, ich bin gefilmt worden, wie ich etwas getan habe, über das die Zeitungen schreiben werden.« Jetzt habe ich den Anfang gemacht, bald bin ich am Ziel. *Ich werde es schaffen.*

»Wobei bist du denn gefilmt worden? Hast du jemanden verletzt?«

»Nein, nein, ich hab niemanden verletzt. Ich bin bei etwas Sexuellem gefilmt worden, und das Video hat sich verbreitet wie ein Virus.«

»Wie ein Virus? Hast du AIDS?«

»Himmel nochmal, Mum, nein, ich hab kein AIDS. Das Video hat sich superschnell im Internet verbreitet, und Millionen von Menschen haben es gesehen.«

»Oh«, sagt sie. Was das Internet und seine Dynamik angeht, ist sie komplett ahnungslos.

»Mum, ich hab am Freitagabend einen Typen kennengelernt. Er war echt toll, wir sind glänzend miteinander ausgekommen. Am

Ende des Abends waren wir drauf und dran, zusammen heimzugehen, aber ich hab Nein gesagt. Ich wollte warten, es endlich mal richtig machen. Aber ...«

»Na, das ist doch gut. Ich hab dir schon so oft gesagt, du sollst nicht gleich mit allen schlafen.«

»Ja, Mum, das weiß ich. Aber ich mochte diesen Mann. Sehr. Ja, auch körperlich. Verstehst du? Ich war echt scharf auf ihn. Und als ich dann in der Bahn saß ... Mum, ich hatte ein paar Drinks intus und war sicher, dass ich alleine bin, deshalb hab ich ...«

»Ist okay, Liebes, du kannst mir alles sagen, das weißt du doch«, sagt sie, beugt sich zu mir und schnell wieder weg, als ihr mein Geruch in die Nase steigt.

»Ich hab in der Bahn masturbiert, und irgendein wildfremder Jugendlicher hat mich dabei gefilmt.«

In einem bebilderten Lexikon könnte das Gesicht meiner Mutter zur Veranschaulichung des Begriffs HORROR benutzt werden. Erst rund und rosa, ist es jetzt aschfahl und düster, alles Blut ist aus ihm gewichen und in die Hände abgeflossen, die sie, aufgequollen und von hervortretenden Adern überzogen, an ihre Wangen gelegt und dazu den Mund weit aufgerissen hat. Ich lasse ihr einen Moment Zeit, um sich zu erholen, aber nichts dergleichen passiert, sie ist erstarrt zum Emoji für Schock und Panik.

»Mum, bitte sag doch was.«

Als Antwort kommt ein langgezogenes, hohes Quieken aus ihrer Richtung. Woher genau, kann ich nicht sagen.

»Dein Vater ...«, stößt Mum schließlich hervor.

»Ich weiß, es wird ihm nicht gefallen. Aber Mum, ich muss mir über ganz andere Sachen Sorgen machen als über Dad. Die Polizei ...«

»Die Polizei?«

»Ja, die Polizei. Zwei Polizisten haben mich heute früh abgeholt und aufs Revier mitgenommen. Es ist okay, ich werde nicht unter

Anklage gestellt. Aber die Medien sind vielleicht nicht so nachsichtig. Auf Twitter bin ich seit Montag der Trend …«

»Der Trend? Seit wann ist Masturbation ein Trend?«

»Nein, Mum, auf Twitter Trend zu sein, bedeutet … weißt du was, es spielt keine Rolle. Aber alle reden darüber, und jetzt erscheint womöglich auch noch in den Zeitungen was darüber, irgendwoher haben sie meinen Namen erfahren, es könnte also auch in den Fernsehnachrichten kommen. Womöglich sehen es deine Freunde. Und Dads Freunde. Und alle, die wir kennen. Aber irgendwie müssen wir damit umgehen.«

Jetzt sinken ihre Hände von ihrem Gesicht herab. »Wo ist dieses Video jetzt?«

»Es ist online.«

»Kann ich es sehen?«

»Mum, ich glaube nicht, dass das eine gute Idee …«

»Wenn die ganze Welt das Video zu sehen kriegt, Tara, muss ich es auch sehen, finde ich.«

»Mum, du hast gehört, was ich gesagt habe, oder? Ich masturbiere in der Bahn. Ich tue nicht nur so, es ist echt. Bist du ganz sicher, dass du dir das anschauen willst?«

Sie beharrt darauf. So qualvoll die Vorstellung auch ist, ein Teil von mir möchte so viel wie möglich vom Tisch haben. Wenn sie es jetzt nicht anschaut, wird mir nur weiter vor dem Moment grauen, in dem sie es tut. Scheiß drauf. Ich hole ihren Laptop und suche das Video. WALTHAMSTOW WANK WOMAN. Sofort erscheint es.

»Bist du ganz sicher?«, frage ich sie noch ein letztes Mal und lasse meinen Finger einen Augenblick über dem Touchpad schweben.

»Ach Tara, jetzt klick doch endlich auf Play, damit ich dieses bescheuerte Video anschauen kann, ja?«

Also klicke ich.

5

Cam

»Komm schon, Cammie, das wird bestimmt lustig«, sagt Tanya am Telefon. »Wir haben seit einer Ewigkeit nichts mehr zu viert gemacht.«

»Ich hasse Wellnesscenter«, entgegnet Cam. Sie findet die Idee eines Bindungsrituals mit ihren Schwestern abstoßend und hasst das Klischee von Frauen, die sich gemeinsam die Nägel machen lassen. »Warum verbringen wir nicht einfach einen Tag bei Mum und Dad? Und ich lasse für alle das Essen liefern oder so?«

»Nein, Cammie, der Punkt ist doch, dass wir einen Tag ohne Kinder wollen. Wenn Mel nicht bald eine Ganzkörpermassage bekommt, werden ihre Venen explodieren und wahrscheinlich die gesamte menschliche Rasse dabei auslöschen. Sie ist in einem fürchterlichen Zustand, tu es für sie. Tu es für Mels Venen.«

»Okay, okay, hör auf, ich muss gleich kotzen. Ich tu es ja. Ein Nachmittag mit meinen fiesen Schwestern in einem schicken Wellnessschuppen, ich kann es kaum erwarten.«

»Wir lieben dich wirklich … die kleine Cammie, ganz zornig und allein, sie liebt ihre Schwestern, ist das nicht fein …«

»Das ist ein saublödes Gedicht«, unterbricht Cam, lächelt aber. »Ich werde einen Nachmittag mit euch im Wellnessclub verbringen, denn wenn ich es nicht tue, redet ihr den ganzen Tag über mich und denkt euch irgendwelche Geschichten über mich aus.«

»Jepp, wahrscheinlich. Okay, dann buche ich den Termin. Und hey, ist es okay, wenn du für uns alle bezahlst? Ich weiß ja, dass du ganz ordentlich absahnst.«

»Na klar. Ich bezahle für alle, wenn ihr versprecht, dass ihr nett zu mir seid.« Cam gefällt es, wenn man sie fragt, ob sie bezahlen kann, denn ihre finanzielle Lage ist ein unanfechtbarer Triumph.

»Oh, Cammie, aber du bist doch unser liebstes Gesprächsthema, die einzige Freude im Leben müder alter Mums wie uns. Okay, ich schreib dir später, wenn ich gebucht habe. Hab dich lieb.«

»Ich dich auch. Tschüss.«

Cam legt auf und geht direkt zu ihrem Twitter-Feed. Zahllose Support-Nachrichten sind zu ihrem Auftritt bei BBC Radio London eingetroffen.

@CamStacey HELDIN

@CamStacey Endlich hat jemand diese ewig gestrige alte Schachtel Janis als das bloßgestellt, was sie ist. #TwatBat

@CamStacey MEINE VAGINA IST EINE EINBAHNSTRASSE. Die einzige Richtung: RAUF. #withyousister #babiessuck

@CamStacey Hab dich mal im TV gesehen. Tolle Brüste. Wenn du keine Kinder kriegst, bleiben die so. Die von meiner Frau sind hinüber. Dave x

Eigentlich sollte Camilla sich freuen, aber sie ist irritiert, wegen Philippa. Eigentlich ist sie eine tolle Frau mit starken Ansichten, aber ihr fehlt komplett das Rückgrat, sie entsprechend zu vertreten. So was treibt Cam in den Wahnsinn. Wenn Frauen ihre Artikel lesen und immer noch nicht genug Selbstvertrauen haben, ihr eigenes Leben in die Hand zu nehmen, dann heißt das doch, dass sie die Dinge nicht direkt genug anspricht. Sie muss einen Blog schreiben, mit dem sie in Frauen wie Philippa das unwiderstehliche Bedürfnis weckt, ihrem Chef und der Gesellschaft zu erklären, dass sie ihr den Buckel runterrutschen können. Cam macht sich an die Arbeit.

HowItIs.com – Werdet aktiv! Ein Aufruf.

Ich glaube, Frauen sollten aufhören, darüber zu sprechen, wie hart es ist, eine Frau zu sein, und stattdessen anfangen, nach ihren eigenen Maximen zu leben. Jedes Mal, wenn ich auf Instagram oder Twitter gehe, stoße ich auf einen neuen Post darüber, wie schwer es berufstätige Mums haben, oder wie schwer es eine Frau hat, die in der City arbeitet, oder wie schwer es für eine Frau ist, immer schön sein zu müssen. Und so weiter und so fort. Außerdem stammen die meisten dieser Beiträge von erfolgreichen oder sogar berühmten Frauen, von Frauen in Bestform. Ihre Schönheit hat sie reich gemacht, aber sie wollen deshalb nicht zu Objekten degradiert werden, sie verdienen mehr als die meisten Männer, klagen aber darüber, wie hart ihre Branche ist, sie haben mehr als ausreichende Betreuungsmöglichkeiten für ihre Kinder, aber sie kriegen Familie und Arbeit trotzdem nicht richtig unter einen Hut.

Womöglich habt ihr Angst, und das verstehe ich. Wenn man den Mund aufmacht, kann das weitreichende Folgen haben. Ihr könnt es euch nicht leisten, euren Job zu verlieren, ihr müsst eure Familie unterstützen, ihr müsst Miete oder Hypotheken zahlen. Aber was wäre, wenn? Wenn ihr eure Forderungen deutlich aussprecht, und wenn sie erfüllt werden? Oder wenn ihr einen Kompromiss aushandelt? Was wäre, wenn sich tatsächlich etwas ändert? Wer den Fortschritt will, muss Risiken eingehen. Wenn ihr in einen Trott geraten seid, habt ihr genau zwei Optionen: Entweder trottet ihr weiter oder ihr kämpft euch raus aus dem Trott. Ich sage nicht, ihr sollt eure Sicherheit aufs Spiel setzen, aber ich ermutige euch, wenigstens in Erfahrung zu bringen, ob es Möglichkeiten gibt, wie die Dinge verbessert werden können. Macht den Mund auf, wenn etwas falsch läuft, wehrt euch, wenn ihr untergebuttert werdet, nehmt euer Schicksal in die Hand.

Ich glaube, der Feminismus ist an einem Punkt, an dem zu viel geredet und zu wenig getan wird. Wenn ich ein Mann wäre, würde ich den Frauen sagen: »Okay, wenn ihr wollt, dass ich aufhöre, euch anders zu behandeln, weil ihr Frauen seid, dann hört verflucht nochmal auf, ständig darauf herumzureiten, dass ihr Frauen seid.«

Wir wissen alle, wo die Probleme liegen, welche Herausforderungen es gibt, was sich ändern muss, also lassen wir unseren Worten doch lieber Taten folgen, statt sie ständig in den sozialen Medien zu wiederholen. Werden wir aktiv und führen die Veränderung herbei! Indem wir die Dinge um uns herum tatsächlich verändern, verändern wir die Welt. Wenn ihr nicht für eure Sache kämpft, könnt ihr für niemand anderen kämpfen. Seid, was **ihr** sein wollt, sorgt dafür, dass ihr bekommt, was **ihr** wollt, dann wird sich die Stellung der Frauen in der Welt verändern. Indem wir uns selbst helfen, helfen wir anderen. Das ist die reine Wahrheit. Wenn ihr alle morgen zur Arbeit geht und eurem Chef erklärt, was ihr wollt, beginnt die Pay Gap sich zu schließen. Und so weiter und so fort. Als Individuum könnt ihr die Welt verändern – warum also wollt ihr darauf warten, dass andere versuchen, das für euch zu tun?

Ich mache mir Sorgen, dass es dort draußen zu viele Frauen gibt, die den Unterschied zwischen richtig und falsch kennen, aber nicht den Mumm haben, den betreffenden Leuten in ihrem Leben die Meinung zu sagen. Was hält euch zurück? Vor wem habt ihr Angst? Vor den Männern? Warum? Vor anderen Frauen? Also, das ist einfach dumm. Dass die Männer uns in der Gesellschaft überflügelt haben, liegt daran, dass sie uns mit ihrem Handeln und ihrer Einstellung dominiert haben. So einfach ist das. Um das Gleichgewicht wiederherzustellen, müssen wir das Gleiche tun. Wenn jemand euch überwältigt und daran

hindert, dorthin zu kommen, wo ihr hinwollt, dann wehrt euch, statt klein beizugeben. Wenn jemand euch zu Sexobjekten macht, erlaubt es ihm nicht. Wenn jemand euch daran hindert, das zu bekommen, was ihr wollt, dann sagt dem Betreffenden deutlich, was Sache ist. Wenn sie sich euch dann immer noch in den Weg stellen, geht einfach weiter. Hört auf, die Sprache der Opfer zu sprechen und jeden Satz über euren Erfolg oder den Mangel daran mit Phrasen anzufangen wie »weil ich eine Frau bin« oder »es ist einfach schwer, eine Frau zu sein«. Nehmt das Frausein aus der Gleichung, zieht los und siegt. Ihr habt die Macht, euer Schicksal zu formen, ihr habt die Macht zu bestimmen, wie andere Menschen euch behandeln. Ihr habt die Macht, euch nicht klein- oder schlechtmachen, euch nicht einschüchtern zu lassen. Wie Gandhi gesagt hat: »Seid selbst die Veränderung, die ihr in der Welt sehen wollt.« Ihr habt die Kontrolle über alles, was euch geschieht, denn ihr habt die Kontrolle darüber, wie ihr reagiert.
Entschuldigt euch nicht dafür, wer ihr seid, lasst euch nichts gefallen. Seid keine Opfer. Der Feminismus braucht euch, ihr müsst den Mund aufmachen. Sorgt dafür, dass ihr bekommt, was ihr wollt. Macht euch auf die Socken und nehmt es euch.
Cam x

Normalerweise dauert es nur ein paar Minuten, bis die Antworten zu Cams Blogeinträgen eintrudeln, aber heute ist sie zu ungeduldig, um rumzusitzen und darauf zu warten. Sie braucht Ablenkung, also liest sie die neue E-Mail von Tara. Sie findet den Austausch ein bisschen aufregend, der Ton der Mails ist so ungezwungen, so vertraut und offen. Ihr ist nicht ganz klar, was genau sich an dieser Korrespondenz anders anfühlt als bei anderen Fans, es ist einfach so. Warum? Vielleicht liegt es einfach an dem Reiz, dass etwas, was sie geschrieben hat, den gewünschten Effekt hat, vielleicht auch an dem Gedanken, dass sie sich heimlich mit der Person unterhält, die bei Twitter in aller Munde ist. Oder es kommt schlicht daher, dass Cam bei ihrer neuen E-Mail-Freundin ein gutes Gefühl hat. Und ganz gleich, wie zufrieden sie sich in ihrem Alleinsein zu fühlen behauptet, gibt es in ihrem Leben doch Raum für eine Freundin wie Tara Thomas.

Hey Cam,
ich sitze auf dem Rücksitz eines Streifenwagens, weil man mich festgenommen hat, um mit mir über meine »unsittliche Entblößung in einer U-Bahn der Victoria Line« zu sprechen. Man hat entschieden, keine Anklage zu erheben, und jetzt fährt mich ein Polizist, der ungefähr zehn Jahre jünger ist als ich, zu meiner Mum.
Das alles ist genau der Selbstvertrauensschub, den ich brauche.
Aber die Situation ist dermaßen surreal. Letzte Woche um diese Zeit habe ich Dokumentationen über andere Menschen produziert, jetzt habe ich das Gefühl, die ganze Welt macht eine über mich. »Die Thomas Show.« Das hat doch was. Bitte erschieß mich!
Tara x

»*Eine Dokumentarfilmerin?*«, sagt Cam leise zu sich selbst. Sie hat keine Ahnung, warum, aber sie hat geahnt, dass Tara einen coolen Job hat. Auf einmal wird ihr klar, dass die Welt Tara nur als »Wank Woman« kennt und dass sie, Cam, zu den wenigen Menschen gehört, die ihren wirklichen Namen wissen. Sie tippt »Tara Thomas, Dokumentarfilmerin« bei Google ein. Auf IMDB erscheint sofort ein Porträtfoto von Tara, auf dem sie etwas weniger zerknautscht aussieht als in dem Video, aber sie ist es, eindeutig. Lange braune Locken, Sommersprossen, Stupsnase und tiefe braune Augen. Ein unverwechselbares Gesicht, nicht leicht zu verstecken. Auf der Seite steht:

Tara Thomas, Produzentin, Field Producer, Development Producer
Filmographie:
My Boss Touched Me Up – in Produktion – Produzentin / Regie
I Married A Fraud – Produzentin / Regie
Women's Lives Matter – Produzentin / Regie

Cam ist beeindruckt, Taras Credits sind der Hammer. Sie verbringt eine Stunde oder auch zwei damit, sich im Schnelldurchlauf Taras Arbeiten anzusehen; sie sind clever, selbstbewusst und regen zum Nachdenken an. Sofort ist Cam klar, dass Taras Job mit dem Zusatz »Wank Woman« im Lebenslauf nahezu unmöglich sein wird. Cam findet die Vorstellung, Fernsehproduzentin zu sein, seit jeher attraktiv, aber ihre Sozialkompetenz hätte eine Zusammenarbeit mit anderen verhindert. Jetzt hat sie noch mehr Sympathie für Tara.

Hey Tara,
ich hab dich grade gegoogelt. Du bist ja ein richtig großer Fisch, deine Filme klingen echt gut. Schau, es wird Gras über diese Sache wachsen. Mir ist klar, dass es sich momentan überhaupt nicht so anfühlt, aber es wird selbstverständlich trotzdem passieren. Skandale gibt es ständig, aber irgendwann werden sie langweilig. Dann macht jemand anderes irgendwas, und die Leute laufen dazu über. Vielleicht könnte mich jemand dabei filmen, wie ich mich erotisch an einem der Löwen auf Trafalgar Square zu schaffen mache, um die Aufmerksamkeit von dir abzulenken? Würde das helfen? Aber mal im Ernst – diese Welt dreht sich furchtbar schnell. Grade noch taucht etwas auf, da ist es schon wieder weg. Halte durch!
Cam x

Hey Cam,
du hast recht, es wird Gras drüber wachsen. Aber irgendwas sagt mir, dass das jetzt bloß der Anfang war. Dass die Polizei mich abgeholt hat,

bedeutet, dass die Leute wissen, wer ich bin. Also ist es nur eine Frage der Zeit, bis mein Name in der Zeitung steht und das wahre Gewicht der globalen Demütigung auf meinen Schultern liegt. Wie soll man darauf reagieren?
Oh, und meine Mum hat das Video gesehen. Mehr brauch ich dazu wohl nicht zu sagen.
T x
P. S. Bleib weg von den Löwen, du Spinner

Tara!
O GOTT! Willkommen in meiner Welt. Jeder Blog, den ich schreibe, scheint meine Mutter zutiefst zu kränken, Tendenz steigend. Sie hat so oft etwas über meine Masturbationsgewohnheiten gelesen, dass sie vermutlich inzwischen denkt, ich mache nichts anderes. Was aber nur zu etwa 50 % der Wahrheit entspricht. Ich verbringe viel Zeit allein ;)
Vielleicht sollten wir den »Club der peinlichen Töchter« gründen?
Das mit der Polizei tut mir leid, aber ich bin froh, dass du nicht ins Gefängnis musst, C x

Ja, ich auch. Es wird schlimm genug werden, das alles meiner Tochter zu erklären, wenn sie alt genug ist. Keine Ahnung, wie ich das hinkriegen soll, ohne dass sie auf die Idee verfällt, es ist eine Straftat, wenn eine Frau sich anfasst. X

Du hast eine Tochter? Wie alt? Ich nehme an, du bist Single? Hoffe, du bist jetzt nicht beleidigt … ist nur … du weißt schon …

Bin überhaupt nicht beleidigt. Ja, ich hab eine sechsjährige Tochter namens Annie. Und nein, keinen Partner. Eine unverheiratete Mum, die eine Menge zu erklären hat x

Eine Tochter? Eine ledige Mutter? Wow, denkt Cam. Für die Presse ein gefundenes Fressen. Sie überlegt, wie anders ihr Blog sein würde, wenn sie doch Kinder hätte. Würde sie aufhören müssen, über Sex zu schreiben, weil es als unangemessen angesehen würde? Sie liest sich den Artikel noch einmal durch, den sie gerade gepostet hat, und stellt sich plötzlich in Frage. Kann sie wirklich etwas darüber sagen, wie es ist, eine berufstätige Mutter zu sein? Wie schwierig es ist, wie es sich anfühlt, wenn man jemand anderem so ziemlich die ganze Erziehung seines Kindes überlässt? Eigentlich kann sie das überhaupt nicht, sie hat ja keine Ahnung. Ihre Mutter hat nie gearbeitet, ihre Schwestern haben keine Vollzeitjobs. Für sie ist es schön und gut zu denken, dass Frauen aufhören sollen zu jammern und endlich in die Gänge kommen, aber was weiß sie denn schon darüber? Wenn Tara beim Masturbieren in der Bahn erwischt worden wäre und kein Kind hätte, würde das alles mit der Zeit abflauen. Aber weil sie Mutter ist, wird es haftenbleiben. So ist der Lauf der Welt, Mütter müssen sich benehmen. Noch ein Punkt, der Cam in ihrem Entschluss, sich nicht fortzupflanzen, bestärkt.

Tara, du musst dich vor niemandem rechtfertigen, und du wirst einen Weg finden, deiner Tochter die Sache so zu erklären, dass sie es versteht. Ich bin hier, wenn es schwierig wird, du kannst mir jederzeit mailen. Ich stärke dir den Rücken, Cam x

Tara

Ich muss Mum eine Minute allein lassen. Sie steht echt unter Schock, und ich fühle mich schon beschissen genug, ich muss mir nicht auch noch anschauen, wie ihr Gesicht abwechselnd aschgrau und puterrot wird, während sie nach Worten ringt. Was will sie denn noch sagen? *Ihre Tochter hat in der U-Bahn masturbiert*, basta.

Als ich das Haus verlasse, ziehe ich unwillkürlich die Schultern hoch wie jemand, der nichts Gutes im Schild führt. Ich bin in dieser Straße aufgewachsen. Sie ist ruhig, meine Freunde und ich haben früher draußen gespielt, was ich Annie nicht mal im Traum vorschlagen würde. Sie darf nicht mal allein vor die Haustür gehen. Deprimierend, wie die Welt sich verändert hat. Das Internet hat uns alle in einen Lähmungszustand versetzt. Niemanden mehr als mich im Augenblick.

Als ich ans Ende des Gartenwegs komme, sehe ich Mrs Bradley und ihren Sohn David auf mich zukommen. Sie wohnen zwei Häuser weiter, was mich die meiste Zeit meines Teenagerdaseins gequält hat, denn Mrs Bradley war meine Direktorin. In der gleichen Straße zu wohnen wie die Direktorin der Schule, die man besucht, ist schrecklich; man kann nicht rebellieren, ganz egal, welche Freunde man hat. Mrs Bradley und meine Mum sind immer sehr gut miteinander ausgekommen, sie kam sonntagnachmittags bei uns zum Tee vorbei, was ich noch mehr hasste als alles andere. Mum hat mich immer zum Hallosagen runterkommandiert, aber wenn das erledigt war, habe ich mich oben in meinem Zimmer versteckt, bis die Luft wieder rein war. Am schlimmsten war, dass Mrs Bradley immer ihren Sohn mitbrachte.

David war in meiner Klasse, wir nannten ihn damals »behindert«. Oder »Spasti«, was mir jetzt total leidtut. Wir merkten gar nicht, dass mit ihm etwas nicht stimmte, bis wir zehn waren und er in der Schule immer noch die Hose auszog. Da fingen wir an, ihn pervers zu nennen, wir hackten auf ihm rum, lachten ihn aus, nannten ihn »krank« und einen »Freak«. Mrs Bradley geriet unter Druck, weil die anderen Lehrer wollten, dass er von der Schule verwiesen werden sollte, aber sie war die Direktorin und brachte es nicht übers Herz. Allerdings musste sie es schließlich doch tun, David kam auf eine Sonderschule, und im Lauf der nächsten Jahre wuchs das Verständnis für Menschen wie David. Als wir begriffen, dass er wirklich krank war, fühlten wir uns beschissen, weil wir uns über ihn lustig gemacht hatten, aber hey, wir waren Kids, woher hätten wir es denn wissen sollen?

Wie nicht anders zu erwarten, fand Sophie die Idee spannend, David mit ihrer Sexualität zu terrorisieren, und eines Sonntagmorgens, nachdem sie bei mir übernachtet hatte, und Mrs Bradley mal wieder bei meiner Mum zu Besuch war, zwang sie mich, runterzugehen und David zu fragen, ob er nach oben kommen und mit uns Musik hören wollte. Den Ausdruck auf Mrs Bradleys Gesicht werde ich mein Leben lang nicht vergessen, sie war zutiefst gerührt. »Oh, Tara, das ist aber nett. David möchte bestimmt gern mit euch Musik hören, stimmt's, David?«

David sagte nichts, sondern starrte nur stumm auf den Boden. Aber als ich mich wieder auf den Weg zur Treppe machte und mich noch mal umdrehte, sah ich, dass er mir folgte und dass Mrs Bradley Tränen in den Augen hatte. Oben an der Treppe stand Sophie, hatte ihr Top hochgezogen und schwenkte ihre Brüste in alle Richtungen. Einen Moment dachte ich, David würde sich übergeben, weil ich ein seltsames Geräusch von ihm hörte – ungefähr wie eine Robbe bei der Fütterung. Er presste die Arme links und rechts an den Körper und begann so heftig vor und zurück zu schwanken, dass ich Angst bekam, er würde gleich kopfüber die Treppe runterstürzen. Ich brüllte Sophie an, schleunigst ihr Top wieder anzuziehen, Mrs Bradley kam angeschnauft, um zu sehen, was passiert war, aber Sophie tauchte blitzschnell in mein Zimmer ab, so dass ich allein versuchen musste zu erklären, warum David durchdrehte.

»Er hat manchmal solche Anfälle«, sagte sie, legte den Arm um ihren Sohn und half ihm die Treppe hinunter. »Er hat manchmal

Anfälle.« Dann führte sie ihn auf schnellstem Wege zur Tür hinaus und nach Hause.

Danach brachte Mrs Bradley ihren Sohn zu ihren sonntäglichen Besuchen nicht mehr mit. Keine Ahnung, ob David ihr jemals erzählte, was passiert war, oder ob er es für sich behalten hat. Auf jeden Fall mied er mich seither – was mehr als verständlich ist, finde ich.

»Hallo Mrs Bradley, hallo David«, sage ich, als sie näher kommen. Hätte ich mehr Zeit gehabt, wäre ich über die Straße gerannt und hätte mich in meinem Auto unter dem Sitz versteckt. Offenbar hat David nie einen Job bekommen, lebt immer noch zu Hause und verbringt den größten Teil seiner Zeit mit dem Anschauen von You-Tube-Videos. Hat er meines womöglich auch gesehen? Vielleicht schon.

»Tara, Liebes, wie geht es dir?«

Die einfachste Frage verlangt auf einmal die komplizierteste Antwort. Also lüge ich.

»Mir geht's gut, danke. Und selbst?«

David starrt auf den Boden. Ich versuche ihn einzuschätzen. Hat er das Video gesehen? Was würde er sagen, wenn er es gesehen hätte?

»Oh, alles soweit okay. Wir freuen uns schon sehr auf die Geburtstagsparty Ihres Vaters am Freitag.«

»Oh, Sie kommen also auch?«, frage ich, obwohl ich genau wusste, dass sie da sein würde. Mum hat die üblichen Verdächtigen eingeladen, sie macht ihren Cottage Pie und ein Salatbüffet. Ein paar Familienangehörige werden kommen, ein paar von Dads Freunden aus seinem Club und ein paar Nachbarn. Nichts Großartiges oder Schickes, aber jedes Mal, wenn ich daran denke, wird mir schlecht.

»Toll. Dann sehen wir uns dort. Ich muss los«, sage ich. David macht mich wahnsinnig; normalerweise schaut er mich wenigstens an, aber jetzt versteckt er sich hinter Mrs Bradley und selbst ihr scheint dieses Maß an sozialer Unbeholfenheit unangenehm zu sein.

Ich mache, dass ich wegkomme, und steige in mein Auto. Dann rufe ich Mum an und verspreche ihr, Annie nachher abzuholen. Ich möchte so schnell wie möglich nach Hause. Jetzt, wo die Presse meinen Namen und meine Adresse kennt, ist es nur noch eine Frage der Zeit, bis die Info im Internet erscheint, und das will ich mitkriegen. Oder soll ich mich doch lieber unter meinem Auto verstecken und tun, als gäbe es kein Internet? Was an dieser grässlichen Erfahrung bringt mich denn dazu, alles lesen, alles sehen zu wollen? Wenn die Welt über mich reden will, muss ich wissen, was sie sagt. Das Gefühl »Ich muss es wissen … ich muss es wissen« hat mich fest im Griff. Ob Kim Kardashian das auch kennt? Fairerweise muss ich zugeben, dass sie ein großartiges Beispiel dafür ist, wie man die rasante Verbreitung eines privaten Sexvideos zum eigenen Vorteil nutzt.

Ich komme nach Hause und gebe meinen Namen bei Google ein. Nur meine TV-Credits, mein Twitter-Account und mein LinkedIn-Profil erscheinen. Tara Thomas ist noch immer eine Frau, die Fernsehsendungen produziert. Aber nicht mehr lange. Volle drei Stunden klicke ich auf der Website von *MailOnline* AKTUALISIEREN, AKTUALISIEREN, AKTUALISIEREN. Und dann, von jetzt auf gleich, ist es da. Mein Name in großen, fetten Lettern. Mein Gesicht, absoluter Horror. Im Hintergrund meine leuchtend pinke Haustür. Fuck, ich wusste nicht mal, dass jemand mich fotografiert hat. Mein Leben, entblößt.

IDENTITÄT DER WALTHAMSTOW W*** WOMAN ENTHÜLLT

Von Alex Mixter, MailOnline

Identität der Walthamstow W*** Woman ENTHÜLLT. Tara Thomas ist die zweiundvierzigjährige unverheiratete Mutter eines sechsjährigen Mädchens, die dem Vater die Existenz ihrer gemeinsamen Tochter verschwiegen hat.

Nach tagelangen Spekulationen wurde die Identität der geheimnisvollen Frau aufgedeckt, die letzten Freitagabend in der U-Bahn beim Masturbieren gefilmt wurde. Bei der Frau, die an der Station Tottenham Court Road eingestiegen und in Walthamstow ausgestiegen ist, handelt es sich um Tara Thomas, eine zweiundvierzigjährige unverheiratete Mutter, die es nicht einmal für notwendig befunden hat, dem Vater des Kindes mitzuteilen, dass sie schwanger war. Eine zuverlässige Quelle aus dem engsten Bekanntenkreis von Tara Thomas erklärte MailOnline: »Tara hat den Entschluss, das Baby zu behalten, nie hinterfragt – sie wollte es so, also gab es für sie keinen Grund, weiter darüber nachzudenken. Ihrer Meinung nach war es vollkommen unnötig, den Vater zu informieren.«

In der Vergangenheit hat Thomas TV-Dokumentationen produziert und darin das Privatleben von Menschen enthüllt, die es nie auf öffentliche Aufmerksamkeit abgesehen hatten, doch durch diese bizarre Wendung des Schicksals scheint nun Thomas selbst ins Scheinwerferlicht geraten zu sein. Vielfach wurde die Mutmaßung geäußert, dass es sich um den Hilfeschrei einer einsamen Frau handelt, die dem Druck, den das Leben als alleinerziehende Mutter mit sich bringt, nicht gewachsen ist. Unser Experte, der Psychologe Raj Singh, meint, dass sich in dem Video das Verhalten einer Frau zeigt, die verzweifelt versucht, auf sich aufmerksam zu machen, was möglicherweise darauf hinweist, dass Ms Thomas am Rande eines Nervenzusammenbruchs steht – eine Erklärung, die von ihrem oft unkontrollierten Verhalten am Schultor und bei der Arbeit zusätzlich bestätigt wird. MailOnline hat Kontakt aufgenommen

zu Ms Thomas' Arbeitsstelle, Great Big Productions, wo man sich entschieden von ihrem Verhalten distanzierte. »Wir sind eine angesehene Produktionsfirma, die hochwertige Programme zu aktuellen Themen unserer modernen Gesellschaft gestaltet. Gegenüber anstößigen sexuellen Aktivitäten vertreten wir eine überzeugte Nulltoleranzstrategie und sind einigermaßen ratlos, was eine unserer Angestellten dazu gebracht haben könnte, sich in der Öffentlichkeit so zu verhalten. Da es immer zu unserem Programm gehörte, Menschen für ihre Straftaten zur Verantwortung zu ziehen, hielten wir es für unsere Pflicht, ihre Identität der Polizei zu offenbaren. Wir sehen uns außerstande, weiterhin mit Tara Thomas zusammenzuarbeiten, und haben sie aus all unseren aktuellen Produktionen gestrichen«, sagte uns Adam Pattison, der Geschäftsführer von Great Big Productions.
Thomas ist das einzige Kind von Peter und Stephanie Thomas. Sie ist in Walthamstow geboren, aufgewachsen und lebt dort zurzeit mit ihrer sechsjährigen Tochter. Da sie bisher nie wegen unsittlicher Entblößung belangt wurde, sieht die Polizei zum gegenwärtigen Zeitpunkt von einer Strafanzeige ab. Officer Flower von der Metropolitan Police meint zu diesem Thema: »Wir sind zuversichtlich, dass es die richtige Entscheidung ist, Ms Thomas ohne Auflagen zu entlassen. Ihr Verhalten war untypisch, und sie bereut ihren Fehler zutiefst. Damit ist der Fall nicht mehr Sache der Polizei.«
Falls Ihnen weitere Einzelheiten über Tara Thomas bekannt sind, melden Sie sich bitte beim Nachrichtendienst von MailOnline unter …

Wer in aller Welt hat ihnen die ganzen Einzelheiten darüber erzählt, wie ich Annie bekommen habe? Etwa die Zicken vom Schultor? An Samstag erinnere ich mich nur verschwommen. Ich weiß noch, dass ich von dem One-Night-Stand erzählt habe, aber habe ich auch erwähnt, dass ich es nie für nötig befunden habe, Nick zu informieren? Keine Ahnung. Ich muss es wohl erzählt haben. Diese Tussen. Ich wette, es war Amanda. Und was zum Teufel meint Adam mit: »Wir sehen uns außerstande, weiterhin mit Tara Thomas zusammenzuarbeiten, und haben sie aus all unseren aktuellen Produktionen gestrichen«? Soll das ein Witz sein? Wehe, wenn er meinen Namen aus der Dokumentation über die sexuelle Belästigung entfernt hat – das hat mich mehr als ein Jahr Arbeit gekostet. Und was ist er für ein Arschloch – mich bei der Polizei zu verpetzen, nur damit die Firma gut dasteht! Ich kann mir das Meeting genau vorstellen, in dem sie über meinen schrecklichen Fehltritt diskutiert und sich dabei schiefgelacht haben. Scheiß auf diese Wichser! Ich habe den Job gehasst, aber ohne mich gehen sie gnadenlos den Bach runter. Und wenn ich ehrlich bin, habe ich auch keine Energie mehr zu kämpfen. Wie kann es sein, dass sich innerhalb so kurzer Zeit alle gegen mich gewandt haben? Ich habe immer das Gefühl gehabt, mir kann niemand etwas anhaben, weil ich Mum und Dad und Annie habe. Mein Team. Aber auf einmal ist es, als wäre ich auch von ihnen Lichtjahre entfernt. Ich bin ganz allein hier draußen – meine Existenz ist zusammengeschrumpft auf ein dreizehnsekündiges Video, das in Endlosschleife läuft.

Aber jetzt geht es nicht mal mehr um das, was ich in der U-Bahn gemacht habe, sondern um Annie. Das ist nicht fair. Annie ist erst sechs Jahre alt, und unsere Vergangenheit ist einfach nur das – Vergangenheit. Was zählt, ist doch, dass sie glücklich ist. Und das ist sie; sie ist echt glücklich. Aber was, wenn die anderen Kids von dieser Geschichte Wind bekommen? Sie werden Annie ärgern und hänseln, und ich bin schuld daran, ich ganz allein. Das ertrage ich nicht. Wie kann es sein, dass es immer schlimmer wird?

Ich habe Annie versprochen, sie abzuholen und heute Abend mit ihr heimzugehen, sie hat angerufen und gesagt, dass sie mich vermisst. Ich hab ein schrecklich schlechtes Gewissen, aber vielleicht sollte sie lieber noch eine Weile bei meinen Eltern bleiben. Vielleicht lauert die Presse vor meinem Haus, garantiert wollen die noch mehr Fotos von mir, auf denen ich verrückt und böse aussehe. Das kann ich meiner Tochter doch nicht zumuten.

Das Haustelefon klingelt, und vor Schreck kriege ich fast eine Herzattacke.

»Hallo?«

»Tara, hier ist Mum.«

»Warum rufst du mich auf dem Festnetz an?«

»Weil ich Angst hatte, dass unsere Handys abgehört werden.«

Ach du Scheiße.

»Mum, mach dir deswegen keine Sorgen. Niemand zapft unsere Handys an.«

»Aber unsere Namen stehen in der Zeitung – und heutzutage wird doch alles gehackt, Liebes, hast du nicht Hugh Grant bei *BBC Breakfast* gesehen? Er war richtig wütend. Ich hab das Gefühl, wir werden überwacht.«

Mein schlechtes Gewissen wird noch schlimmer, als mir klar wird, dass diese Geschichte nicht nur mein Leben kaputtmacht.

»Mum, mach dir bitte keine Sorgen, soweit wird es nicht kommen. Wir haben den Gipfel des Hypes hinter uns, ab jetzt wird es ruhiger«, lüge ich – in Wahrheit glaube ich nämlich, dass es bloß der Anfang war. Im Hintergrund höre ich einen lauten Krach, dann eine Männerstimme, noch mehr Krach und schließlich ein Klirren. »Mum? Mum, was war das, bist du okay?«

»Ja, ich bin okay. Das ist dein Vater, er steht in der Küche und zerdeppert das Geschirr. Er hat den Artikel gelesen, Tara. Und er hat das Video gesehen.«

»Er hat das Video gesehen? Wie?«

»Ich hab es ihm gezeigt.«

»Du hast *was*?«

Oh Gott. Mein Dad hat mich masturbieren gesehen? Im Ernst, jedes Mal, wenn ich denke, schlimmer kann es nicht mehr kommen, steigt der Katastrophenpegel auf ein ganz neues Niveau.

»Ich dachte nur, er sollte es sehen. Sorry, wenn du anderer Meinung bist, aber ich habe gehofft, wenn er es gesehen hat, könnten wir alle zusammen eine Möglichkeit finden, damit fertigzuwerden.«

»Dad hätte das Video niemals zu Gesicht kriegen dürfen.«

»Ja, jetzt ist mir das auch klar.«

Wieder ertönt aus der Küche ein ohrenbetäubendes Rumsen.

»Tara, ich muss Schluss machen. Jetzt ist er an meinem guten Geschirr. Das hab ich schon seit vierzig Jahren … Peter, nein, bitte nicht …«

Die Verbindung bricht ab.

Das ist der schlimmste Tag meines Lebens, absolut konkurrenzlos. Ich weiß nicht, was ich tun soll. Was soll man denn auch tun, wenn so etwas passiert? Innerhalb von fünf Tagen ist mein Leben komplett aus den Fugen geraten. Letzte Woche um diese Zeit hatte ich einen super Job, es lief alles rund für meine Tochter und mich, wir machten unser Ding, ich war geborgen und glücklich. Jetzt haben drei Millionen Menschen, unter ihnen meine Mutter und mein Vater, mich masturbieren gesehen, ich habe meinen Job verloren und bin für die Art, wie ich meine Tochter bekommen habe, quasi als Verbrecherin abgestempelt worden. Sogar meine Arbeit wird als sensationslüstern kritisiert, und der allgemeinen Ansicht nach habe ich den ganzen Mist verdient und bekomme bloß die Quittung für meine extravaganten Lebensentscheidungen. Und alles wegen eines kurzen Augenblicks, in dem ich mich habe gehenlassen. Wie ist das nur möglich?

Bis heute habe ich mich nie wie eine schlechte Mutter gefühlt, ich bin nie auf die Idee gekommen, Annie wäre mit anderen Eltern besser dran. Aber jetzt verstecke ich mich in meinem Haus, während sie bei meinen Eltern wohnt und sich vermutlich fragt, was zur Hölle eigentlich los ist – und ich habe keinen blassen Schimmer, wie ich es ihr erklären soll. Jetzt ist sie bestimmt in der Schule und erzählt ihren Freunden, dass es mir nicht gutgeht, und im Lehrerzimmer redet man über mich und meinen Skandal. Ohne dass Annie etwas davon mitkriegt, wird sie beobachtet, denn jeder wartet nur darauf, dass sie etwas total Verkorkstes tut, das man mir zur Last legen kann.

Das darf ich nicht zulassen. Ganz egal, was die Leute sagen und wie sehr ich mich im Schrank unter dem Waschbecken verkriechen und dort sämtliche Putzmittelflaschen leertrinken möchte, ich muss mich zusammenreißen. Für Annie.

Zuerst einmal werde ich einkaufen gehen. Ich werde den Kühlschrank und den Vorrat auffüllen mit allem, was wir besonders gerne mögen, dann werde ich Annie hocherhobenen Hauptes von der Schule abholen, und wir werden unser Leben weiterleben. Cam hat recht, ich muss mich bei niemandem entschuldigen, ich muss niemandem etwas erklären. Ich kann die Regie übernehmen, ich kann das Drehbuch meines Lebens schreiben, wie ich will. Ich werde mir einen anderen Job suchen, vielleicht irgendetwas im Onlinebereich. Zum Beispiel könnte ich Gutachten schreiben oder einen dieser Jobs machen, bei dem man Zeug zugeschickt bekommt, das geprüft werden muss. Sachen bei eBay verkaufen, antiken Schmuck oder so. Vielleicht entwerfe ich sogar eine eigene Kollektion, das wollte ich schon immer mal ausprobieren. Ich weiß nicht, aber mir wird schon was einfallen. Was bleibt mir anderes übrig? Nichts. Ich muss mich zusammennehmen. Meiner Tochter zuliebe.

Ich renne zur Tür und verlasse das Haus, ehe ich die Chance habe, es mir anders zu überlegen. Und stoße sofort auf Kameras. »Tara Thomas?«, sagt eine laute Stimme, ein Blitzlicht leuchtet mir ins Gesicht. Als meine Augen sich wieder einigermaßen beruhigt haben, sehe ich eine direkt auf mich gerichtete Kamera, dahinter einen Mann, der mit verkniffenem Gesicht durch den Sucher späht.

»Warum haben Sie das gemacht, Tara?«, fragt er, und im gleichen Moment sehe ich noch einen Mann hinter ihm auftauchen, ebenfalls mit einer Kamera. Noch mehr Blitzlicht, noch mehr Klick und Klack. Meine Ohren ploppen wie im Flugzeug, von den Blitzen verschwimmt mir alles vor den Augen.

»Ich, ich …« Stopp. Mir fällt das blöde Zitat der Kinderwagen-Frau ein. »Ich wollte einfach sehen, was passiert.« Der Satz blinkt in meinem Kopf wie ein Nachrichtenticker im Fernsehen, mir ist klar, dass ich auf keinen Fall etwas sagen darf.

Also setze ich mich wieder in Bewegung, kämpfe mich vorwärts wie durch hohe Wellen, die über meinem Kopf zusammenschlagen, die linke Schulter voran, den Kopf gesenkt, um meine Augen zu schützen. So stürme ich weiter, immer weiter. Tesco ist nur ein paar Minuten entfernt. Sie können nicht mit rein, an der Supermarkttür müssen sie die Verfolgung abbrechen, das Blitzlichtgewitter wird ein Ende haben, und ich kann in aller Ruhe die Gänge entlangschlendern und Annies Lieblingssachen in den Wagen packen. KitKat, Monster Munch, Edamer. Wenn sie aus der Schule kommt, werde ich vorbereitet sein, dann werden wir weiterleben wie bisher, und irgendwann wird die Geschichte vergessen sein.

Aber die Männer rücken mir so dicht auf die Pelle, ich habe das Gefühl, sie stoßen mich gleich um. Aber ich marschiere trotzdem weiter. Tesco ist ganz nah. Ich werde es schaffen. Diese Männer werden verschwinden, dafür sorge ich.

Als ich den Supermarkt erreiche und die Türen sich hinter mir schließen, umfängt mich die Stille, als würde ich träumen. Ich gehe los wie auf einem Fließband, ich spüre die Blicke der anderen Einkäufer, aber ich habe Angst hochzuschauen. Direkten Blickkontakt halte ich noch nicht aus.

Weiß hier jeder über mich Bescheid?

Ich hole einen Korb und hänge ihn mir über den Arm.

Trauben.

Ich halte die Ellbogen dicht am Körper.

Butter. Milch. Käse.

Als ich um eine Ecke biege, stößt jemand gegen meinen Korb, entschuldigt sich und geht weiter. Ich drehe mich nicht um, vermute aber, dass ich angeglotzt werde. Wie ich hier mit eingezogenem Kopf entlangschleiche, sehe ich garantiert extrem seltsam aus.

Cheerios. Nutella. Marmite. Honig. Marmelade. Geröstete Erdnüsse.

Allmählich wird der Korb schwer.

Schon wieder rempelt mich jemand an. Oder war ich selbst der Rempler? Jedenfalls höre ich ein »Pass doch auf«, drehe mich aber trotzdem nicht um, sondern gehe einfach weiter. Gehe ich oder bewegt sich der Boden unter meinen Füßen? Die nächste Ecke. Das Piep-Piep-Piep der Kassen wird lauter. Ein Stau, jetzt stehen die Leute reglos Schlange. Etwas an ihrer Reglosigkeit macht mir Angst, sie sind so nah, sie rühren sich nicht von der Stelle. Auf einmal ist die kalte Luft feuerheiß, ich spüre, wie mir Schweißtropfen übers Gesicht laufen. Lacht da jemand? Ja, ich höre es, ganz deutlich. »Das ist sie, schau mal, das ist sie.« Noch mehr Lachen. Lacht mich die gesamte Tesco-Kundschaft aus? Mir ist furchtbar heiß, ich kriege keine Luft, das Licht ist so hell, ich muss die Augen zusammenkneifen, aber nur so weit, dass ich den Korb an meinem Arm noch sehen kann. Auf einmal ist mein Herzschlag so laut, lauter als das Piep-Piep-Piep, ein Schmerz durchzuckt meinen Körper und reißt meinen Kopf nach hinten und dann ein Schlag, so heftig, dass alle Lichter ausgehen und die Leute verschwinden und der Lärm verklingt. Und dann ist alles weg.

Piep. Piep. Piep.

Bevor es hell wird, höre ich Geräusche.

Piiiiiep. Piiiiiep.

Ich blinzle heftig, meine Augen gewöhnen sich nur langsam an das grelle Licht über meinem Kopf. Gerade als sie wieder ein klares Bild erzeugen, erscheint das Gesicht meiner Mutter über mir. »Mum, wieso bist du denn bei Tesco?«, frage ich verwundert, denn trotz meines Dämmerzustands finde ich diesen Zufall ungewöhnlich.

»Du bist nicht bei Tesco, Liebes«, erwidert Mum und streicht mir über die Haare. »Du bist im Krankenhaus.«

Ich setze mich schneller auf, als es meinem Körper gefällt, mein Kopf pocht, und ich lege mich schnell wieder hin. »Was ist passiert?«

»Der Arzt meint, du hattest wahrscheinlich eine Panikattacke, und als du umgekippt bist, hast du dir den Kopf angeschlagen. Jetzt hast du ein paar Stunden geschlafen. Vermutlich Erschöpfung, meint der Arzt.«

Ich erinnere mich, dass ich seit Montag kaum geschlafen habe, und nicke vorsichtig. Dann versuche ich, mein Gesicht zu berühren, und dabei fällt mir auf, dass ich einen Schlauch im Arm habe. Keine Ahnung, ob das der Realität entspricht, aber mein Gesicht fühlt sich sehr klein an.

»Das ist eine Infusion«, erklärt mir meine Mutter. »Der Arzt sagt, du bist völlig dehydriert. Dein Blutzucker war so niedrig, als hättest du seit Tagen nichts gegessen.«

Auch das erscheint mir zutreffend.

»Wo ist Annie?«, frage ich und schaue mich hektisch um.

»Sie ist zu Hause bei deinem Vater. Alles okay mit ihr.«

Erst bin ich erleichtert, dann setzt der Horror ein.

»Oh Gott. Dad. Wie geht es ihm?«

Meine Mutter stopft mir ein weiteres Kissen in den Rücken, so dass ich mich besser aufsetzen kann, und zögert kurz, bevor sie antwortet.

»Nicht so toll. Aber nur, weil er dich liebt. Er macht sich große Sorgen um dich, verständlicherweise.«

Ich stoße einen lauten und entnervten Seufzer aus.

»Er wird schon drüber wegkommen«, sagt sie. »Das tut er doch immer.«

»Nachdem er Videos von seiner masturbierenden Tochter gesehen hat? Wann ist er das letzte Mal darüber weggekommen?«

»Sicher, ich kann nicht bestreiten, dass das eine neue Herausforderung ist.«

Sie gießt Wasser in zwei Plastikbecher, trinkt einen Schluck und starrt auf ein Gemälde an der Wand, wobei sie eindeutig nicht die Kunst genießt, sondern ihren Mut zusammennimmt, um mir etwas zu sagen.

»Heute hat Annies Schule bei uns angerufen«, wendet sie sich dann wieder mir zu. Ich ahne, dass es bei dem Anruf nicht darum ging, mir baldige Genesung zu wünschen.

»Sie haben das Video inzwischen natürlich auch gesehen.«

»Und was haben sie gesagt?«, frage ich, und mir graut vor der Antwort.

»Sie wollten wissen, ob mit dir alles in Ordnung ist.«

Das überrascht mich, ich hätte nicht erwartet, dass die Schule sich um mein Wohlergehen kümmert.

»Im Kopf«, stellt meine Mutter klar.

»Oh. Und was hast du ihnen geantwortet?«

»Dass dein Kopf vollkommen in Ordnung ist, aber dass du sehr viel Stress hattest.«

»Warum hast du ihnen das gesagt, Mum? Ich habe keinen Stress. Jedenfalls hatte ich *vorher* keinen.«

»Sie brauchten irgendeine Erklärung, Tara. Ich musste ihnen sagen, dass es einen Grund gab, weshalb du das gemacht hast, sonst hätten sie gedacht, es liegt an deinem Charakter. Also habe ich ihnen erklärt, dass du bei der Arbeit massiv unter Druck stehst und dass du an dem fraglichen Abend ein bisschen zu viel getrunken hattest, dass das aber sehr selten vorkommt, weil ja normalerweise Annie bei dir ist, und dass du dein Verhalten zutiefst bereust.«

Obwohl ich mir nichts mehr wünsche, als dass die Geschichte einfach spurlos verschwindet und die Leute mich endlich in Ruhe lassen, bin ich auf einmal so wütend darüber, dass ich entweder verrückt sein oder mich dafür entschuldigen muss, weil ich – in der Überzeugung, allein zu sein – einem sexuellen Impuls nachgegeben habe. Mein Kopf tut immer noch verflucht weh.

»In der Schule macht man sich Sorgen wegen Annie«, fährt meine Mutter fort. »Deshalb habe ich gesagt, dass sie erst mal bei mir und deinem Vater wohnt, und sie fanden die Idee vernünftig. Annie ist ein gutes Kind, sie wollen dir oder ihr keinen zusätzlichen Ärger machen.«

Obwohl ich die Augen immer noch nicht richtig aufmachen kann, laufen mir auf einmal die Tränen übers Gesicht.

»Ich bin eine gute Mutter«, stoße ich mit patschnassem Gesicht und zitternden Lippen hervor und strenge mich dabei vergeblich an, mit dem Weinen aufzuhören und meinen Kummer zu verstecken.

»Warum kommst du nicht einfach auch zu uns?«, fragt Mum behutsam. Sie weiß, dass es oft zu Spannungen führt, wenn sie mir zu schnell Hilfe anbietet, weil ich es als Andeutung verstehe, dass ich alleine nicht zurechtkomme. Aber diesmal ist es anders. Ich muss mich wie eine Mum verhalten, und meine Mum ebenfalls.

»Ja, bitte«, antworte ich schwach.

Ich möchte nicht allein sein.

6

Stella

Ich bin im Bett. Allein. Unter die Decke gekuschelt, esse ich Thunfisch-Pasta-Auflauf. Es ist wieder kälter geworden, die Luft ist frostig. Aber es kommt mir albern vor, die Heizung anzumachen, schließlich haben wir Mai, außerdem bin ich allein. Also *Dinner for One* im Bett. Wie tragisch.

Schon seit drei Stunden liege ich hier und starre die Wand an. Gelegentlich stehe ich auf, um mir Nachschlag von dem Auflauf zu holen. Oder um zu pinkeln. Gelegentlich setze ich mich hin und brülle die Tür an.

Das hier war einmal Mums Zimmer, dann hat Alice hier gewohnt. Danach war es mein und Phils Zimmer, jetzt ist es nur noch meins. Mum hat die Wohnung gekauft, als Alice und ich auf der Uni waren. Wir haben ziemlich Theater gemacht, als sie verkündete, dass sie unser Haus verkaufen und sich verkleinern wollte. Damals war sie nach ihrem ersten Brustkrebsschub gerade in Remission. Aber nachdem wir das erste Wochenende hier verbracht hatten, liebten wir die Wohnung. In diesem glücklichen Moment ahnten wir nicht, dass der Krebs ihre andere Brust befallen und sie innerhalb eines Jahres töten würde.

Es ist die Souterrainwohnung eines viktorianischen Stadthauses in Stoke Newington, mit separatem Eingang. Sie hat große Fenster, in jedem Zimmer einen offenen Kamin, sie ist wunderschön und hell. Ich habe in meinem ganzen Leben nie etwas geleistet, um ein solches Zuhause zu verdienen, aber vermutlich ist das häufig der Fall, wenn man etwas erbt. Mein Gehalt deckt die kleine Hypothek, die Mum uns hinterlassen hat, mühelos ab, und als ich sie mir mit Phil geteilt habe, musste ich eigentlich nur Rechnungen und Lebensmittel bezahlen. Jetzt bleibt wohl alles an mir allein hängen, was mir ein bisschen Sorgen macht. Aber es ist ja nicht so, dass ich ein ausuferndes Sozialleben zu finanzieren habe oder jemanden kenne, mit dem ich wilde Urlaube mache oder auch nur interessante und eventuell kostspielige Unternehmungen plane. Außerdem muss ich jetzt, wo meine Chancen auf ein Baby gegen null gehen, vermutlich auch dafür kein Geld mehr zurücklegen.

Ich werde kein Baby bekommen. Immer wieder sage ich mir das, aber es wird dadurch nicht leichter. Ich meine, ich weiß, es gibt andere Möglichkeiten: Ich könnte meine Eizellen einfrieren lassen, ich könnte ein Kind adoptieren, aber mit diesen Optionen kann ich mich überhaupt nicht anfreunden. Ich möchte gern auf ganz normale, natürliche Weise schwanger werden. Ich möchte nicht das Gefühl haben, mir ein Kind kaufen zu müssen. Aber die Krebsgefahr, die Tatsache, dass die Krankheit meine Mutter und meine Schwester schon so schnell in Besitz genommen hat, und die Gegebenheiten, unter denen ich aller Wahrscheinlichkeit nach werde leben müssen, sind drei schwerwiegende Gründe, warum sich dieser Traum für mich wahrscheinlich nie erfüllen wird. Vielleicht ist es einfach so – ich werde allein sterben und nichts zurücklassen, nicht einmal ein Kind. Und was werden die Leute, die mich kannten, auf ihren Facebookseiten schreiben, wenn ich tot bin? Jedenfalls bestimmt nichts, was dem ähnelt, was sie über Alice gepostet haben, so viel ist klar.

Was Phil schreiben wird, kann ich mir ganz gut vorstellen:

R. I. P. Stella, man kam emotional nicht an dich ran, man konnte un-

möglich vernünftige Gespräche mit dir führen und du warst ein Kontrollfreak. Du warst so besessen von deiner toten Zwillingsschwester, dass du völlig in dieser Zeit steckengeblieben bist. Erst hast du alle deine Freunde verloren und dann auch mich, denn du warst so zickig, dass man es in deiner Nähe einfach nicht aushalten konnte. Wenn du auf mich gehört und nicht ständig darauf bestanden hättest, die Klamotten deiner Schwester zu tragen, wärst du wahrscheinlich ganz gut zurechtgekommen.

Oder die Mädels aus der Schule.

Stella Davies starb im Schatten ihrer Schwester. Wir haben Alice immer lieber gemocht als sie, denn Alice war viel kontaktfreudiger und netter, aber weil die beiden immer im Doppelpack auftraten, mussten wir Stellas Anwesenheit notgedrungen akzeptieren. Als Alice gestorben ist, haben wir uns nicht mehr mit Stella abgegeben, denn ohne Alice war sie echt kacke. RIP Alice. Oh, und du auch, Stella.

Die Einzige, mit der ich richtig gut auskomme, ist Jessica, und sie ist nicht mal auf Facebook, also kann ich von ihr auch nicht erwarten, dass sie dort eine glänzende Kritik über meine Person veröffentlicht. Ich denke, Jason würde etwas Nettes sagen, aber da er mich kaum kennt, wäre es nicht sehr tiefgehend.

R. I. P Stella, du warst eine tolle persönliche Assistentin. So richtig herrisch und gut organisiert. Danke für den Kaffee. Aber besitzt du vielleicht ein paar andere Röcke? Ich finde nämlich, dass du den Vogelrock VIEL zu oft anhast. J x

Alles in allem denke ich, man kann mit an Sicherheit grenzender Wahrscheinlichkeit sagen, dass das Internet an meinem Todestag nicht zusammenbrechen wird.

Ich setze mich mit meinem Laptop an den Küchentisch, gehe zu Facebook, schließe meine Seite aber schnell wieder. Ich hasse es, nicht mehr von Alices grünem Punkt begrüßt zu werden, und ich fühle mich immer noch ein bisschen angreifbar, nachdem ich von Melissa um ein Haar entlarvt worden wäre. Tags darauf hat sie mir eine Nachricht geschickt, um mir mitzuteilen, was passiert ist.

Hey Stella, dachte nur, du solltest wissen, dass ich glaube, jemand hat einen Facebookaccount in Alices Namen eingerichtet und meinen Namen als Freund hinzugefügt, aber jetzt ist die Seite verschwunden. Was für ein Perverser macht denn so was? Wissen die denn nicht, wie weh mir das tut? Jedenfalls dachte ich, du solltest es erfahren, falls sie mit dir das Gleiche versuchen. Hoffe, dir geht es gut,
Melly x

Melly? Was soll das denn bitte?

Ich hab ihr nicht geantwortet. Falls ich ihr in meinem Leben noch einmal begegne, werde ich einfach sagen, dass ich nicht mehr bei Facebook bin. Stattdessen logge ich mich jetzt bei HowItIs.com ein, um zu sehen, was Camilla Stacey heute Abend zu sagen hat. Ich lese ihre Blogeinträge, seit ich denken kann, sehr gewissenhaft sogar, aber in letzter Zeit geht mir ihre Selbstgefälligkeit auf die Nerven. Jetzt finde ich ihren neuesten Eintrag. »Werdet aktiv«, lautet der Titel.

»Sorgt dafür, dass ihr bekommt, was ihr wollt. Macht euch auf die Socken und nehmt es euch.«

Ach ja, weil das Leben so einfach ist? Von der realen Welt hat Cam Stacey offensichtlich keinen blassen Schimmer. Sie verfasst diesen idealistischen, selbstbeweihräuchernden Schwachsinn – man soll sich selbst lieben, man soll sich selbst treu sein, man soll seinen eigenen Weg gehen und dafür sorgen, dass man das bekommt, was man will. Was weiß die denn schon? Für sie scheint das Leben ganz einfach zu sein, ihr Geld, ihr Erfolg, ihre Freude am Alleinsein. Wer will denn über jemanden lesen, der sein Leben dermaßen gut auf die Reihe kriegt? Ich langsam nicht mehr.

Ich habe die Entdeckung gemacht, dass sehr oft die beste Therapie darin besteht, andere Leute zu sehen, denen es schlechtgeht. Deshalb ist die Gesellschaft so besessen von Promitratsch, deshalb sind Soaps immer so deprimierend. Wenn man hört, welchen

Scheiß andere Leute durchmachen, geht es einem doch gleich besser – und genau das ist Cam Staceys Problem. Bei ihr ist alles so verflucht positiv. Sie liebt ihren Körper, ihr Leben, ihre Kinderlosigkeit, ihren Job. Sie versucht zwar, ihre Selbstgefälligkeit als Positivität zu verkaufen, aber das stimmt nicht, es ist einfach nur Selbstgefälligkeit. Wie konnte mir das bisher entgehen?

Ich logge mich aus und gehe auf *MailOnline*. Ich muss etwas über Promis mit beschissenem Leben erfahren, dann fühle ich mich besser, garantiert.

Warte ... was ist das denn?

IDENTITÄT DER WALTHAMSTOW W*** WOMAN ENTHÜLLT
Bei der Frau, die an der Station Tottenham Court Road in die U-Bahn eingestiegen und in Walthamstow ausgestiegen ist, handelt es sich um Tara Thomas, eine zweiundvierzigjährige unverheiratete Mutter, die es nicht einmal für notwendig befunden hat, dem Vater des Kindes mitzuteilen, dass sie schwanger war. Eine zuverlässige Quelle aus dem engsten Bekanntenkreis von Tara Thomas erklärte MailOnline: »Tara hat den Entschluss, des Baby zu behalten, nie hinterfragt – sie wollte es so, also gab es für sie keinen Grund, weiter darüber nachzudenken. Ihrer Meinung nach war es vollkommen unnötig, den Vater zu informieren.«

Moment mal. Tara? Letzten Freitag? Arbeitet beim Fernsehen? Hat eine sechsjährige Tochter? Oh mein Gott, Jason hatte ein Date mit »Wank Woman«? Anfang der Woche war die Geschichte überall auf Facebook. Ich habe mir das Video angesehen, als Jason direkt nebenan in seinem Büro saß, und ich fand es echt unangenehm, diese Frau zu beobachten, die garantiert nicht wusste, dass sie gefilmt wurde. In diesem Punkt gebe ich Camilla Stacey vollkommen recht: Dieses Video ist Voyeurismus übelster Sorte. Deshalb bin ich der Geschichte auch nicht nachgegangen – was gar nicht so leicht war, denn sie war praktisch überall. Aber war das wirklich *Jasons* Tara? Die Tara, die er so dringend wiederfinden wollte? Anscheinend schon, ich bin sicher, dass er gesagt hat, sie hat lange braune Locken, Sommersprossen und wohnt in Walthamstow. Die Beschreibung passt genau auf Wank Woman. Aber wie ist es möglich, dass Jason das Video nicht gesehen hat? Vermutlich weiß ich jetzt wenigstens, dass er sich an seine Deadline hält und nicht im Internet surft – kein Mensch, der in den letzten Tagen online war, hätte die globale Sensation Walthamstow Wank Woman verpassen können. Verdammte Scheiße, ich fühle mich, als hätte man mir soeben eine Granate in die Hand gedrückt.

Cam

Cam liegt nackt auf ihrem Flokati und ist ziemlich zufrieden mit sich, denn ihr Aufruf trendet bei Twitter. Träge durchstreift sie Google nach Feminismus-Blogs und hat das Gefühl, dass täglich neue auftauchen. Schmeichelhaft, aber gleichzeitig nervig ist die Tatsache, dass die meisten Cam als ihre Inspiration angeben. In einem Blog mit dem Titel »One Night Stance« interviewt Julia Rylan, eine dreiundzwanzigjährige Bloggerin, verschiedenste Frauen online zum Thema Casual Sex. Eine Frau namens Becky Martin hat eine Website, die sie »The IVF Crowd« nennt und auf der es um Frauen über dreißig geht, die allein Kinder bekommen. Auf einer anderen, die sich »All Work No Play« nennt, schreibt Jemma Osbourne über ihr Leben als berufstätige Mutter. Sie alle haben auf Twitter über fünfzigtausend Follower, und unter jedem Post gibt es Hunderte von Kommentaren, also verfügen sie über eine riesige Leserschaft. Als Cam mit ihrem Blog angefangen hat, gab es überhaupt keine Konkurrenz, aber jetzt schreiben sehr viele über die gleichen Themen wie sie. Sie muss ihre Beiträge zuspitzen, wenn sie ihre Position als »wichtigste Stimme für fortschrittlich denkende Frauen« halten will. Wie könnte das aussehen? Was macht *HowItIs.com* anders als die anderen?

Ihr Telefon klingelt.

Ohne abzuwarten, wer sich meldet, ruft Camilla siegessicher »Mutter!« ins Telefon und visualisiert dabei ihre Mutter im Flur am Festnetztelefon, in Hose und langer cremefarbener Strickjacke, an den Füßen ihre »Hausschuhe«. Alles von Marks & Spencer.

»Ich hab dich im Radio gehört.« Eine bedeutungsschwangere Pause folgt. Cam schweigt und wartet, denn sie weiß, selbst wenn ihre Mutter ihr Zeit für eine Erwiderung lässt, bevor sie ihren eigenen Standpunkt deutlich gemacht hat, heißt das noch lange nicht, dass es okay für sie ist, wenn Cam etwas sagt. »Ganz Brockley redet darüber«, geht es denn auch nach kurzem weiter.

»Mum, in Brockley reden doch immer alle über alles.«

»Aber nicht immer über *dich*. Und warum musstest du über diesen achtundzwanzigjährigen Mann schreiben? Wenn du so eine sexuelle Beziehung hast, brauchst du es doch nicht auch noch an die große Glocke zu hängen, oder?«

»Ich hab darüber geschrieben, damit die Leute nicht denken, ich bin traurig und einsam.«

»Aber du *bist* traurig und einsam, Camilla. Das warst du schon immer.«

»Mum, eines Tages wirst du begreifen, dass ich glücklich bin. Ich finde meine eigene Gesellschaft einfach sehr interessant«, erwidert Cam und klemmt das Telefon zwischen Ohr und Schulter, damit sie nebenbei ihre Zehennägel mit pfirsichfarbenem Nagellack bearbeiten kann.

»Ich weiß. Deshalb hast du dich zwei Tage lang im Schrank unter der Treppe versteckt. Ich dachte, jemand hat dich gekidnappt.«

»Da war ich sieben. Ich kann mich nicht immer wieder dafür entschuldigen, ich bin inzwischen sechsunddreißig.«

»Manche Leute haben schreckliche Sachen unter deinen Artikel geschrieben. Ein Mann hat dich sogar als Hure beschimpft.« Wieder eine Pause, kurz nur, aber definitiv erneut bedeutungsvoll. »*Bist* du denn eine Hure, Liebes?«

»Nein, Mum, ich will nur keine Kinder. Du hast vierzigtausend Enkel, also bitte hör auf, so zu tun, als ob ich dich im Stich lasse.« Cam hat wirklich die Nase voll davon, sich ständig die gleichen Vorwürfe anhören zu müssen, fährt aber trotzdem etwas sanfter fort: »Es gibt doch genug Gründe, weshalb du stolz auf mich sein könntest, Mum. Ich mache wirklich tolle Sachen.«

»Ich bin ja auch stolz auf dich, aber könntest du nicht beispielsweise eine Kolumne im *Red Magazine* schreiben und über Mode reden? Das ist doch auch ein schönes Thema, das dir gefällt.«

Ein Paradebeispiel dafür, wie Cam von ihrer Mutter verzweifelt in alle erdenklichen Frauenklischees gestopft wird. Mit Mode hat Cam überhaupt nichts am Hut, Mode ist ihr scheißegal.

»Ich möchte über wichtige Dinge schreiben, Mum. Es ist wichtig, dass Frauen, die ein unkonventionelles Leben führen, ihre Meinung äußern, denn sonst wird die Welt sich niemals verändern.«

»Du bist wie diese Gloria Steinem in den Sechzigern.« Cam grinst. Dass ihre Mutter sie mit Gloria Steinem vergleicht, ist ein großer Fortschritt, denn damit unterstellt sie Cam politische Kapazität. »Sie hat ständig über Feminismus geredet und stand am Ende auch allein da.«

Na ja, vielleicht doch kein Fortschritt.

Während Cam darüber nachdenkt, wie sie den Anruf möglichst schnell beenden kann, taucht Mark aus dem Bad auf. Schnell nimmt sie ihren Zeh, das Nagellackfläschchen und den Pinsel in die eine Hand und legt die andere über die Lippen, damit er still ist. Er sagt kein Wort, stemmt aber die Hände in die Hüften und schwingt sie hin und her, so dass sein Penis deutlich hörbar gegen seine Oberschenkel klatscht. Cam fragt sich, ob er diese kleinen Pimmeltricks zu Hause einübt – sie sitzen immer perfekt.

»Mum, ich muss aufhören. Ein Vogel hat sich in mein Schlafzimmer verirrt.«

»Na gut, Camilla. Aber bitte, nichts mehr über den Achtundzwanzigjährigen, ja?« Doch Cam hat das Gespräch schon beendet.

»Ich hab mir die Schamhaare gestutzt, damit du meinen Schwanz besser sehen kannst«, erklärt Mark. Er ist noch stolzer auf seinen Körper und seinen Penis als Cam auf alles, was sie jemals gesagt, besessen oder getan hat. Er ist ein attraktiver, nahezu perfekt proportionierter junger Mann, der keine Ahnung hat, wie mangelndes Selbstbewusstsein sich anfühlt, weil er nie mit diesem Gefühl konfrontiert war. Der Sex mit ihm ist phänomenal.

»Soll ich heute Abend deine Muschi rasieren?«, fragt er, legt sich neben Cam und streichelt ihre Schamhaare. Er ist so jung und so sexuell, dass er alles ausprobieren möchte, und er sieht sich ständig Pornos an. Sanftes, lockeres Zeug. Die Art Softpornos, die spätabends im Fernsehen laufen, keinen scheußlichen Missbrauchssex, den sich so viele Leute im Internet reinziehen. Er hat fortwährend eine Erektion, aber sie ist immer wohlwollend. »Ein Penis mit Gewissen«, nennt Cam ihn in Gedanken manchmal. Er ist nicht zudringlich oder gar aggressiv, und Cam geht fest davon aus, dass er, bevor er Sex mit jemandem hat, immer wartet, bis er von seinem Gegenüber ein deutliches »Ja« zu hören bekommt. Er ist ein guter Junge, aber so jung und viel zu hübsch – außer für Sex kann Cam ihn einfach nicht für voll nehmen.

Außerdem hat sie auch nicht den Wunsch, sich ihm zuliebe aufzuführen wie ein Pornostar.

»Nein, ich möchte nicht, dass du meine Schamhaare abrasierst. In einer Viertelstunde muss ich weiterarbeiten, aber bis dahin könntest du mich noch ein bisschen lecken, ja?«

»Gern. Wenn du arbeiten möchtest, kann ich uns auch was zu

essen machen. Oder Pizza holen. Oder du arbeitest ein bisschen, ich sehe so lange fern, und dann können wir was essen und ein bisschen rumhängen.«

»Aber ich muss wirklich arbeiten«, entgegnet Cam im Flirtton und versucht, ihn zu sich zu locken.

»Ich weiß, Babe. Ich weiß, dass du arbeiten musst. Deshalb sage ich ja, du kannst eine Weile arbeiten, und wenn du fertig bist, können wir abhängen.«

Cam erstarrt. Das will sie nicht, sie will nicht, dass er plötzlich Anspruch auf ihre Zeit erhebt, die sie allein verbringen möchte, das sollte ein Fickfreund nicht tun.

»Mark, entschuldige, aber ich mag es nicht, wenn ich bei der Arbeit ein Zeitlimit habe, okay? Vielleicht solltest du einfach gehen, was meinst du? Morgen können wir dann abhängen. Oder ficken. Cool?«

Mark weiß, dass es keinen Sinn hat zu versuchen, Cam umzustimmen, sie hat ihm von Anfang an klargemacht, dass ihre Arbeit erste Priorität hat. Also zieht er sich an.

»Gehst du nachher noch aus?«, fragt sie ihn, als er sich auf den Weg machen will.

»Nee, ich bin nicht in der Stimmung. Wahrscheinlich hau ich mich früh hin«, sagt er, und es klingt ein bisschen resigniert.

»Tut mir leid. Aber ich muss wirklich arbeiten, okay?«

»Ja, ja, ich weiß, das hast du schon erwähnt. Aber vielleicht könntest du mich diesmal unerwähnt lassen, okay? Meine Mum liest deinen Blog, und der letzte Eintrag, in dem du von mir erzählt hast, war echt peinlich.«

Cam setzt sich aufrecht hin und stellt ihren Laptop zur Seite. »Du hast ihn gelesen?«

»Natürlich hab ich ihn gelesen.«

»Gott, das tut mir leid, ich hab es keine Sekunde für möglich gehalten, dass du meinen Blog liest«, sagt sie, ehrlich entsetzt.

»Schon okay – solange du meinen Namen nicht erwähnst. Ich bin eigentlich keine öffentliche Person. Und vielleicht könntest du auch die Details über meinen Schwanz weglassen. Meine Mutter hat Herzprobleme. Dann sehen wir uns also morgen?«

»Ja. Und Mark – es tut mir wirklich leid, dass ich über dich geschrieben habe, ohne dir etwas davon zu sagen. Das war nicht cool. Mark?«, ruft sie ihm nach, aber er ist schon weg.

FUCK!, sagt Cam zu sich. *Er hat seiner Mutter von mir erzählt*?

Stella

Ich habe meinen Facebookaccount deaktiviert, und jetzt vermisse ich ihn. In mancher Hinsicht hätte er mich wahrscheinlich irre gemacht, aber ich habe in den letzten Jahren so viel Zeit damit verbracht, ein Profil nach dem anderen anzuklicken und im Leben dieser Leute rumzuschnüffeln. Eigentlich war das meine einzige Beschäftigung, seit Jason so unter Termindruck steht, und jetzt habe ich gar nichts mehr zu tun. Wie erbärmlich ist das denn?

Vielleicht habe ich den eifersüchtigen Hass, der in mir brodelte, wenn jemand Babyfotos postete oder etwas über die Freuden des Familienlebens schrieb, irgendwie genossen. Dieser Feuerball der Wut hat mich durch den Tag bugsiert. Ich hatte etwas, worüber ich nachdenken, mir Sorgen machen, mich leidenschaftlich ereifern konnte. Ich mag Leidenschaft. Damit meine ich jetzt nicht sexuelle Leidenschaft, sondern dass man etwas mit Leidenschaft tut. Irgendetwas. Aber abgesehen von meinem Job habe ich überhaupt nichts mehr, was mich anspornt, und momentan gibt es hier so wenig zu tun, dass ich eigentlich fertig bin, wenn ich mir eine Tasse Tee und Jason einen schwarzen Kaffee gemacht habe. Ich habe alles superpenibel organisiert, über dreißig sinnlose Tabellen erstellt und sogar eine Liste der Personen angefangen, denen Jason eine Weihnachtskarte schicken muss. Jetzt ist alles erledigt, und mir fällt absolut keine Beschäftigung mehr ein, außer mich in meiner Vergangenheit und seit neuestem auch meiner kläglichen Gegenwart zu suhlen. Die biologische Zeitbombe tickt in meinem Kopf mindestens so laut wie in meinen Genen, und ich schaffe es einfach nicht, sie zum Schweigen zu bringen.

Ich krame einen Müsliriegel aus der obersten Schublade meines Schreibtischs. Allerdings schmeckt zurzeit nichts nach irgendwas, ich esse nur, um die Zeit totzuschlagen.

Ich vermisse Alice. Als sie noch gelebt hat, war mir nie langweilig. Ich habe sie angerufen und mich mit ihr darüber unterhalten, was ich zum Lunch gegessen habe, sie hat mich angerufen, um mir zu sagen, dass sie pinkeln geht. Wir haben den ganzen Tag über die kleinsten Details unseres Lebens geredet oder gesimst. Lange, ziellose Gespräche auf dem Weg zur Arbeit, nur damit wir nicht allein waren. Nie. Mir tat der Arm weh, weil ich mir das Handy so lange ans Ohr drückte. Auf dem Heimweg telefonierten wir ebenfalls und legten erst wieder auf, wenn diejenige, die als Erste ankam, der anderen die Tür öffnete, so dass wir uns von Angesicht zu Angesicht gegenüberstanden. Wenn wir abends nicht im gleichen Zimmer ins Bett gingen, schickten wir uns SMS, bis wir einschliefen. Ich schaue auf mein Handy. In den letzten drei Tagen habe ich drei Nachrichten verschickt. Eine an Phil, dass er ein Paar Socken vergessen hat und ich sie wegwerfe. Eine an Jason, ob er möchte, dass ich ihm auf dem Weg zur Arbeit ein Croissant mitbringe, und eine an meinen Nachbarn, dass er die Mülleimer nicht ständig mit seinen Amazon-Prime-Kartons vollstopfen soll. Was für eine tragisch leere Kommunikation. Aber so ist mein Leben eben. Tragisch.

Ich finde wieder den Artikel über Tara. Ich muss über jemanden lesen, dessen Leben scheiße ist.

»Stella, ist mein Smartphone angekommen?«, erkundigt sich Jason und kommt kurz aus seinem Büro. Hastig klappe ich meinen Laptop zu.

»Nein, noch nicht. Ich werde mal nachhaken. Wie geht es mit dem Schreiben heute?«, frage ich.

»Es wird.«

Ich weiß, ich sollte ihm von Tara erzählen, aber ich weiß nicht, wie. Vielleicht: *»Also, Jason, die junge Frau, die du so toll fandest, ist eine globale Sensation in Sachen Masturbation«?*

Nein, das kann ich nicht. Nicht nur, weil ich die richtigen Worte finden müsste, sondern auch, weil ich ihm dann das Video zeigen müsste, und ich glaube, mit meinem Boss eine Art Softporno anzuschauen würde womöglich unnötig eine Grenze überschreiten. Ganz zu schweigen davon, was es mit seiner Konzentration anrichten könnte. Jason muss das Buch fertigschreiben, und dass er sein Handy verloren hat, ist letzten Endes ein Segen. Außerdem habe ich endlich eine Aufgabe, wenn ich ihn in Schach halten muss, und genau das brauche ich jetzt. Ich werde also nicht nachgeben. Obwohl er wirklich sehr, sehr traurig aussieht.

»Irgendwie werde ich den Verdacht nicht los, dass ich zu den Menschen gehöre, die alleine sterben werden«, sagt er, den Blick zu Boden gerichtet. Ich stehe auf, gehe zu ihm und lege ihm eine Hand auf die Schulter, wie ein Vater es in einem altmodischen Film bei seinem Sohn tun würde. Ich bin nicht sicher, ob ich Jason jemals zuvor absichtlich berührt habe, außer vielleicht beim Händeschütteln, als wir uns das erste Mal begegnet sind. Da wir ganz allein im Studio sind, fühlt sich die Berührung sehr vertraulich an.

»Ahhh, ich bin sicher, dass das nicht passieren wird, Jason. Typen wie du sterben nicht allein.«

»Du hast so ein Glück, Stella. Dass du eine feste Beziehung hast. Ich weiß, du denkst wahrscheinlich, ich bin ein hoffnungsloser Fall, aber ich fühle mich manchmal so einsam. Als hätte ich in mir ein riesiges Loch, das ich nicht füllen kann. In meinem Alter müsste ich doch längst verheiratet sein und Kinder haben, aber stattdessen habe ich immer noch Dates mit fremden Frauen in irgendwelchen Bars und warte dann sehnsüchtig wie ein dummer Teenager auf eine SMS.«

Seine emotionale Offenheit ist echt entwaffnend. Ich weiß nicht, ob ich jemals einen Mann kennengelernt habe, der seine Gefühle so zeigen kann wie Jason. Phil war zärtlich und rücksichtsvoll, aber nicht auf diese Art. Jason vermittelt mir das Gefühl, dass ich ihm jederzeit mein Herz ausschütten könnte. Ihm erzählen, wie es mir geht. Als wäre er ein guter Freund. Aber nein. Ich bin seine persönliche Assistentin, ich erkläre ihm weder jetzt noch sonst irgendwann, dass ich aller Wahrscheinlichkeit nach auch zu denen gehöre, die alleine sterben werden.

»Ich weiß, ich habe Tara erst ein einziges Mal gesehen, aber sie hatte so etwas an sich. Unsere Verbindung war echt, das weiß ich genau. Und sie ist so aufregend«, sagt er und schaut mich traurig an. Ich finde das sehr süß.

Na ja, vermutlich ist *aufregend* auch eine Art, diese Frau zu beschreiben.

»Komm schon, du bist seit zwei Wochen ziemlich isoliert. Du langweilst dich, vielleicht bist du auch einsam. Deshalb fühlst du dich deprimiert. Aber halte durch, bald ist es vorbei. Wenn du dieses Buch hinter dich gebracht hast, kannst du wieder auf die Pirsch gehen«, sage ich, während ich mich wieder hinter meinen Schreibtisch zurückziehe. Wie immer erstaunt es mich, dass ich so logisch argumentiere, wenn es darum geht, Jasons Leben zu organisieren. Bestimmt komme ich dann total sortiert rüber. Kein Wunder, dass er überhaupt nicht ahnt, wie ich wirklich bin – in seiner Nähe schaffe ich es extrem gut, die Wahrheit zu verbergen.

»Du hast natürlich recht. Okay.« Er macht sich wieder auf den Weg in sein Büro. »Vielleicht sollte ich einfach auf Tinder gehen und meinen Horizont erweitern«, meint er noch, schaut sich um und grinst mich sarkastisch an. Obwohl ich den Verdacht habe, dass er tatsächlich mit dem Gedanken spielt.

Als er in seinem Büro verschwunden ist, klappe ich meinen Laptop wieder auf und lese den Artikel über Tara. »Ihrer Meinung nach war es vollkommen unnötig, den Vater zu informieren.« Warum geht mir ausgerechnet dieser eine Satz so oft im Kopf herum? Sie ist also nach einem One-Night-Stand schwanger geworden und hat das Baby behalten. So einfach war das? Ich frage mich, ob sie es wohl geplant hat. Denn so etwas könnte man ja vermutlich ganz gut einfädeln. Wenn man wirklich unbedingt ein Baby haben wollte …

Ich suche im App Store nach Tinder und lade die App runter. Dann erstelle ich einen Account und fange an zu wischen.

Natürlich nur so zum Spaß.

Cam

»›Das Gesicht der kinderlosen Frauen‹, willst du mich verarschen?«, blafft Mel, als sie in die Rezeption des Dream Spa Wellnesscenters stürmt, wo Cam und ihre Schwestern Tanya und Angela bereits warten.

»Wie bitte?«, erwidert Cam höflich und wundert sich, dass Mel ihr gerade ziemlich aggressiv ein Exemplar von *The Times* an den Kopf geworfen hat.

»Oben links, da bist du mit deinem Kreuzzug. Schau es dir an!«

»Was ist das denn? Gib her«, sagt Tanya, die älteste der vier Schwestern und schnappt sich die Zeitung von Cams Schoß. Dann liest sie laut vor.

Camilla Stacey, das Gesicht der kinderlosen Frauen
Von Susan Miller

Nach einer Karriere mit schwungvollen Artikeln und provokanten Tweets scheint Camilla Stacey, Journalistin, Bloggerin, Frauenrechtsexpertin und Gründerin von HowItIs.com, ihre neue Position als Bienenkönigin der bewusst kinderfrei lebenden Frauen gefunden zu haben.

»›Der bewusst kinderfrei lebenden Frauen‹? Das klingt ja, als säße unsereins im Elterngefängnis«, wirft Angela ein, die von den vier Schwestern immer am schnellsten eingeschnappt ist.

»Tun wir ja auch irgendwie«, meint Mel, »aber warte, das Beste kommt noch.«

Tanya fährt fort:

Nachdem Stacey auf ihrer feministischen Website eine Serie unmissverständlicher Posts veröffentlicht hat, legte sie sich nun, ihrem Schwur, die Gesellschaft vom Wert der Kinderlosigkeit zu überzeugen, stets treu bleibend, mit den eher konservativen Zuhörerinnen (und der ebenso konservativen Moderatorin) von Female First auf BBC Radio London an.

In Bezug auf einige ihrer kinderlosen Heldinnen – Dolly Parton, Oprah Winfrey, Gloria Steinem und Helen Mirren – meinte Stacey: »Ich finde es wichtig, dass wir uns an unseren Heldinnen orientieren, und dass wir aufhören, Frauen danach zu bewerten, ob sie Mütter sind oder nicht.«

Das Interview stieß im Netz auf eine Welle der Zustimmung, auf Twitter lobte man Stacey für ihre Unterstützung der »Nichtmütter«, und ein Follower verlieh ihr sogar den Ehrentitel: »Gesicht der kinderlosen Frauen«.

Es ist höchste Zeit, dass wir eine Symbolfigur für die am

schnellsten wachsende demographische Gruppe in unserer heutigen Gesellschaft bekommen, der Gruppe der NICHT-Mütter.

Natürlich gibt es wie immer auch die Neinsager. Traditionalisten, die glauben, dass der Platz einer Frau am Herd ist und dass sie die Pflicht hat, sich fortzupflanzen, um den Fortbestand der menschlichen Rasse zu gewährleisten. Aber wie Stacey es so treffend formuliert: »Es gibt sehr viele Menschen, und es werden sehr viele Babys geboren. Wenn ihr euch entscheidet, dies nicht zu tun, ist das absolut in Ordnung!«

Es lebe unsere neue Königin Camilla Stacey, das Gesicht der kinderlosen Frauen. Setz die Krone auf, Camilla!

»Ach du Scheiße«, japst Cam und nimmt Tanya die Zeitung wieder aus der Hand. »Das ist ja der Hammer.«

»Der Hammer an Peinlichkeit, du klingst wie eine vertrocknete alte Hexe«, faucht Angela. »Was kommt als Nächstes? Hast du Ambitionen, das Gesicht der verrückten Katzenladys zu werden? Oder das Gesicht von ›Verfluchte Scheiße, auf einmal bin ich achtzig und hab seit vierzig Jahren das Haus nicht mehr verlassen‹?«

Tanya, Mel und Angela lachen laut und umringen Cam wie Hexen den Hexenkessel. Ganz egal, wie groß und erwachsen Cam sich in ihrem Online-Leben fühlt, wenn sie mit ihren Schwestern zusammen ist, verwandelt sie sich augenblicklich in ein kleines Mädchen. Tanya setzt sich links neben sie, Angela rechts. Tanya legt ihr die Hand aufs Knie. »Bist du sicher, dass du das willst? Ich weiß, wir beklagen uns, weil wir müde sind und hart arbeiten, aber wir würden unsere Kinder für nichts in der Welt hergeben. Dir würde es auch gefallen, wenn du es zulassen würdest. Es ist echt nicht soo schlimm.«

Angela beugt sich zu ihr. »Wir fragen uns nur, ob du hinter dem Ding mit der Kinderlosigkeit nicht vielleicht etwas anderes versteckst, weißt du, etwas wie …«

»Ach, raus damit«, faucht Mel vom Platz gegenüber. Sie ist damit beschäftigt, ihren linken Stützstrumpf vorsichtig herunterzurollen. »Angela will damit sagen, dass sie denkt, du bist lesbisch. Und – bist du?«

»Leute, ich hab euch schon als Kind tausendmal erklärt, dass ich nicht lesbisch bin. Was soll ich denn noch tun? Ich schreibe über Sex mit Männern, ich habe Sex mit Männern, welchen Beweis braucht ihr denn noch?«

»Es ist also wahr? Du bist tatsächlich mit einem Achtundzwanzigjährigen liiert? Du hast ihn nicht bloß für deinen Blog erfunden?«

»Natürlich nicht. Er ist real. Sehr real sogar. Und wird immer realer«, fügt Cam an und denkt daran, wie Mark gegangen ist und offenbar verletzt war.

»Was bedeutet das? Bist du fest mit ihm zusammen?«, will Angela wissen.

»Nein, bin ich nicht. Überhaupt nicht. Himmel, er ist ein Junge. Ich meine bloß, je mehr Zeit man mit jemandem verbringt, desto besser lernt man ihn kennen, wisst ihr.«

»Oooooooh, Cammie hat einen Freund. Cammie hat einen Freund!« Die drei älteren Schwestern verfallen in einen kichernden, spöttischen Sprechgesang, als wären sie fünfundzwanzig Jahre jünger und Cam wäre gerade zum Schulball eingeladen worden. Solche Szenen sind Cam nur allzu vertraut, und sie braucht nicht die Hilfe von Sigmund Freud, um zu analysieren, wo der Ursprung ihrer sozialen Probleme liegt.

»Okay, Ladys, sind Sie vollzählig?«, ruft in diesem Augenblick eine hübsche Blondine, die, bekleidet mit einer weißen Baumwolluniform, den Raum betritt. »Hier entlang, bitte.« Alle vier nehmen ihre Taschen und folgen der Blonden in den Umkleideraum.

»Okay, Sie haben alle die private Massage und eine Gruppenpediküre gebucht, richtig?«

»Jepp, das ist richtig«, bestätigt Tanya.

»Eigentlich hätte ich statt der Pediküre gern eine Fußmassage, geht das, bitte?«, fragt Cam.

»Ach Cam, jetzt komm schon«, sagt Mel. »Der Sinn der Übung ist doch, dass wir ein bisschen Zeit zusammen haben. Setz dich doch zu uns und lass dir die Füße schön machen.«

»Nein, ich hasse das. Es macht mich krank, eure Füße anzuschauen, es erinnert mich daran, wie ihr mir eure Zehen in den Mund gestopft habt, um mich zu wecken. Ich bezahle alles, wenn ich meine Anwendungen alleine kriegen kann. Danach können wir gern noch irgendwo was trinken, und ihr könnt euch weiter über mich lustig machen.«

»Zahlst du das dann auch?«, fragt Angela frech.

»Ja, das bezahle ich auch. Aber bitte erspart mir eure Füße.«

»Okay, aber sag deinem Masseur bitte, er soll keine Extrazeit berechnen, weil deine Füße so riesig sind«, scherzt Tanya.

»Ach, du bist ja so lustig!«, stöhnt Cam, zieht sich eine Socke vom Fuß und bewirft Tanya damit.

Alle ziehen sich aus. Ohne weiter darüber nachzudenken, schlüpft Cam aus ihrer Lederjacke und zieht sich das schwarze T-Shirt über den Kopf.

»Himmel, Camilla. Du hättest uns ja wenigstens vorwarnen können, dass wir die Augen ausgestochen kriegen«, sagt Mel, die ihre Unterwäsche hinter einem Handtuch auszieht. »Hast du denn nie einen BH an?«

»Ich wollte nach der Massage keinen anziehen müssen. Ich mag meine Freiheit.«

»BH-frei, kinderfrei, freundfrei, hast du dich jemals etwas anderem verpflichtet gefühlt als deinem Laptop?

»Ja, allerdings. Ich hab eine Verpflichtung meinem Zuhause gegenüber, das mir gehört, gegenüber der Arbeit, die ich mache, und dem Schreiben. Anders als ihr drei, die ihr an Ehemänner und Babys gebunden seid. Ich bin frei wie ein Vogel, mein Ding zu machen, und ich bin glücklich. Können wir also bitte einen einzigen Nachmittag zusammen verbringen, an dem ihr mal zugebt, dass ihr mich hin und wieder um dieses Leben beneidet?«

Sie ziehen sich weiter aus, aber eine Weile herrscht unbehagliche Stille.

»Ich kann nicht so frei sein wie du, da hast du recht«, sagt Mel und steigt aus ihrer Unterhose. »Hauptsächlich deswegen.«

Sie lässt das Handtuch fallen und entblößt ihren von Schwangerschaft und Geburt malträtierten Körper. Kugelschreiberdick quellen die Adern aus ihren Beinen hervor, ihre Brüste sehen aus wie leere Einkaufsbeutel, Dehnungsstreifen kreuzen sich auf ihrem Bauch wie die Linien auf einem Dartboard. Ihre Schwestern wissen nicht, ob sie lachen sollen oder lieber nicht.

»Außerdem pinkle ich, wenn ich niese«, fährt Mel fort, und alle prusten los, während sie sich ein Handtuch schnappt und zwischen die Beine quetscht. »Mist«, sagt sie. »Wenn ich lache, leider auch.«

»Dann komm doch um Himmels willen zu meinem Yogakurs«, sagt Tanya. »Dein Beckenboden ist offensichtlich in einem sehr schlechten Zustand.«

»Okay, welche von Ihnen ist Camilla?«, fragt eine andere junge Frau, die gerade hereingekommen ist, diesmal eine mit braunen Haaren, aber in der gleichen weißen Baumwolluniform. Offensichtlich weiß sie nicht recht, in was sie hier reingeplatzt ist, gibt sich aber alle Mühe, die Frau, die möglicherweise in ihr Handtuch pinkelt, nicht anzustarren.

»Ich bin Camilla«, meldet sich Cam, bindet ihren Bademantel zu und steckt ihr Smartphone in die Bademanteltasche.

»Cam, nein, mach keinen Quatsch, du kannst doch dein Handy nicht mit zur Massage nehmen. Kommst du nicht vielleicht mal eine Stunde ohne Internet aus?«, ruft Angela, die ihrerseits nicht mal bei Facebook ist.

»Doch, aber wenn die Stunde vorbei ist und ich meine Fußmassage kriege, werde ich einen Blog über die Massage schreiben. Denn so funktioniere ich eben. Okay, alles klar?« Cam streckt ihren Schwestern die Zunge raus und folgt der Masseurin.

»Mein Name ist Sandra, mir gehört das Center. Wenn Sie erwähnen, dass Sie hier waren, zahlen Sie fünfzig Prozent weniger«, sagt die Frau. »Ich liebe Ihren Blog.«

»Klar, danke«, antwortet Cam. Noch ein Vorteil ihres Jobs.

Nach einer herrlichen einstündigen Ganzkörpermassage ist Cams Gehirn bereit, wieder an die Arbeit zu gehen. »Kann ich mich für die Fußmassage hinsetzen und das Handy benutzen?«, fragt sie.

»Klar. Ich werde Sie nicht stören. Ich weiß ja, dass Sie keinen Smalltalk mögen.«

Das klingt so vertraulich, dass Cam zusammenzuckt. Da sitzt sie in diesem winzigen Raum, zusammen mit einer Wildfremden, die die Feinheiten ihres Lebens kennt, weil Cam sie aufgeschrieben und der Welt draußen zur Verfügung gestellt hat. Zum zweiten Mal in dieser Woche fühlt sie sich sehr sonderbar.

»Okay, hochschauen und lächeln, bitte! Zeit für einen Tweet«, sagt sie, macht ein Foto und postet es.

Beste Fußmassage aller Zeiten im @dreamspa. Fragt nach Sandra, sie hat Zauberhände. #dreamspa #magichands #askforSandra

»Danke«, sagt Sandra. »Ist ein hartes Geschäft. Wahnsinnig viel Konkurrenz. Ich hab das hier aufgebaut, als ich meine Tochter gekriegt habe. Ihr Dad hat sich aus dem Staub gemacht, und ich stand vor dem Nichts. Ich hab mit Maniküre angefangen, und jetzt ist es ein Spa. Am Ende ist doch was Gutes daraus geworden. Aber wie auch immer, sorry, machen Sie ruhig weiter. Sagen Sie Bescheid, falls es zu viel Druck ist.«

»Mach ich, danke. Fühlt sich gut an.«

Cam lehnt sich zurück und checkt ihre Mails. Eine ist von Tara.

Hey Cam,
also, jetzt ist mein Name raus, vermutlich kann ich mich nicht mehr verstecken. Außerdem bin ich bei Tesco ohnmächtig geworden und im Krankenhaus aufgewacht. Und jepp, offiziell wohne ich mit meinen zweiundvierzig Jahren wieder bei meinen Eltern. Super für mein Selbstbewusstsein.
Wie geht es dir? Ich mochte deinen Artikel, dass Frauen endlich den Mund aufmachen sollen. Allerdings glaube ich, dass es nicht immer so einfach ist. Ich hab gelegentlich Momente, in denen ich denke, ich kriege alles einigermaßen geregelt und schaffe es, mein Leben wieder auf die Spur zu bringen, aber dann merke ich, dass das Universum es auf mich abgesehen hat und ich total machtlos dagegen bin. Wie es aussieht, haben die mich sogar bei der Arbeit einfach gestrichen, und das war der einzige Ort, an dem ich mich jemals absolut kompetent gefühlt habe.
Ist das jetzt mein Leben? Hilfe.
Tx

Cam beugt sich vor und sieht Sandra an. »So ein Studio zum Laufen zu bringen erfordert bestimmt eine Menge Energie«, sagt sie. »Mit Kind und allein, meine ich.«

Sandra schaut hoch, lässt ihre Fingerknöchel aber weiter um Cams linkes Fußgelenk rotieren.

»Ja, das war hart. Aber wenn man ein Kind hat, muss man es ja irgendwie durchziehen. Ich will damit nicht sagen, dass es das Leben schwerer macht, aber es geht einfach nicht nur um einen selbst. Letztlich kann jeder Mensch seinem Leben eine neue Richtung geben, man muss sich nur darauf konzentrieren.«

Gedanken tanzen wild durch Cams Kopf, sie schließt einen Moment die Augen. Als die Inspiration zuschlägt, gehen sie ganz von selbst wieder auf. Sie nimmt ihr Smartphone, geht auf *HowItIs.com* und macht sich ans Werk, während Sandra fortfährt, ihre Füße mit genau dem richtigen Druck zu bearbeiten.

Du kannst dir dein Leben jederzeit zurückholen, egal wie schlimm es gerade ist!
Jeder Mensch gerät mal in eine Talsohle, und wenn man drinsteckt, hat man manchmal das Gefühl, dass das Leben nie wieder so sein wird wie vorher – oder wie man es sich erhofft hat. Aber das heißt nicht, dass man sich mit der miesen Lage abfinden muss. Jeder hat die Macht, wieder in die Spur zu kommen, man muss im Grunde nur die richtigen Entscheidungen treffen.
Wenn Traurigkeit dein Leben beherrscht, wenn du von Negativität so aufgefressen wirst, dass du den Wald vor lauter Bäumen nicht mehr siehst; in solchen Augenblicken ist es die Aufgabe eines dir nahestehenden Menschen, dich daran zu erinnern, dass eines Tages alles wieder okay sein wird. Aber wenn du so einen Menschen nicht hast, dann bin ich diejenige, die dir sagt, dass alles wieder in Ordnung kommt – vorausgesetzt, du triffst die Entscheidung, dass du es möchtest.
Nehmen wir zum Beispiel das Gefängnis. Der Sinn eines Gefängnisaufenthalts ist Rehabilitierung. Kriminelle werden zur Strafe für das, was sie getan haben, eingesperrt, sie bekommen einen Denkzettel für ihr Vergehen, damit sie aus ihren Fehlern lernen und, wenn sie ihre Strafe verbüßt haben, in die Welt zurückkehren und ein relativ normales Leben führen. Wenn die schlimmsten Menschen unter uns in der Lage sind, sich nach einem Gefängnisaufenthalt neu zu organisieren, dann kann der Rest von uns das garantiert auch.
Manchmal stellt das Leben dich vor Herausforderungen, denen du dich nicht gewachsen fühlst. Jemand bricht dir das Herz, du wirst gedemütigt, verlierst deinen Job oder einen geliebten Menschen oder deine Gesundheit. So etwas passiert sehr vielen Menschen, solche

Dinge sind auf traurige Weise normal, aber sie können uns so zu schaffen machen, dass es uns unmöglich erscheint weiterzuleben. Aber in Wahrheit kannst du mit der richtigen Mentalität jedes Blatt wenden. Bei allem, vom Leben bis zum Tod, ist es immer deine Einstellung, die definiert, wie die Erfahrung für dich und die Menschen um dich herum ausfällt. Mit einer guten Einstellung kann man alles durchstehen.
Also los, bringt euer Leben wieder auf die Spur, ihr könnt das!
Cam x

Sie postet den Blogeintrag und beantwortet dann Taras Mail.

Tara, schau dir meinen letzten Eintrag an. Es geht immer um die richtigen Entscheidungen – also, was hast du als Nächstes vor?

7

Tara

»Ich kann das einfach nicht glauben«, sagt Dad, während Mum ihm die Arme in die Ärmel seines Sakkos stopft. »Wie soll ich denn Spaß haben, wenn alle es gesehen haben?«

»Wir haben die Feier organisiert, bevor irgendwas von dem passiert ist, Peter. Es würde nicht gut aussehen, wenn wir jetzt alles absagen«, sagt Mum mit verkniffenem Mund, aber in normaler Lautstärke, als könnte das verhindern, dass ich sie höre.

»›Nicht gut aussehen‹? Wie können wir denn noch schlechter aussehen? Und warum müssen wir in den Pub, ich dachte, wir essen hier zu Hause«, jammert Dad weiter, schaut dabei aber in den Flurspiegel und richtet seinen Kragen. Er ist ein stolzer Mann, ich weiß, die Sache bringt ihn fast um.

»Wir wollten auch hier essen, Schatz. Aber du hast drei von den Esstellern, zwei kleine Teller, einen Servierteller und meine Porzellan-Kuchenplatte zertrümmert. Wie soll ich eine Dinnerparty veranstalten, wenn die Hälfte meines guten Porzellans kaputt ist?«

Wenn ich ehrlich bin, wünsche ich mir, dass Dad die Veranstaltung tatsächlich absagt. »Ein kleines Treffen mit Freunden in unserem Stamm-Pub«, wie Mum es ausgedrückt hat, ist momentan für mich ungefähr so verlockend wie ein Schlag ins Gesicht. Aber ich mache mit, weil meine Mum dermaßen großartig war und ich sie unbedingt glücklich machen möchte.

»Ist Katya schon hier?«, frage ich, als ich die Treppe herunterkomme.

»Ja, sie schaut *Coronation Street*«, sagt Mum.

Ich gehe ins Wohnzimmer, und da sitzt Katya, trinkt Tee und sieht fern. Sie ist seit sechs Jahren Mums und meine Putzfrau, und wenn ich ausgehe, passt sie gelegentlich auf Annie auf. Ich habe ihr gesagt, dass sie diese Woche bei mir nicht putzen muss, weil das Haus so ekelhaft ist und ich es selbst erst mal saubermachen muss, bevor sie das nächste Mal hinkommt. Sie ist um die vierzig, eine große blonde Russin, die sich ein wenig trashig kleidet. Außerdem ist sie knallhart, kinderlos und redet nie über Liebe. Ich vertraue ihr hundertprozentig.

»Hey, Katya, wie geht es dir?«

Sie wirft mir einen ärgerlichen Seitenblick zu und konzentriert sich schnell wieder auf den Fernseher. Heute hat sie ein Top mit Leopardenmuster an, dazu Skinny Jeans und spitze Stiefeletten. Wie immer trägt sie grellpinken Lippenstift, was ich angesichts der Tatsache, dass sie den Abend allein vor dem Fernseher verbringen wird, sehr amüsant finde.

»Annie schläft schon, sie war total fertig. Sie hat nicht viel gegessen zum Abendessen, wenn sie also aus irgendeinem Grund aufwacht, kannst du ihr ja einen Toast machen. Aber ich bezweifle, dass sie wach wird. Ja, Katya?«

»Ich kann dich nicht anschauen«, sagt sie streng. Sie spricht mit dickem Akzent.

»Warum?«, frage ich, obwohl ich es genau weiß.

»Seit Jahren putze ich dein Dildo!«, verkündet sie unvermittelt, steht auf und wirkt plötzlich ganz hektisch.

Ich gehe zu ihr. »Meinen Dildo?«

»Ich sorge mich um dich, weil du nichts vom Sex bekommst. Deshalb jede Woche, die ich komme, putze ich dein Dildo, damit er sauber ist für dich, und ich lege ihn in deine Schublade, damit du Sex machen kannst mit Respekt und allem. Aber dann du gehst in die Bahn und du machst diese Sachen, wo jeder sie sehen kann? Warum tust du das?«

»Warte – du putzt meinen Dildo?«, frage ich noch einmal, ganz langsam.

»Jede Woche, ich putze ihn mit der Politur.«

»Mit Möbelpolitur?«

»Ja.«

»Himmel.«

Den Dildo hat Sophie mir vor drei Jahren zum Geburtstag geschenkt. Ich habe ihn noch nie benutzt. Ganz egal, wie wenig Sex ich habe, ein Stück Plastik hat mich echt noch nie angeturnt. Gott sei Dank, denn wenn ich mir tatsächlich zwei Liter Mr Sheen in die Vagina geschoben hätte, wäre ich wahrscheinlich an einer Vergiftung gestorben.

»Katya, du musst meinen Dildo nicht putzen, okay? Und du brauchst dir auch keine Sorgen um mich und den Sex zu machen, den ich kriege.«

»Den Sex, den du nicht kriegst, ist richtiger.«

»Okay, dann eben den Sex, den ich nicht kriege. Mach dir einfach keine Sorgen.«

»Ich putze ihn nicht mehr für dich, gut«, sagt sie beleidigt und setzt sich wieder hin.

»In Ordnung. Schaust du mich bitte mal an?«

Langsam wendet sie den Kopf nach links und sieht zu mir hoch. Unsere Blicke begegnen sich.

»Danke«, sage ich. »Okay, wir kommen bestimmt nicht allzu spät zurück. Ehrlich gesagt hoffe ich, dass ich in weniger als einer Stunde wieder da bin. Bis später dann.«

»Wiedersehen«, sagt sie und starrt wieder auf den Bildschirm. »Ich werde nicht wieder dein Dildo putzen.«

»Das ist mir sehr recht«, murmle ich im Hinausgehen.

»Okay, gehen wir?«, fragt Mum, als ich wieder auf den Korridor trete. Mein Erwachsenen-Ich sagt mir, ich soll der Welt die Stirn bieten, aber das Kind in mir möchte sich im Schrank unter der Treppe einschließen und nie wieder rauskommen. Soziale Paranoia ist ein ganz neues Gefühl für mich. Ich würde buchstäblich lieber in Kakerlaken baden, als mit meinen Eltern und ihren Freunden in einem Pub sitzen.

»Jepp«, sage ich, setze ein tapferes Gesicht auf und ziehe meine Jeansjacke an. »Bringen wir es hinter uns.«

Ich wusste ja, dass es eine grässliche Idee war. Um einen großen runden Tisch im Hinterzimmer des Pubs sitzen ich, Mum, Dad, Mums beste Freundin Gloria (Mums »sexy Freundin«), ihr Mann Simon und zwei von Dads Kumpeln, Ron und Malcolm, mit denen er sich gelegentlich auf ein Bier trifft. An der Wand steht ein mit Essen beladener Tisch, das Büffet. Niemand hat etwas davon angerührt.

»Na, dann mal herzlichen Glückwunsch zum Geburtstag, mein Freund!«, sagt Ron. »Der wievielte ist es denn, etwa der runde Neuner?«

»Ha ha«, antwortet Dad und nippt an seinem Stout. Er möchte nicht hier sein, das ist ihm nur allzu deutlich anzumerken.

»Also, ich hab Neuigkeiten«, verkündet Gloria. »Tina ist schwanger.«

»Oh, das ist ja wundervoll«, ruft meine Mutter. Alle heben ihr Glas auf Tina, Glorias Tochter. Dann kehrt wieder Schweigen ein. Ron mustert mich verstohlen. Wenn ich seinen Blick erwidere, zwinkert er mir zu. Ron ist sechsundsiebzig. Ich möchte kotzen.

»Ja, sie versuchen es schon seit Jahren. Wir sind alle ganz aufgeregt.«

»Eigentlich möchte ich mir nicht so genau vorstellen, wie sie es ›versuchen‹«, sagt Simon, und die sexuelle Anspielung führt dazu, dass alle mich anglotzen, schnell wieder wegschauen und rot werden.

»Sorry, ich …«, stammelt Simon. Als käme ich aus Deutschland, und jemand hätte aus Versehen den Zweiten Weltkrieg erwähnt. Wieder verstummen alle.

»Okay, jetzt kommt schon, wir können die Sache doch auch direkt angehen«, sagt meine Mutter plötzlich und stellt ihr Glas mit Nachdruck vor sich auf dem Tisch ab. »Wie ihr alle wisst, ist Tara letzte Woche dabei gefilmt worden, wie sie in der U-Bahn etwas sehr Privates getan hat.«

»Mum, nein, was soll das?«

»Sei bitte still, Tara. Dein Vater hat Geburtstag, und wir können nicht alle schweigend rumsitzen und so tun, als wäre nichts.«

Oh Gott.

»Wir haben eine harte Woche hinter uns. Die Zeitungen haben über uns geschrieben, und wir haben uns alle sehr geschämt. Aber als Familie fanden wir es wichtig, die Feier heute Abend nicht abzusagen, denn wir wollen drüber wegkommen. Deshalb möchte ich vorschlagen, dass wir alle die Gläser heben und auf meinen wundervollen Ehemann trinken, der heute seinen zweiundsiebzigsten Geburtstag feiert.«

Alle folgen ihrem Beispiel, und ich frage mich, ob es jemand bemerken würde, wenn ich aus dem Zimmer laufe und mich draußen übergebe.

»Danke«, sagt meine Mutter und nimmt wieder Platz. Mein Dad sieht aus, als sitzt er auf tausend Reißzwecken. Wieder verfallen alle in unbehagliches Schweigen.

»Ich hab mich auch schon mal in der Öffentlichkeit angefasst.«

»Gloria!«, stößt meine Mutter hervor. »Was redest du denn da?«

»Oh, es hat mich niemand gesehen, aber ich fand es wunderbar. Aufregend. Natürlich bin ich nicht gefilmt worden, damals gab es ja noch keine Fotohandys.«

Oh mein Gott, nein, das kann nicht wahr sein.

»Sie ist eine ganz Wilde«, sagt Simon und lächelt Gloria zu, die ihrerseits aussieht, als wäre sie sehr stolz auf sich. Mein Dad steht vom Tisch auf und fängt an, sich am Büffet kleine Schinkensandwiches in den Mund zu stopfen.

»Ich hab auch schon mal draußen an mir rumgefummelt«, sagt Ron, und Gloria bekommt einen Lachkrampf. Meiner Mutter fällt endgültig die Kinnlade runter. »Daran ist nichts auszusetzen, gut gemacht, Tara«, fährt Ron fort und zwinkert mir wieder zu, als hätte ich soeben eine gute Mathearbeit geschrieben.

»Okay«, sage ich. »Aber wir müssen wirklich nicht darüber reden.«

»Wir haben's sogar schon in der Öffentlichkeit getrieben, stimmt's, Simon?«

Heilige Scheiße.

»Entschuldigung, aber ich weiß wirklich nicht recht, ob wir dieses Thema vertiefen sollten«, meldet sich Mrs Bradley mit ihrer hochnäsigen Direktorinnenstimme zu Wort und macht eine Handbewegung in Richtung David, der wegen des ganzen Sexgeredes allem Anschein nach kurz vor einem Nervenzusammenbruch steht. Jetzt bin ich schon zum zweiten Mal in eine Situation verwickelt, in der er mit dem Thema Sex konfrontiert wird. Wahrscheinlich kriegt er in Zukunft jedes Mal einen seiner Anfälle, wenn er mich sieht.

»Was ist los, David?«, fragt Ron. »Bist du etwa immer noch Jungfrau?« Er und Malcolm wiehern. Dad dreht sich abrupt zu ihnen um und bringt sie mit einem strengen Blick zum Schweigen. Er ist gern mit Männern zusammen, er hat viele Stunden seines Lebens in diesem Pub verbracht und über Sport und die Arbeit geplaudert, aber mit dieser Art krassem Machogehabe hatte er noch nie etwas am Hut.

»Ja, können wir bitte versuchen, nicht mehr über S-E-X zu sprechen«, sagt Mrs Bradley, schaut nervös zu David und versucht einzuschätzen, ob sein Zustand sich verschlimmert oder ob er sich beruhigt. Ich merke, dass er zwar zu Boden sieht, seine Blicke aber verstohlen zu mir wandern.

»Na gut, jetzt, wo das geklärt ist – wollen wir endlich was essen?«, sage ich, denn ich möchte wirklich unglaublich gern das Thema wechseln. Um meinen Worten Nachdruck zu verleihen, stehe ich auf und geselle mich zu meinem Dad ans Büffet. Aber alle anderen bleiben sitzen und schweigen schon wieder. Vielleicht sollte ich die Waffen strecken, dieser Abend ist offensichtlich dem Untergang geweiht. Aber dann beginnt meine Mutter wieder zu sprechen.

»Na ja, wenn ihr es unbedingt wissen wollt: Peter und ich haben es mal am Strand in Portugal getan, also haben wir anscheinend alle schon mal unseren Spaß in der Öffentlichkeit gehabt, oder nicht?«, sagt sie, und es klingt, als wollte sie nicht ausgeschlossen werden.

»Oh, um Himmels willen«, ruft mein Dad, lässt seinen Teller mit dem vertrockneten Büfett-Essen fallen und bückt sich schnell, um es aufzuheben.

»Peter, bitte, sei vorsichtig mit dem Geschirr!«, ruft Mum, und ich kann das Lachen nicht unterdrücken. Die Situation ist an Albernheit kaum zu überbieten.

Kurz entschlossen knie ich mich neben meinen Dad auf den Boden und helfe ihm, buttrige Schinkenstückchen von dem versifften Kneipenteppich aufzuklauben. »Herzlichen Glückwunsch zum Geburtstag, Dad«, flüstere ich ihm zu. Eine Sekunde schafft er es, mich anzusehen. Länger nicht.

»Wir waren an einem Privatstrand und unter einem Handtuch«, sagt er unvermittelt.

»Dad, im Ernst, wir brauchen keine weiteren Geständnisse mehr, okay?«

»Ja, sorry, Liebes«, sagt er, steht auf und belädt seinen Teller neu. Ich hoffe, damit ist das Meeting des Ü-70-Enthüllungsclubs beendet, in dem ich hier anscheinend gelandet bin.

Ein bisschen später haben alle es geschafft, wenigstens eine Kleinigkeit vom Büfett zu naschen, ein paar Drinks zu kippen und nicht mehr über Sex zu reden. Aber die Anspannung ist geblieben. Seit zwanzig Minuten versucht Ron näher an mich ranzurücken, und je mehr er trinkt, desto intensiver funkeln seine Augen – wie bei einem Kojoten, der eine Katze anvisiert. Wer weiß, welche Perlen deplatzierter sexueller Weisheit er mir noch zukommen lassen möchte. Als er sich in Bewegung setzt und den leeren Stuhl neben mir anpeilt, stehe ich abrupt auf und verziehe mich zur Damentoilette, wo ich eine ganze Weile, den Kopf in die Hände gestützt, sitzen bleibe, ohne mich darum zu scheren, was die anderen sich als Grund für meine lange Abwesenheit ausmalen. Als ich die Toilette schließlich verlasse, steht plötzlich David vor mir und blockiert mir den Weg. Seine schwarzen Locken hängen ihm ins Gesicht, und sein schmaler, großer Körper wirkt unerwartet bedrohlich. Ich schnappe nach Luft.

»David, mein Gott, du hast mich ganz schön erschreckt. Hier ist die Damentoilette, die Männer sind dort drüben«, sage ich und deute den Korridor hinunter.

»Ich hab deine Titten gesehen«, sagt er, und klingt wie etwas aus *Walking Dead*.

»Was? Nein, David, das war Sophie. Du hast Sophies Titten gesehen.«

»Nein. Deine Titten. Unter der Dusche. Am 17. Januar 1998, acht Uhr sechzehn morgens.«

Okay, das ist jetzt echt gruselig. Vielleicht hatte er einen Traum, den er für real hält.

»Nein, David, du hast Sophies Titten gesehen, ganz bestimmt. Du bist mit mir die Treppe hochgekommen, und sie hat ihr T-Shirt hochgezogen, verstehst du?«

Wieder versuche ich, an ihm vorbeizukommen, aber er weicht keinen Millimeter zur Seite.

»Deine Titten. Die Tür war offen, du warst da drin, in der Dusche. Mit Seife.«

»David, hast du dich etwa angeschlichen, als ich geduscht habe?«

Er antwortet nicht, sondern starrt stumm zu Boden. Aber dann hebt er den Blick, sieht mich mit wild entschlossenem Gesicht an, schlingt die Arme um mich, umarmt mich steifer, als ich je umarmt worden bin, und sagt: »Ich liebe dich.« Dann dreht er sich um und marschiert zielbewusst zurück ins Hinterzimmer. Einen Moment stehe ich regungslos an der Toilettentür. Nach ein paar Sekunden atme ich aus, lange, bis alles draußen ist, was ich angehalten habe, und lächle. Normalerweise wäre ich ausgeflippt, aber ehrlich gesagt war das genau das, was ich brauchte.

Samstagabend

Stella

Tinder macht dermaßen süchtig, ich hab den ganzen Abend überhaupt nicht an Facebook gedacht. Die letzten drei Stunden hab ich im Bett gelegen und links gewischt. Einen Mann nach dem anderen, Potential um Potential, aber ich muss aufhören, so wählerisch zu sein und daran denken, dass ich sie ja nur ein Mal treffen muss.

Mit diesem Gedanken im Kopf wische ich bei James nach rechts. Er ist vierunddreißig, in seiner Bio steht, dass er ein Künstleratelier hat. Er mag Kunst und Künstler und sucht jemanden, mit dem er sich in London »in die Kunstszene stürzen« kann. Klingt nicht schlecht. Gute Gene. Eigentlich erinnert er mich ein bisschen an Jason. Es ist ein Match. Er schickt mir eine Nachricht.

Hey Stella, mir gefällt dein Foto, aber wo ist deine Bio? Ich kann kein Date mit einem Mädchen ohne Bio haben, du könntest ja sonst wer sein ;)

Er hat recht, ich brauche eine Bio. Also fange ich an zu schreiben.

Ich heiße Stella. Meine Zwillingsschwester ist gestorben, und ich …

Nein, so kann ich nicht anfangen, das ist zu deprimierend. Ich versuche es noch einmal.

Mein Name ist Stella. Ich arbeite als persönliche Assistentin, und das war's eigentlich auch schon. Doch, einen Pluspunkt hab ich doch noch, ich besitze nämlich eine Wohnung. Und ich habe tolle Brüste, allerdings höchstwahrscheinlich nicht mehr lange, weil bei mir das Brustkrebsgen festgestellt wurde, und das bedeutet, ich kann mir entweder sämtliche Reproduktionsorgane entfernen lassen oder mit hoher Wahrscheinlichkeit an Krebs sterben.

Also wirklich, Stella. Das soll *positiv* sein?

Hey, ich bin Stella, ich hab eine echt hübsche Wohnung, die mir gehört, und einen echt netten Job. Ich meine, es ist kein irgendwie bedeutender Job, ich unterstütze hauptsächlich meinen Chef, und der macht eine Menge toller Sachen. Ich organisiere seinen Terminkalender, kommandiere ihn rum und koche ihm Kaffee. Es ist ein angenehmer Job in einer angenehmen Umgebung, aber er wird die Welt höchstwahrscheinlich nicht verändern. Ich meine, mein Boss tut das vielleicht, er ist genial, aber das hat nichts mit mir zu tun. Außerdem möchte ich unbedingt ein Baby, ehe ich unfruchtbar werde, und meine Zwillingsschwester ist tot.

Verdammt nochmal, in Schriftform ist mein Leben total beschissen. Abgesehen von meiner Wohnung, die ich liebe, auf die ich aber nicht stolz bin, weil ich sie mir nicht verdient habe, fällt mir nichts Positives über mich zu sagen ein. Über allem, was an mir gut ist, hängt ein Damoklesschwert. All mein Glück ist mit Traurigkeit vermischt. Ich muss eine von A bis Z verlogene Bio schreiben, damit es klingt, als würde sich ein Date mit mir lohnen.

Oder …

Ich logge mich aus und erstelle einen neuen Account, mit Alices Namen und einem nichtssagendes Foto, auf dem man ihr Gesicht nicht richtig erkennt. Es ist eine Nahaufnahme ihrer Augen, die seitlich in die Kamera blicken. Ich liebe dieses Foto. Manchmal starre ich es stundenlang an, es ist echt praktisch, wenn ich weinen möchte. Okay, schauen wir mal, ob sich das besser anfühlt.

Hey, ich bin Alice. Zurzeit arbeite ich in einem Tierheim, und ich lasse mich zur Hundetrainerin ausbilden. Ich habe meinen Abschluss in Psychologie gemacht, aber dann festgestellt, dass ich Hunde viel interessanter finde als Menschen, deshalb habe ich mein Studienobjekt gewechselt. Ich liebe meinen Job und möchte irgendwann meine eigene Schule für Hundetraining aufmachen.
Außerdem liebe ich Musikfestivals, faule Sonntage, meine Freunde und meine Schwester. Wir sind eineiige Zwillinge … und ich bin die, mit der man echt Spaß haben kann!

Den letzten Satz lösche ich schnell wieder; es ist unnötig, mich schlechtzumachen, wenn ich gar nicht ich selbst bin. Es ist sowieso besser, es einfach zu halten. Ich poste die Bio. Sie war viel leichter zu schreiben als meine eigene. Wahrscheinlich hätte Alice inzwischen ihre eigene Hundeschule, sie hat es sich so sehr gewünscht.

Ich fange an, all die Typen rechts zu wischen, von denen ich denke, dass Alice sie gut finden würde, und muss nicht lange auf Matches warten – innerhalb weniger Minuten strömen die Meldungen ein. Offensichtlich sind Alices Augen noch genauso verlockend wie früher. Das fanden alle, und ich fand es immer seltsam, dass es niemand von mir sagte, wo unsere Augen doch genau gleich waren. Aber vermutlich werden die Menschen hauptsächlich von dem angezogen, was hinter den Augen steckt.

Hey Alice, ich arbeite auch mit Tieren. Bei welchem Tierheim bist du?

Oh Gott, mir klopft das Herz bis zum Hals. Was soll ich darauf antworten? Was, wenn er Alice gekannt hat? Ich ignoriere die Nachricht. Schon der Gedanke macht mich fertig. Auf einmal kommt London mir winzig vor. Vielleicht sollte ich mein Vorhaben lieber vergessen. Aber nein, ich kann nicht. Die nächste Nachricht trifft ein.

Hi Alice, ganz deiner Meinung, Tiere sind die besseren Menschen.
Hast du vielleicht Lust, mit mir was trinken zu gehen?

Ich hab inzwischen schon völlig vergessen, dass der Sinn des Ganzen darin besteht, mich mit jemandem zu treffen. Mein Herz rast. Auf einmal ist mir total heiß. Das Blut rauscht in meinen Adern, als wäre ich gerade ein Rennen gelaufen. Ich stehe auf, ziehe die Jacke aus, strecke mich, schüttle die Arme aus, setze mich wieder hin und hole tief Luft. Okay, komm schon, Stella, sei brillant. *Sei Alice.* Ich drücke auf »Antworten«.

Hey, ich hab gesagt, ich finde Tier ***interessanter****, nicht besser ;)*
Was trinken gehen wäre nett …

Ich überfliege schnell sein Profil, er arbeitet nicht mit Tieren. Das ist sicherer. Er heißt Scott, ist vierunddreißig, hat dunkle Haare, eine gerade Nase, ein nettes Lächeln, sieht gut aus und arbeitet in der City. Gutes Aussehen *und* Köpfchen, die richtige Grundlage für mein Baby. Könnte funktionieren.

Wie's aussieht, sind wir praktisch Nachbarn – nicht mal eine Meile voneinander entfernt. Wollen wir spontan sein? Ich hab Zeit. Du auch?

Oh, wow, wieder das Herzrasen. Kann ich so was überhaupt? Wirklich? Ein Date?

21h? Jaguar Shoes, Kingsland Road?

Verdammt, was tu ich da? Ich hole ein paarmal tief Luft und sage mir, dass ich zu nichts gezwungen werde, ich *muss* gar nichts tun. Wenn ich will, kann ich einfach wieder nach Hause gehen. Und wenn der Typ mir gefällt und mir vorkommt wie einer von den Guten, dann probiere ich es vielleicht aus. Ich antworte schnell, ehe ich es mir doch noch anders überlege.

Passt!

Dann öffne ich wieder den Artikel über Tara. Ein One-Night-Stand also. »Eine zweiundvierzigjährige unverheiratete Mutter, die es nicht einmal für notwendig befunden hat, dem Vater des Kindes mitzuteilen, dass sie schwanger war.«

Vielleicht *kann* es tatsächlich so einfach sein. Ist es gemein, wenn er nie etwas von dem Kind erfährt?

Ich gehe ins Bad, wasche mir das Gesicht, trage etwas Make-up und ein bisschen Rouge auf, ziehe mir einen schwarzen Lidstrich, am äußeren Augenwinkel mit einem kleinen Schwung nach oben – genau wie der von Alice auf dem Foto. Dann gehe ich zurück ins Schlafzimmer, hole den Vogelrock aus dem Kleiderschrank und kombiniere ihn mit einem seidigen schwarzen T-Shirt und den niedrigen roten Heels, die Alice so oft getragen hat. Ich habe Phil gesagt, ich hätte sie weggegeben, aber in Wirklichkeit lagen sie das ganze letzte Jahr im Karton. Ich sehe hübsch aus. Ich sehe aus wie Alice. Wenn es doch so leicht wäre, auch in ihre Persönlichkeit zu schlüpfen.

Als ich die Wohnung verlasse, fällt mir plötzlich ein, was Camilla Stacey in ihrem Artikel geschrieben hat. Frauen müssen ihr Leben in die Hand nehmen, müssen aktiv werden und sich holen, was sie wollen. Okay, Camilla Stacey, genau das werde ich jetzt tun. Ich werde mir das holen, was ich will!

Ich sehe ihn gleich, als ich in den Pub komme, Scott sieht genauso aus wie auf dem Foto, groß, hübsch, leger angezogen, obwohl ich glaube, im Anzug fühlt er sich wohler. Wenn ich kritisch sein wollte, würde ich sagen, er sieht ziemlich langweilig aus, aber ich werde nicht kritisch sein, weil Persönlichkeit nicht das ist, worauf ich es abgesehen habe.

»Hallo«, sage ich. »Ich bin Ste-…« Scheiße. Gerade rechtzeitig beiße ich mir auf die Zunge. »Ich bin ssstehenden Fußes aufgebrochen«, stammle ich, um meinen Fehler auszubügeln, und zucke zusammen, wie doof und affig das klingt. Aber ihn scheint es nicht im Geringsten zu stören.

»Alice, hi. Wie schön, ich bin auch sofort los. Was möchtest du trinken?«

»Wodka bitte«, sage ich aufs Geratewohl und gebe mir alle Mühe, mir nicht anmerken zu lassen, dass ich kurz davor bin, mich auf den Boden zu werfen und zu schreien, weil er mich Alice genannt hat.

»Okay, irgendwas dazu?«

»Nur Eis.«

Wieso habe ich Wodka bestellt? Pur? Ich fühle mich dermaßen dumm, dass ich meinen Fehler lieber vertusche und so tue, als wäre alles in Ordnung. Aber ich muss bei jedem Schluck aufpassen, dass ich nicht das Gesicht verziehe.

»Und – wo bist du aufgewachsen?«, fragt mich Scott nach ungefähr fünfzehn Minuten, in denen wir über das Wetter und diverse lokale Highlights diskutiert und von Tinder geschwärmt haben. Ich habe behauptet, dass ich schon eine Unmenge Dates hinter mir habe, wenn auch nicht mit dem erwünschten Erfolg; ich habe leider keine Ahnung, was die korrekte Antwort auf die Frage »Hattest du schon viele Tinder-Dates?« war. Vermutlich möchten die meisten Leute eher nicht danach gefragt werden.

»Ich bin in London geboren und aufgewachsen. Meine Schwester und ich sind hier zur Schule und auf die Uni gegangen.«

»Oh, wow, da könntest du ja glatt bei den *EastEnders* mitmachen«, meint er und lacht über seinen eigenen Witz. Jedenfalls glaube ich, dass es ein Witz war. Ich hab keinen Ostlondoner Akzent, Jason nennt meine Aussprache sogar elitär. Als Scott merkt, dass ich seinen Witz nicht lustig finde, steuert er schnell ein anderes Thema an und fragt: »Ist deine Schwester älter oder jünger als du?«

»Wir sind Zwillinge«, sage ich, trinke meinen ersten Wodka aus und bestelle einen zweiten, diesmal mit Soda. »Eineiig.«

Eigentlich wollte ich das nicht erwähnen, aber anscheinend bin ich dazu nicht in der Lage. Es ist das Einzige, was mich interessant macht.

»Oh, wow! Eineiige Zwillinge hab ich schon immer faszinierend gefunden. Habt ihr früher den Leuten fiese Streiche gespielt? Dates mit dem Freund der anderen und so was? Ich war mal mit einem Mädchen zusammen, das extreme Stimmungsschwankungen hatte, und manchmal hab ich im Spaß zu ihr gesagt, sie gehört bestimmt zu einem eineiigen Zwillingspärchen, und die nette der beiden ist meine Freundin, aber die andere ist böse und launisch und hasst ihr eigenes Leben so sehr, dass sie zeitweise das ihrer Schwester klaut.« Er lacht so laut über die Absurdität dieser Idee, und ich weiß buchstäblich nicht, wo ich hinschauen soll.

»Ganz schön verrückt«, sage ich schließlich mit einem beruhigenden Lächeln. »Nein, so was haben wir nie gemacht.«

»Und wie heißt deine Schwester?«

»Stella.«

»Arbeitet sie auch mit Tieren?«

»Nein, als persönliche Assistentin. Eigentlich weiß sie nicht so genau, was sie machen will.«

»Schon komisch, oder – wie man identisch und trotzdem so verschieden sein kann?«

»Ja, echt komisch.«

»Dann seid ihr also hundertprozentig identisch?«

Warum fragen die Leute das immer? Ist es nicht sonnenklar, was »identisch« bedeutet? Ich muss zusehen, dass die Sache ins Rollen kommt.

»Ich muss morgen früh raus«, sage ich und kneife die Augen ein bisschen zusammen. Ich meine das suggestiv, aber Scott scheint zu denken, ich will ihm blöd kommen.

»Oh. Okay. Cool. Klar. Wie du meinst. Tinder-Dates sind eben immer Glückssache, stimmt's?«

»Nein, so meine ich das nicht. Ich meine, wir sollten bald zu dir gehen, ja?«, korrigiere ich und staune über meine eigene Dreistigkeit. Aber er erfüllt alle Kriterien für den zukünftigen Vater meines Kindes, deshalb denke ich, es ist gut, wenn wir in die Gänge kommen.

»Oh. Oh, wow, ich dachte schon, du willst mich loswerden. Aber du hast Lust, mit zu mir zu kommen?«

»Ja«, antworte ich lapidar. »Gehen wir?« Ich steige von meinem Barhocker und mache mich auf den Weg zur Tür. »Na los«, rufe ich ihm zu. Und wie ein wohlerzogenes Hündchen folgt er mir.

In seiner Wohnung schenkt er zwei Gläser Wein ein, und wir setzen uns aufs Sofa. »Wohnst du allein?«, frage ich. Schließlich muss ich das wissen, ehe ich versuche, im Wohnzimmer mit ihm Sex zu haben.

»Jepp, seit dem College habe ich mit niemandem mehr zusammengewohnt.«

Ich schaue mich um. Die Wohnung ist modern und ordentlich. Zwar ist die Deko nicht besonders interessant, aber er hat ganz offensichtlich Geld. Es wundert mich immer wieder, wie viele Leute es gibt, die Kostenfaktor und Stil miteinander verwechseln. Aber ich versuche nicht zu werten – ich werde sowieso nicht zurückkommen –, sondern stelle mein Glas auf den Couchtisch und rücke näher zu ihm, lege die Hand auf seinen Oberschenkel und fange an, ihn zu küssen.

»Du bist so direkt«, sagt er, meine Zunge im Mund.

»Ich bin einfach scharf auf dich«, sage ich und sorge dafür, dass er bei der Sache bleibt.

Als ich spüre, dass er hart ist, krabble ich auf seinen Schoß und reibe mich an ihm. Mein Kopf sagt mir, ich soll möglichst schnell zum Ziel kommen, aber mein Körper hat seine eigenen Ideen. Als die Lust sie zu kontrollieren beginnt, werden die Bewegungen meiner Hüften träger, ich verschränke die Hände hinter seinem Hals, lasse mich auf seinen Penis herabsinken. Er zupft mein T-Shirt aus dem Rock und zieht es mir über den Kopf, während ich meinen BH aufhake und meine Brüste direkt vor seinem Gesicht freilasse. Sofort spüre ich seine Reaktion. »Verdammt tolle Titten«, murmelt er, ehe er meinen rechten Nippel in den Mund nimmt und heftig daran zu saugen beginnt. Aber ich will es härter. Phil konnte mich nicht mehr so anfassen, seit ich die Untersuchungsergebnisse bekommen habe, doch jetzt ist es wieder so wie damals, als meine Sexualität noch nicht vom Tode bedroht war.

Ich lehne mich zurück und lege die Hände auf seine Knie, damit er den besten Ausblick auf meine Brüste hat. Ich möchte, dass er sie anschaut, sie fühlt und sich ihnen mit Mund und Händen aufs Intensivste widmet.

»Lutsch sie«, befehle ich ihm, und er kneift meine Nippel zusammen, leckt und küsst sie, hin und her, immer wieder, bis sie steinhart sind. Als ich mir vorstelle, dass sie nicht mehr da sind, läuft mir plötzlich eine Träne übers Gesicht. Schnell wische ich sie weg.

»Ich muss dich ficken«, murmelt er und zieht wieder mein Gesicht zu sich.

»Ja«, sage ich, stehe auf, öffne den Rock, ziehe den Slip runter und lasse beides zu Boden rutschen. Er zieht die Hose zu den Knöcheln, greift in der Gesäßtasche nach seinem Portemonnaie und holt ein Kondom heraus.

Scheiße.

»Das brauchst du nicht«, sage ich, steige wieder auf ihn und führe ihn ein. »Ich nehme die Pille.«

Aber er zieht die Hüften zurück und reißt die Hülle des Kondoms auf.

»Ich habe nie Sex ohne«, erklärt er. Wie es aussieht, habe ich wirklich einen guten Jungen erwischt.

Er zieht das Kondom über. Ich rutsche weg. Was hat das Ganze jetzt noch für einen Sinn?

»Was ist los, Alice?«, fragt er irritiert. Und alles verlangsamt sich zur Zeitlupe. Ich schaue ihm ins Gesicht, ein Typ, ein ganz normaler Typ. Und wer bin ich? Eine Fälschung, eine Lügnerin, eine kaputte Idiotin. Ich könnte meinen Plan aufgeben. Mich entschuldigen und abhauen. Aber was Cam Stacey gesagt hat, geht mir ständig im Kopf herum. *Sorgt dafür, dass ihr bekommt, was ihr wollt. Macht euch auf die Socken und nehmt es euch. Nehmt es euch. Nehmt es euch.* Und dann fällt mir ein Plan B ein. Ich nehme meine Stellung auf seinem Schoß wieder ein, lasse mich auf ihn herabsinken, ich rolle, ich kreise, ich hauche ihm Worte ins Ohr, drücke meine Brüste in sein Gesicht und arbeite hart, bis er das Kondom mit meiner Zukunft füllt. Und als ich sicher bin, dass es vollbracht ist, steige ich herab und entferne das Kondom behutsam mit den Fingern. »Ich erledige das«, sage ich, sammle meine Klamotten auf und gehe ins Bad, wo ich zum Schein die Spülung bediene, während ich das Kondom verknote und es dann in meine Rocktasche stecke. Als ich wieder herauskomme, erinnere ich Scott noch einmal daran, dass ich früh aufstehen muss und gebe ihm eine falsche Telefonnummer. Dann gehe ich.

Als ich im Taxi sitze, lösche ich Tinder von meinem Smartphone. Zu Hause angekommen, schließe ich mich, obwohl ich allein bin, im Bad ein, ziehe das Kondom vorsichtig aus der Rocktasche, als wäre es eine Spitzmaus, die ich im Garten gefunden habe, und schnippe mit dem Finger dagegen, so dass die cremige Flüssigkeit in dem kleinen Tütchen herumschwappt. Dann schneide ich das Kondom mit einer Nagelschere direkt unterhalb des Knotens durch, und nachdem ich mir mit der linken Hand den Slip ausgezogen habe, lege ich mich auf den Boden. Ich rolle mich auf die Schultern zurück, lasse die Knie Richtung Gesicht sinken, so dass meine Vagina mit gespreizten Schamlippen nach oben zeigt, und gieße das Sperma hinein. Als das Kondom leer ist, bleibe ich noch eine Weile liegen und warte.

Wie lange dauert es?

Ich hätte mehr darüber nachlesen sollen, ich habe keine Ahnung. Gibt es eine richtige und eine falsche Methode? Nach ein paar Minuten strecke ich mich langsam wieder aus und presse den Beckenboden fest zusammen, damit alles drinbleibt. Aber als ich aufstehe, floppt das Sperma auf den Badezimmerboden, ich trete aus Versehen hinein, rutsche aus, knalle auf den Boden und schlage obendrein auch noch mit dem Kopf gegen die Badewanne. So schnell ich kann, gehe ich wieder in den Schulterstand. Jetzt klebt

Sperma in meinen Haaren und auf meiner Wange. Ist überhaupt noch was davon in mir dringeblieben? Ich stehe auf. Wenn ich jetzt schnell die Unterhose anziehe, kann sie den Rest auffangen?

Aber dann zucke ich heftig zusammen, denn plötzlich sehe ich Alice hinter mir stehen. Ich könnte schwören, dass sie es ist. Aber nein, es ist mein eigenes Spiegelbild. Ich starre es an, betrachte seinen bemitleidenswerten Zustand. Das Sperma eines Wildfremden läuft mir am Bein herunter und tropft auf den Rock meiner Schwester, der zerknautscht auf dem Boden liegt. Was würde Alice sagen, wenn sie wüsste, was ich hier tue?

Verzweifelt steige ich in die Dusche, nehme den Duschkopf vom Haken, schiebe ihn in mich und lasse ihn dort, solange ich kann und bis das Wasser klar ist. Bis ich sicher bin, dass auch das letzte bisschen Sperma weggewaschen ist. Dann hänge ich die Dusche wieder ein und schaue zu, wie das Wasser über meine Brüste läuft. Ich kann mir nicht vorstellen, dass sie nicht mehr da sind, ersetzt durch fiese Narben, die den Männern Angst einjagen, statt sie zu erregen. Ganz gleich, was mit mir im Lauf des nächsten Jahres geschieht, ich werde meine Brüste und meine Eierstöcke verlieren, ehe ich vierzig bin. Es ist keine Frage, ob es passiert, sondern nur, *wann*. Ich stelle das Wasser ab, lehne die Stirn an die Wand und schlage mir die geballte Faust in den Bauch, drehe und grabe die Fingerknöchel in mich hinein, bis es richtig weh tut. Dann ziehe ich die Hand wieder weg und schlage erneut zu, packe die Haut mit den Fingern, drehe und zwicke und hoffe, dass der körperliche Schmerz den seelischen verdrängt, und sei es nur für eine Sekunde. Aber es funktioniert nicht.

Schließlich steige ich aus der Dusche, über die Spermapfütze auf dem Boden und werfe mich nass aufs Bett. Ist ja egal, ich kann mich nachher auf die andere Seite legen, schließlich bin allein.

Und dann weine ich mich in den Schlaf.

8

Camilla Stacey – HowItIs.com – Warum Kinderlosigkeit den Feminismus retten kann

Das Einzige, was Männer und Frauen wirklich voneinander unterscheidet, ist doch, dass Frauen eine Gebärmutter haben, richtig? Die Tatsache, dass Babys im Bauch der Frauen heranwachsen, dann aus der Vagina in die Welt geschubst und an ihren Brüsten genährt werden, hat den Männern das Recht gegeben, die Frauen zu den primären Kinderbetreuerinnen zu ernennen. Ich bin sicher, dass es den Menschen irgendwann einmal total einleuchtend erschien, dass die weiblichen Mitglieder der Spezies alle anderen Bestrebungen aufgeben und sich ausschließlich der Mutterschaft widmen. Aber was, wenn eine Frau keine Kinder hat? Mal abgesehen davon, dass man uns eingetrichtert hat, eine solche Frau wäre irgendwie nicht vollwertig – was unterscheidet dann Männer und Frauen noch voneinander? In Bezug darauf, was sie im Leben erreichen können? Welche Bezahlung ihnen zusteht? Welche Führungspositionen sie erreichen?

Nichts.

Die Wahrheit ist doch, dass eine kinderlose Frau ebenso verfügbar und kompetent ist wie ein Mann. Möglicherweise sogar noch mehr, da viele der Männer ja Familien haben, zu denen sie nach Hause müssen.

Als kinderlose Frauen sind wir frei wie die Vögel unter dem Himmel, wir können uns hundertprozentig in jede Arbeit stürzen, die ansteht. Keine Fessel an zu Hause, kein Druck, irgendwo anders sein zu müssen. Mit der Zeit, die uns zur Verfügung steht, können wir buchstäblich die Weltherrschaft übernehmen. Höchstwahrscheinlich ist das ja der Grund dafür, dass so viele Männer uns, die kinderlosen Frauen, gerne schlechtmachen, dass sie uns herzlos und egoistisch nennen und davon ausgehen, dass wir lesbisch sind. Sie müssen rational nachvollziehbare Beweise dafür erfinden, dass mit uns etwas nicht stimmt. Vielleicht ist die Bedrohung, die wir real für sie darstellen, einfach zu groß und deshalb unerträglich?
Ich versuche nicht, Frauen zur Kinderlosigkeit anzuspornen, aber ich möchte diejenigen, die kinderlos sind, dazu ermutigen, dieses Etikett mit Stolz zu tragen. Wir, die Kinderfreien, können die Kluft zwischen Männern und Frauen überbrücken und wahre Gleichheit erlangen, weil es nichts gibt, was uns ungleich macht. Wir können mutig behaupten, dass Männer nicht besser, stärker oder würdiger sind, Status, Geld oder Macht zu bekommen. Frauen mit Kindern sind Rockstars, Frauen ohne Kinder sind Superheldinnen. Gemeinsam können wir die Welt erobern.

»Im Prinzip habe ich gerade den gesamten Feminismus auf den Punkt gebracht«, sagt Cam zu sich, als sie den Beitrag noch einmal durchliest. Und prompt folgt ein Höhenflug, wahre Lobeshymnen trudeln ein, sie ist die Heldin ihrer kinderlosen Fans.

Doch wie bei jedem Erfolg taucht auch jetzt ein Spielverderber auf.

Diesmal in Form einer Mail von Samantha Byron, der Marketingchefin von L'Oréal, Camillas Hauptsponsor. Cam fürchtet Samanthas Nachrichten, denn jedes Mal enthalten sie Ermahnungen, lieber langweilig und unverfänglich zu sein oder etwas zu schreiben, was sie nicht schreiben möchte. Samantha hat null Phantasie und ist durch und durch nervtötend. Aber obwohl Cam das letzte Wort bezüglich Inhalt und kreativem Output von *HowItIs.com* hat, muss sie, da L'Oréal ihr Hauptsponsor ist, zumindest so tun, als nähme sie ihre Anmerkungen ernst.

Vor ungefähr sechs Monaten hat Samantha die Nachfolge von Susan Jeffries angetreten, und seither ist es schwierig. Susan war cool, Mitte dreißig, hatte mit paarundzwanzig ein Baby bekommen und wollte danach keine Kinder mehr. Sie war Single, resolut, unkonventionell und sehr witzig. Sie war stolz darauf, dass L'Oréal Cams Website sponserte, kündigte aber, als sie einen Job in New York angeboten bekam. Camilla war tief enttäuscht. Sie hatten sich gern zu wilden feuchtfröhlichen Lunches getroffen, und Susans Nachrichten hatten immer den gleichen Inhalt: »Mehr von dir, mehr von dir … egal, was dir heute so einfällt.« Es war untypisch für Cam, dass sie in der Gesellschaft eines anderen Menschen so entspannt war, vor allem mit jemandem, der im Grunde so eine Art Boss war, aber sie mochte Susan. Sie waren Freundinnen. Und jetzt vermisst sie diese Beziehung.

Samantha dagegen ist eine lustlose, auf Sicherheit bedachte, pedantische Mum, die in ihrem ganzen Leben wahrscheinlich nur dreimal Sex hatte, und das nur, um ihre drei Babys zu bekommen. Sie hat überhaupt keinen Humor, hasst andere Frauen und kann sich selbst nicht mal als Feministin bezeichnen, weil sie Feminismus »erschreckend« findet. Die Arbeitsbeziehung zu ihr ist steif und läuft hauptsächlich über E-Mail. Außerdem schreibt sie immer »wir«, wenn sie »ich« meint, und beendet alle ihre Sätze mit einem Fragezeichen.

Liebe Camilla,
wir haben deine Beiträge von dieser Woche gelesen und hatten unsere Freude daran, und natürlich ist der Artikel in The Times *wunderbare Publicity für die Website, nicht wahr? Aber wir müssen dennoch er-*

wähnen, dass wir uns Sorgen machen, dass du die vielen Frauen, die nicht in die von dir gelobte Gruppe gehören, womöglich verprellst?
Als berufstätige Mutter mit drei Kindern bin ich nicht sicher, ob ich Lust hätte, mich bei einer Website anzumelden, auf der ein Lebensstil propagiert wird, an dem ich selbst nicht teilhaben kann? Findest du das nicht auch? Vielleicht sollte man HowItIs.com lieber so ausbalanciert gestalten, dass es – wie bisher – einem breiten Spektrum von Frauen gefällt. Und wir denken, dass du am besten bist, wenn du Dinge leicht und fröhlich präsentierst, nichts zu Schweres oder gar Politisches. Wir Frauen haben genug Sorgen, meinst du nicht auch?
Ich bin sicher, du wirst das verstehen.
Danke,
Samantha.

»Oh, blablabla«, sagt Camilla laut, zu niemandem. Der Blogeintrag von heute wird auf der Website einschlagen, der Artikel in *The Times* war bahnbrechend und keineswegs der einzige – *Grazia Daily*, der *Independent*, *Emerald Street* und *Glamour*, alle haben Berichte über Camilla veröffentlicht, alle mit dem Einstieg »Das Gesicht der kinderlosen Frauen«. Es wird eine große Sache werden, und genau das Alleinstellungsmerkmal, das Cam gebraucht hat, um der Konkurrenz weiterhin eine Nasenlänge voraus zu bleiben. Der Wettbewerb wird täglich härter, und wenn sie sich nicht neu erfindet, wird sie von irgendeinem Millennial, der oder die über Tinder schreibt und auf Ecstasy Party macht, von ihrem Podest gestürzt werden. Cam könnte die Stimme einer wachsenden demographischen Gruppe werden, aber Samantha, die frustrierte alte Spießerbraut, möchte lieber, dass sie Schmonzetten verfasst. Das ist so frustrierend. Aber Cam muss ihre Werbeleute bei Laune halten, und ärgerlicherweise hat Samantha ja möglicherweise recht – wenn die einen Cam als Heldin feiern, verliert sie vielleicht den Zuspruch der anderen. Also muss sie etwas schreiben, das die

Mums an Bord hält. Vielleicht etwas, mit dem sie sogar ihre eigene Mum an Bord lockt. Es ist einen Versuch wert.

Camilla Stacey – HowItIs.com – Mütter und Nicht-Mütter, lasst uns aufhören mit dem »Die anderen und wir«

Können wir eines bitte mal klarstellen? Ja, ich bin eine Frau, die keine Kinder hat und auch keine Kinder möchte, aber das heißt nicht, dass ich Mütter oder Mutterschaft hasse. Im Augenblick wird im Netz eine Menge Gift verspritzt, und das meiste davon kriegen die Mums ab, die es wagen, auf Facebook fröhliche Familien- oder Kinderfotos zu posten. Mich hat das nie gestört; ich fand so etwas eigentlich immer ganz nett. Aber manche Leute beschweren sich darüber, weil es ihrer Meinung nach eine unfaire Darstellung des Elternseins ist und das Leben mit Kindern in Wirklichkeit völlig anders aussieht. Und weil es den Mums, die sich abrackern müssen, ein schlechtes Gewissen macht. Weil kinderlose Frauen sich durch solche Posts abgewertet fühlen und weil sie zu der in der Gesellschaft verbreiteten Auffassung beitragen, dass Frauen miteinander konkurrieren. Stimmt das denn? Denkt ihr das wirklich?

Wenn ja, dann glaube ich, dass **ihr** diejenigen seid, die ein Problem haben, nicht die glücklichen Mums, die Fotos von ihren süßen Kids posten.

Jeder weiß doch, dass in solchen Fotos nicht die vollständige Realität des Elternseins abgebildet ist. Zum Beispiel würde bestimmt keine Mum den Augenblick posten, in dem die Hebamme mit einem Sieb ihre Kacke aus dem Gebärbecken fischt, richtig? Oder ein Status-Update darüber veröffentlichen, wie ihre Dammnaht verheilt oder dass sie bei einem verstopften Einjährigen eine manuelle Darmentleerung vornehmen musste (ihr könnt ja mal googeln, wie man das macht). Warum sollten Mütter uns etwas über ihren unter der Geburt praktisch vollständig nach außen gestülpten Anus erzählen? Oder dass seither

die Kacke einfach unangemeldet rausfällt? Oder dass sie nicht bergauf – oder bergab – gehen können, ohne sich in die Hose zu pinkeln? Oder dass Krampfadern bei heißem Wetter verdammt weh tun?
Sie werden wohl kaum ausführlich von ihren schlaflosen Nächten berichten oder darüber, dass sie nie ohne Publikum pinkeln können und ihr Kind mit sieben Jahren immer noch Windeln trägt.
Wer möchte denn solche Dinge auf Facebook lesen? Wir wissen alle, dass Mutterschaft als solche nicht sonderlich glamourös ist. Erlauben wir denen, die Kinder haben, dass sie ihre Freuden im Netz feiern und mit der Überfülle von Scheiße hinter geschlossenen Türen fertigwerden. Als Nicht-Mutter ist das Mindeste, was ich tun kann, bei einem glücklichen Familienfoto auf »Like« zu klicken, finde ich.
Dass manche Leute sich dermaßen über glückliche Fotos aufregen, kommt mir seltsam vor. Bei Twitter habe ich den Beitrag einer Frau gelesen, die meinte, dass die Frauen, die Zeit haben, Fotos von ihren Kindern auf Facebook zu posten, »nichts als arbeitslose Idiotinnen« seien. Im Ernst. Eine Frau, Journalistin (stellt euch das vor!), hat das über ihre Geschlechtsgenossinnen geschrieben, die sich zwanzig Sekunden Zeit nehmen, um ein paar hübsche Bilder zu veröffentlichen. Sicher, viele Mütter haben keinen Job, ja, und sie haben diese Entscheidung vielleicht sogar aus freien Stücken getroffen. So wenig ich das persönlich nachvollziehen und mir für mich selbst vorstellen kann, bin ich doch strikt dagegen, dass Feminismus sich gegen Mütter wendet. Was soll das? So etwas ist furchtbar und erschreckend. Meine drei großen Schwestern haben alle mehrere Kinder, und ich kriege hautnah mit, dass sie mit Blut, Schweiß und Tränen ihr Bestes geben für diese kleinen Menschen, die alles fordern und brauchen und **ständig** brüllen. Jeder Mensch, der eine Mutter eine arbeitslose Idiotin nennt, ist eine herzlose Fotze. Diskussion beendet.
Meine Mutter war Hausfrau. Ich halte sie nicht für bedauernswert, im Gegenteil. Ich finde sie großartig. Sie hat vier Kinder mit einem Hausmeistergehalt großgezogen, was manchmal schlicht unmöglich war,

aber die Bilder auf ihrem Kaminsims zeigen diese Seite nicht, sie bilden die schönen Momente ab. Schließlich muss doch niemand wissen, dass eine meiner Schwestern im Sommer 1983 wenige Stunden, nachdem das Bild gemacht wurde, auf dem wir fröhlich herumtoben, fast ertrunken wäre, wenn sie nicht rechtzeitig von meinem Vater aus dem Wasser gezogen und wiederbelebt worden wäre. Wir hielten sie für tot. Bis heute wird meine Mutter von Schuldgefühlen gequält, weil sie nicht besser aufgepasst hat, und das, obwohl alles gut ausging – abgesehen davon, dass meine Schwester seither ein bisschen langsam ist (sorry, Schwesterherz). So war die Realität des Lebens mit vier Kindern. Es gab schreckliche Momente, in denen meine Mutter und mein Vater die Kontrolle über uns verloren. Das Bild steht auf dem Kaminsims, weil es meine Mum daran erinnert, was für ein Glück sie hatte, dass meine Schwester an diesem Tag nicht gestorben ist. Trotz unserer grinsenden, glücklichen Gesichter ist es im Grunde ein trauriges Bild. Wenn es Facebook damals schon gegeben hätte, hätte meine Mutter genau dieses Foto gepostet – und eben nicht das, das meine andere Schwester in dem Moment gemacht hat, als meine halbtote Schwester eine Ladung grüner Algen auskotzte.
Über die Mütter-Fotos regen sich meistens Frauen auf, die es schmerzt, dass sie keine Kinder kriegen können, obwohl sie gerne welche hätten. Dafür habe ich Verständnis, denn die fröhlichen Bilder streuen ja Salz in ihre Wunden. Aber was ist die Lösung? Wollen wir alle Mutterschaftsfreuden aus dem Internet verbannen, um keinem weh zu tun? Und was dann? Wollen wir die Freude als solche ächten? Werden Menschen, die an Krebs sterben, Bilder von Gesunden anstößig finden? Werden sie die Leute beschimpfen, die nicht sterben? Nein, so weit darf es nicht kommen.
Es tut mir leid für alle Menschen, die sich Kinder wünschen, aber aus irgendwelchen Gründen keine bekommen können. Das muss sehr qualvoll sein, und ich verstehe, warum ihr traurig seid. Aber ihr könnt den Frauen, die Kinder haben, nicht die Schuld dafür geben. Das ist

nicht fair. Schließlich setzen sie nur das fort, was die menschliche Rasse am Leben erhält.
Viele Frauen suchen sich die Kinderlosigkeit nicht aus, und für sie möchte ich gern ein positives Signal setzen. Natürlich ist man traurig, wenn man etwas, was man sich immer gewünscht hat, nicht bekommt, daran führt kein Weg vorbei. Aber ich möchte diese Frauen wissen lassen, dass ihr Leben nicht leer sein muss, wenn sie keine Kinder haben. Es gibt eine Million Wege, wie man glücklich werden kann, also macht den Müttern nicht das Leben schwer, wenn sie Freude verbreiten. Sondern findet einen Weg, wie ihr selbst glücklich werdet.
Habt ein tolles Wochenende,
Cam x

Stella

»Morgen!«, meldet sich Jessica, munter und nervtötend wie immer. Ich bin im Bus, unterwegs zur Arbeit, es ist voll, aber ich habe einen Sitzplatz ergattert. Draußen regnet es, ich bin ein bisschen nass geworden, und neben mir sitzt eine sehr umfangreiche Frau, deren noch umfangreicherer nasser Regenmantel unablässig an meiner Jeans reibt. Dass ich Jessicas Anruf entgegennehme, gibt mir einen willkommenen Vorwand, mich dichter ans Fenster zu drücken und dem gewaltigen Hintern der Frau noch mehr Platz zu machen.

»Hey«, antworte ich ziemlich leise.

»Alles klar bei dir, Süße?«.

»Ja, schon. Ich sitze im Bus.« Ein paar Leute glotzen, also setze ich schnell die Sonnenbrille auf, um meine vom Heulen geschwollenen Augen zu verstecken. Dieses Wochenende habe ich praktisch pausenlos geweint, die Tränen kamen ganz von selbst, ich konnte einfach nicht aufhören.

»Oh Gott, ich kann momentan überhaupt nicht Bus fahren, meine Morgenübelkeit ist dermaßen schlimm. Echt schrecklich, Stella. Man kann es sich überhaupt nicht vorstellen, es ist, als hättest du ununterbrochen eine Lebensmittelvergiftung, und ich bin sooooo müde, ich könnte im Stehen schlafen, wie eine Kuh.« Sie lacht, und im Hintergrund höre ich Mike mitlachen. »Aber egal, ich rufe nur an, weil ich dich um einen Gefallen bitten wollte.«

»Oh, was denn?«, frage ich, und tatsächlich wird meine Stimmung ein kleines bisschen besser, nur weil jemand mich braucht.

»Ich muss zu John Lewis, um den ganzen Babykram zu holen, du weißt schon – Bettchen, Bodies, oh Gott, die Liste ist endlos. Ich will das nicht am Wochenende machen, weil da immer die Hölle los ist, aber Mike muss unter der Woche arbeiten, und deshalb hab ich mich gefragt, ob du mich begleiten würdest. Irgendwann bald. Neulich meintest du, dass du grade auf der Arbeit wenig zu tun hast. Und wenn wir fertig sind, können wir zusammen Kuchen essen.«

»Oh«, antworte ich ohne große Begeisterung und stelle mir vor, wie ich in der Babyabteilung von John Lewis einen Nervenzusammenbruch bekomme. Obwohl ich eigentlich weiß, dass ich mir solche Gedanken verbieten und mir lieber etwas zu tun suchen sollte, was mich ablenkt, statt allein rumzusitzen und zu heulen. Also erkläre ich mich bereit mitzukommen und sage Jessica, sie soll mir Bescheid geben, wann es ihr passt.

»Das ist super, danke! Ich schreib dir dann einfach eine SMS. Hab dich lieb, bye«, sagt sie und klingt ehrlich erfreut.

»Okay, bye«, antworte ich mit künstlich fröhlicher Stimme. Ich versuche, ein »Hab dich auch lieb« anzufügen, kneife aber, weil es sich zu seltsam anfühlt.

Der Bus hält, und eine Menge Leute steigen aus, auch die dicke

Frau neben mir. Ich spüre, wie sich mein eigenes Sitzfleisch wieder über den Sitz verteilt, den ich jetzt ganz für mich habe. Eine Frau mit Kinderwagen steigt ein, parkt ihr Gefährt direkt vor mir und setzt sich neben mich. Sie ist dünn und sieht müde aus. Ihr Baby brüllt.

»So geht das schon den ganzen Tag«, erklärt sie mir resigniert. Ich nicke, lächle und drehe mich zum Fenster. Die Frau greift in ihre Tasche und holt eine Reiswaffel heraus. »Da«, sagt sie streng und gibt sie dem kleinen Mädchen, das sofort aufhört zu brüllen. Allerdings betrachtet es die Reiswaffel nach jedem Bissen ganz genau, als ob es sich wundert, dass sie immer kleiner wird.

»Haben Sie auch welche?«, fragt die Frau mich.

»Wie bitte?«, frage ich etwas entsetzt zurück, weil ich im ersten Moment denke, sie will mich um Essen für ihr Kind anbetteln.

»Ob Sie Kinder haben, meine ich.«

Oh.

Einen Moment schaue ich aus dem Fenster und erinnere mich daran, wie Alice und ich über das Leben in der Großstadt gesprochen haben – dass man so viele kurze Kontakte mit so vielen Menschen hat, die man nie wiedersieht, sei es in öffentlichen Verkehrsmitteln, im Aufzug, beim Warten in der Schlange oder einfach auf der Straße. Manchmal beeinflusst eine Begegnung den Tag, manchmal auch nicht. Alice und ich haben Witze darüber gemacht, wie es wäre, Persönlichkeiten für uns zu erfinden, bei jeder Begegnung jemand anderes zu sein. Niemand würde je die Wahrheit über uns erfahren. In einer großen Stadt kann man sein, wer man will.

Also wende ich mich wieder der Frau zu, schaue ihr in die Augen und sage: »Ja, ich habe zwei Kinder. Eine Einjährige und einen Fünfjährigen. Und Sie? Ist die Kleine Ihre Einzige?«

»Wow, ja, ich hab nur die eine. Sie haben ja echt jung angefangen, da kennen Sie sich bestimmt gut aus mit dem ganzen Mist.

Diese Göre hier hat sich vorhin steif wie ein Brett mitten auf die Straße geschmissen und geschrien, als wäre sie überfahren worden, und sich geweigert aufzustehen, weil ich ihr den Schuh wieder anziehen wollte. Den Schuh! Dem Geschrei nach hätte man denken können, ich will ihr den Fuß abreißen.«

»Oh Mann, Sie Arme«, sage ich geheuchelt verständnisvoll, und stelle mir dabei vor, wie ich mich selbst mit einem brüllenden Kind herumschlage. Aber vielleicht wird meines so was gar nicht machen. Wahrscheinlich ist die Frau nicht konsequent genug oder so, und das Kind weiß, dass es seinen Willen durchsetzen kann. Ich werde hart, aber fair mit meinem umgehen. Schließlich kann es doch nicht so schwer sein, mit Kindern vernünftig zu reden.

»O ja, das kenne ich«, fahre ich lächelnd fort. »Mein Ältester wollte keine Schuhe anziehen, bis er drei war, er hat sich schlicht geweigert, der kleine Schlingel.«

Allem Anschein nach fühlt sich die Frau von meiner Rückmeldung getröstet. Ich bin ein bisschen enttäuscht von mir selbst, weil ich über eins meiner Phantasiebabys lästere. »Aber er kann hervorragend rechnen«, füge ich deshalb schnell noch hinzu und fühle mich gleich ein wenig besser.

»Mit fünf? Wow, vielleicht ist er hochbegabt oder so. Und wie heißen die beiden?«, fragt die Frau weiter, und ich huste ein bisschen, um Zeit zu schinden.

»Oh – Jason und Alice.«

»Ah, schöne Namen!«, lobt sie, und ich begreife, dass ich ihr die gleiche Frage stellen sollte.

»Und Ihre?«

»Shania. Wie Shania Twain, die Sängerin. Ich bin ein Riesenfan von ihr.«

Shania? Herrgott, kein Wunder, dass das Kind so angepisst ist.

»Und Ihr Typ, ist der einigermaßen in Ordnung? Meiner ist total nutzlos«, verkündet die Frau, bückt sich, hebt die Reiswaffel vom Boden des Busses auf und drückt sie Shania wieder in die Hand.

»Ach, mit ihm haben wir schon seit einer ganzen Weile so gut wie nichts mehr zu tun. Wir haben uns getrennt, als Jason ungefähr ein Jahr alt war, später, als er ungefähr drei war, waren wir eine Weile wieder zusammen, aber es hat nicht funktioniert, er möchte einfach kein Vater sein. Um die Zeit wurde ich mit Alice schwanger, aber er hat nie etwas von ihr erfahren, bis heute nicht. Das ist mir auch lieber so.«

»Wow«, sagt die Frau beeindruckt. »Gut gemacht. Das Schwierigste an meinem Leben ist mein Mann. Das Kind zu haben und so, das ist zwar taff und alles, aber mein Typ ist noch mal ein ganz anderes Kaliber. Ich beneide Sie, dass Sie es alleine hinkriegen, ich denke auch oft, das wäre leichter.« Sie lächelt Shania zu, die inzwischen fast am Ende ihrer Reiswaffel angekommen ist. »Ehrlich gesagt könnte meine Kleine das ganze verdammte Haus zusammenbrüllen, und ich hätte sie trotzdem lieb. Wissen Sie, was ich meine?«

Ich nicke, und sie steht auf. »Okay, wir müssen raus. Sag der netten Dame tschüs, Shania.«

Gehorsam winkt Shania mir zu. Ich winke zurück.

»Sie sind eine tolle Frau«, sagt meine neue Freundin, die ich nie wiedersehen werde. »Ich bewundere Sie, ganz ehrlich.«

Während ich beobachte, wie sie den Kinderwagen auf den Gehweg hievt, denke ich darüber nach, was sie gesagt hat. *Ich beneide Sie, dass Sie es alleine hinkriegen, ich denke auch oft, das wäre leichter.*

Genau das wollte ich hören.

Tara

Ich fühle mich, als wäre ich wieder fünfzehn. Ich sitze in meinem alten Zimmer im Haus meiner Eltern, verstecke mich unter der Bettdecke und warte, dass mich ein Junge anruft. Nur dass es damals noch keine blöden Handys gab, also wäre das alles gar nicht passiert. Ich hätte Jason auch nie eine nuttige SMS geschickt, ich hätte ihm einfach meine Nummer gegeben, und er hätte mich am nächsten Tag angerufen. Ich wäre nie beim Masturbieren gefilmt worden. Ich wäre nie von einer Sprechblase gequält und nie auf Twitter mit Vergewaltigung bedroht worden. Aber Smartphones haben das Leben abartig gemacht.

Immer wieder checke ich Twitter. Letzte Woche um diese Zeit hatte ich neunundsiebzig Follower, jetzt habe ich 614 000. All diese Leute warten nur darauf, dass ich endlich etwas von mir gebe, wahrscheinlich hoffen sie, dass ich mich besinnungslos besoffen habe und ihnen noch mehr Stoff liefere, über den sie sich kaputtlachen können. Das Nervigste ist, dass mein letzter Tweet, ehe ich wusste, was passieren würde, lautete:

Hab den Tag mit einem Perversen verbracht, und es war reine Magie #moresoon #ease #sogoodatmyjob

Und das, bevor ich in der U-Bahn beim Masturbieren gefilmt werde. Ausgerechnet. Damals sind mir bloß Schulfreunde gefolgt, oder Leute, mit denen ich mal zusammen gearbeitet habe, deshalb hab ich nicht weiter darüber nachgedacht. Eigentlich hab ich Twitter nur benutzt, um auf dem Laufenden zu bleiben und Material für die Show zu suchen. Jetzt bin ich die Neuigkeit.

Die Tweets waren grauenhaft. Wenn man auf dem Bett liegt, seiner Tochter eine Geschichte vorliest und auf dem Startbildschirm tauchen plötzlich Dinge auf wie: @BigGunnerz *Bitches wie du sind doch geil darauf, Schätzchen. Ich hätte dich in der Bahn beidseitig gefickt, aber du hättest immer noch nicht genug gehabt.* Annie fing an, es vorzulesen, ehe ich begriff, was sie sagte. Ich hab ihr das Smartphone sofort weggenommen. Aber als sie dann grade am Einschlafen war, hat sie gefragt: »Was heißt das, beidseitig gefickt?« Es hat mich vor Grauen geschüttelt. Irgendein Kerl hat so viel Notiz von mir genommen, dass er bereit ist, öffentlich auf Twitter zu schreiben, dass er mich in beide Körperöffnungen vergewaltigen möchte? Zumindest nehme ich an, dass er das meint. Wie viel Wut muss dieser Typ haben? Ist er wütend genug, dass er den Weg zu meinem Haus rausfindet und irgendwann vor der Tür wartet? Ich habe Annie erklärt, dass es ein abgefahrener Name für eine neue Eissorte ist. Dann hab ich sie ins Bett gebracht, bin zu meinen Einstellungen gegangen und hab die Twitterbenachrichtigungen auf AUS gestellt.

Aber ich bringe es nicht über mich, meinen Account zu löschen. Ich muss wissen, was die Leute über mich sagen. Sicher, wenn ich nicht online gehe, bleibt mir eine Menge Kummer erspart, aber wie realistisch ist das? Tragischerweise denke ich, dass es das Beste ist, wenn ich Bescheid weiß. Und das bedeutet, dass ich heftigst aggressive Kommentare über mein Äußeres lese – »trutschig«, »langweilig«, »pervers« – und auch darüber, wie ich meine Tochter bekommen habe – »nuttig«, »kriminell«, »BÖSE«. Aber das Schlimmste sind die Posts von anderen Frauen, das passiv-aggressive Vitriol, das sie als schwesterlich zu tarnen versuchen. Das sind die Posts, die mich am meisten verletzen.

Von Mutter zu Mutter – tu, was für deine Tochter richtig ist, und sag ihr endlich, wer ihr Vater ist. Sie hat ein Recht, das zu erfahren, und du hast nicht das Recht, sie von ihrem Vater fernzuhalten.

Bestimmt liebst du deine Tochter, wie kannst du ihr da die Wahrheit vorenthalten?

Du solltest dich schämen. Jemand wie du nennt sich eine Mutter?

Die Wahrheit ist, dass ich fast alles ertrage, was die Leute mir an den Kopf werfen. Ich kann damit umgehen, dass man mich als Nutte beschimpft, ich werde – halbwegs – mit leeren Online-Drohungen fertig. Aber jedes Mal, wenn jemand meine Tochter erwähnt, durchfährt mich ein Schuldgefühl, von dem mir körperlich schlecht wird.

Vielleicht haben sie recht, vielleicht sollte ich es Annie wirklich sagen? Ich habe immer angenommen, dass ich es eines Tages tun würde, weil sie irgendwann eine Erklärung braucht. Aber ich wollte ihr sagen, dass ich nicht weiß, wie ich ihn kontaktieren kann, eher ihm als ihr zuliebe, wenn ich ehrlich bin. Und vielleicht ist das echt daneben von mir, denn ich weiß noch genau, wo er wohnt. Ich glaube, ich habe einfach immer angenommen, dass ich irgendwann jemanden treffen würde und dass Annie dann eine Vaterfigur in ihrem Leben hätte. Jetzt kann ich die Hoffnung darauf vermutlich ein für alle Male aufgeben, denn wer möchte schon eine Beziehung mit Wank Woman? Außer @BigGunnerz natürlich.

Ich gebe Jasons Namen bei Google ein, was ich im Lauf der letzten Woche schon sehr oft getan habe. Als ich ihn am Wochenende das erste Mal gegoogelt habe, ist er sofort aufgepoppt, ich habe einfach nach dem *Times*-Artikel gesucht, und da war er, Jason Scott. Seine Arbeit ist unglaublich. Die Details, die er einfängt, die Geschichten, die seine Bilder erzählen. Wie er mit seiner Kamera in einen Menschen hineinsieht, ist so kraftvoll wie ein Buch, das keine Worte braucht, um die Geschichte zu erzählen – seine Fotos nehmen den Betrachter mit auf eine Reise.

Ich starre immer wieder auf unseren SMS-Chat, als wäre das die

Tür, hinter der er sitzt. Es ist, als ob man eine Diät macht und dabei in ein Zimmer mit einer ganzen Schachtel Donuts eingesperrt ist. Die Versuchung, ihm zu schreiben, bringt mich fast um.

Ich kann und will einfach nicht glauben, dass er nicht das Gleiche empfunden hat wie ich, außerdem kam er mir so liberal vor. Nicht, dass es ein Maß an Liberalität gäbe, das bedeuten würde, dass man sich mit einer Person verabreden will, der die ganze Welt beim Masturbieren in einem U-Bahn-Wagen zugesehen hat, aber von der kleinen Portion, die ich von ihm kennengelernt habe, würde ich sagen, dass er eher die Art Mensch ist, der in einem solchen Fall irgendetwas Freches sagt, als jemand, der sich schweigend zurückzieht. Vielleicht habe ich ihn ein bisschen abgeschreckt? Das wäre verständlich, denke ich. »Spezielle Wünsche«, das könnte ja alles Mögliche bedeuten. Womöglich denkt er, ich habe ein Faible für Elektrosonden, Verliese oder Analketten. Vielleicht könnte ich ihm einfach erklären, was ich gemeint habe? Ihm sagen, dass ich nichts allzu Abartiges im Sinn hatte? Klarstellen, dass ich zwar bereit bin, alles Mögliche auszuprobieren, aber keine Neigung zu Fetischismus oder dergleichen habe. Aber wie bringt man das in einer SMS rüber? Und dann ist da natürlich noch das Video, das er höchstwahrscheinlich gesehen hat. Vielleicht hat er am Wochenende überlegt, ob ich eine verrückte Perverse bin, und dann das Video gesehen, was seinen Verdacht im Prinzip bestätigt hat.

Ich sollte die Sache auf sich beruhen lassen und Jason einfach vergessen. Aber ich kann nicht. Ich kann einfach nicht aufhören, an ihn zu denken. Ich muss ihm schreiben. Aber was, wenn er nicht antwortet? Ich weiß nicht, ob meine Selbstachtung das aushält. Andererseits – viel schlechter kann ich mich eigentlich nicht mehr fühlen. Schlimmer kann es nicht werden. Also greife ich nach meinem Smartphone, öffne unseren Chat und schreibe ihm. Scheiß drauf.

»Liebes?«, ruft Mum von unten. Ich fahre heftig zusammen und lande mit einem Ruck wieder in der realen Welt.

»Ja?«, rufe ich zurück.

»Ich gehe in die Stadt. Möchtest du was von Marks & Spencer?«

»Nein danke!«, antworte ich, höre aber gleich darauf, wie meine Mum trotzdem die Treppe hochkommt.

»Bist du sicher, Liebes? Ich könnte Hummus mitbringen oder diese kleinen Cocktailwürstchen.«

Ich schüttle den Kopf. Seit Tagen habe ich so gut wie keinen Hunger, aber Mum versucht trotzdem, mich zu füttern.

»Du musst was essen, Liebes.«

»Mum, ich weiß, dass ich essen muss. Ich bin schon seit zweiundvierzig Jahren auf der Welt, ich weiß aus Erfahrung, dass der menschliche Körper zur Energiegewinnung Nahrung braucht. Aber ich habe einfach keinen Hunger. Okay?«

»Okay, Liebes, du musst ja nicht gleich bissig werden. Wahrscheinlich kommt das daher, dass du Hunger hast. Ich bringe was von dem Hummus mit.«

»Scheiße nochmal, Mum. Ich bin nicht wütend, weil ich Hunger habe, ich bin wütend, weil ich Walthamstow Wa-…«

»Nein, Tara, nein! Ich will das nicht mehr hören, okay? Jeden Abend trinke ich einen Whiskey deswegen. Ich kann es einfach nicht mehr hören. Also, willst du diese komischen Cocktailwürstchen oder nicht?«

Verloren starren wir uns an. Anders als im Teenageralter, als ich hier in diesem Zimmer saß und die ganze Zeit patzig war, bemühe ich mich jetzt, meine Mum nicht zu verletzen. Ich hole tief Luft, um mich zu beruhigen.

»Ja, bitte, Mum. Danke«, sage ich sehr höflich.

»Na gut«, erwidert sie und geht wieder nach unten. Dann höre ich, wie die Haustür aufgeht und ein bisschen heftiger als gewöhnlich ins Schloss fällt.

Ich schaue auf mein Telefon. Nichts. Mist, warum hab ich ihm geschrieben? Jetzt fühle ich mich noch blöder. Eine E-Mail von Cam Stacey kommt rein.

Hey, wollte nur mal nachfragen, ob du noch lebst.

Hey Cam, meine Mutter zeigt deutliche Anzeichen von beginnendem Alkoholismus und dazu auch noch die Tendenz, mich mit Würstchen zwangsernähren zu wollen. Du verstehst.
Dein Artikel über die Fähigkeit eines Menschen, das eigene Leben mit den richtigen Entscheidungen aus der Krise zu führen, hat mir gut gefallen. Ich versuche, im Kleinen aktiv zu werden, aber momentan bieten sich leider nicht sehr viele Gelegenheiten.
Ich werde nachher ein paar Würstchen essen, das ist immerhin ein Anfang.
Danke, dass du fragst, das bedeutet mir sehr viel.
T x

Einen Moment sitze ich da, mein Smartphone auf dem Schoß, und denke, wenn ich es schaffe, volle zwei Minuten nicht draufzustarren, kommt vielleicht eine SMS. Nach fünfundachtzig Sekunden nehme ich es wieder in die Hand. Nichts.

Verdammte Scheiße, Jason – jetzt schreib mir doch endlich, ja?

Stella

Ich habe meinen Facebookaccount reaktiviert. Ich konnte einfach nicht anders. Ich musste noch einmal reinschauen, noch eine Sitzung, in der ich mich mit der Freude anderer Menschen quäle.

Ich sitze an meinem Schreibtisch, scrolle durch die Nachrichten, und mein Hass wächst mit jedem Post, den ich lese. Gruppen von Freunden, glückliche Familien, große Erfolge. Es ist, als würde ich mein Gesicht mit einer Handvoll Wespenstiche abreiben. Warum tue ich mir das an?

Wie würden sie wohl aus der Wäsche gucken, wenn ich ehrlich darüber schreiben würde, wie ich mein Wochenende verbracht habe? Wie würde sich das machen zwischen all der ehelichen Glückseligkeit und den Freuden der Mutterschaft?

Können Menschen die Wahrheit verkraften? Ich tippe los, weil ich sehen möchte, wie das ausschaut.

Hab am Wochenende einen Typen auf Tinder getroffen, sein Sperma in einem Kondom gesammelt und versucht, mich selbst damit zu schwängern. Mittendrin hab ich es mir anders überlegt und alles wieder ausgespült, aber wenn welche von den kleinen Schwimmerchen es doch geschafft haben sollten, werde ich hier ganz sicher unermüdlich Bilder posten. Schöne Woche!

Mein Cursor schwebt eine Weile über dem SENDEN-Button. Man stelle sich die Aufregung vor, das Drama, das der Post auslösen würde. Woher kommt diese kleine Stimme in mir, die flüstert: *Tu es, tu es für den Kick*? Aber natürlich tu ich es nicht. Was ich mir wünsche, ist nicht Aufmerksamkeit, sondern Unterstützung. Ich deaktiviere meinen Account wieder. Die müssen echt eine endgültigere Lösung für Leute mit einer ernsthaften Facebooksucht erfinden. Ich kann jederzeit reaktivieren und deaktivieren, es ist faktisch unmöglich, den Account endgültig loszuwerden, also werde ich es wahrscheinlich nie tun.

Aber ich werde versuchen, mich zurückzuhalten. Jawohl, das mache ich. Das mache ich, mache ich, mache ich.

Mein Gesicht fühlt sich wund an, meine Augen sind geschwollen und brennen. Phil hat immer gesagt, es wäre gut für mich zu weinen; ich habe Lust, ihn anzurufen und ihm mitzuteilen, dass er sich gründlich geirrt hat. Es war kein bisschen befreiend, meinem Schmerz Raum zu geben, mir ist lediglich einmal mehr klargeworden, wie beschissen alles ist. Ich fühle mich nicht im Geringsten erleichtert, ich fühle mich schmerzverseucht. Für mich gibt es keine Aussicht auf ein positives Ende, Tränen ändern daran gar nichts. Vielleicht sollte ich einfach einen Termin für die Operation vereinbaren? Es akzeptieren? Der Gedanke bringt mich noch mehr zum Heulen.

»Stella, ist mein Telefon gekommen?«, fragt Jason, der viel zu schnell aus seinem Büro auftaucht, so dass ich keine Zeit habe, einigermaßen die Fassung wiederzugewinnen. »Himmel, was ist los?«, fragt er denn auch sofort, und ich halte mir schnell die Hände vor die Augen, als könnte ich die Tränen so zurückschieben.

»Alles gut«, sage ich. »Nur bisschen müde.«

»Nein, es ist nicht alles gut. Was ist denn passiert?«, hakt er nach. Ich sehe, dass er nicht recht weiß, was er tun soll, so emotional hat er mich noch nie gesehen. Sonst ist immer er es, der Panik schiebt und aus allem ein Drama macht, während ich ihn unterstütze, so gut es geht.

Da mir klar wird, dass ich ihm meine Tränen nicht als normal verkaufen kann, und ich außerdem weiß, wie sehr ich es hasse, wenn Leute ihre Gefühle erst öffentlich zur Schau stellen und dann so tun, als wäre nichts, erzähle ich Jason den einzigen Teil der Geschichte, über den ich bereit bin zu sprechen.

»Ich hab mich von meinem Freund getrennt«, sage ich und spüre eine ungewöhnliche Erleichterung darüber, meine Gefühle zeigen zu können, aber gleichzeitig ärgert es mich, dass er jetzt denkt, ich bin deswegen so durcheinander, wo das doch der unbedeutendste Teil der Geschichte ist.

»Oh Stella, das tut mir leid.« Er kommt näher. Hat er etwa vor, mich zu umarmen? Ich bin unsicher, wo in einer solchen Situation die Grenzen liegen, er ist mein Boss, wir sind allein. Er zögert eine Weile, aber schließlich legt er mir doch die Hand auf die Schulter. Wir sind beide erleichtert, dass er eine Lösung gefunden hat.

»Es tut mir wirklich sehr leid«, sagt er, denn das gehört sich ja so, und er ist ein guter Mensch. »Ich hab immer angenommen, dass an der Heimatfront alles super läuft.«

»Ja, das sagst du immer wieder, aber leider ist es nicht so«, fauche ich zurück. Je öfter er mir sagt, für wie perfekt er mein Privatleben hält, desto mehr bekomme ich das Gefühl, versagt zu haben. Natürlich bemerkt er meinen Ton.

»Ich will dir nicht zu nahe treten, ich meine nur … aber ich sage lieber nichts mehr. Du bist einfach immer so ausgeglichen, da kommt man nicht so leicht auf die Idee, dass bei dir zu Hause was im Argen liegt. Das ist alles. Sorry, wenn das unsensibel klingt.«

»Ich fühle mich überhaupt nicht ausgeglichen.«

»Du machst aber immer einen total beherrschten Eindruck.«

»Du bezahlst mich schließlich dafür, dass ich alles unter Kontrolle habe. Wenn ich dich nicht kontrollieren würde, würdest du nie was geschafft kriegen.« Ich lächle ihn an, er nickt zustimmend.

»Hey, falls du mal einen Rat brauchst, wie man ein alleinstehender Versager wird, dann frag mich ruhig. Auf dem Gebiet bin ich Experte, ich werde ständig verlassen.«

»Okay. Danke«, sage ich, und meine Tränen fangen an zu trocknen. Wahrscheinlich ist es das intimste Gespräch, das ich im letzten Jahr mit jemandem geführt habe, der kein Arzt war. Fühlt sich gut an. Es ist angenehm, so offen zu sein. Jason und ich verbringen fünf Tage die Woche acht Stunden zusammen, und obwohl wir gut miteinander auskommen, ist es eine Arbeitsbeziehung, keine Freundschaft. Wir reden, aber meistens über ihn. Über mich nur das Nötigste. Die letzten Wochen waren besonders harmonisch. Wegen der Deadline für das Buch ist das Studio, in dem für gewöhnlich Models, Redakteure, Stylisten, Journalisten und Visagisten herumwimmeln, völlig leer. Ich habe so wenig zu tun, dass ich meine Tage meist damit verbringe, im Internet zu surfen, Facebook zu durchkämmen und in einen Zustand zu geraten, in dem ich denke, dass außer mir alle Menschen glücklich sind.

Jason hat mich gebeten, nicht frei zu nehmen, damit ich ihn weiter motivieren kann. Das erforderte lediglich ein Internet-Verbot, viel Kaffee und hin und wieder ein paar aufmunternde Worte. Aber ich hatte zu viel Zeit zum Nachdenken, und das in einer Phase meines Lebens, in der ich wahrscheinlich lieber versuchen sollte, mich abzulenken und nicht dauernd zu grübeln.

»Okay, lass mich einfach wissen, wenn ich dir helfen kann. Wir sind gute Menschen, und gute Menschen sterben nicht allein. Wir werden Liebe finden und eine Familie haben, wir werden ein glückliches und erfülltes Leben führen. Damit rede ich mir zumindest immer gut zu«, sagt er und schaut mich dabei beruhigend an. In seinen Augen blitzt noch etwas anderes auf, aber ich kann es nicht richtig identifizieren.

»Danke«, sage ich und kneife die Augen zusammen, denn auf einmal kommt mir ein Gedanke.

Er legt mir schon wieder die Hand auf die Schulter. Zuerst fühlt es sich verkehrt, unpassend und peinlich an. Aber dann hebe ich die Hand und lege meine Finger sanft auf seine. Mein Körper entspannt sich, und ich nehme den Trost an, den diese kleine Geste mir schenkt.

»Dein Freund ist ein Idiot, Stella. Wenn ich eine Freundin wie dich hätte, würde ich sie niemals gehen lassen.«

Damit kehrt er in sein Büro zurück, und ich bleibe reglos an meinem Schreibtisch sitzen.

Was war das denn?

Ich schüttle den Kopf, als wollte ich mein Gehirn daran hindern, einen Gedankengang weiterzuverfolgen, von dem ich weiß, dass er falsch ist. Aber es ist zu spät, meine Phantasie hat sich längst in Bewegung gesetzt.

Könnte ich womöglich von Jason ein Baby bekommen?

Die Türklingel zerreißt die Stille und holt mich mit einem Ruck in die Realität zurück. Ich lasse den Lieferanten herein, der mir einen kleinen Karton überreicht, auf dem Vodafone steht. Ich unterschreibe und gehe langsam zurück zu meinem Schreibtisch.

»War das mein Telefon?«, ruft Jason aus seinem Büro. Er brennt darauf, endlich Taras Nummer herauszufinden. Ohne richtig darüber nachzudenken, höre ich mich antworten: »Nein, noch nicht. War bloß die Post.« Er schnaubt enttäuscht.

»Ich mach deine Tür zu, okay? Damit du dich besser konzentrieren kannst«, sage ich und ziehe sie zu.

»Jawohl, Boss!«

Dann setze ich mich an meinen Schreibtisch und packe das Telefon hastig aus. Ich stelle es auf lautlos, mache es an und gehe das Setup durch. Dann rufe ich die Einstellungen auf und schränke den Internetzugang ein. Er wird ein Passwort brauchen, um wieder reinzukommen, und ich habe nicht vor, es ihm mitzuteilen. Als das Telefon zum Leben erwacht, erscheinen mehrere Nachrichten. Jasons Mutter wünscht ihm alles Gute, ein paar Kumpel wollen sich mit ihm im Pub verabreden. Er hat nichts allzu Wichtiges verpasst. Ich gehe zu Facebook, ein paar Freunde haben Taras Video auf seiner Seite gepostet und fragen, ob er es vielleicht schon gesehen hat. Ich lösche alle Social Apps. Und dann erscheint eine SMS von »TARA.«

Hey, hör mal, es tut mir leid, wenn ich neulich wie eine irre perverse Domina rüberkam. Ich fand den Abend mit dir großartig, und ich weiß nicht, ob ich bereit bin, eine Verbindung, wie wir sie hatten, einfach zu ignorieren, nur weil ich inzwischen eine Internet-Sensation geworden bin und mich öffentlich entblößt habe. Eigentlich bin ich ziemlich normal, ich schwör's. Und ich würde dich wirklich gern wiedersehen. Tara x

Ich muss aufstehen und Distanz zwischen mich und meinen Schreibtisch bringen. Ich denke an Jason in seinem Büro, an seine Deadline, seine Augen, seine Hand auf meiner Schulter. *Wenn ich eine Freundin wie dich hätte, würde ich sie niemals gehen lassen.* Das waren seine Worte. Die Worte eines Manns, der sich verzweifelt ein Baby wünscht, genau wie ich. Ich nehme das Telefon, öffne Taras Nachricht, schreibe eine Antwort, drücke auf Senden. In meinem Bauch grummelt es. Das ist der Kick, den ich gesucht habe. Ich handle. Ich nehme mein Leben in die Hand. Es fühlt sich verdammt phantastisch an. Ich blockiere Taras Nummer und lösche sie. Dann klopfe ich an Jasons Tür.

»Es ist da«, verkünde ich fröhlich.

Er sieht so glücklich aus. Ich gebe ihm das Handy und gehe wieder raus, als wäre alles ganz normal.

»Sie ist nicht da!«, brüllt Jason eine Minute später und stürmt aus seinem Büro. Er sieht vollkommen verzweifelt aus.

Ich spiele mit.

»Was ist nicht da?«

»Taras Nummer. Sie ist nirgends gespeichert. Ich dachte, du hast gesagt, sie wäre in der Cloud.«

»Ach Jason, komm schon, sie muss da sein. Lass mich mal nachschauen. Tara, richtig?«, frage ich vollkommen unschuldig.

»Ja.«

»Hmmmm, bist du sicher, dass du den Namen richtig geschrieben hast?«, frage ich, während ich durch sein Adressbuch scrolle.

»Wie soll man den denn sonst schreiben, wenn nicht T-A-R-A?«

»Hier ist tatsächlich keine Tara«, bestätige ich. »Vielleicht hast du sie doch nicht gespeichert? Bist du dir sicher?«

Jason grapscht sich sein Telefon. »Wie soll ich das denn jetzt noch wissen? Ich war betrunken. Ich hab ihr eine SMS geschrieben, ist sie dann gespeichert?«

»Nicht unbedingt.«

»Ich weiß nicht, wie ich sie nicht gespeichert haben könnte … aber vielleicht hab ich es nicht getan. So eine verfluchte Scheiße.« Er schleudert das Handy auf die Couch in seinem Büro und stürmt mit verschränkten Armen ans Fenster. Er sieht fix und fertig aus. »Lass mich ins Internet, dann finde ich sie.«

»Nein, kommt nicht in Frage. Mit gebrochenem Herzen wirst du dein Buch nie fertigkriegen.«

»Ich werde kein gebrochenes Herz haben, ich werde verliebt sein. Lass mich an deinen Computer.«

»Jason, hör mal, ich erwähne es ja ungern, aber vielleicht bringt sie dir nicht die gleichen Gefühle entgegen wie du ihr. Sie hätte dich online längst aufspüren können, richtig? Ich habe deine Mails ständig gecheckt, und da war nichts von ihr. Deine Mailadresse ist auf der Website. Und anscheinend hat sie dir auch keine SMS geschrieben, denn die wäre inzwischen angekommen.«

Jasons Gesicht wird lang und länger, weil er einsehen muss, dass ich recht habe.

»Aber wir haben uns geschrieben. Dann kam der Kerl mit dem blöden Fahrrad und … wir hatten so einen guten Draht zueinander.«

»Warum seid ihr dann nicht zusammen nach Hause gegangen?«, frage ich penetrant.

»Sie … wollte nicht.«

Ich ziehe die Augenbrauen hoch, als würde ich sagen »Na, sag ich doch«, und setze mich wieder auf meinen Stuhl. Wie ein erschöpfter Bär, der gerade einen Kampf verloren hat, trottet Jason zurück in sein Büro. Im Grunde habe ich ihm einen Gefallen getan; wenn er Tara gefunden und herausgefunden hätte, was sie getan hat, hätte er sein Buch niemals fertig geschrieben. Meine Idee ist weit weniger ablenkend. Er wird nicht einmal wissen, dass es passiert.

Tara

Ich hatte die Hoffnung schon aufgegeben, je eine Antwort auf meine SMS zu kriegen, aber dann ist sie plötzlich auf dem Display. *Jason.*

Ich habe Angst, sie zu lesen, denn es kann ja sein, dass er mich niemals wiedersehen will. Wenn er es will, warum antwortet er mir dann erst jetzt? Was, wenn er schreibt, ich soll ihn in Ruhe lassen? Ich fühle mich, als hätte ich grade meine Prüfungsergebnisse bekommen.

Erst mal renne ich ins Bad und schaue mir mein Gesicht an. Dann bürste ich mir die Haare. Ein bisschen Mascara, ein bisschen Lippenpflege. Wenn ich besser aussehe, fühle ich mich besser, selbst wenn mich jemand, den ich nur ein paar Stunden kenne, per SMS abserviert. Ich sage mir, dass es keine Rolle spielt, ganz gleich, was dieser Typ schreibt, er gehört nicht zu meinem Leben, er kann mir nicht weh tun. Ich bin schön, ich bin stark, ich kann damit umgehen.

Aber wem erzähle ich das? Seit Freitag denke ich ständig an ihn. Ich weiß, wir sind uns nur einmal begegnet, aber das war so gut. Richtig, richtig gut. Ich laufe zurück in mein Zimmer, schnappe mir mein Handy und öffne die Nachricht. Ich muss mich der Wahrheit stellen.

Tara, sorry, aber ich glaube, du hast irgendwas missverstanden. Es war wirklich nett, dich kennenzulernen, aber ich kann mir einfach nicht vor-

stellen, dass es irgendwo hinführt. Tut mir leid, wenn ich dir womöglich falsche Hoffnungen gemacht habe, und viel Glück mit allem, J.

Ich hab was missverstanden? Wie bitte? Ich habe überhaupt nichts missverstanden! Es gibt nichts misszuverstehen, wenn sich jemand an meinen Schenkel presst und mir sagt, er will mich ficken. Wie kann es sein, dass er so ein Arschloch ist? Ich wusste doch, dass mit ihm irgendwas nicht stimmt. Es hat immer einen Grund, wenn so ein Typ noch Single ist.

Aber was soll's. Er kann mich mal. So einen Mann brauche ich nicht. Ich brauche einen, der damit klarkommt, wie ich Annie gekriegt habe. Einen, der stabil ist und damit umgehen kann, dass ich eine Internet-Sensation und ein globaler Witz bin.

Oh Gott.

Ich werde für immer allein bleiben.

Männer sind doch viel zu egoistisch, um auch nur eine dieser Anforderungen zu meistern. Da könnte ich mir gleich die Vagina zunähen und Gott heiraten. Ich weiß keinen Ausweg aus der Geschichte. Jedes Mal, wenn ich es wage, auf Twitter zu schauen, habe ich wieder ein paar tausend Follower mehr, und #Wank Woman trendet immer noch. Ein Parodie-Account – @ShitWank WomanSays – hat über 400 000 Follower, und wer auch immer es sein mag, postet fast alle zwei Stunden Tweets im Stil von:

Hatte noch fünf Minuten vor meinem Meeting totzuschlagen, da hab ich einfach meine Möse rausgeholt und mir ordentlich einen runtergeholt #WankWoman #ShitWankWomanSays

Ich hab sogar gesehen, dass HarperCollins an den Account getweetet hat, die Leute dort sollen sich wegen eines eventuellen Buchvertrags melden! Nichts spricht dafür, dass die Geschichte langsam verblasst. Es ist nur eine Frage der Zeit, bis sie Merchandise anbieten. Ich bin die nächste Grumpy Cat, demnächst vertreten auf den Regalen der einschlägigen Geschenkartikelläden. Wer wird den Gewinn einheimsen? Irgendein Depp mit einem Twitter-Account, der sich beim Computerspielen einen runterholt vermutlich. Warum tun alle so, als wäre ich die einzige Frau der Menschheitsgeschichte, die jemals ihre Klitoris angefasst hat?

Ich habe eine neue Mail von Cam. Abgesehen von meiner Tochter das Einzige, was mir momentan die Spur eines Lächelns abringt. Sie ist so nett. Nicht, dass ich dachte, sie wäre nicht nett, aber man sagt ja, dass man seine Helden lieber nicht persönlich kennenlernen sollte. Gut, ich kann nicht behaupten, dass ich sie wirklich kennengelernt habe, aber es fühlt sich irgendwie so an. Ich habe das Gefühl, ich kann ihr alles erzählen.

Hey Tara,
ich hab über dich nachgedacht. Sehr viel sogar. Heute ist so ein Tag, an dem ich denke, dass Beziehungen immer kompliziert sind, ganz gleich, wie einfach man sie zu gestalten versucht. Weißt du, was ich meine? Wie dem auch sei – eigentlich wollte ich nur mal kurz nachfragen, wie du klarkommst.
Cam x

Ich antworte sofort.

Hey, ich sehe das ganz genauso. Ich dachte, ich hätte mein Leben klar und einfach gestaltet, zumindest im Privaten. Jetzt sind meine engsten Beziehungen die kompliziertesten, und ich verstehe es immer noch nicht. Dein Artikel über Mütter und Nicht-Mütter hat mir sehr gut gefallen – in Wirklichkeit sind wir alle gleich.
Wie ich klarkomme? Nicht so toll. Ich habe Angst, ich kann nicht schlafen, ich bin zu eingeschüchtert, um rauszugehen, der Typ, den ich mag, hält mich für verrückt, ich glaube, ich werde immer allein

sein, meine beste Freundin benimmt sich komplett daneben, meine Mutter zeigt erste Anzeichen von Alkoholismus, mein Vater hat mich masturbieren sehen. Oh, und außerdem bin ich ziemlich sicher, dass ich meinen Job verloren habe. Und bei dir?
T x

Ich lese die Mail noch mal durch. Ziemlich deprimierend, wenn man versucht, witzig zu sein, und dann wird einem klar, dass die beschissenen Details, die man in die Mail gepackt hat, tatsächlich stimmen. Wessen Leben lebe ich eigentlich gerade? Fühlt sich nicht an wie meines.

Ich habe eine Mail von Adam. Obwohl ich eigentlich vorhabe, jede Korrespondenz mit Personen, die etwas mit meinem alten Leben zu tun haben, zu ignorieren, öffne ich sie.

Betreff: Sky News Interview
Tara, ein Kumpel von Sky News hat sich bei mir gemeldet und gefragt, wie er dich kontaktieren kann. Sie möchten eine Exklusivstory. Wahrscheinlich gutes Geld. Ich hab ihnen deine Mailadresse und deine Handynummer gegeben. Oh, und ich habe eine Frau gefunden, die deinen Job machen kann und versprochen hat, es sich nicht in der U-Bahn selbst zu machen und die Firma damit in Verruf zu bringen, deshalb haben wir sie eingestellt. Außerdem übernimmt sie die Aufsicht beim Schneiden der Perversenshow, und ich bringe sie in den Credits als Executive Producer. Aus naheliegenden Gründen kann ich deinen Namen nicht nennen, also reg dich deswegen bitte nicht allzu sehr auf.
Adam.

Dieses Arschloch.

Ich hasse ihn. Ein winziger Teil in mir hat tatsächlich gedacht, er würde meine Arbeit genug schätzen, um mich wenigstens ein bisschen in Schutz zu nehmen. Ich hab der Firma mehrere BAFTA-

Nominierungen eingebracht und mir für meine Programme den Arsch aufgerissen. Zumindest auf eine Namensnennung im Abspann habe ich gehofft, die hab ich mehr als verdient. Und darauf, dass er genug Anstand besitzt, Sky News meine Mailadresse zu verweigern. Sieht er denn nicht, dass die ganze Welt sich gegen mich verschworen hat? Jahrelang habe ich sein frauenverachtendes Gewäsch mit Fassung getragen, weil mir seine Unfähigkeit, zu seiner Sexualität zu stehen, irgendwie leidtat. Ich hab so viel eingesteckt, immer wieder, immer wieder, denn letztlich war es egal. Seine abwertenden Kommentare haben mich nicht gejuckt, sie haben mich nie von irgendwas abgehalten. Ich war gut in meinem Job, ich hatte die Freiheit, die Sendungen zu machen, die ich wollte, deshalb habe ich es ihm einfach durchgehen lassen. Jeden Tag hab ich seine Scheiße über mich ergehen lassen – und jetzt? Jetzt kann er sich ins Knie ficken.

Adam, dein Verhalten ist echt das Letzte. Trau dich gefälligst nicht noch mal, meine persönliche Mailadresse an irgendwelche Journalisten weiterzureichen. Außerdem bin ich sicher, dass die Doku ein Erfolg wird, und dass das einzig und allein mein Verdienst ist, weißt du genau. Wenn du meinen Namen nicht in den Credits nennst, werde ich überall rumerzählen, dass du SCHWUL bist.
Tara.

So. Dieser kleine Scheißer.

Dann sitze ich da und warte auf eine Antwort. Nichts.

Fünf Minuten später. Nichts.

Eine Stunde später. Nichts.

Jetzt habe ich ein schlechtes Gewissen. Aber von Cam kommt eine Antwort.

Hey. Wie es mir geht? Na ja, ich glaube, ich begreife gerade, dass man die Gefühle anderer Menschen nicht kontrollieren kann, ganz egal, wie abgeklärt man selbst ist. Hör zu, eine Sache, die ich in den Jahrmillionen gelernt habe, in denen ich jetzt schon für die Öffentlichkeit schreibe, ist, dass die Nachrichten von heute das Einwickelpapier für die Pommes von morgen sind. Natürlich ist mir klar, dass heutzutage niemand mehr Zeitung liest, dass das Zeug im Netz ewig lebt und dass es nicht um ein pampiges Stück panierten Fisch und ein paar versalzene Pommes gewickelt werden kann. ABER alles geht vorbei, die Menschen verlieren das Interesse und wenden sich etwas Neuem zu, die Dinge ändern sich, und auch du wirst irgendwann über die Geschichte wegkommen. Wir sind so jung (ich hab gelesen, dass du zweiundvierzig bist – ich bin sechsunddreißig, also sind wir im selben Alter). Ich schaue mir meine Mum und meinen Dad an und habe das Gefühl, dass mein Leben noch nicht mal angefangen hat; ich werde noch so viel tun und erleben, bevor ich so alt bin wie sie. Daran solltest du auch denken. Die letzten Wochen waren der Beginn von etwas Neuem, ganz gleich, wie katastrophal es sich anfühlt. Du wirst einen Weg aus der Krise finden, du wirst sie für dich nutzen.
Wenn alle genug gelacht haben, werden sie sich der nächsten Sensation zuwenden. Mein Dad hat mir mal gesagt, ich soll in allem, was passiert, auch die Möglichkeiten sehen, und den Gedanken habe ich immer im Kopf, mein ganzes Leben schon. Verkriech dich nicht, verlier nicht den Mut, sondern halte die Augen offen, dann wirst du etwas entdecken, was sich richtig anfühlt und funktioniert. Du kannst es! Cam x

Wieder kommt eine E-Mail. Sie ist von Damien Weymouth.

Im gleichen Moment fällt die Haustür krachend ins Schloss, und ich fahre erschrocken hoch. Als Nächstes höre ich laute Schritte – Annie, die die Treppe hochrennt. Ist die Schule schon aus? Himmel, und ich bin noch im Pyjama.

»Mummy, Mummy«, ruft Annie und hüpft zu mir aufs Bett. Ich

komme mir vor wie eine Kranke, versuche aber, ein fröhliches Gesicht aufzusetzen.

»Wie war es in der Schule?«, frage ich und ziehe meiner Tochter den Mantel aus, während sie sich an mich kuschelt.

»Ich hab gemalt«, sagt sie. »Schau mal.«

Sie überreicht mir ein DIN-A4-Blatt. Darauf sind vier Menschen, einer kleiner als die anderen, vermutlich soll das sie selbst sein. Annie bestätigt meine Vermutung. »Und wer sind die anderen?«, erkundige ich mich.

»Das hier ist Grandpa«, erklärt sie und deutet auf das Strichmännchen, das nichts anhat. »Das ist Grandma«, sagt sie und deutet auf die Gestalt mit einem Dreieck als Rock. »Und das bist du«, endet sie mit dem Finger auf einem ebenfalls unbekleideten Strichmännchen, von dessen Schulter ein langes schwarzes Dreieck hängt.

»Bin das ich? Und was ist das?«, erkundige ich mich und zeige auf das Dreieck.

»Das ist dein Cape.«

»Mein Cape? Warum habe ich ein Cape?«

»Weil du Wank Woman bist«, erklärt Annie im Brustton der Überzeugung.

Ich hätte es nicht für möglich gehalten, dass mir im Gespräch mit einer Sechsjährigen die Spucke wegbleibt, aber so ist es.

Meine Tochter hat mich soeben Wank Woman genannt. Noch schlimmer kann es eigentlich gar nicht werden.

Als Annie in der Küche ihr Abendessen isst, laufe ich in mein Zimmer hinauf, um Cam zurückzumailen – als wäre sie der Typ, auf den ich scharf bin, und ich eine pubertierende Fünfzehnjährige. Für ein paar Minuten vergesse ich Jason. Die Wahrheit ist, dass in meinem Leben nicht nur ein Liebhaber, sondern auch eine gute Freundin fehlt, und die Aussicht, dass ich vielleicht eine gefunden habe, ist genauso aufregend. Sophie hat mir kein einziges Mal geschrieben, seit sie auf Bora Bora ist, und seltsamerweise vermisse ich sie auch kein bisschen. In meiner momentanen Situation würde sie mich nur stressen, sie würde lauter falsche Sachen sagen und ständig über sich selbst reden. Mir ist es eigentlich ganz recht, dass sie eine Weile weg ist. Klar, ich brauche eine Freundin, aber eine, die sich fünf Minuten auf mich konzentrieren kann, ohne plötzlich damit rauszuplatzen, welche Farbe ihre Haare als Nächstes kriegen sollen.

So furchtbar ich mich wegen des Videos auch fühle, so verwirrt und unglücklich ich wegen Jason bin, gibt es doch einen kleinen Lichtblick. Neben Annie, meine ich. Etwas, das meinen Humor am Leben hält, etwas, worauf ich mich konzentrieren kann, etwas, was mich von den Grübeleien über mein verpfuschtes Leben ablenkt. Und das ist der Mailaustausch mit Cam. Ich habe den Eindruck, sie versteht mich. Mit keinem anderen Menschen würde ich es mir erlauben, das Ganze ins Lächerliche zu ziehen, und ihre Antworten sind echt. Sie gibt mir engagierte, freundliche und nützliche Ratschläge. Wie eine richtige Freundin eben. Ich weiß selbst nicht genau, wie Cam Stacey von *HowItIs.com* meine Freundin geworden ist, aber ich bin sehr froh darüber. Ich klicke auf ihre Mail, um zu antworten, doch dann lenkt mich die Nachricht von diesem Damien Weymouth doch zu sehr ab. Eigentlich will ich sie aus Protest sofort löschen, aber der Betreff ist ziemlich verführerisch.

Betrifft: Exklusivinterview mit Sky News. Honorar: 30 000 £.

Liebe Tara,
ich habe Ihre Geschichte mit großem Interesse verfolgt und möchte Ihnen die Gelegenheit geben, die Dinge ins rechte Licht zu rücken, denn ich bin sicher, dass Sie von der Öffentlichkeit Großbritanniens (und der Welt?) heftigst missverstanden werden.

Deshalb schlage ich Ihnen ein exklusives On-Screen-Interview mit Sky News vor, in dem Sie Ihre Seite der Geschichte erzählen. Oftmals braucht die Öffentlichkeit in solchen Fällen nur eine Entschuldigung des Beschämten, um den Vorfall ruhen zu lassen und sich anderen Dingen zuzuwenden. Wenn die Betreffenden Gefühle und Reue zeigen, weckt dies fast immer die Sympathie der Menschen, und sie schaffen es zu akzeptieren, dass das anstößige Verhalten untypisch war und ehrlich bedauert wird. Ich habe schon viele beschämte Prominente interviewt, die auf diese Weise die Dinge ins rechte Licht rücken konnten. Angesichts des überwältigenden öffentlichen Interesses an Ihrer Person bietet Sky News Ihnen deshalb ein Fernsehinterview zur besten Sendezeit an, das als Special innerhalb der Nachrichtensendungen ausgestrahlt werden würde. Ich bin sicher, dass Sie das Gefühl haben, Ihr Leben könne nie wieder so werden wie früher, aber hoffentlich sehen Sie in unserem Angebot die Gelegenheit, die Dinge wieder ins Lot zu bringen. Ich sollte auch erwähnen, dass es ein beträchtliches Honorar, nämlich 30 000 £, für einen einzigen Vormittagstermin geben wird. Lassen Sie es sich durch den Kopf gehen.
Ich freue mich darauf, von Ihnen zu hören.
Damien.

Ich lese die Mail noch einmal und schaue dann wieder auf die von Cam.

Verkriech dich nicht, verlier nicht den Mut, sondern halte die Augen offen, dann wirst du etwas entdecken, was sich richtig anfühlt und funktioniert.

Aber vor der Kamera? Ich weiß nicht, ob ich das kann. Jedenfalls nicht vorsätzlich. Aber vielleicht hat Cam recht. Ich muss die Geschichte auf die richtige Spur bringen, und vielleicht wäre es die beste Möglichkeit, sie mit meinen Worten zu erzählen. Bei dem Gedanken schaudere ich. TV ist bösartig, das weiß ich, aber welche anderen Optionen habe ich denn?

Ich gehe die Treppe runter zu Annie. Ich werde darüber nachdenken. 30 000 £ kann man nicht so einfach ignorieren, wenn man grade seinen Job verloren hat.

Stella

Ich weiß nicht, warum ich das »Archiv« von Cam Staceys Website durchsuche, wo sie mich in letzter Zeit doch so dermaßen nervt, aber ich erinnere mich an einen Artikel, den sie vor einer halben Ewigkeit geschrieben hat, über sexuell selbstbestimmte Frauen, und den will ich noch einmal lesen. Nachdem ich mich eine Stunde lang mit Abhandlungen über ihr perfektes Sexleben gefoltert habe, finde ich ihn endlich.

Juni 2009: Frauen müssen ihr Sexleben selbst in die Hand nehmen

Ich möchte etwas beichten … sorry, Mum!

Letzte Woche war ich auf dem Flughafen. Mein Flug war eine Stunde verspätet, ich hatte einen Kater von der Nacht zuvor, und zu allem Überfluss war ich auch noch total geil. Ernsthaft. Die Art von geil, bei der ich mir vorkomme wie ein Tier. Die Hitze meiner Lenden und so, ich konnte nur an das eine denken. So wanderte ich im Flughafengebäude herum und schnüffelte nach Beute, bereit, mich auf den erstbesten verfügbaren Penis zu stürzen. Und dann sah ich einen. Einen echt attraktiven Typen, der allein am Fenster stand und die Flugzeuge draußen beobachtete. Leise schlich ich mich von hinten an ihn ran, mir des Geräuschs meines eigenen Atems nur allzu bewusst. Ich wollte ihn direkt auffordern, auf der Toilette mit mir zu vögeln. Doch als ich mich ihm bis auf ungefähr dreißig Zentimeter genähert hatte – sabbernd und hechelnd beim Gedanken an den bevorstehenden Orgasmus –, gesellte sich eine ebenso attraktive Frau mit zwei Starbucksbechern zu dem Typen, und ich musste den Rückzug antreten. Meine Mission war erfolglos, aber ich war hingerissen von dem Gefühl, dass meine Sexualität dermaßen überwältigend sein konnte, und das ganze Szenario gehört seither zu meinen Lieblingsphantasien. Teils weil es so erregend ist, dermaßen scharf zu sein, teils, weil es mir so viel Freude macht, mir vorzustellen, wie Frauen in die Welt hinausgehen und sich die Kicks verschaffen, die sie sich wünschen. Denn das sollten wir tun – unseren Impulsen gehorchen, der Versuchung nachgeben, sorglos und unbesonnen sein und manchmal sexuell ein bisschen egoistisch handeln. Wie die Männer eben, ihr wisst schon.

Okay, vielleicht passt das nicht so ganz auf meine derzeitige Situation, denn ich werde mich nicht an Jason ranmachen, weil ich so scharf auf ihn bin, aber im Grunde läuft es doch auf das Gleiche hinaus. Nämlich darauf, dass ich kriege, was ich mir wünsche. Doch um meinen Plan tatsächlich durchzuziehen, muss ich ein bisschen mehr über ihn wissen.

Ich bringe ihm einen Kaffee und frage ihn, ob er sonst noch was braucht. Er sagt nein und dass er gerade ein neues Kapitel anfängt. Ich habe den Eindruck, dass er seinen Schreibtisch eine Weile nicht verlassen wird, also gehe ich zurück an meinen, logge mich in seinen Mailaccount ein und mache mich über sein Privatleben her.

Nach dem, was er beschreibt, gibt es so was wie ein übergreifendes Thema: Er mag große Frauen mit braunen Haaren, die erfolgreich und emotional aufrichtig sind. Davon bin ich gar nicht so weit entfernt. Mit meinen knapp eins fünfundsiebzig bin ich nicht gerade klein, ich habe lange braune, lockige Haare, und wenn es darauf ankommt, könnte ich zumindest so tun, als wäre ich emotional aufrichtig. In seinen Mails ist Jason ziemlich konsequent in seinem Umgang mit Frauen. Er ist nett und redet viel und gern über alles Mögliche. Eine seiner Mailkonversationen liest sich folgendermaßen:

Hey, war wunderschön gestern Abend. Hätte mich gern die ganze Nacht mit dir unterhalten.
Jason

Hey, ja, ich auch. Sorry, wenn ich dir zu viel über mich erzählt habe. Es hat sich gut angefühlt, mit dir zu reden.
Sal x

Schön. Ich spreche gern über Gefühle, obwohl ich ein Kerl bin. Bei meiner Arbeit geht es ja auch darum, Emotionen einzufangen; meinetwegen hättest du überhaupt nie aufhören müssen. J x

Ich mache mir eine Notiz: Sei offen.

Der nächste Mailaustausch, den ich finde, ist mit einer anderen Frau und ziemlich sexy. Einen Moment denke ich, dass ich das nicht aushalte, aber dann wird mir klar, dass ich mich genau an dieser Stelle überwinden muss, wenn ich mit Jason Sex haben will. Dafür habe ich übrigens den Tag eingeplant, an dem ich meinen Eisprung habe. Ich kann es mir nicht leisten, die Sache in den Sand zu setzen, und wenn ich Erfolg haben will, muss ich wissen, was er im Bett mag. Also stürze ich mich in die Lektüre.

Michelle:
Ich habe einen schwarzen Bleistiftrock an, Zehn-Zentimeter-Heels, eine eng anliegende Bluse und nichts darunter. Ich bin umgeben von meinen Kollegen, aber ich kann nur daran denken, was du heute früh mit meiner Muschi gemacht hast. Ich hab es genossen,
Michelle x

Jason:
Du bist so sexy. Ich sitze an meinem Schreibtisch und kann meine Assistentin im Nebenzimmer sehen, deshalb muss ich meinen Schwanz

heimlich anfassen. Ich stell mir vor, wie du vor mir kniest und mich in den Mund nimmst.

Ich schlage mir die Hand vor den Mund. NEIIIN! JASON! Iiiiieh, und das, während ich im Nebenzimmer saß. Aber okay, okay, er ist auch sexuell wesentlich aufgeschlossener, als ich dachte – was mein Vorhaben ja durchaus erleichtern könnte. Wenn ich ein bisschen Gas gebe und meinen Sexappeal hochfahre, müsste es eigentlich ganz gut klappen. Er ist sensibel, aber auch ernsthaft scharf.

Eine Mailbenachrichtigung erscheint oben rechts auf meinem Bildschirm. Sie teilt mir mit, dass Camilla Stacey einen neuen Blogeintrag gepostet hat. Ich weiß nicht, wie sie das macht, anscheinend tut sie nichts anderes, als Artikel zu schreiben.

Camilla Stacey, HowItIs.com: Ich habe meinen Uterus nicht verschwendet, nur weil ich ihn nicht benutzt habe …

Ach je, was für einen Unsinn über einen angeblich nicht vorhandenen Kinderwunsch wird sie jetzt wieder absondern?

Ich liebe eure E-Mails, ich lese sie alle, denn das sehe ich als Teil meines Jobs. Und natürlich möchte ich auch wissen, wie das, was ich schreibe, bei anderen ankommt. Jetzt kann ich mit an Sicherheit grenzender Wahrscheinlichkeit behaupten, dass ich noch nie so mit Zuschriften überschwemmt worden bin, wie seit ich in dieses Wespennest gestochen und zugegeben habe, dass ich keine Kinder möchte. Zum Glück scheinen sich viele von euch von dem, was ich sage, ermutigt zu fühlen, aber natürlich geht es vielen auch anders. Denjenigen unter euch, die bei dem Gedanken an meine leerstehende Vagina Ausschlag kriegen, möchte ich sagen, dass mir das leidtut. Aber gleichzeitig fordere ich euch auf, mir nicht ständig mit euren konventionellen

Ansichten auf die Nerven zu gehen, sondern euch der modernen Welt zu stellen und zu akzeptieren, dass ich mein eigenes Ding mache.
Also ... ein Kommentar, der nach meinen Artikeln mehrfach in meinem Posteingang aufgetaucht ist, lautet, dass ich meinen Uterus »verschwende«, also nicht nutze. Stimmt. Weil ich einen Uterus habe, um den ich niemanden gebeten habe, »missachte ich meine Weiblichkeit«. Anscheinend ist es für viele undenkbar, diesen leeren Sack zu besitzen, ohne ihn zu füllen.
Aber wartet, ich habe diesen Teil meiner Ausrüstung doch nicht bei Amazon bestellt. Ich bin damit geboren und anders als bei einem Backofen (das Haushaltsgerät, mit dem das weibliche Reproduktionssystem anscheinend am häufigsten verglichen wird) kann ich ihn nicht einfach füllen, den Inhalt rausholen, aufessen und weitermachen wie bisher. Ich glaube, es ist uns allen klar, dass es länger dauert, ein Kind zu erziehen, als eine Backkartoffel zu verspeisen.
Ich werde nicht alle Funktionen meines Uterus nutzen, aber das heißt nicht, dass ich ihn nicht mein ganzes Leben lang genutzt habe. Schließlich ist er es, der mich zu einer Frau macht. Wie kann das eine Verschwendung sein?

»Ach, was für ein Scheiß, Cam Stacey«, sage ich, stehe auf und trete mit dem Fuß gegen meinen Schreibtisch. Automatisch landet meine Hand auf meinem Bauch. Nächstes Jahr um diese Zeit wird mein Uterus weg sein. Meine Brüste ebenfalls. Alles, was mich zu einer Frau macht, wird man ins Feuer werfen und verbrennen, und Camilla Stacey wird weiterhin vollkommen unversehrt in ihrem schicken neuen Apartment sitzen. Ist das etwa fair?

»Alles in Ordnung?«, erkundigt sich Jason aus dem Nebenzimmer.

»Jepp, sorry, hab mir bloß einen Nagel abgebrochen.«

Aber mal im Ernst – was tut Camilla Stacey eigentlich? Jemand mit einem perfekten Leben kann doch nicht über so ein Thema schreiben. Sie meint, dass ihre Schreibereien unterstützend und aufbauend sind, aber die meisten kinderlosen Frauen haben sich eben *nicht* freiwillig für die Kinderlosigkeit entschieden. Cam Stacey bereitet keineswegs den Weg für eine wachsende demographische Gruppe, sie reibt uns kinderlosen Frauen unter die Nase, was wir nicht haben können, und das macht mich echt wütend.

Ich schaue mich um, um mich zu vergewissern, dass Jason nicht gerade auf dem Weg zu mir ist, aber er ist munter am Tippen, offensichtlich läuft es bei ihm gerade sehr gut. Ich klicke auf Cams Website den Kontaktbutton an, und automatisch öffnet sich eine neue E-Mail.

An: Camilla Stacey
Von: Stella Davies

Vielleicht ist dein Uterus keine Verschwendung, aber weißt du, was eine Verschwendung ist? Die Luft, die du atmest. Warum hörst du nicht endlich auf mit deinen Predigten über die allmächtigen Frauen und suchst dir einen richtigen Job? Du sitzt in deinem Elfenbeinturm und hast kein Recht, über Dinge zu schreiben, von denen du keine Ahnung hast. Nicht die leiseste. Also – warum hältst du nicht einfach die Fresse?

Senden.

Eine Minute lang sitze ich reglos da und visualisiere das »Ping« ihres Computers, das sie auf eine neue Mail aufmerksam macht. Vielleicht will sie ja auch genau in diesem Moment etwas schreiben und sieht meine Mail sofort. Nervosität fließt aus meinen Fingerspitzen, während ich mir vorstelle, wie sie meine Nachricht liest und es ihr auf einmal genauso beschissen geht wie mir.

Und das fühlt sich richtig, richtig gut an.

9

Cam

Cam geht es beschissen – sie hat Bauchkrämpfe, ihr ist übel. Mit ihrer üblichen Methode – zwei Nurofen und reichlich Ingwertee – versucht sie Abhilfe zu schaffen. Zum Glück muss sie nirgendwo hin, das ist einer der Vorteile der selbstständigen Homeoffice-Tätigkeit, des Online-Lebens. Ihr Wohnzimmer ist durchflutet vom wunderschönen orangenen Schimmer der Londoner Lichter, und während sie, unter ihre Decke gekuschelt, die Mails ihrer Leser liest, weiß sie, dass hier trotz Bauchschmerzen der einzige Ort der Welt ist, an dem sie sein möchte.

Liebe Camilla,
ich wollte nur danke sagen für den Artikel, in dem du darüber schreibst, dass wir unseren Überzeugungen treu bleiben und nach ihnen leben sollten. Mein Chef hat mich schon immer schlecht behandelt, und ich habe mich deswegen jeden Abend zu Hause bei meiner Mitbewohnerin ausgeheult. Wir haben Wein getrunken und über ihn hergezogen, bei ihr habe ich ehrlich über meine Gefühle geredet. Aber am nächsten Tag bin ich wieder zur Arbeit geschlichen und habe das Gleiche ohne Gegenwehr über mich ergehen lassen. Denn ich hatte Angst, meinen Job zu verlieren. Aber durch dich habe ich begriffen, dass ich diesen Job hasse.
Also habe ich mich am Freitagmorgen bei einer Personalagentur

registrieren lassen, und am Freitagnachmittag bin ich ins Büro meines Chefs marschiert und habe ihm gesagt, dass ich aufhöre. Als er mich gefragt hat, warum, habe ich geantwortet, weil er unhöflich und unverschämt zu mir ist. Und statt in Opfersprache zu verfallen, habe ich ihm, wie du gesagt hast, erklärt, dass ich finde, ich bin deutlich besser qualifiziert als er und dass mein Job mich langweilt. Er war völlig von den Socken, es war wunderbar. Die Agentur hat mir für nächste Woche schon drei Vorstellungsgespräche vermittelt, ich bin also wirklich raus. Und fühle mich jetzt schon viel besser. Danke!
Martha x

Und noch eine …

Hey Cam,
jeden Morgen muss ich auf dem Weg zur Arbeit an den Bauarbeitern am Ende meiner Straße vorbei, und jeden Morgen bringen sie mich mit Rufen wie »Nette Titten!« und »Jetzt lächel doch mal, Süße!« total in Verlegenheit. Ich schleiche mich vorbei, werde rot und wünsche mir, ich hätte einen Umweg genommen. Jedenfalls war es gestern Morgen richtig sonnig, und nachdem ich deinen Artikel gelesen hatte, dachte ich plötzlich, scheiß drauf! Ich bin stehen geblieben, habe mein Top hochgezogen und gerufen: »DANKE, JUNGS!« Ihre Gesichter waren unbezahlbar. Sie haben sich so geschämt, dass sie fast vom Gerüst gefallen sind. Heute haben sie kein Wort gesagt. DANKE x

Cam kichert leise in sich hinein. Dieser Sorte Bauarbeitern wollte sie eigentlich schon immer mal ihre Brüste zeigen, aber um ehrlich zu sein, hatte sie nie den Mumm dazu. Während sie weiter ihre Mails durchkämmt, taucht immer wieder ein Name auf. Es ist durchaus üblich, dass ihre Fans regelmäßig schreiben, aber diese »Stella Davies« ist innerhalb kurzer Zeit sehr oft vertreten. Cam klickt auf die neueste Nachricht von ihr.

Ich durchschaue dich. Deine selbstbeweihräuchernden Posts über Feminismus bedeuten überhaupt nichts. Du hast keine Ahnung, was es heißt, kämpfen zu müssen. Dein perfektes Leben, dein Geld, dein regelmäßiger Sex. Mich repräsentierst du damit ganz sicher nicht. Vielleicht glaubst du tatsächlich, dass du den Frauen helfen kannst, aber das Gegenteil ist der Fall. Halt endlich den Mund, sonst könnte leicht was passieren.

Hoppla! ».. . sonst könnte leicht was passieren« – soll das eine Drohung sein? Cam sieht sich die anderen Mails an. Diese Stella beschimpft sie unter anderem als »Bitch«, als »Lügnerin«, als »Schande für das weibliche Geschlecht«. Wer ist diese Frau, und warum ist sie so wütend? Im Netz sind Drohungen und Aggressionen an der Tagesordnung, aber inwieweit kann man das hinnehmen, bis man jemanden meldet? Man sollte sicher nicht warten, bis jemand mit einem Eimer Säure vor der Tür steht? Stella hasst Cam allem Anschein nach mehr als die meisten Menschen, die sich gelegentlich über ihre Blogeinträge aufregen.

Die Hormone machen sie ängstlich. Wahrscheinlich ist es nicht so schlimm, und diese Stella ist bloß eine einsame, traurige Irre, die sich bald wieder zurückziehen wird, wenn sie keine Reaktion bekommt. Cam schließt ihren öffentlichen Mailaccount und schaut in ihren Arbeitsposteingang. Eine Nachricht von Samantha Byron. Genau das hat ihr noch gefehlt.

Liebe Camilla,
wir sind sehr glücklich mit den neuesten Zahlen der Seite, aber wir dachten, dass es vielleicht an der Zeit ist, ein paar Gastautoren für den Blog zu suchen? Wie wäre es mit einer Mummy-Bloggerin, um das Gleichgewicht zwischen deiner Kinderlosigkeit und normalen Frauen herzustellen?
Freue mich auf deine Vorschläge, wer das sein könnte? Als Anfang würde ich gern eine Empfehlung für Maria auf Bubbsywubbsy.com *aussprechen,*

ja? Sie gehört zu meinen persönlichen Favoritinnen, sehr amüsant, und sie bringt auch tolle Rezepte für die Kleinen. Außerdem hat sie super Tipps, welche Fernsehsendungen am besten für die kindliche Entwicklung sind, und welches Spielzeug besonders viele Lernanreize liefert. Schaust du einfach mal? Sie ist geradezu ideal, finden wir, was meinst du?
Samantha x

Wenn ihr Laptop nicht Cams Lebensmittelpunkt wäre und wenn ihr nicht so übel wäre, würde sie einen Wutanfall bekommen und das Ding aus dem Fenster werfen. Wie kann diese Frau es wagen, sie auf »normal« stutzen zu wollen? Cam loggt sich bei *BubbsyWubbsy.com* ein, und die Homepage ist genauso grotesk, wie sie es sich vorgestellt hat, blassrosa mit hellblauer Schrift, links ein Foto von einem hässlichen Baby, rechts ein kleiner Kasten, in dem steht: »Spaßigster Mummy-Moment des Tages«. Darunter: »Auf halbem Weg durch den Park hab ich heute Morgen plötzlich bemerkt, dass ich noch meine Hausschuhe anhatte! Oh-oh, mein Mummy-Hirn! Zum Glück ist es dem Hund nicht aufgefallen.«

Cam hasst diese zuckersüße Fluffigkeit, und sie kann sich auf der ganzen Welt nichts Schlimmeres vorstellen, als diese BubbsyWubbsy-Dumpfbacke auf *HowItIs.com* bloggen zu lassen. Sie holt ein paar Mal tief Luft, was sie sowieso brauchen kann, weil es gegen die Übelkeit hilft. Aber gerade als sie sich daranmachen will, Samantha zu antworten, wird ihr speiübel. Sie rennt ins Bad und übergibt sich.

Stella

Ich gieße kochendes Wasser in den Pot-Noodle-Behälter und setze mich aufs Sofa. Früher saß hier Phil, mein Platz war der Sessel. Im

Polster ist eine Kuhle, wo er Stunde um Stunde vor irgendwelchen Fußballspielen fläzte, wenn ich schon ins Bett gegangen war. Seit er weg ist, habe ich den Fernseher kein einziges Mal angemacht. Die Gedanken in meinem Kopf verbrauchen den größten Teil meiner Zeit, das Internet füllt den Rest.

Ich kriege das Instantzeug nicht runter. Ich hab es im Eckladen gesehen und dachte, ich erinnere mich an den Geschmack. Alice und ich haben das Zeug immer heimlich gegessen, Mum durfte nichts davon erfahren. Wir haben Pot Noodles geliebt, aber es schmeckt überhaupt nicht so, wie ich es in Erinnerung habe. Ich werfe den Rest in den Müll, setze mich an den Küchentisch, klappe den Laptop auf, logge mich bei *HowItIs.com* ein und gehe Camillas alte Blogeinträge durch. Einer mit dem Titel »Ich liebe meine kleinen Titten« fällt mir ins Auge. Ich weiß noch, dass ich ihn damals gelesen habe und cool fand, weil sie so positiv über ihre kleinen Brüste schrieb, aber jetzt möchte ich am liebsten eine Beule in meinen Kühlschrank treten. Der Artikel stammt aus dem Jahr 2006.

Die Wahrheit ist doch, dass Männer glauben, sie lieben große Brüste, aber in Wirklichkeit lieben sie ein großes Selbstbewusstsein noch viel mehr. Aus zuverlässiger, aber vertraulicher Quelle weiß ich, dass die Frauen aus den französischen Filmen, deren Brüste klein und stolz auf ihrem Brustkorb sitzen wie Federbälle, am sexiesten sind. Sie wabern nicht rum, sie brauchen keinen BH, sie sind einfach natürlich. Das soll nicht heißen, dass Männer keine großen Brüste mögen. Aber wenn eine Frau – wie ich – zwei Spiegeleier vorzuweisen hat, ist sie trotzdem erotisch. Letztlich interessiert die Männer doch bloß, dass ihr Brüste habt, die sie anfassen können. Ihr selbst macht ihre Größe und Beschaffenheit zum Problem.

»Letztlich interessiert die Männer doch bloß, dass ihr Brüste habt, die sie anfassen können«? Woher weiß Camilla Stacey, wie sie mir weh tun kann?

Ich schicke ihr wieder eine Mail.

Du bist eine bornierte Bitch. »Mein perfektes Leben«. »Mein heißer Lover«. »Alles geht nach meiner Nase.« Das ist doch nicht real. Weißt du, was real ist? Der Tod.

Dann logge ich mich bei Facebook ein, zum ersten Mal heute. Ich scrolle durch das Glück anderer Menschen, aber der Zwang, jeden einzelnen Post zu lesen, hat ein bisschen nachgelassen. Ich muss mich selbst nicht auf diese Weise emotional verletzen, nicht heute Abend jedenfalls. Jahrelang habe ich einen aggressiven Post nach dem anderen geschrieben, hatte aber nie den Mumm, auch nur einen davon abzuschicken. Aber jetzt habe ich mein Ventil gefunden. Camilla Stacey kann meine Wut aushalten, sie liest meine Mails wahrscheinlich sowieso nicht.

Außerdem habe ich einen Plan.

Ich logge mich aus und gebe bei Google »Wie werde ich schwanger« ein.

Um schwanger zu werden, musst du am Tag des Eisprungs oder in den Tagen drum herum Sex haben.

Als ich weiterlese, erfahre ich, dass man im Lauf eines ganzen Monats eigentlich nur an fünf Tagen schwanger werden kann, und selbst an diesen hat man die besten Chancen an gerade mal drei davon. Warum hat uns das in der Schule niemand beigebracht? Das hätte mir eine Menge Schwangerschaftsschrecken erspart. Ich suche: »Woher weiß ich, wann mein Eisprung ist?«

Die meisten Frauen haben ihren Eisprung am vierzehnten Tag ihres Zyklus. Du berechnest ihn vom ersten Tag deiner letzten Periode an. Allerdings hat jede Frau einen anderen Zyklus, du solltest also unbedingt deinen eigenen bestimmen. Frei verkäufliche Ovulationstests sind sehr zuverlässig.

Frei verkäufliche Ovulationstests? Brauche ich auch noch Zubehör? Ich hatte ja keinen Schimmer, dass Schwangerwerden eine Wissenschaft ist. Ich strenge mich an, das Bild, wie ich mir Sperma in die Vagina gieße, aus meinem Kopf zu verbannen. Es war völlig sinnlos. Diese Erkenntnis macht die Scham nicht geringer.

Morgen auf dem Weg zur Arbeit werde ich mir einen Ovulationstest kaufen. *Ich kann das. Ich kriege das hin.* Ich klappe den Laptop zu und schalte damit, abgesehen von den paar roten und grünen Punkten der Küchengeräte, die einzige Lichtquelle im Zimmer aus. Mir war nicht aufgefallen, dass ich im Dunkeln sitze.

Tara

Die Abendessenszeit ist immer besonders schrecklich. Wenn ich Annie ins Bett gebracht habe, besteht meine Mutter darauf, dass wir alle um den Esstisch herumsitzen, vor uns ein absurd extravagantes Mahl, und das alles nur, um uns von der Wirklichkeit abzulenken. Von der Tatsache, dass ich seit sieben Tagen das Haus nicht verlassen habe. Dass meine persönliche Hygiene auf dem Tiefpunkt angekommen ist. Dass mein Vater sich bemüht hat, es aber immer noch nahezu unmöglich findet, mir in dic Augen zu schauen. Und dass mir inzwischen 5,6 Millionen Menschen beim Masturbieren zugesehen haben.

Heute Abend senkt sich, nachdem wir die Anzahl der Möglichkeiten, wie drei Leute eine Lasagne loben können, endgültig ausgeschöpft haben, wieder Schweigen über uns und den Abendessenstisch – bis ich es endlich wage, das Thema meines Lebens anzuschneiden.

»Ich hab heute eine Mail von *Sky News* gekriegt. Sie bieten mir dreißigtausend Pfund für ein Exklusivinterview an, das sie im Rahmen der Nachrichten senden würden.«

Mein Dad haut mit der Faust auf den Tisch, ein Löffel fliegt hoch und landet auf seinem Schoß. Dad stützt die Ellbogen vor sich auf, legt die Stirn in die Hände, seufzt und schnauft. Ich wende mich meiner Mutter zu und fahre fort.

»Ich habe Geldsorgen.«

Jetzt setzt sich mein Dad ein bisschen aufrechter hin. Ganz gleich, wie wütend er ist, er weiß, dass er uns nicht auf ewige Zeiten alle unterstützen kann. Geld ist ein legitimer Grund, nicht schon wieder schlechtgelaunt aus dem Zimmer zu laufen, wie er es fast jedes Mal getan hat, wenn ich meinen Mund in den letzten zwei Wochen zu etwas anderem als zum Essen aufgemacht habe.

Inzwischen bin ich drüber weg. Ich weiß, dass er furchtbar durcheinander ist, aber schließlich ist es mein Leben, das kaputt ist, nicht seines.

»Die sagen, wenn ich mich entschuldige, wird es besser.«

»Tut es dir denn leid?«, fragt meine Mutter.

»Nein«, antworte ich, und mein Dad gibt tatsächlich ein lautes Knurren von sich – die Wut ist wieder da. »Und ich will mich nicht entschuldigen, obwohl ich es vielleicht sollte.« Wieder ein Faustschlag. Diesmal hüpfen ein paar Erbsen von seinem Teller und landen auf dem Tisch. »Ich muss an Annie denken. Und irgendwann muss ich wieder arbeiten. Wenn ich jetzt nichts sage, wird sich die Aufregung zwar auch irgendwann legen, aber wie wird mein Leben dann aussehen? Wer wird mich einstellen? Wer würde sein Kind mit Annie spielen lassen? Wer würde sich mit mir verabreden? Ich möchte dieses Video nicht als Altlast mit mir rumschleppen, also muss ich mir mein Leben wohl irgendwie zurückholen. Wenn die Leute die Geschichte aus meiner Sicht hören, kapieren sie vielleicht, dass ich keine sexgeile Irre bin.«

Das ist der Tropfen, der das Fass zum Überlaufen bringt, in Sekundenschnelle ist mein Dad aufgesprungen und zur Tür hinaus. Aber im Moment kann ich mich nicht um seine Wut kümmern, ich brauche einfach nur Unterstützung.

»Ich glaube, ich sollte das Angebot annehmen«, sage ich zu Mum, die mich niemals im Stich lassen würde, ganz gleich, für wie peinlich sie mich hält. »Ich kenne die Fernsehwelt, ich werde meine Sätze so formulieren, dass man sie nicht entstellen kann, ich werde Dinge sagen, die zeigen, dass ich nicht verrückt bin. Ich weiß, dass die Geschichte damit nicht schneller vom Tisch sein wird, aber zumindest hab ich dann gesagt, was ich zu sagen habe. Was soll ich denn auch sonst machen – mich zurücklehnen, nichts tun und die ganze Welt an einer Version von mir rumbasteln lassen, die gar nicht existiert?«

»Der Schuss könnte aber auch nach hinten losgehen«, meint Mum. Und sie hat vollkommen recht. Das könnte er. Aber ich wüsste nicht, wie es noch schlimmer werden könnte. »Ich habe berühmte Entschuldigungen gegoogelt, und anscheinend funktionieren sie wirklich«, erwidere ich. »Hugh Grant hat sich dafür entschuldigt, dass er sich von einer Prostituierten einen hat blasen lassen, Tiger Jones hat sich dafür entschuldigt, dass er mit so ungefähr jedem Sex hatte, Bill Clinton hat sich dafür entschuldigt, dass er wegen seiner Affäre mit Monica Lewinsky gelogen hat. All diese Männer haben nach ihrem Skandal weiterhin ein erfolgreiches Leben geführt, es ist Gras über die Sache gewachsen. Es ist also *möglich*, nach einem Skandal ganz normal weiterzuleben.«

»Vermutlich schon«, räumt meine Mutter ein. »Aber diese Männer waren total populär und konnten auf eine lange Karriere zurückgreifen. Und dann ist da natürlich auch noch das ganz Offensichtliche.«

»Und zwar?«, frage ich.

»Das waren alles Männer. Wenn Frauen ihre Sexualität offen ausleben, ist das etwas ganz anderes, das gefällt den Leuten nicht. Es gibt Regeln für Männer, und es gibt Regeln für Frauen, und die sind unterschiedlich. So ist die Welt, mein Schatz. Ich glaube nicht, dass sich daran jemals etwas ändern wird.«

Dass meine Mutter den Fortschritt des Feminismus so defätistisch sieht, ist genau der Arschtritt, den ich brauche. Ich entschuldige mich und gehe wieder nach oben, um Damien Weymouths Mail zu beantworten.

Lieber Damien,
ich bin dabei.
Tara.

Was habe ich schon zu verlieren?

Cam

Vorsichtig gießt Cam das heiße Wasser in ihre Wärmflasche und dreht den Deckel zu. In hellblauen Jeans-Leggins und einem langen, weiten, weißen Hemd legt sie sich dann auf ihre Chaiselongue und drückt die Wärmflasche auf ihren Bauch. Die Krämpfe sind echt heftig. Als wollte ihre Gebärmutter ihr etwas sagen. »Tu nicht so, als würde ich nicht existieren«, würde sie sagen. *Wenn die Gebärmutter reden könnte*. Trotz der Schmerzen muss Cam lachen. Sie sollte schreiben, aber ausnahmsweise hat sie überhaupt keine Lust. Sie schaut in ihre »Notdatei«. Die hat sie an kalten Wintertagen für Augenblicke wie jetzt geschrieben, einen Blogeintrag nach dem anderen, um sich abzusichern.

Sie liest den aus dem letzten Jahr, als ein bekannter Tamponhersteller mit ihr Kontakt aufgenommen und ihr einen ziemlich dürftigen Betrag dafür angeboten hat, auf *HowItIs.com* Werbung machen zu dürfen. In der Mail hieß es: »Wir finden, Ihre Website ist genau das Passende, weil Sie wirklich das Zeug dazu haben, eine Wortführerin in Sachen Tampons zu werden.«

Eine Wortführerin in Sachen Tampons? Was ist das überhaupt? So etwas Ähnliches wie *Das Gesicht der Periode* vielleicht? Jedenfalls fand Cam die Idee lächerlich und beantwortete die Mail nicht einmal. Dazu kam noch, dass sie ihre Periode hasst. Vor ein paar Jahren hat sie sich ein Verhütungsimplantat in den Arm einsetzen lassen, in der Hoffnung, damit würde auch die lästige Blutung verschwinden, aber nichts dergleichen. In manchen Monaten kommt und geht sie einfach, in anderen setzt sie Cam mit der Heftigkeit einer Grippe außer Gefecht. Und da sie heute Abend das Gefühl hat, ihr Uterus will ihren Bauchnabel aufsprengen, und jeden Moment damit rechnet, dass das Blut zu strömen beginnt, erscheint ihr dieser Blog wie der perfekte Beitrag.

Camilla Stacey – HowItIs.com – Ich möchte deine Periode nicht sehen und nichts über sie hören. Punkt.

Bevor ich anfange, möchte ich gern ein paar Dinge klarstellen:

1) Ich bin nicht der Meinung, dass Frauen sich ihrer Periode schämen sollen.
2) Ich finde es schrecklich, dass die Periode als peinlich angesehen wird.
3) Ich hoffe, dass alle jungen Mädchen, die ihre Periode kriegen, das Gefühl haben, dass sie darüber reden können und Bescheid darüber wissen und sich keineswegs schämen müssen.

4) Ich finde, Frauen sollten für Monatshygiene nichts bezahlen müssen.
5) Ich bin der Meinung, dass Menstruationsschmerzen ein legitimer Grund sind, sich einen Tag frei zu nehmen.
6) Ich finde es beschissen, wenn Männer Frauen wegen ihrer Periode demütigen oder abqualifizieren.

Von all dem bin ich überzeugt, aber das heißt nicht, dass ich den Wunsch habe:

1) DEINE Periode zu sehen
2) es jedes Mal zu verkünden, wenn ich meinen Tampon wechsle
3) mir Werbung mit menstruierenden Frauen anzuschauen und mich dadurch noch mehr vor meiner eigenen Periode zu fürchten.

Lasst es mich näher erklären.

Deine Periode sehen:
Die Künstlerin Rupi Kaur hat ein Bild von sich auf Instagram hochgeladen, auf dem sie Blutflecke auf der Kleidung hat, offensichtlich von ihrer Periode. Keine große Sache, so was passiert jeder Frau. Ich hab schon viele Klamotten durchgeblutet, an vielen verschiedenen Orten, ich bin mir absolut bewusst, dass es normal ist, aber ich weiß nicht, ob ich möchte, dass es zwischen Fotos von Avocado auf Toast in meinem Instagram Feed auftaucht. Ihr wisst ja, dass ich nicht prüde bin, auf diesem Blog gibt es kein Thema, das nicht direkt in Angriff genommen wird. Ich halte mir etwas darauf zugute, dass ich unschockierbar und aufgeschlossen bin, aber ich glaube, ich ziehe eine Grenze bei Dingen, die aus den Körpern anderer Leute kommen. Feministisches Thema oder nicht, es ist einfach igitt.
Ich finde, wir sollten mehr über die Periode sprechen. Ich finde nicht, dass das bedeutet, wir sollten mehr von ihr SEHEN.

Deine Periode im ganzen Raum verkünden:
Ich habe eine seltsame Statistik gelesen, dass eine von drei Frauen das Gefühl hat, sie muss den Tampon im Ärmel verstecken, wenn sie ihn wechseln geht, und dass dies als Problem aufgefasst wurde. Helft mir bitte zu verstehen, was wir tun sollen. Sollen wir jedes Mal, wenn wir zur Toilette gehen, rufen: »HEY JUNGS, ICH GEH JETZT DAS HIER IN MEINE BLUTENDE MUSCHI STOPFEN«? Ich hoffe sehr, dass dem nicht so ist. Aber jetzt, wo ich diese Statistik kenne, mache ich mir Sorgen, dass die Leute tatsächlich denken, es ist problematisch, Tampons zu verstecken. Wenn ich meine Periode nicht laut verkünde, sieht man mich dann als eine Frau, die sich schämt, weil sie menstruiert? Denn das ist nicht der Fall. Oder als Frau, die sich in puncto Periode den frauenverachtenden Regeln der Gesellschaft gebeugt hat? Denn auch das ist nicht zutreffend. Ich möchte nur für mich behalten, was ich auf der Toilette tue. Tut mir leid, wenn das eurer Feminismusversion zuwiderläuft.

Menstruierende Frauen in der Werbung:
Dass so viele Frauen Werbung für Monatshygiene hassen, verblüfft mich! Wenn man nach Artikeln darüber sucht, findet man Hunderte feministischer Autorinnen in Aufruhr, weil die Frauen in der Tamponwerbung sportiv und fröhlich sind, um zu demonstrieren, wie effektiv das Produkt ist, für das sie werben. WARUM ist das so anstößig? Wie sollte die Alternative aussehen?
Ich finde es großartig zu sehen, dass mein Tampon nicht leckt, wenn ich auf einen Berg steige, aber wie es scheint, verlangen manche Feministinnen in der Werbung eine ehrlichere Darstellung der Periode. Wie zum Beispiel? Eine pickelige, aufgeblähte junge Frau, die einen mit Nurofen bestreuten Bottich Eiscreme verdrückt und bei Dirty Dancing heult, weil sie wie jedes Mal um diese Zeit des Monats nach dem Genuss von zu viel Pinot Grigio ihren Freund abserviert hat? Oh Gott, wer will denn so was sehen?

Ich würde sagen, **das** ist viel beleidigender, als Frauen zu zeigen, die während der Menstruation beeindruckende sportliche Leistungen erbringen. Meine Periode ist mir äußerst lästig, aber ich möchte lieber nicht von den Medien als durchgeknallt oder krank dargestellt werden, wenn ich menstruiere. Ich mag die »los geht's, was soll's, ich lass mich doch davon nicht kleinkriegen«-Aura der Menstruationswerbung. Was könnte die Tatsache, dass wir gleichwertig sind, denn besser ausdrücken, als dass wir zu toller Musik und mit einem breiten Grinsen aus einem bekloppten Flugzeug springen?
Wenn ich ein Mann wäre, würde mich das direkt in Versuchung führen, mir auch eine Periode zu wünschen!
Ich freu mich (ziemlich) auf eure Zuschriften. Aber ich öffne lieber nichts mit einem Anhang ;)
Bis morgen,
Cam x

Stella

Mum hätte es geliebt, Enkel zu haben. Sie hat immer gesagt, Zwillinge großzuziehen sei hart, aber sie hat Babys so sehr geliebt, dass sie uns gar nicht groß werden lassen wollte, selbst wenn wir heulten wie die Schlosshunde und sie unseretwegen nächtelang kein Auge zumachen konnte. Wohlgemerkt hat sie auch immer erzählt, dass Alice ein echt pflegeleichtes Baby war, während sie, wären wir beide wie ich gewesen, wahrscheinlich irre geworden wäre. Es ist seltsam, Dinge aus der eigenen Kindheit zu hören. Eigentlich hat es nichts zu bedeuten und ist auch kein Spiegelbild dessen, wie wir als Erwachsene sind, aber es ging immer noch um *uns*, und ich hörte nie gern, dass ich ein schwieriges Baby war. Vermutlich fiel es mir schwer, mir vorzustellen, dass Mum mich, das

Schreibaby, nicht gehasst hat. Sie hat nie wütend oder verärgert über mich gesprochen, aber tief in meinem Inneren wusste ich, dass sie Alice lieber mochte.

Mum hat so viel Schlimmes erlebt. Ihre Eltern waren grässlich, und in der Liebe hatte sie auch kein Glück. Aber als sie im Sterben lag, hat sie gesagt, dass sie sich durch uns vollständig gefühlt hat. Ich habe ihre Worte nie vergessen: »Ich habe nie etwas anderes gebraucht als euch beide.« Das ist mir in Erinnerung geblieben, und was sie gesagt hat, gab mir Hoffnung, dass ich mich eines Tages auch erfüllt fühlen würde. Denn wenn ich ehrlich bin, hat mir meine Persönlichkeit schon zu schaffen gemacht, bevor sie gestorben ist und bevor ich wusste, dass Alice Krebs hat.

Vielleicht kam es daher, dass ich immer im Schatten meiner brillanten Schwester gelebt habe. Äußerlich identisch mit mir, aber innerlich beinahe das krasse Gegenteil. Nur ihretwegen hat man mir Aufmerksamkeit geschenkt. Wäre Alice eher so wie ich gewesen, hätte nicht jeder mit den Davies-Zwillingen befreundet sein wollen, sondern versucht, sie zu ignorieren. Die meiste Zeit meines Lebens habe ich so getan, als wäre ich wie Alice, ich habe sie kopiert und ihr leuchtendes Vorbild nachgeahmt. Aber als sie nicht mehr da war, konnte ich mich nicht erinnern, wie sie es gemacht hat.

Jetzt klammere ich mich einfach an das, was meine Mutter gesagt hat – »ich habe nie etwas anderes gebraucht als euch zwei Mädchen« –, und ich weiß, dass ein Kind meine einzige reelle Chance auf Glück ist. Schon der Gedanke daran hebt meine Stimmung.

Ich glaube, ich hätte gern einen Jungen. *Mädchen sind so kompliziert. Was, wenn ich eines kriegen würde, das so ist wie ich?*, denke ich und kichere an meinem Schreibtisch in mich hinein. Ich frage mich, ob es Möglichkeiten gibt, das Geschlecht eines Babys zu beeinflussen. Ich fange an zu googeln.

Um ein männliches Baby zu bekommen, sollte man folgendes beachten …
Man nimmt an, dass männliche Spermien stärker und zäher sind als ihre weiblichen Gegenstücke. Daher gibt es ein paar Methoden, mit denen du ihnen auf die Sprünge helfen kannst.

- Hustensirup enthält angeblich einen Stoff, der sowohl den Nasenschleim als auch den Vaginalschleim verdünnt, was bedeutet, dass die Jungsspermien eine bessere Chance haben, ans Ziel zu kommen.
- Saure Bedingungen töten Jungsspermien angeblich ab, deshalb sollte die zukünftige Jungsmutter sich vornehmlich basisch ernähren.
- Gewichtsverlust unterstützt anscheinend die Empfängnis eines Mädchens. Also versuche, nicht abzunehmen. Leg lieber ein bisschen zu.
- Beim Doggystyle ist die Wahrscheinlichkeit am größten, männlichen Nachwuchs zu zeugen. Tiefe Penetration, damit die starken Jungsspermien leichter ans Ziel gelangen können.
- Vor dem Verkehr einen Kaffee zu trinken, macht das Y-Chromosom angeblich aktiver.
- Ein Orgasmus während des Verkehrs soll dem männlichen Sperma einen Vorsprung verschaffen.

Wow, okay, jetzt weiß ich Bescheid. Wenn ich einen Jungen kriegen will, muss ich also nicht nur Jason verführen, sondern reichlich Hustensaft trinken, eine Menge Gemüse essen, zunehmen und ihn außerdem dazu bringen, mich von hinten zu nehmen, nachdem er einen Kaffee getrunken hat. Außerdem muss ich zum Orgasmus kommen.

Ich meine, wie schwer kann das sein?

»Verfluchte Scheiße«, brüllt Jason, stürmt in mein Zimmer, und ich falle vor Schreck fast vom Stuhl. Hastig klappe ich meinen Laptop zu. »Ich versuche, mich aufs Schreiben zu konzentrieren, aber ich kann nicht aufhören, an sie zu denken.«

»An wen?«

»An Tara!«

Oh. Verdammt.

»Ich weiß, das klingt verrückt, aber sie war einfach umwerfend. Selbstbewusst, kompetent, erfolgreich, höllisch sexy. Mir ist klar, dass ich mich aufführe wie ein wandelndes Klischee, aber wir hatten einen ganz besonderen Draht zueinander. Ich will sie! Ich werde das Internet durchkämmen, bis ich sie finde, das kann doch nicht so schwer sein. Tara, TV, Walthamstow. Irgendwo da ist sie, ganz bestimmt.«

»Nein, Jason. Kein Internet, du hast es versprochen«, sage ich und versuche, ihm wegen des Buchs ein schlechtes Gewissen zu machen. Bis jetzt war es relativ leicht, ihm Taras Video vorzuenthalten, aber wenn er sie sucht, wird er unter Garantie sofort fündig, und das würde meinen Plan komplett ruinieren. Ich muss dafür sorgen, dass er offline bleibt, bis alles abgeflaut ist.

»Stella, bitte, rück ein Stück und lass mich an deinen Computer«, fordert er mit fester Stimme.

Es folgt ein kleines Handgemenge, aber ich bin wild entschlossen, ihn nicht online gehen zu lassen. Er krallt sich meinen Laptop, ich versuche ihn ihm wieder zu entreißen, aber leider gewinnt er und ich muss mich geschlagen geben. Schon tippt er die fatalen Wörter ein. TARA. TV. WALTHAMSTOW.

Das darf nicht passieren. Er darf Tara nicht finden. Er muss mir ein Baby machen.

Ich packe eine Glasvase vom Aktenschrank hinter meinem Schreibtisch und werfe sie auf den Boden, dass die Scherben fliegen. Jason gibt ein missbilligendes Geräusch von sich, macht aber unbeirrt weiter. Ich sehe, wie die Seiten laden. Gleich ist alles verloren. Soll ich ihn vom Stuhl schubsen? Mir mein Top runterreißen? Nein, verdammt, so eine Scheiße, aaaaaargh, aaaahaaahahahahaaaaa …

»Jason«, rufe ich laut und lasse mich auf den Boden fallen, obwohl ich unsicher bin, ob ich das, woran ich jetzt denke, tatsächlich über die Lippen bringe. Aber dann sage ich es auch schon, es kommt einfach raus.

»Krebs! Jason, ich habe Krebs!«

Genau in dem Moment, als ein Bild von Tara auf dem Bildschirm erscheint, dreht Jason sich zu mir um. Er dreht sich auch nicht zurück zu ihr, dafür ist er ein viel zu guter Mensch. Stattdessen steht er auf, kommt zu mir, kniet sich trotz der Glassplitter neben mich auf den Boden und nimmt mich in den Arm, ohne sich um irgendwelche Grenzen zu scheren. Die Umarmung tröstet und entspannt mich und macht es leichter, mich in den Schlamassel sinken zu lassen, den ich soeben verbrochen habe. Die Macht der Zuneigung besiegt das penetrante Pochen des schlechten Gewissens. Ich habe mir doch ein paar schöne Augenblicke mehr als verdient.

»Stella, nein«, sagt er leise. »Du hast Krebs?«

»Ja, ich habe Krebs«, bestätige ich mit belegter, schmerzerfüllter Stimme. Er wischt eine Träne von meiner Wange, in der festen Annahme, dass ich weine, weil ich todkrank bin, dabei schneidet mir eine Scherbe ins Knie.

Er hebt mich hoch und führt mich zur Couch hinüber. Als wir an meinem Schreibtisch vorbeikommen, klappe ich schnell und unauffällig den Laptop zu, ehe er den Bildschirm mit Taras verhärmtem, sorgenvollem Gesicht entdeckt.

Das war knapp.

»Hier«, sagt Jason und reicht mir eine Tasse Tee, die er gerade aus der Küche geholt hat. Eilig setze ich wieder mein Krebsgesicht auf. »Musst du nicht arbeiten?«, stoße ich hervor, als wollte ich seiner Zuwendung entkommen.

»Ach, das Schreiben kann warten«, sagt er großzügig. »Ist Tee genug oder brauchst du etwas Stärkeres? Wein? Whisky? Scheiße, was rede ich denn da, du kannst doch bestimmt keinen Wein trinken.«

»Doch, doch, Wein ist voll in Ordnung«, sage ich, ein bisschen zu verzweifelt, und korrigiere mich hastig: »Ich meine, schlimmer kann es nicht mehr werden, oder? Ein bisschen Wein schadet bestimmt nicht.« Und ich brauche dringend einen Drink.

Er geht zu der kleinen Bar in der Ecke des Studios, wo wir Alkohol für die Klienten aufbewahren, und öffnet eine Flasche Rotwein. »Wenn ich erfahren würde, dass ich Krebs habe, würde ich mich wahrscheinlich mit Drogen vollstopfen und auf der Stelle ein ganzes Päckchen Zigaretten rauchen. *Scheiß drauf*, würde ich denken.«

»Oh, das stimmt genau. Glaub mir«, sage ich und trinke einen Riesenschluck.

»Also, jetzt erzähl aber mal von Anfang an, okay? Wie lange hast du es denn schon, ich meine, wann hast du die Diagnose bekommen?«, fragt Jason und macht es sich neben mir auf dem Sofa bequem. Ich weiß, ich muss ihm Einzelheiten erzählen, schließlich gehört zu den Dingen, die er an Frauen attraktiv findet, dass sie ihm persönliche Dinge erzählen. Emotionale Offenheit … Ich muss ihm etwas liefern.

»Meine Mum hat mit Anfang vierzig Brustkrebs bekommen und ist mit zweiundfünfzig gestorben«, sage ich, während Jason mein halbvolles Glas auffüllt. »Meine Zwillingsschwester und ich …«

»Oh, ich wusste gar nicht, dass du eine Zwillingsschwester hast«, unterbricht Jason mich, und wahrscheinlich wird ihm klar, dass ich fast ein Jahr für ihn gearbeitet habe und er keinerlei Versuch unternommen hat, mich näher kennenzulernen.

»Ja, Alice und ich haben uns um unsere Mum gekümmert, sie war ständig in Behandlung. Beidseitige Mastektomie, Chemo, Bestrahlung. Es war echt brutal. Jahrelang hat man sie bombardiert, und dann hat man uns gesagt, dass leider nichts funktioniert und dass der Krebs gewonnen hat.«

»Scheiße, Stella, das tut mir so leid.«

»Ja, es war schon ein groteskes Gefühl. Ihre letzten fünf Jahre waren so furchtbar, dass wir manchmal dachten, wir hätten die ganzen Behandlungen lieber sein lassen sollen. Alice und ich haben die Beerdigung organisiert, Mum wollte als Thema die Erinnerung an ihr Leben vor dem Krebs, deshalb hatten wir beide ihre alten Kleider aus den Siebzigern an, und wir haben allen Gästen gesagt, sie sollen sich so bunt wie möglich anziehen.«

»Das ist ja bezaubernd«, sagt Jason und trinkt einen Schluck, offensichtlich froh über den Freudenschimmer in dieser ansonsten ziemlich trostlosen Geschichte. »Das traditionelle Schwarz ist immer so deprimierend.«

»Ja.«

»Und wo ist deine Schwester?«

Ich zögere. *Muss er wirklich alles erfahren*?

»Sie ist auch tot«, antworte ich schließlich, trinke ein bisschen Wein und denke, jetzt kann ich auch den Rest erzählen.

Jason stellt sein Glas hin, beugt sich vor und legt den Kopf in die Hände. »Stella, ich weiß gar nicht, was ich sagen soll.« Aus dem Augenwinkel sehe ich, dass ihm eine Träne über die Wange rollt. Ist vermutlich nachvollziehbar, meine Geschichte ist schrecklich.

»Ja. Etwa ein Jahr, nachdem Mum gestorben ist, fing sie an, sich krank zu fühlen. Ständig hatte sie Bauchschmerzen und war die ganze Zeit müde. Als sie schließlich zum Arzt gegangen ist, hat der zwar eine Menge Tests gemacht, aber nicht rausgefunden, was los war. Aber dann hieß es plötzlich, sie hat Eierstockkrebs, Stufe vier. Der Krebs hatte sich bereits zur Leber ausgebreitet und war unheilbar. Sechs Monate später war sie tot«, sage ich, trinke meinen Wein aus und stelle das Glas auf den Boden.

»Und was ist mit deinem Dad, ist er wenigstens in der Nähe?«

Seltsam, ich denke so wenig an meinen Vater, dass ich mich wundere, als Jason ihn erwähnt. Aber eigentlich ist es ja kein Wunder, sondern ganz normal, jemanden nach seinem Vater zu fragen. Eines Tages erzähle ich womöglich unserem Baby von Jason. Was sage ich dann wohl? Wie verhalte ich mich in solchen Fällen, wenn mein Plan tatsächlich aufgeht? Werde ich es Jason überhaupt verraten, wenn ich schwanger bin? Ich weiß es nicht. Ich will ihm nicht weh tun, aber ich möchte auch keine Komplikationen. Ich könnte einfach aufhören zu arbeiten, ich könnte sagen, es ist mir zu kompliziert, mit ihm zu arbeiten, nachdem wir Sex hatten. Ich muss ihn nie wiedersehen, er braucht es nie zu erfahren. Ich könnte die Wohnung refinanzieren, ein paar Jahre davon leben und mir irgendwo anders einen Job als persönliche Assistentin suchen. Ich werde schon eine Lösung finden.

»Ich habe meinen Vater nie kennengelernt«, antworte ich. »Er hat sich aus dem Staub gemacht, kurz nachdem Alice und ich geboren sind. Zwillinge machen viel Arbeit, anscheinend war er der Belastung nicht gewachsen. Mum hat immer ziemlich offen zugegeben, dass sie keine Lust hatte, ihn zum Bleiben zu überreden. Sie meinte, es ist besser, allein zu sein als umgeben von Menschen, die dich nicht lieben. Damit war die Sache erledigt, und sie hat uns alleine großgezogen. Keine Ahnung, wo er jetzt ist.«

»Interessiert es dich?«

»Eigentlich nicht. Wenn ich ganz ehrlich bin, denke ich nie darüber nach«, antworte ich, und mir wird zum ersten Mal in meinem Leben klar, wie viel von dem, was aus mir geworden ist, damit zu tun hat, dass mein Dad nie da war. Das ist die Gefahr, wenn man über Gefühle spricht: Man merkt, dass das eigene Leben noch verkorkster ist, als man bisher dachte.

»Ich hab dich kein einziges Mal nach deinem Privatleben gefragt«, sagt Jason, und klingt, als wäre er enttäuscht von sich selbst.

»Schon okay«, beruhige ich ihn. »Ich bin deine Assistentin, du hast mich angeheuert, damit ich mich um dich kümmere, nicht damit du mein Therapeut sein kannst. Und ich wollte eigentlich auch nicht darüber sprechen. Der Job war echt wichtig für mich. Als ich Phil kennengelernt habe, hat er mich aus einer sehr düsteren Phase rausgeholt und mich überredet zu arbeiten. Ich hatte keine Ahnung, was ich tun soll, ich wollte nur Ablenkung, und da hat er vorgeschlagen, ich könnte mich doch als persönliche Assistentin bewerben, damit ich mich auf einen anderen Menschen konzentrieren muss, statt immer bloß um mich selbst zu kreisen. Aber wenn ich nach Hause komme, werden die Dinge kompliziert.«

»Wann hast du deinen Freund kennengelernt? Sorry, deinen Exfreund, meine ich natürlich.«

»Vor zwei Jahren. Er war der erste Mensch, dem ich von Alice erzählt habe, und er war unglaublich unterstützend.«

»Und dann hat er dich einfach sitzenlassen? Was für ein Arschloch.«

»Na ja, ich glaube, der Druck war zu groß.«

»Wusste er, dass du … weiß er, dass du Krebs hast?«

Ich zögere kurz. Jetzt könnte ich zurückrudern, erklären, dass ich mich nicht ganz richtig ausgedrückt habe. Dass es mir leidtut, aber dass ich nicht daran gedacht habe, den Teil mit dem Gen anzufügen. Aber man kann den Satz »Ich habe Krebs« nicht einfach zurücknehmen, wenn er erst mal im Raum steht.

»Ja«, antworte ich.

»Wichser.«

»Es ist okay. Mir steht eine harte Zeit bevor, aber ich glaube, es ist am besten, wenn ich sie alleine durchstehe – statt mit jemandem in meiner Nähe, den es eigentlich nicht interessiert.«

»Also, mich interessiert es aber, okay? Ich werde dir helfen.«

»Aber du musst dein Buch schreiben, vergiss das nicht, junger Mann!«, entgegne ich und strenge mich an, mir nicht anhören zu lassen, dass ich unbedingt von ihm geschwängert werden will.

»Ja, schon. Aber ich bin für dich da, wirklich.« Er hält inne, offensichtlich unsicher, ob das, was er sagen will, okay ist oder nicht.

»Was ist?«, hake ich nach.

»Du könntest heute Abend bei mir bleiben, wenn du nicht allein sein willst. Ich habe ein Gästezimmer, es ist sauber, das schwöre ich. Ob du es glaubst oder nicht, ich habe eine Putzfrau.«

Wenn mein Plan aufgehen soll, muss ich vorsichtig sein. Ich darf nichts überstürzen.

»Ich gehe lieber nach Hause, aber danke. Morgen früh habe ich den ersten Termin – ist es okay, wenn ich ein bisschen später komme? Anscheinend ist es eine eher milde Chemotherapie, ich müsste also danach fit sein«, sage ich und bin selbst beeindruckt von meiner Improvisationsfähigkeit.

»Himmel, Stella – nimm doch den Tag frei!«, drängt mich Jason, aber ich weiß, wenn ich ihn unbeaufsichtigt lasse, findet er garantiert eine Möglichkeit, online zu gehen.

»Nein, nein. Der Arzt hat gesagt, es geht, und ich möchte lieber herkommen als allein zu Hause sein. Ehrlich, es ist wichtig für mich, dass das Leben so lange wie möglich so normal wie möglich weitergeht, und ich komme auch nur eine Stunde später, höchstens. Mein Termin ist um acht«, füge ich hinzu und freue mich schon darauf, noch ein bisschen länger liegen bleiben zu können – ich habe das ganze Wochenende über echt schlecht geschlafen.

»Soll ich dich begleiten?«, fragt er, weil er ein guter Mensch ist, und weil gute Menschen nun mal so etwas tun.

»Nein, nein, auf keinen Fall. Ich krieg das allein hin, Wenn ich dich brauche, sage ich Bescheid, in Ordnung? Wir müssen auch nicht mehr über das Thema reden, die Hauptsache ist und bleibt jetzt dein Buch, das muss fertig werden, okay?«

»Du bist echt selbstlos«, sagt er und nimmt mich in den Arm. Anscheinend findet er, dass unsere Beziehung offener geworden ist und dass freundschaftlicher Körperkontakt jetzt absolut akzeptabel ist. »Danke, dass du dich mir anvertraut hast. Und wenn du mich brauchst, egal wofür, dann lass es mich bitte wissen, ja?

Ruf einfach an. Mein Handy ist die ganze Nacht an, falls du etwas brauchst.«

»Danke, Jason. Aber es geht alles seinen gewohnten Gang, okay? Ich möchte nicht, dass du mich jetzt anders behandelst.«

Vielleicht war das die größte Lüge von allen. Ich wünsche mir eine ganz andere Behandlung von ihm – er soll mich über den Schreibtisch legen und schwängern.

Aber das behalte ich selbstverständlich für mich.

10

Tara

Ich gebe Annie einen Abschiedskuss, dann bringen Mum und Dad sie zur Schule. Ich bin nervös, garantiert merkt man es mir an. Als sie weg sind, gehe ich zurück in mein Zimmer, lege mich aufs Bett und schließe die Augen. Ich muss einen klaren Kopf kriegen, aber ich schaffe es einfach nicht. Meine Hände zittern vor Angst, ich fühle mich, als wäre mein Blut aus der Haut gesaugt worden und hätte sich irgendwo in der Körpermitte gestaut. Schließlich raffe ich mich auf und schreibe eine Mail an Camilla.

Hey,
ich glaube, ich hab es vergeigt. Ich habe mich bereit erklärt, Sky News ein Interview zu geben, sie sind schon unterwegs hierher. Ich hab mich kaufen lassen. Wie konnte ich bloß?

Cam antwortet umgehend.

Keine Panik, Tara. Das ist vollkommen okay. Es ist okay, dass du deine Geschichte erzählst, aber entschuldige dich nicht. Das hast du nicht nötig. Frauen müssen sich nicht für ihre Sexualität entschuldigen. Viel Glück, du wirst es schaffen. Das Fernsehen ist deine Welt, sei einfach du, und alles wird gut. x x

Ich soll mich nicht entschuldigen? Aber nur dazu mache ich doch die ganze Chose! Wenn ich mich nicht entschuldige, was zur Hölle soll ich dann sagen? Es klingelt an der Tür. *Scheiße*. Sie sind da.

Ich habe ein schwarzes Poloshirt und Jeans angezogen, neutral und respektabel. Als ich die Tür öffne, sind da neun Leute mit Koffern und Taschen und Scheinwerfern, und obwohl ich schon seit über zehn Jahren beim Fernsehen arbeite und wissen müsste, was mich erwartet, bin ich geschockt und eingeschüchtert, als sie alle in unser Haus marschieren, das kleine Wohnzimmer in Beschlag nehmen und zu einem Minifernsehstudio umfunktionieren.

Ich koche Tee für alle und versuche, gastfreundlich zu sein. Ich habe Mum und Dad Geld für einen Museumsbesuch, einen netten Lunch und eine Matinee im West End gegeben, weil ich es nicht ertragen würde, wenn Dad durchdreht und anfängt zu hyperventilieren, während Mum die Crew mit sämtlichen Köstlichkeiten der Picknickabteilung von Marks & Spencer verköstigt.

Die Crew verbreitet die übliche pseudoentspannte Atmosphäre – genau das ist ja der Trick bei einer guten Fernsehsendung. Erst vor der Kamera geht es ums Thema – so soll vermieden werden, dass Leute, die keine Erfahrung haben, sich auf Dinge beziehen, die sie vor der Sendung gesagt haben oder womöglich sogar wichtige Details auslassen, weil sie Angst haben, die anderen im Raum mit Wiederholungen zu nerven. Ein anderer Kniff besteht darin, dass der Moderator überhaupt keinen Kontakt zur Zielperson aufnimmt, bis die Kameras laufen, und daher überrascht es mich nicht, dass Damien noch nicht aufgetaucht ist.

Ein bizarres Gefühl, dass ich selbst das Thema der Show bin. Ich kenne alle Tricks. Ich weiß, sobald ich den Raum verlasse, reden sie über mich. Ich weiß, wenn sie weg sind, werden sie jedem erzählen, wie ich »wirklich« bin. Deshalb achte ich darauf, nicht nervös oder unsicher zu wirken. Aber ich halte es kaum aus, dass so viele fremde Menschen in meiner Nähe sind.

Ich setze mich auf einen Stuhl in der Küche, und eine junge Frau, deren Atem nach Tic-Tacs riecht, schminkt mein Gesicht mit diversen Produkten.

»Ich mag das Make-up von MAC«, sage ich, um das Eis zu brechen, denn sie hat offensichtlich die Anweisung, nicht über persönliche Dinge zu sprechen, auch wenn es sie fast umbringt.

»Ich auch«, sagt sie, offenbar glücklich, dass sie sich wenigstens über Schminke unterhalten kann. »Das Zeug ist so gut, echt. Und die haben jetzt auch diesen neuen Neon-Lidschatten, haben Sie den schon ausprobiert?«

»Nein, Lidschatten ist nicht so mein Ding«, antworte ich. »Eigentlich trage ich nie viel Make-up, ich mag es eher natürlich.«

»Ja, als ich Sie gegoogelt habe, ist mir das gleich aufgefallen, deshalb habe ich …« Sie unterbricht sich, als ihr klar wird, dass sie nicht nur das Googeln zugegeben hat, sondern gleichzeitig auch noch gebeichtet, dass sie das Video kennt. Jetzt zittert ihre Hand, und ich habe keine Ahnung, wie sie die Mascara auf meine Wimpern kriegen will, ohne mir ins Auge zu stechen. Wir sagen nichts mehr, bis sie fertig ist.

Um elf betritt Damien das Haus.

»Tara, danke, dass Sie das machen«, begrüßt er mich herzlich. Er ist um die eins achtzig, stämmig und sieht aus, als geht er viel zu oft zum Friseur. »Ich denke, wir können gleich loslegen. Wie fühlen Sie sich?«

»Na ja, ein bisschen wie jemand, der in der Bahn masturbiert hat und jetzt im Fernsehen darüber sprechen muss«, sage ich und schaffe es, mich selbst zum Lachen zu bringen – das erste Mal seit einiger Zeit. Damien lacht nicht wirklich darüber. Ich nehme es zur Kenntnis. Wenn ich jemanden in die Pfanne hauen will, gehe ich auch nie auf seine Witze ein. Schließlich will ich ja nicht nachher als Heuchlerin hingestellt werden, weil ich, bevor die Kameras liefen, so nett war und dann ein Bombardement unangenehmer

Fragen losgelassen habe. Auf einmal werde ich argwöhnisch. Damien hat es offensichtlich eilig, geht ins Wohnzimmer und lässt sich auf dem Sessel meines Vaters nieder, der so dicht an den meiner Mutter herangezogen worden ist, dass es aussieht, als würden sie sich ein Kopf-an-Kopf-Rennen liefern.

»Darf ich Ihnen das Mikro anstecken?«, fragt ein Tonmann und hält mir ein Funkmikrophon unter die Nase. Ich lasse das Kabel vorn in mein Top fallen und ziehe es unten wieder raus, er verbindet es mit dem Akkupack und befestigt diesen hinten an meiner Jeans. Und auf einmal kriege ich eine solche Angst und bereue meinen Entschluss dermaßen, dass ich am liebsten »ALLE RAUS HIER!« brüllen und in mein Zimmer rennen möchte, wo ich mich verstecken, mich selbst googeln kann und keine reale menschliche Interaktion über mich ergehen lassen muss.

Denk an das Geld, versuche ich mir gut zuzureden. Ich tu das hier für Annie.

»Okay, ich denke, wir sind gleich soweit«, sagt Damien, womit er meint, ich soll zu ihm kommen und mich hinsetzen.

Er kriegt den Sessel meines Vaters, ich den meiner Mutter. Irgendwie fühlt sich das symbolisch an, obwohl die Crew natürlich nicht wusste, wem welcher Stuhl gehört, als sie das Set aufgebaut haben. Während der Kameramann noch ein paar kleine Korrekturen vornimmt und das Make-up-Mädel mir noch einmal diensteifrig die Nase pudert, blättert Damien in seinen Notizen. Ungefähr zehn Seiten liegen auf seinem Schoß. Ich fühle mich, als hinge meine gesamte Zukunft von dem ab, was auf diesen Seiten steht.

Im Zimmer ist es ganz still. Der Kameramann sagt: »Action.«

Damien spricht in die Kamera.

»Hallo und willkommen zum besonderen Interview, ich bin Damien Weymouth. Nun, wenn Sie in letzter Zeit nicht völlig hinter dem Mond gelebt haben, kennen Sie meinen heutigen Gast mit Sicherheit. Noch vor zwölf Tagen führte Tara Thomas ein normales Leben, arbeitete beim Fernsehen und kümmerte sich um ihre Tochter Annie.«

Ich zucke zusammen, als er »Annie« sagt. Ihren Namen im Fernsehen zu hören, fühlt sich irgendwie makaber an.

»Aber nun ist das Leben dieser alleinerziehenden Mutter alles andere als normal. Vom *Mirror* als ›scharlachrote Frau‹, vom *Guardian* als ›Verräterin des Feminismus‹ und von der *Daily Mail* als ›beschämendes Beispiel für jede Mutter‹ gebrandmarkt, ist Tara Thomas nicht nur ein landesweites Hasssymbol, sondern gleichzeitig eine nationale Witzfigur. Seit rekordträchtigen zehn Tagen Trend bei Twitter, hat sie innerhalb einer Woche ihren Job verloren, ist wieder bei ihren Eltern eingezogen und musste, nachdem sie im lokalen Supermarkt eine schwerwiegende Panikattacke erlitten hatte, ins Krankenhaus eingeliefert werden. Heute ist sie nun, gedemütigt, verunglimpft und mit dem Gefühl, dass ihr Leben nie wieder das gleiche sein wird, bei mir, Damien Weymouth, zu Gast, um ihre Seite der Geschichte darzustellen. Tara, wie fühlen Sie sich?«

Sein Blick ist wie ein Laserstrahl. Die Einleitung war grausig, er hat mich als bedauernswerten Fall karikiert, und obgleich ich mich tatsächlich bedauernswert fühle, fand ich seine Darstellung meiner Person schamlos übertrieben. Ich mache den Mund auf, aber alles, was herauskommt, ist ein komisches Krächzen, das Damien schnell unterbricht.

»Ich kann mir gut vorstellen, dass es schwer ist, die richtigen Worte zu finden. Ich würde Ihnen gern ein paar Fragen stellen, aber ich möchte Sie bitten« – er hebt die Hand zur Kamera –, »unter uns: dass Sie mir Bescheid sagen, wenn es zu unangenehm für Sie wird. Dann brechen wir die Sache ab. Wenn ich Sie etwas frage, was Ihnen nicht gefällt, lassen Sie es mich einfach wissen, dann überspringen wir den Punkt, okay?«

Ich sage okay. Aber ich weiß, dass er lügt. Ich habe das bei der

Arbeit tausendmal versprochen – so manipuliert der Moderator oder Produzent seine Gesprächspartner, um ihnen weiszumachen, dass er auf ihrer Seite ist. Aber das stimmt nicht. Wenn ich sage, dass mir eine Frage nicht gefällt, ist das für ihn ein Zeichen, dass ich emotional werde, und dann weiß er, dass er auf dem Thema rumreiten muss, sosehr es nur geht, in der Hoffnung, Tränen hervorzulocken. Eine klassische Taktik. Aber ich bin nicht blöd und werde nicht darauf hereinfallen. Er lässt die Hand wieder sinken und macht weiter.

»Tara, gehen wir zurück zu diesem Abend. Dem Abend in der U-Bahn. Wo sind Sie vorher gewesen?«

»Bei einem Date, ich war auf dem Weg zurück nach Hause«, antworte ich und denke, dass zumindest dieser Teil vollkommen normal klingt.

»War dieses Date vielleicht schlecht gelaufen? Ich meine, ich möchte ja nichts unterstellen, aber Sie sind allein nach Hause gefahren. Waren Sie verärgert?«

»Nein, überhaupt nicht. Es war ein wundervolles Date.«

»Okay, dann saßen Sie also in dieser U-Bahn und hatten ein wundervolles Date hinter sich. Und was ist dann passiert?«

»Das wissen doch alle. Deshalb bin ich schließlich hier, richtig?«

»Sagen Sie es doch bitte mit Ihren eigenen Worten. Falls jemand das Video nicht gesehen hat.«

»Okay, ich – ich habe in der U-Bahn masturbiert.«

Die ganze Crew atmet scharf ein. Schwer zu sagen, ob sie schockiert sind oder sich das Lachen verkneifen müssen.

»Richtig«, fährt Damien fort. »Und warum haben Sie das getan?«

»Ich hab es einfach getan, ich weiß nicht genau, warum.«

»Und würden Sie sagen, dass Sie Ihr Leben allgemein so gestalten – dass Sie ihren Impulsen nachgehen, dass Sie Dinge auf Ihre eigene Art tun, wenn Ihnen danach ist? Ist das eine Charaktereigenschaft von Ihnen?«

»Nein, das würde ich nicht sagen. Ich denke, im Allgemeinen denke ich, bevor ich etwas für mich tue, immer an meine Mitmenschen. Das gehört ja dazu, wenn man ein Kind hat, nicht wahr?«, sage ich und denke, das klang akzeptabel.

»Hmm. Wir haben einen Clip von einem kurzen Interview, das ich mit Ihrem ehemaligen Arbeitgeber Adam Pattison von Great Big Productions geführt habe. Mir schien, dass er nicht hundertprozentig mit Ihrer Ansicht übereinstimmt.«

»Moment mal. Was?«

Damien gibt einem kleinen Typen mit Baseballkappe das Zeichen, das Filmchen abzuspielen, und ich werde dazu angehalten, auf den winzigen Fernsehbildschirm rechts von mir zu schauen, auf dem jetzt Adams Gesicht erscheint.

»Tara war gut in ihrem Job, das will niemand in Abrede stellen. Aber für solche Programme, wie Tara sie macht, muss man sich vom Schmerz anderer Menschen distanzieren können. Das konnte sie sehr gut. Manchmal hat sie unglaublich gemeine und ungerechte Dinge gesagt und den Leuten völlig unzutreffende Sachen an den Kopf geworfen. Aus dem Nichts, für gewöhnlich in E-Mails, was ich ziemlich feige fand. Sie ist wie eine Schlange, die sich lautlos fortbewegt, bis plötzlich ZACK die Zunge rausschießt und sie gnadenlos zubeißt. Tara konnte mitunter sehr verletzend sein.«

Mir bleibt der Mund offenstehen. »Dieser verdammte Wi-...« Ich unterbreche mich gerade noch rechtzeitig, ehe ich Bildbeweise zu dem Mist liefere, den Adam gerade über mich abgesondert hat. Unterdessen macht Damien unbeirrt weiter.

»Könnte man also sagen, dass Sie ihr Leben danach leben, was für Sie richtig ist, aber nicht für andere? Beispielsweise ein Kind von jemandem zu bekommen und es ihm nie zu sagen?«

»Das gehört aber nicht zu unserem Thema, oder? Jedenfalls bin ich hier, um über das zu sprechen, was in der U-Bahn passiert ist, darüber, dass für mich nichts mehr ist wie davor«, sage ich und lehne mich ein bisschen von der Kamera weg, als könnte ich so verhindern, dass man mich filmt. Ich weiß, dass das nicht funtioniert.

»Sicher, dazu kommen wir selbstverständlich noch. Aber ich denke, dass es für den Anfang wichtig ist, Ihr Naturell zu betrachten, das, was zu Ihrem unsittlichen Verhalten in der Öffentlichkeit geführt hat. Und ich möchte gern damit anfangen, wie Sie Ihr Kind bekommen haben, denn die Zuschauer werden wissen wollen, wie Sie sich eingeredet haben, Ihr Verhalten wäre akzeptabel.«

»Ich möchte wirklich nur über das Masturbieren reden, bitte. So war es schließlich abgesprochen.«

»Darüber werden wir auch noch sprechen, aber zuerst möchte ich gerne wissen – hatten Sie mit diesem Mann Sex, weil Sie schwanger werden wollten?«

»Nein, überhaupt nicht. Also, können wir jetzt bitte über die Sache in der U-Bahn reden?«

»Und als Sie gemerkt haben, dass Sie schwanger sind, haben Sie da auch mal an die Gefühle dieses Mannes gedacht?«

»Bitte«, beharre ich. »Ich bin nicht hier, um über meine Tochter zu reden und wie ich sie bekommen habe. Das geht niemanden etwas an außer mir.«

»Nun, ich bin nicht ganz sicher, ob das so stimmt. Der Vater Ihrer Tochter ist irgendwo da draußen, und der arme Mann hat keine Ahnung.«

»Der ›arme Mann‹? Er ist kein armer Mann. Er hatte ein schönes Haus, und er hatte guten Sex. Also, können wir jetzt bitte auf das zurückkommen, worauf wir uns verständigt haben?«

Wieder hebt er die Hand in die Höhe, als würde er vertraulich sprechen. »Ich stelle Ihnen nur die Fragen, auf die unsere Zuschauer sich eine Antwort wünschen, Tara. Wenn wir die wichtigen Dinge nicht ansprechen, werden Sie diese Geschichte nicht los.« Ärgerlicherweise hat er damit wahrscheinlich sogar recht.

»Aber okay, machen wir erst mal anders weiter, dann können Sie sich wieder fassen«, fährt er fort, setzt sich aufrechter und legt wieder den Arschlochmodus ein.

»Was für ein Gefühl ist es, von Ihren Mitmenschen so hart verurteilt zu werden?«, fragt er.

»Es ist furchtbar, ehrlich. Ich habe in letzter Zeit mehr geweint als jemals zuvor in meinem Leben, und ich habe mich selbst krank gemacht, weil ich kaum etwas essen konnte. Alle scheinen sich dieses Bild von mir gemacht zu haben, das einfach nicht der Realität entspricht. Ich bin ein guter Mensch und eine gute Mum, und ein Hassobjekt zu sein, ist für mich echt verstörend und verwirrend.«

Mit diesen Formulierungen bin ich zufrieden. Nicht zu verzweifelt, sondern artikuliert, präzise und wahr.

»Bestimmt bedauern Sie Ihr Verhalten zutiefst, nicht wahr?«, fragt Damien, und ich merke, wie ich erstarre. In meinem Kopf leuchten Cams Worte auf. *Entschuldige dich nicht. Frauen müssen sich nicht für ihre Sexualität entschuldigen.* Mir wird klar, dass sie recht hat. Es gibt wahrscheinlich viele Dinge, die ich sagen sollte, aber Entschuldigungen gehören nicht dazu. Ich kann die Situation für mich nutzen.

»Ich wollte, ich hätte gewartet, bis ich wieder zu Hause war«, antworte ich mit einem kleinen Lächeln. Damien erwidert es nicht.

»Und es tut Ihnen bestimmt sehr, sehr leid, richtig?«

»Nein, eigentlich nicht. Ich möchte, dass die Leute wissen, dass ich nicht verrückt bin, aber es tut mir nicht leid, dass ich masturbiert habe – in der festen Überzeugung, allein zu sein.«

Damien wird unruhig, rutscht auf seinem Stuhl herum und versucht sich etwas Manipulatives einfallen zu lassen, das mich doch noch zu einer unterwürfigen Entschuldigung verführt. Aber ich werde mich nicht entschuldigen. Ganz gleich, wie verfolgt ich mich fühle, meine Zukunft hängt ab von den Entscheidungen, die ich jetzt treffe. Ich kann es nicht ändern, dass mein Dad das Video gesehen hat, ich kann das Internet nicht abschalten, aber ich kann bestimmen, wie ich öffentlich damit umgehe – und soweit ich es sehe, habe ich zwei Alternativen. Entweder lasse ich mich unterbuttern, indem ich um Verzeihung bettle und mich praktisch für den Rest meines Lebens als öffentliche Witzfigur anbiete, oder ich nehme mein Leben in die Hand, statt es durch eine Entschuldigung kleinzumachen. Ich meine – entschuldigen? Bei wem soll ich mich eigentlich entschuldigen? Ich sitze hier vor Damien, einem pummeligen Fernsehtrottel, der denkt, er hat mich in der Tasche, weil er glaubt, es ist wichtiger für mich, von anderen akzeptiert zu werden als von mir selbst. Aber damit irrt er sich, und deshalb entschuldige ich mich auch nicht.

»Tara«, drängelt er. »Gibt es noch irgendetwas, was Sie sagen möchten?«

Ich sitze ganz still da und schaue auf meine Knie, als bereite sich in mir der Zusammenbruch vor, auf den er hofft, und dann hebe ich den Kopf und sage: »Ja. Es ist echt eine Schande, dass ich mir damit so viel Ärger eingehandelt habe, denn ich hatte einen wirklich phantastischen Orgasmus. Sind wir jetzt fertig?«

11

Cam

Cam wacht langsam auf; sie fühlt sich schrecklich. Die Luft in ihrem Zimmer ist dick und muffig, und sie steht auf, um Vorhänge und Fenster aufzumachen. Kühle Sommermorgenluft strömt herein, Sonnenlicht klettert über die Skyline von London und überflutet das Zimmer mit hellen Strahlen. Aber die Hochstimmung, in die es Cam normalerweise versetzt, bleibt heute aus. Das helle Sommerlicht macht sie nur noch kränker. Sie geht zurück ins Bett und rollt sich zusammen.

»Uuuuuh«, stöhnt sie, ihre Stimme klingt groggy.

»Fühlst du dich immer noch so schlecht, Babe?«, fragt Mark, der jetzt neben ihr ebenfalls wach wird. Gestern ist er noch spät mit Chips und Cola light aufgetaucht, weil Cam dachte, das würde gegen die Übelkeit helfen. Was nicht der Fall war. Er streckt die Hand aus und will ihre Brüste streicheln, aber sie haut seine Hand weg.

»Hoppla, wofür war das denn?«, fragt er, verständlicherweise verdattert über ihre heftige Reaktion.

»Sorry«, murmelt sie und legt selbst die Hände auf ihre Brust, um die Schwellung und die Schmerzen zu erforschen, die ihr jetzt erst richtig bewusst werden. »PMS«, bestätigt sie.

Sie wälzt sich auf den Rücken, atmet durch den Mund aus, und schon wird ihr wieder übel. Sie steht auf, geht ins Bad und übergibt sich sofort.

»Bist du okay, Babe?«, ruft Mark aus dem Schlafzimmer.

»Alles wieder gut«, antwortet sie ganz locker. Dann putzt sie sich die Zähne. Aber in ihrem Hinterkopf taucht ein Verdacht auf. Das Implantat soll drei Jahre halten, aber wann hat sie es sich eigentlich einsetzen lassen? Vor zwei ... drei ... *vier* Jahren?

Die Zahnbürste rutscht ihr aus der Hand, fällt auf den Boden, und sie schlägt sich den Kopf an, als sie sich bückt, um sie aufzuheben.

»SO EINE VERFLUCHTE SCHEISSE!«, brüllt sie und benutzt den kleinen Unfall als Anlass, emotional zu werden.

»Was ist denn los, Babe?«, fragt Mark und erscheint unvermittelt an der Badezimmertür. Cam dreht sich zu ihm um, sieht ihn an, weiß aber nicht, was sie jetzt tun soll. Als sie den Mund aufmacht, hat sie keine Ahnung, was herauskommen wird.

»Ich glaube, ich bin schwanger«, sagt sie.

»Was?«, antwortet Mark.

Cam starrt ihn an, irgendwie wartet sie darauf, dass er ihr sagt, es kann nicht sein.

»Was machen wir denn jetzt?«, fragt er stattdessen.

»Ich weiß nicht, ich hab damit keinerlei Erfahrung. Vielleicht sollten wir einen Schwangerschaftstest kaufen?«, schlägt Cam vor.

»Gut, wollen wir gleich losziehen?«

»Okay.«

Wortlos ziehen sie sich an, beide mit einem glasigen, zombiehaften Ausdruck im Gesicht, und fühlen sich dabei trotz ihrer monatelangen körperlichen Intimität wie Wildfremde.

Als Cam angezogen ist, lässt sie sich aufs Fußende des Betts sinken und legt den Kopf in die Hände.

»Mach dir keine Sorgen, Babe, wenn es wirklich so sein sollte, werden wir das Richtige tun«, sagt Mark, ganz der patente Kerl. Cam steht auf, um sich ein Stück von ihm und seiner Tatkraft zu entfernen. Sie hat das Gefühl, dass ihre Vorstellung von dem, was das Richtige ist, sich wahrscheinlich sehr von seiner unterscheidet.

»Du brauchst nicht mitzukommen, ehrlich. Ich schaff das. Ich kaufe einen Test, und wenn er positiv ist, schicke ich dir nachher eine SMS. Okay?«, sagt sie, weil sie allein sein möchte und es schon bedauert, ihm ihren Zustand verraten zu haben.

»Auf gar keinen Fall, ich begleite dich. Das geht uns schließlich beide an.«

»Nein, Mark, bitte. Ich möchte wirklich allein sein, ja? Ich schreib dir später.«

»Babe, es gehören immer zwei-...«

»Mark, bitte, komm mir nicht mit solchen Sprüchen.«

Cam atmet lang und langsam aus. Womöglich muss sie sich noch einmal übergeben, vielleicht braucht sie aber auch nur ein bisschen frische Luft.

»Mark, ich möchte wirklich allein sein, okay? Ich fühle mich echt schlecht, aber wahrscheinlich ist es bloß falscher Alarm, ich mache den Test, nehme ein paar Pepto-Bismol, kriege meine Periode und alles ist wieder gut. Okay? Bitte geh ins Studio, ich sag dir später Bescheid.«

Einen Moment überlegt Mark dagegenzuhalten, aber er kennt Cam gut genug, er weiß, wenn sie sagt, sie will allein sein, gibt es keinen Verhandlungsspielraum.

»Okay, aber ruf mich an, ja? Das ist besser als eine SMS.« Er schlüpft in seine Jeansjacke und geht zur Tür. »Es macht mir keine Angst, weißt du.«

»Ja, das weiß ich«, antwortet Cam, als er geht.

Genau das macht mir ja solche Angst.

Bei Boots wirft Cam einen Schwangerschaftstest von jeder Marke in ihren Korb, insgesamt fünf Packungen. Außerdem schnappt sie sich eine Großpackung Always Ultra, um jeden, der ihr womöglich nachspioniert, von der Spur abzubringen. An der Kasse starrt sie vor sich auf den Boden und schaukelt auf den Fußballen, um der Kassiererin zu demonstrieren, dass sie es sehr eilig hat. Die Frau schaut sich um und vergewissert sich, dass ihre Vorgesetzte nicht zuhört.

»Sie müssen aber richtig aufgeregt sein, wenn Sie es gleich fünfmal wissen wollen, was?«, sagt sie dann mit einem netten Lächeln.

»Ja, ich bin total aufgeregt. Aber ich hab's auch eilig, können Sie …«

»Verstehe. Mir ging es genauso, ich wollte es sofort wissen. Und wenn man bedenkt, dass es diese Bewegung von Frauen gibt, die sich entscheiden, keine Kinder zu kriegen. Das ist doch traurig.«

»Was für eine Bewegung denn?«

»Oh, ich hab diesen schrecklichen Artikel gelesen, von dieser Frau, die sagt, sie möchte niemals Kinder kriegen. Und sie versucht auch noch, andere Frauen dazu zu bringen, dass sie es ihr nachmachen. Das ist doch nicht richtig. Ich hab zwei Kinder und hab es noch nie bereut.«

»Jeder Mensch ist eben anders.«

»Na, dann drück ich die Daumen für die Tests.« Als sie die fünf Packungen einscannt, schwingt ihr perfekt frisierter Pferdeschwanz hin und her und macht Cam seekrank.

»Ich will eigentlich nicht schwanger sein«, platzt sie heraus. »Wenn ich es doch bin, behalte ich es nicht.«

»Aber …«

»Tut mir leid, wenn Sie das nicht gut finden, aber ich habe das Recht auf diese Entscheidung, ohne das Gefühl haben zu müssen, ich darf es nicht zugeben.«

»Aber ich meine doch bloß …«

»Auf ihr Urteil kann ich verzichten!«

»Ich will sie nicht verurteilen, ich …«

Cam reißt ihre Karte aus dem Lesegerät, packt die Tüte mit den Schwangerschaftstests und den Monatsbinden und stürmt aus der Drogerie. Als sie mit ihrer Tüte wieder auf der Straße steht, laufen ihr plötzlich Tränen übers Gesicht. Aber sie hat keine Ahnung, warum sie weint.

»Diese beschissenen Hormone«, murmelt sie vor sich hin und wischt sich die Tränen aus den Augen.

Wieder zu Hause, in ihrer leeren Wohnung, holt Cam einen Kaffeebecher aus der Küche und pinkelt hinein. Dann bleibt sie, den Becher auf dem Boden zwischen ihren Füßen, auf der Toilette sitzen, packt einen Test nach dem anderen aus und lässt sie alle zusammen hineinfallen. Nachdem sie drei sehr lange Minuten zur Decke hinaufgestarrt hat, fischt sie den ersten Test wieder heraus. Dann den nächsten, dann die restlichen alle zusammen.

»VERDAMMTE SCHEIIIIISSE!«, brüllt sie und presst die Hände gegen die Schläfen.

Das Gesicht der kinderlosen Frauen ist schwanger.

12

Stella

Als der einfache Kreis für KEINE HORMONE auf meinem Ovulationstest erscheint, weiß ich, dass ich heute auch keinen Eisprung habe. Das ist okay, ich kann warten, irgendwann wird es passieren, und es wird perfekt, ganz sicher. Ich wickle den Test in Klopapier und verstaue ihn in meiner Tasche. Als ich wieder an meinem Schreibtisch sitze, trinke ich schnell einen großen Schluck Hustensaft, direkt aus der Flasche. Ich stelle mir vor, wie das Zeug in meine Eingeweide schwappt und dabei meinen Vaginalschleim verdünnt. Zum Lunch habe ich außerdem einen basischen Gemüseauflauf mitgebracht. Ich tue alles, damit ich einen Jungen kriege. Natürlich ist mir bewusst, dass das ein bisschen zwanghaft ist, aber warum sollte ich nicht alle Möglichkeiten ausschöpfen?

Jason schreibt eifrig. Ich stelle mir vor, wie er in seinem Büro sitzt und auf seine Tastatur eindrischt, während sein Penis entspannt zwischen seinen Beinen ruht und keine Ahnung hat, dass ich ihn für meine eigenen egoistischen Zwecke zu missbrauchen plane. Bin ich grausam? Ich glaube nicht. Männer verschleudern ihr Sperma doch dauernd, werfen achtlos damit um sich, wie man Kaffeesatz den Ausguss runterkippt. Wenn sie diesen Spermien gegenüber keine Gefühle haben, warum sollten sie dann plötzlich denen gegenüber welche entwickeln, die ihrem eigentlichen Zweck zugeführt werden?

Ich gehe die Sache ohne die geringsten Schuldgefühle an. Ja, Jason wünscht sich ein Baby, aber nicht mit mir, und ich brauche ihn einleuchtenderweise nur für diesen einmaligen Beitrag. Meine Mutter hat das Dasein als Alleinerziehende keineswegs in rosigen Farben geschildert, aber ihrer Darstellung zufolge ist die Alternative erheblich schlechter. Ich kann es allein, ich *möchte* es sogar. Jason zu zwingen, ein Baby mit einer Frau zu haben, die er nicht liebt, wäre nicht richtig. Aber nach einem One-Night-Stand ein Baby zu behalten, finde ich absolut in Ordnung.

Wenn ich irgendetwas aus meiner Beziehung mit Phil gelernt habe, ist es, dass zwei Erwachsene, die einander nicht lieben, kein Baby zusammen haben sollten. Oder sie sollten zumindest nicht zusammenbleiben, wenn sie ein Baby haben.

Aber ich werde ihn vermissen. Jason, meine ich; ich sehe ihn gern jeden Tag. Sein hübsches Gesicht, sein Charme, das ist schon alles sehr angenehm. Vielleicht kann ich doch alles haben? Könnte ich behaupten, das Baby ist von einem anderen? Aber dann würde er mich für eine Schlampe halten, weil ich so kurz nacheinander mit ihm und mit einem anderen Mann geschlafen habe. Außerdem – wie sollte ich beweisen, dass es nicht sein Baby ist? Was, wenn er einen Vaterschaftstest machen will? Nein, ich kann meinen Job nicht behalten. Er darf nichts von dem Baby erfahren. Vielleicht können wir per E-Mail in Kontakt bleiben. In einem Jahr könnte ich ihm schreiben, dass ich ein Baby habe und ihm eine Lüge über das Datum der Empfängnis auftischen. Vielleicht muss ich aber einfach akzeptieren, dass ich Jason nie wiedersehe und nie mehr mit ihm reden kann. Das Glück, Mutter zu sein, wird die Trauer um meinen Job und darüber, dass ich nichts mehr mit ihm zu tun haben kann, ganz sicher übertrumpfen – es ist ein geringer Preis dafür, dass mein Leben endlich gut wird.

Ich genieße die Situation. Das Gefühl, etwas zu tun zu haben. Heute früh bin ich buchstäblich aus dem Bett gesprungen, statt mich wie sonst mühsam herausquälen zu müssen. Ich habe eine Mission, ich habe ein Ziel. Ich fühle mich interessant. Das einzige Problem ist, dass ich mit niemandem darüber sprechen kann. Ausnahmsweise mal möchte ich gern etwas auf Facebook posten; ich hab so viel zu sagen. Aber nein, das würde sowieso niemand verstehen. Sie würden mich für irre und total daneben halten, sie würden nicht mal versuchen, mich zu verstehen. Aber ich brenne darauf, die Geschichte jemandem zu erzählen.

Und ich glaube, es gibt eine Möglichkeit … Ich öffne mein Mailkonto.

Hallo Camilla,
du hältst mich wahrscheinlich für eine wütende, verrückte Frau, weil ich dir diese Nachrichten schicke. Aber ich bin eigentlich gar nicht so. Ich meine, ich hab meine Macken, aber eigentlich bin ich ziemlich sortiert. Außerdem, was ist schon verrückt? Ist es verrückt, das Leben an sich vorüberziehen zu lassen, ohne sich zu nehmen, was man sich wünscht? Oder ist es verrückt, wenn man alles tut, was man kann, um zu kriegen, was man will? Ist verrückt nur dann verrückt, wenn man einem anderen Menschen weh tut? Wenn ein Baum umstürzt, macht er nur dann ein Geräusch, wenn jemand da ist, der ihn hört? Eine Person kann nur dann verrückt sein, wenn eine andere Person das denkt, richtig? Denn für mich ist das, was ich dir jetzt erzähle, absolut vernünftig.
Camilla, ich werde mit meinem Boss schlafen. Nicht, weil ich ihn liebe, sondern weil ich ein Baby will. Ich werde tun, was du in deiner Kolumne gesagt hast, und mir nehmen, was ich mir wünsche. Ich möchte diesen Mann nicht verletzen, er ist ein guter Mensch, deshalb braucht er es auch nicht zu erfahren. Schließlich werden Frauen dauernd unbeabsichtigt schwanger – glaubst du nicht auch, dass es tief drinnen meistens gar kein Zufall ist? Frauen geben gerne vor, es wäre einer, dabei wissen sie

genau, was sie tun. Also urteile nicht über mich, wie du über alle anderen urteilst. Du würdest meine Gefühle ohnehin nicht verstehen, weil du ja sagst, dass du keine Kinder willst. Du kannst dir nicht mal vorstellen, was eine Frau wie ich empfindet – ich wünsche mir verzweifelt ein Kind, aber ich bekomme vielleicht nie die Chance dazu, weil ich niemanden finde, der mich genug liebt, dass er diese Erfahrung mit mir teilen möchte. Also mache ich es allein. Ich nehme mir, was ich mir wünsche. Ich werde das Leben leben, das ich leben möchte. Sagst du deinen Leserinnen nicht dauernd, das sollen sie machen? Ausnahmsweise könntest du wirklich mal recht haben.

Ich klicke auf Senden.

Jahrelang habe ich hier an meinem Schreibtisch gesessen und hatte nur meinen Kummer und Jasons Terminplan im Kopf. Jetzt habe ich meine eigenen Gedanken, meine eigene Zukunft. Endlich sehe ich die Dinge, wie sie sind, und mein Vorsatz nimmt Gestalt an. Ich habe mein Vermächtnis in Gang gesetzt. Da kommt eine SMS.

Hey Süße, wie wäre es morgen um die Mittagszeit bei John Lewis? Meinst du, Jason gibt dir eineinhalb Stunden frei, um mir zu helfen? Du hast ja gesagt, es ist zurzeit nicht viel los. Jess x

Kein Problem, wir treffen uns um eins. x

Ooh, ich kann es gar nicht erwarten, mir die ganzen Babysachen anzuschauen!

Vor meinem inneren Auge tauchen Alice und Mum auf. Sie sehen enttäuscht aus, sie sagen mir, dass ich mich verrenne. *Aber ich tue es doch auch für euch*, möchte ich schreien. *Ich tue es für unser Vermächtnis*.

Tara

Als die Crew weg war und es im Haus wieder still wurde, war ich richtig stolz auf mich, weil ich mich nicht entschuldigt hatte für das, was ich in der U-Bahn getan hatte. Die Atmosphäre hier drin war furchtbar, als die Kameras stillstanden. Keiner konnte mir ins Gesicht sehen, es war, als hätte ich etwas absolut Unverzeihliches getan. Was passiert in solchen Situationen mit den Menschen? Wie kann etwas, worüber sie im Pub laut und ungehemmt lachen, plötzlich so grässlich ernst werden, wenn sie der Person gegenüberstehen, die dafür verantwortlich ist? Hat keiner aus der Crew jemals masturbiert? Warum fühlen sich alle moralisch so überlegen? Ich hätte mit ihnen gelacht, wenn sie es versucht hätten.

Ich habe schon so viele Perverse interviewt, und selbst wenn ich weiß, dass sie genauso schlimm sind, wie die Leute behaupten, schaffe ich es trotzdem, sie wie Menschen zu behandeln. Ich sehe ihnen in die Augen. Ich bin in ihrer Nähe immer noch ich selbst. Noch nie habe ich jemanden so behandelt, wie man mich wegen dieser Geschichte behandelt hat.

Aber es ist klar, dass es längst nicht mehr um das geht, was ich in der U-Bahn gemacht habe, nein, es geht um *mich*, die Mutter, die Spermadiebin. Das ist es, was jetzt alle interessiert. Das Masturbieren ist bloß ein Einstieg, um darüber zu reden, wie ich Annie bekommen habe. Deshalb hassen mich die Leute. Und das kann ich nicht ändern.

Ich habe solche Angst um meine Tochter. Was, wenn die Kids in der Schule sie verspotten, weil sie keinen Vater hat? Die anderen Kinder kommen aus supernormalen Familien; meines Wissens gibt es in Annies Klasse nicht mal ein geschiedenes Elternpaar. Man wird sie als Außenseiterin behandeln, ihre Freunde werden sich gegen sie wenden. Kinder wollen dazugehören, sie wollen sich einfügen, und ich habe aus lauter falschen Gründen dafür gesorgt, dass Annie sich von der Masse abhebt. Ich möchte es für sie so leicht wie möglich machen, aber vielleicht haben alle recht – vielleicht ist die Antwort auf das Ganze, dass sie ihren Vater kennenlernen muss.

Heute Morgen, als ich Annie für die Schule fertiggemacht habe, hat sie mir erzählt, dass eine ihrer Mitschülerinnen zu ihr gesagt hat, ich würde Annie bestimmt weniger lieben als andere Mummys ihre Kinder lieben, und zwar, weil ich Annie nie abhole. Anscheinend hat die Mummy des Mädchens ihrer Tochter erklärt, dass »*manche Mummys* zu sehr damit beschäftigt sind, sich selbst zu lieben, und deshalb keine Zeit haben, ihre Kinder zu lieben«. Allem Anschein nach sind *manche Mummys* noch größere Arschlöcher, als ich dachte. Sich vorzustellen, dass diese Frauen mich bei ihrer blöden Prinzessinnenparty so abschätzig behandelt haben, sogar *bevor* sie wussten, was ich in der U-Bahn getan hatte. Ich kann mir kaum ausmalen, was sie jetzt über mich denken.

Aber Annie soll nicht darunter leiden, deshalb habe ich ihr versprochen, sie heute abzuholen. Deshalb sitze ich auf der anderen Straßenseite in meinem Auto, während alle anderen Mums am Schultor stehen und auf ihre Kinder warten. Mir ist speiübel vor Angst. Das ist seit Tagen meine erste Konfrontation mit der Öffentlichkeit. Ich fühle mich, als wäre ich aus dem Gefängnis ausgebrochen, und nun machen große böse Menschen Jagd auf mich. Ich weiß, ich muss aussteigen und zu ihnen gehen, denn das Glück meiner Tochter hängt davon ab. Ich habe Jeans und einen Kapuzenpulli an, das, was man an meiner Garderobe am wenigsten kritisieren kann. Da redet man darüber, dass der Schulhof für die Kids ein hartes Pflaster ist, aber die andere Seite des Schultors ist auch nicht besser.

Als ich näher komme, fühle ich mich, als schwimme ich auf

einen Haifischschwarm zu. Die Mums entdecken mich, machen in Zeitlupe eine Gasse für mich frei und lassen in der Mitte eine riesige Lücke, in der sie mich alleine stehen lassen. Es sind vielleicht neun Frauen, aber es fühlt sich an, als wären es Hunderte.

In etwa zehn Minuten müssten die Türen aufgehen. *Ich kann das.* Ich hab schon Schlimmeres erlebt. Es gibt nichts, was diese Frauen sagen könnten, was nicht längst gedruckt, getweetet oder im Fernsehen durchgekaut worden ist. Ich habe alles gehört. *Komm schon, Tara, du tust es für Annie.* Ich darf jetzt nicht zum Auto zurückgehen und mich verkriechen.

Also stehe ich ganz still da und starre zur Tür, aber am Rand meines Sichtfelds sehe ich die Frauen unruhig von einem Fuß auf den anderen treten. Sie werfen einander Blicke zu. Ihr Urteil hängt über meinem Kopf wie eine dicke Regenwolke. Gleich wird sie sich entladen, das spüre ich.

Und dann geht es auch schon los.

»Oh-oh, da ist sie ja, Walthamstows Antwort auf Rihanna«, sagt Amanda. Überall würde ich ihre versnobte Stimme erkennen. »Einfach unglaublich!«, ruft sie. Ein leises zustimmendes Murmeln antwortet ihr. Die Energie baut sich auf, und ich habe das Gefühl, von einer außerirdischen Lebensform umgeben zu sein, die durch eine für mich nicht sichtbare Aura verbunden ist. Als Gruppe sind sie stärker, ich komme nicht gegen sie an.

»Meine Tochter hat das Video gesehen«, sagt eine andere mit besorgter Stimme. Heißt sie vielleicht Tracey? Ich bin nicht sicher. Rundum wird geseufzt und nach Atem gerungen. »Der große Bruder ihrer Freundin hat es zusammen mit seinen Kumpeln angeschaut und ihr gezeigt.« Ich fühle ihre Blicke auf mir, und die Macht dieser Frauen, was immer sie sein mag, zwingt mich, den Kopf zu wenden und Tracey ins Gesicht zu schauen, während sie fortfährt: »Meine Tochter hat also gesehen, wie eine Mutter, die sie kennt, in einer U-Bahn masturbiert. Wie soll ich ihr das erklären?

Was schlagen Sie vor?« Die Frage ist selbstverständlich an mich gerichtet.

Eine lange Pause tritt ein, in der mir alle mit den Augen Löcher in den Kopf brennen. Erwartet man ernsthaft von mir, dass ich darauf antworte? Ich fühle mich, als wäre ich wirklich wieder in der Schule, und merke plötzlich, dass Onlineschikane im Vergleich zu dem, was ich hier real erlebe, ein Klacks ist. Ich würde jederzeit eine getwitterte Vergewaltigungsdrohung vorziehen. Wann geht denn endlich die Tür auf, wann kommt endlich Annie zu mir gerannt? Ich sehne mich nach ihr, ich will sehen, wie sie sich freut, dass ich sie abhole, ich will mit ihr zum Auto laufen und so schnell wie möglich abhauen.

»Dieses arme kleine Mädchen, sie wird diesen beschämenden Anblick niemals vergessen, den Rest ihres Lebens nicht«, fügt Amanda hinzu, und da legt sich auf einmal ein Schalter in mir um. Als gingen plötzlich alle Lichter an.

Armes kleines Mädchen? Wie bitte?

»Und was macht Sie bitteschön zur Mum des Jahres?«, kontere ich, gehe mit zusammengekniffenen Augen auf Amanda zu und habe das Gefühl, dass meine Seele wieder zum Leben erwacht.

»Ach, versuchen Sie nicht, mich einzuschüchtern. Frauen wie Sie …«

»›Frauen wie ich‹? Was soll das denn heißen? Meinen Sie vielleicht Frauen, die sich so sehr ein Kind wünschen, dass sie bereit sind, es allein großzuziehen? Oder Frauen, die sich den Arsch abarbeiten, damit ihr Kind auf die beste Schule gehen und in einem netten Haus leben kann und alles hat, was es braucht? Ist es das, was Sie meinen? Mit ›Frauen wie ich‹?«

»›Alles, was es braucht‹? Ein Kind braucht einen Vater, das ist es, was Kinder brauchen«, faucht eine sehr gestresst wirkende Mum dazwischen, die aussieht, als macht sie gerade eine Scheidung durch. NICHT, dass ich sie dafür verurteile.

»Vielleicht. Vielleicht fehlt Annie tatsächlich eine Vaterfigur, aber dafür hat sie eine Mutter, von der sie lernt, dass sie ihr Leben auf ihre eigene Art leben kann. Dass sie stark ist. Möglicherweise habe ich meine Tochter unter Bedingungen bekommen, die Ihnen allen fragwürdig erscheinen, aber ich ziehe ein Individuum groß und keinen Klon aller anderen Mädchen in ihrer Klasse. Also ...«

Amanda unterbricht mich. Wenn sie mich noch einmal mit Rihanna vergleicht, schlag ich sie k. o.

»Sie ist stark? Stark genug, um in der Öffentlichkeit zu masturbieren vielleicht? Glauben Sie wirklich, das ist ein Zeichen von Stärke? Und hören Sie gefälligst auf, mit uns zu reden, als wären wir ein Haufen blöder Hausfrauen. Sie waren in meinem Haus, Sie haben gesehen, wie hübsch alles ist, und sind davon ausgegangen, dass das Geld dafür von meinem Mann kommt. Wie können Sie es wagen?«

»Was? Nein, das bin ich nicht«, sage ich etwas ruhiger, denn sie hat leider recht. Genau das habe ich gedacht.

»O doch, das sind Sie. Es ist Ihnen nicht mal in den Sinn gekommen, dass ich diejenige sein könnte, die das Geld verdient, stimmt's? Ich hole Trudy jeden Tag ab, weil ich mich, als ich schwanger geworden bin, selbstständig gemacht habe, um meine Arbeitszeiten selbst bestimmen zu können. Mein Mann verdient keinen Penny. Deshalb habe ich ihn letzte Woche nach der Party rausgeschmissen, ich hatte die Nase voll. Also hören Sie auf, so zu tun, als wären Sie die große Heldin, bloß weil Sie einen Job haben, wir alle haben unsere Probleme.«

Jetzt könnten die anderen Beifall klatschen. Amanda hat mir grade einen Arschtritt verpasst, und mir fällt partout keine passende Erwiderung ein. Ich stehe da und starre stumm zu Boden, als wäre ich ein kleines Mädchen, das von seiner Lehrerin die verdiente Strafpredigt bekommt. Nach ein paar Sekunden drehe ich mich um und beginne den Rückzug zu meinem Auto. Ich wollte da sein für Annie, aber das hier halte ich nicht aus, ich schaffe es einfach nicht. Aber als ich mein Auto erreiche, flammt das Feuer in mir plötzlich wieder auf, und ich renne zurück zu den Mums.

»Hey, ihr!«, schreie ich ihre mir zugewandten Rücken an. Allesamt fahren sie erschrocken zusammen, drehen sich um und erwidern meinen Blick. »Ich bin in der Nacht nicht losgezogen, um in der U-Bahn zu masturbieren, und ich hab definitiv nicht darum gebeten, dass jemand mich filmt und mein ganzes Leben kaputtmacht. Aber das ist passiert, und deswegen waren die letzten zwei Wochen die schlimmsten meines Lebens. Ich habe Vergewaltigungsdrohungen bekommen, die Polizei stand vor meiner Tür, und ich habe eine ziemlich schwere Agoraphobie entwickelt. Ich bin für die ganze Welt eine Witzfigur, meine Familie versucht verzweifelt, einigermaßen vernünftig damit umzugehen. Und jetzt bin ich konfrontiert mit der ziemlich realen Möglichkeit, dass niemand mich je wieder lieben wird außer meiner Tochter. Ich habe solche Zukunftsangst, dass ich mich jeden Abend in den Schlaf weine. Und ich kann morgens nur deshalb überhaupt noch aufstehen, weil ich Annie so liebe und sie mich auch. Wenn ihr mich also als Mutter an den Pranger stellt, verletzt ihr damit das Einzige, was mir noch geblieben ist. Mein Leben dreht sich im Moment ausschließlich darum, dafür zu sorgen, dass es meiner Tochter gutgeht, also erzählt mir bitte nicht, dass sie leidet, wo ich mich dermaßen bemühe, dass sie es nicht tut. Ich bin eine großartige Mutter. Ich habe gedacht, ich wäre allein in diesem Wagen. Mein Pech war, dass doch jemand da war und mich gefilmt hat. Okay. Ich habe einen bedauerlichen Fehler gemacht, aber ich habe es nicht verdient, dass deswegen mein Leben vor die Hunde geht. Und Annie hat es noch viel weniger verdient, dass sie dafür büßen muss.«

Jetzt schauen mich alle mitleidig an, was mir geringfügig besser gefällt, als angestarrt und mit Blicken getötet zu werden. Keine sagt ein Wort.

»Amanda, es tut mir leid, dass ich Sie falsch eingeschätzt habe. Okay?«

Sie bleibt stumm. Ein paar von den anderen nicken. Die Stille kommt mir endlos vor.

»Man könnte eine komplette Fernsehshow daraus machen«, sagt plötzlich Vicky Thomson. Ich habe gar nicht bemerkt, dass sie hinter mir steht, aber ich bin dankbar, ihre Stimme zu hören, und von ihr angelächelt zu werden, als hätte ich meine Sache soeben sehr gut gemacht.

In diesem Moment öffnen sich die Schultore, die Kinder stürmen heraus, verteilen sich in verschiedene Richtungen und verjagen die Anspannung. Annie rennt direkt zu mir und umarmt meine Beine, als wolle sie allen zeigen, wie sehr sie mich liebt.

»Mummy, du bist wirklich gekommen«, sagt sie, ganz im Glück, dass ich da bin.

Den ganzen Nachhauseweg über lächelt sie ununterbrochen.

Später an diesem Abend liege ich in einem von Mum für mich gekauften blauen Pyjama von Marks & Spencer im Bett. Mum und Dad sind unten und haben den Fernseher so laut laufen, dass ich staune, wie Annie dabei schlafen kann. Im Kopf spiele ich die Szene auf dem Schulhof noch einmal durch. Amanda hatte recht, ich habe mir über diese Frauen tatsächlich ein Fernurteil erlaubt und bin davon ausgegangen, dass ich besser bin als sie alle, welterfahrener, vielleicht weil ich beim Fernsehen gearbeitet habe. Wieso merke ich erst jetzt, wie blöd das von mir war? Ich habe die Idee weiblicher Solidarität immer geliebt, aber nie viel davon mitbekommen, wegen der Freundinnen, die ich mir ausgesucht, und wegen der Jobs, in denen ich gearbeitet habe. Eine einzige doofe SMS von Sophie ist beispielsweise alles, was ich von ihr gehört habe, seit sie in den Urlaub verduftet ist.

Hey Süße, toll hier, ich bin so braun. Hoffe, bei dir ist alles okay … hat dein Dad das Video schon gesehen?

Ich habe darauf nicht geantwortet. Ich weiß, dass Sophie längst über das ganze Chaos Bescheid weiß, sie nennt *MailOnline* ja nicht umsonst ihre Bibel und kennt die verzwicktesten Details im Leben der Promis vor ihnen selbst. Es kann nicht sein, dass sie nicht nachgeschaut hat. Was ist das für eine Freundin? Schöne Ersatzschwester. Ich dachte, sie wäre mitten in diesem schlimmsten Shitstorm meines Lebens für mich da – aber stattdessen frischt sie in Bora Bora ihre Sonnenbräune auf.

Andererseits ist da Camilla. Die öffentlich für mich Stellung bezogen und mir zahllose Mutmachmails geschrieben hat. Die mir vorkommt wie die treueste Freundin, die ich jemals hatte. Obwohl wir uns noch nie persönlich begegnet sind. Wir sind wie Brieffreundinnen alter Schule, die sich die intimsten Details ihres Lebens und ihrer Gefühle in Briefen anvertrauen, oder in unserem Fall eben in E-Mails. Ich kann nicht umhin, mich zu fragen, ob diese Freundschaft auch offline funktionieren würde.

Cam hat oft über ihre Angst vor zwischenmenschlichen Begegnungen geschrieben. Dass sie persönliche Treffen um jeden Preis vermeidet. Aber eigentlich kann ihre Angst gar nicht so groß sein, wenn sie ihr Leben dermaßen öffentlich lebt. Und fairerweise muss ich gestehen, dass ich momentan schon Pickel kriege, wenn ich nur daran denke, Leute zu sehen, also würde sie im Vergleich zu mir wahrscheinlich wirken wie Davina McCall. Ich möchte sie kennenlernen.

Hey. Hör mal, ich weiß, du magst keine peinlichen sozialen Situationen. Das kann ich momentan mehr als gut verstehen. Aber ich würde dich trotzdem schrecklich gerne treffen. Wenn du Lust hast. Ich bin nicht sicher, woher all das kommt, aber ich habe das Gefühl, ich brauche jemanden, und ich glaube, die Person, die ich brauche, bist du.

Ist das zu schräg? Wir könnten Gasmasken aufsetzen und Tanzen als Kommunikationsmittel benutzen, falls es dadurch leichter wird. Sag Bescheid, T x

Camilla antwortet umgehend:

Tara, das ist überhaupt nicht schräg und ja. Bitte. Ich glaube, ich brauche dich auch. Mittwochabend? Ich bringe die Gasmasken mit. C x

Als ich mit ein paar Zeit- und Ortsvorschlägen antworte, öffnet sich langsam meine Zimmertür.

»Mummy, warum stellen alte Leute den Fernseher so laut?«, fragt Annie und rubbelt einen kleinen weichen Elefanten an ihrer Wange.

»Komm, kuschel dich zu mir«, sage ich, schlage die Decke zurück und krieche ins Bett. Annie krabbelt neben mich und schmiegt sich an mich.

»Möchtest du heute Nacht hier schlafen?«, frage ich sie. Aber sie antwortet nicht, sie hat es sich schon gemütlich gemacht, ihre Augen sind fest geschlossen. Ich liege noch über eine Stunde wach, die Zehnuhrnachrichten dröhnen zu mir herauf und erinnern mich daran, dass das Interview auf *Sky News* demnächst gesendet wird. Mir graut so davor, wie sie es zusammenschneiden werden, der Gedanke daran droht mir den Schlaf zu rauben. Aber ich atme den Duft meiner Tochter ein und kuschle mich so eng ich kann an sie. Vielleicht bin ich traurig, weil ich nicht verliebt bin, vielleicht bin ich sauer auf Sophie, weil sie mir nicht das gibt, was ich brauche, aber die Wahrheit ist, dass ich, solange ich Annie habe, nie allein sein werde, und dafür bin ich dankbar. Ich drücke sie ein bisschen zu fest an mich, und sie räkelt sich ein Stück weg von mir. Ich lege mich auf den Rücken, schaue auf mein Handy, gehe zu dem SMS-Austausch mit Jason und lösche ihn, ohne ihn noch einmal zu lesen. Anscheinend hab ich tatsächlich etwas falsch verstanden, es ist Zeit, dass ich es akzeptiere. *Er steht einfach nicht auf mich*, wie man so schön sagt. Dann sehe ich mir Cams Mail noch einmal an. »Ich glaube, ich brauche dich auch.«

Vielleicht ist die Frauensolidarität doch unterwegs zu mir.

Stella

»Entschuldigen Sie, wo finde ich denn die Lammfelldecken für Babys?«, erkundigt Jessica sich bei einer John-Lewis-»Partnerin«. In der Hand hält sie die längste Liste von Babysachen, die ich je gesehen habe. Genau genommen ist es die einzige Liste von Babysachen, die ich je gesehen habe – braucht man dieses ganze Zeug denn wirklich? Badewanne, Babykörbchen, Fläschchennippel ... Nippelcreme? Ist die Creme für die Fläschchen oder für ihre Nippel? Ich habe keine Ahnung, das ist eine vollkommen neue Welt für mich. Die »Partnerin« deutet auf eine Wand, und wir machen uns auf den Weg dorthin. Leider ist die gewünschte Felldecke ausverkauft, und Jessicas Gesicht wirkt ernsthaft panisch.

»Vielleicht kannst du die Decke ja im Internet bestellen«, schlage ich zur Beruhigung vor.

»Ja, vielleicht. Himmel, man muss an so vieles denken. Wenn du schwanger wirst, kannst du meine ganzen Sachen erben. Dann sparst du dir zumindest diesen ganzen Stress.« Sie düst weiter zu den Wickeltaschen und fängt an, die Innenfächer eines echt hässlichen grauen Leinenbeutels zu inspizieren. Ein komisches Gefühl, an meine Pläne zu denken und so zu tun, als wäre nichts los. Ich platze beinahe, weil ich unbedingt etwas sagen will. Schließlich kommt es nicht oft vor, dass ich tatsächlich etwas zu erzählen habe.

»Der hier sieht gut aus«, sagt Jessica und hebt einen scheußlichen, über und über mit kleinen Schleifen verzierten Rucksack in die Höhe. »Der hat eine abwaschbare Wickelmatte und ein Extrafach für schmutzige Windeln.«

»Ja, aber er ist hässlich«, sage ich und wundere mich, dass sie wirklich bereit zu sein scheint, schon so früh in ihrem Mutterdasein jedes Stilgefühl abzulegen.

»Ach, so schlimm ist er doch gar nicht, und die Schleifen sind süß, findest du nicht?«

Ich verkneife mir meine Antwort. Jessica hat diesen irren Blick, den ich an schwangeren Frauen und Bräuten schon des Öfteren beobachtet habe. Am besten lässt man sie einfach machen. Jessica setzt den hässlichen Rucksack auf und eilt zu den Fläschchen. Ich folge ihr in gemäßigtem Tempo.

»Wie läuft es denn bei dir eigentlich so?«, fragt sie mich plötzlich, checkt dabei aber ihre Liste und liest anschließend die Beschriftung der Fläschchennippelpackungen.

»Wie läuft was eigentlich so?«

»Mit dir und Phil? Mir ist neulich abends aufgefallen, dass ihr etwas angespannt wirkt. Ist alles okay?«

Vermutlich spricht es Bände, dass ich in letzter Zeit kaum einmal an Phil gedacht habe; ich habe sogar vergessen, Jess zu erzählen, dass wir uns getrennt haben.

»Oh, nein, es war alles andere als gut. Wir haben uns getrennt.«

»Oh Stella, Süße. Das tut mir aber leid«, sagt sie, schiebt die Sauger wieder auf den Haken und nimmt mich in den Arm. Ich versuche, die Umarmung zu erwidern, aber der blöde Rucksack behindert mich. Zum Glück. Ich bin keine Umarmerin.

»Ach, mir geht es gut. Eigentlich war die Trennung schon lange fällig, es hat schon seit einer Ewigkeit nicht mehr gestimmt zwischen uns. Es geht mir wirklich gut. Besser als vorher.«

»Ich kann es nicht glauben, ich war sicher, ihr zwei würdet für immer zusammenbleiben«, beharrt Jessica und hat Tränen in den

Augen. Was absolut lächerlich und mir höchst unangenehm ist. »Sorry, ich bin so emotional zurzeit«, sagt sie und wischt sich die Augen.

»Jess, im Ernst – mir geht es gut. Es ist besser so. Ehrlich.«

»Aber wie kann es besser sein? Jetzt bist du allein. Was ist mit dem Baby, ich dachte, du wolltest schwanger werden?« Vielleicht um mir zu zeigen, was mir fehlt, legt sie die Hand auf ihren kleinen Bauch.

Dabei sieht sie mich an, als wäre ich ein tragischer Fall, so traurig, dass ihr die Worte fehlen. Ich weiß, was sie denkt. Sie denkt, dass ich allein sterben werde, dass ich jetzt alles verloren habe. Während sie einen Mann hat, der sie liebt, ein Baby im Bauch, ein perfektes Leben, und jetzt weiß sie nicht mehr, wie sie mit mir darüber sprechen kann, wo mein Leben doch so furchtbar ist. Aber ich will kein Mitleid. Ich will nicht, dass jemand denkt, ich bin ein einsamer Trauerfall, also sage ich das Eine, von dem ich weiß, dass es diesen Ausdruck aus Jessicas Gesicht löschen und sie dazu bringen wird, nicht mehr so zu tun, als wäre mein Leben soeben zu Ende gegangen.

»Ich bin auch schwanger«, sage ich, und lege lächelnd ebenfalls die Hand auf den Bauch. »Sei nicht traurig, ich bekomme ein Baby.«

Uuups.

»Oh mein Gott!«, ruft sie, umarmt mich, und wieder kann ich die Umarmung nicht erwidern – zum einen wegen des Rucksacks, zum anderen weil ich nicht will. Jessica ist definitiv fassungslos und tut mechanisch das, was man bei einer solchen Neuigkeit traditionsgemäß tun muss, aber es dauert nicht lange, da sieht sie schon wieder besorgt und verwirrt aus.

»Warte, du bist also schwanger geworden und hast dich dann von Phil getrennt? Will er denn keine Kinder? Ich dachte immer, er wollte.«

»Er will Kinder, aber nicht mit mir. Und ich will auch keine mit ihm. Das Baby ist nicht von Phil«, erkläre ich stolz.

»Was? Du hattest eine Affäre? Wessen Baby ist es denn dann?«

Ich schaue ihr in die Augen und hebe langsam die Brauen. Ein Signal, dass sie raten soll. Sie wird es schaffen, das weiß ich.

»Warte, nein, das kann doch nicht sein, oder?«, ruft sie, als sie begriffen hat. Ich nicke langsam und mit einem verschmitzten Ausdruck im Gesicht. »Jason?«, fragt sie.

»Jepp!«, antworte ich stolz. »Ich bekomme ein Baby von Jason. Wir sind schon eine Weile zusammen, und es ist einfach passiert.«

»Ich versteh das nicht. Eigentlich müsste ich total wütend auf dich sein, weil du Phil betrogen hast, aber ich hab ja gemerkt, dass ihr zusammen nicht glücklich wart, also ist es offensichtlich das Richtige. Du kriegst ein Baby. Oh mein Gott, hier, schau mal, das ist die Liste mit dem Zeug, das du brauchst. Wollen wir heute vielleicht alles zusammen kaufen?«

Da ist wieder dieser Blick, dieser irre, glasige Blick von Bräuten und werdenden Müttern, wenn sie an nichts anderes denken können als an Hochzeiten und Babys. Irgendwie beängstigend. Mir wird das niemals passieren.

»Nein, nein, heute bist du dran. Bei mir sind es ja erst ein paar Wochen. Eigentlich hätte ich es dir gar nicht erzählen dürfen«, sage ich, um mich abzusichern. Wenn ich diesen Monat nicht schwanger werde, kann ich ihr immer noch erzählen, dass ich eine Fehlgeburt hatte.

»Oh, klar. Natürlich. Was hat Jason denn dazu gesagt?«

Ich überlege, was ich antworten soll. Die Sache mit dem Alles-alleine-Machen würde Jess nicht verstehen. Sie braucht Romantik, um sich mit etwas richtig beschäftigen zu können. Mir ist klar, dass sie die Geschichte nur deshalb so gut aufnimmt, weil sie Jason traumhaft findet, und ich möchte ihr diese Illusion nicht nehmen. Den Teil, dass er nicht involviert sein wird, arbeite ich später aus.

»Oh, er war natürlich total begeistert. Schockiert, wie ich auch, aber total begeistert.«

»Gott, ich liebe diesen Mann. Was für ein Kerl. Ich kann nicht abstreiten, dass ich ein bisschen neidisch bin, er ist einfach Zucker. Stella, wow, ich meine, da bist du echt auf den Füßen gelandet.«

»Danke, das glaube ich auch.«

»Aber der arme Phil, er ...«

»Nein, Jess. Er ist nicht ›der arme Phil‹, okay? Zwischen uns hat es schon seit einer Ewigkeit nicht mehr geklappt, er wollte raus aus der Beziehung, ich auch, also gewinnen wir alle, okay?«

»Okay«, sagt sie mit einem nachdrücklichen Nicken, das zeigt, dass sie begriffen hat und Phil nicht mehr erwähnen wird. »Okay, gut, aber wir müssen heute wenigstens eine Kleinigkeit für dich mitnehmen. Schau mal, wie wäre es denn zum Beispiel damit?« Sie hält ein über und über mit kleinen Affen geschmücktes Lätzchen in die Höhe.

»Na gut«, stimme ich lächelnd zu. »Dann mach.«

»Wunderbar, ich bin offiziell die erste Person, die deinem Baby ein Geschenk kauft. Hier!« Sie wirft das Lätzchen in ihren Korb und schaut wieder auf ihre Liste. »Okay, Stilleinlagen ...« Sie hakt mich unter und lacht. »Wo sind die sexy Dinger denn?«

Zum ersten Mal seit Alices Tod überkommt mich ein Zugehörigkeitsgefühl, einfach so.

Cam

Wenn sie mit ihrer Mutter zusammen ist, fühlt Cam sich vollkommen hilflos. All das, wofür sie in der restlichen Welt steht, bedeutet nichts mehr, weil es ihre Mutter nicht im Geringsten interessiert. Oder zumindest möchte sie Cam das glauben machen.

»Das ist aber ein höchst unpraktischer Teppich«, sagt sie jetzt und deutet auf Cams Flokati. »Wenn die Leute drüberlaufen, ist er in null Komma nichts hinüber.«

»Aber es läuft niemand drüber, ich bin allein hier. Und ich liege gern auf ihm.«

»Ein Teppich, auf dem man nur rumliegt? So eine Art Präsentierteppich? Das ist doch ein bisschen albern. Aber vermutlich ist es nett, sich hinzulegen, nachdem man diese ganzen Stufen hochgestiegen ist.«

»Ja, Mum, es ist ein Präsentierteppich. Und ich mag ihn sehr«, sagt Cam und macht sich auf den Weg, Teewasser aufzusetzen. Ihr war klar, dass der erste Besuch ihrer Mutter in der neuen Wohnung nicht einfach sein würde. Ihre Mutter muss erst sämtliche Kritikpunkte abarbeiten, ehe sie Komplimente machen kann. Normalerweise sind dazu circa zwei Besuche notwendig, aber weil diese Wohnung so besonders hinreißend ist, vermutet Cam, dass es diesmal mindestens drei brauchen wird.

»Wie geht es dir, Liebes?«, fragt Cams Dad. Die beiden folgen Cam in die Küche.

»Nicht so gut. Mir ist übel, krampfig.«

»Was ist denn los mit dir?«, fragt ihre Mutter und übernimmt ungefragt das Teemachen.

Cam sieht zu, wie sie kochendes Wasser in die Tassen gießt und die Teebeutel erst danach hineinwirft. So hat ihre Mutter schon immer Tee gemacht, und Cam findet, dass ihr Tee deswegen scheußlich schmeckt. Aber sie hat ihrer Mum nie gesagt, dass sie den Tee falsch macht, denn wenn man ihrer Mutter zu verstehen gibt, dass sie nicht perfekt ist, reagiert sie extrem defensiv, und damit kann Cam überhaupt nicht umgehen.

»Ich bin schwanger«, antwortet sie, in einem der größten »Scheiß drauf«-Momente ihres Lebens.

»Oh mein Gott«, sagt ihr Dad, setzt sich hin und reibt sich das

Gesicht. Ihre Mutter ist zur Salzsäule erstarrt und wendet den Blick nicht von den Teetassen. »Oh«, sagt sie nach einer Weile. Cam ist verblüfft über die verhaltene Reaktion, sie dachte, dass zumindest der Anfang dieser Geschichte ihre Mum glücklich machen würde. Aber jetzt sieht sie keinen Grund mehr, den Rest noch für sich zu behalten.

»Ich will euch nicht anlügen, und ihr wisst ja, wie ich zum Kinderhaben stehe. Am Donnerstag habe ich einen Abtreibungstermin.«

Das entspricht nicht ganz der Wahrheit. Cam hätte zumindest ihre Mutter liebend gern angelogen, aber sie dachte, vielleicht würde ihre Mutter dann endlich verstehen, dass Cam es ernst meint, wenn sie sagt, sie will keine Kinder. Außerdem plant Cam auch, über die Abtreibung zu schreiben, also informiert sie ihre Eltern lieber vorher.

»Ist es von dem Achtundzwanzigjährigen?«, fragt ihre Mum und starrt dabei weiter in die Ferne.

»Ja.«

»Hast du es ihm gesagt?«

»Ja.«

»Und vermutlich tust du es deswegen, weil er zu jung und nicht verantwortungsvoll genug ist, um zu seinen Fehlern zu stehen?«

»Nein, Mum, es ist allein meine Entscheidung.«

Wortlos nimmt ihre Mutter eine der Tassen und knallt sie in die Spüle, dass die Scherben fliegen. Cams Dad fängt sofort an, sie aufzusammeln.

»Was ist passiert, dass du so geworden bist?«, stößt ihre Mutter hervor.

»Nichts, Mum. Nichts ist passiert. Ich bin einfach so.«

»Komm, Jeremy, wir verschwinden«, erwidert ihre Mutter und nimmt ihre Tasche. »Ich schicke eine von deinen Schwestern vorbei, vielleicht können die dich zur Vernunft bringen.«

»Nein, Mum, mein Entschluss steht fest, ich hab den Termin.«

»Warum? Warum kannst du nicht mal darüber nachdenken, es zu behalten? Wir könnten dir helfen, du könntest bei uns wohnen. Meinetwegen sogar deinen Teppich mitbringen, wenn du den unbedingt brauchst.«

»Ach um Himmels willen, Patricia«, geht Cams Dad dazwischen. »Jetzt lass sie doch bitte in Ruhe. Es gibt schließlich mehr im Leben als nur das Muttersein, sie ist keine von diesen Frauen.«

»›Keine von diesen Frauen?‹ So eine wie ich, meinst du?«

»Ja!«, rufen Cam und ihr Vater wie aus einem Mund und ein bisschen zu enthusiastisch.

»Aha.«

»Nein, Mum, so hab ich das nicht gemeint, ich …«

»Oh, ich weiß genau, wie du es gemeint hast. Du glaubst, weil ich mein Leben meiner Familie gewidmet habe, bin ich eine Versagerin, stimmt's? Du glaubst, das war keine richtige Arbeit.«

»Nein, Mum, das hab ich nicht …«

»Was denkst du eigentlich, wie sich das anfühlt, Camilla? Jeden Tag deine Blogs zu lesen, die einen Lebensstil propagieren, der das krasse Gegenteil ist von meinem? Du sprichst dermaßen abschätzig über Frauen wie mich, so, als wäre die Karriere alles und die Entscheidung für die Familie eine freudlose Alternative zum wahren Glück. Als hätte man Frauen wie mir eine Gehirnwäsche verpasst. Sind wir bedauernswert? Nein, nicht mal das – der Feminismus hält uns für reine Platzverschwendung, unsere Entscheidung für ein Zeichen von Schwäche. Wir sind ein Problem. Mit deinem Blog startest du jeden Tag eine Attacke auf alles, was ich verkörpere. Glaubst du ernsthaft, ich sehe das nicht?«

»Mum, nein. So ist das nicht, nichts davon ist gegen dich gerichtet oder gegen die Art, wie du lebst. Es geht um mich, es geht darum, wer *ich* bin.«

»Aber du bist *meine* Tochter, Camilla. Du bist ein Teil von mir, ganz gleich, wie sehr du es zu leugnen versuchst. Ich weiß, du hasst mich, aber ich hab allmählich die Nase voll davon, ständig öffentlich auf mir herumtrampeln zu lassen. Selbst in dem Artikel, den du über das Foto geschrieben hast und in dem du behauptest, du findest mich toll oder wie auch immer du dich ausgedrückt hast, selbst da war dieser Ton. Dieses untergründige ›Aber glaubt nur nicht, dass ich je so sein könnte wie sie‹ – genau in diese Ecke hast du mich abgeschoben, seit du ein kleines Mädchen bist. Was hab ich dir bloß angetan?«

Cam versucht zu antworten, aber kein Wort kommt heraus.

Ihre Mum denkt, dass Cam sie hasst. Das ist schlimmer als ein Schlag auf den Schädel.

»Ich gratuliere dir zu deinem Erfolg, ich bin sehr stolz auf dich. Da, ich hab's gesagt. Jetzt kannst du deinen Kreuzzug vielleicht abbrechen. Seit Jahren verletzt du mich, gut gemacht. Auftrag erledigt. Komm jetzt, Jeremy.«

Sie geht, knallt die Tür hinter sich zu und lässt Camilla und ihren Dad reglos und sprachlos zurück.

»Das war furchtbar«, stößt Cam schließlich hervor. »Das war einfach furchtbar.«

»Ja, da hast du recht«, bestätigt ihr Vater.

Langsam schleicht Cam zu ihrer Chaiselongue und setzt sich.

»Vielleicht stimmt es ja«, sagt sie und sieht ihren Dad an. »Vielleicht bin ich nur als Reaktion auf sie so geworden. Wahrscheinlich ist alles so tief in mir drin, dass ich es nicht mal wahrgenommen habe.«

»Du warst immer eine Herausforderung für sie, weil du anders warst. Von Anfang an, schon als kleines Mädchen. Sie dachte, sie weiß, wie man mit Kindern umgeht, und dann kamst du und hast alles über den Haufen geworfen. Du wolltest die Sachen deiner Schwestern nicht auftragen, du hingst nicht an ihrem Rockzipfel, ganz anders als die anderen. Ein unabhängiger Geist, und mit solchen Menschen konnte deine Mutter noch nie umgehen.«

»Mit Menschen wie dir, Dad. Du bist auch so einer.«

»Ja, vielleicht. Aber ich bin so geworden, wie ich musste, damit diese Familie funktioniert. Ich habe mich verändert, um glücklich zu sein. Das war ein geringes Opfer für die Familie, die ich mir gewünscht habe. Klingt sicher jämmerlich.«

»Nein, Dad. Nichts davon ist jämmerlich. Nichts am Elternsein ist jämmerlich. Glaubt ihr beide wirklich, dass ich das denke?«

Er zuckt ein bisschen die Achseln, und Cam fühlt sich noch schlechter.

»Dad, gibst du uns fünf Minuten?«, sagt sie, schlüpft in ein Paar Flip-Flops und macht sich auf den Weg nach draußen. Natürlich gibt ihr Dad ihr das, was sie braucht.

Als sie sich dem Auto ihrer Eltern nähert, sieht Cam ihre Mutter weinend auf dem Beifahrersitz kauern. Trotz der Spannung, die immer zu ihrer Beziehung gehört hat, ist diese Art der Auseinandersetzung etwas ganz Neues.

»Mum«, sagt Cam und klopft an die Fensterscheibe. »Mum, können wir uns bitte unterhalten?«

Zögernd kurbelt ihre Mutter die Fensterscheibe herunter. Cam weiß, dass es nicht leicht sein wird, aber dass dieses Gespräch notwendig ist. Die Sonne scheint, die Luft ist mild, das perfekte Wetter für ein Gewitter.

»Hör mal, ich finde, du bist eine großartige Mutter.« Ihre Mutter schnaubt verächtlich und wendet sich ab. »Mum, komm schon, steig aus. Bitte.«

Cam tritt einen Schritt zurück und wartet, macht unmissverständlich klar, dass sie nicht vorhat wegzugehen, bevor ihre Mum ausgestiegen ist. Schließlich stehen sie sich gegenüber und fragen sich beide, wie es jetzt wohl weitergeht.

»Mum, bitte glaub mir, wenn ich dir sage, dass meine Arbeit kein Angriff auf dich sein soll. Aber vielleicht habe ich irgendwie unterbewusst versucht, mich dir verständlicher zu machen, indem ich komplizierte Einzelheiten meiner Persönlichkeit und meiner Gefühle beschrieben habe, in der Hoffnung, dass du es liest und mich so akzeptierst, wie ich bin.«

Überrascht stellt Cam fest, wie leicht es ihr fällt, das zu sagen, aber noch mehr staunt sie darüber, wie wahr es ist. Das war ihr bis zu diesem Zeitpunkt gar nicht bewusst. Ihre Mutter sieht bestürzt aus.

»Mum, du hast mich nie, wirklich nie, einfach als die angenommen, die ich bin. Du hast mich immer gedrängt, den anderen Mädchen ähnlicher zu werden, du hast versucht, mich so zu formen, wie eine Tochter deiner Vorstellung nach sein sollte. Ich musste die Klamotten meiner großen Schwestern auftragen, ich musste Gymnastik machen, alles genauso wie die anderen. Immer wieder habe ich dir gesagt, dass ich allein sein will, und du hast mich gezwungen, mit den anderen zu spielen. Je älter ich wurde, desto mehr stand auf dem Spiel. Die Dinge, die ich tun wollte, die Person, die ich sein wollte, das alles wurde mir immer klarer, aber du hast mich nie angeschaut, als würdest du denken: ›Das ist meine Cam, sie ist anders, sie ist einzigartig.‹ Du hast mich immer nur als menschenscheu und problematisch gesehen und diese Kluft zwischen uns geschaffen. Weil du die kleinen Dinge an mir nicht akzeptieren konntest, konntest du auch die größeren nicht akzeptieren, und jetzt stehen wir hier, ich sage dir, ich will keine Kinder, ich möchte das Baby nicht behalten, weil ich diese Art Leben nicht will, und du glaubst immer noch, dass du mich ändern kannst. Aber das kannst du nicht. Du kannst mich nicht ändern, Mum. Weil ich nicht verändert werden muss – ich bin so in Ordnung, wie ich bin.«

Cam bleibt standhaft. Zwar hat sie ein schlechtes Gewissen, weil sie ihre Mutter zum Weinen bringt, aber sie ist fest entschlossen, das durchzuziehen.

»Ich möchte doch nur, dass du glücklich bist«, sagt ihre Mum traurig.

»Wirklich? Das glaube ich dir nicht. Du hast niemals wirklich versucht, mich glücklich zu machen, du warst immer damit beschäftigt, mich so zu formen, wie du mich haben willst. Dir geht es um dein eigenes Glück, Mum, nicht um meines.«

»Das ist nicht sonderlich nett, Camilla.«

»Na ja, Mum, du warst auch nicht sonderlich nett zu mir. Ich bin echt gut. Fokussiert, freundlich, klug und zufrieden mit meinem Leben. Es ist okay, dass ich ein bisschen merkwürdig bin, kein Mensch macht dir das zum Vorwurf. Schließlich hast du genug normale Töchter.«

»Euch zu erziehen war meine Aufgabe. Ich wollte meine Sache gut machen, und es tut mir leid, wenn du meinst, dass ich es nicht geschafft habe.«

»Hör auf damit, Mum. Hör auf, mich als ein Projekt zu sehen, das dir misslungen ist. Ernsthaft, worum geht es denn da?«

»Ich denke bloß, dass du keine Kinder haben willst, ist der Beweis dafür, dass du aus irgendeinem Grund wütend auf mich bist. Dass ich dich nicht inspiriert habe und dass du deshalb genau das Gegenteil von dem sein willst, was ich war.«

»Mum, ja, du warst manchmal schon eine Zicke, und ja, du hättest mich von Anfang an akzeptieren sollen, aber du musst einsehen, dass du vier wirklich tolle Töchter hast. Wir sind alle echt glücklich. Klar, vielleicht jammert Mel manchmal rum wegen ihrer Krampfadern, aber eigentlich geht es ihr gut. Sie liebt ihre Kinder, sie ist eine hervorragende Mutter. Tanya und Angela ebenfalls. Und ich? Ich bin Einzelgängerin, aber sehr, sehr glücklich mit meinem Leben. Wenn du dir die Erwachsenen anschaust, die du großgezogen hast, wie kannst du da irgendetwas anderes gewesen sein als eine großartige Mutter? Wir sind alle wundervoll, Mum, und das liegt an dir und Dad. Okay?«

Ein paar Sekunden stehen sie sich stumm gegenüber, und was Cam gesagt hat, sickert langsam ein.

»Das seid ihr wirklich, oder? Ihr seid großartige Mädchen«, sagt ihre Mutter schließlich und lächelt.

»Ja, Mum, das sind wir, alle.«

»Danke, Camilla, ich glaube, das musste ich mal gesagt kriegen. Man gibt sich als Eltern so viel Mühe, und nie sagt einem jemand, dass man es richtig macht. Ich habe einfach immer angenommen, dass deine Art zu leben eine Reaktion auf meine Fehler ist.«

»So ist es aber nicht. Es ist eine Reaktion darauf, wer *ich* bin. Verstehst du?«

»Ja. Okay.« Sie gehen aufeinander zu, umarmen sich, und die Anspannung so vieler Jahre verfliegt einfach. *Wenn ich doch schon vor Jahren genug Selbstbewusstsein gehabt hätte, das alles zu erklären*, denkt Cam. Andererseits hätte sie dann vielleicht nie die Karriere gestartet, die sie jetzt hat.

»Bist du sicher mit dem Baby?«, fragt ihre Mum und löst sich aus der Umarmung.

»Ich war mir noch nie bei etwas so sicher, Mum. Das musst du verstehen.«

»Tu ich. Wirklich. Vielleicht kann ich mitkommen? Du bist noch nie gern zum Arzt gegangen.«

Das Angebot treibt Cam die Tränen in die Augen, aber sie schafft es, sie zurückzudrängen.

»Das wäre super, danke, Mum.«

»Ich möchte für dich da sein. Das ist mein Job.« Ein stolzes Grinsen.

»Na, haben meine beiden Lieblingsfrauen das Problem gelöst?«, fragt Cams Dad und kommt auf sie zu. Ganz eindeutig hat er schon eine Weile zugehört.

»Ja, ich glaube schon«, sagt Cam.

»Ja, das haben wir«, bestätigt ihre Mutter.

»Großartig, denn sehen wir uns am Donnerstag, Camilla. Was hast du gesagt, wann war der Termin?«

»Um zwei.«

»Wir holen dich um eins hier ab. Versuch ein bisschen zu schlafen. Ehe du's dich versiehst, hast du es hinter dir, okay?«

»Danke, Dad, hab euch lieb.«

Cam sieht ihren Eltern beim Wegfahren nach. Sie kann kaum glauben, welche Wendung der heutige Tag genommen hat. Nachdem sie es ihren Lesern so ausführlich gepredigt hat, hat sie sich selbst bewiesen, dass sie recht hat. Wenn man sagt, was man denkt, kann man die Dinge verändern.

Tara

Zurzeit mache ich nichts anderes, als mich selbst zu googeln. Früher bin ich im Internet gesurft und habe Schmutz im Leben der Menschen gesucht, über die ich Sendungen mache, aber jetzt tue ich es, um meinen eigenen Schmutz zu finden. Obwohl es erst zehn Uhr vormittags ist, sitze ich in der Küche meiner Eltern und bin schon bei der vierten Tasse Tee. Gerade bin ich auf eine Website mit dem Titel *DadsWhoWantTheirBabiesBack.com* gestoßen. Jemand hat dort ein Bild von Annie gepostet, das vermutlich auf Facebook war, hat alle mir ähnlichen körperlichen Eigenschaften entfernt (das sind nicht sehr viele, Annie ähnelt mir peinlicherweise kaum) und aus den Resten mehrere Phantombilder erstellt, wie ihr biologischer Vater aussehen könnte. Alles in der Hoffnung, dass der Betreffende sich erkennt und eine Rolle in ihrem Leben übernehmen möchte. Anscheinend hat irgendein alter Cop, der bei der Scheidung das Sorgerecht für seinen Sohn verloren hat, diese

Seite erstellt und es sich zur Lebensaufgabe gemacht, Väter mit ihren Kindern wiederzuvereinen. In den meisten Fällen klingt das ja absolut nachvollziehbar, aber in meinem – was soll der SCHEISS?

Das ist genau der Stoff, den man im Kino sieht und denkt: *Nie im Leben würde ein Mensch etwas dermaßen Bescheuertes tun*. Aber hier sitze ich und glotze auf eine Serie von Fotos, von denen keines Nick auch nur im Geringsten ähnelt, und lese Sätze wie: »Wenn Sie das sind, haben Sie das Recht, Ihre Tochter kennenzulernen.«

ALSO KOMMT SCHON, LEUTE. ERNSTHAFT?

Gerade als ich meinen Laptop wütend zuknallen will, ruft Sophie mich auf Skype an. Ich lehne den Anruf ab, weil ich überhaupt keine Lust habe, mit ihr zu sprechen. Sie hat mich im Stich gelassen, als ich in Not war, und egal, was sie mir jetzt zu sagen hat, es kann warten, bis ich Lust darauf habe. Aber sie versucht es gleich noch einmal. Und noch einmal. Und da ich mich in Wahrheit zu Tode langweile und es ja auch ganz nett sein könnte, mit einem anderen Menschen zu sprechen, als immer nur mit meiner Mutter und meiner Tochter, gehe ich doch dran.

»Hallo?«, sage ich mit mürrischer Stimme, als unsere Videos laden. Hinter Sophie sehe ich türkisblaues Wasser und noch blaueren Himmel. Sie ist auf der rechten Seite des Bildschirms, eine riesige schwarze Sonnenbrille beansprucht ihr halbes Gesicht, ihre blonden Haare sind nass und sehr cool auf Sand-und-Meerwasser-Art zerzaust. Sie ist phantastisch braun, und ich fühle mich bleich und eklig, wie ich da in meinem Marks-&Spencer-Pyjama am Küchentisch sitze.

»Hiiii!«, sagt sie, und ich wünsche mir sofort, ich hätte den Anruf nicht angenommen. »Wie geht es dir?«

»Ach, das interessiert dich also?«, erwidere ich und versuche, so viel wie möglich von meinem Gesicht hinter meiner Teetasse zu verstecken. Leider zeigt mir die Kamera, dass ich echt hässlich aussehe.

»Natürlich interessiert mich das«, behauptet sie und tut, als wäre sie total verletzt. »Es liegt am Internet, das ist hier echt mies.«

»Wo bist du denn?«

»Im Four Seasons Bora Bora. Oh, hier ist es so schön, Süße. Das Wasser ist wie in der Badewanne, ich gehe jeden Tag schwimmen und esse richtig gut. Und ich hatte auch jede Menge Sex, das ist natürlich auch ein Bonus.«

»Schön. Mit Carl?«, frage ich im Scherz.

»Ja, mit Carl. Gott, du bist doch nicht immer noch sauer auf mich, oder?«

Ich erwäge, sie ordentlich anzupflaumen, aber es ist mir zu anstrengend. Außerdem wäre es ohnehin sinnlos. Ganz egal, was ich sage, Tatsache ist, dass ich, wenn das Gespräch beendet ist, immer noch im Schlafanzug in der Küche sitzen werde, während Sophie in Bora Bora das Leben genießt. Sie gewinnt, ganz gleich, wie diese Unterhaltung verläuft.

»Die letzte Woche war beschissen«, sage ich.

»Ach Tara, ich weiß. Ich hab die ganzen Artikel gesehen. Gott, es ist, als wärst du Katie Price oder so, die Leute können gar nicht genug von dir kriegen, stimmt's?«

Ich frage sie lieber nicht, wie sie es geschafft hat, sich so gut auf dem Laufenden zu halten, wo die Internetverbindung doch so schlecht ist. Ich wusste, dass das gelogen war.

»Es war schrecklich, und das ganze Zeug darüber, wie ich Annie bekommen habe, hat mich echt verletzt. Ich habe das Gefühl, sie durchwühlen meinen Müll, sie wissen wirklich alles über mich. Ich verstehe das nicht.«

»Die haben echt rumspioniert, was? Ich konnte es kaum glauben, als ich diese Facebooknachricht von der *Mail* gekriegt habe. Und wie die das formuliert haben, dieses ganze Theater mit ›Wir wollen einen Artikel schreiben, der die Wahrheit über Tara erzählt‹, blablabla. Das sind solche Wichser!«

»Warte mal, was war das eben? Welche Facebooknachricht denn? Wovon redest du?«

»Hast du sie nicht gesehen? Ich bin davon ausgegangen, dass du sie kennst, die haben sie an alle geschickt.«

»Welche alle? Wer hat diese Nachricht geschickt? Und wer sind alle?«

»Alle deine Facebookfreunde. Gleich nachdem sie deinen Namen rausgefunden haben, hat eine Journalistin an all deine Facebookfreunde geschrieben und nach Geschichten über dich gefragt. Sie hat auch Geld dafür angeboten und so. Aber ich hab kein Geld genommen, das kannst du mir glauben!«

»Gott, seit es passiert ist, war ich überhaupt nicht mehr auf Facebook. So eine Sauerei, dass sie euch kontaktiert haben, das ist ja gruselig. Warte – was meinst du eigentlich damit, du hast kein Geld genommen? Kein Geld wofür?«

»Es war die Art, wie die sich ausgedrückt haben, Süße. Zuerst wusste ich gar nicht, mit wem ich spreche, und ich dachte echt, dass es Leute sind, die dir helfen wollen. Erst als ich dann mit der Frau am Telefon geredet habe, da ist mir klar geworden, dass sie die Infos gegen dich verwenden würden. Ständig dieses: ›Sie hat es dem Typen also nie gesagt‹ und auf einmal dachte ich, oh-oh ...«

»Warte – *du* hast also der *Daily Mail* erzählt, wie ich Annie gekriegt habe? Du warst das?«

»Ja, ich meine, die hätten es sowieso rausgefunden, aber mir war nicht klar, dass sie es so einsetzen würden. Ehrlich, ich dachte, sie sympathisieren mit dir oder so, weißt du, weil du eine alleinerziehende Mutter bist und alles.«

Am liebsten möchte ich den Bildschirm einschlagen, Sophie am Kragen packen, zu mir in die Küche zerren und sie vermöbeln. So was schimpft sich meine Freundin? Im Hintergrund erscheint Carl, in teurer Badehose, mit schimmernd sonnengebräunter Haut, über die das Wasser seinen attraktiven einundfünfzigjährigen Körper entlangläuft. Zeit, dass er die Wahrheit erfährt über die Frau, mit der er verheiratet ist.

»Hey, Carl«, rufe ich wie eine irre Betrunkene, die versucht, die Aufmerksamkeit ihres Exfreunds auf sich zu ziehen. »Carl, möchtest du vielleicht ein paar Dinge über deine Frau erfahren?«

Ich sehe, dass er sich anstrengen muss, mich zu verstehen, aber er kommt zum Bildschirm.

»Tara, was hast du vor?«, fragt Sophie nervös. Aber ich habe nicht die Absicht zurückzurudern, und es gibt ein bisschen Unruhe, als Carl sich dem Mikrophon nähert.

»Hey, Carl, wie wäre es damit ... Mit dreiundzwanzig hat deine Gattin sich bei einem One-Night-Stand mit einem Barmann einen Tripper geholt.«

»Tara, bitte, hör auf, lass das«, sagt Sophie, aber ich bin verbissen wie ein Hund mit einem Knochen im Maul. Jetzt kommt alles auf den Tisch.

»Und möchtest du noch was wissen? Einmal hab ich sie schlafend neben einem Berg Kokain gefunden, mit zwei nackten Typen neben sich, und sie konnte sich nicht mehr erinnern, mit welchem sie Sex gehabt hatte, oder ob es vielleicht beide waren. Klasse, oder?«

»Was hat sie gemacht?«, höre ich Carl noch sagen, dann schafft Sophie es, die Verbindung zu kappen. Vermutlich hat sie einfach den Laptop zugeklappt, denn auf einmal ist das Bild weg. Aber ich hoffe, dass Carl jedes Wort verstanden hat und dass er Sophie zur Ehrlichkeit zwingt und dazu, die Konsequenzen dessen zu tragen, wer sie wirklich ist. So oft habe ich ihr den Arsch gerettet, und sie revanchiert sich damit, dass sie der beschissenen *Daily Mail* meine Geschichte erzählt? Unfassbar! Es reicht, diese Freundschaft ist am Ende. Ich kann es nicht erwarten, Camilla Stacey kennenzulernen. Jetzt habe ich offiziell eine freie Stelle für eine anständige Freundin zu vergeben.

Stella

Zurück am Schreibtisch, muss ich immer wieder kichern. Jessicas Gesicht, als ich ihr gesagt habe, ich wäre schwanger – unbezahlbar. Wenn es wirklich passiert, werden die Leute mir wahrscheinlich nicht glauben, denn wer erwartet von mir eine dermaßen gute Nachricht? Niemand. Ich kann es kaum erwarten, sie bei Facebook zu posten. Aber wie werde ich es formulieren?

Ich freue mich enorm, euch mitteilen zu können, dass ich ein Baby bekommen werde. Bevor ihr fragt – ich habe beschlossen, es alleine großzuziehen, und bin sehr glücklich damit. Ich weiß, dass ein paar von euch überrascht sein werden, weil ich immer die Stille von uns beiden war. Aber ich gehe fest davon aus, dass ihr euch alle für mich freut – und auf den Wonneproppen, der unterwegs ist …

Ich weiß, ich muss damit rechnen, dass Urteile über mich gefällt werden, aber wenn das Baby dann mal da ist, werden die Leute schnell drüber wegkommen. Ich werde behaupten, dass es ein One-Night-Stand war. Dass ich den Erzeuger benachrichtigt habe, er aber kein Interesse zeigte, und dass ich mich stark genug fühle, es ohne ihn zu schaffen. Ich bin auf Facebook nicht mit Jason befreundet, also wird er diese Version nie zu Gesicht kriegen, und wenn jemand zu viele Fragen stellt, sage ich einfach, ich möchte nicht darüber sprechen. Ich werde Jessica auf absolute Geheimhaltung einschwören, und ich weiß, dass sie dichthalten wird, denn sie ist eine loyale Freundin.

Ich weiß, ich werde es lieben, Mutter zu sein. Ich werde meinem Baby sagen, was meine Mum mir auch immer gesagt hat – dass sein Vater sich nicht an der Kindererziehung beteiligen wollte und dass es besser ist, allein zu sein, als umgeben von Menschen, von denen man nicht wirklich geliebt wird.

Ob ich jetzt meinen Eisprung habe? Der Gedanke, dass ich schnell handeln muss, wenn es soweit ist, macht mich nervös. Jason und ich sind in letzter Zeit sehr gut miteinander ausgekommen. Ich ziehe mich ein bisschen sexier an, mehr Make-up, engere Tops, und ich bin ziemlich sicher, dass er es bemerkt. Zwischen uns gibt es mehr Körperkontakt als früher. Heute Morgen beispielsweise hat er mich zur Begrüßung in den Arm genommen, was noch nie vorgekommen ist. Ich hab die Umarmung ziemlich intensiv erwidert und ihn dabei zärtlich auf die Wange geküsst. Wenn wir so was vor einer Woche gemacht hätten, wäre es total seltsam gewesen. Anscheinend reißt Krebs körperliche und emotionale Grenzen zwischen Kollegen nieder. Wer hätte das gedacht.

Vorsichtig schaue ich über die Schulter und sehe Jason konzentriert und geschäftig am Schreibtisch sitzen. Ich stecke den Ovulationstest in meinen Ärmel und gehe zur Toilette, wo ich auf den Teststreifen pinkle, ihn ordentlich in Klopapier einwickle und wieder in meinen Ärmel stopfe. Schließlich möchte ich ja nicht ewig auf dem Klo rumsitzen und auf das Ergebnis warten, sonst denkt Jason womöglich, ich kacke, und ich will ja, dass er scharf auf mich ist. Als ich rauskomme, steht Jessica vor meiner Nase, ich kriege einen Mordsschreck und lasse das Ovulationsstäbchen auf den Boden fallen.

»Was machst du denn hier?«, frage ich panisch. »Wie zur Hölle bist du reingekommen?«

»Wow, das ist aber eine nette Begrüßung.«

»Sorry, ich hab nicht mit dir gerechnet. Wie in aller Welt bist du reingekommen? Ich hab die Klingel überhaupt nicht gehört.« Ich sehe, wie Jason vom Schreibtisch aufsteht. Vermutlich fragt er sich, mit wem ich da rede.

»Die Tür war offen, könnte sein, dass sie nicht richtig einrastet. Wie dem auch sei – ich wollte dir das hier geben, ich hab mich nämlich blöderweise mit Mini-Stellas Geschenk davongemacht«, verkündet Jessica, zieht das Lätzchen aus der Tasche und schwenkt es, gerade als Jason reinkommt, durch die Luft. Ich stürze mich darauf und verstecke es unter meinem Top.

»Oh, hallo. Was ist das denn?«, fragt Jason, und wundert sich wahrscheinlich und völlig zu Recht, was ich da gerade zwischen meine Brüste gestopft habe.

»Ach, das war ein Geschenk, stimmt's, Jess? Eine *Überraschung.*« Ich zwinkere Jessica zu, damit sie mitspielt.

»Oh, ja, okay, eine Überraschung. Wie süß!« Sie kichert.

»Du bist Jessica, richtig? Hallo, wir haben uns ja ewig nicht mehr gesehen«, sagt Jason, mit dem ganzen Charme von Hugh Grant in *Tatsächlich Liebe*. Ich sehe Jess dahinschmelzen, als er sie auf die Wange küsst, und weiß, dass sie in Gedanken wiederholt: *Ich bin verheiratet und kriege ein Baby, ich bin verheiratet und kriege ein Baby.*

»Sehr gut, danke«, antwortet sie, sammelt sich, und dann stehen wir eine Minute ein bisschen ungemütlich rum, aber ich hoffe, dass sie das Thema Lätzchen jetzt ruhen lässt.

»Dann sind vermutlich Glückwünsche angebracht?«, sagt Jessica plötzlich.

Oh Herr des Himmels.

»Glückwünsche?«, wiederholt Jason verwirrt.

»Ja, Glückwünsche zum B-...«

»Zu deinem BUCH«, falle ich ihr ins Wort. »Glückwünsche zu deinem Buch. Ich hab Jessica alles erzählt, vorhin beim Lunch. Glückwünsche zum Buch, das meintest du doch, richtig, Jess?« Wieder zwinkere ich ihr zu. Vermutlich fragt sie sich, worum es in diesem Spielchen eigentlich geht, aber ich muss sie um jeden Preis zur Kooperation zwingen. Nach einem weiteren hysterischen Signal kapiert sie endlich, dass ich sie, aus welchen Gründen auch immer, daran hindern will, das Baby zu erwähnen.

»Oh, ja, das Buch«, bestätigt sie brav. »Sind Glückwünsche zu deinem Buch angebracht?«

Ich stelle mich hinter Jason und forme lautlos mit den Lippen: »Er hat schreckliche Laune.« Als Jessica nach dem Motto »Ach, Männer – verstehe« verständnisvoll nickt, hoffe ich, dass ich jetzt einigermaßen in Sicherheit bin.

»Oh, danke«, antwortet Jason höflich. »Ja, war ganz schön hart. Unmöglich eigentlich, aber ich hab's fast geschafft.«

»Na, dann wünsche ich dir einen Riesenerfolg, damit du von den Tantiemen leben und einfach nur noch mit deiner wundervollen Familie rumhängen kannst«, sagt sie. Offensichtlich kann sie einfach nicht anders.

»Mit meiner wundervollen Familie? Ha, davon will ich nicht mal träumen«, antwortet Jason, was sich für Jessica wahrscheinlich ein bisschen herzlos anhört, wo ich doch sein Kind unter dem Herzen trage. Jedenfalls wirft sie mir einen Blick zu, als wollte sie sagen: »Aha, das hast du mit der Laune gemeint«, und ich verdrehe die Augen.

»Na gut«, sagt sie. »Dann gehe ich jetzt mal lieber. Ich muss noch zum Supermarkt und mir eins von den Drei-Gänge-Menüs für 10 Pfund sichern, ehe sie ausverkauft sind. Heute Abend kommt dieses Interview mit dem Mädchen, das – na, ihr wisst schon, die aus der Bahn. Das will ich nicht verpassen.«

Ich spitze die Ohren, und erneut überkommt mich Panik.

»Was für ein Interview denn?«, fragt Jason interessiert.

»Ach, du hast noch nichts davon gehört? Alle reden doch über sie. Die Frau, die ...« Wieder legt Jess eine Pause ein, aber jetzt kriegt sie das nötige Selbstbewusstsein zusammen, um es auszusprechen: »... die in der U-Bahn masturbiert hat und dabei gefilmt worden ist und ...«

»Ja, ja, ziemlich bizarr das Ganze«, fahre ich dazwischen. »Aber über so was sollten wir bei der Arbeit nicht sprechen. Nein, nein, nein, iiiiieh, auf die Info kann ich gut verzichten. Brrrrr. Okay, Jess, wir müssen weitermachen, heute Nachmittag haben wir grässlich viel zu tun, okay? Danke, dass du das Geschenk vorbeigebracht hast, ich schreib dir nachher, ja?« Damit schiebe ich sie buchstäblich zur Tür. Mein Herz pocht wie wild beim Gedanken, dass sie Taras Namen ausspricht. Ich habe total vergessen, dass heute Abend das Interview ausgestrahlt wird. Wenn Jason es sieht, kann ich meinen Plan begraben.

Ich begleite Jessica nach unten, jammere den ganzen Weg über Jasons Laune, verspreche aber, dass es bald vorbei ist und wir dann alle einen Abend zusammen ausgehen können. Dann endlich schließt sich die Tür hinter ihr. Aber sie geht sofort wieder auf. Jessica hatte recht, der Schnapper rastet nicht mehr richtig ein.

Als ich wieder nach oben komme, steht Jason immer noch an genau der gleichen Stelle wie vorhin.

»Alles in Ordnung mit dir, Stella? Du benimmst dich ein bisschen komisch.«

»Oh. Ja, ja, es geht mir gut. Also, weißt du, so gut es einem in meiner Situation eben gehen kann.« *Kurze Mitleidspause.* »Ich wollte nur, dass sie verschwindet, weil ich mich ehrlich gesagt immer noch ein bisschen darüber ärgere, dass es an meinem Geburtstag ständig nur um ihre Schwangerschaft ging.«

»Weiß sie Bescheid? Über … den Krebs?«

»Nein. Das weißt nur du, ich hab es sonst keinem erzählt«, antworte ich, denn ich weiß, jetzt fühlt er sich wie etwas Besonderes. Außerdem hat Jessica keine Ahnung von dem Brustkrebsgen, ich könnte das Maß an Mitleid überhaupt nicht aushalten, mit dem sie mich überschütten würde.«

»Ich bin so froh, dass du dich mir anvertraut hast. Wenn du heute Abend irgendwas brauchst, sag einfach Bescheid. Ich lasse mein Telefon wieder an, okay?«

»Cool, danke. Wie geht es denn überhaupt voran? Ich meine, mit dem Buch?«

»Ganz gut eigentlich. Ich bin viel weniger gestresst. Ich glaube, dass ich hautnah mitkriege, wie toll du mit deiner Situation zurechtkommst, hat die Dinge für mich irgendwie in die richtige Perspektive gerückt. Ich habe Glück, ich bin gesund. Ich muss mich mehr auf das Positive konzentrieren und dieses Buch richtig, richtig gut machen.«

»Ganz genau. Dieses Buch ist dein Vermächtnis.«

»Ja, vermutlich schon. Und was wird dein Vermächtnis sein?«

»Dir mit dem Buch geholfen zu haben«, antworte ich lächelnd. »Du wirst mich doch bestimmt in der Danksagung erwähnen, oder nicht? *Stella Davies, die autoritäre Zicke, die mich gezwungen hat zu schreiben*.«

»Klar werde ich dich erwähnen, allerdings möglicherweise in noch etwas deutlicheren Worten. Beim Thema Internet warst du unglaublich fies.«

»Es musste sein. Fühlst du dich jetzt besser wegen der Sache mit Tara?«, frage ich, um den Grad seiner Verzweiflung abzuschätzen.

»Ja, ich denke, mir ist klargeworden, dass ich ziemlich leicht online zu finden bin. Wenn sie mich mögen würde, hätte sie mich inzwischen finden müssen, sie hätte mir schreiben können. Und das hat sie nicht, also sollte ich sie wahrscheinlich einfach vergessen.«

Ich stoße einen tiefen Seufzer der Erleichterung aus. »Jepp. Ich geh jetzt nach Hause, lege mich aufs Sofa, schreibe noch ein bisschen, und dann schaue ich mir vielleicht dieses Interview mit dem Mädchen in der Bahn an, klingt amüsant, und es tut mir bestimmt gut, wenn ich ein bisschen lache.«

Sofort verwandelt sich meine Erleichterung in Angst.

»Oh, ähm. Nein, mach das lieber nicht. Ich hab ein paar Besprechungen gelesen, anscheinend ist das totaler Blödsinn.«

»Ehrlich gesagt brauche ich genau das. Irgendwas Geistloses, Bescheuertes, über das ich nicht nachdenken muss. Eine Frau, die in der U-Bahn masturbiert, klingt ideal. Bis morgen dann, kannst du bitte abschließen?«

Er wendet sich zum Gehen. Schon wieder muss ich schnell denken. Ich sehe ein Glas, soll ich es zerdeppern? Nein, das habe ich schon versucht, es hat schon letztes Mal nicht funktioniert und lediglich zu Knieschmerzen geführt. Wie soll ich mein Krebsgeschrei toppen? Krebs ist nicht zu toppen. Scheiße, Jason geht. Wenn er das Video von Tara sieht, kann ich meinen Plan vergessen. Das darf nicht passieren, in den nächsten Tagen habe ich meinen Eisprung, solange muss ich ihn noch von Tara fernhalten. Ich muss ihn stoppen. Aber wie? *Denk nach, Stella, denk nach! Krebs … Chemotherapie … HAARAUSFALL!*

Ich greife mir an den Kopf, balle die Faust und ziehe mit aller Kraft an meinen Haaren. Es tut so verdammt weh, dass ich aufschreie.

»Gott, was ist los?«, fragt Jason besorgt und kommt zurück ins Zimmer.

»Meine Haare«, antworte ich, ehrlich gequält und entsetzt, dass ich mir diesen Schmerz selbst zugefügt habe.

»Meine Haare fallen aus.«

Als ich auf dem Sofa im Studio sitze und die Tasse Tee umklammere, die Jason mir gebracht hat, versuche ich, mich von der fies brennenden Stelle auf meinem Kopf abzulenken. Sich selbst die Haare auszureißen erfordert eine Entschlossenheit und Kraft, die ich mir nicht zugetraut hätte; ich wusste nicht, dass ich mir so etwas antun kann.

»Hast du nicht gesagt, du willst nach Hause und dich vor den Fernseher setzen?«, frage ich und versuche, meine Genugtuung darüber zu verbergen, dass der Abend sich zu meinen Gunsten entwickelt hat.

»Ach, ich hasse Fernsehen. Ich hätte bloß davorgesessen und mich zu entspannen versucht, aber in Wirklichkeit hätte ich mich geärgert und dann nicht geschlafen und ein schlechtes Gewissen gehabt, weil ich nicht lieber geschrieben habe«, erklärt er, macht das Licht an und stellt einen hohen Hocker vor uns.

»Was machst du denn da?«, frage ich.

»Ich bereite die Aufnahme vor. Ich möchte dich fotografieren.«

»Was? Nein, Jason, so will ich wirklich nicht fotografiert werden«, entgegne ich und flippe fast aus beim Gedanken, dass meine Lüge von der Kamera eingefangen wird.

»Doch, genauso solltest du fotografiert werden. Und ich finde, wir sollten dir den Kopf rasieren.«

Ich stehe schnell auf.

»Nein, Jason. Ich will das nicht. Ich lasse meine Haare einfach ausfallen, das ist bestimmt das Beste.«

Aber Jason steht schon hinter der Kamera, drückt auf den Auslöser, und der Blitz bringt uns beide zum Blinzeln.

»Eine Freundin von mir hatte auch eine Chemotherapie«, sagt Jason und konzentriert sich. »Sie meinte, am meisten bereut sie, dass sie sich nicht den Kopf rasiert hat, denn irgendwann hat sie ausgesehen wie Worzel Gummidge, die Vogelscheuche. Du kannst die Situation selbst in die Hand nehmen, Stella, sonst hat die Krankheit dich in der Hand. Komm, setz dich auf den Hocker.«

Ich habe Jason schon so oft arbeiten sehen. Wenn er sich ein Foto ausdenkt, wird er so klar und zielstrebig, dass er die Unsicherheit seines Modells einfach ignoriert. Manchmal wirkt das ein bisschen unhöflich und unsensibel, oft grummeln die Modelle, wenn er sie so energisch rumkommandiert, ohne Rücksicht darauf, was sie selbst wollen. Aber wenn sie das Foto sehen, müssen sie zugeben, dass er ein Genie ist, und dann wollen sie immer wieder mit ihm zusammenarbeiten. Er ist berühmt dafür, dass er das Unfotografierbare fotografieren kann. Aber obwohl ich die Magie kenne, die sich entwickelt, wenn er hinter der Kamera steht, will ich trotzdem nicht auf diesem Hocker sitzen und Gegenstand seiner Arbeit sein.

»Jason, ich kann das nicht. Vor der Kamera fühle ich mich überhaupt nicht wohl.«

»Stella, niemand, den ich fotografiere, fühlt sich jemals wohl vor dieser Kamera, genau darauf habe ich es ja abgesehen. Du faszinierst mich. Ein ganzes Jahr hast du hier gesessen und mein Leben organisiert, warst cool und gelassen und hast dich präsentiert, als hättest du dein Leben komplett auf der Reihe. Du hast so selbstbewusst gewirkt, so stark. Ich verbringe fünf Tage pro Woche mit dir und wäre nie auf die Idee gekommen, dass du so etwas durchgemacht hast, und ich hätte mir nie träumen lassen, dass du krank bist. Du bist unglaublich, Stella. Echt unglaublich.«

Hatte er wirklich keine Ahnung, dass mein Leben so ist, wie es ist? Nicht den leisesten Schimmer? Ich habe immer angenommen, dass mir die Traurigkeit aus allen Poren quillt, dass meine Mitmenschen das sofort mitkriegen und mich die meisten deshalb nicht mögen. Ich kann mir einfach nicht vorstellen, dass sich das, was sich in meinem Innern abspielt, nicht irgendwie bemerkbar macht. Phil hat es gesehen, er konnte es nicht ignorieren. Ich dachte, Jason nimmt meinen Zustand aus professionellen Gründen nicht zur Kenntnis, aber vielleicht stimmt das gar nicht. Vielleicht mag er mich tatsächlich. Vielleicht findet er mich wirklich faszinierend.

Schließlich tue ich, was er sagt, ich denke, er hat recht. Wenn mir das Foto nicht gefällt, können wir es einfach vernichten, richtig? Von dem ganzen Hustensaft, der ja eigentlich purer Zucker ist, bin ich ein bisschen dicker geworden – man soll ja auch nicht abnehmen, wenn man einen Jungen bekommen will. Also ziehe ich den Bauch ein und versuche, mich schön zu fühlen.

»Okay, setz dich auf den Hocker«, sagt er. »Plustere deine Haare ein bisschen auf. Wir machen das ›Vorher‹-Foto, deshalb müssen deine Haare unbedingt ordentlich Volumen haben.«

Ich tue, was er sagt, aber als ich mir in die Haare greife und dabei die kahle Stelle auf meiner rechten Kopfseite berühre, brennt das wie Feuer.

»Okay, jetzt schau in die Kamera.«

Ich straffe den Rücken und drücke die Brust raus. Obwohl es weh tut, knete ich den Haaransatz mit den Fingerspitzen, um möglichst viel Fülle zu erzeugen. Dann entspanne ich das Gesicht und blicke tief in die Linse. Jason macht ein Foto nach dem anderen, und ich muss sie nicht mal anschauen, ich weiß jetzt schon, dass ich sie nicht vernichten will.

»Stella«, sagt Jason nach über zwanzig Minuten, in denen wir in etwas Unbeschreiblichem versunken waren. »Du bist wirklich wunderschön.«

»Klingt, als würde es dich überraschen«, erwidere ich mit einem Lächeln. Einem echten Lächeln, entstanden aus echter Freude darüber, dass jemand, von dem ich glaube, er meint es ernst, mich schön findet.

»Ich hätte dich schon vor Jahren fotografieren sollen«, sagt er, den Blick auf einem der Bilder hinten auf seiner Kamera.

»Aber das war nicht nötig, oder?«

»Nicht nötig? Dich zu fotografieren?«

»Vielleicht gab es nichts zu fotografieren, bevor ich Krebs hatte.«

Jason korrigiert das Licht ein bisschen. Ein bisschen weicher, ein bisschen näher. Ich komme mir vor wie eine Statue. Die Hauptattraktion des Raums, eine wunderschöne Blume, die sich dem Sonnenlicht entgegenreckt. Hat die Welt mich heute zum ersten Mal bemerkt?

»Okay, das war's«, sagt Jason, als die Speicherkarte der Kamera voll ist. Er schlägt die Augen nieder, als hätte er einen Gedanken, den er nicht haben darf.

»Was ist?«, frage ich und hoffe, dass es um mich geht.

»Deine Haare sind so sexy.«

»Jason, bitte!«, rufe ich in gespieltem Entsetzen.

»Aber du wirst auch ohne sie gut aussehen, nichts kann den Blick in deinen Augen verändern.«

»Ich möchte meine Haare nicht abrasieren, ehrlich nicht. Ich warte lieber noch ein bisschen ab. Meine Haare sind so was wie mein Markenzeichen«, sage ich und lasse sie hin und her schwingen. Schließlich soll er scharf auf mich werden, und ich weiß, dass er Frauen mit langen Haaren toll findet.

Er kommt auf mich zu. »Durch die Kamera waren es aber vor allem deine Augen, die mich fasziniert haben. Vertrau mir, Stella, es sind nicht deine Haare, die dich sexy machen.«

Und da sage ich: »Na gut, tun wir es.«

Tara

Ich erinnere mich noch sehr gut an diese Nacht. Das war mir immer wichtig.

Ich habe Nick in der Schlange vor den Klos eines Pubs kennengelernt, in dem wir den Geburtstag eines Freundes feierten. Wir standen dort eine gefühlte Ewigkeit; entweder war jemand in der Toilette richtig schlimm am Reihern, hatte Sex oder war eingeschlafen. Dass wir beide am Verzweifeln waren, führte zu einem lustigen Kennenlerngespräch. »Ich glaube, wir hätten zu mir nach Hause gehen sollen, das wäre schneller gewesen«, sagte er. »Ich wohne gleich um die Ecke. Wenn es bei dir auch so dringend ist, kannst du gerne mitkommen.«

Ich sagte sofort ja – denn die Alternative wäre gewesen, auf den Boden zu pinkeln. Zwar hatte ich schon angefangen, mich mit der Idee anzufreunden, aber eine richtige Toilette in einem richtigen Haus war mir schon lieber.

Im Haus angekommen, zeigte Nick mir das Klo im Erdgeschoss,

er selbst ging nach oben. Es war wirklich in letzter Sekunde, ich pinkelte eine Ewigkeit, wahrscheinlich etwa zwei ganze Pints. Als Nick wieder runterkam, sagte ich ihm, dass ich sowieso mit dem Gedanken gespielt hatte heimzugehen, und fragte ihn, ob es ihn stören würde, einen Moment zu warten, während ich mir ein Taxi bestellte. Und dann tranken wir plötzlich Whisky, mein Slip landete auf dem Küchenboden, und wir hatten Sex auf der Arbeitsplatte. Eine halbe Stunde später stieg ich in mein Taxi und sah, wie Nick zurück zum Pub schlenderte.

Wir haben nicht mal Telefonnummern ausgetauscht. Das klingt vielleicht ganz grässlich, aber seltsamerweise war es das nicht. Es war weder schäbig noch unangenehm, noch peinlich, es war einfach nur Sex. Ein schöner Augenblich zwischen zwei Fremden, die scharf aufeinander waren und danach gehandelt haben. Eigentlich war es eine der besten sexuellen Begegnungen, die ich je hatte. Es fühlte sich richtig, richtig gut an. Ich weiß noch, dass ich auf dem Heimweg dachte, wie cool es war, dass es so eine Art Sex zwischen zwei mündigen Erwachsenen gibt. Ohne Druck, ohne Theater, ohne Bedingungen. Doch ich war sauer auf mich, weil ich kein Kondom benutzt hatte, deshalb ging ich eine Woche später los und unterzog mich einem STD-Test. Alle Ergebnisse waren negativ, also speicherte ich das Erlebnis als echt vergnüglich und ein bisschen wild und machte ansonsten weiter mit meinem Leben. Nick kannte keinen, den ich kannte, wir mussten einander nicht wiedersehen. Das hatte etwas sehr Befreiendes an sich.

Bis ich drei Wochen später merkte, dass ich eigentlich meine Periode hätte gehabt haben sollen, aber nicht gehabt hatte. Also kaufte ich einen Schwangerschaftstest, und als er positiv ausfiel, tat ich mechanisch das, was ich glaubte tun zu müssen. Ich buchte umgehend einen Termin für eine Abtreibung, bekam einen Termin für die darauffolgende Woche, aber als der Tag kam, brachte ich es nicht über mich hinzugehen. Ich war sechsunddreißig und hatte keinerlei Aussicht auf eine feste Beziehung. Ich wollte Kinder haben und war auch pragmatisch genug, mir einzugestehen, dass der Prinz auf dem weißen Pferd wohl nicht so bald vorbeischauen würde. Also sagte ich den Termin ab, informierte meine Eltern über meinen Plan und behielt das Baby. Dad redete zwei Monate nicht mit mir, aber als ich mit einem Ultraschallbild heimkam und ihm sagte, dass es ein Mädchen ist, fing er an zu weinen, und seither hat er mich bei allem unterstützt.

Als meine Entscheidung getroffen war, habe ich mir nie mehr gestattet, sie in Frage zu stellen. Es war meine Entscheidung, mein Körper, mein Baby. Ich wollte nicht Mutter werden mit dem Gefühl, dass Annie vielleicht ein Fehler gewesen sein könnte. Sicher, sie war nicht absichtlich gezeugt worden, aber mein Entschluss, sie zu bekommen, war durchdacht und gut geplant.

Mir war klar, dass es kontrovers war, Nick nichts davon zu sagen, aber ich hatte nicht das Gefühl, dass es falsch war. Verheiratete Paare haben Affären, Eltern lassen ihre Kinder im Stich, Menschen bestehlen, vergewaltigen und verletzen ihre Mitmenschen die ganze Zeit. Ich dagegen ersparte nur einem unschuldigen Mann ein großes Problem. Wir hätten uns garantiert nicht ineinander verliebt, weil ich schwanger war, das Leben ist ja kein Jennifer-Aniston-Film. Wenn ich es ihm gesagt hätte, wäre er involviert gewesen, und wenn er sich nicht gekümmert hätte, wäre er sich vorgekommen wie ein Arschloch. Deshalb habe ich es ihm nie gesagt. Und jetzt, nach sechs Jahren, stelle ich mir zum ersten Mal die Frage, ob das nicht womöglich extrem scheiße von mir war. Anscheinend ist es jedenfalls der Teil meiner aktuellen Publicity, der die Leute am meisten auf die Barrikaden bringt. Und das hat mich dazu gebracht, eine Entscheidung, die mir so viele Jahre ganz einfach und richtig erschien, neu zu überdenken. Es war mein Körper, mein Baby. Aber war es mein Recht? Vielleicht sollte ich es Nick doch sagen.

Der Pub war The Sun in der Clapham High Street. Um zu Nicks Haus zu kommen, sind wir erst rechts und dann links abgebogen, und es war ungefähr die vierte Tür auf der rechten Straßenseite. Es war zwar dunkel, aber ich bin ziemlich sicher, dass die Haustür grün war. Ich werde das Haus finden. Und ich bin ziemlich sicher, dass es ihm gehört, denn für ein Mietobjekt war es ein bisschen zu schick. Wenn er da immer noch wohnt, erzähle ich ihm von Annie. Womöglich hat er ja das Video gesehen. Er könnte mich erkannt und gegoogelt haben, er könnte über Annie gelesen und eins und eins zusammengezählt haben. Vielleicht versucht er mich zu finden. Vielleicht will er mich nie wiedersehen. Ich schätze, das werde ich bald herausfinden.

Mit Strickmütze und Schal sitze ich in der U-Bahn und fahre quer durch die Stadt zur Station Clapham Common. Verstohlen beobachte ich die anderen Leute im Wagen. Sind sie tatsächlich alle so blitzsauber? Natürlich nicht. Wenn man jedem Einzelnen mit einer Kamera zu seinem Ziel folgen könnte, wette ich darauf, dass man ziemlich viele von ihnen bei irgendeiner nicht ganz lupenreinen sexuellen Tätigkeit erwischen würde, für die sie von der Gesellschaft ebenso geächtet werden würden wie ich jetzt. Obszöne Handlungen sind allgegenwärtig. Entscheidend ist nur, ob man dabei erwischt wird.

Mit meiner tief in die Stirn gezogenen Mütze und dem Schal, der mein Gesicht vermummt, wirke ich an so einem warmen Abend natürlich verdächtig. Die Leute glotzen mich an, als hätte ich eine Bombe unter meinem Shirt, aber das ist mir lieber, als dass sie mich erkennen. In der Öffentlichkeit fühle ich mich immer noch nicht wohl. Wer weiß, ob ich das je wieder werde. Wenn erst mal das Interview heute Abend ausgestrahlt worden ist, wird es wahrscheinlich nicht besser. Oh Gott, jedes Mal, wenn ich daran denke, läuft es mir eiskalt den Rücken runter.

An der Station Clapham Common steige ich aus und gehe zum Pub The Sun. Erst rechts, dann links. Ja, das ist die Straße. Vierte Tür auf der rechten Seite. Das ist das Haus. Ganz sicher. Nummer acht. Hat sich kaum verändert, abgesehen von ein paar Blumenkästen, an die ich mich nicht erinnere, die aber in der Nacht, als wir Sex hatten, vielleicht trotzdem schon da waren. Ich sehe mich vor mir, wie ich weggetorkelt und ins Taxi gestiegen bin, wie ich Nick zum Pub zurückgehen sah und keine Ahnung hatte, dass in meinem Innern Annie zu entstehen begann.

Es ist ein komisches Gefühl, hier zu sein. Ich habe immer gedacht, ich hätte keine Verbindung zu diesem Ort oder zu Nick, aber jetzt, wo ich zurückkomme und weiß, dass hier mein Kind gezeugt wurde, packt mich eine sonderbare Nostalgie – als wäre dieses Haus irgendwie wichtig für uns. Hier ist Annies Seele, ich kann nicht so tun, als wäre diese Stelle ohne Bedeutung für mich.

Aber warum bin ich hier? Ich bin hergekommen, weil vielleicht alle im Netz recht haben und ich möglicherweise wirklich etwas Schreckliches getan habe. Ich frage mich, wie es sich wohl angefühlt hätte, wenn ich drei Wochen nach unserer Begegnung hergekommen wäre und Nick erzählt hätte, dass ich schwanger bin. Wie schrecklich wäre das für uns gewesen, wie bizarr, wie peinlich? Und was dann? Worum hätte ich ihn gebeten? Um sein Geld, seine Zeit? Keins von beidem. Ich hätte ihm einfach gesagt, dass er ein Baby kriegt. Und dass ich nicht will, dass er sich einmischt. Es war meine Entscheidung, es zu behalten, es war richtig für mich. Ihm das zu sagen wäre egoistisch gewesen, davon war ich immer überzeugt. Bis jetzt. Bis ich eine Unmenge Artikel und Tweets gelesen habe, in denen ich dafür beschimpft wurde, dass ich ihn nicht über das Baby informiert habe. Jetzt stehe ich hier. Sechs Jahre später. Um ihm mitzuteilen, dass er eine Tochter hat.

Ich klopfe an die Tür. Ich höre Schritte, und dann steht Nick vor mir, viel schneller, als ich dachte, plötzlich bin ich überrumpelt, aber natürlich geht es schnell. So riesig ist sein Haus nicht. Ich war nicht sicher, ob ich ihn nach dieser einen Nacht erkennen würde, aber er sieht genauso aus wie damals.

»Hi«, sage ich. Bestimmt ist er schockiert, mich zu sehen, aber ich lasse mich nicht aus dem Konzept bringen. Am Ende des Flurs sehe ich die Küche – die Küche, in der wir Annie gezeugt haben.

»Hallo?«, antwortet er, viel weniger verlegen, als ich erwartet habe. Anscheinend hat er keine Ahnung, wer ich bin. Vielleicht hätte ich mir vorher überlegen sollen, was ich sagen will, denn auf einmal fehlen mir die Worte.

»Erinnerst du dich an mich?«, frage ich und setze ein breites Kitschlächeln auf, als wäre ich die lange verloren geglaubte Cousine, in die er als Junge verliebt war.

»Äh, sorry – sollte ich?«

Sollte er? Ich weiß nicht.

»Ich bin Tara, aus dem Pub.« Als ich das sage, fällt mir ein, dass ich nicht mal sicher bin, ob ich ihm meinen Namen gesagt habe.

»Tara aus dem Pub? Oh, hab ich meine Karte liegenlassen?«

»Nein, nein, nicht aus dem Pub jetzt, ich meine den Pub vor sechs Jahren. Wir sind uns vor sechs Jahren im Pub begegnet. Ich bin mit dir hierhergekommen, wir – ich muss dir etwas sagen.«

»Worum geht es denn?«, fragt er und schaut die Straße runter, als überlegt er, ob da womöglich eine Kamera lauert oder so. Ich zermartere mir den Kopf, was ich sagen könnte, denn er sieht Annie so ähnlich, dass es mir die Sprache verschlagen hat. Ihre Augen, ihre Nase sind einfach eine Miniaturversion von ihm. Das ist mir zu surreal. Er ist ihr Fleisch und Blut.

»Ich glaube, du hast die falsche Hausnummer«, meint er und macht Anstalten, die Tür zu schließen. Ich strecke die Hand aus und halte sie fest.

»Nein, hab ich nicht. Du bist Nick, ich bin Tara, obwohl ich nicht weiß, ob ich dir meinen Namen damals überhaupt gesagt habe. Wir hatten Sex in deiner Küche, bevor ich mit dem Taxi heimgefahren bin, vor sechs Jahren. Erinnerst du dich?«

»Okay, offensichtlich findest du das irgendwie witzig. Und warum tauchst du nach sechs Jahren plötzlich wieder hier auf?«

»Weil ich eine sechs Jahre alte Tochter habe und dachte, das solltest du wissen.«

Ich glaube, so einen erschrockenen Gesichtsausdruck habe ich noch nie in meinem Leben gesehen, sein Gesicht geht in die Breite, Adern und Schweißtropfen schießen hervor wie Farbkugeln aus einer Paintballpistole. Mir ist ganz schlecht vor Mitgefühl, was ich da tue, ist so grausam.

Und dann erscheint eine hinreißende, hochschwangere Frau auf der Treppe hinter ihm. »War bloß ein Witz«, höre ich mich im nächsten Moment kreischen. »Ich hab mich im Haus geirrt. Ups.«

»Wer ist da denn, Baby?«, fragt die Schwangere. An ihrer linken Hand glitzert ein Ring.

»Ich bin gar niemand«, erkläre ich ihr. »Ich hab die falsche Hausnummer erwischt. Beachten Sie mich einfach gar nicht.«

Nick starrt mich immer noch an. Der Horror in seinen Augen wandelt sich von Angst zu Hass, dann zu Wut und zurück zu Angst. Das hat er nicht verdient. Ich hätte nicht herkommen dürfen.

»Entschuldigen Sie die Störung«, sage ich, beschwingt und total schräg, um den armen Kerl vor einem Problem zu schützen, das eine zauberhafte Zeit in seinem Leben ruinieren könnte. Er wirft mir einen letzten angeekelten Blick zu, der mir unmissverständlich mitteilt, dass er nichts von Annie erfahren will. Und ich fühle keinen Ärger, nicht die Spur, ich bin hundertprozentig seiner Meinung. Als ich losgehe und die Situation hinter mir lasse, die so schrecklich und demoralisierend hätte werden können, fühle ich mich in meinem Selbstwertgefühl eigentümlich gestärkt. Ich habe damals die richtige Entscheidung getroffen, und niemand hat das Recht, mir etwas anderes einzureden. Ich bin eine großartige Mutter, und meine Tochter wird in der Überzeugung aufwachsen, dass ihre Entscheidungen die richtigen sind, ganz gleich, was andere darüber denken. Das ist die allerbeste Lektion, die ich ihr mitgeben kann.

13

Tara

Bestimmt eine Million Mal habe ich schon auf diesem Sofa gesessen und mit meinen Eltern ferngesehen. Bei Sexszenen sind wir unbehaglich hin und her gerutscht, wir haben schlimmes Gefluche energisch mit lautstarken Gesprächsbeiträgen übertönt, aber nie war die Atmosphäre so angespannt wie in diesem Moment. Es ist 21 Uhr 55, in fünf Minuten wird mein Interview gesendet. Ich habe es gewagt, auf Twitter nachzuschauen, ob sich irgendjemand dafür interessiert, und gesehen, dass #WankWomanOnTV schon den ganzen Nachmittag trendet.

Ich bin nervös, wie ich rüberkommen werde. Die Leute von Sky TV werden mir wohl kaum wohlgesinnt sein, denn ich habe ihnen nicht das geliefert, was sie wollten, aber ich hoffe trotzdem, dass meine Weigerung, mich zu entschuldigen, den gewünschten Effekt hatte und sie kapiert haben, dass ich nicht schwach und wehrlos bin und es verdient habe, dass mein Interview gut aufbereitet wird. Vielleicht sogar so, dass sich andere Menschen von mir inspirieren lassen.

Vielleicht aber auch nicht.

Mein Dad sitzt in seinem Sessel und hat den Kopf in die rechte Hand gestützt. Er trägt einen Strickpullover, den meine Mum im Secondhandladen gekauft hat. Sie hat das Etikett rausgeschnitten und mich gezwungen, ihn meinem Dad als Geschenk zu überreichen und zu behaupten, ich hätte das Teil selbst gestrickt. Ich hab es getan und mich lächerlich gefühlt. Dad hat kein Wort dazu gesagt, aber ich weiß, dass er dabei ist einzulenken, denn er hat den Pullover seit einer ganzen Weile jeden Tag an. Sein Blick wandert zwischen den Vorhängen und dem Fernseher hin und her. Meine Mutter hat ihm quasi befohlen, das Interview anzuschauen. Zuerst hat er protestiert, aber ich weiß, dass es ihn im Grunde genauso brennend interessiert wie mich. Mum hat Popcorn für alle gemacht. Als wollten wir uns einen James-Bond-Film ansehen. Es ist dermaßen surreal.

»Findet ihr das Popcorn zu salzig?«, fragt Mum. »Ich weiß nie, wie viel Salz ich dranmachen soll.«

Dad und ich ignorieren sie geflissentlich. Die Nachrichten beginnen, und mein Gesicht erscheint auf dem Bildschirm. Der Moderator spricht.

»Heute Abend senden wir ein Exklusivinterview mit der Frau, die, nachdem sie beim Masturbieren in der Öffentlichkeit gefilmt wurde, zu einer globalen Sensation geworden ist.«

Mein Vater stöhnt laut und starrt wieder auf die Vorhänge. Mir ist übel. Die Demütigung überspült mich in großen Wellen, erst heiß und schwitzig, dann schmierig und kalt.

»Ich finde es zu salzig«, verkündet meine Mutter.

»Ach, jetzt hör endlich auf mit dem blöden Popcorn«, blaffen Dad und ich gleichzeitig. Der erste Augenblick der Solidarität zwischen mir und ihm, seit diese ganze Scheiße angefangen hat.

»Nun, in ihrem ersten Interview, seitdem das Video ihrer Eskapade eine virale Sensation wurde, spricht Damien Weymouth mit Tara Thomas über ihr Leben nach der öffentlichen Beschämung.«

»Oh, Tara«, sagt Mum und stellt das Popcorn ab. »Das klingt nicht gut.«

Das Bild wechselt zu Damien auf Dads Sessel, hier in diesem Zimmer. Er spricht seinen Einleitungstext.

»Hallo und willkommen zum besonderen Interview, ich bin Damien Weymouth. Nun, wenn Sie in letzter Zeit nicht völlig hinter dem Mond gelebt haben, kennen Sie meinen heutigen Gast mit Sicherheit. Noch vor zwölf Tagen führte Tara Thomas ein normales Leben, arbeitete beim Fernsehen und kümmerte sich um ihre Tochter Annie ...«

»Ich kann das nicht, verdammt, ich kann das einfach nicht«, knurrt mein Dad und steht abrupt auf. »Ich kann nicht zuschauen, wie meine Tochter darüber redet, mit diesem Mann, auf meinem Sessel, in unserem Fernseher. Das geht verdammt nochmal überhaupt nicht.«

Schwups ist er zur Tür hinaus und stapft die Treppe hinauf, Mum und ich haben keine Chance, es ihm auszureden. Ein Teil von mir ist sauer, weil er nicht Manns genug ist, das durchzuhalten, ein anderer Teil ist heilfroh, dass er weg ist.

»Er nimmt das alles sehr schwer«, bestätigt Mum. Ich sage ihr, sie soll still sein, und wende mich wieder dem Fernseher zu.

»Tara, gehen wir doch zurück zu diesem Abend. Dem Abend in der U-Bahn. Wo sind Sie vorher gewesen?«

»Ich kam von einem Date und war auf dem Weg zurück nach Hause«, antworte ich ihm.

»Du siehst so hübsch aus im Fernsehen, ich hab schon immer gesagt, du solltest vor der Kamera sein, nicht dahinter.«

»Danke, Mum, aber sei jetzt bitte still.«

»Hatten Sie mit diesem Mann Sex, weil Sie schwanger werden wollten?«, fragt Damien mich.

»Ach du liebe Zeit«, sagt Mum.

»Nein, überhaupt nicht. Also, können wir jetzt bitte über die Sache in der U-Bahn reden?«

Scheiße, das haben sie dringelassen? Diese Schweine, ich hätte nicht gedacht, dass sie das machen. Ich dachte, wenn ich das immer wieder sagte, würden sie es schneiden. Aber nein.

»Ich möchte wirklich nur über das Masturbieren reden, bitte«, bekräftige ich noch.

»Was für ein Gefühl ist es, von Ihren Mitmenschen so hart verurteilt zu werden?«, fragt er weiter.

»Können wir jetzt bitte über die Sache in der U-Bahn reden?«, sage ich, mit zunehmend verärgertem Gesichtsausdruck.

»Mum, nein, ich hab nicht ständig dasselbe gesagt. Ich hab über Nick gesprochen und dass ich es ihm nicht gesagt habe, und ich war schlagfertig und hab gekontert, dass er mir nicht leidtut. Das können die doch nicht einfach alles rauslassen, oder?«

Mum reicht mir die Popcornschüssel, ich schiebe sie mit der Hand weg.

»Und es tut Ihnen bestimmt sehr, sehr leid, richtig? Bestimmt bedauern Sie das, was Sie getan haben, zutiefst, nicht wahr?«, fragt Damien.

Und dann kommt das bisher wohl Schlimmste, denn sie bringen nicht mal meine Antwort, sondern bloß dieses schräge, unheimliche Grinsen, das ich aufgesetzt habe, nachdem ich geantwortet hatte: »Ich wollte, ich hätte gewartet, bis ich zu Hause war.« Daran erinnere ich mich hundertprozentig, weil ich es echt witzig fand.

Dann folgt der Clip von Adam, und als ich sein widerliches, blödes Pausbackengesicht sehe, möchte ich am liebsten in den Fernseher treten. Er stellt mich gezielt als unmoralisch, fies und gemein hin. Und das nur, weil ich zufällig von seiner sexuellen Orientierung erfahren habe, zu der er endlich mal stehen sollte.

»Oh, war das Adam?«, fragt Mum. »So hab ich ihn mir überhaupt nicht vorgestellt. Sieht ziemlich gut aus, oder nicht?«

»Psst, Mum, bitte!«

»Tara«, sagt Damien gerade, »gibt es noch irgendetwas, was Sie sagen möchten?«

»Ich möchte wirklich nur über das Masturbieren reden, bitte«, antworte ich.

Neeeeeein!

Ich springe auf, schreie den Fernseher an und schleudere eine Handvoll Popcorn gegen die Mattscheibe. »Verfickte gottverdammte Scheiße nochmal!«, brülle ich und vergesse völlig, in wessen Gesellschaft ich mich befinde.

»Tara, bitte! Deine Ausdrucksweise!«

»Ach Mum, was spielt das denn für eine Rolle? Du sagst allen Kindern, sie sollen nicht fluchen, damit man sie nicht für asozial hält, aber mich hält sowieso jeder für asozial, da kann ich doch verfickt nochmal auch fluchen, oder nicht?«

Darauf fällt ihr keine Antwort ein.

Ich kann nicht glauben, was ich da vor mir sehe. Warum nur habe ich mich bereit erklärt, ins Fernsehen zu gehen? Ich hatte weder Sex mit David Beckham noch mit dem zukünftigen König von England, ich hab bloß in der grottigen U-Bahn still vor mich hin masturbiert, niemals hätte daraus so etwas werden dürfen! Warum habe ich gedacht, es würde irgendjemandes schlechte Meinung von mir verbessern, wenn ich meine Seele ans Fernsehen verkaufe? Ich hätte es besser wissen müssen! Nichts von dem, was ich gesagt habe, besitzt den geringsten Wert, ich bin von meinem Exchef zerpflückt worden, ich habe einen wütenden, giftigen und mehr als ein bisschen irren Eindruck hinterlassen und im Endeffekt nur dafür gesorgt, dass die Geschichte immer größer wird. Jetzt ist es nur noch eine Frage der Zeit, bis »Ich möchte wirklich nur über das Masturbieren reden« auf T-Shirts gedruckt und ein Hit bei den Klingeltönen wird. WARUM hab ich das getan? Ich lasse mich zurück aufs Sofa fallen und stopfe aggressiv Popcorn in mich rein.

»Ich bin im Arsch. Das war's. Jetzt kann ich nur noch nach Spanien ziehen und in einer Bar arbeiten. Wenigstens verstehe ich dann nicht, was die Leute sagen, wenn sie über mich sprechen. Ich vermisse mein Leben.«

»Du vermisst dein Leben, ehrlich?«, fragt meine Mum, plötzlich ebenfalls wütend, und knallt die Popcornschale auf den Couchtisch. »Das Leben, über das du dich ständig beklagt hast? Den Chef, den du gehasst hast? Die frauenfeindlichen Kerle in diesem Büro? Diese grässliche Sophie, die darauf bestanden hat, lebenslang mit dir befreundet und gleichzeitig total gemein zu dir zu sein? Du vermisst, dass du Annie so wenig gesehen hast? Dass der größte Teil deines Soziallebens aus mir und Dad bestand? Was vermisst du denn daran, Tara, wenn du mal ehrlich bist? Verrat es mir!«

»Mum, schrei mich nicht an, ich …«

»Ich bin vielleicht nicht die tollste aller Mütter, aber ich habe dich nicht dazu erzogen, dass du die ganze Welt auf dir rumtrampeln lässt. Seit dem Tag, als du Annie bekommen hast, musstest du dich gegen die Urteile anderer Leute wehren, aber ich habe zu dir gehalten, und wir haben uns nie einreden lassen, dass wir im Unrecht sind. Aber jetzt willst du den Leuten erlauben, alle möglichen Mutmaßungen über deine Psyche anzustellen, und mit eingezogenem Schwanz weglaufen, weil es dir zu viel Mühe macht, dich zu wehren? Ist es das, was Annie aus dem ganzen Schlamassel lernen soll? Wirklich? Reiß dich zusammen und finde einen Weg, dein Leben wieder auf die Spur zu bringen, ohne dafür auf widerliche Boulevardsender und schmierige Journalistenmänner mit potthässlichen Frisuren zurückgreifen zu müssen.« Damit steht sie auf und stürmt in die Küche.

Diesen Ausbruch habe ich nicht erwartet. Ein paar Sekunden bin ich starr und sprachlos, dann folge ich ihr.

»Mum?«, sage ich und lege die Arme um sie. »Dein Popcorn war perfekt.«

»Danke«, sagt sie, und ich drücke sie an mich. Ein paar Minuten später kommt mein auch Dad wieder herunter. Während wir uns zu dritt in der Küche aneinander festhalten, überlege ich, ob ich mich vielleicht an irgendeiner Hoffnung festhalten könnte. Meine Mutter hat vollkommen recht, mein bisheriges Leben war alles andere als perfekt. Und wenn ich ganz ehrlich bin, vermisse ich es eigentlich gar nicht.

Cam

Cam fühlt sich immer noch grässlich. Nur noch zwei Tage bis zu ihrem Abtreibungstermin, sie hofft, dass danach sofort die Erleichterung einsetzt. Ihr Körper wehrt sich mit allen ihm zur Verfügung stehenden Mitteln gegen die Schwangerschaft. Natürlich hat sie schon von Morgenübelkeit gehört, aber was sie jetzt erlebt, beschränkt sich keineswegs auf den Morgen, sondern quält sie rund um die Uhr. Ihre Brüste sind riesig und steinhart, nach dem kleinsten Schluck Wasser muss sie pinkeln. Das Ganze ist furchtbar, aber sie fühlt sich solidarischer mit ihrem Körper als jemals zuvor. Er stärkt ihr den Rücken, er bestätigt, was sie schon wusste; die Mutterschaft ist weder mental noch physisch ihr Ding. Wenn sie es überstanden hat, wird der letzte Hauch eines Zweifels verschwunden sein.

Das Einzige, was sie bei sich behalten kann, ist Monster Munch mit Roastbeef-Geschmack, und vor einer Stunde hat sie es tatsächlich geschafft, sich zum Laden zu schleppen und sieben Tüten davon zu erstehen. Momentan liegt sie in einem weißen Bella-Freud-T-Shirt mit der Aufschrift »close to my heart« auf dem Sofa und vernichtet die vierte Tüte Chips. Soeben geht Taras Fernsehinterview zu Ende, und Cam ist traurig für ihre Freundin, weil es wirklich schrecklich war. Ihr Handy piept.

Cam, bitte geh ans Telefon.

Es ist Mark. Es ist heute seine siebenundzwanzigste SMS, und er versucht ständig anzurufen, er will unbedingt mit Cam sprechen. Aber sie kann einfach nicht. Sie ist ziemlich sicher, dass er das Baby behalten will und ihr ein blödes Gefühl geben wird, weil sie es auf keinen Fall möchte. Er hätte es nicht zu erfahren brauchen. Sie fragt sich, warum es für ihn so wichtig ist. Was genau macht die Leute am Zusammentreffen eines Eis und eines Spermiums so emotional? Vergessen sie in solchen Situationen, dass man eine Minute, bevor man von der Empfängnis erfährt, keinerlei Verlangen oder Absicht verspürt hat, ein Kind mit dieser Person zu zeugen? Natürlich versteht Cam den Teil mit dem Baby, aber noch gibt es ja gar kein richtiges Baby. Nur einen Zellhaufen, und der sollte einen erwachsenen Menschen doch nicht dazu bringen, komplett aus den Augen zu verlieren, was es bedeutet, diesen Klumpen zu menschlicher Form heranwachsen zu lassen. Ist Mark bereit, sein ganzes Leben dafür zu ändern? Das ergibt doch keinen Sinn. Wenn er Kinder möchte, soll er doch warten, bis er es mit jemandem tun kann, den er liebt, oder nicht? Er ist doch noch so jung, er kann es sich leisten zu warten. Er schickt die nächste SMS.

Okay, mir reicht's, ich komm rüber.

Cam steht hastig auf, löscht alle Lichter und macht den Fernseher aus, kuschelt sich unter ihre Kaschmirdecke und wartet darauf, dass die Türklingel loslegt. Die zwanzig Minuten, die es dauern wird, bis Mark ihre Wohnung erreicht, nutzt sie aus und schreibt Tara.

Hey, ich hab das Interview gesehen. Bestimmt fühlst du dich beschissen. Aber es ist nicht alles verloren, ich glaube nämlich, ich kann dir helfen.

Wir könnten doch auf meiner Seite zusammen was machen. Alles wird gut, das verspreche ich. Lass uns morgen drüber reden. Hoffentlich muss ich nicht kotzen … aber das erklär ich dir morgen. Freu mich schon, C x

Dann scrollt sie durch ihre Mails und findet dort neue Nachrichten von Stella Davies.

Camilla, der Tag rückt näher. Ich habe alles geplant. Wusstest du, was man alles tun kann, um das Geschlecht eines Babys zu beeinflussen? Ich möchte einen Jungen. Warum? Damit er sich nicht mit dem ganzen Mist abgeben muss, den ich mitgemacht habe.
Mein Plan ist ganz einfach. In ein paar Tagen verführe ich meinen Chef, werde von ihm schwanger und kriege, was ich will. Genau wie du gesagt hast. Du benutzt diesen Achtundzwanzigjährigen zum Sex, ich benutze meinen Boss als Samenspender. Gibt es da einen Unterschied?
Einen sehr großen sogar.
Was du tust, ist viel schlimmer, also solltest du dir kein Urteil über mich erlauben. Ich verschwende nicht die Zeit eines anderen Menschen, ich führe niemanden an der Nase herum. Mein Plan ist eine einfache Transaktion. Aber du bist bloß eine egoistische, herzlose Bitch. Wenn der Rest deiner Leser doch endlich sehen würde, was ich sehen kann.
Ich hoffe jedenfalls, mein Kind hat keinerlei Ähnlichkeit mit dir.

Cam versucht, sich von der Mail nicht verrückt machen zu lassen, aber irgendetwas im Ton dieses Mädchens geht ihr an die Nieren. Sie wird aus dieser Stella einfach nicht schlau. Sie scheint klug zu sein, anders als manche anderen Trolle, deren Orthographie sie schon als Dummköpfe entlarvt, die nichts Besseres zu tun haben. Aber Stellas Formulierungen sind dermaßen gemein, dermaßen kalkuliert. Und was sie mit ihrem Chef vorhat, ist dermaßen falsch.

Oder nicht?

Vielleicht ist Cam die Irre, vielleicht war es schlicht verrückt, Mark von dem Baby zu erzählen? Tut Stella ihrem Boss wirklich etwas zuleide, wenn sie Sex mit ihm hat und dann – eventuell samt Baby – spurlos verschwindet? Wie kann es grausam sein, wenn er nie etwas davon erfährt? Wenn sie es ihm nicht sagt, tut sie ihm auch nicht weh, richtig? Das ist doch genau dasselbe wie das, was Tara getan hat. Sicher, Tara war nicht so berechnend, aber im Endeffekt läuft es auf das Gleiche hinaus. Oder nicht?

Was du tust, ist viel schlimmer, also solltest du dir kein Urteil über mich erlauben. Ich verschwende nicht die Zeit eines anderen Menschen, ich führe niemanden an der Nase herum. Warum gehen Cam diese Sätze so penetrant im Kopf herum?

Sie weiß, dass Mark sehr lange mit ihrer Entscheidung zu kämpfen haben wird. Dass sie diese Schwangerschaft beendet, wird ihn sein Leben lang begleiten, er muss damit umgehen, weil er sich Kinder wünscht, und Abtreibungen sind hart für Menschen, die so empfinden. Wenn Cam es ihm nicht erzählt und einfach getan hätte, was sie für richtig hält, würde er wahrscheinlich jetzt noch eine spätabendliche Fitnessstunde im Studio einschieben, glücklich wie immer über seine simple und entspannte Existenz. So fies Stella in ihren Mails auch rüberkommt, ist das, was sie tut, wirklich so verrückt? Wenn sie es sich doch so sehr wünscht? Natürlich ist es grundsätzlich besorgniserregend, wenn eine Frau, die so offensichtlich psychisch labil ist, Mutter wird, aber vielleicht wird sie ihre Sache ja sehr gut machen. Vielleicht ist es genau das, was sie braucht.

Dann klingelt es. Ein langgezogenes Brrrriiiiing. Cam stellt ihr Handy auf lautlos, legt sich hin und packt sich ein Kissen aufs Ohr. Sie weiß, dass sie sich mit Mark auseinandersetzen und ihm irgendwann wie ein erwachsener Mensch gegenübertreten muss, aber heute Abend ist das für sie einfach nicht drin. Es ist ihre Entscheidung, nichts kann sie ändern.

Anderthalb Stunden später gibt er auf.

Stella

Ich schaue in den Badezimmerspiegel, mein Spiegelbild starrt zurück, und ich muss lachen. Laut und herzhaft, ein Lachen, das explodiert wie Sekt aus einer geschüttelten Flasche. Mein Kopf ist kahlrasiert. Ach du heilige Scheiße.

Zuerst wollte ich es nicht, aus dem offensichtlichen Grund, dass ich in Wirklichkeit ja gar nicht krebskrank bin und auch keine Chemotherapie kriege. Aber als mir dann klargeworden ist, dass ich alles tun muss, um meine Lüge zu untermauern, fühlte sich der Gedanke gar nicht mehr so blöd an. Und durch irgendwas an dem Fotoshoot, an meinem Gefühl, ein Kunstwerk zu sein, an Jasons Art, mich anzuschauen, als wäre ich die schönste Frau auf Erden, plus meinem Bedürfnis, etwas zu verändern – etwas Dramatisches, Verrücktes – schien es mir auf einmal total sinnvoll, es durchzuziehen. Ich streiche mit beiden Händen über meinen Kopf. Er fühlt sich so klein an, so kalt, so seltsam. Ich kann kaum glauben, dass ich das bin.

Mit einer Schere habe ich meine Haare erst in dicken Strähnen abgeschnitten, dann hat Jason mir mit dem Rasierer, den er im Studio aufbewahrt, den Kopf nass rasiert. Es war komisch und irre, aber seltsam erotisch. An einem Punkt habe ich mich gefragt, ob es womöglich zu etwas führt, aber es war nicht der richtige Zeitpunkt. Ich muss auf den Eisprung warten, für den Fall, dass es nur einmal passiert.

Früher habe ich mich mit Alice vor den Spiegel gestellt, wir haben in unsere Gesichter gestarrt und versucht, Unterschiede zu finden, die man mit bloßem Auge nicht sofort wahrnimmt. Ich hatte eine Sommersprosse mehr auf der linken Wange, Alices Kinn war ein kleines bisschen eckiger. Aber das war auch schon alles. Nur unser Wesen unterschied uns. Aber jetzt sind Alice und ich nicht mehr gleich. Ein Fremder würde schon einen Moment benötigen, um uns überhaupt als Schwestern einzustufen, und für eineiige Zwillinge würde er uns niemals halten. Zum ersten Mal in meinem ganzen Leben betrachte ich mein Spiegelbild und sehe mich als eigenständige Person. Das gefällt mir.

Rasch streife ich meine Klamotten ab. Mein nackter Körper ist genauso kahl wie mein Kopf, abgesehen von dem dunklen, dichten Dreieck meiner Schamhaare. Wenn ich schon nackt sein will, dann kann ich ebenso gut ganz nackt sein. Aus der Schublade unter dem Waschbecken hole ich eine Schere und einen Rasierer. Ich stelle einen Fuß auf die Toilette, beginne, die Haare abzuschneiden, und mit jedem Haarbüschel, das auf den Boden fällt, fühle ich mein altes Ich ein Stück mehr verschwinden. Ich schaffe Raum, ich mache den Weg frei, damit Jason in mich eindringen kann, ich habe das Gefühl, dass meine Zukunft direkt um die Ecke auf mich wartet. Als ich fertig bin, betrachte ich meine glattrasierte Muschi. Als ich mich daran erinnere, wie Alice und ich über unsere ersten sprießenden Schamhaare gelacht haben, scheint mir meine Kindheit so nah, als wäre sie gestern gewesen. So unschuldig waren wir damals, wir ahnten nichts von dem emotionalen Chaos, das uns erwartete.

Diese Unschuld möchte ich in einem anderen Menschen sehen. In meinem eigenen Kind. Ich möchte sie bewahren und sein Herz beschützen.

Ich werde eine großartige Mutter sein. Das weiß ich genau.

14

Tara

Ich weiß nicht, was ich zu dem Treffen mit Camilla anziehen soll. Sicher, es ist kein Date, aber irgendwie fühlt es sich ein bisschen so an. Ich bin echt nervös. Ich gehe an den Kleiderschrank mit meinen Arbeitsklamotten und greife mir meinen Lieblingsjumpsuit aus dunkelblauer Seide, dazu hautfarbene Keilabsatzschuhe und meine schwarze Lederjacke. Cool, leger, aber sexy. Ich weiß nicht, warum ich sexy aussehen will, wenn ich mich mit Cam treffe, aber ich möchte einfach, dass sie mich in jeder Hinsicht attraktiv findet. Ich möchte sie beeindrucken, ich möchte, dass sie mich bewundert. Wenn ich ein gutes Outfit anhabe, lenkt das vielleicht davon ab, wie nervös ich bin. Ich lege sogar ein bisschen roten Lippenstift auf. Weil meine braunen Locken auf dem Video so deutlich zu sehen waren, binde ich sie so straff wie möglich zurück. Ich finde, dass ich gut aussehe. Und es ist ein schönes Gefühl, mir mit meinem Äußeren ein bisschen Mühe gegeben zu haben.

Beim Onlinedating habe ich die Erfahrung gemacht, dass Menschen im Internet oft eine Version ihrer selbst präsentieren, die sich im persönlichen Kontakt nicht bestätigt. Ich habe Cam ein-, zweimal im Fernsehen gesehen, und – ganz ehrlich? – da ist sie nicht toll. Sie wirkt ein bisschen steif und unbeholfen, aber das ist okay, sie ist Autorin, sie muss kein super redegewandter Fernsehmoderatorentyp sein. Aber ich hoffe, mit mir ist sie heute Abend entspannter, sonst könnte das zu einer Nervositätsüberfrachtung führen. Sie hat viel über ihre soziale Inkompetenz geschrieben. Selbstverständlich gehe ich davon aus, dass sie hinreißend ist, aber wahrscheinlich wird es schwieriger sein, mit ihr zu reden, als ihr zu schreiben. Immer wieder sage ich mir, dass sowieso alles besser ist als Sophie mit ihren chaotisch überspannten, gekünstelten Zuneigungsbezeugungen. Mit einer etwas schwerer zugänglichen Persönlichkeit habe ich kein Problem, ich vermute sogar, dass ich ihr mehr vertrauen kann.

Aber ich muss auch meine eigene Anspannung in Schach halten. Bevor ich in die Bar marschiere, muss ich mir ins Gedächtnis rufen, dass die Welt über wichtigere Dinge nachzudenken hat als über mich, dass nicht alle Menschen das Video gesehen haben und dass nicht hinter jeder Tür irgendwelche Menschenhorden sitzen und Plakate schwenken, auf denen steht »WANK WOMAN IST HIER.«

Als ich reinkomme, sehe ich sie sofort. Sie sitzt in einer Nische und ist größer, als ich erwartet habe. Ausgesprochen schlank, aber breitschultrig, ein bisschen amazonenhaft. Sie sieht mich, steht auf, kommt mit raschen Schritten auf mich zu, schlingt ihre ungewöhnlich langen Arme um mich und drückt mich. Das habe ich nicht erwartet.

»Ich freue mich so, dich zu sehen«, sagt sie und lässt mich nicht wieder los. Eine echt freundliche Geste, die sich total spontan anfühlt, aber das Zögern, bevor sie die Umarmung löst, legt nahe, dass sie nicht ganz sicher ist, wie es jetzt weitergehen soll. Ich helfe ihr.

»Seltsam, dass wir uns jetzt zum ersten Mal treffen.«

»Total«, sagt sie und lässt mich los. »Sorry, die Umarmung war vielleicht ein bisschen heftig. Ich bin nervös, warum bloß?«

»Ich denke, weil wir einander unbedingt mögen wollen. Und

außerdem haben wir beide Angststörungen. Bilde ich mir das ein oder starrt uns wirklich jeder hier drin an?« Ich schaue mich um, es sind etwa sieben Gäste da, keiner glotzt, aber das beruhigt mich nicht.

»Nein, hier starrt keiner. Los, komm in meine Nische, da sind wir in Sicherheit.« Damit nimmt sie meine Hand und führt mich hinüber. Ihre Hände sind groß, kalt und knubbelig. Im Vergleich fühlen meine sich fett und heiß an. Ein Kellner kommt, um unsere Bestellung aufzunehmen.

»Ich möchte bitte eine Ingwerlimo«, sagt Cam. »Und was haben Sie an salzigen Snacks?«

»Möchten Sie vielleicht unsere Nachos? Die sind sehr lecker, mit geschmolzenem Käse, Salsa ...«

»Wunderbar, zwei Portionen von denen. Tara?«

»Kann ich bitte einen Whisky und eine Cola kriegen? Danke.« Der Keller geht. »Ha, wenn du es nicht wärst, würde ich denken, du bist schwanger«, lache ich. »Ich hab von Ingwerlimo und Salzsnacks gelebt, als Annie unterwegs war.«

Cams große Augen werden noch größer, sie legt den Kopf schräg und sieht mich vielsagend an. Es ist ziemlich eindeutig, was sie mir mitteilen will.

»Was? Nein – echt?«

»Jepp. Das Gesicht der kinderlosen Frauen ist schwanger. Oscarverdächtige Story.«

Ich weiß nicht, was ich sagen soll. Schließlich will ich nicht gleich davon ausgehen, dass es eine schlechte Neuigkeit ist.

»Hmm, äh ... wie fühlst du dich?«

»Schrecklich. Ich finde diesen Zustand ekelhaft, ich hasse es und will nur, dass es aufhört. Morgen habe ich den Abtreibungstermin, ich will es so schnell wie möglich hinter mich bringen.«

»Uff. Ich weiß nicht, was genau mir durch den Kopf gegangen ist, aber ich glaube, ich hätte es echt seltsam gefunden, wenn du es hättest behalten wollen. Scheiße, tut mir leid, das klang furchtbar. Wenn du es hättest behalten wollen, wäre ich natürlich total …«

»Nein, das ist voll in Ordnung. Das wäre wirklich grotesk. Wenn ich als ›Gesicht der kinderlosen Frauen‹ ein Baby kriegen würde, hieße das, ich hätte die ganze Zeit Scheiße geredet, und das wäre überhaupt nicht cool.«

Sie hat recht. Ich wäre enttäuscht gewesen.

»Kann ich dir die naheliegende nächste Frage stellen?«, sage ich.

»Von wem es ist?«

»Jepp.«

»Von dem Achtundzwanzigjährigen, über den ich geschrieben habe.«

»Ah. Und willst du es ihm sagen? Willkommen auf meinem Spezialgebiet.«

»Ich hab es ihm gesagt. Gleich, nachdem ich es selbst wusste. Jetzt bereue ich es. Er möchte es behalten.«

»Scheiße.«

»Ja, Scheiße. Er will Kinder, die Bedingungen dafür sind ihm allem Anschein nach egal. So eine Reaktion habe ich von ihm überhaupt nicht erwartet.«

»Was hat er gesagt? Will er verhindern, dass du abtreibst?«

»Nicht direkt. Seit ich es rausgekriegt habe, bin ich total zickig und hab nicht mehr mit ihm geredet, also ist es genau genommen nur mein Eindruck. Er ruft mich alle fünf Minuten an, ständig mit diesem ›Babe, wir müssen darüber reden.‹ Ich ertrage das nicht. Ich kann nicht ans Telefon gehen.«

Ich denke an Nick vor seiner Haustür, sehe seine schwangere Frau hinter ihm, seinen entsetzten Gesichtsausdruck, als ich ihm gesagt habe, dass er eine sechsjährige Tochter hat. Ich hatte von Anfang an recht, und ich wollte, Cam hätte mich gefragt, bevor sie es ihrem Typen gesagt hat. Aber jede Situation ist natürlich anders, vermutlich kann man bei diesem Thema nicht wirklich Ratschläge geben.

»Er wird sich wieder beruhigen. Es ist so ähnlich wie bei einer Trennung – erst kann er an gar nichts anderes denken, und dann beschäftigt es ihn plötzlich nicht mehr. Vor allem, wenn du das Baby nicht behältst.«

»Genau. Gott, wer weiß denn schon, was das Richtige ist? Ich glaube, deine Methode könnte ganz okay sein. Warum muss der biologische Vater unbedingt davon erfahren?«

»Ich glaube, es geht vielleicht mehr um das Kind als um ihn. Eines Tages werde ich Annie eine ganze Menge erklären müssen. Darüber denke ich oft nach. Außerdem haben Leute, die sich Kinder wünschen, immer Scheuklappen auf. Jeder Embryo fühlt sich für sie an wie die letzte Chance, sie machen sich Sorgen, dass sie nie wieder eine Gelegenheit kriegen, wenn sie diese nicht nutzen. Deshalb habe ich Annie behalten. Ich glaube, dieser Gedanke macht den Leuten Angst, er macht sie regelrecht irre.«

»Ja, vielleicht. Ich fühle mich jedenfalls schlecht seinetwegen, aber ich kann es einfach nicht, verstehst du?«

Ich nicke, und unsere erste unbehagliche Pause erinnert uns daran, wie bizarr die Situation eigentlich ist. Dass wir uns überhaupt nicht kennen. Dass wir uns unbedingt mögen wollen.

»Hey, apropos irre«, sagt Cam und wechselt einigermaßen elegant das Thema. »Ich kriege ganz sonderbare Mails von diesem Mädchen. Sie ist irgendwie bösartig und schreibt echt aggressives, gemeines Zeug. Aber gleichzeitig vertraut sie sich mir an. Richtig bizarr. Ich muss dir mal ein paar Nachrichten von ihr schicken, faszinierender Lesestoff. Sie hat den Plan, ihren Chef zu verführen, um schwanger zu werden, aber sie will es ihm nicht sagen, sondern einfach nur ihren Job kündigen, und von dem Baby erfährt er nichts. Erst dachte ich, das klingt echt fies, aber dann habe ich Marks Reaktion gesehen, und jetzt denke ich – ist sie wirklich verrückt? Oder hat sie ihre fünf Sinne eigentlich supergut zusammen?«

»Ich weiß nicht, aber für meine Ohren klingt das ziemlich berechnend und psychopathisch. Aus Versehen schwanger zu werden, ist ja eine Sache, aber gezielt zu planen, sich von ihrem Chef schwängern zu lassen? Das klingt total abgefuckt.«

»Ja, wahrscheinlich schon. Himmel, ich glaube, mein Psychopathenradar ist nicht ganz in Ordnung. Ich bin total hin- und hergerissen. Aber egal. Wie geht es dir überhaupt?«, fragt Cam, als der Kellner unsere Getränke bringt. Blitzschnell schlürft sie per Strohhalm ihr gesamtes Glas Ingwerlimo aus und bestellt gleich das nächste. »Ich könnte auf Zuruf kotzen«, fügt sie hinzu und rülpst hinter vorgehaltener Hand. »Und ich kann nicht aufhören, an Donuts zu denken. Am liebsten möchte ich in einen Krispy Kreme Laden einbrechen und alles leeressen. Mach ich aber nicht, ich reiße mich zusammen. Ach sorry. Wie kommst du klar?«

»Ganz okay. Mehr oder weniger. Eher weniger. Das Interview war ein Desaster. Es ist so ärgerlich, weil ich mich eigentlich richtig gut gehalten habe. Ich habe mich nicht entschuldigt, ich habe mich nicht unterkriegen lassen, aber die haben das Material so zusammengeschnitten, dass ich rüberkomme wie eine Irre. Ich wollte, ich hätte es nicht gemacht.«

»Ja, wenn man ins Fernsehen kommt, kann das so oder so ausgehen. Man hat es nicht unter Kontrolle, die können so ziemlich machen, was sie wollen.«

»Aber ich hätte es besser wissen müssen. Das ist meine Welt, und ich bin direkt ins offene Messer marschiert.«

Eine Sekunde blickt Cam auf ihre Hände, offensichtlich überlegt sie, was sie als Nächstes sagen soll. Hin und wieder schimmert ihre Unsicherheit durch, weniger deutlich, als ich dachte, aber eindeutig vorhanden. Online ist sie so geradeheraus, so direkt, dass sie provozieren kann, ohne übermäßig aggressiv zu wirken. Im wirklichen Leben wirkt sie härter. Immer noch freundlich, immer noch einfühlsam, aber die Ecken und Kanten treten deutlicher hervor. Ich habe den Eindruck, dass sie mehr über das nachdenken muss, was sie sagt, als über das, was sie schreibt.

»Ich denke, wir finden einen Weg aus der Krise, ich hab da so eine Idee«, beginnt sie etwas zögernd. Offensichtlich will sie nicht davon ausgehen, dass ich mich auf alles stürze, was sie vorzuschlagen hat.

»Leg los.«

»Meine Sponsoren wollen, dass ich Gastblogger bei mir aufnehme. Vor allem Mütter. Sie machen sich Sorgen, dass mein Wunsch, ohne Kinder zu leben, die Leserinnen abschrecken könnte, die sich Kinder wünschen. Deshalb haben sie mir die Art Mummyblogger und Vlogger vorgeschlagen, von denen ich Albträume kriege, und ich hab mich gefragt, ob du vielleicht einsteigen möchtest?«

»Oh, wow. Ich weiß nicht. Ich meine, ich kann gar nicht schreiben.«

»O doch, das kannst du, natürlich. Schreiben ist nichts anderes, als das zu formulieren, was du sowieso im Kopf hast. Du hast eine Menge durchgemacht, und weil du auch noch Mutter bist, glaube ich, dass meine Leser richtig gut auf dich anspringen würden.«

»Ernsthaft? Ich bin aber nicht gerade die große Ikone der inspirierenden Kindererziehung.«

»Kommt ganz darauf an, wie man es betrachtet. Bei *HowItIs.com* ging es schon immer um Alternativen. Meine Leser wollen sich befreien von den Fesseln der Gesellschaft und ihr eigenes Ding machen. Mein Job ist es, sie darin zu bestärken. Für manche bist du vielleicht kontrovers, aber für andere wirst du eine Inspiration sein. Ein Kind allein großzuziehen, weil du es von Anfang an so wolltest? Ich liebe diese Geschichte. Gott, manchmal fühlt man sich als Frau doch, als wäre man in einer Fleischfabrik. Wir sollen uns verlieben, heiraten, Kinder kriegen. Aber immer mehr Frauen machen das nicht mehr mit. Sie entscheiden sich, kinderlos zu bleiben oder Wege zu finden, ihre Kinder allein zu haben. Und ich glaube, es ist wichtig, diese Alternativen positiv zu unterstützen. Frauen können sein, wer sie wollen, sie können tun, was sie wollen, und Frauen wie du und ich können ihnen dabei helfen. Niemand muss der Herde folgen, richtig? Lebe dein Leben auf deine eigene Art.«

Ich lächle sie an. Diese Rede klang genau wie die Stimme, die ich höre, wenn ich ihre Artikel lese. Das war die Cam, der ich all die Jahre gefolgt bin.

»Ich könnte es ja zumindest mal probieren. Vielleicht könntest du meine Beiträge ein bisschen lektorieren und dafür sorgen, dass ich nichts total Blödes von mir gebe oder meinen eigenen Namen falsch schreibe oder so?«

»Aber sicher, das wird perfekt. Was sagst du?«

»Ich glaube, ich sage ja, okay, warum nicht?«

»Großartig! Wir müssen der Herde nicht folgen«, sagt Cam und hält ihr halbvolles Glas in die Höhe, um mit mir anzustoßen.

»Ja, wir müssen der Herde nicht folgen«, wiederhole ich, und wir lassen die Gläser klirren.

»Kommst du klar morgen? Hast du jemanden, der dich abholt? Wenn nicht, mach ich es gern«, sage ich. Ich weiß zwar, dass sie die Abtreibung wirklich will, aber trotzdem sollte sie jemanden haben, der sich um sie kümmert.

»Meine Mum und mein Dad haben angeboten, mich zu fahren. Was total lieb von ihnen ist, wenn auch etwas seltsam. Aber danke.« Mit dem letzten Nacho schaufelt sie den ganzen Rest Käse und Guacamole von ihrem Teller. »Aber hast du vielleicht Lust, am Abend danach vorbeizukommen? Dann könnten wir deinen Artikel besprechen und zusammen Pizza essen. Keine Ahnung, vielleicht auch einfach rumhängen?«

»Das wäre toll. Ich komme sehr gern!«, antworte ich, schlüpfe in meine Lederjacke und wünsche mir, die nächsten zwei Tage wären schon vorbei, damit ich meine Freundin besuchen kann.

Während wir auf unser jeweiliges Taxi warten, tauschen wir noch unsere Handynummern aus, und Cam schickt mir eine SMS mit ihrer Adresse. Zum Abschied umarmen wir uns, und es ist wesentlich entspannter als vorhin. Beim Wegfahren spüre ich, wie sich eine große Leere in meinem Leben zu füllen beginnt.

Cam

Im Taxi nach Hause hängt Cam den Kopf aus dem Fenster, um die Übelkeit zu lindern. Als sie sicher ist, dass sie sich nicht übergeben muss, kurbelt sie das Fenster wieder ein Stück hoch und holt ihr Handy aus der Tasche. Als sie durch ihre Mails scrollt, findet sie die neueste von Stella, in der sie ihren Plan erklärt, wie sie sich von ihrem Chef schwängern lassen will, und leitet sie zusammen mit einer eigenen Nachricht an Tara weiter.

Fand es so schön heute Abend. Mir ist wieder mal klargeworden, wie sehr ich jemanden wie dich in meinem Leben brauche. Ich denke, ich bin vielleicht ein bisschen einsam, obwohl ich das niemals laut zugeben würde. Tut mir leid, wenn das jetzt kitschig klingt, aber es stimmt. Schlaf gut, schreib morgen was für mich und lass uns unser Projekt verwirklichen. Wir müssen der Herde nicht folgen … das gefällt mir!
Cam x
P. S. siehe unten, ich hab die Mail von dem Mädchen weitergeleitet, das mich trollt. Ich glaube, du hast recht, sie ist verrückt!

Als das Taxi hält, läuft Cam eilig zur Haustür. Sie kann es kaum erwarten, sich endlich ins Bett zu verkriechen. Noch einmal schlafen, dann hat sie es hinter sich.

Als sie den Schlüssel ins Schloss steckt, hört sie plötzlich rasche

Schritte hinter sich. Ehe sie die Tür öffnen kann, ist der Mann schon so dicht hinter ihr, dass sie ihn atmen hört.

»LASS MICH IN FRIEDEN!«, schreit sie, wirbelt herum und sticht mit dem Schlüssel wild auf sein Gesicht ein, ein Trick, den ihr Dad ihr beigebracht hat. Eigentlich hat sie gedacht, sie müsste ihn nie anwenden. Der Mann krümmt sich und presst die Hand auf seine Wange.

»Verdammte Scheiße. Fuck. Was soll das denn?«, ruft er, und jetzt erst merkt Cam, dass es Mark ist.

»Scheiße, Mark. Ich hab dich nicht erkannt. Warum hast du dich so an mich rangeschlichen?«, sagt sie und will ihm helfen. Aber er schiebt ihre Hand weg.

»Weil du mich seit Tagen ignorierst. Du machst die Tür nicht auf, du antwortest nicht auf meine SMS. Ich möchte nur mit dir reden, okay?« Er bewegt den Unterkiefer von einer Seite auf die andere und hält sich immer noch die Wange. Er hat eindeutig Schmerzen. »Ich hab hier eine Ewigkeit auf dich gewartet. Wo warst du denn, du gehst doch sonst nie aus?«

»Ich hab mich mit einer Freundin getroffen.«

»Mit einer Freundin?«, hakt Mark sofort nach und stellt damit Mutmaßungen in den Raum, die Cam irritieren.

»Ja, mit einer Freundin«, wiederholt sie patzig, reißt sich dann aber zusammen. Sie will sich nicht auf seine Eifersucht einlassen. Sie hat ihm richtig weh getan. »Es tut mir leid, ich dachte, ich werde überfallen oder so.«

Mark checkt seine Hände, sie sind ein bisschen blutig, aber sein Gesicht ist zum Glück nicht schlimm verletzt. Hätte auch anders ausgehen können. Sie entspannen sich beide ein wenig, zumindest körperlich.

»Ach ja? Und was genau tut dir leid? Dass du mir das Herz gebrochen oder dass du mein Gesicht verunstaltet hast?«

»Dein Gesicht, Mark. Herrgott! Sag doch so was nicht.«

»Was soll ich nicht sagen? Nichts, was mit Gefühlen zu tun hat?«

»Ich hab dir nicht das Herz gebrochen. Bitte bleib fair«, sagt Cam defensiv. »Ich weiß, du wünschst dir Kinder, aber es gibt keinen Grund, die Lage zu dramatisieren.«

»Dramatisieren? Was meinst du denn, was das war, Cam?«, fragt er und klingt wie ein Erwachsener, nicht wie der Junge, als den sie ihn immer behandelt hat. »Was glaubst du, was passiert, wenn zwei Leute so eine Beziehung haben? Wohin das führt?«

»Ich weiß nicht, wohin das führt, aber es geht nicht um eine gemeinsame Zukunft, richtig? Es geht um zwei Menschen, die voneinander das bekommen, was sie brauchen.« Cam merkt selbst, wie hart sie klingt. »Auf eine nette Art natürlich.«

»Gott, du kannst so kalt sein. Wenn du das Baby nicht möchtest, ist das deine Entscheidung, ich werde dich nicht zwingen, es zu behalten. Wofür hältst du mich denn?«

»Wow. Ich glaube, ich habe einfach … ich hab nie daran gedacht, dass es um uns gehen könnte, ich dachte, es geht um das Baby«, sagt sie, und das schlechte Gewissen überfällt sie mit viel größerer Macht, als irgendein Angreifer auf ihrer Türschwelle es fertiggebracht hätte. *Er wird nicht versuchen, mich dazu zu zwingen, dass ich das Baby behalte*?

»Natürlich geht es um uns. Was glaubst du denn, warum ich jedes Mal sofort hier bin, wenn du mir schreibst? Du wolltest nie etwas mit meinem Leben zu tun haben, du hast mich ja nicht mal richtig danach gefragt, aber damit komme ich klar, weil ich sehe, wer du bist. Ich sehe, dass du viel Raum brauchst, Raum für dein eigenes Leben, und das respektiere ich. Aber dann wirst du schwanger und fragst mich gar nichts, du sagst mir nur, was du willst, was für dich richtig ist, und gibst mir nicht mal die Chance, dir zu sagen, dass ich alles tun würde, was dich glücklich macht. Egal, ob du das Baby behältst oder nicht. Weil ich dich nämlich liebe.«

»Mark, du liebst mich nicht. Hör auf damit. Wir können darüber reden, ohne uns lächerlich zu machen.«

»Nein, ich liebe dich. Wirklich. Ich habe noch nie jemanden wie dich kennengelernt. Du lebst das Leben, das du willst, und obwohl ich gern mehr daran teilhaben möchte, ist es für mich das Geilste, was ich je erlebt habe. Ich möchte nicht, dass du dich änderst oder dass du versuchst, irgendwas zu sein, was du nicht bist. Ich möchte nur, dass du zu mir gehörst.«

Cam stockt der Atem, sie hat immer noch Schuldgefühle, ihr ist höchst unbehaglich zumute. Solche hochemotionalen Ausbrüche sind ihr fremd, sie kommt schlecht damit zurecht, wenn sie unter Zugzwang gesetzt wird, sie braucht Zeit, sie muss sich in Ruhe darüber klarwerden, wie sie auf so eine Erklärung reagieren will. *Er liebt mich*? Woher kam das denn jetzt plötzlich?

Aber statt sich eine Minute zum Nachdenken zu gönnen, spuckt sie die Dinge aus, auf die sie programmiert ist.

»Schau, Mark, es tut mir leid, aber solche Gefühle hab ich nicht. Mir war nicht bewusst, dass du so empfindest, und wenn ich es bemerkt hätte, wäre ich vielleicht etwas sensibler damit umgegangen. Aber ich hab es nicht mitgekriegt, und ich ... ich suche keine Beziehung. Tut mir echt leid.«

Mark ist sichtlich am Boden zerstört, er hat keine Kraft mehr zum Weiterbetteln.

»Ich werde jetzt nach oben gehen, weil ich müde bin und mich morgen einer Prozedur unterziehe, die mich nervös macht«, fährt Cam fort. »Geh nach Hause, Mark. Schlaf ein bisschen. Ich sag dir Bescheid, wie es morgen läuft.«

»Versprochen?«

»Ja, Mark, ich verspreche es. Okay?«

Langsam wendet sie sich ab. Er rührt sich nicht von der Stelle. Cam steckt ihren Schlüssel ins Schloss, öffnet die Tür und geht hinein. Am Fuß der Treppe bleibt sie stehen, ganz still, ungefähr dreißig Sekunden, bis sie hört, wie sich seine Schritte auf dem Gartenweg entfernen.

Er liebt mich?, wiederholt sie in Gedanken immer wieder, während sie langsam die Treppe hinaufsteigt. Gerade eben hat er sie kalt genannt, aber in ihrem Bauch breitet sich ein warmes Glühen aus. *Was ist das?*

Als sie oben vor ihrer Wohnungstür ankommt, ist aus dem sanften Glühen eine Hitze geworden, die sie nicht mehr ignorieren kann.

»Warte, Mark!«, ruft sie, und der Sinneswandel überkommt sie so plötzlich, dass sie sich viel zu schnell umdreht. Auf der schmalen Treppe verliert sie das Gleichgewicht, greift nach dem Geländer, aber kriegt es nicht zu fassen, und wie gelähmt vom Schock der Erkenntnis, dass sie stürzen wird, kracht ihr Körper gegen jede einzelne Stufe. Ihr Genick bricht, als sie, eingekeilt zwischen Treppe und Haustür, hilflos unten aufschlägt.

Sie ist sofort tot.

15

Tara

Ich liege im Bett und kann kaum atmen, als ich die Mail von Cam lese, immer wieder von vorn.

Aber nicht das, was Stella Davies schreibt, bringt mich so aus der Fassung, sondern die Signatur am Ende ihrer Mail.

PA von Jason Scott @Jason Scott Photography.

Die verrückte Kuh hat Camilla von ihrem Arbeitsmailkonto aus getrollt. Was soll ich denn jetzt machen? Ich kann es nicht glauben. Es ist, als wären die Planeten erst eine günstige Konstellation eingegangen und hätten mich dann an den Rand eines schwarzen Lochs geschubst.

Mein Date mit Jason fühlt sich an, als wäre eine andere Person in diese Bar spaziert. Vor einer Ewigkeit. Was für eine bizarre kosmische Macht zerrt mich zurück in seine Welt?

Ich möchte ihm von dieser Mail erzählen, aber wie kann ich das? Er hat mir klar und deutlich mitgeteilt, dass er nichts mit mir zu tun haben will, ich kann ihm wohl kaum eine SMS schreiben, in der steht: »Hey, ich bin's noch mal, das klingt jetzt vielleicht ein bisschen an den Haaren herbeigezogen und reichlich sonderbar, aber ich glaube, deine PA will dein Sperma klauen.« Ich könnte versuchen, ihn anzurufen, aber wahrscheinlich würde er nicht drangehen. Trotzdem – ich kann das nicht zulassen. Ich meine, es ist einfach falsch. Ich weiß, dass Jason Kinder haben will. Wenn er rausfindet, dass er ein Kind gezeugt hat, von dem er nichts weiß, könnte das für ihn echt verheerend sein, er sollte es nur nicht ausgerechnet von mir erfahren. Andererseits – wie kann ich es ignorieren? Vielleicht schicke ich ihm einfach eine Mail. Aber wenn diese Irre seine PA ist – was, wenn sie seine Mails liest?

Irgendwas muss ich tun, aber was? Vielleicht geht es mich ja nichts an, vielleicht sollte ich mich einfach raushalten, aber mein Bauchgefühl sagt, das geht nicht. Ich mochte diesen Mann, ich will nicht, dass ihm so was passiert. Also schreibe ich Cam.

Wow, du wirst es nicht glauben, aber ich kenne den Chef von dieser Stella Davies!

Sie antwortet nicht, vielleicht schläft sie ja schon. Ich schreibe lieber nicht noch einmal, ich möchte sie nicht mit meinen persönlichen Dramen wecken, wo sie doch morgen eine Abtreibung überstehen muss. Ich könnte ein kleines Geschenk vor ihrer Haustür hinterlassen, solange sie weg ist, irgendwas Nettes, was sie vorfindet, wenn sie nach der OP heimkommt, ich bin sicher, sie hat gesagt, der Termin ist um zwei. Beispielsweise eine Packung Krispy Kreme Donuts, sie hat doch erzählt, dass sie dauernd daran denken muss. Klar, sie hat versucht zu widerstehen, aber nach so einem harten Tag bringt es sie vielleicht wenigstens zum Lachen. Ja, das ist gut. Ich werde meiner neuen Freundin eine kleine Freude machen.

Mit diesem Gedanken knipse ich das Licht aus und schlafe ein.

Was ich wegen Jason tun werde, muss ich morgen entscheiden.

Stella

Als ich die Zeitung lese, ersticke ich beinahe an meinem Salat aus gebratenem Gemüse und braunem Reis. Schnell greife ich zu der Flasche Hustensaft und spüle meine Gurgel mit einem kräftigen Schluck. *Camilla Stacey, tot? Wie bitte?*

Als ich im Handy nachschaue, sehe ich, dass fast jede Nachrichtenseite darüber schreibt. Meist beginnt der Artikel mit Sympathiebezeugungen, aber dann wird sie angegriffen, weil sie hinsichtlich ihres nicht vorhandenen Kinderwunschs gelogen hat.

Das Gesicht der kinderlosen Frauen war schwanger. So viel zu ihrem großen Kreuzzug …

Camilla Stacey wird öffentlich beschämt, ist aber zu tot, um sich zu wehren. Ich zittere und habe das Gefühl, wenn ich anfange zu weinen, werde ich nie mehr aufhören. Aber warum bin ich traurig? Ich habe diese Frau doch gar nicht gekannt.

Aber vielleicht hat sie *mich* gekannt. Ob sie meine Mails wohl gelesen hat? Das werde ich wohl nie erfahren. Mir kommt das alles so unwirklich vor. Ich fühle mich, als wäre eine Freundin gestorben, eine Freundin, die ich nicht besonders mochte. Ich habe nicht vor, auf Facebook lange traurige Nachrichten zu schreiben, wie es Alices Freunde getan haben, als sie gestorben ist. Aber ich habe das Gefühl, dass ich etwas verloren habe. Ob sie es nun gelesen hat oder nicht, habe ich Camilla Stacey doch eine Menge anvertraut. War ich zu gemein? Ist sie meinetwegen traurig gestorben? Das macht mir richtig Stress. Aber ich darf mich nicht stressen, denn das ist angeblich schlecht für die Fruchtbarkeit. Trotzdem geht mir der Gedanke nicht aus dem Kopf.

Und sie war tatsächlich schwanger? Typisch Cam mit ihrem perfekten Leben, dass sie am Ende auch noch ein Baby kriegt. Andererseits ist ihr Leben ja gar nicht so perfekt, nicht mehr. Ich denke an dieses Baby, das jetzt auch tot ist. Wie schrecklich ungerecht. Auf eine ganz seltsame Art fühle ich mich Cam heute besonders verbunden, denn mein Ovulationstest hat mir gerade ein blinkendes Smileygesicht gezeigt, und das bedeutet, ich bin »sehr fruchtbar«. Höchstwahrscheinlich kriege ich morgen nur noch das Smileygesicht, und das signalisiert, dass meine Chancen, schwanger zu werden, dann am höchsten sind. Nur noch ein Tag, dann kann ich meinen Plan in die Tat umsetzen.

Tara

Der Geruch der Donuts erfüllt den U-Bahnwagen, ich rieche sie sogar durch den Schal, den ich mir raffiniert um den Kopf drapiert habe. Offensichtlich ist mein Selbstbewusstsein ein bisschen stärker geworden, denn ich habe die Fahrt mit offenen Haaren gewagt. Aber ich konnte mich noch nicht dazu durchringen, mein Gesicht zu zeigen. Vor allem mit den Donuts auf meinem Schoß – ständig schielen die Leute zu mir herüber, allem Anschein nach ist ihr Duft für sie ebenso verlockend wie für mich. Kurz spiele ich sogar mit dem Gedanken, eins davon zu essen, aber ich kann ja schlecht elf Donuts auf Cams Türschwelle hinterlassen, oder? Man kauft entweder sechs oder zwölf Donuts, ich würde also nur gierig erscheinen. Obwohl Cam vielleicht gerade das lustig finden würde.

NEIN, Tara, du kriegst keines von Camillas Gute-Besserung-werd-bald-wieder-gesund-Donuts!

Ich habe wirklich ein gutes Gefühl. Es ist drei Uhr nachmittags, sie ist bestimmt noch in der Klinik, und ich werde ihr die Donuts vor die Tür legen. Ich habe mir überlegt, ob es unsensibel sein könnte, weil es ja ein schwangerschaftsbedingter Heißhunger war und sie, wenn sie heimkommt, gar nicht mehr schwanger ist, aber ich glaube, Cam ist stabil genug dafür. Hoffentlich genehmigt sie sich nach der anstrengenden Tortur eins der süßen Dinger.

Ich folge Google Maps zu Cams Straße, sehr achtsam, weil ich nicht die Box fallenlassen und meine schöne Überraschung ruinieren will. Bestimmt ist das die erste einer langen Reihe netter kleiner Aufmerksamkeiten, die wir einander zukommen lassen. Das machen echte Freundinnen so. Die verpissen sich nicht in schlimmen Zeiten nach Bora Bora, sondern legen Donuts auf die Türschwelle, ohne einen einzigen davon für sich selbst abzuzweigen. Als ich zu dem Haus gelange, das ich für das richtige halte, erklärt mir ein Polizist, der auf der anderen Seite eines gelben Flatterbands steht, ich müsse zurückbleiben. Jede Menge Leute stehen hier herum. Polizei, Krankenwagen, Nachrichtenkameras. Nummer 11 ist komplett abgesperrt, und ich bin sicher, das ist Cams Hausnummer. Bin ich versehentlich in der falschen Straße gelandet? Ich frage den Polizisten nach der Adresse.

»Ja, das ist richtig«, bestätigt er. »Aber bleiben Sie bitte auf Abstand.«

Ich starre auf die Haustür. Sehen kann ich nichts, es sind zu viele Leute da. Eine ungefähr siebzigjährige Frau steht ungefähr drei Meter von der Haustür entfernt und späht, beide Hände vor den Mund geschlagen, ins Haus, stumm, offensichtlich schockiert. Ein Mann, ungefähr im selben Alter – ihr Mann vielleicht? – kümmert sich um sie, aber dann stürzt er selbst auf die Knie und schluchzt so laut, dass die Luft sich mit seinem Kummer füllt.

Was ist hinter dieser Tür los?

Ein Sanitäter erscheint am Fußende einer Trage. Als die Trage ganz in mein Sichtfeld rückt, erkenne ich darauf einen mit einem weißen Laken zugedeckten Körper. Dann, am Kopf der Trage, folgt der zweite Sanitäter. Sie gehen zu einem der Krankenwagen.

Wer liegt auf dieser Trage?

Ich schaue auf die Haustür. Nummer 11. Wo ist …

»CAMILLA!«, ruft die Frau plötzlich und rennt völlig außer sich zu dem Krankenwagen. Der Mann richtet sich auf und will sie zurückhalten, aber sie stürzen beide, überwältigt von hilflosem Schmerz.

Ich lasse die Donutschachtel auf den Boden fallen.

Als ich zwischen meiner Mum und meinem Dad auf dem Sofa sitze, kann ich meine tränennassen Augen nicht von der Mattscheibe wenden, als die Nachricht von Cams Tod verlesen wird. Ich beobachte die Sprecherin mit ihrer rosa Bluse und ihren perfekt geglätteten Haaren, während Bildmaterial von der Szene, die ich heute Nachmittag miterlebt habe, in einem kleinen Kasten neben ihrem Kopf abläuft.

Die Worte: »Camilla Stacey, ›das Gesicht der kinderlosen Frauen‹ tot in ihrem Haus aufgefunden«, laufen unten am Bildschirm entlang.

Dann breitet sich der kleine Kasten über den ganzen Bildschirm aus, und ein Reporter spricht in die Kamera. Jetzt ist es dunkel, aber das gelbe Flatterband flimmert hinter ihm, die Haustür von Nummer 11 ist immer noch offen, aber der Krankenwagen ist verschwunden.

»Gegen ein Uhr heute Nachmittag ist die bekannte Bloggerin und Feministin Camilla Stacey tot in ihrem Haus aufgefunden worden. Die Todesursache ist noch nicht bekannt, aber nach Angaben der Polizei gibt es bisher keine Hinweise auf Fremdeinwirkung. Ms Stacey wurde von ihren Eltern, die ihre Tochter zum Lunch abholen wollten, am Fuß der Treppe gefunden, wie sie der Polizei mitteilten. Nach Informationen der vor Ort eintreffenden Sanitäter hatte Ms Stacey wahrscheinlich schon einige Stunden dort gelegen. Höchstwahrscheinlich hat ein Genickbruch sofort zu ihrem Tod geführt.«

»Das kann nicht sein«, sage ich und beiße in meinen Daumennagel. Meine Oberlippe zittert.

»Es tut mir so leid, Liebes«, sagt Mum neben mir.

»Ihr ging es doch gut, erst gestern Abend waren wir noch zusammen. Wie kann so etwas passieren?«

Der Reporter spricht weiter.

»Camilla Stacey hatte eine große Fangemeinde, und obgleich Gedenkbotschaften ihren Twitteraccount überfluten, gibt es eine Menge Verwirrung. Ms Stacey hat auf ihrem kinderlosen Lebensstil eine lukrative Karriere aufgebaut, und ihre Fans waren schockiert zu erfahren, dass sie sich zum Zeitpunkt ihres Todes in der neunten Schwangerschaftswoche befand. Viele ihrer loyalen Follower sind verunsichert, was sie davon halten sollen, einige Leute sprechen bereits von ›gewissenlosem Schwindel‹. Ms Staceys Hauptsponsor, L'Oréal, hat folgende Verlautbarung veröffentlichen lassen.«

Auf dem Bildschirm erscheint eine Graphik.

Selbstverständlich sind wir erschüttert von der Nachricht über Camilla Staceys Tod. Wir haben ihren Blog HowItIs.com stets nach Kräften unterstützt. Dennoch finden wir es wichtig zu sagen, dass wir es als Firma nicht billigen oder gar akzeptieren, wenn unsere Kunden und Kundinnen getäuscht und in die Irre geführt werden.

Die Nachricht von Camilla Staceys Schwangerschaft haben wir deshalb mit Bestürzung zur Kenntnis genommen und versichern hiermit, dass wir nie in wie auch immer geartete Betrugsversuche verwickelt waren. Wir werden ab sofort unser gesamtes Branding von der Website entfernen, jegliches Sponsoring ist hiermit beendet. Samantha Byron, Head of Sponsorship, L'Oréal

»Natürlich ist das Sponsoring beendet, du Genie, sie ist tot!«, schreie ich so wütend, dass ich dabei buchstäblich mit den Zähnen knirsche.

»Okay, Tara, aber bitte achte auf deine Ausdrucksweise«, sagt meine Mutter und schließt schnell das Wohnzimmerfenster, falls Mrs Bradley uns hören kann.

»Sorry«, räume ich ein, »aber ich kann es einfach nicht glauben. Das kann nicht wahr sein. Sie war brillant, Mum. Und ja, sie war schwanger, aber sie hatte heute einen Termin für die Abtreibung. Ich wollte ihr Donuts bringen.«

Ich lasse den Kopf in die Hände sinken, und sofort sind sie voller Tränen. Das ist so sinnlos. Cam war meine Freundin.

»Ich habe noch nie jemanden wie sie gekannt. Sie war so mutig, so hundertprozentig sie selbst. Sie hat all das gelebt, was sie sich vorgenommen hat, und noch viel mehr. Leute wie Cam dürfen nicht sterben«, sage ich, während ich verzweifelt versuche, irgendeinen Sinn in Cams Tod zu finden.

»Klingt ein bisschen wie du«, meint Dad und legt den Arm um meine Schulter. »Sie hatte Glück, dass sie den letzten Abend ihres Lebens mit dir verbringen konnte, Liebes«, sagt er und drückt mich an sich. Er hat immer noch den Pullover an, den ich angeblich für ihn gestrickt habe. Ich lächle ihn an und beginne wieder zu weinen. Er drückt mich an sich, und mir wird mal wieder klar, wie sehr eine Tochter ihren Vater manchmal braucht.

Mum setzt sich an meine andere Seite und stellt den Fernseher aus. Jetzt sitzen wir wieder in einer Reihe nebeneinander auf dem Sofa, meine Eltern tätscheln meine Schenkel und klopfen mir auf den Rücken, während ich meinem Kummer über den Tod meiner Freundin freien Lauf lasse. Als ich keine Tränen mehr habe und mir vor Traurigkeit alles weh tut, sage ich ihnen, dass ich ins Bett muss.

Sie begleiten mich in mein Zimmer und decken mich zu, küssen mich auf die Stirn wie früher, als ich noch ein kleines Mädchen war.

»Wir stehen morgen mit Annie auf und bringen sie zur Schule«, verspricht Mum. »Ruh dich einfach aus.«

»Danke«, sage ich, als sie die Tür zuzieht. »Ich liebe euch.«

»Wir dich auch, Schätzchen. Wir lieben dich sehr.«

Als die Tür sich hinter ihnen geschlossen hat, schaue ich mir noch einmal die SMS und Mails an, die ich mit Cam ausgetauscht habe. Sie hat mir so viel Kraft gegeben, und ich wollte das Gleiche für sie tun. Jetzt hat man sie mir einfach weggenommen. Wie bösartig kann das Schicksal denn sein? Erst schenkt es mir eine Freundin und dann nimmt es sie mir sofort wieder weg. Am Ende der letzten Nachricht leuchtet mir Jasons Name aus Stella Davies' Mail entgegen, und ich fange an zu überlegen, ob das Schicksal es vielleicht doch nicht nur schlecht mit mir meint. Beim ersten Lesen habe ich gerätselt, welche kosmische Macht Jason in mein Leben zurückgebracht hat, und jetzt, in meiner momentanen Überempfänglichkeit für alles Spirituelle, denke ich, das Universum kann einem Menschen doch nicht einfach so ein Zeichen geben, und frage mich, ob mir Cam aus einem bestimmten Grund geschickt worden ist.

Und ob Jason dieser Grund ist.

Stella

Ich pinkle auf das Stäbchen. Ein Smileygesicht erscheint. Meine Fruchtbarkeit hat den Spitzenwert erreicht, heute ist der große Tag. Ich habe eine ganze Flasche Hustensaft getrunken, zum Frühstück lauter basische Obstsorten verdrückt und ein paar Pfund zugenommen, weil ich seit zwei Wochen keinen Sport mehr treibe.

Ich habe einen kürzeren Rock als sonst angezogen, dazu ein ärmelloses rotes Top mit weitem Ausschnitt und eine blaue Strickjacke, die ich offen lasse. Ich bin mir der Extrapfunde bewusst, aber das meiste hat sich an meinen Brüsten angesetzt, also betone ich sie noch mit einem Push-up-BH. Bisher bin ich Jason den ganzen Tag mehr oder weniger aus dem Weg gegangen, denn ich weiß, dass er sein Buch fast fertig hat. Ich muss den richtigen Moment sehr sorgfältig wählen. Jason ist sensibel, wenn ich einen Fehler mache, schrecke ich ihn ab. Geduld hat oberste Priorität, es darf nichts schiefgehen.

Wegen Camilla Stacey fühle ich mich immer noch komisch, vor allem wenn ich daran denke, dass sie meinen Plan gekannt hat. Aber ich muss mich konzentrieren. Jetzt verdränge ich dieses Thema erst mal.

Ich atme ein paarmal tief durch, und als ich mir mit der Hand durch die Haare fahren will, kriege ich den zurzeit üblichen kurzen Schreck, weil mir einfällt, dass ich keine Haare mehr habe. Aber es ist jetzt wesentlich leichter, mich herzurichten – mir war gar nicht klar, wie viel Zeit ich damit verbracht habe, meine Haare richtig zu stylen. Ich lege ein bisschen Lipgloss auf, schiebe meine Brüste im BH zurecht, so dass sie hübsch sitzen, und klopfe leise an Jasons Tür.

»Wie kommst du voran?«, frage ich und schiebe meine Hüfte ein bisschen zur Seite, um meine Kurven zu betonen – für den Fall, dass er sie zur Kenntnis nimmt.

»Noch eine Stunde, Stella. Komm in einer Stunde wieder, ich denke, dann bin ich fertig.«

»Bravo!«, sage ich nur, schließe die Tür und setze mich wieder an meinen Schreibtisch. Wie kriege ich diese Stunde rum? Indem ich Cam Stacey noch einmal google; der *Mirror* hat sie unverhohlen als Lügnerin bezeichnet. Die *Mail* zitiert ihre Fans.

»Ich fühle mich dermaßen betrogen. Sie hat mir das Gefühl gegeben, dass ich okay bin, obwohl ich keine Kinder habe, und jetzt denke ich, nicht mal die Person, zu der ich aufgeblickt habe, hat es ausgehalten, so zu sein wie ich. Ich bin total deprimiert.«

»Sie hat uns alle angelogen, für Geld. Sie war ein schrecklicher Mensch,

und jetzt kann man sie nicht mal mehr zur Verantwortung ziehen. Das ist echt nicht fair.«

»Ich habe sie so geliebt, ich hab ihr E-Mails geschrieben, und sie hat sogar ein paarmal geantwortet. Ich kann einfach nicht verstehen, dass jemand so eine Maske tragen kann. Ich habe wirklich geglaubt, sie wäre so, wie sie zu sein vorgab. Jetzt komme ich mir vor wie der letzte Depp.«

Cam hat also tatsächlich Mails beantwortet? Das bedeutet, dass sie die Mails auch gelesen hat. Wie schrecklich, dass sie womöglich gestorben ist in dem Gefühl, gehasst zu werden. Aber meine Mails waren nichts im Vergleich zu dem Gift, mit dem sie auf Twitter jetzt überschüttet wird. Hat sie mit der Behauptung, keine Kinder zu wollen, wirklich gelogen, um Geld zu machen? Ich bin wie betäubt, ich weiß nicht, was ich denken soll. Ich kann nur an das denken, was ich demnächst tun werde …

Endlich ist die Stunde vorbei. Ich hole eine Flasche Champagner aus dem Kühlschrank – den habe ich von Phils Eltern zum Geburtstag bekommen –, dazu zwei Gläser. Dann klopfe ich wieder an Jasons Tür.

»Und – können wir feiern?«, frage ich.

»Moment noch, ich bin fast soweit … warte, hier haben wir's … okay, ENDE … und fertig! Verdammte Scheiße, ich hab es geschafft«, sagt Jason, rennt laut lachend auf mich zu, schlingt die Arme um mich und hebt mich hoch. »Gottseidank hab ich diese beschissene Scheiße endlich hinter mir!«, brüllt er und vergisst sich so, dass er nicht mehr daran denkt, was für ein zartes Wesen er im Arm hält. »Ach du Scheiße, Stella, tut mir schrecklich leid – hab ich dir weh getan?«, fragt er erschrocken, stellt mich wieder auf den Boden und betrachtet mich prüfend, ob ich Anzeichen einer Beschädigung aufweise.

»Nein, nein, alles gut, das hast du super gemacht! Ich bin stolz auf dich«, sage ich, gehe zu seinem Schreibtisch, stelle die Gläser dort ab und öffne den Champagner. Als der Korken sich löst, wende ich schnell den Kopf ab, dann schenke ich ein.

»Cheers!«, sagen wir und heben die Gläser. Jason kippt seines auf einen Zug hinunter. »Scheiß drauf, ich will mich besaufen«, verkündet er und deutet auf sein Glas, damit ich es nachfülle. Natürlich tue ich das nur allzu gern, während ich an meinem Glas nur nippe.

»Also, was machen wir jetzt zur Feier des Tages?«, frage ich ihn.

»Gott, ich weiß auch nicht. Ich hab nichts geplant.«

»Na, wie gut, dass ich den Champagner mitgebracht habe, stimmt's?«, lache ich. »Ich dachte, wahrscheinlich können wir ihn brauchen.«

Ich gehe zu seinem Schreibtisch und setze mich darauf. Sein Blick wandert über meinen Schenkel, von dem ich in voller Absicht etwas zu viel präsentiere. Ich kriege es mit, und er versucht, so zu tun, als wäre es nicht passiert.

»Ich wollte dir danken, dass du mir den Kopf rasiert hast«, sage ich. »Du hattest nämlich recht, das ist viel besser, als darauf zu warten, dass die Haare ausfallen, und außerdem gefällt es mir richtig gut.«

»Mir gefällt es auch, es steht dir. Du hast eine sehr schöne Kopfform.«

»Danke«, antworte ich und trinke möglichst verführerisch einen kleinen Schluck Champagner. »Ja, ich fühle mich in meiner Haut wohler denn je.« Langsam lasse ich meine Hand an meinem Schenkel hinaufgleiten, um Jasons Aufmerksamkeit auf diese Haut zu lenken. Er tritt unbehaglich von einem Fuß auf den anderen, aber sein Blick ruht weiter auf meinem Bein. Ich fabriziere ein ausgiebiges künstliches Gähnen. »Himmel, Champagner macht mich immer tierisch müde. Ich glaube, ich brauche einen Kaffee dazu. Möchtest du auch einen?«, frage ich, denn ich weiß, dass Jason einen Espresso niemals ablehnt. Danach werde ich dann ziemlich schnell zur Sache kommen müssen, wenn ich die volle Wirkung des Kaffees in seinem Sperma nutzen will. Mit einem kleinen Hüftschwung, gerade genug, dass er es bemerkt, schreite ich an ihm vorbei zur Nespressomaschine.

»Bitte schön«, sage ich, als ich zurückkomme und überreiche ihm seinen doppelten Espresso. Ich schaue ihm beim Trinken zu, als würde ich ihn vergiften und mich vergewissern, dass er seine Tasse bis zum letzten Tropfen leert, dann schenke ich Champagner nach und setze mich wieder auf den Schreibtisch. Diesmal lasse ich meinen Rock noch ein bisschen höher rutschen. Das Spiel beginnt.

»Steht dir echt gut, weißt du«, sagt Jason ein bisschen fahrig. »Deine Haare. Oder eher dein Kopf.«

Er ist nervös. Etwas liegt in der Luft. Jetzt können wir es nicht mehr ignorieren.

Ich werfe ihm einen suggestiven Blick zu, lächle ihn an, löse meine übereinandergeschlagenen Beine und lasse meine Hände an meinen Oberschenkeln hinaufwandern. »Magst du nicht einfach zu mir kommen?«

»Stella, was machst du denn da?«

»Was meinst du damit, was ich da mache? Ich möchte dir nur gratulieren, weiter nichts. Komm doch her.«

Jetzt besteht kein Zweifel mehr daran, was ich im Sinn habe. »Stella, ich weiß wirklich nicht, ob das eine gute Idee ist. Du arbeitest hier, und du … und dein …«

»Mach ruhig weiter, raus damit.«

»Du hast Krebs«, sagt er sachlich.

»Heißt das, ich darf keinen Sex haben?«

Er verhaspelt sich – als hätte er von Anfang an gewusst, was ich will, aber gehofft, dass er sich irrt.

»Jason, ich brauche trotzdem Sex.«

»Tut mir leid, Stella. Du bist wunderschön, aber ich glaube

nicht, dass es richtig wäre. Ich gehe jetzt lieber, okay? Wir müssen auch nicht mehr darüber reden. Nimm die nächste Woche frei, ich mach das auch, das Buch ist ja fertig. Lass uns einfach vergessen, was passiert ist.«

Er wendet sich zum Gehen, aber ich laufe ihm nach. Er kann nicht abhauen, das lasse ich nicht zu.

»Nein, Jason. Es ist okay. Lass es uns tun, es muss zu nichts führen, zwischen uns ändert sich nichts. Es ist bloß Spaß, und den können wir doch beide gut gebrauchen, oder nicht?« Ich schmiege mich an ihn, meine Brust drückt sich an seine. »Lass uns ein bisschen Spaß haben, ja?«, sage ich, streiche mit den Lippen sanft über seine und provoziere ziemlich schnell einen leidenschaftlichen, tiefen Zungenkuss. Anfangs versucht er sich zu wehren, aber nicht lange. Ich nehme seine Hand und führe ihn zurück zu seinem Schreibtisch, wo ich mein Top über den Kopf ziehe und meinen BH öffne. Wie jeder Mann, mit dem ich je geschlafen habe, knickt auch Jason beim Anblick meiner Brüste endgültig ein. Jetzt hab ich ihn, das weiß ich.

Ich schiebe meinen Rock nach unten, er rutscht auf den Boden, und als mein Slip folgt, nimmt Jason überrascht meine kahle Muschi zur Kenntnis. »Gott, Stella, ich hätte nie gedacht, dass du der Typ Frau bist, der sich rasiert«, sagt er, dann nimmt er sich hastig zusammen. »Scheiße. Sorry, ist das wegen der Chemo?« Ich lege ihm den Finger auf den Mund, damit er aufhört zu reden. »Du hast also an meine Muschi gedacht?«, erwidere ich lächelnd.

»Nein, ich meine, ich … ich meine nur, du kommst mir nicht vor wie die Art …«

»Gut. Also, jetzt brauchst du überhaupt nicht mehr darüber nachzudenken. Jetzt gehört alles dir.«

Ich setze mich wieder auf den Schreibtisch und spreize die Beine. Jetzt hat er meine Vagina voll im Blick und schaut direkt hinein.

»Komm her, Jason. Es ist okay. Es ist bloß Sex, danach ist alles wieder wie vorher.« Ich öffne die Beine noch ein bisschen mehr und verschaffe ihm einen Blick, dem sich nur wenige Männer entziehen könnten. Ich bin so nah dran, von ihm zu kriegen, was ich brauche.

»Bitte, Jason«, dränge ich. »Ich brauche es. Es könnte mein letztes Mal sein.«

»Oh Gott, wirklich?«, sagt er, packt mich und küsst mich. Ein paar Sekunden halte ich still, weil es sich so gut anfühlt. Sein Mund ist so sanft, ein perfekter Kuss. Aber ich muss mich konzentrieren. Ich will ein Baby, einen Jungen. Schnell drehe ich mich um. »Nimm mich so«, sage ich und drücke meinen Hintern an sein Gemächt. Ich fühle, dass er hart ist. Nur noch ein paar Sekunden, dann wird es passieren. Ich streichle mich, damit ich auch komme, genau wie ich es gelesen habe. Mein Orgasmus wird alle männlichen Spermien aufsaugen und ihnen helfen, als Erste zu meinem Ei zu gelangen. Es läuft großartig. Alles wird gut.

Jason öffnet seine Hose und bewegt seinen Penis in meine Richtung, während ich mich weit öffne, damit er den Weg findet. Dann spüre ich, wie seine Penisspitze meine Haut berührt, und gerade als ich mich auf sie schieben will, fahren wir beide hoch, weil jemand schreit: »Nein! Jason, nicht eindringen!«

»Nicht eindringen?« *Wie bitte*? Wir drehen uns beide um. Woher kommt diese Stimme?

»TARA?«, sagen Jason und ich wie aus einem Mund.

»Jason, sie versucht, dein Baby zu stehlen. Ich meine, sie versucht, ein Baby von dir zu kriegen. Sie will, dass du ihr ein Baby machst. Scheiße … Ich kann nicht glauben, dass ich ›nicht eindringen‹ gesagt habe. Sorry, ich hab nicht damit gerechnet, dass ich genau in diesem Moment hier ankommen würde, ich …«, sagt Tara und hält sich die Hand über die Augen, um nicht dauernd auf die ganzen Genitalien starren zu müssen.

»Okay«, sagt Jason und zieht die Hose hoch. »Moment. Was hast du gesagt?«

»Sorry, ja, ich hab das nicht besonders gut erklärt. Hm. Also, ich nehme an, das ist Stella, richtig?«, fragt sie und zeigt auf mich, die andere Hand immer noch über den Augen.

Ich nicke. Was soll ich sonst machen? Außer, dass ich mir auch die Unterhose wieder anziehe.

»Ja, das ist Stella, woher hast du … und warte mal, Stella, woher wusstest du, dass das Tara ist?«

Oh-oh.

»Jeder weiß, dass ich Tara bin. Wegen des Videos.«

»Was denn für ein Video?«, fragt Jason, der offenbar nicht die leiseste Ahnung hat, worüber sie redet.

»Ja, das Video. Von mir … warte, du hast es noch nicht gesehen?«

Während Jason erklärt, dass er wegen seines Buchs eine TV- und Internetsperre hatte, bücke ich mich, um meinen Rock aufzuheben, aber da schreit er mich an, und ich richte mich kerzengerade auf, wie ein Soldat. Mit meinem blöden kahlrasierten Schädel.

»Stella, warum hast du – nein, warte, Tara, woher kennst du Stella?«, fragt er, so verwirrt, dass er sich am Kopf kratzt und dabei aussieht wie Stan Laurel.

»Ich kenne sie, weil sie meine Freundin Camilla Stacey getrollt hat, und zwar von ihrem Arbeits-Mailaccount. Ich hab die Mails selbst gesehen.

Jason schaut Tara an, dann wieder mich. »Benutzt ihr irgendeinen Code?«

»Ich war vorgestern Abend mit Camilla verabredet, kurz vor ihrem Tod«, erklärt Tara, und man hört, dass sie die Tränen zurückhalten muss. »Ich hab deine letzte Mail gesehen, Stella, und da stand auch deine Arbeitsadresse.« Sie wendet sich an Jason. »Als ich wusste, dass Stella hier arbeitet, musste ich dir sagen, was sie vorhatte. Diese Information ist mir in den Schoß gefallen, ich konnte sie nicht ignorieren. Ich weiß, du hast gesagt, du willst mich nie wiedersehen, aber …«

»Warte, wann habe ich das gesagt?«, fällt Jason ihr ins Wort, immer noch völlig durcheinander.

»Als ich dir letzte Woche geschrieben habe und du mir geantwortet hast, dass ich dich falsch verstanden habe. Ich meine, wenn du das sagst, stimmt es ja sicher, aber ich …«

»Nein, ich hab das nie gesagt, ich hatte gar kein Handy. Als du an dem Abend damals weggegangen bist, hat mich ein Radfahrer angefahren, mein Handy ist in einen Gully gefallen, und ich hab erst seit ein paar Tagen ein neues. Und ich habe dir nie eine SMS geschrieben, weil du mir nie eine geschrieben hast.«

Es wird sehr still, und langsam fallen die Groschen. Jason und Tara drehen sich zu mir um und schauen mich an. Ich bedecke meine Blöße, so gut ich kann, aber es ist witzlos, so etwas wie Würde gibt es für mich ohnehin nicht mehr. Ich möchte die Augen schließen und das, was passieren muss, passieren lassen, damit ich endlich weglaufen und mich für den Rest der Ewigkeit in meiner Wohnung verstecken kann. Mein Plan hätte kaum gründlicher den Bach runtergehen können.

»Stella, hast du Tara eine SMS geschickt, dass ich sie nicht mehr sehen will, obwohl du wusstest, wie sehr ich sie mag?«

Wie komme ich da wieder raus? Wenn ich die Wahrheit sage, hört es dann auf? Ich glaube, ich habe gar keine andere Wahl.

»Ja«, sage ich. »Ich habe ihre SMS gesehen und darauf geantwortet. Ich hab ihr geschrieben, dass du sie nicht mehr sehen willst. Ja, das hab ich getan.«

»Aber warum?«, fragt Jason und sieht echt verletzt aus.

»Weil ich sie von dir fernhalten wollte. Ich brauchte dich.«

»Du brauchtest mich? Warum? Weil du Krebs hast? Stella, ich hab dir doch gesagt, ich bin für dich da.«

»Scheiße, du hast Krebs?«, fragt Tara und macht ein ehrlich besorgtes Gesicht. Dann fügt sie hinzu, als hätte es gerade Klick gemacht: »Ooh, ist das der Grund, dass deine …« Sie zupft an ihren eigenen Haaren. Ich starre sie nur an. *Was soll ich bloß sagen?* Ich möchte im Erdboden versinken.

»Du *hast* doch Krebs, oder, Stella?«, hakt Jason nach, der meinen Gesichtsausdruck bemerkt hat.

»Nein, ich hab keinen Krebs«, stoße ich hervor. »Ich hab gelogen. Ich hab keinen Krebs. Ich hatte keine Krebstherapie, und ja, ich wollte von dir schwanger werden. Okay? So ist es, das ist die Wahrheit.«

»Was bist du bloß für ein Mensch, verdammt?«, sagt Jason, packt das Sektglas, das ihm am nächsten steht und knallt es auf den Boden. So wütend hab ich ihn noch nie gesehen, obwohl ich ihn schon in allen möglichen Gefühlslagen erlebt habe. Ich fange an zu weinen, absolut erbärmlich.

»Ich war so nett zu dir, ich hab mich um dich gekümmert. Himmel, ich hab dich um ein Haar aus Mitleid gevögelt. Warum erfindest du solches Zeug?«

»Ich möchte ein Baby.«

»Willst du mich verarschen?«

»Nein, ich möchte wirklich ein Baby, ganz ehrlich«, entgegne ich schluchzend, und als ich es ausspreche, wird mir klar, wie irre das klingt. Habe ich tatsächlich den Verstand verloren?

»Du hast dir von mir die Haare abrasieren lassen!«, sagt er kopfschüttelnd. Tara schaut zu mir, dann zu Jason. »Wow«, sagt sie schließlich, als ihr das Ausmaß meiner Lüge klar wird.

»Raus hier!«, brüllt Jason und zeigt zur Tür. »Bitte! Ich kann dich nicht mehr sehen. Oh mein Gott, wenn ich nur daran denke, dass ich fast – verschwinde!« Er sieht aus, als ekelt er sich vor mir, als hasst er mich.

Gehorsam hebe ich meine Sachen vom Boden auf und schleiche zur Tür. Dort bleibe ich – ziemlich nahe bei Tara und in möglichst großer Entfernung von Jason – noch einmal stehen. Jetzt habe ich nichts mehr zu verlieren, und ich lasse die Worte einfach aus meinem Mund fließen.

»Krebs hab ich nicht, aber ich habe das Brustkrebsgen. Das heißt, mit einer Wahrscheinlichkeit von fünfundachtzig Prozent werde ich Krebs bekommen, und weil meine Mutter und meine Zwillingsschwester so jung gestorben sind, ist das Beste, was ich noch tun kann, mir sowohl die Brüste als auch die Eierstöcke operativ entfernen zu lassen. Meine Ärztin hat gesagt, wenn ich auf natürliche Weise ein Baby haben will, muss ich es jetzt versuchen, aber ich hatte niemanden, der es mit mir tut.«

Erschüttert starren die beiden mich an. Die Tränen strömen mir übers Gesicht, und ich rede schnell, denn ich muss alles loswerden.

»Und Jason, du sagst die ganze Zeit, wie sehr du dir Kinder wünschst, aber du findest auch niemanden, und da dachte ich, vielleicht können wir es ja zusammen probieren. Aber ich wollte es dir nicht sagen, weil ich wusste, du würdest mich niemals lieben. Ich wollte dich nicht in die Falle locken, ich dachte nur ... Als ich gelesen habe, wie Tara es gemacht hat, ist mir klargeworden, dass du es auch niemals erfahren müsstest. Es kam mir so einfach vor.«

»Warte, willst du damit sagen, du hast das über Tara gelesen? Wann denn?«, fragt Jason und sieht wieder völlig verstört aus.

»Ein paar Tage nach eurem Date. Sie war überall in den Nachrichten, Walthamstow Wank Woman. Sie hat nach eurem Date in der U-Bahn masturbiert und ...«

»Du hast, was?«, fällt er mir ins Wort und starrt Tara an.

»Das erkläre ich dir später«, antwortet sie, und beide wenden sich wieder mir zu.

»Ich wusste, wenn du es siehst, wirst du sie ausfindig machen, deshalb hab ich dich vom Internet ferngehalten. Damit du ihr nicht nachspüren kannst. Du musstest doch dein Buch fertigschreiben.«

»Scheiß auf mein Buch, das hat überhaupt nichts damit zu tun.

Du wusstest, dass ich Tara unbedingt sehen wollte. Verdammt nochmal. Ich war fix und fertig nach diesem Date, und du hast mich einfach schmoren lassen. Du hättest dir das Sperma von irgendjemandem beschaffen können, wenn das alles ist, was du wolltest, du egoistische, egoistische Sch…«

Er unterbricht sich.

»Es tut mir leid. Ich glaube, vielleicht ich bin echt durchgeknallt«, murmle ich kleinlaut.

Niemand erwidert etwas.

»Du bist total verrückt«, sagt Jason leise, als die ganze Geschichte langsam einsickert. »Stella, verschwinde aus meinem Studio, ich will dich hier nicht mehr sehen, hast du verstanden?«

»Aber Jason, ich …«

»Stella, du bist der schlechteste Mensch, den ich je kennengelernt habe. Also verpiss dich jetzt aus meinem Studio, mach, dass du wegkommst, und zwar plötzlich.«

Ich tue, was er sagt, und verschwinde.

Tara

Schweigend stehen Jason und ich uns gegenüber. Was soll man nach so einer Geschichte denn auch sagen? Ich versuche, nicht daran zu denken, was ich gesehen habe. Jason ist nicht mein Freund, er wusste nicht, was los war. Er konnte schlafen, mit wem er wollte. Aber ehrlich gesagt, hätte ich seinen Penis zum ersten Mal lieber anders gesehen, nicht ausgerechnet drauf und dran, mit einer anderen Frau Sex zu haben …

»Danke«, sagt er schließlich.

»Schon okay. Ich war nicht sicher, was passieren würde, wenn ich hier auftauche. Aber das jetzt habe ich echt nicht erwartet.«

»Schau, es ist nichts passiert. Okay? Ich meine, ein bisschen schon, aber ehrlich – du bist gerade noch rechtzeitig aufgetaucht«, sagt er, schüttelt den Kopf und reibt sich das Gesicht. Anscheinend ist ihm die Situation echt peinlich.

»Hey, mach dir keine Sorgen. Ich hatte auch reichlich Gelegenheit, mich zu schämen. Es ist nicht deine Schuld, das jedenfalls hab ich inzwischen kapiert«, sage ich, weil ich weiß, dass das die richtige Reaktion ist, und weil ich das Gefühl habe, dass es vielleicht ein kleines bisschen von meiner eigenen Scham aufwiegt.

Er gießt Champagner in ein Glas und gibt es mir, dann holt er einen Kaffeebecher und schenkt sich selbst auch etwas ein. Damit geht er hinüber ans Fenster und blickt nach draußen.

»Alles okay mit dir?«, frage ich.

»Nicht wirklich«, antwortet er und starrt weiter aus dem Fenster. »Ich weiß nicht, ob ich mich blöd fühle oder ob ich wütend bin oder ob mir diese Frau echt leidtut. Vielleicht eine Kombination aus allem. Sie muss sich selbst Haare ausgerissen haben. Wie schlecht muss es jemandem gehen, wenn er so etwas tut?«

»Abgrundtief höllenschlecht.«

Er denkt einen Moment nach, dann dreht er sich zu mir um. »Es tut mir leid, dass deine Freundin gestorben ist. Das ist wirklich sehr traurig.«

»Danke, ich bin nicht sicher, ob ich es überhaupt schon richtig begriffen habe«, antworte ich und frage mich, wie sich die Trauer anfühlen wird, wenn sie wirklich einsetzt. Wird es leichter sein dadurch, dass ich sie nur ein einziges Mal getroffen habe? Oder schlimmer, weil ich sie nie so kennenlernen konnte, wie ich es eigentlich gewollt hätte?

»Es ist wirklich schön, dich wiederzusehen, Tara. Ich hab angefangen zu denken, es würde nie passieren.«

»Ja, ich auch. Als du auf meine SMS nicht geantwortet hast,

wusste ich nicht, was ich denken soll. Ich konnte mir einfach nicht vorstellen, dass ich mich derart geirrt habe.«

»Du hast dich überhaupt nicht geirrt. Buchstäblich in dem Moment, als du gegangen bist, ist dieses Arschloch mit seinem Fahrrad in mich reingesegelt, und ich hab mein Handy fallen lassen. Ich wollte dir schreiben, aber als ich dann wieder ein Handy hatte, war deine Nummer verschwunden. Jetzt kann ich mir auch erklären, wie das passiert ist. Gott, sie hat echt hart daran gearbeitet, uns voneinander fernzuhalten.«

»Ich hab angenommen, du hast das Video gesehen und gedacht, ich bin doch eine Nutte.«

»Moment, worum geht's da eigentlich? Das habe ich immer noch nicht ganz verstanden. Wank Woman? Stellas Freundin hat den Ausdruck schon gebraucht, aber ich dachte, es ist irgendeine Show oder so was. Aber das bezieht sich auf dich? Hast du das gemeint, als du mir erzählt hast, du arbeitest beim Fernsehen?«

Ich kann es nicht fassen, dass er das Video nicht gesehen hat. Und da habe ich mir die ganze Zeit über ausgemalt, dass er mich für verrückt hält.

»Okay, also, in der Nacht damals hat sich mein Leben verändert, und zwar in vielerlei Hinsicht. Du hast mich so scharf gemacht, dass ich in der U-Bahn masturbiert habe. Aber als ich die Augen wieder geöffnet habe, stand dieser Widerling vor mir und war dabei, mich zu filmen. Am Montag kam ich zur Arbeit und war bereits eine globale Internetsensation. Ich weiß ehrlich nicht, wie du es geschafft hast, das zu verpassen.«

»Ich durfte nicht ins Internet. Jetzt weiß ich auch, warum Stella das so militant durchgesetzt hat. Verdammte Scheiße.« Er sieht wieder traurig aus, aber dann leuchten seine Augen plötzlich auf, und mein Magen macht einen Satz.

»Aber jetzt werde ich mir dieses Video anschauen.«

»Nein, bitte nicht. Das muss nicht sein. Du kannst es dir wann anders zu Gemüte führen, nicht jetzt.«

»Aber schau mal, der heutige Tag kann doch wirklich nicht mehr bizarrer werden. Irgendwann muss ich das Video sehen, also bringen wir es hinter uns«, argumentiert er und macht sich an Stellas Computer zu schaffen, der noch auf ihrem Schreibtisch steht. Erst versuche ich, ihn daran zu hindern, aber dann denke ich plötzlich, *wenn ich dieses Video mit meiner Mum anschauen kann, dann schaffe ich es auch mit Jason.* Wenigstens ist es dann erledigt.

»Okay, such einfach ›Walthamstow Wank Woman‹«, sage ich. Aber dann wird mir plötzlich ganz anders. Es ist fast noch schlimmer als bei meinem Dad.

Als das Video erscheint, drückt Jason auf Play.

»Heilige Scheiße«, sagt er, als es zu Ende ist, und ihm treten fast die Augen aus dem Kopf. »Wow, fast sieben Millionen Menschen haben dich masturbieren sehen?«

»Jepp.«

»Da finde ich es gleich ein bisschen weniger schlimm, dass du mich gesehen hast, als … nein, ich weiß echt nicht, wie ich in Worte fassen soll, was du gesehen hast.«

»Ich hab gesehen, wie du mit deinem Penis auf die Vagina deiner kahlen Assistentin gezielt hast, die dein Sperma stehlen wollte – so ungefähr?«

»Ja, genau das. Herrgott.«

»Ich denke, wir sind quitt. Okay, vielleicht nicht quitt, das, was du getan hast, hat sich nicht die halbe Welt angeschaut.«

»Stimmt, aber weißt du, was? Du siehst total heiß aus in dem Video. Und es ist echt schön, dass du hier bist, Tara. Ich weiß, ich bin dir nur ein einziges Mal begegnet, aber ich hab dich richtig vermisst.«

Meint er das ernst?

»Ich hab dich auch vermisst«, erwidere ich, und das meine ich auch so.

Und dann, obwohl er mir dabei zugesehen hat, wie ich das tue, was der Rest der Welt als die größte Schlampennummer schlechthin ansieht, küsst er mich.

Um acht Uhr früh erwachen wir auf dem Boden, eingemummelt in einen riesigen schwarzen Vorhang. Unsere Körper passen so gut zueinander, ich frage mich, wie ich jemals denken konnte, dass ich ihm egal bin. Gestern Abend haben wir alles getrunken, was es im Studio zu trinken gab, und überall Sex gehabt, wo es möglich war, Sex zu haben. Weiß der Himmel, wann wir eingeschlafen sind, ich weiß nur noch, dass wir auch noch stundenlang geredet haben.

»Fuck!«, rufe ich laut, als mir einfällt, dass ich Mutter bin und bei meinen Eltern wohne. »Annie!« Ich packe mein Handy und schreibe Mum eine SMS. Ich habe fünf entgangene Anrufe, ihr ist bestimmt ganz schlecht vor Sorge.

Mum, es tut mir furchtbar leid. Mit geht es gut. Ist mit Annie alles okay? Ich bin bald zu Hause, sorry, sorry xxx

Sie schreibt umgehend zurück.

Okay, Liebes. Ich bringe Annie gerade zur Schule. Ich sage deinem Dad, du warst bei Sophie, ja?

Darauf antworte ich nicht. Ich bin zweiundvierzig, meine Eltern brauchen weiter nichts zu wissen, als dass es mir gutgeht.

Jason steht auf, um Kaffee zu machen, ich lege mich wieder hin und schaue mich im Studio um. An den Wänden hängen große Drucke seiner Fotos, die ich allesamt gut kenne. In den letzten Wochen habe ich Jasons Website geradezu obsessiv studiert.

»Also, wer war Camilla?«, fragt er, als er mit dem Kaffee zurückkommt. Anscheinend ist er immer noch dabei, die Puzzleteile zusammenzusetzen. Ich setze mich auf und lehne mich mit dem Rücken an die Wand, er legt sich zu mir auf den Vorhang.

»Camilla Stacey. Sie hatte einen Blog, *HowItIs.com*. Sie war umwerfend, eine dieser Autorinnen, die sich direkt in die Schusslinie begeben. Die Menschen haben sie geliebt, ich habe sie geliebt, und sie ist vor ein paar Tagen gestorben, die Treppe runtergestürzt, kurz nachdem wir uns getroffen hatten. Ich kann es immer noch nicht ...«

Ich stelle den Kaffee neben mich und schlage die Hände vors Gesicht, weil die Tränen einfach kommen. »Sie ist eine Ikone für alle kinderlosen Frauen geworden, aber sie war schwanger. Sie hat mir erzählt, dass sie einen Abtreibungstermin hatte, aber jetzt wird sie als Lügnerin hingestellt, was überhaupt nicht stimmt.«

»Ihr wart also gut befreundet?«

»Genau genommen sind wir uns an diesem Abend zum ersten Mal begegnet. Aber sie hatte einen Artikel veröffentlicht, in dem sie für mich eingetreten ist, und seither haben wir uns oft gemailt. Ich hatte das Gefühl, dass wir uns schon ewig kennen, und dann war plötzlich alles vorbei. Ich wünsche mir so sehr, ich könnte ihr so helfen, wie sie mir geholfen hat. Aber jetzt ist sie tot.«

»Vielleicht kannst du ihr trotzdem helfen. Warum schreibst du nicht auch einen Artikel, in dem du für sie eintrittst? In dem du den Leuten erklärst, dass sie das Baby nicht behalten wollte.«

»Das kann ich nicht. Jedenfalls nicht so, dass ich ihr gerecht werden würde. Außerdem – wer sollte es veröffentlichen? Wenn ich den Artikel an eine Zeitung schicke, ist es für die ein gefundenes Fressen, und sie lektorieren mich, dass ich wieder dastehe wie ein Vollidiot.«

Ich kuschle mich an ihn, lege meinen Kopf auf seine Schulter und zwirble seine Brusthaare um meinen Finger. Ich spüre, wie sein Herz schlägt. Auf einmal erinnere ich mich an etwas, das Cam in einer Mail geschrieben hat. Dass ihr Dad ihr immer gesagt hat, sie kann ihr Leben so leben, wie es für sie passt. »Verkriech dich nicht, verlier nicht den Mut, sondern halte die Augen offen, dann wirst du etwas entdecken, was sich richtig anfühlt und funktioniert.«

Halte die Augen offen, dann wirst du etwas entdecken, was sich für dich richtig anfühlt und funktioniert.

Plötzlich habe ich eine Idee. Vielleicht kann ich Cam tatsächlich helfen!

»Hey, kann diese Kamera auch Videos?«, frage ich Jason, setze mich auf und deute auf einen sehr professionell wirkenden Apparat auf einem Stativ.

»Jepp, die kann alles. Warum? Möchtest du einen sexy Film mit mir drehen?«

»Nein, ich glaube, mein Bedarf an sexy Filmen ist erst mal gedeckt. Aber es gibt etwas, was ich gerne dokumentieren möchte.«

»Klar.«

Ich stehe auf, ziehe mich an, stelle einen Hocker zwischen die Kamera und eine weiße Kulissenwand, die mitten im Studio steht. Dann hole ich meine Handtasche und richte mir vor einem Spiegel auf der linken Seite des Raums die Haare und lege etwas Grundierung, ein bisschen Rouge, Mascara und rosa Lipgloss auf.

»Wie seh ich aus?«, frage ich Jason, denn ich brauche ein bisschen Unterstützung.

»Also, du hast Sexhaare, aber du siehst super aus. Was filmen wir denn?«, fragt er und stellt die Kamera an.

»Meine Geschichte«, antworte ich, während ich ein paar Scheinwerfer zurechtrücke und mein Szenenbild gestalte. »Camilla hat gesagt, ich könnte meine Geschichte aufschreiben, und sie würde sie auf ihrer Seite veröffentlichen, was jetzt natürlich nicht mehr möglich ist. Aber sie hat mir die Gewissheit gegeben, dass ich, wenn ich die Sache aus der Welt schaffen will, in meinen eigenen Worten darüber sprechen muss, und ich glaube, genau das sollte ich tun. Auf meine Art, als Film.«

Ich setze mich auf den Hocker und bitte Jason, ein Foto von mir zu machen, damit ich sehen kann, wie die Einstellung wirkt.

»Okay, wer ist hier der Fotograf?«, witzelt er.

»Du natürlich. Aber ich bin die Dokumentarfilmerin. Also widersprich mir nicht.«

Als ich das Foto sehe, springe ich vom Hocker und schleppe zur Perfektionierung noch einen weiteren Scheinwerfer herbei.

»Bist du morgens immer so munter?«, fragt Jason etwas nervös.

»Ich hab ein Kind. Deshalb ist der Morgen immer der munterste Teil des Tages. Komm, legen wir los, ehe mich der Mut verlässt.«

»Okay, Boss.« Er schaut durch die Kamera und wieder zu mir. »Perfekt«, verkündet er, drückt auf Aufnahme und tritt einen Schritt zurück. »Los geht's, Wank Woman.«

Ich lache. Ich meine, es ist schon witzig.

Dann setze ich ein ernstes Gesicht auf und schaue in die Kamera. Es geht los.

»Hi, ich bin Tara Thomas, aber Sie kennen mich wahrscheinlich besser unter dem Namen Wank Woman. Schon okay, Sie können gerne lachen, das haben eine Menge anderer Menschen in den letzten Wochen auch getan. Sie haben entweder gelacht oder mich als widerwärtig, pervers und krank im Kopf beschimpft. Die Wahrheit ist, dass ich nichts von alldem bin.

An einem Freitagabend vor drei Wochen kam ich gerade von einem Date. Es war wundervoll, und ich wollte es nicht mit einem betrunkenen One-Night-Stand versauen, deshalb bin ich allein nach Hause gegangen. Trotz meiner guten Absichten habe ich, als ich mich in die U-Bahn gesetzt habe, gemerkt, wie sehr mich die Begegnung erregt hatte und wie scharf ich war, und da der Wagen außer mir komplett leer war, beschloss ich, etwas dagegen zu unternehmen. Was als Nächstes passiert ist, wissen Sie ja.

Um 9 Uhr am Montagmorgen war ich eine Internetsensation.

Bis Donnerstag hatte ich meinen Job verloren, war verhaftet worden (allerdings wurde ich nicht angeklagt) und hatte in meinem lokalen Tesco eine so heftige Angstattacke erlitten, dass ich im Krankenhaus landete. Dann habe ich bei *Sky TV* ein grässliches Interview gemacht, in dem ich mich weigerte, mich für das, was ich getan hatte, zu entschuldigen, woraufhin mein Auftritt so geschnitten wurde, dass ich als sexsüchtige Irre rüberkam.

Jetzt wohne ich wieder bei meinen Eltern, bin von meiner Tochter mehrmals Wank Woman genannt worden, und die anderen Mums am Schultor finden mich alle ganz abscheulich. Aber ich bin nicht abscheulich. Deshalb möchte ich Ihnen gern erzählen, wer ich wirklich bin und wie die letzten Wochen für mich waren.

Sie waren total beschissen. Wirklich, ehrlich, absolut komplett beschissen. Nicht nur wegen dem, was ich an diesem Abend in der U-Bahn getan habe, wurde ich verurteilt, sondern auch und vor allem wegen der Art, wie ich meine Tochter bekommen habe. Ich hatte einen One-Night-Stand und habe dem Typen nie erzählt, dass ich schwanger war – und das finden eine Menge Leute so richtig scheiße.

Aber ich glaube, es wäre viel schlimmer gewesen, wenn ich diesen Mann gezwungen hätte, ein Kind zu bekommen, das er nicht wollte. Ich habe das getan, was für mich, meine Tochter und auch für ihn zum damaligen Zeitpunkt richtig war. Und bis zu dem Moment, als die Welt mich dafür verurteilt hat, war unsere Situation vollkommen in Ordnung. Ich bin eine gute Mutter, und das war das letzte Mal, dass ich die Art, wie ich meine Tochter bekommen habe, jemals wieder erklären werde.

Das also ist meine Geschichte, aber es gibt noch eine Person, über die ich heute sprechen möchte, nämlich Camilla Stacey. Wenn sie Camilla Staceys Arbeit nicht kennen, haben Sie vermutlich vor kurzem von ihr erfahren. Sie ist vor ein paar Tagen gestorben, und die Medien stellen sie als Lügnerin dar, weil sie in ihrem

Blog unermüdlich darüber geschrieben hat, dass sie keine Kinder will, aber zum Zeitpunkt ihres Todes tatsächlich schwanger war.

Für all die Leute, die behaupten, Camilla sei eine geldgierige Schwindlerin gewesen, möchte ich hiermit offiziell klarstellen, dass sie für den nächsten Tag einen Abtreibungstermin hatte. Sie hat all das gelebt, wofür sie stand. Und es ist nicht fair, dass das, was mir zu Lebzeiten passiert ist, ihr nun im Tod passiert. Sie hat es nicht verdient, beschämt zu werden. All ihren Fans kann ich versichern, dass Camilla nicht gelogen hat. Sie hat die Schwangerschaft erst ziemlich spät bemerkt, und sie wollte das Baby auf gar keinen Fall behalten.

Was mich angeht, werde ich mir diese Behandlung nicht mehr länger gefallen lassen. Ich werde mich von einer voreingenommenen, heuchlerischen Gesellschaft nicht zur Unterwerfung zwingen lassen. Ich werde mich nicht dafür entschuldigen, dass ich Mutter bin, und schon gar nicht dafür, dass ich eine Frau bin. Ich würde mich weit mehr schämen, wenn meine heranwachsende Tochter mitbekommt, dass ich mich von diesen Angriffen fertigmachen lasse, als wenn sie dieses blöde Video sieht, diesen Schnappschuss aus meinem Leben, der nicht definiert, wer ich bin, und das auch niemals tun wird.

Danke fürs Zuschauen.

Als Jason die Kamera noch laufen lässt, um aus der Trance zu erwachen, in die er verfallen ist, kann man im Studio eine Stecknadel fallen hören.

»Danke«, sage ich auch zu ihm und fühle mich ziemlich gut.

»Aber es ist doch wirklich Scheiße, ihr, weil sie keine Kinder wollte, jetzt einen Strick daraus zu drehen, dass sie doch schwanger war. Als wäre es total inakzeptabel, wenn sie es sich anders überlegt hätte und doch Kinder wollte. Ich würde es hassen, eine Frau zu sein.«

Er hat recht, so habe ich das bisher noch gar nicht gesehen. Wer sagt denn, dass eine Frau ihre Meinung übers Kinderkriegen nicht ändern kann?

»Ich kann nicht glauben, dass du meine Freundin bist«, sagt Jason, kommt zu mir, die ich noch immer auf dem Hocker sitze, herüber und drückt mit der Hüfte meine Beine auseinander.

»Hey!«, rufe ich und versuche, cool zu bleiben. »Du kannst nicht einfach beschließen, dass ich deine Freundin bin, und es mir dann mitteilen, ohne mich vorher gefragt zu haben.«

»Möchtest du, dass ich dich frage? Wo leben wir denn, in den Fünfzigern? Na gut. Tara, willst du meine Freundin sein?«

Plötzlich wird mir klar, wie albern wir sind, und ich lache los.

»Was denn, was ist so komisch?«, fragt Jason ein bisschen gekränkt.

»Wir sind uns erst zweimal begegnet. Ich meine – und jetzt das?«

»Ach du Scheiße, zweimal, echt? Stimmt wohl. Schon sonderbar, hä?«

»Jepp, wirklich sonderbar.« Ich küsse ihn, aber das fühlt sich überhaupt nicht sonderbar an. »Ja, Jason, ich will. Ich will deine Freundin sein. Jetzt gib mir die Speicherkarte, ich möchte das Video auf den Weg bringen, ehe ich es mir doch noch anders überlege.«

Ich setze mich an Stellas Computer und logge mich in meinen Twitteraccount ein. Inzwischen habe ich 759 000 Follower. Während ich das Video bei YouTube hochlade, stelle ich mir vor, wie die ganzen Leute sich freuen, wenn sie sehen, dass Wank Woman endlich ihr Internetschweigen bricht. Vermutlich kann es so oder so ausgehen, aber was macht das schon? Jason verurteilt mich nicht, meine Eltern lieben mich, und Annie ist glücklich und gesund. Ich denke an Cam, die diese Dinge nicht mehr sagen kann, und ganz egal, was mir bevorsteht, ich bin es ihr schuldig, dieses Video zu veröffentlichen.

Als es geladen ist, kopiere ich den Link und füge ihn ein.

»Okay«, sage ich, schaue auf den Bildschirm und atme aus, während ich den Text: »Ich bin Tara Thomas, und das hier ist meine Geschichte«, bei Twitter eingebe.

»Dann mal los …«

»Tu es!«, sagt Jason.

Und ich drücke auf TEILEN.

16

Zehn Tage später

Tara

In einem schwarzen ärmellosen Kleid sitze ich an meinem Küchentisch und wische noch eine letzte Träne ab. Heute war ein harter Tag. Es war Cams Begräbnis, und ich habe noch nie so viele erwachsene Menschen im gleichen Raum weinen sehen. Ihre drei Schwestern haben Gedichte vorgetragen, ihre Nichten und Neffen ein Lied gesungen, ihre Eltern, die ich von dem schrecklichen Nachmittag vor Cams Haus wiedererkannt habe, hielten einander fest und schluchzten ohne Pause. Ich habe mich ganz hinten reingeschlichen, weil ich keine Szene verursachen wollte, aber ich musste dabei sein, um mich von Cam zu verabschieden.

Ich bin kein religiöser Mensch, aber trotz all der Trauer über ihren Tod ist mein Leben immer besser geworden, seit Cam und ich Freundinnen geworden sind. Es ist beinahe so, als hätte sie mir etwas gegeben, einen Teil von sich selbst, der unbedingt weiterleben sollte. Seit sie gestorben ist, fühle ich mich so eins mit mir selbst, ich sehe alles mit anderen Augen. Ich habe Cams Familie in der Kirche beobachtet, und mir ist klargeworden, ganz gleich, wie groß das Leben eines Menschen ist, ganz gleich, wie weit man die Flügel ausbreitet, am Ende ist es eine winzige Gruppe, die wirklich zählt. Und so lange diese Gruppe stark ist, ist man selbst es auch. Ich habe meine winzige Gruppe, und ich fühle mich momentan ziemlich unzerstörbar.

Es hat mich verwirrt, dass ich sie nur ein einziges Mal getroffen habe, aber trotzdem diese große Traurigkeit empfinde. Doch die Wahrheit ist, dass man Menschen manchmal auf den ersten Blick liebt. Es spielt keine Rolle, wie oft man ihnen in die Augen schaut.

Ich logge mich bei Twitter ein, diesem Symbol für die Oberflächlichkeit unserer Gesellschaft. Vor zwei Wochen wurde ich als Inbild der Verantwortungslosigkeit gehasst, jetzt bin ich eine Heldin, weil ich mich nicht habe unterkriegen lassen. Ständig dreht und wendet sich die Welt, alles verändert sich, und wir können nichts Besseres tun, als uns selbst treu bleiben. Meine Weigerung, mich zu unterwerfen, hat mir die Liebe der Öffentlichkeit eingebracht, die mich noch kurz davor in dem Glauben, ich wäre schwach, fertigmachen wollte. Eigentlich sollte ich sie alle hassen, aber positive Vibes sind wie eine Droge. Ich kann nicht aufhören, die freundlichen Tweets zu lesen, die ich jetzt bekomme.

Nahezu drei Millionen Menschen haben sich mein Video aus Jasons Studio angeschaut. Jetzt bekomme ich keine Vergewaltigungsdrohungen mehr, sondern Heiratsanträge. Ich werde nicht mehr als Psycho abstempelt, sondern als feministische Heldin gefeiert, weil ich mich nicht für meine Sexualität entschuldigt habe.

Aber ich glaube, am stolzesten bin ich darauf, dass fast jede Zeitung, in der negativ über Camilla berichtet wurde, nach der Veröffentlichung meines Videos etwas Gegenteiliges geschrieben hat. Sie mussten sich eingestehen, dass es nicht richtig war, Cam zu unterstellen, sie hätte das Baby behalten wollen und ihre Fans aus Geldgier belogen, nur weil sie zum Zeitpunkt ihres Todes schwanger war. Die Geschichte hat nicht nur Gespräche über Abtreibungen in Gang gebracht, sondern auch über Cybermobbing und das Recht einer Frau, ihre Meinung zu ändern. Ich hoffe, dass Cam sich von dort, wo sie jetzt ist, all das ansehen kann, denn sie würde den Shitstorm lieben, den sie angezettelt hat. Vor allem den Teil, der beweist, dass sie mal wieder recht hatte.

Als ich so durch meine Timeline scrolle und mir die Komplimente und die Unterstützung zu Kopf steigen lasse, erregt ein Tweet meine besondere Aufmerksamkeit.

@Tara Thomas123 Hallo Tara, mein Name ist Susan, ich arbeite für L'Oréal. Wir haben Camilla Staceys Blog gesponsert. Kannst du mir per Direktnachricht deine Mailadresse schicken, damit ich mit dir Kontakt aufnehmen kann? Danke.

Ich komme der Aufforderung augenblicklich nach, und es dauert keine fünf Minuten, da erscheint eine Nachricht von Susan Jeffries.

Liebe Tara,
danke für die Adresse. Ich wollte mich schon vor ein paar Tagen bei dir melden, aber ich bin sicher, die Flut der Anerkennung, von der du auf Twitter überschwemmt wirst, hat dazu geführt, dass du meine Tweets schlicht übersehen hast.
Ein paar Worte zu meiner Person … ich war Sponsoring-Chefin von L'Oréal UK, bis man mir denselben Job in New York angeboten hat. Ich habe ihn damals angenommen, aber meine Nachfolgerin war schrecklich (es ist ja total unprofessionell, das zu sagen, aber sie ist weg, wen kümmert es also), und jetzt hat man mich gebeten zurückzukommen. Nächste Woche werde ich wieder in London anfangen. Eine meiner geschätztesten Brandpartnerinnen war Camilla Stacey; ich habe ihre Beiträge geliebt und war so glücklich, dass sie L'Oréal zu ihrem Hauptsponsor gemacht hat. Als ich von ihrem Tod erfahren habe, konnte ich es nicht fassen und kann es eigentlich immer noch nicht. Wir haben eine Legende verloren.
Ich habe hier gesessen und darüber gebrütet, wie L'Oréal weiterhin eine so positive Einstellung zum Frausein promoten könnte, und nachdem ich dein Video gesehen habe, bin ich deine bisherige Arbeit durchgegangen. Deine Filme sind phantastisch und haben mich auf eine Idee gebracht.

Ich habe momentan Zugriff auf einen ziemlich großen Budgettopf und überlege, wie ich ihn am besten platzieren kann. Tara, könntest du dir vorstellen, einen digitalen, von L'Oréal gesponserten Fernsehsender aufzubauen, bei dem du Einzeldokumentationen oder dokumentarische Miniserien produzieren würdest, alle inspiriert von den Geschichten realer Frauen?
Garantiert wirst du mit Angeboten überhäuft, aber denk doch einfach mal darüber nach und gib mir Bescheid. Ich erwarte deine Antwort mit großer Spannung.
Liebe Grüße,
Susan

Heilige Scheiße! Ich möchte nicht verzweifelt erscheinen, deshalb warte ich volle dreißig Sekunden, ehe ich antworte.

Liebe Susan,
danke für die Kontaktaufnahme. Das klingt alles sehr interessant, wir sollten unbedingt darüber sprechen. Vielleicht könnten wir ein Treffen vereinbaren?
Tara

Ich schicke die Nachricht ab und frage mich dann, warum ich so förmlich war. Sie hat mir praktisch die Verwirklichung meines Zukunftstraums angeboten, und ich benehme mich, als wäre ich bei *The Apprentice*. Ich lächle und blicke nach oben. Dafür ist wieder Cam verantwortlich, ganz sicher. Ich schicke Susan noch eine Mail.

Susan, bitte entschuldige meine Antwort grade. In Wirklichkeit fühle ich mich so:
FUCK, YEAH – WAHNSINNIG GERN!
Danke!
Tara

Ein paar Sekunden später antwortet sie.

WUNDERVOLL! Okay, ich lege wirklich großen Wert darauf, dass die Sache unter deiner Regie läuft. Es wäre super, wenn du mir schon eine ungefähre Vorstellung von ein paar Storys geben könntest, die dir am Herzen liegen – nur damit ich sie den hiesigen Oberbossen vorlegen kann und das Projekt von ihnen abgesegnet kriege. Also … irgendwelche Ideen?«

Ich denke kurz nach. Dann hab ich es.

Susan, ich hab das perfekte Thema. Gib mir vierundzwanzig Stunden. x

Stella

Ich stehe im Bad mit dreißig Schmerztabletten in der rechten Hand und einem Glas Wasser in der linken. Ich widere mich an. Das Einzige, was mich daran hindert, die Pillen einfach zu schlucken, ist der Gedanke, was meine Mutter und Alice sagen würden, wenn sie wüssten, was ich vorhabe. Wenn ich mich umbringe und es tatsächlich so etwas geben sollte wie ein Leben nach dem Tod, dann reden sie nie wieder mit mir. Ich habe die Chance zu leben, und diese Chance hatten sie nicht. Das leise Nörgeln der Logik führt dazu, dass ich die Pillen zum dritten Mal am heutigen Tag zurück in das Fläschchen schütte.

Die letzte Woche war die finsterste meines Lebens. Ich bin nicht vor die Tür gegangen. Sogar den Lieferservice von Tesco habe ich angewiesen, die Sachen auf der Schwelle stehen zu lassen, und die Empfangsbestätigung durch den Briefschlitz zu stecken, damit ich sie unterschreiben kann. Ich möchte keinen Menschen sehen. Ich bin nicht bereit, der Welt gegenüberzutreten.

Was ist aus mir geworden? Ich schaue in den Badezimmerspiegel und sehe, dass meine Haare nachgewachsen sind. Auch wenn ich wahrscheinlich aussehe wie ein Soldat, fühle ich mich eher wie ein Kriegsopfer. Verstümmelung oder Tod? Sind das wirklich meine Alternativen? Was für eine trostlose Existenz.

Es klingelt, und ich erstarre. Es ist mir egal, wer das ist. Es klingelt noch einmal.

Ich drücke mich in eine Ecke, da fühle ich mich sicherer als mitten im Raum. Wer auch immer es sein mag, hämmert an die Tür und brüllt meinen Namen durch den Briefschlitz. Es ist eine Frauenstimme. Ich erkenne sie. Langsam schleiche ich auf den Korridor.

Tara

»Komm schon, Stella. Ich weiß, dass du da bist«, rufe ich und spähe durch den Briefschlitz. Eigentlich weiß ich gar nicht, ob sie wirklich da drin ist. Es brennt kein Licht, aber ich bin sicher, dass sie in der Wohnung ist, auf die gleiche seltsame Weise, wie man es selbst im Schlaf spürt, wenn man beobachtet wird.

»Stella, ich bin's, Tara. Wank Woman. Komm schon, zwing mich nicht, das noch mal zu sagen.«

Tatsächlich erscheint sie am Ende des Korridors, und ich fahre zusammen. Sie trägt ein weißes, schulterfreies T-Shirt und schwarze Leggins. Im Gegenlicht sieht sie mit ihrem geschorenen Kopf echt gruselig aus. Sie hat was von Britney Spears, circa 2007. Aber als unsere Blicke sich begegnen, sehe ich Anzeichen echter Angst in ihren Augen, der gleichen Angst, die ich schon in Jasons Studio an ihr wahrgenommen habe.

»Was tust du denn hier?«, fragt sie nervös, als sie noch knapp zwei Meter von der Tür entfernt ist.

»Ich hab deinen Laptop und dachte, den willst du vielleicht gern wiederhaben«, sage ich, froh über diese Ausrede, mit ihr sprechen zu können. Jason wollte den Computer als Beweismittel behalten, falls sie das Studio abfackelt oder versucht, ihn umzubringen. Aber ich konnte ihn überzeugen, dass sie schon den ganzen Schaden angerichtet hat, den sie anrichten wollte.

»Jetzt komm, es macht doch keinen Spaß, da drin eingesperrt zu sein und die *MailOnline* auf dem Smartphone lesen zu müssen«, sage ich und grinse durch den Briefschlitz. Sie kommt näher und macht schließlich die Tür auf. Als das Tageslicht auf ihr Gesicht fällt, kneift sie die Augen zusammen, und ich frage mich, wie lange sie wohl das Haus schon nicht mehr verlassen hat.

»Hör mal, wenn du hergekommen bist, um mich fertigzumachen, kannst du dir die Mühe sparen, okay? Ich weiß, dass ich Mist gebaut habe«, erklärt Stella ruhig, aber mit einer Entschlossenheit, die mir zeigt, dass sie genug eingesteckt hat und mir die Tür vor der Nase zuknallen wird, wenn ich was Falsches sage.

Aus der Nähe sehe ich, dass sie müde ist, ihre Augen sind blutunterlaufen, auf ihrer Haut glänzt ein Fettfilm. Vor ein paar Wochen sah ich auch so aus.

»Ich will dich nicht fertigmachen, versprochen. Kann ich reinkommen?«

Sie tritt beiseite, und als ich an ihr vorbeigehe und sie die Tür schließt, werde ich kurz unruhig.

Wir gehen ins Wohnzimmer, und sie unternimmt keinerlei Versuch, das Chaos zu beseitigen. Auf dem Boden stehen Kaffeetassen, auf dem Sofa mehrere Teller mit angebissenen Toastscheiben. Auch dieser Zustand ist mir nur allzu vertraut. Im Fernsehen läuft *The Jeremy Kyle Show*.

»Du hast eine tolle Wohnung«, sage ich und schaue mich um. Trotz des Chaos ist es echt hübsch hier. »Warst du seit letzter Woche mal draußen an der frischen Luft?«, frage ich und nehme Platz.

Sie bleibt mit verschränkten Armen an der Tür stehen, und ich wünsche mir, ich hätte mich nicht hingesetzt.

»Nein, ich kann nirgendwohin. Ich hab dein Video gesehen. So viel zum Thema ›Nimm dein Leben in die Hand, und alles wird gut‹«, sagt sie, und ich denke, womöglich freundet sie sich mit meinem Besuch an. Aber dann faucht sie: »Was willst du hier überhaupt?«, und ich weiß, dass ich falsch liege.

Eigentlich hatte ich vor, die Dinge langsam anzugehen, aber irgendetwas sagt mir, dass ich jederzeit rausgeschmissen werden kann, also muss ich mein Anliegen wohl ohne lange Vorrede ausspucken. Aber von dem Geruch hier drin wird mir übel, und der Mangel an Licht macht mich wahnsinnig.

»Kann ich die Vorhänge aufmachen?«, frage ich vorsichtig. Sie nickt und macht ein verlegenes Gesicht.

Ich stehe auf, ziehe die Vorhänge zurück und öffne auch gleich ein Fenster. Frische Luft strömt herein, und ich fühle, wie ein bisschen von der Anspannung verfliegt.

»Stella, ich habe ein Angebot für dich«, sage ich zuversichtlich.

»Ein Angebot? Wieso? Willst du, dass ich das Land verlasse oder was?«

»Gott, nein, ich … nein, ich möchte nicht, dass du das Land verlässt«, versichere ich, überrascht, dass sie überhaupt auf die Idee kommt, ich würde hier auftauchen und ihr so etwas vorschlagen. »Nein, ich möchte eine Dokumentation über dich machen.«

Sie schaut mich wütend an, löst die verschränkten Arme und stürmt auf mich zu.

»Wie bitte? Denkst du, ich bin eine Art Freakshow? Was zum Teufel meinst du mit ›eine Dokumentation über mich machen‹?« Wow, die Haare, die Wut, ich habe das Gefühl, wir werden in den Fernseher gesogen, und Jeremy Kyles Bodyguard muss mich gleich vor Stella retten. Ohne um Erlaubnis zu bitten, stelle ich den Apparat aus.

»Ich meine genau das. Eine Dokumentation über dich. Deine Geschichte. Nach allem, was du getan hast, müsste ich dich eigentlich hassen, aber die kleine Rede, die du in Jasons Studio gehalten hast, ist bei mir auf Resonanz gestoßen. Natürlich habe ich nicht das Gleiche durchgemacht wie du, aber ich verstehe die Isolation, und ich verstehe auch, warum du dir so sehr ein Baby gewünscht hast. Ich habe mich genauso gefühlt, deshalb habe ich Annie auf diese Art bekommen. Du hast vollkommen recht, ein Kind ist ein Grund zu leben. Ich glaube, ich kann das nachvollziehen. Ich meine, wie du das alles eingefädelt hast, war vollkommen irre, aber ich verstehe es trotzdem. Als dieses Video so abgegangen ist, habe ich auch fast den Verstand verloren; Annie, meine Mum, mein Dad, sie sind der einzige Grund, weshalb ich nicht endgültig verrückt geworden bin und mich irgendwann zusammenreißen konnte. Wenn ich allein gewesen wäre, weiß ich nicht, was ich getan hätte. Wahrscheinlich würde ich mich immer noch in meiner Wohnung verstecken und genau wie du den ganzen Tag vor der Glotze verbringen.«

»Du hast keine Ahnung, wie es ist, eine Zwillingsschwester zu verlieren«, erwidert sie ärgerlich. Ich mache beharrlich weiter.

»Du hast recht, davon habe ich keine Ahnung. Ich kann es mir nicht mal ansatzweise vorstellen. Aber ich verstehe, wie es ist, einen Teil von sich selbst zu verlieren. Was dir im Lauf deines Lebens passiert ist, was dir jetzt bevorsteht, das sind alles legitime Gründe dafür, ein bisschen verrückt zu werden. Ich verstehe, warum du diesen ganzen Irrsinn veranstaltet hast.« Ich mache eine Pause, ehe ich mein Anliegen noch einmal vorbringe, denn ich fürchte mich vor einem Gewaltausbruch. »Deshalb finde ich, wir sollten deinen Weg ab jetzt dokumentieren. Die Operation, wie du dein Leben nach großer Trauer wieder aufbaust.«

»›Meinen Weg ab jetzt‹? Du willst dokumentieren, wie meine Brüste und meine Eierstöcke entfernt werden? Super, das wird bestimmt ganz großes Kino, ein echter Wohlfühlfilm.«

»Aber es ist viel mehr als das, oder nicht? Du kannst über das reden, was du durchgemacht hast.«

»Im Fernsehen? Willst du mich verarschen?«

»Nein, das will ich nicht. Und genau genommen ist es auch kein Fernsehen, sondern es läuft über meine Website. Wir hätten die absolute Kontrolle, du kannst sagen, was immer du willst. Dein Kampf ist real. Ich glaube, du könntest die Menschen echt inspirieren.«

»Warte«, wirft sie ein, sieht dabei aber ein bisschen weniger feindselig aus. »Seit wann hast du eine Website?«

»Seit gerade. L'Oréal hat Camilla gesponsert und mir angeboten, einen Kanal für mich zu finanzieren. Ich werde Kurzfilme und Miniserien machen über Frauen, die ein ungewöhnliches Leben führen. Und ich würde gern mit dir anfangen.«

Stella senkt den Kopf. Anscheinend habe ich etwas gesagt, was ihr unangenehm ist.

»Ich habe Camilla nicht gehasst, nicht wirklich«, sagt sie langsam. »Es hat mir bloß geholfen, jemand anderem den gleichen Schmerz zuzufügen, den ich selbst empfunden habe. Ihr Leben hat im Vergleich zu meinem so perfekt gewirkt. Wahrscheinlich bin ich danach irgendwie süchtig geworden. Ich bin nicht stolz darauf.«

»Und ich finde, wir sollten uns in dem Film darüber unterhalten«, sage ich und meine es ernst.

»Ach ja? Was bin ich dann? Das Gesicht des Trolls?«

»Nein. Weil du die Wahrheit darüber sagen wirst, warum du so gehandelt hast. Ich bin übel getrollt worden und dachte, die Leute, die diese Nachrichten schreiben, sind das personifizierte Böse. Aber jetzt sehe ich es, wie es ist. Durch dich hat sich meine Wahrnehmung von Cybermobbing grundlegend verändert, es wird mir niemals mehr so weh tun, weil ich es jetzt begriffen habe. Der einzige Grund, einem anderen Menschen so etwas anzutun, ist doch, dass man das eigene Leben schrecklich findet. Meine Trolle hassen mich nicht wirklich, die Worte sind nicht real, und genau diese Geschichte können wir erzählen.« Ich gehe auf sie zu. »Ich habe nicht vor, einen Film über dich zu drehen, in dem du verunglimpft wirst, Stella. Ich will zeigen, wie das Leben einen Menschen nahezu zerstören kann, aber dass jeder die Chance hat, aus so einem Loch wieder rauszukommen.«

»Ich habe alle Artikel von Camilla noch einmal gelesen, in denen es darum ging, keine Kinder zu wollen. Ich glaube, ich habe mittlerweile eine andere Einstellung dazu, aber diese Artikel haben mir geholfen. Vermutlich fange ich an, es zu akzeptieren. Wahrscheinlich hätte ich sie gleich beim ersten Mal richtig lesen sollen«, sagt sie und klaubt dabei die Nagellacküberreste von ihren Fingernägeln. »Vielleicht könnten diese Geschichten irgendwie mein Vermächtnis sein?«, meint sie, schaut mich an und ist offenbar dabei, sich der Idee anzunähern. »Ein Beweis, dass ich gelebt habe, etwas, was von mir bleibt, abgesehen von diesem Schlamassel?«

Ich nicke. »Genau.«

»Okay, dann mache ich mit«, sagt sie und lächelt mich an – zum ersten Mal, seit ich sie kenne.

»Danke. Ich werde dir helfen, dein Leben wieder auf die Reihe zu kriegen, das verspreche ich.«

Ich stehe auf, und sie begleitet mich zur Haustür. »Ich melde mich, okay?«

»Okay. Aber mach in der Zwischenzeit die Vorhänge auf, wasch die Teller ab, geh spazieren. Ich hab die Quarantäne auch hinter mir, und sie taugt wirklich zu nichts. Es wird wieder besser«, sage ich. »Das Wichtigste ist, dass man die richtigen Entscheidungen trifft, weißt du, genau wie Cam immer gesagt hat. Sie hatte recht.«

Stella nickt. »Wie geht es Jason?«, fragt sie dann und sieht bei der Erwähnung des Namens etwas ängstlich aus.

»Er ist sauer. Verständlicherweise. Oh, und er braucht die Passwörter für das Smartphone und den Computer, damit er wieder ins Internet kann. Bist du so nett, sie ihm zu mailen? Ich würde allerdings nicht auf eine Antwort warten, noch nicht, aber ich glaube, irgendwann wird er einlenken. Er weiß ja, dass du eine schlimme Zeit durchmachst. Aber ich denke, du solltest dir einen neuen Job suchen.«

»Ja, vermutlich schon. Aber ich muss mich sowieso erst mal eine Weile auf mich selbst konzentrieren. Ich lasse mir einen OP-Termin geben, das ist ein Anfang.«

»Gute Idee. Ich werde dir eine kleine Gage für den Film verschaffen, und man weiß ja nie, vielleicht landen wir einen Riesenerfolg, und du bist am Ende ›das Gesicht der brustlosen Frauen‹. Wer weiß, wohin das alles führt!« Ich lache, aber kaum sind die taktlosen Worte aus meinem Mund, wird mir ganz schlecht. »Gott, tut mir leid, das war absolut daneben.«

»Nein, das muss dir nicht leidtun. Es gefällt mir. ›das Gesicht der brustlosen Frauen‹ – klingt doch gut.« Sie grinst, und zumindest für einen Moment ist die Angst aus ihren Augen verschwunden.

»Okay, dann lass ich dich jetzt allein. Aber ich melde mich demnächst bei dir, okay? Ich lasse mir von Jason deine Nummer geben, dann ruf ich an, und wir unterhalten uns, ja?«

»Gut. Und wie heißt deine Website?«, fragt sie, und auf einmal wirkt sie richtig aufgeregt.

»Sie heißt ›Kein Herdenvieh‹«, antworte ich. »Sie ist für Frauen, die selbst bestimmen, wie sie leben wollen. Frauen wie uns.«

»Klingt gut«, sagt sie noch, als ich weggehe.

Ich kann es kaum abwarten, Susan zu informieren, dass wir loslegen können.

Sechs Monate später

Tara

Ich bin so aufgeregt, dass ich sie beim Frühstückmachen anrufe.

»Stella, ich bin's. Ich hab gerade das Filmmaterial angeschaut, es ist unglaublich. Ehrlich, die Stelle, als du aus der Narkose erwachst und fragst ›Wie sehen sie denn aus?‹, ist einer der anrührendsten Momente, die ich je auf der Leinwand gesehen habe. Du wirst stolz darauf sein«, sage ich und meine es auch so.

»Oh mein Gott, du machst mich ganz nervös«, antwortet sie, aber ich weiß, dass sie es kaum erwarten kann, die Aufnahmen selbst zu sehen.

»Schau, es ist eine Operation, manche Teile sind schwierig anzuschauen, aber wie diese Ärztin dein Brustgewebe einfach blitzschnell rausholt und die neue Brust reinsteckt ... ich meine, es ist einfach erstaunlich, was die alles können. Wie geht es dir?«

»Ganz gut. Ich hab es geschafft, ein Stück zu gehen und mir die Haare schneiden zu lassen. Und vor allem bin ich froh, es hinter mir zu haben, ich wünschte, ich hätte es schon vor Jahren gemacht. Wann wird die Folge gesendet?«

»Ende nächster Woche. Die letzte hatte fast zwei Millionen Zuschauer, bei der jetzigen bricht womöglich das Internet zusammen. Die Leute lieben dich, sie lieben deine Ehrlichkeit. Brauchst du irgendwas? Ich kann dir später was zu essen bringen, wenn du magst«, biete ich an, denn die Vorstellung, dass sie allein ist, gefällt mir nicht.

»Nein, alles gut. Aber danke. Ich werde Jessica und ihr Baby besuchen.«

»O ja, wie geht es dir damit?«, frage ich, denn ich mache mir ein bisschen Sorgen, dass das für Stella ein Trigger sein könnte.

»Soll ich ehrlich sein? Sie hatte achtundfünfzig Stunden Wehen, man musste ihre Vagina und ihren Anus mit siebzehn Stichen wieder zusammenflicken. Ich hab das Gefühl, ich bin glimpflich davongekommen.«

»Ha! Das ist die richtige Einstellung. Okay, ruf mich an, hab dich gern. Bye.«

Ich beende das Gespräch und lasse mein Handy in die Bratpfanne fallen.

»Mmm, gebratenes Handy, mein Lieblingsessen«, sagt Jason, der gerade reingekommen ist. Er hat Annie zur Schule gebracht. Mit Hilfe des Pfannenhebers angle ich das Telefon aus der Bratpfanne und lege es behutsam auf ein Geschirrtuch.

»Die Eier sind leider nichts geworden. Toast?«

»Das sind sowieso nicht die Eier, auf die ich scharf bin«, sagt er, küsst mich und schlingt den Arm um meine Taille.

»Vergiss nicht, was der Arzt gesagt hat. Ich bin alt, es könnte eine Weile dauern.«

»Ich weiß, dann genießen wir eben die Übung«, meint er, hievt mich auf die Arbeitsplatte und hebt meinen Rock hoch. Mein Handy klingelt. Den Pfannenheber noch in der linken Hand, gehe ich ran. Jetzt sind meine Hand und mein Ohr fettbeschmiert.

»Vicky!«

»Oh, hey, Boss. Also, ich hab diese Frau, über die du in *Grazia* gelesen hast, inzwischen lokalisiert. Du weißt schon – die jahrelang bei dieser Sekte war, ohne dass ihre Familie davon wusste. Sie hat jetzt ein eigenes Retreat auf den Hebriden, und ihre Kinder hat sie bei ihrem Mann in London gelassen. Sie ist echt eine Nummer, ich bin nicht sicher, ob ich sie mag oder nicht. Jedenfalls ist sie perfekt für *KeinHerdenvieh.com*. Ich dachte, ich könnte mich vielleicht am Wochenende mit ihr treffen. Ehrlich gesagt hätte ich auch gern ein paar Tage ohne die Kids.«

»Das klingt ja super. Mach das. Gute Arbeit.«

»Danke, Boss!«

Als L'Oréal mir den Vertrag geschickt hat, habe ich Vicky einen Job angeboten. Ich musste endlich nachgeben und ihr zugestehen, dass sie echt gute Ideen hat. Genau genommen ist sie eine der besten Rechercheurinnen, mit denen ich je zusammengearbeitet habe. Wer hätte das gedacht?

»Sorry, Jason, worüber haben wir gerade gesprochen?«

»Du hast behauptet, du wärst alt. Oder irgendwas ähnlich Erotisches.«

»Ach ja, stimmt«, antworte ich, während er mir den Slip auszieht und sich über die Schulter wirft.

Ich lasse den Pfannenwender auf den Boden fallen.

Dank

Ohne die brillante Sarah Benton wäre das alles nicht möglich gewesen. Wir haben bei meinen letzten beiden Büchern zusammengearbeitet, und als Sarah zu HarperCollins wechselte, erzählte sie ihrem neuen Team von mir. Daraufhin wurde ich eingeladen, und man bot mir einen Deal für zwei Bücher an. Ich liebe das Schreiben, und ich freue mich, wenn jemand meine Sachen veröffentlicht, aber HarperCollins war schon immer mein Traum, deshalb danke, Sarah, ich hoffe, ich habe dich stolz gemacht!

Als Nächste ist meine Lektorin Kimberly Young an der Reihe. Ich traf sie das erste Mal gemeinsam mit Sarah. Das Treffen hatte diese subtile »wenn du dich für uns entscheidest«-Atmosphäre. Zwar tat ich total cool, aber ich musste mich echt anstrengen, mich nicht sofort auf Kim zu stürzen und »JA!« zu brüllen. Ich bin ihr sehr dankbar, dass sie die letzten zwei Jahre so geduldig mit mir war. Wie sich herausstellt, ist es – zumindest in meinem Fall – ein bisschen gewagt, für neun Monate nach der Geburt des ersten Kindes die Abgabe eines Romans zu versprechen. Der errechnete Termin (für die Abgabe des Buchs, nicht für die Geburt) verschob sich immer weiter nach hinten, bis ich endlich wieder genug Hirnschmalz zusammenhatte, um das Buch zu schreiben, das wir beide lieben. Danke, Kimberly, wenn du mir deswegen blöd gekommen wärst, wäre das hier womöglich nie entstanden. Ich hoffe, ich habe auch dich stolz gemacht.

Danken möchte ich auch meinem Agenten Adrian Singer, der sich immer so wunderbar um mich kümmert und sich für meine Arbeit so leidenschaftlich begeistern kann. Danke, danke, danke!

Und ich danke allen bei HarperCollins, die dieses Buch zu einem Buch gemacht haben – vom Coverdesign über PR und Marketing bis hin zur Korrektur meiner Orthographie. Was für ein tolles Team!

Okay, jetzt wird mein Dank persönlich … Ich danke all meinen Freunden, die mein pausenloses Gejammer über die Mühen des Schreibens ertragen haben. Ich danke denen, die einfach Spaß haben wollten, ihr Vorhaben aber zurückstellen mussten, um sich meine Sorgen und Ängste anzuhören. Jeder Seufzer, jede Plauderei, jede Situation, in der ich mal wieder »ICH KANN DAS NICHT« gesagt habe, brachten mich an den Punkt, an dem ich es trotzdem geschafft habe. Dafür danke ich euch. Meine Freunde sind die besten! Ihr seid zahlreich, aber ein paar von euch muss ich gesondert erwähnen … Jo Elvin, Johnny und Michelle, Mel und TJ, Mamrie, Louise, Carrie, Mary Moo und meine Schwester Jane.

Ich danke all den Frauen, die schreiben und denken und es riskieren, Flagge zu zeigen – es ist so wichtig, dass wir das tun. Ich schreibe jetzt keine Liste mit euren Namen, aber ich rufe Polly Vernon ein Dankeschön zu, denn sie hat ihre Meinung vertreten, obwohl man ihr gesagt hat, sie soll den Mund halten. Dein Buch war echt nützlich für die Gestaltung von Cam. Halte niemals den Mund! Und da wir schon mal beim Thema sind – wir sollten alle damit aufhören, den Frauen zu sagen, sie sollen still sein. Es ist wundervoll, dass es viele verschiedene Arten gibt, als Frau zu leben, und viele Möglichkeiten, wie man sich als Frau fühlt. Wir sollten versuchen, sie alle zu akzeptieren. Abgesehen von ein paar wenigen, die ich jetzt aber auch nicht auflisten werde.

Und jetzt geht es weiter zu meinem Herz …

Chris, du bist der Beste. Der beste Ehemann, der beste Dad, das beste Date, der beste Freund. Du hast auf meine Ausraster so toll reagiert, und dafür bin ich dir sehr dankbar. Wie du mich unterstützt, ist schlicht sensationell. Ich liebe dich wie blöde. Für eine schlüpfrige Schriftstellerin mit großen Selbstzweifeln fühle ich mich außerordentlich geborgen in dem Leben, in das ich nach einem harten Tag des Haareraufens und Wändehochgehens zurückkehre. Danke für die Liebe und so weiter, danke für das Glück. Und natürlich für Art … für dieses kleine Goldstück, das mein Leben verändert hat. Art, der so mühelos aus mir geschlüpft ist (das ist gelogen) und sich als das beste Baby der Welt herausgestellt hat (das ist die Wahrheit). Kleiner Art, du hast mir zwar viele Stunden nicht erlaubt, anderen Beschäftigungen nachzugehen, aber du hast mir mehr Liebe geschenkt, als ich mir vorstellen konnte. Mein kleiner Junge. Mit den allerschönsten Bäckchen. Ich liebe dich so, dass es weh tut, aber hör auf, dein Essen auf den Boden zu schmeißen. Das macht mich nämlich wahnsinnig.

Danke an alle, die ich nicht erwähnt habe, die aber finden, sie hätten es verdient. Dieser Dank könnte noch seitenlang weitergehen. Ehrlich. Schreiben ist in vielerlei Hinsicht eine einsame Erfahrung, aber sehr oft ist es die Unterstützung der Menschen um einen herum, durch die der Job erledigt wird. Deshalb danke ich euch!